Fantasy

Herausgegeben von Friedel Wahren

Von HARALD EVERS erschienen in der Reihe
HEYNE SCIENCE FICTION & FANTASY:

Höhlenwelt-Saga

1. Die Bruderschaft von Yoor · 06/9127
2. Leandras Schwur · 06/9128 (in Vorb.)
3. Der dunkle Pakt · 06/9129 (in Vorb.)

HARALD EVERS

Die Bruderschaft von Yoor

Erster Roman
der
HÖHLENWELT-Saga

Originalausgabe

WILHELM HEYNE VERLAG
MÜNCHEN

HEYNE SCIENCE FICTION & FANTASY
Band 06/9127

Umwelthinweis:
Dieses Buch wurde auf chlor- und säurefreiem Papier gedruckt

Originalausgabe 2/2001
Redaktion: Ralf Oliver Dürr

http://www.heyne.de
Printed in Germany 2001
Umschlagbild: Hans-Werner Sahm/Galeria Andreas S.L., Spanien
www.sahm-gallery.de
Umschlaggestaltung: Nele Schütz Design
Technische Betreuung: M. Spinola
Satz: Schaber Satz- und Datentechnik, Wels
Druck und Bindung: Ebner Ulm

ISBN 3-453-17897-1

Inhalt

1 ♦ Leandra

Im Osten braute sich ein Gewitter zusammen. Schwer hingen die dunklen Wolken zwischen den riesigen Felspfeilern, die im Vordergrund des Westakranischen Gebirges aufragten; die Ränder der Wolken hatten sich gelbweiß verfärbt, und Blitze zuckten in ihrem Inneren umher – wie eine nachdrückliche Warnung, sie solle sich rasch einen Unterschlupf suchen.

Leandra runzelte die Stirn.

Vor ihr lag die Brücke über den Iser, und das dahinter lauernde Unwetter schien ihr beinahe wie ein ganz persönlicher Fingerzeig. Sie schluckte den Kloß in ihrer Kehle herunter. Was sie hier tun wollte, war strengstens verboten.

Ihre Blicke suchten die Umgebung ab – nein, niemand war zu sehen. Aber wer hätte sich hier schon für sie interessieren sollen, wer hätte ahnen können, was sie im Sinn hatte?

Jenseits des Iser verlief die alte Savalgorer Handelsstraße, stets am Ufer des Flusses entlang, von den Nördlichen Steppen bis hinab nach Savalgor, der Hauptstadt des Landes, im Süden von Westakrania. Aber Savalgor war weit, noch gute dreihundert Meilen entfernt. Dort war der Sitz der Gilde – dort saßen die Männer, die ihr für das, was sie nun zu tun beabsichtigte, sicherlich sämtliche Rechte entzogen hätten. Sämtliche Rechte auf Amt und Würden einer angehenden Magierin. Nein, korrigierte sie sich, Magierin war sie noch lange nicht; erst einmal würde sie Adeptin werden, am morgigen Tage schon – jedenfalls dann, wenn man sie hierbei nicht erwischte.

Hochebene von Noor
Ramakorum
Ob. Ishmar
Ost-Ramakorum
Ishmar-Fälle
Mogell See
Der Land-bruch
Mirnor
Palimbaan
Skyx
Ruine von Thoo
Ikaal
Der
Turliss
Westwacht
Abtei von Hegmafor
Weißwasser
Rote Ishmar
Wasserstein
Ikaal
Soligor
Takarta-Inseln
Boddna
Thelur
Kambrumer Küstenberge

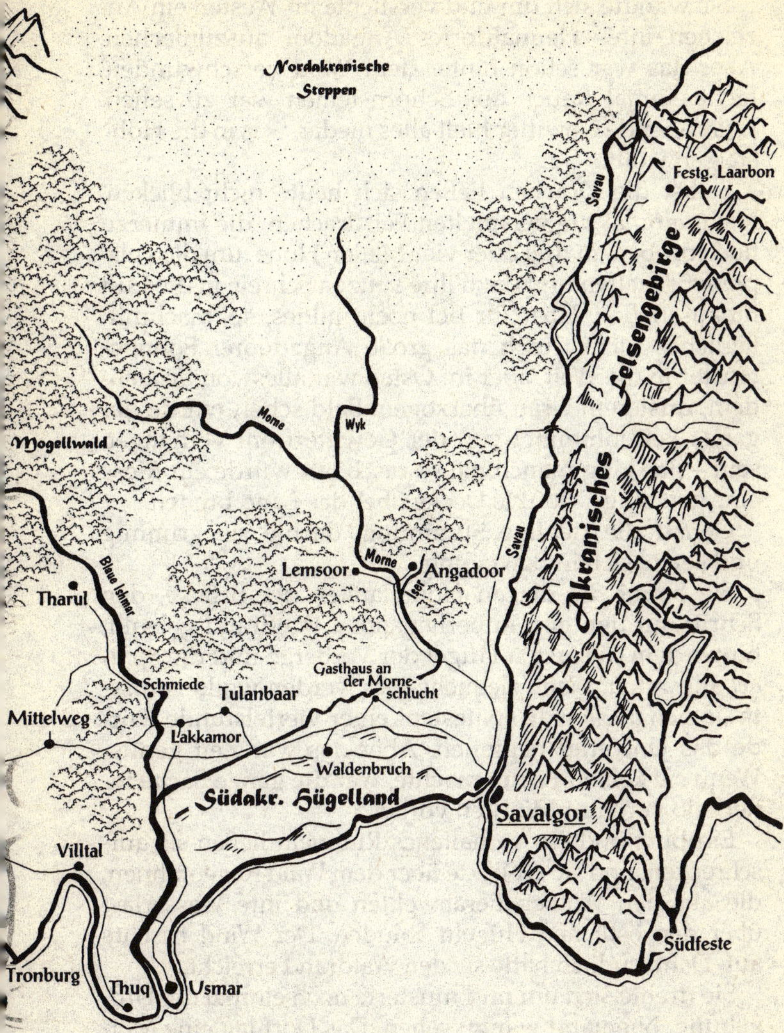

Nordakranische Steppen
Festg. Laarbon
Savau
Felsengebirge
Morne
Wyk
Mogellwald
Akranisches
Savau
Blaue Ishmar
Tharul
Lemsoor
Morne
Angadoor
Iser
Gasthaus an der Morne-schlucht
Schmiede
Tulanbaar
Mittelweg
Lakkamor
Waldenbruch
Südakr. Hügelland
Savalgor
Villtal
Südfeste
Tronburg
Thuq
Usmar

Sie wandte sich um und versuchte im Westen ein Anzeichen ihres Heimatdorfes Angadoor auszumachen. Aber das war schon hinter dem Wald verschwunden, nicht einmal Rauch aus Schornsteinen war zu sehen. Das nahende Gewitter hielt alles nieder, was in die Höhe steigen wollte.

Selbst die Drachen ließen sich heute nicht blicken. Nicht einmal die verspielten Felsdrachen, die immerzu hoch droben, in drei oder vier Meilen Höhe, um die Felspfeiler segelten und dazu ihre spitzen Schreie in die Luft hinausstießen. Über ihr fiel noch mildes, spätnachmittägliches Licht durch das große Angadoorer Sonnenfenster in die Welt, aber im Osten war alles von drohendem, düsterem Grau überzogen. Bald schon würde der ganze Felsenhimmel von der Gewitterfront verhangen sein – das ging manchmal so rasch, als würde ein Riese eine gewaltige, dunkle Decke über das Land breiten.

Genau die richtige Stimmung, dachte sie grimmig und setzte sich in Bewegung.

Sie betrat die dicken Holzplanken der Brücke, den Schritt auf den gegenüberliegenden Waldrand gelenkt, hinter dem die ersten Hügel der Vorberge und die *Spindel* aufragten. Wenn sie nicht nass werden wollte, musste sie sich beeilen. In spätestens einer Viertelstunde würde das Unwetter beginnen. Aber das war Zeit genug. Wenn sie keinen Fehler machte, war die ganze Sache innerhalb von fünf Minuten vorbei.

Ein Blitz und ein verhaltenes Rumpeln ließen sie aufschrecken, und sie erblickte über dem Wald Regenfahnen, die aus den Wolken herabwehten und ihre Wasserlast über den östlichen Hügeln abluden. Der Wind frischte auf. Dann endlich hatte sie den Waldrand erreicht.

Sie drehte sich um und musterte noch einmal die Umgebung. Niemand war zu sehen. Das Dorf lag eine Meile entfernt, und bei diesem Wetter war ein zufälliger Spaziergänger nicht zu erwarten. Entschlossen marschierte sie weiter.

Sie kannte den Weg gut; oft genug war sie in den letzten Jahren hierher geschlichen, manchmal zusammen mit anderen Novizen, um die beklemmende Atmosphäre des *Asgard* in sich aufzusaugen.

Der *Asgard.*

Das war der Ort, an dem vor langer Zeit jener berühmte Kampf stattgefunden hatte, bei dem angeblich sechs Magier und der schreckliche Minuu umgekommen waren, als er ihnen ein mächtiges Artefakt entreißen wollte. Später hatte man dort einen Steinkreis errichtet, denn selbst die blanke Erde war nach dieser langen Zeit noch von den Energien geladen, die dort einst entfesselt worden waren.

Der Asgard war Leandras Ziel.

Es war bereits verboten, sich dem Asgard auch nur zu nähern. Munuel, ihr Lehrer, würde ihr die Ohren gehörig lang ziehen, sollte er je davon erfahren, dass sie hierher gekommen war. Seiner Auffassung zufolge sollten Novizen behutsam an die Magie herangeführt werden; erst wenn sie einmal ihre Zeit der Wanderschaft hinter sich gebracht und bei einem Einsiedler gedient hatten, erlaubte er ihnen, sich mit den Absonderlichkeiten der Magie zu beschäftigen. Ein Magier sollte dienen, helfen und beschützen. Sich um ungewöhnliche Phänomene zu kümmern war die Aufgabe besonderer Männer der Gilde.

Aber Leandra war nicht hier, um sich in irgendwelche Dinge einzumischen, die sie nichts angingen. Ihr Grund war ganz anderer Natur – es war eine ganz banale Mutprobe. Der Asgard war voll von Norikelsteinen, und sie wollte sich einen davon besorgen. Ihn bei der Aufnahme in die Gilde seinen Mitschülern und -schülerinnen vorweisen zu können bedeutete, dass man ein *richtiger* Magier werden wollte – und kein Dorfblümchen, das zu jedem Siebenfest einmal einen kleinen Trick vorführte.

Sie war gerade einundzwanzig geworden, und morgen stand der Tag ihrer Aufnahme bevor. Hatte sie bis dahin keinen anständigen Norikelstein aufgetrieben, würde sie von den anderen Novizen als Schlafmütze gehänselt werden, und das konnte sie sich einfach nicht gefallen lassen. Sie war unstreitig die beste von Munuels Schülern, deswegen hatte sie es bis heute auch nicht für nötig gehalten, diesen Firlefanz mitzumachen. Je näher jedoch der Tag der Gildenaufnahme rückte, desto unangenehmer fühlte sie sich. Und gestern hatte es schließlich so ausgesehen, als wäre sie die einzige Novizin, die noch keinen Norikelstein besaß. Deshalb war sie nun hier.

Sie schlüpfte zwischen Sträuchern und Birken hindurch in den Wald. Es war Hochsommer, und sah man einmal von dem Unwetter ab, das im begriff stand, die Luft für Stunden abzukühlen, lastete die Hitze auf dem Land wie ein schweres, erstickendes Kissen. Zum Glück lag der *Asgard* noch ein Stück tiefer im Wald. Hinter all den dichten Bäumen und Büschen würde sie niemand sehen – und sie wollte auf keinen Fall erwischt werden. Sie schlich weiter, als wäre ihr jemand auf den Fersen, und ihr Herz begann schneller zu klopfen. Sie glaubte bald, die Gegenwart des magischen Kreises zu spüren. Wollte sie morgen nicht wie ein Dummchen dastehen, dann musste sie in den Asgard – und zwar *hinein!*

Und genau das war es, was Novizen auf keinen Fall durften.

Es gab Orte, die von der Gilde zu verbotenem Grund erklärt waren, und der *Asgard* zählte dazu. Bislang hatte es noch kein Novize gewagt, sich dort hinein zu begeben, und sie konnte sich auch gut vorstellen, warum. Die Faszination des Steinkreises ging von seiner unbeschreiblichen Aura aus, die jeder Mensch mit magisch geschulten Sinnen sofort verspürte. Selbst ganz gewöhnliche Leute vermochten sie manchmal wahrzunehmen. Es war wie ein Knistern und Summen in der Luft: leise, bedrohlich und von abgründiger Art. Man konnte förmlich spüren, wie der Kreis der nachträglich aufgestellten Steine ein fein gesponnenes Muster von Webfäden über den Ort spannte. Kein Tier lebte im Inneren des Kreises, kein Vogel flog je hinein. Nur dumme Insekten tappten manchmal über die festgestampfte Erde und flohen doch bald wieder – von diesem Flecken, auf dem keine Blume und nicht einmal Gras wachsen wollte.

Leandra war mit anderen Novizen schon einige Male heimlich hierher geschlichen, hatte den Kreis in großem Abstand ehrfürchtig umwandert und den unheimlichen Geschichten gelauscht, die der eine oder andere zu erzählen wusste. Man spürte dort etwas von der Macht der Magie, von ihrem Ungestüm und ihren Gefahren. Die Kräfte, die damals bei dem Kampf gewütet hatten, mussten gewaltig gewesen sein. Zehnte, vielleicht sogar *elfte* Iterationen! In diesen Kreis hinein ging keiner – nicht einmal Munuel. Er hätte es zwar gedurft, und er war erfahren genug, mit solchen Dingen umzugehen – aber er tat es dennoch nicht. Wahrscheinlich, weil er einfach keinen Wunsch dazu verspürte. Er kannte die Magie gut genug, um zu wissen, dass der Asgard ihm nur ein unheimliches, unbestimmbares Gefühl verschafft hätte – und sonst nichts.

Leandra dachte daran, was die anderen wohl sagen würden, wenn sie ihnen flüsternd erzählte, sie habe ihren Norikelstein aus dem Steinkreis geholt. Würde man sie als Lügnerin bezeichnen? Nein, wohl kaum. Der Stein würde so stark sein, dass kein Zweifel aufkam, woher er stammte.

Beklommen lief sie mit schnellen Schritten voran. Das aufziehende Gewitter wurde ihr immer unheimlicher, und die Vorstellung, mitten in einem tosenden Regenguss bei Blitz und Donner zwischen den steinernen Monolithen umherzukriechen und im aufgeweichten Boden nach einem kleinen Stein zu wühlen, behagte ihr nicht.

Sie zwängte sich durch ein stachliges Gebüsch – und dann war sie am Ziel.

Am Fuß eines Hügels öffnete sich eine kleine Lichtung. Mitten darauf standen die zwölf großen, doppelt mannshohen Felsblöcke des *Asgard.* Dazwischen nichts als uralte, festgebackene, braune Erde.

Es war beinahe, als würde das Gewitter die Luft zusätzlich in knisternde Spannung versetzen – und die Düsternis des nahenden Unwetters tat ihr Übriges. Die magischen Energien, die hier herrschten, waren für einen Novizen kaum auszuhalten. Benommen trat sie einen Schritt zurück.

Sie sah zum Felsenhimmel auf, der weiter westlich noch einen kleinen Blick auf seine blaugrauen, felsigen Weiten zuließ. Über ihr jedoch war er schon hinter den von Osten aufkommenden Wolkenmassen verschwunden. Wie ein gewaltiges Schwert stieß die *Spindel,* dieser kurios verdrehte Felspfeiler, in den dunkelgrauen Wolkenbrei hinein, vermochte aber nicht, das Unwetter an seinen Platz zu nageln. Nicht weit entfernt ging ein heftiger Regenguss über den Hügeln nieder. Nun durfte sie nicht länger zögern.

Sie holte tief Luft und trat aus dem Wald auf die Lichtung. Ohne weiter zu überlegen, marschierte sie vorwärts und überschritt die unsichtbare Grenzlinie des Steinkreises.

Es war wie ein Kreischen von Metall, das mit unvermittelter Plötzlichkeit auf sie eindrang. Es war in ihrem Kopf, leise, aber dennoch durchdringend, und mit dem Blick ihres *Inneren Auges* stand sie wie mit rudernden Armen vor einem furchtbaren schwarzen Abgrund, der sie verschlucken wollte. Sie stöhnte auf und blieb stehen. Mit gegen die Schläfen gepressten Händen versuchte sie, Herr ihrer Sinne zu werden, und – *den Kräften* sei Dank! – es gelang.

Heftig atmend und mit pochendem Herzen stand sie da. Sie starrte zu den drohenden Felsblöcken hinauf und war bereit, Munuel in jeder Silbe seiner Warnung beizupflichten: Magier – und insbesondere Novizen – hatten hier nicht das Geringste verloren. Auf den grauen Steinblöcken waren Runen eingemeißelt – uralte Schriftzeichen von primitiver Machart, aber gerade dies schien ihnen eine besondere Eindringlichkeit zu verleihen. Bis sich Leandra ihrer verborgenen Anziehungskraft zu entziehen vermochte, verging eine lange Minute.

Erst als ein dicker Regentropfen ihre Stirn traf, erwachte sie aus ihrer Starre. Es war finster geworden und ein lang anhaltender Donner rollte heran wie das Knurren eines Riesen. Sie riss den Blick von den schweigenden Steinmonolithen los und versuchte den Mut zu finden, ihre Absicht zu vollenden. Nun war sie hier, hatte den Kreis betreten, und schlimmer konnte es wohl kaum noch werden.

Getrieben von dem Wunsch, nichts weiter als einen Norikelstein zu finden und dann Schutz vor dem Unwetter zu suchen, trat sie tiefer in den geheimnisvollen *Asgard* hinein, strebte zur Mitte des vielleicht fünfzig Schritte durchmessenden Platzes – in der Hoffnung, dort einen besonders starken Stein zu finden.

Sie zerrte die kleine Gartenschippe ihrer Mutter unter dem Wams hervor, ging auf der kargen Erde in die Hocke und begann im Boden zu kratzen. Um sie herum platschten schwere Tropfen auf den Boden und hinterließen immer zahlreicher kreisrunde, dunkle Flecken auf der hellen Erde. Sie grub schneller.

Ihr langer, rotbrauner Lockenschopf sog das Wasser ebenso begierig auf wie die festgebackene Erde. Der Regen wurde stärker. Ihre kleine Schaufel stieß mit hellem Klang auf einen harten Gegenstand und mit eiligen Stichen grub sie ihn aus. Als der Regen mit voller Kraft einsetzte und ein krachender Donnerschlag das dunkle Rauschen der Wassermassen wie mit einer Axt spaltete, hob sie einen dunkelgrauen, schwach geäderten Stein aus der Erde. Er war rund und glatt, gut in ihre Faust passend, und besaß jenen unergründlichen, schwärzlichen Schimmer, der jede weitere Prüfung überflüssig machte – es war ohne Zweifel ein jungfräulicher Stein, der einst von magischen Energien berührt worden war.

Leandra seufzte dankbar auf und sandte ein Stoßgebet zu den *Kräften.* Sie hatte es geschafft! Zeit, das Potenzial des Steins zu überprüfen, war jetzt nicht mehr. Aber sie zweifelte nicht daran, dass er stark war. Egal, ob er tatsächlich die Kräfte besaß, die der Fundort vermuten ließ – Hauptsache, sie hatte einen! Sie blickte ehrfürchtig zu den Monolithen auf, ein weiteres Mal von der Faszination dieses Ortes ergriffen. Deutlich fühlte sie die Anwesenheit der Magie. Sie glaubte nun regelrecht zu spüren, dass sie ab morgen, ab dem Tage, da sie ein wirkliches Mitglied der Gilde war, Zugang zu den arkanen Geheimnissen der Welt erhalten würde. Sie konnte an Magien, die jenseits der Vorstellungskraft gewöhnlicher Bürger lagen, teilhaben und … ja, sie würde sie sogar selbst *wirken* können! Sie erhob sich und stand für einen Moment reglos und andächtig in den herabprasselnden Fluten des Regens. Es war fast wie eine Andacht. Dann wandte sie sich zum Gehen um.

Im nächsten Moment blieb sie jedoch überrascht stehen.

Zuerst war es nur ein kleines, alarmierendes Gefühl. Sie wusste nicht, ob sie es deswegen spürte, weil sie den Norikelstein in der Hand hielt, oder ob es einfach nur die Kräfte waren, die in diesem uralten Steinkreis herrschten. Dann kam es stärker, wie eine Welle, die über sie hinwegspülte, und sie besaß den unangenehmen Beigeschmack von Drohung und Gefahr. Aufgeschreckt blickte sie sich um. Sie glaubte für Augenblicke die Gegenwart eines oder mehrerer anderer Lebewesen wahrgenommen zu haben. Ihr Herz pochte heftig und schlug wie in angstvollem Protest gegen ihre Brust. Sie fragte sich, aus welchem Grund sie sich so fühlte, als wäre ihr Leben in Gefahr. Ein Schwindel stieg in ihr hoch, doch es war nicht ihr Körper, sondern eine magische Kraft, die sie in derartige Aufregung versetzte.

Als die Welle wiederkam, diesmal noch stärker, duckte sie sich unwillkürlich nieder. Ihr hübsches Gesicht, umrahmt von einem Schwall triefender Haare, hatte sich zu einer furchtsamen Grimasse verzogen – und endlich reagierte sie. Geistesgegenwärtig verwischte sie die Spur ihrer Grabung und rannte gebückt aus dem Steinkreis hinaus. Sekunden später hatte sie sich in den Schutz einer Dornenhecke hinter ein paar niedrigen Felsbrocken gekauert und verharrte mit bis zum Hals klopfendem Herzen.

Sie hatte keine Ahnung, ob sie hier in Sicherheit war. In der einen Faust den Norikelstein haltend, umklammerte sie mit der anderen ihre kleine Schaufel; entschlossen, sie als Waffe zu gebrauchen, wenn sich irgendwer an ihr vergreifen wollte, wie lächerlich das auch wirken mochte. Gedanken schossen ihr durch den Kopf, ob es Munuel oder einer aus dem Dorf sein konnte, aber – nein, das erschien ihr viel zu unwahrscheinlich. Besonders bei diesem Wetter. Vielleicht ein wilder Waldmurgo; es gab auch ein paar Drachenarten, die nicht ungefährlich waren … dennoch, Leandra hatte noch nie welche gesehen. Kreuzdrachen oder die riesigen Malachista hausten tief in den Bergen und drangen kaum jemals in die Hochebenen oder ins Tiefland vor. Ein Bär oder vielleicht eine große Waldkatze – aber wie hätte ein Tier eine solch machtvolle Magie ausstrahlen können? Blieb also nur noch – und sie erschauerte unter dieser Vorahnung – etwas *aus dem Asgard* selbst; etwas Schreckliches, das nach Hunderten von Jahren zurückgekehrt war, weil es sich von einer lächerlichen kleinen Novizin keinen Norikelstein stehlen lassen wollte. Leandras Verstand sagte ihr, dass dies wie ein Ammenmärchen klang – aber dennoch, ihr wurde schlecht vor Angst. Aus dem Schutz der Hecke blickte sie lang in den Kreis des Asgard. Sie rechnete damit, dass der unheiligen Erde dieses Ortes im nächsten Moment etwas entsteigen würde – etwas Furchtbares, das sie für ihre Tat zur Rechenschaft zog.

Doch es geschah nichts. Sie schalt sich eine Närrin, für Momente an ihren eigenen, selbst ersonnenen Kinderspuk geglaubt zu haben.

Sie atmete mit erzwungener Erleichterung aus und machte sich bereit, aufzustehen und davonzugehen. Sie hatte sich selbst etwas vorgespielt. Die magische Aura des Asgard, zusammen mit ihrer Furcht und ihrer regen Phantasie hatten ihr einen derben Streich gespielt. Beinahe schon peinlich – wahrhaftig. Gut, dass das niemand mitbekommen hatte.

Leandra erhob sich zögernd und blickte in die Runde. Keine fünf Sekunden vergingen, ohne dass ein Blitz die schweigenden Steinmonolithen in grellweißes Licht tauchte und ein rumpelnder Donner bedrohlich über sie hinwegrollte. Der Regen hatte wieder zugenommen und rauschte mit wütender Heftigkeit auf den Morast herab, in den sich der karge Boden verwandelt hatte. Der Asgard verströmte in der Tat eine unerhört bedrohliche Aura und Leandra milderte ihr Urteil über sich selbst. Sie hätte keinen Ort gewusst, der unheimlicher wäre als dieser hier.

Sie atmete tief ein und erklärte diese Spukgeschichte für beendet. Höchste Zeit, dass sie nach Hause kam, wenn sie sich keine Lungenentzündung holen wollte. Sie wandte sich um und marschierte los.

Aber sie kam keine drei Schritte weit.

Wie ein Hammerschlag rollte erneut eine heftige Welle unerklärlicher Empfindungen über sie hinweg. Instinktiv duckte sie sich und kroch zurück in den Schutz der Dornenhecke.

Es war, als hätte einer der Donnerschläge nicht nur ihr Gehör, sondern auch ihr Gehirn durchdrungen, und sie war augenblicklich sicher, dass alle Befürchtungen in Wahrheit *doch* keine Hirngespinste gewesen waren. Zu verschreckt, um sich zu erheben, blieb sie in ihrem Versteck und versuchte einen vernünftigen Gedanken zu fassen.

Das Zentrum des Gewitters schien wieder näher zu

rücken. Blitze zuckten mit blendender Helligkeit rings umher und unablässig krachten Donnerschläge. Der Regenstrom erreichte einen neuen Höhepunkt – man könnte sagen, das Wasser drosch nur so herab. Die Ungewissheit über die Art der Bedrohung begann Leandra zu zermürben. Sie war nass bis auf die Haut, fror erbärmlich und hatte furchtbare Angst – vor etwas, das ihr gänzlich verborgen blieb. Sie war kurz davor, aufzuspringen und in kopfloser Panik ins Dorf zu rennen. Dann aber geschah etwas.

Unweit von ihr tauchten dunkle Gestalten auf.

Hoch zu Pferde, es mussten drei oder vier sein, dann sah sie auch noch weitere, die nebenher liefen. Sie drückte sich unter ihre Hecke und achtete nicht auf die Dornen, die sie empfindlich stachen. Die Gestalten bewegten sich seltsam geräuschlos; die Tritte der Pferde hätten im nassen Boden deutlich vernehmbar platschen müssen – aber sie hörte nur das Rauschen des Regens. Er ließ abermals langsam nach.

Die Temperatur war inzwischen so sehr gefallen, dass Leandras Atem beschlug. Und dabei fiel ihr noch etwas Merkwürdiges auf – der Atem der Pferde tat das nicht. Aber dann waren sie schon vorbei, näherten sich der Mitte des *Asgard.* Leandra stockte der Atem. Diese Fremden begaben sich mitten in den Steinkreis hinein! So, als gälten für sie die magischen Gesetzmäßigkeiten nicht, als hätten sie für sie keinerlei Bedeutung!

Ihre Empfindungen hatten mit diesen Fremden zu tun, das war ihr nun klar. Irgendetwas ging hier nicht mit rechten Dingen zu.

Sie wagte sich eine Winzigkeit hinter dem Busch hervor und spähte über die Felsbrocken hinweg in den Steinkreis. Sie überlegte, ob sie es wagen könnte, sich rückwärts davonzustehlen, doch die Blitze hielten sie davon ab. Immer wieder war die Lichtung für eine Sekunde taghell, und das würde ausreichen, sie zu entdecken. Sie blieb in ihrem Versteck.

Die Fremden, es waren sechs an der Zahl und drei Pferde, befanden sich in der Mitte des Asgard und waren in den ständig aufzuckenden Blitzen gut zu erkennen. Allerdings waren sie kein sehr beruhigender Anblick. Keiner von ihnen, nicht einmal die Pferde, schien aus mehr als einem schwarzen Fleck zu bestehen, selbst dann, wenn ein wilder Blitz über den Asgard hinwegzuckte und die Szene in bleiches, kaltes Licht tauchte.

Die Fremden versammelten sich zu einem Kreis, während die drei Pferde teilnahmslos und vor Regen triefend abseits dastanden und sich kaum um eine Winzigkeit bewegten. Immer unwirklicher wurde das, was sich mitten in dem magischen Kreis abspielte. Was die Fremden vorhatten, würden Munuel und seine Brüder vom Cambrischen Ordenshaus schwerlich gut heißen – was immer es auch sein mochte.

Ein leises Kribbeln strömte durch ihren Körper und die magische Energie, die sie zuvor in eine so panikhafte Erregung versetzt hatte, stieg wieder an. Sie schluckte heftig und versuchte, mit den Kräften ihres Willens gegen die Magie anzukämpfen. Aber sie spürte, dass es immer schwieriger wurde. Irgendetwas, das von diesen sechs dort kauernden, schwarzen Gestalten ausging, schnürte ihr die Kehle zu. Unwillkürlich japste sie auf, schnappte nach Luft – zum Glück übertönte der Regen das Geräusch. Sie ließ sich wieder zurücksinken und rang nach Luft. Das Kribbeln durchströmte sie immer stärker. Und dann kam wieder das alarmierende Gefühl hinzu – dieses Gefühl, an einem Abgrund zu stehen, die Fußspitzen bereits über der bodenlosen Tiefe, und von irgendeiner unbegreifbaren Kraft stetig, um Winzigkeiten, nach vorn gezogen zu werden – ohne die Möglichkeit, sich irgendwo einen Halt zu suchen.

Während ein Teil ihres Gehirns begriff, dass diese fruchtbare Kraft von den Gestalten im Steinkreis ausging, war der andere Teil verzweifelt damit beschäftigt, der aufkommenden Panik Herr zu werden. Sie begann zu keuchen und sogar zu schwitzen – trotz der Kälte, die rings um sie herrschte. Dann endlich kam der noch denkende Teil auf die Lösung – sie war Magierin, eine Novizin zwar, aber dennoch: Es musste Möglichkeiten geben, diesem Abgrund mithilfe der Magie zu entfliehen. Spontan schloss sie die Augen und tastete nach dem *Trivocum.*

Es war Erlösung und Schreck zugleich. Während sie noch eine plötzliche Erleichterung verspürte, mithilfe ihrer Sinne dem Rätsel auf den Grund zu kommen, offenbarte ihr das *Trivocum* die Ursache ihrer Empfindungen. In dem zartrosa Schleier, den ihr *Inneres Auge* schon vor vielen Jahren zum ersten Mal erblickt hatte, klaffte ein mörderischer Riss, eine gähnende Spalte, hinter der ein nebliger, schwarzgrauer Brei waberte wie ein verunreinigter, fauliger Teig. Die Ränder des Risses hingen regelrecht in Fetzen, in tiefblauen und violetten Farben leuchtend, und Leandra wusste instinktiv, dass diese Öffnung im *Trivocum* eine furchtbare Gefahr bedeutete. Das war kein *Aurikel,* eine der sorgfältig und kontrolliert gesetzten Öffnungen, wie man sie in der Elemantarmagie verwendete: klein, zielgenau, mit kräftig gelb leuchtenden Rändern und darauf wartend, durch ein Norikel sauber wieder verschlossen zu werden. Nein, dies hier war eine klaffende Spalte, durch die alles mögliche an stygischen Energien ins Diesseits fließen konnte. Der dahinter lauernde graue Strudel, in dem die jenseitigen Kräfte des Stygiums wie ein kochender Schleim auf und ab wallten, war ein nur allzu klares Abbild dessen, welches die beherrschenden Kräfte in dieser Sphäre des Chaos waren. Nur, dass Leandra sie noch nie in dieser Form gesehen hatte.

Und dann begann sich aus dem Strudel ein schwärzlicher, manchmal violett aufleuchtender Faden ins Diesseits zu winden – wie ein ekliger Wurm auf der Suche nach einem Opfer. Leandra keuchte. Das konnte nur das Werk der Fremden sein – sie wirkten diese namenlose, abseitige Magie. Auf einmal spürte sie, wie ihre linke Hand warm wurde, und schlagartig begriff sie, dass dies ihre Rettung war: *Der Norikelstein!*

Instinktiv kniff sie die Augenlider zusammen und konzentrierte sich auf die Ableitung der Kräfte, die von ihr Besitz zu ergreifen drohten – in den Stein! Fast augenblicklich konnte sie den Erfolg verspüren – das entnervende Kribbeln ließ nach, während der Stein in ihrer Hand warm und wärmer wurde. Sie presste die Faust, in der sie den Stein hielt, in die feuchte Erde, und abermals geschah etwas – die Hitze, die sich in ihrer Faust gebildet hatte, ließ nach.

Leise stöhnte sie auf.

Sie hatte das Mittel gegen diesen Wahnsinn gefunden – und es als einen Wahnsinn zu bezeichnen erschien ihr nicht übertrieben. Sie würde morgen – wenn sie diese Begebenheit unbeschadet überstand – Mitglied der Gilde werden und konnte die zwölf wichtigsten Gesetze des Gildenkodex im Schlaf aufbeten. Die Hauptregel besagte, dass sich jeder Magier auf dem akranischen Kontinent und auch im Rest der Höhlenwelt an die *Elementarmagie* zu halten hatte – an sie und nichts anderes. Das aber, was hier geschah, war alles, nur keine Elementarmagie. Wie gefährlich sie war, glaubte Leandra unschwer zu ermessen.

Mit einem Hauch neu gewonnener Sicherheit beschloss sie, über diese Fremden herauszufinden, was immer ihr möglich war. Vielleicht fand sich später eine Gelegenheit, ihre Beobachtung Munuel zu berichten, ohne preisgeben zu müssen, dass sie hierher gekommen war. Im Moment konnte sie ohnehin nicht fliehen. Leandra beließ die Faust auf der Erde, um weiterhin die stygischen Energien abzuleiten. Sie überlegte, ob die Fremden die Energie würden spüren können, die auf diese Weise in die Erde geleitet wurde, entschied dann aber, dass dies kaum zu befürchten stand. Im *Asgard* selbst herrschten so starke Verwebungen, dass sie zusammen mit dem Riss im *Trivocum* diese eher geringfügigen Aktivitäten überdecken würden.

Als sie sich umdrehte und wieder in die Mitte des Asgard blickte, stöhnte sie auf.

*

Munuel spürte schon den ganzen Tag ein ungutes Gefühl im Magen.

Zuerst war ihm am Morgen das Brot im Ofen verbrannt, danach hatte er Zachs krankes Mullooh nicht mehr retten können, und gegen Mittag erreichte ihn die Nachricht aus dem Nachbardorf Malangor, einer seiner Novizen habe es gewagt, ohne Aufsicht Magie zu wirken. Er hatte versucht, einen Stapel nassen Holzes mithilfe einer einfachen Iteration im Herd seines Elternhauses zu entzünden – und dabei die halbe Küche niedergebrannt. Er hatte schlicht und einfach vergessen, die stygischen Energien, die er zum Fließen brachte, *irgendwohin* zu lenken. Er konnte von Glück sagen, dass dieses Experiment noch vergleichsweise glimpflich verlaufen war.

Munuel stand nun die ärgerliche Pflicht bevor, diesem Novizen eine angemessene Strafe aufzubrummen. Und die konnte nur heißen: Einjährige Verlängerung der Novizenschaft! Er seufzte.

Natürlich probierten *alle* irgendwas aus. Kaum ein Novize konnte der Versuchung widerstehen, vor seiner Aufnahme in die Gilde allein eine Magie zu wirken. Waren die Vergehen kleiner oder kaum auffällig, versuchte Munuel, den Missetäter mit einer scharfen Zurechtweisung und einem Strafdienst davonkommen zu lassen. In diesem Fall jedoch hatte sich binnen weniger Stunden in der ganzen Gegend herumgesprochen, was vorgefallen war. Und der Schaden war erheblich. Munuel konnte gar nicht anders, als die von der Gilde vorgesehene Strafe zu verhängen.

Er sah zu Altmeisterin Caori und seufzte. »Es ist eine verrückte Zeit, jetzt im Sommer. Die Prüfungen stehen bevor, und mindestens die Hälfte aller Novizen hat nichts anderes im Sinn, als die erste Regel der Novizenschaft zu brechen.« Er starrte trübsinnig zum Fenster hinaus in den Regen, der über dem Siebenplatz niederrauschte. Ein rumpelnder Donnerschlag kam von Osten herangerollt. Munuel nahm seinen Weinbecher vom Tisch und nippte lustlos daran.

»Wir sollten wieder härter durchgreifen«, sagte Caori und zog die Stirn in Falten.

Munuel, den Kopf auf die Hand gestützt, studierte interessiert ihre Stirn. Eine wahre Landschaft von Falten, Runzeln und Warzen. Die alte Magierin starrte missmutig in Munuels Augen, deren Blickrichtung sie leicht erraten konnte. »Du bist auch nicht mehr der Jüngste!«, brummelte sie ärgerlich.

Munuel zog die Augenbrauen hoch und richtete sich auf. »Ich?«, fragte er. »Na hör mal! Gerade mal sechzig! Uns trennen mindestens zwanzig Jahre!«

Caori winkte verdrossen ab. »Das merkt man, du Jungspund! Hast deine jungen Bürschlein nicht im Griff. Als ich noch Novizen ausbildete …«

Munuel stützte sich faul wieder auf. »… und Mägdelein«, fügte er hinzu. »Vier sind es derzeit in unserer Region. Das gab es zu deiner Zeit noch nicht.«

»Du willst dich wieder damit brüsten, was du für die Gleichberechtigung des Weibes tust«, sagte Caori barsch. »Verschone mich! Nach allem, was ich über dich weiß, bist du nur versessen auf diese jungen Dinger!«

»Ach, Unsinn!«, stieß Munuel hervor. »Wie oft habe ich schon verlangt, wir sollten mehr Magierinnen ausbilden. Sie haben die Magie … nun, sozusagen im Bauch, verstehst du? Sie können viel besser mit ihr umgehen. So eine Meinung sollte dir eigentlich zusagen, alte Krähe! Meinst du nicht?«

Caori erwiderte nichts. Munuel focht seinen ständigen Kampf gegen ihren nicht enden wollenden Missmut. Ihm war schleierhaft, was sie im Laufe der Jahre zu einer solch verdrossenen Alten gemacht hatte. Immerhin war sie nur alle paar Monate in Angadoor, diesmal, weil morgen die Gildenaufnahme für einige Novizen bevorstand.

Donner rollte über das Tal, und die Helligkeit der Blitze strahlte in die trübe erleuchtete Wirtsstube herein. Munuel seufzte abermals. Caori war es schon wieder gelungen, ihn mit ihrer schlechten Laune anzustecken. Er lenkte seine Gedanken auf das bevorstehende Eintreffen des Gildenmeisters. Alles war vorbereitet – nur das Wetter wollte nicht mitspielen. Die Leute hatten eilig die Dekoration des Siebenplatzes in Sicherheit gebracht, die man überall angebracht hatte. Blieb nur zu hoffen, dass der Regen bis morgen aufhörte – aber dafür gab es zu dieser Jahreszeit keine Gewähr.

Plötzlich, als ein gewaltiger Blitz den Himmel erhellte und ein wütender Donnerkrach den müden Abend in zwei Teile zerriss, fuhren beide hoch. Munuel und Caori starrten sich gegenseitig an. Unglauben und Überraschung stand in ihren Blicken.

»Was war dann *das?*«, flüsterte Caori.

Munuel glotzte sie nur an; offenbar tat er dasselbe wie sie – nämlich das *Trivocum* zu beobachten.

»Da ist irgendwo ein hässliches Loch«, sagte Munuel leise, langsam und sehr nachdenklich. »Nicht weit von hier. Irgendwo ... östlich!«

Caori schüttelte ungläubig den Kopf. »Kein Aurikel«, stellte sie fest. »Also ... *so etwas* habe ich lange nicht mehr gesehen!«

2 ♦ Asgard

Mitten im Steinkreis hatte sich ein blauviolettes Licht erhoben, eine spiralförmige Aura, doppelt oder dreifach mannshoch und so breit, dass sie den Kreis der Männer in der Mitte des *Asgard* umschloss. Ihr oberes Ende verjüngte sich zu einem dünnen Schlauch, der sich irgendwo in der Höhe verlor. Dabei drehte sich diese Aura mit quälender Langsamkeit um diese Achse – so träge, dass es gar nicht zu dem wütenden Wetter und den peitschenden Regenböen passen wollte. Und in der Mitte dieser Aura kniete eine Gestalt am Boden, offensichtlich ein Gefangener.

Leandra hatte für Sekunden das Atmen vergessen. Sie fuhr sich mit beiden Händen über die Augen, um den Regen fortzuwischen. Sie versuchte, weitere Einzelheiten zu erkennen.

Die Hände des Gefangenen waren auf dem Rücken zusammengebunden. Im Gegensatz zu den fünf übrigen Männern, trug er Kleider wie ein gewöhnlicher Bürger, nicht jene nachtschwarzen, konturlosen Roben wie seine Peiniger. Ja, Leandra wusste sofort, auf welcher Seite sie stand, obwohl sie kaum mehr sehen konnte als eine im kalten Regen kauernde Männergestalt. Sie war sogar von ihr abgewandt und halb hinter einer anderen Gestalt verborgen, die im Vordergrund auf dem Boden kniete.

Über dem Gefangenen drehte sich die violette, unheilvoll leuchtende Aura in den nächtlichen Regenhimmel hinein, so als sauge sie ihm das Leben aus dem Leib – Leandra konnte es förmlich spüren. Sie hatte Mühe zu atmen. Es war ihr neu, dass es magische Ereignisse gab, die sich so deutlich nach Verderbnis und Tod anfühlten.

Die Farbe dieses mystischen Strudels war das reinste Gift, und sie glaubte nicht, dass der fremde Mann diese Szene mit heiler Haut überstehen würde. Sie fragte sich, warum sie ihn nicht schon vorher bemerkt hatte, aber dann sah sie zu seinen Füßen einen dunklen nassen Haufen im Licht der Blitze glänzen – er hatte wohl ebenfalls eine der schwarzen Roben getragen, als er angekommen war.

Und dann begann der Wahnsinn der stygischen Energien aufs Neue – die Kräfte stiegen wieder an, und sie umschloss ihren Norikelstein noch fester, damit sie diese Gewalten irgendwie loswerden konnte. Es fühlte sich an wie das eine Mal, da sie als junges Mädchen zu viel getrunken hatte – alles drehte sich in ihrem Kopf –, nur war da noch diese albtraumhafte Angst, die sich wie ein mörderisches Insekt in ihrem Hirn festgekrallt hatte und sie nicht loslassen wollte.

Doch schließlich schaffte sie es, ihr eigenes Ich überwiegen zu lassen – unter Aufbietung allen Willens, zu dem sie fähig war. Sie hob den Kopf ein wenig mehr hinter ihrer Deckung hervor.

Kurz darauf überkam sie ein neues Gefühl. Es war wie die Gegenwart einer weiteren Person – irgendjemand, der sich von außen näherte. Nein, korrigierte sie sich, es war eine Wesenheit, die in der magischen Aura zu entstehen schien. Im nächsten Augenblick schon wusste sie, was geschah. In der Mitte des Strudels, über den Köpfen der Fremden, änderte sich die blauviolette Farbe ins Rötliche hinein. Es war wie glühende Magma. Sie glaubte plötzlich, sich die Hitze und tödliche Kraft glutflüssigen Gesteins vorstellen zu können, als sie diese Empfindung überkam. Ihr Inneres Auge war in der Lage, die Gegenwart der neu hinzukommenden Person in dem Strudel zu spüren. Ohne dass sich die glühende Verfärbung zu einer Gestalt verdichtete, konnte Leandra sie dennoch erkennen. Es war das Gesicht einer Frau – und Leandra kannte sie.

Sie stöhnte innerlich auf, denn diese Frau zählte zu den allerletzten, die sie mit einer solchen Szene in Verbindung gebracht hätte. Es war das Gesicht von Limlora, einer der Töchter des Shabibs – des Herrschers von Akrania.

Wer einmal Limlora gesehen hatte, so sagte man, würde sie nie wieder vergessen. Sie war von fast überirdischer Schönheit, von solch vollkommener Sanftmut und Reinheit, dass sich viele Menschen im Lande wünschten, sie würde einmal die Nachfolgerin des Herrschers des großen Westakranischen Reiches. Doch da Limlora ein so zartes, stilles und zurückgezogenes Wesen war, rechnete niemand damit, dass sie sich jemals der Politik oder den Regierungsgeschäften zuwenden würde. Sie lebte im Palast von Savalgor, zusammen mit ihrem Vater und den anderen Mitgliedern der Herrscherfamilie, und obgleich man sie häufig bei den Versammlungen des Hierokratischen Rates sah und sie eine ständige Begleiterin ihres Vaters zu sein schien, beteiligte sie sich nie an den Debatten, die in den höheren Kreisen zum Tagesgeschäft zählten. Man hielt ihre Gegenwart gemeinhin für eine kluge Maßnahme des Shabibs, ein Mittel, mit dem er seine Verhandlungspartner zu beeindrucken suchte – was ihm auch durchweg gelang. Ihr Lächeln und ihre Anmut schlug jeden in ihren Bann, so sagte man jedenfalls, und kein Burgherr, Handelsfürst oder Würdenträger vermochte sich ihrem Liebreiz zu entziehen. Der Shabib zog Gewinn daraus, dass ein jeder Limlora gefällig sein wollte.

Leandra hatte Limlora einmal bei einer Debatte des Rates gesehen, und sie konnte nur bestätigen, dass die Ausstrahlung der Shabibstochter außergewöhnlich war. Der Shabib war nun schon alt, und seit geraumer Zeit gingen Gerüchte, seine Zeit sei gekommen. Bei Hofe sollten schon verdeckte Machtkämpfe unter den möglichen Nachfolgern im Gange sein; besonders unter seinen vier Söhnen, von denen jedoch keiner zu überzeugen wusste. Leandra hatte gehört, das Verlangen nach einer Shaba im Volke sei groß – besonders, da der Herrscherrang seit alters zumeist von Frauen besetzt war. Der Shabib Geramon war in dieser Hinsicht eine Ausnahme.

Dass sie nun das Gesicht der Shabibstochter an diesem seltsamen Ort und bei dieser rätselhaften Gelegenheit erblickte, traf sie vollkommen unvorbereitet. Und noch mehr verblüffte sie, was sie nun sah.

Das wunderschöne Gesicht der Limlora verzog sich zu einer Grimasse des Spotts und der Niedertracht. Ihre Augen, die Leandra als eine Mischung aus mystischer Wahrnehmung und einem realen Abbild in der Mitte des magischen Strudels sah, verstrahlten Kälte, Arroganz und Machtgier. Ihre hohle Stimme, die wie durch einen dunklen Tunnel aus einem Abgrund heraufschallte, begann Worte in der regendurchströmten Dunkelheit zu formen.

Wie ich sehe, habt ihr ihn gefunden.

Eine andere Stimme, die Leandra einer der Gestalten in dem Steinkreis zuordnete, erwiderte: *Ja, Herrin. Wir fanden ihn, wie Ihr sagtet, in der Nähe von Laarbon.*

Laarbon? Vor Leandras geistigem Auge formte sich das Bild, das sie sich von dieser alten Festung im Ostakranischen Gebirge gemachte hatte – diesem legendären Ort, den sie nie erblickt, von dem sie aber viele Geschichten gehört hatte.

Der Ausdruck der Kälte und des Spotts in Limloras Gesicht verstärkten sich.

Hattest du nichts Eiligeres zu tun, als mit mir in Verbindung zu treten? Idiot!

Leandra zuckte zusammen. Für einen schrecklichen Moment hatte sie den Eindruck, als hielte Limlora inne, als suchten ihre Augen die Umgebung ab und erblickten sie, Leandra, für einen kurzen Augenblick. Dann aber war es schon vorbei.

Ich hielt es für wichtig, erhob sich wieder die andere Stimme.

Wichtig! Was weißt du schon, was wichtig ist! Habt ihr den anderen auch?

Eine Pause entstand.

Nein, wir konnten ihn nicht finden. Aber wir …

Leandra stöhnte leise auf, als sich eine neuerliche Welle über dem Asgard ausbreitete, eine Welle von fast schon körperlich spürbarem Zorn, der die Gestalten in dem Kreis straucheln ließ.

Vergiss deine lächerlichen Anstrengungen, sagte Limloras Stimme, durchsetzt von heißem Zorn und triefend vor Verachtung. *Ich werde andere aus der Bruderschaft nach ihm suchen lassen.*

Der Gefangene, der sich bisher nicht gerührt hatte, hob plötzlich den Kopf – mühsam, wie unter unsäglichen Schmerzen, und starrte in den Wirbel der mystischen Farben, der sich zäh wie eine klebrige Masse über den Köpfen der Gestalten drehte.

»*Ihn* wirst du niemals kriegen …!«, schrie er der Erscheinung entgegen, aber seine letzten Worte erstarben wie unter einem Knüppelschlag. Und dann geschah etwas, das Leandra niemals vergessen würde, das sich wie ein Symbol einer Macht in ihr Gedächtnis brannte, die so gewaltig war, dass sich ihr niemand widersetzen konnte. Der Mann wurde regelrecht zerdrückt, als geriete er zwischen zwei gewaltige, unsichtbare Mühlsteine, und sein hilfloser Schrei erstarb inmitten eines hässlichen, mahlenden Geräuschs. Die fünf Gestalten um ihn herum wichen entsetzt zurück.

Leandra stieß einen hilflosen Schrei aus. Es war keine der Gestalten, die sich ihr zuwandte – dazu waren wohl alle zu schockiert. Es war viel schlimmer, es war das monströse Gesicht Limloras, das sich ihr zuwandte. Leandra mutmaßte später, dass sie in diesem Moment nur mit dem Leben davonkam, weil sie sich außerhalb des magischen Steinkreises befand.

Für Momente sprühte das Gesicht einen beinahe unerträglichen Hass aus; eine Wut, die allein schon ausreichen mochte, einen Menschen zu töten. Dann weitete sich der magische Strudel in der Mitte des Asgard mit beängstigender Geschwindigkeit aus, während sich das Gesicht Limloras wie in einem ohnmächtigen Schrei verzerrte, die Augen schloss und eine weitere Welle unsäglicher Kraft nach außen sandte.

Leandra reagierte endlich. Sie ließ sich nach hinten fallen, kam gleich wieder auf die Beine und fing an zu rennen. Sie rannte wie noch nie in ihrem Leben, stürmte in den Wald hinein, achtete auf nichts, kümmerte sich nicht um die nassen Zweige, die ihr ins Gesicht klatschten, und kannte nur ein Ziel: So schnell wie möglich von hier wegzukommen, heim nach Angadoor, in die Sicherheit ihres Dorfes.

Sie glaubte hinter sich noch einen wütenden Befehl zu vernehmen, man solle sie verfolgen, fangen und wahrscheinlich töten, denn sie war Zeugin einer Begebenheit geworden, die nicht für die Augen irgendeines Fremden bestimmt war, und das kam einem Todesurteil gleich. Sie rannte und rannte, fiel mehrfach hin, rappelte sich wieder auf und kam kurz darauf zu der seltsamen Gewissheit, in Sicherheit zu sein, dass nichts auf der Welt so schnell rennen konnte wie sie in diesem Augenblick.

Ihre Gewissheit wurde jedoch enttäuscht. Sie hörte hinter sich Geräusche und wütende Rufe, daher gestattete sie sich keine Sekunde des Verweilens, um sich zu orientieren. Trotz der Dunkelheit glaubte sie auf dem geraden Weg nach Angadoor zu sein und rannte weiter, so schnell sie ihre Füße trugen. Dann war sie aus dem Wald heraus, aber der Regen strömte mit so unverminderter Macht herab, dass sie nicht erkennen konnte, in welcher Richtung die Brücke lag. Heiß kam ihr die Erkenntnis, dass sie verloren war, wenn sie die Brücke nicht auf Anhieb fand. Sie würde am Flussufer entlang irren, und dort würde man sie erwischen, denn sie besaß nicht die Ausdauer, um den Reitern zu entkommen.

Von neuerlicher Angst getrieben, hastete sie vorwärts,

aber da hörte sie schon etwas aus dem Wald hinter sich hervorbrechen. Es war so laut und wild, dass sie dachte, es wären gar keine Männer auf Pferden, sondern eine Monstrosität, die Limlora herbeibeschworen und ihr auf die Fersen gehetzt hatte.

Sie wagte nicht, sich umzuwenden, als sich das Krachen und Bersten von Zweigen und Holz wiederholte. Sie stieß nur einen kraftlosen Schrei aus, rannte weiter und betete zu den Kräften, sie möge die Brücke finden.

Sie hastete über die Wiese in Richtung des Iser und glaubte einen Moment später das Rauschen des kleinen Flusses zu vernehmen – aber nein, wie töricht, der Regen war viel zu laut. Hinter ihr platschte etwas über die feuchte Wiese, das beängstigend große *Füße* haben musste. Sie stieß ein Wimmern aus, rannte verzweifelt weiter. Ihre Lungen schmerzten, und sie rang um Luft, glaubte, vor Angst nicht mehr genug atmen zu können, um noch lange rennen zu können.

Dann kam tatsächlich das dunkle Band des Flusses in Sicht, und Leandra hielt verzweifelt nach der rettenden Brücke Ausschau. Aber da war nichts. Entsetzt flogen ihre Blicke flussauf, flussab; nein, sie konnte die Brücke nicht entdecken. Sie stieß einen weiteren Schrei aus, diesmal einen Schrei der Wut über die Grausamkeit des Schicksals, das ihr diese eine Hoffnung wenigstens noch hätte lassen können. Kraftlos und schluchzend sank sie zusammen. Sie hatte nichts mehr, um sich zu helfen, keine Waffe, keine Brücke, und nicht einmal eine lächerliche, kleine Magie, um sich zu verteidigen – nein, sie war eine Novizin, sie durfte nicht einmal ohne Aufsicht eine Kerze auf magischem Wege entfachen.

Schluchzend kauerte sie am Boden, während das dämonische Platschen hinter ihr lauter wurde. Nein, dachte sie wütend, als angehende Magierin dürfte sich nicht mal ohne Aufsicht gegen eine Todesgefahr wehren – selbst wenn sie irgendeinen dummen Trick gewusst hätte. Ihr Hirn suchte nach einer Erklärung für das Schicksal, das sich lärmend näherte und das es ihr vor Grauen unmöglich machte, sich umzuwenden, um ihm in sein teuflisches Gesicht zu blicken.

Plötzlich wurde es unerträglich hell, und Augenblicke darauf war sie von so heißem Dampf eingehüllt, dass sie vor Schmerz aufschrie. Sie ließ sich flach auf den Boden fallen, während sie einen gewaltigen Donnerschlag vernahm, dessen Echo ihr alle Knochen im Leibe durchschüttelte. Ein krächzendes, unnatürlich hohes Brüllen erklang, und dann traf sie etwas wie ein schwerer, nasser Sack und begrub sie unter sich.

*

Das Nächste, was sie wahrnahm, war eine Hand über ihrem Gesicht. Sie wusste nicht, wovon sie sich so nass anfühlte – vom Regen, von ihren Tränen oder von noch etwas anderem, etwas, das sie sich nicht vorzustellen wagte.

Sie begann zu wimmern, aber da hörte sie schon die Stimme einer Frau, die ihr beruhigend zuflüsterte. Völlig im Ungewissen, was um sie herum geschah, krümmte sie sich zusammen und verbarg ihren Kopf unter den Armen.

Dann endlich vernahm sie eine vertraute männliche Stimme, und nach einer Sekunde wusste sie, dass Munuel da war – Munuel, ihr Meister und Lehrer, und das konnte nur bedeuten, dass sie sich in Sicherheit befand.

Ihre innere Anspannung löste sich fast schlagartig. Sie stöhnte erleichtert auf und versuchte sich aufzurichten, um die Orientierung zurückzugewinnen.

Noch immer prasselte Regen herab, aber er schien wärmer zu sein als zuvor. Sie war tropfnass, es donnerte und blitzte, und sie lag auf dem Schoß einer Frau – die sie erst nach einigem Blinzeln als Altmeisterin Caori erkannte, die zur Zeit in Angadoor weilte. Munuel beugte sich herab, sein Blick war sorgenvoll und angespannt.

Leandra richtete sich ächzend auf. Ihr Herz pochte, sie atmete schnell und spürte noch immer Hitze in sich; lange konnte ihre Flucht aus dem Asgard noch nicht her sein. Dann, als sie aufrecht saß, stellte sie fest, dass sie sich an der Stelle befand, an der sie zusammengebrochen war. Caori und Munuel hatten sie offenbar hier gefunden.

»Was ist passiert?«, stöhnte sie.

Munuels Stimme übertönte das Rauschen des Regens. »Das frage ich *dich!*«, sagte er. Seine Stimme klang nicht vorwurfsvoll – nur verwirrt und unschlüssig darüber, was sich hier abgespielt hatte.

»Ich ... ich wurde verfolgt«, stammelte Leandra. »Von irgendetwas ... Großem.«

»Etwas *Großem!*«, echote Caori. »Das haben wir gemerkt. Was, bei den Kräften, *war* das?«

Bevor sie antworten konnte, traf Munuel eine Feststellung. »Du warst am *Asgard,* nicht wahr?«

Wie eine kleine Wohltat fiel Leandra das Wörtchen ›am‹ auf, das Munuel benutzt hatte. Im nächsten Augenblick aber schon erkannte sie, dass die Wahrheit nicht zu verbergen war. Sie würde einen triftigen Grund nennen müssen, bei einem solchen Wetter zum *Asgard* zu gehen, und wohl kaum eine vernünftig klingende Ausrede finden. Sie beschloss, alle Schwindelei von vornherein zu unterlassen.

»Ich wollte ... mir einen Norikelstein suchen«, gestand sie matt und wischte sich mit der Rechten das Wasser aus dem Gesicht. Der Regen ließ langsam nach.

Munuel nickte nur – er hatte offenbar kaum mit etwas anderem gerechnet.

Caori sprach ein rasches Machtwort. »Wir sollten zurück zum Dorf gehen«, forderte sie. »Dort ist noch Zeit genug, alles zu besprechen. Dieses Wetter tut meinen alten Knochen nicht gut. Ich bin nass bis auf die Haut!«

Munuel murmelte eine Zustimmung. Er half Leandra

auf die Beine und zog auch Caori hoch. Gemeinsam machten sie sich auf den Weg zur Brücke, die nur ein kleines Stück nördlich lag.

Leandra warf noch einmal einen Blick zum Waldrand zurück. Aber der war schon in der Dunkelheit verschwunden, und sie sagte sich, dass es vielleicht besser so war. Was es dort möglicherweise zu sehen gab, hätte ihr nur Albträume eingebracht. Noch *mehr* Albträume.

Nach einer Viertelstunde hatten sie den Rand des Dorfes erreicht. Keine Menschenseele war zu sehen. Der Regen hatte sich in ein Nieseln verwandelt, dennoch war es kein Wetter, bei dem irgendwer Veranlassung hatte, sich draußen aufzuhalten.

Die warmen Lichter in den Fenstern der Häuser verströmten ein Gefühl der Geborgenheit, das Leandra ein tröstliches Gefühl gab. Sie wandten sich Munuels Haus zu, das am Siebenplatz stand, und die einzigen Menschen, die sie trafen, waren die zwei Söhne eines Dorfbauern, die schwankend aus dem Wirtshaus kamen. Sie winkten ihnen zu und verschwanden dann in nördlicher Richtung.

Wenig später saß Leandra vor dem Kamin in Munuels Haus.

Zwei mächtige Holzscheite knisterten in der Feuerstelle. Für einen Magier wie ihn war es eine Kleinigkeit, augenblicklich ein loderndes Feuer zu entfachen.

Leandra saß in Decken gewickelt vor dem Feuer. Ihr war gar nicht erst gestattet worden, vorher nach Hause zu gehen, um sich umzuziehen. Caori hatte Leandras Kleider genommen und sie in der Küche aufgehängt – sicherlich unter Verwendung irgendeiner Magie. Leandra zweifelte nicht daran, dass sie in trockenen Kleidern von hier fortgehen würde.

Munuel brühte gerade Tee auf, und Leandra beobachtete ihn ahnungsvoll. Noch war nichts besprochen worden. Sie war zu der Einschätzung gelangt, dass diese Angelegenheit geheim bleiben sollte, andernfalls wäre sie nicht hierher gebracht worden. Munuel zog es vor, Belange, die mit Magie zu tun hatten, zunächst einmal unter Ausschluss der Öffentlichkeit zu behandeln.

Er reichte ihr einen Becher mit dampfendem Tee. »Was war das nun für ein *Wesen,* dem du begegnet bist?«, fragte er.

»Zum Glück bin ich ihm nicht *begegnet!*«, erwiderte Leandra seufzend. »Andernfalls würde ich jetzt nicht hier sitzen.« Sie sah ihn an, und ihre Augen begannen neugierig zu funkeln. »Hast du es erledigt? Mit einem magischen Feuerblitz?«

Munuel starrte sie eine Weile an, und in seinen Augen lag das Erkennen – das Erkennen *seiner* Leandra, die, obwohl eigentlich schon erwachsen, stets von kindlicher Neugier beseelt war. Er fragte sich, ob das vielleicht sogar ein begrüßenswerter – wenngleich auch ein wenig gefährlicher – Wesenszug für eine Magierin war. Er verzog den Mund und deutete mit dem Daumen über die Schulter. »Caori war es«, sagte er. »Wusste gar nicht, was die alte Ackerkrähe so alles kann!«

Die alte Magierin kam hinzu. Munuels rüden Worte, durchaus zum Mithören gedacht, schienen ihr gar nichts auszumachen. »Erfahrene Magier können so etwas eben«, erwiderte sie und ließ sich ächzend in Munuels hohem Sessel nieder. Leandra stellte dabei überrascht fest, dass Caoris Kleider bereits trocken waren. Munuel hingegen hatte sich umgezogen. Sie schielte in Richtung der Tür, die in Munuels Küche führte – wo ihre nassen Kleider hingen. Ihr war nicht ganz wohl dabei, nur mit den Decken bekleidet zu sein. Das schränkte sie ein. Sie hatte es sich zur Gewohnheit gemacht, gegen Munuel aufzubegehren. In einem gewissen Rahmen, versteht sich. Munuel war eine Autorität, dennoch genoss er den Disput mit seinen Schülern. Er war ein Mann, der geistig herausgefordert werden wollte.

Und Leandra fühlte sich dazu berufen. Deshalb wollte sie die Möglichkeit haben, aufzuspringen, die Arme in die Luft zu werfen oder wütend aufzustampfen. Das ging jedoch schlecht, wenn man sich unter Decken verstecken musste.

»Ist gleich soweit, Kindchen«, sagte Caori, die Leandras Blicke bemerkt hatte. »In ein paar Minuten kannst du dich wieder anziehen.«

Leandra nickte.

»Nun los!«, forderte Munuel. »Erzähl der Reihe nach, was passiert ist.«

Leandra nahm ein paar Schlucke aus ihrem Becher und begann mit ihrem Bericht. Zuerst versuchte sie für ihre Absicht, einen Norikelstein zu holen, ausreichende Entschuldigungen zu finden, aber damit stieß sie nur auf geringes Interesse. Munuel und Caori schienen für den Moment nichts davon wissen zu wollen. Munuel winkte sogar ab und forderte sie auf, zum Wesentlichen zu kommen. Sie ließ nach bestem Gewissen nichts aus in der Hoffnung, die erstaunlichen Begebenheiten würden ihre Untat so weit in den Schatten stellten, dass man sie zuletzt ganz vergaß.

Munuel und Caori hatten offenbar nicht damit gerechnet, dass sich außer Leandra noch weitere Personen am *Asgard* aufhielten. Die beiden blickten sich betroffen an. Leandra fuhr fort und beschrieb ihre Wahrnehmungen während der magischen Ereignisse und versuchte den beiden klarzumachen, wie schrecklich verloren sie sich gefühlt hatte.

Als sie dann Limlora erwähnte, wuchs die Betroffenheit ihrer Zuhörer. Und als sie schließlich schilderte, wie der Gefangene umkam, verwandelten sich ihre Mienen in den Ausdruck ungläubigen Erstaunens.

Caori hatte sich aufgerichtet. »Bist du dir ganz sicher, Kindchen, dass du da nichts hinzuerfunden hast?«.

Leandra schüttelte energisch den Kopf. »Nein, wirklich nicht! Das schwöre ich!«

»Und ... da waren tatsächlich ... vermummte, *dunkle Gestalten?*«, wollte Munuel wissen.

Leandra sah ihn forschend an. »Das klingt, als hättest du schon mit ihnen zu tun gehabt.«

Munuels Miene versteinerte sich, und er starrte ins Feuer. »Nein, das hatte ich nicht. Aber es gibt in letzter Zeit immer häufiger Gerüchte. Beunruhigende Gerüchte.«

»Und … was für welche?«

Munuel schüttelte den Kopf. »Nichts Genaues, leider. Aber das, was du da sagst …« Er wandte ihr wieder den Kopf zu und studierte ihr Gesicht. »Ich weiß nicht, was ich davon halten soll, dass du Limloras Gesicht gesehen haben willst. Das ist … nun, gewissermaßen … eine ziemlich absurde Behauptung! Wie sicher bist du, dass es nicht irgendeine andere Frau war?«

Leandra spitzte die Lippen. Sie verstand Munuels Zweifel an ihrer Beschreibung. »Man sagt, man würde Limlora niemals vergessen, wenn man sie einmal sah«, stellte sie achselzuckend fest.

Munuel nickte. »Das ist wahr. Hast du sie denn schon einmal gesehen?«

»Du warst selbst dabei. Letztes Jahr, in Savalgor. Als wir drei Tage im Cambrischen Ordenshaus zu Gast waren und dann eine Debatte des Rates besuchten.«

Munuel überlegte angestrengt. »So? *Waren* wir das …?« Dann nickte er. »Ja … schon möglich.«

»Sie war nur ein paar Schritte von den Besucherplätzen entfernt«, erinnerte sich Leandra. »Sie saß links vom Shabibsthron, er selbst war an dem Tag nicht anwesend. Sie trug ein violettes Kleid und eine dunkelblaue Robe. Ich war so fasziniert von ihr, dass ich sie dauernd anstarrte. Ich habe noch nie eine schönere Frau gesehen.«

»Sie besitzt ein kleines Muttermal«, sagte Caori. »Hast du es gesehen?«

Leandra deutete unter das linke Auge. »Ja, hier.«

Caori nickte vielsagend.

»Hast du es heute auch gesehen … in diesem Gesicht?«

Leandra runzelte die Stirn. »Hm … ehrlich gesagt … darauf habe ich nicht geachtet. Es ging alles sehr schnell, und es war alles so … unheimlich. Aber trotzdem, ich bin wirklich sicher, dass es Limlora war. Ihr Gesicht würde ich niemals vergessen!«

Schweigen breitete sich im Raum aus, nur das Feuer knackte gelegentlich. Leandras Gesicht begann sich von der Hitze zu röten und sie rückte vom Feuer ab.

»Könnte es sein«, fragte sie dann, »dass jemand Limloras Gesicht … *benutzt* hat? Ich meine, dass es nur ein Trugbild war?«

Munuel hob die Schultern. »Möglich. Aber wozu?«

Caori winkte ab. »Dafür kann es tausend Gründe geben. Täuschung, Intrigen, Verrat … und so weiter.«

»Da fällt mir noch etwas ein«, sagte Leandra. »Es war die Rede von einem weiteren Mann, den diese … dunklen Gestalten fangen sollten. Sie haben ihn aber nicht erwischt. Limlora sagte etwas von einer *Bruderschaft,* die sie ausschicken wollte, um den Mann zu finden.«

Munuel starrte sie ungläubig an. »Eine … *Bruderschaft?«*

Leandra nickte eifrig. »Ja, ich bin sicher, dass dieses Wort fiel. Weißt du etwas darüber?«

Sie studierte sein Gesicht und kam zu dem Schluss, dass seine Miene noch finsterer geworden war.

Munuel holte tief Luft und hob den Kopf. »Ich fürchte, wir müssen dieser Sache nachgehen. So verrückt es auch klingt – Leandras Beobachtungen sind der erste klare Hinweis, in *welcher Richtung* wir nach der Ursache für diese seltsamen Begebenheiten suchen müssen.« Er sah zu Caori. »Du weißt schon, die *Dunklen Reiter,* die *Bleichen* und all das …«

Caori nickte. Ihr Gesicht zeigte den typischen Caori-Missmut, jenen Gesichtsausdruck, für den sie schon fast berühmt war.

»Was sind das für *Dunkle Reiter?«*, wollte Leandra wissen.

Munuel schnaufte und schüttelte den Kopf. »Das sind Dinge, die nur den Cambrischen Orden etwas angehen. Nichts für dich, meine Prinzessin. Vergiss es am besten gleich wieder.«

Leandra war nur wenig froh über diese Antwort, aber Munuels ernstes Gesicht verriet ihr, dass ein weiteres Nachbohren keinen Sinn hatte. Sie wandte sich an Caori. »Was war das für ein Wesen, das hinter mir her war? Du hast es doch ... *getötet*, nicht wahr?«

Caori blickte streng zu ihr herab, dann schüttelte sie den Kopf. »Nicht leicht zu beschreiben«, sagte sie. »Eher so etwas wie ein großer Schatten. Schwärzer als die Nacht. Ich sah nur, wie es hinter dir her war ... und unternahm etwas.«

Leandra versuchte, ihre Faszination zu verbergen. Zweifellos hatte Caori eine sehr mächtige Magie angewandt, die alles übertraf, was sie bis heute gesehen hatte. Es interessierte sie brennend, mehr darüber zu erfahren. »Etwas? Kannst Du mir das beschreiben?«

Caori tat etwas Überraschendes. Sie starrte mit gläsernem Blick ins Feuer, hob die Hand und beschrieb mit dem Zeigefinger ein kleine Geste, während sie kaum merklich die Lippen bewegte. Geistesgegenwärtig trat Leandra in Kontakt mit dem *Trivocum* und erblickte mithilfe ihres Inneren Auges im nächsten Augenblick ein kleines, hell strahlendes *Aurikel,* durch das stygische Energien ins Diesseits strömten.

Einen Moment später entstand an der Stelle, an der Caori eben noch mit ihrem Zeigefinger Zeichen in die Luft gemalt hatte, eine kleine, orange leuchtende Aura, aus der ein fadendünner Blitz ins Feuer schoss. Er besaß offenbar keine starke Energie, denn das Feuer loderte nur ein wenig auf. Aber die Feinheit der Erscheinung faszinierte Leandra über die Maßen.

Sie stieß ein überraschtes Stöhnen aus und wollte schon beinahe rufen, Caori solle ihre Magie wiederholen.

»Sehr hübsch!«, stieß Munuel erfreut hervor. »Was ist das?«

Caori seufzte. »Ein sehr alter Schlüssel aus den Lehren der Maldoorer. Ich habe ihn vor langer Zeit bei einem Einsiedler erlernt und seit zehn Jahren nicht mehr angewandt. Ich war selber überrascht, dass er noch so gut funktionierte. Ich kenne mich mit solchen Kampfzaubern nicht besonders gut aus. Aber das weißt du ja.«

Munuel lächelte. »Nun, dieser tat seine Wirkung. Meinen Respekt!«

Für Momente wich Caoris missmutiger Gesichtsausdruck, und das war schon beinahe das noch größere Wunder. Sie winkte ab. »Man wird alt«, stellte sie fest, und dann zeigten ihre Mundwinkel schon wieder nach unten.

Leandras Herz hatte aufgeregt zu pochen begonnen. Sie wagte ihre Frage kaum auszusprechen. »Kann ... ich das *lernen?*«

Beide Magier sahen sie gleichzeitig an. Caori mit leicht verwundertem Gesichtsausdruck, Munuel hingegen eher mit einem strafend-väterlichen.

»Liebes Kind«, sagte er. »Du bist Novizin! Morgen wirst du ...« er zögerte kurz und warf Caori einen Seitenblick zu. »... nun, Adeptin. Du bist noch weit davon entfernt, irgendwelche Kampfzauber beherrschen zu können. Außerdem sind Kampfzauber nicht eben das, was eine angehende Magierin benötigt. Du weißt, wir dienen und helfen. Wir kämpfen nicht. Diese Zeiten sind lange vorbei.«

»Aber was ist mit *heute?*«, fuhr Leandra auf. »Wenn ihr nicht gekommen wäret, dann ...«

Munuel hob abwehrend die Hände. »Ja ja, ich weiß. Du hast nicht ganz Unrecht. Trotzdem, solche Magien sind sehr gefährlich. Caori hat vorhin nur eine niedrige Iteration angewandt. Wenn diese Magie im Kampf nützen soll, muss sie in hohen Stufen gewirkt werden. Du müsstest jahrelang üben, bevor du eine davon gefahrlos anwenden könntest. Schlag dir das lieber aus dem Kopf!«

Leandras Unzufriedenheit wuchs. Sie war einundzwanzig, studierte seit über sieben Jahren, und alles, was sie erntete, war eine Behandlung, wie man sie kleinen Kindern angedeihen ließ. »Das ist lächerlich!«, stieß sie hervor. »Ein Magier muss auch *beschützen* können! Das steht sogar im Kodex! Ich könnte nicht einmal einen Hund verscheuchen! Wie soll ich da jemanden beschützen können?«

Caori wie auch Munuel seufzten.

»Ich mache dir einen Vorschlag«, sagte Caori. »Nach deiner Zeit der Wanderschaft kommst du zu mir, und ich werde dir diese Magie zeigen. Ich werde dich zuvor prüfen, aber wenn du fähig genug bist, werde ich sie dir beibringen. Einverstanden?«

Munuel bekam große Augen. »Du wirst doch nicht …!«, stieß er hervor.

Caori winkte wieder ab, eine ihrer Lieblingsgesten. »Es gibt viel zu viele alte Magien, die in Vergessenheit geraten«, sagte sie. »Es ist schade drum. Und die Kleine hat gar nicht so Unrecht – ein Magier sollte auch *beschützen* können, vor allem sich selbst. Nach allem, was wir wissen, werden die Zeiten nicht eben besser. Diese *Dunklen Reiter* bereiten mir hässliche Träume. Mag sein, dass wir bald wieder einer großen Gefahr begegnen müssen. Du weißt, wie die Menschen sind, Munuel. Mein alter Lehrer Olmer vertrat die Ansicht, dass kein Land länger als dreißig Jahre im Frieden lebt. Dann kommt wieder ein großer Krieg, oder irgendein Verrückter reißt die Herrschaft an sich. Sieh nur, was in Savalgor los ist! Wir befürchten schon lange, dass sich irgendeiner der Höflinge mit Magie wappnet, jetzt, da der Shabib im Sterben liegt.«

»Der Shabib stirbt?«, fragte Leandra erstaunt.

Caori nickte. »Ja, aber behalte das für dich.« Sie starrte ins Feuer. »Solche Zeiten sind gefährlich. Umstürze,

Revolten, du weißt schon. Es gibt immer eine Reihe von Besserwissern, die sich nicht davor scheuen, Gewalt anzuwenden, um schnelle Siege zu erringen.«

Munuel schüttelte verwundert den Kopf. »So habe ich dich noch nie reden hören, Caori!«, sagte er. »Seit wann kümmerst du dich um Politik?«

Wieder winkte sie ab. »Ich habe mich schon für Politik interessiert, du Grünschnabel, da bist du noch mit einer Kinderrassel über den Siebenplatz gelaufen. Du glaubst wohl, du bist der Einzige, der jemals für die Cambrier gekämpft hat!«

Leandra musste grinsen, sah dann aber neugierig in Munuels Richtung. »*Du* hast für den Cambrischen Orden gekämpft?«

Munuel erhob sich mit einer heftigen Bewegung. »Nun ist es genug!«, sagte er streng. »Du solltest dich anziehen, Leandra, und nach Hause gehen. Morgen ist dein Ehrentag. Und was du gerade gehört hast, geht dich nun wirklich nichts an.« Er hob einen drohenden Finger. »Und plappere nicht herum, hörst du? Du hast heute Abend schon viel zu viel mitbekommen! Und erzähle keine Silbe über dein Erlebnis im *Asgard,* verstanden? Wir werden morgen entscheiden, was zu tun ist!«

Als Leandra ging, war ihre Stimmung miserabel. Sie liebte Munuel, als wäre er ihr eigener Großvater, aber sie verdammte ihn auch nicht selten wegen seiner autoritären Art. Insgeheim schmiedete sie einen Plan, der Munuels Ansichten sehr zuwiderlief. Sie freute sich schon darauf, ihm eines Tages unter die Nase zu reiben, was sie getan hatte – vorausgesetzt natürlich, sie würde Erfolg haben.

3 ♦ Adeptin der Magie

Munuel hatte sich bemüht, die Zusammenkunft möglichst unauffällig abzuhalten. Es war der Morgen nach Leandras Erlebnis und der Tag ihrer Aufnahme in die Gilde. Gildenmeister Remoch war von Ghanmar nach Angadoor gekommen, um seine Novizen zu prüfen und, sofern sie bestanden, in die Magiergilde zu berufen. Remoch war nicht schlecht erstaunt, als ihn Munuel gleich nach seiner Ankunft beiseite nahm und ihn um eine dringende Unterredung bat.

Es war noch früh am Tage, und im Angadoorer Wirtshaus herrschte kaum Betrieb, als sie sich an einen abgelegenen Tisch setzten. Nachdem Hosset, der Wirt, ein deftiges Frühstück gebracht hatte, so wie es der betagte Remoch mochte, ruhten aller Augen erwartungsvoll auf Munuel. Am Tisch saßen außer dem Angadoorer Dorfmagier und Remoch noch die Altmeisterin Caori und ein dunkelhäutiger, großer Mann namens Bamtori, der in Begleitung Remochs nach Angadoor gekommen war.

Munuel wandte sich mit ernsten Blicken an den Gildenmeister. »Gibt es neue Nachrichten aus dem Land?«, wollte er wissen.

Remoch zog die Augenbrauen in die Höhe. »Um dies zu fragen, hast du uns alle so geheimnisvoll hierher bestellt?«

Munuel nickte beschwichtigend in die Runde. »Ich werde euch gleich mehr berichten. Aber bitte beantworte zuerst meine Frage, Bruder Remoch.«

Remoch spitzte nachdenklich die Lippen. »Tja, es gibt

leider nicht allzu viel Erfreuliches zu berichten. Ich möchte fast sagen, die Lage spitzt sich zu.«

»Die Dunklen Reiter?«, fragte Munuel. »Sie sind noch immer unterwegs?«

»Mehr denn je. Von überall her erreichen mich Berichte. Aber bislang wissen wir nicht, woher sie kommen und was sie vorhaben.«

»Am häufigsten sind sie südlich des Ramakorums anzutreffen«, fügte Bamtori mit seiner tiefen Stimme hinzu. »Und in der nördlichen Savau-Ebene, wo das Hochland zu den Ostgemarkungen führt.«

Munuel musterte den breit gebauten, dunkelhäutigen Mann. Seit etwa einem halben Jahr schien er der ständige Begleiter des Gildenmeisters zu sein – niemand aber wusste viel über ihn. Ohne Zweifel war er ein Magier, denn die Borten und Säume seiner Kleidung, obwohl von fremdländischem Zuschnitt, wiesen die typischen Stickereien und Verzierungen auf, welche die traditionelle Magierkleidung kennzeichneten. Munuel schätzte, dass er Veldoorer war, Süd-Veldoorer, um genau zu sein; Menschen aus dem nördlichen Teil des Kontinents von Veldoor waren zumeist von schmalerem Wuchs. Bamtori war von den vier Magiern am Tisch der jüngste, etwa um die fünfundvierzig. Seine kolossale Bassstimme trug so weit, dass Munuel stets versucht war, ihn zu bitten, leiser zu sprechen.

»Was ist mit den Bleichen?«, fragte Munuel. »Hat das auch nicht nachgelassen?«

Remoch schüttelte den Kopf. »Es scheinen immer mehr zu werden«, sagte er. »Obwohl es nach wie vor nicht viele sind. Sie nisten sich in einsamen Wäldern, verlassenen Gehöften, Ruinen und in abgelegenen Bergtälern ein. Bald scharen sich dann seltsame Wesen um sie – das berichten jedenfalls Wanderer. Die Bleichen haben meines Wissens noch niemandem etwas getan, aber keine Seele wagt sich mehr dorthin, wo sie einmal gesehen wurden. Sie sollen furchtbar aussehen. Kaum noch als Menschen zu bezeichnen.«

Munuel schnaufte und nickte. »Zu dem Ganzen habe ich leider auch noch etwas hinzuzufügen.«

»So?«

»Ja. In den letzten Monaten bin ich ein bisschen herumgekommen. Ich habe von anderen Magiern, besonders von jungen, einige seltsame Berichte gehört. Demnach ereignen sich während der Iterationen einiger Magier zunehmend Visionen von Dingen, die sich in der Hauptstadt abspielen müssen. Ein Jungmagier aus Lemsoor hat mir von einer Bande von Meuchelmördern berichtet, die nachts durch Savalgor ziehen und bestimmte Leute umbringen. Schon zweimal hatten sich solche Hellsichtigkeiten in einfache Iterationen eingeschlichen, die er wirkte. Ein anderer berichtete mir von Visionen schrecklicher Dämonen, die im Osten des Landes in den Wäldern nisten und dort eine unsägliche Brut heranziehen. Wieder andere Visionen sind nüchterner Natur. Eine Magierin sah während eines Heilungszaubers den Shabib, wie er an einem vergifteten Mahl würgte und gerade noch rechtzeitig die Hofmediziner holen konnte, denen es gelang, ihn das vergiftete Essen ausspeien zu lassen. Sie hatte genau die gleiche Vision später noch zweimal. Und gestern schließlich …«, er senkte die Stimme, sodass kein Unbefugter seine Worte vernehmen konnte, »… gestern ist meiner Schülerin Leandra etwas sehr Seltsames passiert. Ich möchte beinahe sagen, sie erlebte etwas, das alle anderen Berichte in den Schatten stellt.«

Remoch zog neugierig die Brauen in die Höhe.

Munuel wies entschuldigend mit den Handflächen nach oben, als er fortfuhr. »Ich hatte gedacht, sie stünde über diesen Dingen, aber … nun ja, sie hat sich von den dummen Novizenritualen anstecken lassen. Sie wollte sich im *Asgard* einen besonders starken Norikelstein besorgen.«

Remoch richtete sich auf. »Sie ist in den *Asgard* gegangen? Ganz allein?«

Munuel zuckte entschuldigend die Schultern, als wäre er verantwortlich für Leandras Tat.

Remoch seufzte. »Leandra also auch?« Er schüttelte den Kopf. »Die alte Ungeduld der Novizen. Wir sollten wieder härter durchgreifen!«

Munuel winkte ab. »Solange es der Primas nicht erfährt – wen kümmert das schon? Wir waren damals selbst nicht besser, oder?«

Remoch überging Munuels Bemerkung. »Was hat sie dort gesehen?«

Munuel kaute auf der Unterlippe. »Tja, ich ...« Er zögerte, studierte die Gesichter von Remoch und Bamtori. »Nun, ich denke, sie hat einen Mord beobachtet.«

Er sprach das Ungeheuerliche leise und fast beiläufig aus, so als könnte er damit die Tatsachen weniger schlimm machen.

»Einen Mord?«, stieß Remoch hervor. »Im *Asgard?*«

Munuel und Caori nickten gemeinsam. Munuel deutete abwechselnd auf sich und seine alte Magierkollegin. »Wir saßen beisammen, als ein Gewitter aufzog. Dann war plötzlich im Trivocum etwas zu verspüren, etwas ....«

»... sehr Mächtiges!«, half ihm Caori. »So mächtig, dass sogar die Richtung eindeutig zu bestimmen war. Wir liefen sofort los.«

Munuel nickte. »Ja, durch Wind und Wetter. Ich hatte dabei irgendwie ... Leandras Aura verspürt.«

Caori übernahm nickend wieder das Wort. »Da war *tatsächlich* etwas, das zu dem passte, was Leandra uns später erzählte. Sie wurde verfolgt. Es gelang mir, es zu verjagen.«

»Es?«, echote Remoch. Er warf Bamtori einen unschlüssigen Seitenblick zu. »Was meinst du damit, Caori?«

Die Altmeisterin zuckte die Schultern. »Ich bin keine Kampfmagierin und habe keine Erfahrung mit Erscheinungen, die sich nachts in Wäldern herumtreiben.«

Remoch hob den Zeigefinger. »Früher warst du *beinahe* eine, also untertreibe nicht. Hast du denn keine Idee?«

Caori holte tief Luft und begegnete kurz dem abermals erstaunten Blick Munuels. Der Angadoorer Dorfmagier war zwanzig Jahre jünger als Remoch und Caori, was seine Unwissenheit erklärte. Ihn wunderte jedoch, dass man ihm nie etwas berichtet hatte.

»Also …«, begann Caori, »… es könnte sich um ein stygisches Wesen gehandelt haben. Mit Sicherheit kann ich das aber nicht sagen.«

Remoch nickte ernst. »Nun gut. Was ist also passiert?«

Munuel schwieg. Es schien wohl an Caori, den Bericht fortzusetzen. Dies aber war der alten Magierin sichtlich unangenehm. Sie seufzte. »Leandra war auf der Flucht, bereits außerhalb des Waldes. Etwas kam hinter ihr her – ein großer Schatten, schwärzer als die Nacht.«

Munuel deutete mit dem Daumen auf Caori, da sie offenbar nicht recht damit herauswollte, was sie getan hatte. »Eine hübsche Magie hatte die Gute bereit«, sagte er. »Etwas, das nicht einmal *ich* kannte …«

Diese Andeutung brachte Bamtori dazu, Munuel fragend anzublicken.

Remoch richtete sich auf und unterdrückte mit seiner Autorität alle aufkommenden Fragen. »Und dieses Wesen kam aus dem *Asgard*?«

»Ja«, sagte Caori. »Wir waren heute in aller Frühe noch einmal dort. Es ist nichts mehr zu sehen … aber *spüren* kann man noch eine ganze Menge. Das *Trivocum* ist noch immer in heftiger Bewegung. Was Leandra berichtete, kann durchaus wahr sein.«

»Ihr glaubt also, dieses Wesen hat im *Asgard* diesen … Mord begangen?«

Munuel und Caori schüttelten abermals gemeinsam den Kopf. Dann berichtete Munuel knapp, was Leandra erzählt hatte. »… und dieses Gesicht«, endete er, »war das Gesicht von Limlora!«

Nun saß Remoch stocksteif auf seinem Stuhl, und

selbst Bamtori, der sonst große Ruhe und Gelassenheit zeigte, hatte sich ein wenig aufgerichtet und hielt mit beiden Händen die Tischkante umklammert.

»Limlora?«

Munuel nickte. »Ja. Wir haben Leandra regelrecht ausgefragt. Wenn das Mädchen auch nur einigermaßen bei Verstand ist, dann trifft genau *das* zu.«

Remoch war ein Mann, der ernsthafte Aussagen vertrauenswürdiger Leute nicht unnötig in Zweifel zog. Munuel und Caori ließen sich nicht zu Sprücheklopfereien hinreißen, wenn sie ihre Aussagen nicht zuvor sorgfältig überprüft hatten. Er versank in tiefes Nachdenken, während ihn seine Magierkollegen angespannt musterten.

»Limlora,« ächzte er dann. »Seid Ihr wirklich sicher? An Limlora hätte ich als allerletzte gedacht!«

»Da geht es dir nicht anders als uns«, antwortete Munuel. »Und ... was mich noch nachdenklicher stimmt: In diesem Zusammenhang tauchte das Wort *Bruderschaft* auf. Kannst du damit etwas anfangen?«

»Bruderschaft?«, fragten Remoch und Bamtori gleichzeitig.

Munuel nickte.

Remoch schüttelte den Kopf. »Nein, das sagt mir nichts.«

Für eine Weile herrschte Schweigen am Tisch.

»Weiß das Ordenshaus von alldem? Von den Visionen und diesen Dingen? Oder von Leandras Erlebnis?«

Munuel schüttelte energisch den Kopf und hob abwehrend die Hände. »Bei den Kräften, *nein!* So dumm bin ich nun auch wieder nicht, dass ich solche Neuigkeiten über das Trivocum übermittle. Vor allem nicht bis nach Savalgor. Da könnte ja jeder Novize von hier bis Chjant mithören!«

Remoch nickte zufrieden. »Also gut.« Er blickte in die Runde, musterte jeden Einzelnen von ihnen. Dann nickte er noch einmal. »Wie zuverlässig sind letztlich all die

Informationen, die du gesammelt hast? Einschließlich derer von Leandra?«

»Nach meinem Empfinden sehr zuverlässig«, sagte Munuel. »Und angesichts der Bleichen, der Dunklen Reiter und der Hinfälligkeit des Shabibs sollten wir nicht mehr lange zögern. Ich befürchte, es besteht ein Zusammenhang. Ein Herrscherwechsel ist für jedes Land eine heikle Angelegenheit. Wenn tatsächlich jemand daran arbeitet, mithilfe von verbotenen Mitteln die Machtverhältnisse im Land umzudrehen, dann haben wir die Pflicht, etwas dagegen zu unternehmen. Wenn die Ordnung in der Hauptstadt des Reiches in Gefahr ist, dürfen wir nicht lange zaudern.«

Remoch nickte. »Savalgor ist der Mittelpunkt von Akrania. Die Gilde muss benachrichtigt werden, und wir müssen uns geeignete Schritte überlegen.«

Abermals sah er in die Runde.

»Also gut. Hiermit ordne ich an, dass wir morgen aufbrechen. Wir werden wohl sechs oder sieben Tage benötigen, um nach Savalgor zu gelangen. In dieser Zeit kann sehr viel geschehen.«

Caori sah Remoch bestürzt an. »Wir ... alle? Soll denn niemand von uns hierbleiben? Ich meine ... was ist, wenn etwas geschieht und keiner von uns hier ist?«

Remoch winkte ab. »Ist etwa dein alter Matnas kein guter Stellvertreter? Für zwei Wochen wird er Malangor behüten können. Ich selbst lasse Darios hier. In Savalgor werden wir dringender gebraucht. Wenn sich das Cambrische Ordenshaus gezwungen sieht, etwas zu unternehmen, müssen erfahrene und umsichtige Magier zugegen sein. Für meinen Geschmack gibt es zu viele junge und unerfahrene Hitzköpfe im Ordenshaus.«

Caori seufzte. Sie hatte in ihrem langen Leben schon vieles mitgemacht, offenbar mehr, als Munuel je geahnt hatte. Er konnte verstehen, dass sie keine Neigung verspürte, eine solch beschwerliche Reise auf sich zu nehmen. Aber es war nun einmal so: Die Magiergilde und mit ihr das Ordenshaus waren ein Garant für die Sicherheit im Land und dafür verantwortlich, dass sich nirgendwo ungute Kräfte ausbreiteten. Der strenge Kodex verpflichtete die Magier dazu, zu wachen und zu beschützen, böse Mächte zu bekämpfen und vor allem darauf zu achten, dass sich niemals Magier auf die Seite der Mächtigen schlugen. Diese Pflicht rief nun ihren kleinen Kreis nach Savalgor, und diese Pflicht wog schwerer als irgendetwas anderes im Leben der vier Magier.

»Denkst du, wir könnten bei euch im Dorf Pferde bekommen?«, fragte Remoch. »Dann könnten wir die Reise erheblich verkürzen.«

Munuel schüttelte den Kopf. »Ich fürchte, zur Zeit besitzt niemand in Angadoor ein Pferd. Aber Zacharias schuldet mir noch einen Gefallen. Er hat vier Mulloohs, die vor Beginn der Erntezeit ohnehin nur im Stall stehen. Ich denke, wir könnten sie bekommen.«

Remoch schluckte. »Mulloohs ... uuh! Das ist nichts für meinen Magen!«

Munuel machte eine entschuldigende Geste.

»Also gut«, sagte der Gildenmeister. »Mulloohs sind immer noch besser als ein Fußmarsch. Morgen Vormittag machen wir uns auf den Weg.«

*

Um die Mittagszeit ging es los. Auf dem großen Dorfplatz unter den sieben Ulmen waren mehrere große Festtafeln und Feuerstellen errichtet worden.

Der Siebenplatz von Angadoor war berühmt. Er bestand aus einer hübschen Wiese, die von einem Bach durchzogen wurde, der sich an dieser Stelle in mehrere kleine Wasserläufe verzweigte. Sie schlängelten sich hierhin und dorthin, zwischen den sieben Ulmen hindurch, bevor sie sich am anderen Ende des Platzes wieder trafen – um von dort wieder wie ein ordentlicher

Bach davonzufließen. Es gab sieben kleine Stege, die über die sieben Wasserläufe führten; hier und da standen ein paar Felsklötze herum, die dazu einluden, sich niederzulassen und auszuruhen, und es gab schon seit Urzeiten drei große Feuerstellen, über denen man Ochsenhälften am Spieß braten konnte. Die Angadoorer behaupteten, es gäbe nirgendwo in Akrania einen schöneren Ort zum Feiern.

In der Mitte des Platzes stand eine kleine Bühne, und als sich gegen Mittag die Dorfbevölkerung dort versammelte, erklomm Matthes, der Bürgermeister, das Rednerpult. Er hielt eine solch pathetische Ansprache, dass jeder Heldendichter entzückt gewesen wäre. Trotz der drückenden Hitze, die sich nach dem gestrigen Unwetter wieder ausbreitete, hatte sich das ganze Dorf eingefunden.

Als sich Leandra auf dem Fest zeigte, waren alle Leute überrascht. Sie hatten sie kaum je anders als in ihrer derben Alltagskleidung erlebt. Jetzt, als sie zum ersten Mal in festlicher Kleidung und mit der traditionellen, einstweilen noch linksherum getragenen Robe der Adepten die Bühne erklomm und sich neben Matthes stellte, konnten einige junge Burschen nicht an sich halten. Sie johlten in die Rede hinein, stießen schrille Pfiffe aus und ergingen sich in teils zotigen, teils wohlmeinenden Hochrufen. Neben Leandra standen vier weitere Anwärter, die in diesem Jahr in die Gilde aufgenommen werden sollten – jeder von ihnen aus einem anderen Dorf der Umgebung. Ein paar Novizen niedriger Jahrgänge waren noch damit beschäftigt, einen kleinen Gildenschrein aufzubauen.

Dann begann die Zeremonie der Prüfung und der anschließenden Aufnahme in die Gilde. Es war Sitte, dass die Angehörigen der Prüfung beiwohnen durften. Dass der Rest des Dorfes ebenfalls gebannt lauschen und die Prüfung beobachten würde, hatte sich eingebürgert.

Die Novizen hatten den kleinen Schrein an einem eigens dafür vorbereiteten Platz aufgestellt. Mit feierlichen Gesten errichteten Remoch und Caori zeremonielle Gegenstände darauf. Es handelte sich um einen Goldpokal, einige Messinggefäße mit der Asche verstorbener Meister, goldene Münzen, Runensteine und andere Dinge magischen Ursprungs. Darüber thronte ein großes, heiliges Schnitzbild, das ein geflügeltes Dreieck zeigte, das große magische Symbol des *Prinzips der Kräfte.*

Leandra war als Erste an der Reihe. Sie kniete auf einem geweihten Webteppich nieder, der sich vor dem Schrein befand. Der Gildenmeister begann eine mahnende Ansprache. Die Novizen sollten sich niemals verantwortungslos ihrer magischen Fähigkeiten bedienen. Der Ehrenkodex verlangte, sich niemals zu bereichern oder unrechtmäßige Vorteile gegenüber anderen zu erlangen. Die Aufgabe des Magiers war es zu dienen – und dies nur dann, wenn die Anwendung von Magie zweckmäßig, erforderlich oder unumgänglich war. Das höchste Gebot lautete, sich mit der Magie niemals in den Dienst von Politik, Handel oder Krieg zu stellen. Den Ehrenkodex zu verletzen bedeutete Ausschluss aus der Gilde und das Verbot, sich jemals wieder der Magie bedienen zu dürfen.

Die meisten Magier, die jemals verstoßen worden waren, hatten beileibe nicht auf die Anwendung von Magie verzichtetet, aber ein von der Gilde Geächteter zu sein bedeutete Verdruss, Aberkennung jedes gesellschaftlichen Status und in schlimmeren Fällen auch ernstliche Bestrafung. Letzteres hieß, dass man als Gefahr für die Allgemeinheit eingestuft wurde. Die Gilde verfügte über einige Spezialisten aus dem Phygrischen Orden, so genannte Regulatoren, die in einem solchen Fall für Ordnung sorgten. Das hatte nicht selten mit dem Tod desjenigen geendet, der sich gegen das Magieverbot auflehnte. Man war der Meinung, einen wild gewordenen Magier konnte man nicht frei herumlaufen lassen.

Während der Gildenmeister seine Ansprache hielt, spürte Leandra die warnenden Blicke von Munuel in ihrem Nacken.

Remoch ließ sich von Bamtori ein dickes Buch reichen, blätterte mit strenger Miene darin und entschied sich für die erste Frage. »Nenne mir«, sagte er mit großer Ernsthaftigkeit, »die ersten drei Theoreme des *Prinzips der Kräfte!*«

Leandra stieß leise den Atem aus. Diese Frage war nicht allzu schwer – aber sie vermutete, dass es Remoch darum ging, wie genau sie die Theoreme formulieren konnte.

»Nun?«

»Äh ... also, das erste Theorem lautet: Die ersten beiden elementaren Kräfte des Universums sind das Prinzip der Ordnung und das der Unordnung. Sie stehen sich gegenüber, und jedes von ihnen strebt nach dem Übergewicht.«

Remoch nickte.

Leandra überlegte. »Das zweite Theorem lautet: Die Sphären der Ordnung und der Unordnung sind durch die Grenzlinie, das *Trivocum* getrennt. Nur die dritte Kraft, die des Verstandes, ist in der Lage, das *Trivocum* zu beherrschen und die Energien zu lenken.«

»Das war das dritte«, sagte Remoch knapp. »Und wie lautet das zweite Theorem?«

Leandra schluckte. Schnell sagte sie: »Die äh ... dritte elementare Kraft ist der Verstand. Er ist in der Lage, die Prinzipien der Ordnung und der Unordnung zu beeinflussen. Durch den Verstand entstehen die Wertigkeiten des Kosmos. Zusammen ergeben die drei elementaren Kräfte den Zirkel der Urgewalten.«

Remoch nickte befriedigt. Leandra wurde abwechselnd heiß und kalt. Jetzt durfte sie sich keinen Fehler mehr erlauben – sonst war der Traum vom Rang der Adeptin erst einmal ausgeträumt.

Remoch blätterte in seinem Buch und fand dann eine

weitere Stelle. »Ich möchte von dir wissen«, sagte er gedehnt, »wie die *Intonationen* zum Erhitzen von Wasser lauten, und zwar in der ersten, zweiten und dritten *Iterationsstufe,* samt dem Schlüssel und dem Norikel – und ich möchte von dir wissen, welche Achse des Zirkels dieser Magie zugrunde liegt!«

Leandras Herz blieb für einen Moment stehen. Die Frage war so einfach, dass sie einen Fallstrick dahinter vermutete. Sie blickte zuerst zu Munuel, dann studierte sie Remochs Gesicht. Nichts darin verriet, was er vorhatte.

»Es ist eine Wassermagie, und sie liegt im Zirkel der Urgewalten auf der Achse Wasser-Himmel«, sagte sie schwach.

»Wie bitte? Ich kann dich nicht verstehen!«

Sie wiederholte die Antwort lauter, und Remoch nickte befriedigt.

»Die drei ersten Intonationen lauten: *Mar-In-Prim, Mar-In-Sec* und *Mar-In-Tri*«, leierte sie tonlos herunter. »Der Schlüssel ist *Wool.* Die Intonationen zum Setzen der Aurikel sind *Aurim-Nas-Mar, Aurim-Lee-Mar* und *Aurim-Quo-Mar.* Das Norikel für die ersten beiden Stufen lautet *Sec-Mar-Ban,* das für die dritte ist *Quad-Mar-Ban.*«

»Und?«

»Und? Äh …«

»Na, das Norikel!«

»Ach so. Es gilt auch noch für die vierte Iteration.«

»Richtig!«

Remoch wirkte sehr zufrieden. Leandra war jedoch reichlich unsicher. Sie hatte die Intonationen zwar perfekt aufgesagt, aber die Angst, dass Munuel Remoch von ihrer Untat berichtet hatte und er sie deswegen besonders streng prüfen wollte, herrschte noch immer vor.

Mit einem lauten *Klapp!* schlug Remoch das Buch zu, und Leandra zuckte zusammen. Er reichte es an Bamtori und verschränkte die Hände hinter dem Rücken. Er gab sich locker und begann ein wenig umherzugehen. »Um den Mitbewohnern des Dorfes und deinen Nachbarn ein wenig Erbauung und Bildung zukommen zu lassen, möchte ich mit der dritten Frage dein Allgemeinwissen prüfen. Bestimmte Dinge gehören zur Bildung des Magiers. Bitte erzähle uns allen, was du über die *Große Stygische Mauer* weißt!«

Leandra atmete erleichtert auf. So etwas lag ihr. Die Geschichte der Stadt Dulbir kannte sie bestens, und sie fühlte sich durchaus in der Lage, dem versammelten Dorf von dieser historischen Begebenheit zu berichten.

Remoch nickte ihr aufmunternd zu.

Leandra erhob sich, strich sich die Kleider glatt und wandte sich um – dorthin, wo die vielen Dutzend Leute standen, die dem heutigen Festtag beiwohnten. Als sie dann die Masse der Leute sah, wurde sie doch ein wenig befangen. Das war ein anderes Publikum als die Schar kleiner Kinder, die sie manchmal behütete.

Nicht weit entfernt saß Leandras kleine Schwester Cathryn im Schneidersitz und grinste sie an. Von irgendwoher kamen auffordernde Zurufe. Sie atmete tief durch und beschloss, die Sache möglichst unbefangen anzugehen. Ganz in der Nähe stand einer der Felsklötze, die es überall auf dem Siebenplatz gab, und sie ging hin und lehnte sich mit dem Rücken leicht dagegen, noch immer etwas verkrampft.

»Also …«, begann sie und hob die Hände. »Die Große Stygische Mauer … nun, wo fange ich da am besten an …?«

»Am besten vorne!«, rief jemand, und das Gelächter über den alten Witz löste ihre Verkrampfung ein wenig. Als sie dann in die Runde sah und nur freundliche Gesichter erblickte, machte sie sich klar, dass sie in Angadoor recht beliebt war. Niemand würde versuchen, ihr einen Knüppel zwischen die Beine zu werfen. Schließlich begann sie mit ihrer letzten Prüfungsaufgabe.

»Nun, ich habe gelernt«, sagte sie, »dass es in der Magie zwölf Iterations-Stufen gibt. Die höchste Stufe, die zwölfte, die man *Konklusion* nennt, ist allerdings seit Menschengedenken nicht mehr gewirkt worden. Aber es gab einmal ein magisches Ereignis, bei dem man bis zur elften Stufe hinaufging – es hat vor über sechshundert Jahren stattgefunden. Es war in den Bergen des Nord-Ramakorums, bei der Stadt Dulbir.«

Sie machte eine kurze Pause, musterte die Gesichter und fuhr fort. »Da gab es einen Vulkan, den Bun Hratu … nun, ich meine, den gibt es natürlich heute noch, aber damals hatte man geglaubt, er wäre längst erloschen. Doch eines Tages brach er wieder aus. Ein gewaltiger Strom glutflüssiger Lava wälzte sich auf das Tal von Dulbir zu. Es war sehr dicht besiedelt, und die Leute sahen, dass die Stadt binnen weniger als fünfzig Stunden zu Asche verbrannt sein würde. Die Bewohner von Dulbir wussten, dass nur noch ein Wunder – oder der Einsatz mächtiger Magie – ihre Stadt zu retten vermochte.«

Langsam kam sie ein bisschen in Schwung, und es begann ihr Spaß zu machen. »Es war ein Glück«, sagte sie, »dass es nahe Dulbir einen Drachenmeister mit einem großen Onyx-Drachen gab. Mit seiner Hilfe gelang es, innerhalb der verbleibenden Zeitspanne drei der damals berühmtesten Magier der Großen Stygischen Schule von der Wolkeninsel herbeizuholen. Als sie in Dulbir ankamen, waren die Lavamassen nur noch wenige Stunden von der Stadt entfernt.«

Sie sah zu Remoch und Munuel, die mit verschränkten Armen beieinander standen und ihr aufmunternd zunickten. Die Gesichter aller übrigen Leute zeigten Interesse, und so erzählte sie weiter.

»Die drei Magier berieten sich und kamen zu dem Schluss, dass einfachere Magien nicht mehr helfen konnten. Magien bis zur sechsten Stufe – was gewissermaßen die Grenzlinie zwischen einfacher und mächtiger Magie darstellt – wären bei weitem nicht mächtig genug gewesen, einen so breiten Strom glutflüssigen Gesteins aufzuhalten. Man beschloss, trotz aller Gefahren Elementarmagie höchsten Grades einzusetzen.«

Sie dachte kurz über den Fortgang der Geschichte nach, dann nickte sie. »Einer der Magier barg einen großen, noch glühenden Elementarstein aus einem heißen Schlund an der Flanke des Berges. Dieser Stein, der noch jungfräulich und frei von jeglicher Bedeutung und Symbolik war, besaß ein großes Potenzial, unreine Energien abzuleiten. Dann bildeten die Magier auf einem Hügel in der Nähe des Lavastroms einen Kreis; jeder von ihnen berührte den Aurikelstein, und sie setzten ein großes, machtvolles Himmels-Aurikel ins Trivocum und ließen den Energien freien Lauf. In Minuten braute sich ein Unwetter von unerhörten Ausmaßen zusammen. Die Magier hatten sich mit dicken Tauen aneinander gebunden, um in den Gewalten des Sturms nicht davongewirbelt zu werden. Das Unwetter begann sich auf den Kreis der Magier zu konzentrieren, und innerhalb von weniger als drei Stunden schossen Tausende gewaltiger Blitze in den magischen Kreis, während ringsum Wassermassen niedergingen, die … nun, bildlich gesprochen, wohl einen riesigen See gefüllt hätten.«

Leandras Zuhörer klebten förmlich an ihren Lippen. Sie war eine gute Geschichtenerzählerin, jedenfalls was die Kinder anging – und sie wunderte sich, dass sie offenbar bei den Erwachsenen ebensogut ankam.

»Die Energie der Blitze«, fuhr sie fort, »wurde durch die Magier und den Aurikelstein ins Erdreich gelenkt. Die drei kontrollierten den Wasserfluss des gewaltigen Unwetters mittels ihres Aurikels so gut, dass es ihnen gelang, die vorderste Front der Lavawalze abzukühlen. Sie floss immer langsamer, blieb schließlich stehen und türmte sich, unter der nachströmenden Lava zu einer immer höher werdenden, gewaltigen Mauer auf. In der kleinen Senke vor der Stadt Dulbir steht seither, als eine Art Denkmal, die ›Große Stygische Mauer‹. Sie ist ein mehr als sechzig Schritt hoher Lavawall, hinter dem das glühende Gestein des Bun Hratu zum Stillstand gekommen war.«

Erstaunte Ausrufe schallten über den Siebenplatz, und Leandra war froh, dass ihre Geschichte so gut angekommen war. »Was passierte mit den Magiern?«, rief jemand.

Sie hob die Arme. »Die Magier überlebten es. Mit verkohlten Haaren und verschlammten Roben stiegen sie nach Stunden von dem Hügel herab. Es war ihnen gelungen, das Trivocum mit einem mächtigen Norikel zu verschließen. Sie hatten sich, so erzählt jedenfalls die Legende, in dem Regensturm allesamt eine heftige Erkältung zugezogen. Die gewaltigen Blitze jedoch, von denen jeder einen riesigen Baum hätte spalten können, hatten ihnen so gut wie nichts angetan!«

»Und Dulbir?«, rief jemand anderes.

Die Fragen kamen wie an einer Schnur aufgereiht, und Leandra konnte jede davon bestens beantworten. Das hob ihre Laune beträchtlich, und sie konnte fast schon die Ehre des Adeptentums auf ihren Schulten spüren. »Die Stadt Dulbir«, rief sie den murmelnden Leuten zu, »war Opfer einer riesigen Überschwemmung geworden. Doch die Schäden konnten im Laufe der folgenden Wochen behoben werden. Aber es war gelungen, das Tal und die Stadt Dulbir zu retten, und so ist dieses Ereignis als eine der erstaunlichsten Leistungen der Magie in die Geschichte eingegangen!«

Remoch trat vor, und die Leute begannen begeistert zu applaudieren. Er hob beschwichtigend die Hände und sagte zu den Leuten: »Ich denke, ich kann hiermit feststellen, dass die Novizin Leandra ihre Kenntnisse überzeugend nachgewiesen hat. Da ich von ihrem Lehrer Munuel weiß, dass sie mit Leichtigkeit in der Lage ist, eine zweite Iteration zu wirken, können wir uns, denke ich, den letzten Teil der Prüfung sparen.«

Er wandte sich ihr zu und reichte ihr beide Hände.

»Leandra, ich heiße dich als Adeptin im Kreis der Magiergilde willkommen! Wenn du deine Zeit der Wanderschaft hinter dir hast, wirst du den Titel ›Jung-Magierin‹ tragen dürfen und hast das Recht, um Aufnahme im Cambrischen Orden zu ersuchen.«

Lauter Jubel brach aus. Leandra fiel erleichtert auf die Knie und küsste voller Dankbarkeit den Siegelring des Gildenmeisters. Remoch reichte ihr ein Beutelchen mit den zwölf wichtigsten Runensteinen und einen Aurikelstein zweiten Grades.

Sie durfte aufstehen und sich in die Reihen der Dorfbewohner begeben.

Dort gratulierte man ihr, und sie musste Dutzende von Händen schütteln, während Remoch schon den nächsten Anwärter zur Prüfung aufrief. Ihre Eltern warteten mit glücklichem Lächeln im Hintergrund, und als sie sich schließlich bis zu ihnen vorgekämpft hatte, ihre begeisterte, sechsjährige Schwester Cathryn dabei mühsam auf dem Arm mit sich tragend, begann im Hintergrund schon der nächste Nachweis von Allgemeinbildung des Magiers – der Anwärter Marko aus Katthuld begann mit einer Erzählung.

Die gesamte Prüfungszeremonie ging wie im Fluge vorbei, und niemand fiel durch. Die Stimmung war großartig, und Leandra hatte den Eindruck, dass sämtliche Prüfungsfragen Remochs lächerlich einfach zu beantworten waren. Keiner der Novizen musste eine Iteration wirken, um seine praktischen Fähigkeiten nachzuweisen. Offenbar war Remoch mit dem zufrieden, was ihm die Dorfmagier über die Künste ihrer Schüler berichtet hatten. Kaum eine Stunde später war alles vorbei, und die Gilde hatte vier neue, ordentlich aufgenommene Mitglieder im Adeptenrang.

Um der Zeremonie den gebührenden Abschluss zu verleihen, reichten sich Munuel, Remoch, Caori und der dunkelhäutige Bamtori die Hände und errichteten für eine kurze Zeit über dem Dorfplatz eine Aura von sphärischer Musik. Die Luft knisterte förmlich, während die Magier allen Dingen, die existierten, ihre transzendenten Schwingungen und Harmonien entlockten. Leandra blickte ehrfurchtsvoll in die Höhe. Das musste mindestens eine Iteration fünften Grades gewesen sein! Abgesehen vom gestrigen Abend hatte sie noch nie eine Entfesselung eines so hohen magischen Potenzials miterlebt!

Munuel hatte Leandra einmal erklärt, er bezweifle, dass es in der heutigen Zeit in der gesamten Höhlenwelt auch nur einen einzigen lebenden Magier gäbe, der eine echte Konklusion wirken könne. Sie wollte von ihm daraufhin wissen, welche Iterations-Stufe er sich selbst zutraue – doch Munuel hatte sich diesbezüglich in Schweigen gehüllt. Leandra aber war davon überzeugt, ihr Meister beherrsche mindestens die siebte, wenn nicht sogar die achte Stufe.

Der musikalische Zauber verklang, und Leandra und ihre Mit-Adepten, die sich in der Mitte des Platzes versammelt hatten, verbeugten sich bis zum Boden vor der Autorität des Gildenmeisters, und man sprach den traditionellen Schwur aus. Der Meister trat zu den Adepten hin, wendete einem jeden die Adeptenrobe auf die richtige Seite und hieß ihn noch einmal förmlich als Adept in der Gilde willkommen. Daraufhin brach abermals lauter Jubel in der Menge aus, und ein paar junge Recken ließen es sich nicht nehmen, Leandra und die anderen auf die Schultern zu nehmen und sie unter Hochrufen umherzutragen.

Nachdem der Bürgermeister die Zeremonie für beendet erklärt hatte, begann das Festessen. Es gab Schweine am Spieß und Unmengen von Brot, Gemüsen, Früchten, Wurst, Käse und anderen Beilagen. Das Fest nahm seinen Lauf. Die Stimmung war trotz der Hitze bestens, und selbst als es gegen Abend wieder zu nieseln begann, wurden die Angadoorer nicht müde zu tanzen und zu feiern.

Trotz aller guten Stimmung dachte Leandra an diesem Tag sehr oft an das, was nun auf sie zukam. Sie würde bald auf Wanderschaft gehen, um einige der berühmtesten Plätze magischen Wirkens aufzusuchen und sich einen starken Norikelstein zu suchen. Letzteres erübrigte sich beinahe, denn sie besaß den Stein aus dem *Asgard* noch immer. Sie hatte sich beinahe an ihm festgeklammert, und obwohl sie noch immer nicht seine Stärke hatte prüfen können, war sie sicher, dass sie kaum allzu bald einen stärkeren würde finden können.

Doch der Abschied von Angadoor würde ihr nicht leicht fallen. Sie blieb den ganzen Nachmittag über in der Nähe ihrer Eltern und besonders Cathryn. Oft seufzte sie, umarmte ihre kleine Schwester und fragte sich, wie schwer es würde, auf ihre Familie für ein ganzes Jahr zu verzichten.

4 ♦ Aufbruch

Leandra hatte sich noch am Abend ihres Ehrentages entschlossen, mit den Magiern nach Savalgor zu reisen. Es war ihre Pflicht, die Wanderschaft bald zu beginnen, und als sie erfuhr, dass Munuel, Caori, Remoch und Bamtori in die Hauptstadt reisen wollten, hatte sie sich innerhalb einer Stunde dazu durchgerungen, mit ihnen zu gehen. Es erschien ihr eine gute Gelegenheit, und sie würde nicht auf sich allein gestellt sein. Zudem hatte ihr Reiseplan ohnehin Savalgor als erstes Ziel enthalten, und da bot es sich an, die vier Magier zu begleiten. In Savalgor gab es wichtige Dinge für sie zu sehen – den Herrscherpalast, das Ordenshaus der Gilde und die Cambrische Basilika. Ein Besuch in den Skriptorien der Basilika war ihr zwar offiziell erst gestattet, wenn sie die Wanderschaft hinter sich gebracht hatte, aber sie hoffte, Munuel würde sich für sie verwenden. Was es dort in den Tiefen der Bibliotheken zu finden gab, interessierte sie brennend.

Ihre Familie war von ihrem plötzlichen Entschluss ziemlich überrascht, und auch Munuel hatte sich zuerst dagegen ausgesprochen. Das Mädchen erhoffte sich wohl, von den vier Magiern während ihrer Reise Dinge zu erfahren, die nicht für Adepten-Ohren bestimmt waren. Aber Caori schlug sich auf Leandras Seite. Es sei ein Glück für die Gilde, dass es einmal Jung-Magier gab, die sich über die gewöhnlichen Dinge hinaus interessiert zeigten. Seufzend gab Munuel nach.

Remoch hatte ebenfalls nichts einzuwenden und so musste Leandra nur die Hürde des allzu überraschenden Abschieds von ihrer Familie nehmen. Ihre kleine

Schwester Cathryn vergoss ein paar Tränen, und ihre Mutter machte ein sorgenvolles Gesicht, als man sich am nächsten Vormittag abmarschbereit auf dem Siebenplatz einfand. Vater Waldo hingegen stand der Stolz ins Gesicht geschrieben, dass Leandra mit einer so hochrangigen Reisegesellschaft aufbrechen würde. Er umarmte sie herzlich und äußerte die Gewissheit, sie würde nach einem Jahr als erfahrene und gereifte Jung-Magierin heimkehren.

Munuel übertrug offiziell seinem Adlatus die Aufgabe, vorläufig alle Belange der Magie für Angadoor wahrzunehmen. Florian war ein verantwortungsbewusster Mann mit Familie; kein echter Künstler in Sachen Magie, aber ein solider Handwerker. Er stand Munuel schon seit Jahren hilfreich zur Seite und konnte Elementarmagie bis zur fünften Iteration ausführen, ohne dabei alle Höllengeister zu entfesseln.

Nachdem Dutzende von Händen geschüttelt und alle Lieben zum Abschied umarmt waren, ging die Reise los.

Der Nieselregen hatte aufgehört, und durch das große Angadoorer Sonnenfenster drang blendend helles Licht. Die Gruppe der Magier bestand aus Remoch, Caori, Munuel, Bamtori und Leandra, während der sechste Mitreisende Zacharias selbst war, bei dem sich Munuel vier Mulloohs ausgeliehen hatte. Es würden noch viele Wochen vergehen, bis Zach sie zum Einholen seiner Ernte brauchte, und solange er fort war, würden seine Söhne den Hof bewirtschaften. Als bekannt wurde, dass Zacharias nach Savalgor reisen würde, bestürmten ihn die Dorfbewohner und gaben ihm eine endlose Liste mit, was er alles einkaufen und mitbringen sollte. Man brauchte dringend wieder Stoffe, Salz, Gewürze, Leder und einige Luxusartikel. Jedem war klar, dass sich der verwitwete Zacharias ein paar vergnügliche Tage mit gewissen Damen im Hafenviertel von Savalgor machen würde. Das missgönnte ihm so mancher, aber nun, da seine Dienste gebraucht wurden, nahmen es die Moralisten von Angadoor in Kauf. Zacharias würde sich mit seiner wertvollen Fracht für die Rückreise einer Händlerkarawane anschließen. Und bis sich eine solche Karawane fand – das konnte dauern.

Zachs Tiere waren stämmige Nordland-Mulloohs – riesige, ochsenähnliche Tiere mit langem Echsenschwanz, die einen Rückenpanzer wie eine Schildkröte besaßen. Sie eigneten sich als Zugtiere ebenso wie zum Reiten, obwohl sie nicht allzu schnell waren. Die besseren Reittiere waren natürlich Pferde, aber die gab es in ländlichen Gegenden nicht allzu häufig. Man zog hier Mulloohs wegen ihrer Stärke und Robustheit vor. Gildenmeister Remoch genoss das Privileg, allein auf einem Mulloh reiten zu dürfen. Das zweite teilten sich Caori und Bamtori, auf dem dritten saßen Munuel und Leandra. Zacharias ritt auf dem letzten, das auch ein paar Tauschwaren und den größten Teil ihrer Habe trug.

Remoch hatte einen Zauber gewirkt, der den morastigen Boden unter ihren Füßen vorübergehend festigte. Das gestattete den Mulloohs trotz ihres enormen Gewichts, auf den Wegen zu bleiben und nur wenige Fingerbreit einzusinken. Leandra war zuerst eine Weile nebenher gelaufen und ungläubig hier und dort auf der Stelle gehüpft. Nur mit Mühe kam sie ein winziges Stück tief. Ein Dutzend Schritte hinter der Gruppe verlor sich der Effekt wieder. Leandra war erstaunt und begeistert zugleich. Neue Ideen zur Anwendung von Magie kamen ihr in den Sinn.

Remoch zeigte sich nach einer Weile ungehalten über das kindliche Verhalten seines jüngsten Gildenmitgliedes. Magie war eine Angelegenheit, die man stets mit Würde und Ernsthaftigkeit betrieb. Er befahl ihr, mit dem Gehüpfe aufzuhören und stattdessen lieber zu lernen. Am Abend wollte er von ihr die Intonationstabellen der Wassermagie aufgesagt haben, und zwar fehlerfrei und mit allen Norikelsprüchen bis hin zur vierten Iteration.

Schmollend war Leandra wieder auf das breite Reitgestell des Mulloohs geklettert. Sie hatte es sich demonstrativ bequem gemacht, sich von der Seite gegen Munuel gelehnt und ließ das rechte Bein über den Rand baumeln. Das Mullooh lief so gleichmäßig wie das Mühlrad im Siebenbach und schaukelte auch ebenso unablässig.

Munuel belehrte sie pflichtschuldig über Remochs Beweggründe. »Auf diese Weise«, schloss er mit erhobenem Finger, »werden Novizen und Adepten zu ehrenhaften und ernsthaften Magiern. Deine Bedürfnisse nach Vergnügen solltest du aus weltlichen Quellen schöpfen!«

Natürlich hatte Munuel auch einige abschreckende Geschichten parat, mit denen er ihr verdeutlichen wollte, dass es schon so mancher zu weit getrieben hatte und von der Gilde streng bestraft oder gar verstoßen worden war. Allzu viele hatten sich oder andere schon verletzt, und in seltenen Fällen waren Adepten oder junge Magier sogar zu Tode gekommen. Die stygischen Kräfte, die von einer falsch angewandten Iteration freigesetzt wurden, konnten höchst gefährlich werden.

Leandra ließ die Predigt über sich ergehen und betrachtete, während sie nur mit einem Ohr zuhörte, die Landschaft. Hier im Hochland standen die Stützpfeiler dicht; ein Stück im Westen sah sie die milchig-graue Wand der Lemsoorer Halt. Dort wurde das Land von einer Felsbarriere durchschnitten, die zu breit war, als dass man sie noch als Stützpfeiler hätte bezeichnen können. Sie zog sich an die vierzig Meilen von Lemsoor nach Süden und endete erst am Nasmar-See, von wo aus sie weiter nach Westen verlief. Am Nordende des Marschenforsts angekommen, bog sie wieder nach Nordosten ab und beschrieb auf diese Weise die Form eines riesigen Dreiecks. Ein Dreieck aus Stein, das bis zum Felsenhimmel in sechs oder sieben Meilen Höhe hinaufreichte; ein Stück Welt, in dem es nichts als massiven Fels gab.

Leandra hatte sich oft gefragt, ob innerhalb solcher riesigen Fels-Barrieren eigene kleine Reiche existieren mochten; unberührte Welten mit einem eigenen Sonnenfenster, die niemals, nicht einmal in zehntausend Jahren, vom Fuß eines Menschen betreten wurden. Einfach weil es niemandem möglich wäre, je dorthin zu gelangen.

»Du träumst wieder, mein Kind, nicht wahr?«

Sie wandte den Kopf zu Munuel und deutete dann auf die gewaltige Felswand, die in der Ferne kaum zu erahnen war. »Als ich klein war, erzählte mir Mama oft von kleinen Königreichen in solchen Felsbarrieren. Zwergenkönigreiche und Drachenkönigreiche und so weiter. Und dass sie von hoch droben – irgendwo, durch ein kleines Guckloch, unsere Welt beobachteten und froh wären, dass nie jemand zu ihnen gelangen könnte.«

Munuel lächelte. »Ja, schon möglich«, sagte er.

Leandra sah noch einmal kurz zu ihm und entschied dann, dass es müßig wäre, mit ihm darüber diskutieren zu wollen, ob das tatsächlich zutreffen könnte. Seufzend widmete sie sich wieder dem Anblick der großartigen Landschaft. Felspfeiler ragten aus Bergstöcken auf, strebten unverrückbar und mächtig zum Himmel hinauf, um in vielen Meilen Höhe mit dem Felsenhimmel zu verschmelzen.

Die Mulloohs stapften unbeirrbar südwärts. Ihr Trott war einschläfernd. Die Stützpfeiler und Sonnenfenster näherten sich so langsam, dass Leandra es gar nicht recht mitbekam, aber wenn sie dann nicht weiter auf sie achtete, wunderte sie sich häufig, dass sie plötzlich schon wieder an ihnen vorbei waren. Hier oben im Hochland gab es viele große Sonnenfenster, die meisten mit über zwei Meilen Durchmesser; etliche jedoch waren langgestreckt und reichten in der Länge über viele Meilen hinweg, manche sogar ein Dutzend. Das Licht, das sie in die Welt herabsandten, schien aus ihnen selbst zu stammen; nur morgens und abends, wenn außerhalb der Welt die Sonne auf- und unterging, konnte sie die

Gegenwart des großen Feuerballs dort draußen erahnen. Dann nämlich begannen die Ränder der Sonnenfenster orangegelb zu glühen, während der mittlere Teil der riesigen, kristallinen Einschlüsse im Felsenhimmel seltsam leer und leblos blieben. Nur nachts, wenn hinter den Sonnenfenstern der Mond oder die Sterne glommen, waren sie gewissermaßen durchschaubar. Einzelne große Sterne waren zu erkennen, jedoch sprangen sie häufig an eine andere Stelle, wenn ihr Licht innerhalb der kristallinen Struktur der Fenster einen anderen Weg nahm.

Schließlich wurde ihr klar, dass Munuel seine Predigt längst beendet hatte. Sie hatte vorgehabt, ihn über altes Gildenwissen auszufragen, aber das verschob sie besser auf den nächsten Tag.

Sie kamen gut voran. Die Straße nach Süden führte nur über leichte Hügel hinunter in das tiefer gelegene Land um Savalgor, und mit jeder Meile, die sie vorankamen, wurde der Boden trockener.

Am frühen Abend kamen Stafetten großer Pfeiler in Sicht, die sich links aus dem akranischen Gebirge zum Felsenhimmel aufschwangen. Weit oben sah sie immer wieder kleine Gruppen von wilden Flugdrachen, die in großer Höhe um die Pfeiler segelten. Die meisten von ihnen gehörten der Gattung der Felsdrachen an, die bis zu fünfzig Ellen Spannweite besaßen und die dort oben in den unzähligen kleinen Höhlen der Felspfeiler lebten. Einmal sah sie auch einen großen Sonnendrachen, der majestätisch zwischen zwei hohen Gipfeln hindurchglitt. Sonnendrachen hatte sie in ihrem ganzen Leben bisher nur aus weiter Ferne gesehen. Aber in der Drachenschule der Palastwache von Savalgor sollte es mehrere große Sonnendrachen geben, die sie sich unbedingt ansehen wollte. Einige dieser Tiere konnten es auf bis zu hundertzwanzig Ellen Spannweite bringen.

Bei Einbruch der Dunkelheit erreichten sie das Gasthaus zum Bären, das an der südlichen Wegscheide des

Hochlandes lag – am Beginn der Schneise zwischen dem riesigen Waldgebiet des Marschenforsts und dem weiter östlich gelegenen Mornewald.

Sie nächtigten in großen Betten, tranken frische Ziegenmilch zum Frühstück und brachen kurz nach Sonnenaufgang wieder auf. Unterwegs erzählte Remoch, was er von Harold, dem Gastwirt erfahren hatte. Demnach schien es möglich, dass der Shabib bereits gestorben war. Die letzte Nachricht, die vor wenigen Tagen eingetroffen war, besagte, dass der alte Herrscher von Akrania in den letzten Zügen lag und die Priester schon zu ihm gerufen worden waren. Offenbar war der Streit um die Nachfolge des alten Geramon in vollem Gange. Savalgor sollte sich in großer Unruhe befinden. Wenn Geramon starb, war mit einer Zeit der Trauer von einigen Tagen zu rechnen, danach würde der Hierokratische Rat all seine Amts- und Würdenträger zusammenrufen und aus dem Kreis der Erben des Herrschers einen neuen Shabib – oder eine Shaba – wählen. Es war Eile vonnöten.

Leandra wusste von geheimen Intonationen, um Verbindungen über das Trivocum aufzubauen. So konnte mit anderen Magiern Nachrichten ausgetauscht werden, etwa um sich die neuesten Meldungen aus den Ordenshäusern zu beschaffen. Sie wollte wissen, warum sich Remoch nicht dieser Methode bediente. Munuel, der neben ihr ritt, beantwortete ihre Frage.

»Das ist im Moment zu gefährlich«, erklärte er. »Das Echo, das im Trivocum zu verspüren ist, könnte von einem fremden Magier wahrgenommen werden. Wir wissen noch nicht, wie die Dinge in Savalgor stehen, und müssen unser Kommen so geheim wie möglich halten. Das heißt auch, dass du«, und damit blickte er Leandra streng an, »kein Sterbenswörtchen an irgendwen verlauten darfst. Hast du das verstanden?«

Leandra pfiff leise. »Hört sich ja richtig abenteuerlich an!«

Munuel brummte, sagte aber nichts, nachdem ihm Remoch einen Seitenblick zugeworfen hatte.

Remoch ließ sein Mullooh ein wenig zurückfallen, bis er auf der Höhe von Leandras und Munuels Reittier war. Das dauerte allerdings eine Weile. Offenbar hatte er sich entschlossen, eine kleine Lehrstunde abzuhalten. »Es gibt in der Magie weit mehr, als du dir vorstellen kannst«, sagte er dann. »Sie ist keine exakte Wissenschaft. Es gibt Bereiche, die besser niemand entdeckt oder sich gar zunutze macht. Die Elementarmagie ist die kultivierte Form der Magie. Sie ist gewissermaßen domestiziert, so wie ein guter Dompteur in der Lage ist, einen wilden Bären zu bändigen. Aber auch im gehorsamsten Bären steckt noch immer die Seele eines wilden Tiers. Und wenn er nur wollte, könnte er seinen Herrn in Stücke reißen. So ist die Magie. Sie ist wie ein wilder Bär.«

Leandra sah Munuel fragend an. Remochs Worte hatten sie erschreckt. Munuel war jedoch keine Regung anzumerken.

Remoch war noch nicht fertig. Mit ernster Stimme fuhr er fort. »Wir haben nur eine oder zwei Möglichkeiten gefunden, diesen wilden Bären unter bestimmten Vorsichtsmaßnahmen für wenige Augenblicke aus seinem Käfig herauszulassen. Dann dient er uns gehorsam. Leute jedoch, wie zum Beispiel die Mitglieder gewisser Sekten, haben Wege ersonnen, wie sie die Gefährlichkeit dieser Bestie entfesseln können. Sie kümmern sich kaum um die Auswirkungen. Sie werfen einen blutigen Fleischbrocken vor den Käfig, öffnen dann die Tür und verschwinden. Zwar arbeitet die Natur der Kräfte darauf hin, den Käfig – das Trivocum – irgendwann von selbst wieder zu schließen, aber bis dahin kann Fürchterliches geschehen!«

»Ihr meint so etwas wie das *Dunkle Zeitalter*, Gildenmeister?«, fragte Leandra vorsichtig.

Remoch schenkte ihr einen bedeutungsvollen Blick.

Auch Caori und der dunkelhäutige Bamtori sahen herüber. Dann nickte Remoch knapp. Gleich darauf gewann sein Mullooh wieder den alten Abstand zu ihnen. Schweigend stapfte die Gruppe die Straße nach Savalgor hinab.

*

Sie waren inzwischen weit nach Süden vorangekommen. Die Hitze wurde so drückend, dass Leandra nur noch ein dünnes Unterhemd trug. Das brachte ihr zwar die ständigen Seitenblicke von Zach ein, aber sie ignorierte ihn. Zach war kein schlechter Kerl, er war nur ein wenig lüstern. Lieber seine Blicke ertragen, als in zu dicken Kleidern ersticken zu müssen. Dem Gildenmeister und auch Caori schien die Hitze nichts auszumachen. Sie trugen stur sommers wie winters die gleiche Kleidung.

Dann überlegte sie, ob es jetzt nicht ein guter Zeitpunkt war, Munuel über die Themen zu befragen, die ihr unter den Nägeln brannten. Zu arg war die Schonkost gewesen, die man ihr während ihrer Novizenzeit auferlegt hatte – und Remoch war derjenige gewesen, der diese Regeln aufgestellt hatte. Er war als Gildenmeister der Herr aller Novizen im nördlichen Hochland von Westakrania.

Ihr Mullooh stapfte hinter der übrigen Gruppe über die Südstraße, und Leandra wandte sich schließlich mit leisen Worten an Munuel. »Erzähl mir etwas über das Dunkle Zeitalter«, bat sie ihn. »Ich möchte endlich etwas von dem geheimen Gildenwissen erfahren.«

»Über das Dunkle Zeitalter?« Munuel blickte nach vorn zu Remoch. »Hm … ich weiß nicht recht …«

»Na hör mal«, beschwerte sie sich leise, »habe ich mit der Ernennung zur Adeptin nicht das Recht, etwas darüber zu erfahren? Natürlich nicht über *alle* Dinge, aber das Dunkle Zeitalter gehört zur Allgemeinbildung eines Magiers, oder etwa nicht?«

Munuel blickte noch einmal nach vorn. Er kam offenbar zu der Auffassung, dass Remoch weit genug vorn ritt. Aus irgendeinem Grund war der Gildenmeister seit dem Beginn ihrer Reise überaus streng mit Leandra. Sie war sich durchaus darüber im Klaren, dass ihr Erlebnis im Asgard der Auslöser für die Reise der Magier nach Savalgor sein musste. Sicher hatte Munuel seinem Gildenmeister sagen müssen, woher er diese Informationen über Limlora hatte. Also *wusste* Remoch, dass Leandra im Asgard gewesen war. Das klang zunächst wie ein Nachteil, musste es aber nicht sein. Nicht gegenüber Munuel. Nun hatte sie etwas gut bei ihm, da er sie gegen seinen Willen hatte verraten müssen.

»Also gut«, sagte er leise. »Was möchtest du wissen?«

Leandra grinste in sich hinein. »Na ja, alles mögliche«, antwortete sie und drängte sich an ihn. »Ich weiß doch nicht, was damals geschehen ist.«

Munuel öffnete den Kragen seines Mantels. »Das Dunkle Zeitalter«, sagte er ernst. »In den Ordenshäusern sammeln wir Aufzeichnungen über diese Zeit.«

»Wie lange liegt das nun zurück?«, fragte sie.

»Wir wissen es noch immer nicht genau. Mindestens eintausendachthundert Jahre. Wahrscheinlich aber mehr als zweitausend.«

»Und ... wie kam es nun wirklich dazu?«

Munuel schwieg eine Weile, dann sagte er: »Das liegt ziemlich im Dunkeln. Sicher ist nur, dass durch ein großes magisches Ereignis das Trivocum völlig niedergerissen wurde. Es dauerte Jahre, bis die Kräfte es soweit wieder aufgebaut hatten, dass es sich an verschiedenen Stellen zu schließen begann. Vermutlich setzte zu dieser Zeit irgendein größenwahnsinniger Magier ein gigantisches Aurikel ins Trivocum, mit einer Magieform, die abseits jeglicher uns bekannten Wege lag.«

»Puh!«, machte Leandra. »Ein einzelner Magier?«

»Möglich. Wie gesagt, wir wissen es nicht sicher. All

unsere Forschungen stützen sich auf alte Aufzeichnungen, und die sind teilweise sehr widersprüchlich.«

»Und was geschah dann?«

»Daraufhin bildete sich eine gewaltige Lücke in der Grenzlinie«, fuhr Munuel fort. »Möglicherweise an einer Stelle, an der riesige, zerstörerische Energien des Stygiums lauerten. Kaum war die Lücke geöffnet, strömten sie mit Macht ins Diesseits. Sie müssen so unrein gewesen sein, dass sie die Lücke mehr und mehr aufrissen. Das ging weiter bis zu dem Moment, da das Trivocum vollständig zusammenbrach.«

Leandra erschauerte. »All die stygischen Kräfte im Diesseits? Das muss schrecklich gewesen sein!«

»Wahrscheinlich hätte nicht viel gefehlt«, sagte Munuel, »und unsere Welt wäre buchstäblich in Stücke gerissen worden. Nach den Erkenntnissen der Gilde gab es Naturkatastrophen von unbeschreiblichen Ausmaßen. Vulkanausbrüche, Erdbeben, Flutkatastrophen, Dürre, Hitze und Kälte. Und dann natürlich noch die Schattenwesen, die herüberdrangen. Dämonen, Nachtmahre, Untote und alles, was du dir nur vorstellen kannst. Wir wissen heute nicht mehr, wie die Welt vor dieser Zeit ausgesehen hat. Möglicherweise war unsere Kultur viel höher entwickelt, als sie es heute ist. Aber während des Dunklen Zeitalters wurde sie vollständig zerstört. Die Menschheit und auch die Tiere wurden nahezu ausgerottet.«

»Wirklich? Wie lange dauerte das Dunkle Zeitalter?«

»Das weiß niemand genau. Aber man hat Vergleiche angestellt und zu berechnen versucht, wie lange es dauern würde, bis sich das Trivocum nach einem solchen Unglück wieder aufbaut. Es muss irgendwo zwischen zwei und zehn Jahren liegen.«

»Du meine Güte! In einer so kurzen Zeit kann eine ganze Welt vernichtet werden?«

»Ja. Deswegen achten wir Gildenmagier auch so genau darauf, dass niemand Unfug treibt. Schon ein klitzekleines Aurikel, das nicht mehr geschlossen werden kann, birgt die Gefahr, dass sich ein Dämon formt, ins Diesseits schlüpft und großes Unheil anrichtet.«

Leandra nickte bedrückt. Natürlich, das hatte sie gelernt – aber sie hatte die Gefahren nicht richtig einzuschätzen verstanden.

»Und was hat es mit dem Magier auf sich, der dies verursacht hat?«

Munuel schüttelte den Kopf. »Das ist eine Legende, die im Gegensatz zum Dunklen Zeitalter nicht bewiesen ist. Manche Gildenhistoriker glauben, sie sei nur in den Köpfen der einfachen Leute entstanden, um irgendwie den Anbruch des Dunklen Zeitalters zu erklären. Andere meinen, dass sie zu komplex und inhaltsreich ist, um frei erfunden zu sein.«

»Und was erzählt nun diese Legende?«

Munuel setzte sich zurecht. Zu ihrem Erstaunen wirkte er sehr bedrückt. Das erschien ihr verwunderlich bei einer Geschichte, die so lange zurücklag. Zweitausend Jahre!

»Dieser Magier war vermutlich nicht allein«, erklärte Munuel. »Es soll sich vielmehr um eine Gruppe von verstoßenen Magiern gehandelt haben. Dieser eine war ihr Oberhaupt und verfügte über eine unvorstellbare Macht. Damals gab es noch keine Ordenshäuser oder Magiergilden. Viele Magier arbeiteten auf eigene Faust, sie hatten sich bestenfalls in kleinen Gruppen zusammengetan. Oft gab es Konflikte zwischen den Gruppen, besonders, wenn sie gegenseitig ihre Methoden ablehnten. Herrscher, Handelsfürsten, Feldherren und selbst die Hierokraten bedienten sich magischer Kräfte nach Belieben. Aber all dies führte zu so viel Leid und Verdruss, dass sich eines Tages die wichtigsten Magier der damaligen Zeit zusammentaten und beschlossen, man müsse alle Magier einen.

Viele Magier ließen sich überzeugen und schlossen sich an, und die meisten von ihnen verzichteten sogar auf ihre speziellen Techniken, um sich einer anerkannten und beherrschbaren Form der Magie zu bedienen. In dieser Zeit kam der Begriff *Elementarmagie* auf. Doch als man endlich eine gewisse Ordnung in die Welt der Magie gebracht hatte, stellte sich heraus, dass es noch eine zweite Gruppe von Magiern gab, die genau das Gleiche getan hatte. Diese zweite Gruppe bediente sich jedoch einer anderen Magieform. Welche das war, steht nur in den allergeheimsten Büchern der Gilde – Leute wie du oder ich werden das wohl niemals erfahren.«

Er sah Leandra von der Seite her an. Ihre Augen klebten förmlich an seinen Lippen, der Wissensdurst stand ihr ins Gesicht geschrieben.

Munuel blickte wieder nach vorn und seufzte. »Es kam zum Streit zwischen den beiden Gruppen. Man diskutierte über viele Jahre hinweg. Unterdessen schlossen sich immer mehr Magier der Gilde an, aus der später auch das Cambrische Ordenshaus hervorging. Zurück blieb eine Gruppe von Fanatikern, die sich nicht davon abbringen lassen wollte, ihre speziellen Techniken anzuwenden. Sie muss sehr mächtig und gefährlich gewesen sein.«

»Das klingt ein bisschen nach dem, was Remoch erzählte. Gefährliche Magieformen.«

Munuel nickte. »Ohne Zweifel wirst du irgendwann selbst einmal mit der einen oder anderen Abart konfrontiert werden. So etwas ist nie völlig auszurotten, deswegen seine Warnung. Es gibt zu jeder Zeit Magier, die sich nicht an den Kodex halten wollen. Ich bezweifle, dass allzu viele von ihnen wissen, worauf sie sich einlassen.«

Leandra schwieg. Es klang beinahe, als habe Munuel selbst schon solche Erfahrungen gesammelt.

»Und dann kam es zum Kampf zwischen den verfeindeten Gruppen?«, fragte sie.

»Noch nicht gleich. Da man sich nicht einigen konnte, beließ man es fürs Erste dabei. Zuerst gab es keine direkte Feindseligkeit – so berichtet es jedenfalls die Überlieferung. Doch eines Tages änderte sich das. Die Historiker sind sich nicht einig, ob lediglich der größte unter den Fanatikern an die höchste Machtposition gelangte oder ob diese Magier ein besonderes Ziel erreichen wollten. Es gibt sogar eine Legende über einen Handel, den eine Gruppe von Magiern mit einer fremden Macht abschloss. Vielleicht wollte sich auch irgendein machtbesessener Fürst gewisser Kräfte versichern, um es zu Reichtum und Einfluss zu bringen. Das weiß heute niemand mehr. Jedenfalls wirkten die Mitglieder dieser Gruppe verschiedene magische Ereignisse von großer Tragweite – mit ihrer fremden Magieform. Dabei kam es zu großen Komplikationen – Risse im Trivocum entstanden und Menschen wurden getötet.«

Wieder machte er eine Pause, und Leandra kam es immer mehr vor, als lege Munuel in Wirklichkeit eine Beichte ab. Sie sagte aber nichts dazu.

»Die neue Magiergilde forderte die Gruppe der Abtrünnigen unmissverständlich auf, das Wirken kritischer magischer Ereignisse mit ihrer Magieform zu unterlassen – aber ihre Forderung wurde ausgeschlagen. Danach kam es zu einem Ereignis, das vollkommen außer Kontrolle geriet. Eine fürchterliche Kreatur gelangte aus dem Stygium ins Diesseits und verwüstete einen ganzen Landstrich. Nur mit größter Anstrengung konnten die Gildenmagier das Monstrum wieder zurück ins Stygium jagen. In der Folge kam es zum offenen Konflikt. Die verantwortliche Gruppe sollte sich auflösen, und als sie das nicht tat, erklärte man sie für abtrünnig und geächtet.«

Leandra nickte ihm zu. »Und dann war es so weit.«

»Nein, noch nicht. Die abtrünnigen Magier sollen dies als eine unverzeihliche Beleidigung aufgefasst haben. Sie brachen alle Kontakte ab und verschwanden.«

»Tatsächlich? Und dann?«

»Lange Zeit geschah nichts; dann aber, nach einigen Jahren, ereigneten sich überall im Land grauenvolle

Dinge. Es gab reihenweise Morde an hohen Würdenträgern, Dörfer und Städte wurden von Horden dunkler Wesen verwüstet, und Magier der Gilde wurden angegriffen, wo immer sie sich aufhielten. Frauen wurden entführt und tauchten nie wieder auf.«

Ein unangenehmer Schauer kroch Leandras Rücken herauf. Sie fragte sich, ob sie ihn deswegen verspürte, weil Munuels Erzählung so furchterregend war – oder vielmehr, weil sie sich inzwischen gar nicht mehr wie eine Legende anhörte, die er einmal vernommen hatte, sondern mehr wie ein schrecklicher Tatsachenbericht, über den er nur allzu gut Bescheid wusste.

Munuel fuhr fort. »Schließlich erkannte man die Handschrift der Magieform der Abtrünnigen und entdeckte den Ort, an dem sie ihre Macht konzentriert hatten. Es soll in einem Katakombensystem unterhalb des Palastes der damaligen Hauptstadt des Reiches gewesen sein. Heute weiß allerdings niemand mehr, wo das war. Die Magier der Gilde zogen all ihre Kräfte zusammen und griffen diesen Ort an.«

»Und dann war es aus mit ihnen!«, sagte Leandra.

Munuel schüttelte den Kopf. »So schnell ging das leider nicht. Die Magiergilde musste feststellen, dass die fremde Magie der Abtrünnigen mächtiger als alles war, was die Gilde aufzubringen vermochte. Im Kampf hatten die Gildenmagier nicht den Hauch einer Chance gegen sie.«

»Beim Felsenhimmel – wie wurden sie schließlich besiegt?«

»Tja, man kann leider nicht sagen, dass es einen Sieger gab. Das Dunkle Zeitalter kam und damit musste die ganze Welt den Preis bezahlen. Die Gildenmagier hatten nach einem Mittel gesucht, das sie gegen die Übermacht ihrer Feinde einsetzen konnten. Und sie fanden auch etwas – was es war, gehört wieder einmal zu dem geheimen Gildenwissen, es muss eine Art Waffe gewesen sein. Mit ihr zogen sie gegen die Abtrünnigen, und tatsächlich sah es so aus, als hätten sie nun das Übergewicht. Sie drangen in die Katakomben ein und stellten die Abtrünnigen zu einer gewaltigen Schlacht.

Es war bald klar, dass die Abtrünnigen unterliegen würden. Dann kam es zu dem verhängnisvollen Ereignis: Sie brachten all ihre Kräfte auf und entfesselten das Äußerste an stygischer Energie, zu der sie fähig waren. Es war eine Kraft der blanken Vernichtung – nicht dazu gedacht, einen Gegner niederzuringen, sondern nur noch dazu, die ganze Welt zu vernichten. Die Gildenmagier stemmten sich mit all ihrer Macht dagegen, aber es half nichts. Die ganze Hauptstadt soll damals in einer einzigen Sekunde in Schutt und Asche gesunken sein. Danach begann dann das Dunkle Zeitalter. Das Trivocum brach völlig zusammen, und die Welt wurde von einer gigantischen Flutwelle stygischer Kräfte durchspült.«

Leandra stieß einen Luftschwall aus. »Bei den Kräften! Es muss Tausende von Toten gegeben haben!«

»Tausende? Sei nicht naiv, Leandra. Es waren Millionen. Ziemlich sicher lebten vor dem Dunklen Zeitalter viel mehr Menschen in der Höhlenwelt als heute!«

Leandra starrte Munuel an. So große Zahlen hatten für sie etwas Unvorstellbares. Munuel hatte sie auch in Mathematik unterrichtet, und sie wusste durchaus, was eine Million war. Aber es gab nichts in der Höhlenwelt, was man in Millionen zählte. Das eine Dorf hatte hundert Einwohner, das andere dreihundert, und eine größere Stadt vielleicht tausend. Savalgor sollte sogar ein Vielfaches davon haben, aber dies alles war nichts im Vergleich zu den Zahlen, die Munuel jetzt nannte. Millionen von Toten! Völlig unvorstellbar.

An diesem Abend erreichten sie kurz vor Einbruch der Dunkelheit ein kleines Gasthaus. Sie waren die einzigen Gäste, daher hatten sie das ganze Gasthaus und die Aufmerksamkeit der Wirtsfamilie für sich. Es gab frisch gebackenes Brot, Wild, Kompott und einen ganzen Laib des berühmten, grässlich stinkenden, aber höchst delikaten

Tharuler Käses. Früh am nächsten Morgen setzten sie ihre Reise fort. Leandra schwitzte, obwohl sie fast nichts trug, und malte sich aus, wie es wäre, in Savalgor baden zu gehen. Sie diskutierte mit Munuel den ganzen Tag über Magie, und irgendwann fiel ihr ein, dass Remoch sie am Vorabend gar nicht geprüft hatte.

Am Nachmittag deutete Munuel nach vorn, wo sich der weißgraue Himmel lichtete und die Strahlen eines Sonnenfensters eine weite Ebene mit Licht überfluteten. Dort fiel das Land deutlich ab, und weite Wälder waren zu erkennen. »Schau, Leandra«, sagte er. »Wir haben das Hochland endlich hinter uns! Dort beginnt die Tiefebene von Savalgor.«

Die Mulloohs stapften unbeirrt weiter, und im Laufe des Nachmittags gelangten sie in die Tiefebene hinab. Im Flachland um Savalgor herrschte milderes Wetter, und eine ständige leichte Brise wehte von der See her. Die drückende Hitze ließ etwas nach, und unter dem Felsenhimmel zogen dicke, wattige Wolkenberge gemächlich dahin. Leandra konnte sich nun endlich etwas Züchtigeres anziehen, und sie streckte Zach herausfordernd die Zunge heraus. Zach grinste nur.

Als sie am Abend des sechsten Reisetages die Tore von Savalgor erreichten, war die Erleichterung groß.

Am Stadttor erklärte Munuel, sie seien eine Gruppe von Pilgern, die die heilige Basilika der Hauptstadt besuchen wollten. Sie konnten das Tor ungehindert passieren und ritten in die Stadt hinein.

Bald erreichten sie die Stallungen von Meister Gallor, wo Zacharias die Mulloohs unterstellen wollte. Es war ihm deutlich anzusehen, dass er der erhabenen Gesellschaft der Magier reichlich überdrüssig war und darauf brannte, seine Silbermünzen in einer einschlägigen Kaschemme unter die Leute oder besser, unter die Damen zu bringen. Er verabschiedete sich freundlich und war gleich darauf verschwunden. Die Magier wandten sich dem Stadtzentrum zu.

5 ♦ Savalgor

Savalgor galt als eine der erstaunlichsten Städte des Kontinents von Akrania. Zweimal war Leandra schon hier gewesen, aber wieder wirkte diese Stadt so beeindruckend auf sie wie beim ersten Mal.

Es hieß, Savalgor wäre zwischen drei Felsen erbaut. An dieser Stelle der Küste liegen zu beiden Seiten eines schlanken Felspfeilers zwei gewaltige Felsmonolithen. Fast sieben Meilen ragt der Pfeiler in die Höhe, wo er mit dem südlichsten Ausläufer des Großen Akranischen Sonnenfensters zusammenstößt. Infolge dessen liegt die Stadt immer im hellen Sonnenlicht.

Der Pfeiler ragt weit ins Meer hinein, und draußen im Meer steht ein weiterer Pfeiler, der mit dem Savalgorer durch eine natürliche Felsenbrücke in großer Höhe verbunden ist. Die schmalste Seite des Savalgorer Pfeilers, die nach unten hin flach zuläuft, endet auf einer Insel mitten im Fluss Savau. An dieser Stelle liegt, hineingehauen in den Felsen des Pfeilers, die große Festung von Savalgor – Sitz des Hierokratischen Rates und Palast des Shabibs. Die übrige Stadt schmiegt sich unter der Festung in den Schutz der Monolithen, die rechts und links des Felspfeilers fast eine Meile in die Höhe ragen. Sie halten nach Osten und Westen hin mit ihren steilen Felswänden jeden Eindringling fern. Nach Süden, zum Meer hinaus, liegt der befestigte Hafen; im Norden der Stadt, wo die Savau in den Felsenkessel von Savalgor eintritt, verläuft zwischen den Enden der beiden Monolithen eine gewaltige Stadtmauer.

Im Schutz dieser natürlichen Bollwerke war Savalgor

so gut wie uneinnehmbar. Der Hafen war groß genug, um fast die gesamte Kriegsflotte Akranias aufzunehmen, sodass von dieser Seite her kaum eine Gefahr zu befürchten war. Die Monolithen begrenzten nach Osten und Westen hin die Stadt mit einer unüberwindlichen natürlichen Wehrmauer, und nach Norden hatten die Savalgorer ihre eigene Festungsanlage errichtet. Die Stadt Savalgor war seit ihrer Ernennung zur Hauptstadt von Akrania, und das war über tausend Jahre her, noch nie eingenommen worden. Und Kriege hatte es seither genug gegeben.

Das Stadtbild indes war eigentümlich. Savalgor beherbergte über vierzigtausend Menschen – und diese Zahl war schon seit Jahrhunderten gleich. Mehr Leute passten einfach nicht herein. Leandra lief staunend durch die Straßen und Gassen und blickte an den hohen Häusern hinauf. Die Menschen hatten, da man nicht in die Breite ausweichen konnte, in die Höhe gebaut. Manche der Gebäude waren sechs oder gar sieben Stockwerke hoch. Mit den unglaublichsten Konstruktionen hatte man dem begrenzten Platz noch ein paar Ellen Lebensraum abgerungen. Säulen, Balken, Streben, hölzerne und steinerne Stützen trugen verwegene Erker, Überbauten oder Balkone, die in großer Höhe an den zerbrechlich wirkenden Häusern angebaut waren. Keines von ihnen besaß jedoch das Fundament eines wirklich großen Gebäudes. Die allermeisten waren vor langer Zeit als einfache, kleine Steinhäuser erbaut worden, um nicht mehr als eine sechsköpfige Familie zu beherbergen. Im Laufe der Jahrhunderte hatte man die Häuser immer höher aufgestockt. Savalgor ähnelte einer Ansammlung von unzähligen schiefen und krummen Türmen, die sich gegenseitig mit Balken, Säulen und Verstrebungen stützten – wie ein Gruppe Betrunkener, von denen jeder darauf hofft, dass der andere, der ihm gerade Halt bietet, nicht durch irgendeinen dummen Zufall umfällt oder über etwas stolpert.

Es gab eine strenge Baupolizei, die darüber wachte, dass die Leute nicht unkontrolliert weiterbauten. Zum Glück bestand das Baumaterial überwiegend aus Granitgestein. So bestand wenigstens keine Gefahr, dass im Laufe der Zeit die Bausubstanz marode wurde. Doch es gab andere Sorgen. Allzu verwegene Konstruktionen waren bereits eingestürzt; einmal hatte ein riesiger Turm, dessen Fundament unter seinem Gewicht nachgab, einen halben Marktplatz unter sich begraben, und viele Leute waren erschlagen worden. An einer anderen Stelle war eine ganze Kette von Häusern eingestürzt, von denen ein tragendes den Halt verloren hatte. Seither passte die Baupolizei genauestens auf. Die Bevölkerung von Savalgor war seit mehr als vierhundert Jahren konstant. Nur für einen, der von Savalgor wegzog, durfte sich ein neuer Bewohner ansiedeln.

Auf den Straßen herrschte an diesem Abend reges Treiben. Savalgor war die einzige Stadt von Akrania, die über gepflasterte Straßen und sogar ein Abwassersystem verfügte. Sonst wären in einer so engen Stadt die nassen Jahreszeiten kaum auszuhalten gewesen. Während andere Städte im Schlamm versanken, plätscherte in Savalgor das Wasser durch die Kanäle davon. Schnee gab es hier im Winter kaum; die Stadt erzeugte so viel Wärme, dass sich selbst im tiefsten Winter kaum eine Flocke auf den Dächern oder in den Straßen zu halten vermochte. Auch im Sommer war das Klima meist mild, da durch die Straßen und Gassen immer eine schwache Brise von der See strich.

Die kleine Gruppe einigte sich darauf, noch zum Abendessen einzukehren. Unterdessen wollte man einen Boten zum Ordenshaus senden, um ihre Ankunft anzukündigen. Dann würden sich die Wege von Leandra und den Magiern trennen.

Das große ummauerte Ordenshaus der Magiergilde war schon am Ende der Straße zu sehen, als sie sich für ein kleines, freundlich aussehendes Gasthaus entschieden, das seine hölzerne Tafel: *Alte Cambrische Schenke* in die Straße hinausreckte.

Es war wenig Betrieb, und sie konnten sich einen großen Tisch aussuchen. Leandra staunte, wie neu hier alles aussah. Das Mobiliar war schön und gepflegt – nicht von der derben Machart wie in den Landgasthöfen von Nordakrania. Der Boden war aus Parkett anstatt aus gestampfter Erde, und auf den Tischen brannten wohlriechende Talglichter anstelle der stinkenden und rußenden Öllampen, wie Leandra sie von den Wänden des Gasthauses Zum Bären her kannte. Hier in der Stadt waren die Dinge eben anders.

Sie setzten sich, und der Wirt kam herbei.

Er war ein muskulöser Mann mit flacher Stirn und tiefen Tränensäcken unter den dunklen Augen. Er trug einen dichten, schwarzen Schnurrbart, der so kompakt wirkte, als wäre er aus Stein gemeißelt. Er begrüßte die Ankömmlinge höflich und fragte, was er bringen solle.

Während sie über das Mahl berieten, fragte Munuel beiläufig, wie es denn dem alten Shabib Geramon ginge. Sie wären seit einer Woche unterwegs gewesen und hätten keine Neuigkeiten erfahren.

»Geramon?«, brummte der Wirt. »Nun, es scheint, als wollte uns der alte Drache doch nicht so bald verlassen. Er hat sich ein wenig erholt. Zum Glück hat sich das heißblütige Jungvolk, das lautstark um seine Nachfolge kämpft, wieder zurückgezogen. Seid Ihr Magier? Wollt Ihr zum Ordenshaus?«

Remoch nickte knapp, versuchte aber keine weitere Aufmerksamkeit auf diesen Umstand zu lenken.

Der Wirt beugte sich vor und flüsterte: »Stimmt es, dass die sich zankenden Thronanwärter Magie mit ins Spiel bringen?«

Wie auf ein Kommando schauten sich seine Gäste gegenseitig ratlos an, als hätten sie noch *nie* von diesem Verdacht gehört. Obwohl die Überzeugungskraft dieser gemeinsamen Geste kaum zu überbieten gewesen sein dürfte, begann der Wirt zu grinsen.

»Ich verstehe Eure Vorsicht, Ihr würdigen Herren«, sagte er, richtete sich auf und stemmte die mächtigen Fäuste in die Hüften. Er nickte Leandra und Caori zu, um auch ihnen Respekt zu erweisen. Der Mann schien sich mit Magiern auszukennen. Wie zur Bestätigung sagte er: »Ich darf mich glücklich schätzen, dass die hohen Herrn der Gilde aus dem Ordenshaus oft bei mir einkehren. Ich kenne sie alle und weiß somit, dass ihr neu in Savalgor seid. Ich vermute, Ihr kommt aus Mornewald – oder aus Angadoor.«

Die Betroffenheit stand allen ins Gesicht geschrieben. Der Wirt lachte leise auf.

»Keine Sorge, Euer Geheimnis ist bei mir sicher, hohe Herrn. Ich mache mir nur einen kleinen Spaß daraus, Euch Magier hin und wieder ein wenig ... nun, sagen wir, zu überraschen. Es gibt nämlich auch eine Magie des Volkes, wisst Ihr? Sie heißt Menschenkenntnis. Gastwirte sind darin kaum zu übertreffen. Im Übrigen stehe ich auf Eurer Seite, sonst dürfte ich wohl kaum so viele Magier zu meinen Gästen zählen. Meiner Meinung nach sollte man diese eitle Höflingsbrut aus der Stadt jagen und einen einfachen, ehrlichen Mann zum Shabib machen. Was wollt Ihr nun haben?«

»Die Überraschung ist dir gelungen, Wirt«, sagte Remoch. »Du hast Recht, mitunter muss man uns Magier darauf hinweisen, dass wir nicht allein über Weitsicht verfügen. Nun, dann bring uns ein paar Krüge Bier und ...«, – er blickte Leandra überlegend an – »... und ein Kännchen Tee für diese junge Dame hier. Und Brot, Käse und Wurst.«

Der Wirt nickte und ging. Bald schon kam er zurück und brachte das Verlangte.

Sie aßen und tranken schweigend. Leandra stand ganz im Banne der Würde und Ernsthaftigkeit der alten Männer. Nicht mehr lange, und sie war auf sich allein gestellt. Munuel hatte ihr viele neue Dinge erzählt, aber das war ihr noch lange nicht genug. Am liebsten hätte sie diese vier noch stundenlang nach allem möglichen ausgefragt – aber leider war das nicht mehr möglich.

Sie blickte zu Bamtori, dem dunkelhäutigen Veldoorer Magier, den sie während der letzten Tage kaum ein Wort hatte reden hören. Ein seltsames Geheimnis umgab diesen Mann. Das Einzige, was sie über ihn sagen konnte war, dass er ein seltsam geformtes, offenbar sehr kostbares Schwert bei sich trug.

Remoch holte ein paar Münzen aus der Tasche, ließ sie auf den Tisch klimpern und schob seinen Teller beiseite. »Wir werden nun aufbrechen. Im Ordenshaus wird man uns schon erwarten.«

Munuel nickte Remoch, Caori und Bamtori zu, die sich erhoben hatten, während er und Leandra noch saßen. »Ich will mich von Leandra noch kurz verabschieden«, erklärte er dem Gildenmeister. »Ich komme bald nach. Geht schon voraus.«

Remoch nickte, verbeugte sich knapp vor Leandra und wandte sich zum Gehen. Caori und Bamtori folgten ihm. Dann waren sie verschwunden.

Leandra blickte Munuel überrascht an. »Du willst nicht, dass ich mit ins Ordenshaus komme?«, fragte sie.

Munuel schüttelte den Kopf. »Unsere Wege trennen sich hier«, antwortete er. »Ich verstehe deine Neugier, aber du würdest ohnehin nichts erfahren. Was sich bezüglich dieser Sache ergeben wird, spielt sich in den oberen Stockwerken des Ordenshauses ab, wenn du verstehst, was ich meine. Wahrscheinlich würden wir uns gar nicht mehr sehen, denn du hast keinen Zugang zu diesen Bereichen. Dort sind nur die Gildenmeister, Altmeister und der Primas zugegen. Kein Ort für Adepten.«

Leandra zuckte einsichtig die Schultern.

»Du solltest nun damit beginnen, deinen eigenen Weg zu gehen«, fuhr Munuel fort. »Du willst schließlich deine Wanderschaft beginnen, erinnerst du dich?«

Sie studierte die Falten seines Gesichts und fühlte sich plötzlich ein wenig verloren. Zum ersten Mal in ihrem Leben würde sie für längere Zeit ganz auf sich allein gestellt sein. Und da war immer noch dieses ungewisse Gefühl, das in ihr nagte, nachdem sie Zeugin des Vorfalls mit Limlora geworden war.

Munuel erriet ihre Gedanken. »Du brauchst dir keine Sorgen zu machen, Kind«, sagte er. »Solange niemand weiß, was du gesehen hast, wird sich niemand um dich kümmern.«

»Aber ihr werdet dieser Sache nachgehen, nicht wahr?«

Munuel nickte, dann wechselte er das Thema. »Wirst du gleich weiterziehen? Oder willst du noch in Savalgor bleiben?«

Leandra hob die Schultern. »Ich wollte mir noch die Stadt ansehen. Allerdings ... ich weiß nicht genau, wohin ich danach gehen soll. Hast du nicht einen Rat für mich?«

»Du wolltest doch immer nach Kambrum gehen, um dort bei einem Einsiedler-Magier zu dienen.«

»Ach, Kambrum«, seufzte sie, »da sind im Laufe der Zeiten schon Tausende von Adepten gewesen. Ob es da überhaupt noch Einsiedler gibt?«

Munuel lächelte. »Ja, da magst du Recht haben. Aber Dulbir und die Große Stygische Mauer solltest du schon einmal gesehen haben.«

»Ja, natürlich. Ich werde nach Kambrum gehen. Aber nicht gleich. Weißt du nicht etwas für mich?«

Munuel sah ihr Leid. »Du würdest am liebsten hierbleiben, nicht wahr?«

»Ich bin ein offenes Buch für dich«, seufzte sie.

Munuel nickte. »Ja, stimmt. Ich kenne dich schon so lange. Aber du solltest wirklich deine Wanderschaft beginnen.«

Sie studierte sein Gesicht. Es wirkte in keiner Weise fröhlich. Sie sah ihm an, dass er wusste, dass schwierige Zeiten beginnen würden.

Munuel langte in seinen Brustbeutel und holte etwas heraus. Es war eine kleine Muschelschale, deren Ende so verkrümmt war, dass sich die Perle, die in der Muschel gewachsen war, darin verklemmt hatte. Es war eine wunderschöne kleine Perle mit einem grünlichen Schimmer. Ein dünnes Lederband war durch ein kleines Loch gezogen. Munuel legte ihr das Band um den Hals. Leandra zog ihre Locken darunter hervor und nahm die kleine Muschel in die Hand. Sie gefiel ihr, sie war ein wundervolles, natürliches Schmuckstück von ganz eigener Art.

»Es ist Tradition, dass Meister ihren Schülern einen kleinen Glücksbringer geben, wenn die Lehrzeit beendet ist«, erklärte der alte Mann. »Diese Muschel besitze ich bereits, seit ich ein junger Magier war. Ich fand sie einmal am Meeresstrand. Sie birgt ein Rätsel, das du lösen musst, wenn du sie nutzen willst.«

»Tatsächlich? Was ist es denn?«

Er schüttelte tadelnd den Kopf. »Es wäre wohl keines mehr, wenn ich es dir jetzt verriete.«

Sie hob die Schultern. »Ich werde schon darauf kommen«, sagte sie. »Aber eines musst du meiner neugierigen Seele verraten, ja?«

»Und?«

»Welche Iterationsstufe beherrschst du? In der Elementarmagie?«

Er schüttelte lächelnd den Kopf. »Du bist eine eitle Person, weißt du das?«

»Stimmt«, sagte sie grinsend. »Wenn ich mal einen anderen Adepten treffe, kann ich damit angeben, wie gut mein Meister ist. Vorausgesetzt, du hast es jemals über die dritte Stufe hinaus gebracht.«

»Du freches Biest!«, sagte er und stieß sie in die Seite.

Sie lachte auf. »Also sag schon!«

Er spitzte die Lippen. »Ich kann dir verraten, dass ich einmal eine achte Iteration gewirkt habe.«

»Eine *achte!* Das ist ja …!«

»So ist es«, sagte er und nickte. »Das war … bei dir.«

Leandra zögerte. »… bei *mir?*«

Munuel nickte. »Ja, als du auf die Welt kamst. Du lagst verkehrt herum im Bauch deiner Mutter. Ihr wärt vielleicht beide gestorben.«

»Munuel! Was erzählst du da? Das ist ja …«

Munuel versuchte, die aufkommende Schwermut ihres Abschieds zu verdrängen. Er begann geschäftig zu plappern. »Eigentlich ist das keine große Sache, ein Objekt wie ein kleines Baby im Bauch der Mutter zu beeinflussen. Ich meine zu drehen. So was könnte man schon mit einer Iteration der dritten Stufe erreichen. Die Schwierigkeit besteht darin, dass man bei einer Geburt nicht einfach mit stygischen Energien herumfuhrwerken kann, verstehst du? Sonst fügt man den Leuten mehr Schaden zu, als man ihnen nützt. Also musste ich so hoch hinauf und die Energien mit meinem stärksten Aurikelstein und all meiner Kraft ausfiltern, bis nur noch reine weiße Energie übrig blieb. Es war schon ein kleines Meisterstück …«

»Du hast mir das Leben gerettet … und meiner Mutter …«

Munuel winkte ungeduldig ab. »Vergiss es. Du bist nicht der einzige Mensch, dem ich das Leben gerettet habe. Es waren Dutzende. Dazu bin ich ja da. Aber … nun, bei dir war es kompliziert. Ich glaube, ich habe in dieser Stunde zwei Pfund an Gewicht verloren, haha!«

Leandra fiel Munuel um den Hals. Tränen liefen ihr über die Wange. »Ich liebe dich, alter Mann«, sagte sie leise.

Munuel verkniff sich eine Erwiderung. Er liebte sie auch, aber er wollte den Abschied nicht noch erschweren. Er löste sie von sich, zog ein Taschentuch hervor und tupfte ihr die Tränen weg. Er war selber den Tränen nahe.

»Innerhalb einer Stunde drehte ich dich dann herum. Deine Mutter lag schon in den Wehen.« Er machte eine

Pause und blickte in ihre grünen Augen. »Ich glaube, den Schimmer deiner Augen hast du von ihr, weißt du?«

Leandra lächelte ihn an. Sie musste jetzt stark sein. »Ist gut. Nun sag mir schon, was ich machen soll.«

Munuel schüttelte den Kopf. »Das wäre gegen die Regeln. Du musst deinen Weg allein finden. Ich könnte dir Orte großer magischer Ereignisse nennen, aber dadurch würdest du einen Vorteil gegenüber den anderen Adepten haben. Das wäre nicht recht. Aber ich denke, du wirst das auch ohne meine Hilfe schaffen.«

Sie seufzte. »Dann werde ich wohl nach Usmar gehen und von dort mit dem Schiff auf die Wolkeninsel übersetzen«, sagte sie. »Das ist billiger als von hier.«

»Jetzt schon? Weißt du überhaupt, ob sie dich aufnehmen werden?«

»Ich dachte, das wäre für einen Gast-Adepten kein Problem.«

»Ist es normalerweise auch nicht. Nur weiß man nie, ob die Schule noch einen Platz frei hat. Dort wird nur ein Grüppchen handverlesener Jung-Magier unterrichtet. In den Räumen der Schule ist nicht unbegrenzt Platz für Gäste. Aber ich habe noch immer die Hoffnung, dass du dich dort einmal regulär einschreibst.«

Sie winkte ab. »Zwölf Jahre studieren und leben wie eine Klosterschülerin? Nein danke, das ist nichts für mich.«

Munuel lachte. »Ja, das wäre auch irgendwie schade. Der Welt würde in dieser Zeit etwas verloren gehen.«

Sie wusste nicht, wie er das gemeint hatte. Er schwankte immer zwischen ehrlichen Komplimenten und kleinen, wohlgemeinten Seitenhieben. Sie seufzte schwermütig. Immerhin hatte sie nun seine kleine Muschel, und die bedeutete viel für sie.

Dann verabschiedeten sie sich voneinander. Munuel versprach ihr, dass sie sich spätestens in einem Jahr wiedersehen würden.

*

Als Munuel das Ordenshaus betrat, fand er diesen Ort, an dem sonst nichts als würdevolle Ernsthaftigkeit herrschte, in heller Aufregung vor. Brüder der Gilde eilten über den Hof und durch die Korridore; die Dienerschaft stand unschlüssig herum. Bei den Stallungen auf dem Hof wieherten die Pferde und aus allen Fenstern drang helles Licht. Munuel spürte, dass dies keinesfalls freudige Erregung war. Irgendetwas musste geschehen sein.

»Meister Munuel!« Ein älterer, beleibter Mann im langen Ordensgewand eilte ihm entgegen. »Den Kräften sei Dank, dass Ihr gekommen seid!«

»Bruder Zerbus! Was ist denn hier los?«

Der Mann blieb schnaufend bei ihm stehen. Zerbus war der Bibliothekar des Cambrischen Ordenshauses, ein rundlicher Magier mit Watschelgang, rotem Gesicht und einem priesterlichen Haarkranz. Er hatte sich mit seinen magischen Künsten auf die Erhaltung alter Schriften spezialisiert. Zerbus stand in dem Ruf, selbst ein vollkommen zu Staub zerfallenes Pergament noch retten zu können – vorausgesetzt, der Staub war noch vollständig vorhanden.

»Es ist etwas Furchtbares geschehen, Meister Munuel. Kommt mit, Hochmeister Jockum wird Euch persönlich davon berichten wollen.« Der Ordensbruder wandte sich um und eilte voraus. Munuel folgte ihm über den Hof des Ordenshauses ins Hauptgebäude.

Das Anwesen stand wie eine Hausburg inmitten des Gewirrs der Türme und Erker von Savalgor. Es war eines der ältesten Gebäude der Stadt und verfügte deswegen über den Luxus eines Innenhofes. Die Gildenbrüder hatten sich diesen Vorzug über die Zeiten hin zu wahren verstanden, sodass das Ordenshaus wie in alten Tagen als eine in sich geschlossene Enklave der Magie mitten in Savalgor stand.

Zerbus eilte über die Treppen ins Hauptgebäude und wandte sich in den Ostflügel mit den Gemächern der

Ältesten des Cambrischen Ordenshauses. Es ging eine schmale Wendeltreppe hinauf und dann über eine Holzstiege noch höher. Dann betraten sie ein Turmzimmer – die private Studierstube von Hochmeister Jockum, dem Primas des Cambrischen Ordenshauses.

Mehrere Männer erhoben sich. »Munuel! Endlich!«

Ein alter Magier in ihrer Mitte winkte den Ankömmling herbei. Munuel trat hinzu, schenkte seinem alten Gefährten ein Lächeln, verbeugte sich kurz zum traditionellen cambrischen Gruß. »Hochmeister Jockum. Ich freue mich, dich wiederzusehen!«

Dann umarmten sich die beiden.

Munuel verspürte schon in diesem Moment, dass die zwischen ihnen übliche Herzlichkeit der Umarmung durch die Gegenwart einer bedrückenden Nachricht belastet war. Jockum setzte sich und hieß Munuel auf einer Holzbank Platz nehmen, die unterhalb eines schwer beladenen Bücherregals stand. Auch Remoch, Caori, Zerbus und Bamtori waren anwesend. Neben dem geheimnisvollen dunkelhäutigen Magier saß der große Philosoph und Hochmeister Fujima, und am Fenster stand regungslos der große Ötzli persönlich, einer der Altmeister der Gilde, der schon den Ruf einer Legende besaß. Er musste schon über achtzig Jahre alt sein. Trotzdem wirkte er kaum älter als Munuel.

Munuel musterte schweigend die Anwesenden. Niemand schien in gelassener Stimmung zu sein. »Das Ordenshaus befindet sich in hellem Aufruhr«, stellte er fest. »Was ist geschehen?«

Jockum hob den Blick und sah Munuel traurig an. »Es ist schrecklich … Bruder Lakorta ist tot!«

Munuel fuhr in die Höhe. »Was … Lakorta ist *tot?*«

Alle sahen ihn bedrückt an; nur Ötzli starrte weiterhin blicklos aus dem Fenster. Munuel sah, dass seine Wangen tränenfeucht waren.

Ein grässlicher Verdacht überkam ihm. Seine Kehle wurde trocken, denn die ganze Atmosphäre im Raum deutete darauf hin, dass Lakorta keines natürlichen Todes gestorben war.

»Was ist ihm zugestoßen?«, fragte Munuel.

Ötzli fuhr herum. Der Altmeister hatte seine Hände hinter dem Rücken verschränkt, und seine ganze, hoch aufgerichtete Gestalt drückte Zorn und Verbitterung aus. »Zugestoßen?«, stieß er hervor. »Das ist nicht das richtige Wort! Was wurde ihm *angetan!* Das wäre wohl passender!«

Munuel schwieg betroffen. Seine Sinne spürten den ohnmächtigen Zorn des alten Magiers. Wäre Ötzli nicht ein sehr beherrschter Mann, hätte er es vielleicht vorgezogen, sich aus seiner Nähe zu entfernen. Er spürte, dass Ötzli in dieser Verfassung imstande gewesen wäre, das halbe Stadtviertel zu verwüsten. Der Altmeister verfügte über eines der stärksten magischen Potenziale, die es in der heutigen Welt gab.

Jockum ergriff das Wort. »Vorgestern sandten wir Lakorta aus. Wir überwachen seit einigen Wochen den Palast vom Turm der Stürme aus. Niemand hatte vor, die Würdenträger der Hierokratie arglistig zu belauschen. Aber du weißt ja, im Palast hat keinerlei magische Aktivität etwas verloren. Da wir jedoch diesbezüglich ungute Ahnungen hatten, beziehen wir seit Wochen wechselweise im Turm der Stürme Posten und versuchen festzustellen, ob sich dort etwas Verbotenes tut.«

In Munuels Gedanken formte sich das Bild vom Turm der Stürme. Er thronte über der Cambrischen Basilika von Savalgor, direkt dem Palast gegenüber. Der Turm war das höchste Bauwerk von Akrania – sah man einmal vom Palast selber ab, der jedoch nur teilweise von Menschenhand erschaffen war und sich auf dem natürlichen Fundament des Felspfeilers von Savalgor erhob. Im Turm der Stürme wurden alte Schriften aufbewahrt; in seinen Kellergewölben, tief im felsigen Grund unter Savalgor, gab es eine Krypta, in der die sterblichen Überreste der größten und berühmtesten Magier von Akrania aufgebahrt waren.

Die Basilika und der Turm zählten für die Mitglieder des Cambrischen Ordens zum täglichen Wirkungsbereich. Der Orden stellte seinerseits ein Teil der Magiergilde dar, wenn auch auf anderer Ebene. Die Gilde war die oberste Vereinigung aller Magier der Höhlenwelt – von Akrania bis hin zu den Südreichen auf dem eisigen Kontinent von Vulkanoor, von Maldoor, an den Gestaden der dunklen Seite der Welt, über Veldoor hinweg, bis hin zum fernen Inselreich von Chjant. In den Reichen selbst waren die Magier in Ordenshäusern organisiert; hier fand man die Basis der verschiedenen Magieschulen, die sich alle auf das *Prinzip der Kräfte* stützen und sich dabei nur in nationalen Gebräuchen unterschieden.

Die Basilika von Savalgor war das Zentrum der Cambrischen Hemisphäre, die sich über Akrania und einige angrenzende Reiche erstreckte.

Es war eigentlich vollkommen unverdächtig, wenn sich ein Magier im Turm der Stürme aufhielt, und man hatte, wie Munuel annahm, diesen Ort wegen seiner günstigen Lage gewählt, um von dort aus die Vorgänge im Palast zu beobachten.

»Also habt Ihr schon damit begonnen, den Palast zu überwachen«, stellte Munuel fest. »Ich dachte es mir bereits. Hat dir Remoch erzählt, warum wir hier sind?«

Jockum schüttelte den Kopf. »Nein, noch nicht. Aber dass ihr den weiten Weg hierher gekommen seid, verheißt nichts Gutes.«

Munuel nickte. »Ich möchte erst wissen, was Lakorta zugestoßen ist!«

Jockum seufzte schwer. »Lakorta bezog vorgestern diesen Posten im Turm der Stürme. Das Trivocum war in ständiger Bewegung, und wir waren sicher, dass sich im Palast Verbotenes tat.« Er sah in die Runde. »Du weißt, Munuel, dass es mir verboten ist, im Palast meine magischen Sinne zu benutzen, obwohl ich als Mitglied des Rates dort täglich ein und aus gehe. An diese Regel muss ich mich halten, wenn ich nicht den Sinn des Cambrischen Ordens infrage stelle will.«

Munuel nickte. Es wäre Jockum ein Leichtes gewesen, im Palast herumzuspüren, wenn er dort anwesend war. Aber erstens hätten das die anderen Magier im Hierokratischen Rat wahrnehmen können, und zweitens würde jemand, der sich dort unerlaubt der Magie bediente, jegliche Aktivitäten unterlassen, sobald ein Mitglied des Rates anwesend wäre. Jockum hatte einen der dreizehn Sitze des Rates inne, einen weiteren besetzte Altmeister Ötzli. Weitere acht wurden von je zwei Vertretern der anderen vier großen Magierorden der Höhlenwelt besetzt, und die verbleibenden drei waren ›weltlichen‹ Männern vorbehalten also Leuten, die keine Magier waren. Es waren dies die Handelskommissare von Akrania, von Veldoor und von Chjant. So gesehen war der Hierokratische Rat nicht wirklich hierokratisch. Diese Bezeichnung stammte noch aus alten Zeiten, vor einigen hundert Jahren jedoch hatte ein Volksbegehren dem Rat drei Sitze für Nicht-Ordensmitglieder abgetrotzt.

»Ich fürchte, ich muss zugeben«, fuhr Jockum fort, »dass wohl jeder von uns, der sich im Turm der Stürme aufhielt und den Palast zu beobachten versuchte, seine eigenen Vorstellungen in die Tat umsetzte, um näheren Aufschluss darüber zu erlangen, was sich dort abspielt.«

Munuel zog die Stirn kraus.

»Ja, Munuel, du hast vollkommen Recht!«, rief Ötzli aus. »Wir haben tatsächlich gelauscht! Aber wir taten es nicht, um uns Vorteile zu verschaffen, sondern weil wir für das Schicksal des Landes verantwortlich sind! Wir bilden Magier aus, und wir verstoßen sie auch, wenn es sein muss. Wir müssen manchmal die Möglichkeit wahrnehmen, unsere eigenen Gesetze ein wenig zu beugen, um darüber zu wachen, dass sich nicht ein Abtrünniger mit den Herrscherkreisen verbindet.«

Ötzli verstand sich seit jeher als ein Wächter über den Kodex der Gilde. Munuel empfand den Altmeister zwar als ein wenig zu radikal in dieser Hinsicht, aber das war nur sein eigener Geschmack. Er hob abwehrend die Hand. »Beruhige dich, Ötzli, ich verstehe vollkommen. Ich billige es zwar nicht, aber wir haben alle schon, mich selbst eingeschlossen, solche Dinge getan.«

Ötzli brummte und wandte sich dem Fenster zu. Munuel folgte seinen Blicken und sah den hell erleuchteten Palast von Savalgor in wenig mehr als einer halben Meile Entfernung aufragen.

»Heute Morgen sollte Lakorta von Meister Fujima abgelöst werden«, sagte Jockum mit dumpfer Stimme.

Munuel sah Fujima an. Der große Philosoph des Trivocums, wie er genannt wurde, blickte betroffen zu Boden. »Es war grässlicher, heimtückischer Mord!«, sagte er leise. Seine Stimme bebte leicht. Fujima war einer von den Magiern, denen der Ehrenkodex der Gilde besonders viel bedeutete. Er stammte aus Chjant und war ein kleiner, lebhafter Mann, der sich jedoch von der sprichwörtlichen Lasterhaftigkeit seiner Landsleute deutlich abhob. Kaum jemand repräsentierte die Ehrenhaftigkeit der Magiergilde besser als er. Dass sich Fujima dazu herbeigelassen hatte, die Lauschaktion des Cambrischen Ordenshauses mitzutragen, dem er offiziell gar nicht angehörte, verdeutlichte den Ernst der Lage. Schlimmer jedoch erschien Munuel das, was er nun über Lakortas Tod hören würde. Er hatte eine finstere Vorahnung.

»Ein Dämon, nicht wahr?«, fragte Munuel. »Man hat einen Dämonen auf ihn gehetzt!«

Das Schweigen im Raum sagte alles.

Munuel blickte zu Boden. Ein tiefes schwarzes Loch schien sich vor ihm aufzutun. Etwas Bedrückenderes als diese Nachricht konnte es für den alten Meister aus Angadoor kaum geben. Sein Herz pochte dumpf, und er spürte kalten Schweiß im Nacken. Schwer erhob er sich, ging ein paar Schritte in die Mitte des Raums und wandte sich dann hilfesuchend um. »Seid ihr vollkommen sicher?«

Ein allgemeines, verhaltenes Nicken sagte ihm, dass diese Tatsache nicht zu leugnen war. Munuel stieß ein leises Ächzen aus und ließ sich schwer auf eine Holzbank sinken.

Ein Dämon! Er hatte es immer gewusst – diese Sache würde ihn irgendwann einholen! Je länger das Schweigen im Raum andauerte, desto größer würde die Verzweiflung, die sich in ihm breit machte.

»Erzählt es mir«, sagte er dann. »Sagt mir, wie es dort aussah.«

»Seine Leiche war bis zur Unkenntlichkeit verbrannt«, sagte Jockum mit schwerer Stimme. »Überall Blut. Das untere Turmzimmer, in dem er sich aufgehalten hatte, war verwüstet wie nach einem Wirbelsturm. Schleimspuren, Brandflecken, Asche, verkohltes Holz und verbrannte Bücher – alles, was du dir nur vorstellen kannst. Du weißt, was das bedeutet!«

Munuel nickte schwer. So etwas konnte kaum mit Elementarmagie herbeigeführt worden sein. »Wie kommt so etwas *hierher?*«, fragte er.

Es war einer der seltenen Momente, da Bamtori das Wort ergriff. Mit seiner knarrenden Bassstimme sagte er: »Diese Dinge breiten sich immer weiter aus. Es kommt von überall her. Aus dem Ramakorum oder von Noor. Sogar übers Meer von Vulkanoor, Maldoor oder Chjant. Es scheint, als würden sich die bösen Kräfte hier treffen. Hier bei Euch in Akrania.«

Munuel blickte dem dunklen Mann in die Augen. Er wusste nicht, weshalb es diesen seltsamen Magier nach Akrania verschlagen hatte. Munuel hatte gehört, dass er manchmal spezielle Aufgaben im Auftrag der Gilde ausführte.

»Habt ihr dort noch irgendetwas Besonderes entdeckt?«, fragte Munuel. »Ich meine, vielleicht hat Lokorta eine Nachricht hinterlassen?«

Die Magier schüttelten den Kopf.

Munuel atmete tief ein. »Trotzdem möchte ich mir den

Ort ansehen, wenn es dir nichts ausmacht, Jockum. Morgen in aller Frühe.«

Jockum nickte niedergeschlagen.

»Was sollen wir nun tun?«, fragte Munuel.

Jockum erhob sich. »Es ist spät«, sagte er. »Ich möchte all diese Dinge überschlafen. Mein Schädel brummt, und bevor ich nicht wieder klar denken kann, möchte ich keine Entscheidungen treffen.«

Munuel erhob sich ebenfalls. »Ja, wir haben eine lange Reise hinter uns, und wir sind nicht mehr die Jüngsten.«

Jockum hob eine Hand. »Morgen früh habe ich ein Treffen mit wichtigen Leuten von der Handelskammer, aber mittags habe ich Zeit. Wir treffen uns hier. Vielleicht ist dem einen oder anderen bis dahin noch etwas eingefallen – oder ihm wurde gar eine *Erleuchtung* zuteil!«

Angesichts der momentanen Lage fühlte sich niemand zu einem Lächeln aufgerufen.

Munuel ging Jockums zynische Bemerkung nicht aus dem Sinn. Als er seine Kammer erreicht und sich hingelegt hatte, hallten ihm diese Worte noch lange durch den Kopf. Er hegte die Befürchtung, dass es demnächst immer weniger Gründe für lockere Bemerkungen geben würde. Er hatte verschiedene Dinge erfahren, die er noch nicht bekannt geben konnte. Wenn sie aber tatsächlich zutrafen, dann war alles Lachen endgültig vorbei.

6 • Die Quellen von Quantar

Leandra hatte sich für die Nacht ein Zimmer in der Alten Cambrischen Schenke genommen. Am Morgen stand sie früh auf und beschloss, den Tag in Savalgor zu verbringen und sich die Wunder der Stadt anzusehen. Sie wollte den Palast besuchen, sich die Märkte ansehen und zuletzt etwas für ihre Schönheit tun – in den berühmten Dampfquellen von Quantar.

Am frühen Abend gedachte sie die Stadt zu verlassen. Eine Wegstunde vor den Toren von Savalgor war ihr auf der Reise hierher ein kleines Wirtshaus in einem Dorf aufgefallen, wo sie übernachten wollte. Die Alte Cambrische Schenke war zwar sehr schön, aber auch sehr teuer. In dem Dorf könnte sie wesentlich billiger unterkommen.

Bis dahin hatte sie noch den ganzen Tag Zeit, und den gedachte sie zu nutzen.

Die Feste von Savalgor zog sie wie fast alle Besucher der Hauptstadt für Stunden in den Bann. Der Felspfeiler, der von den beiden Armen der Savau umschlossen wurde, wirkte hier in der Stadt, an seiner Schmalseite, mehr wie die Schneide eines gigantischen Schwertes, das mitten in der Savau, auf einer kleinen Insel, im Boden stak und hoch in den Himmel aufragte. An seiner Basis gab es eine Art Ausbuchtung; klein nur im Vergleich zum Stützpfeiler selbst, doch groß genug, um eine gewaltige Festung zu beherbergen. In ihr befand sich der Sitz des Hierokratischen Rates, der Palast des Shabibs und das Hauptquartier der Palastwache, welcher der legendäre

Ruf anhaftete, ein Heer, das zehnmal so groß war, zurückwerfen zu können.

Aus dem Felsklotz der Feste erhoben sich ungezählte Erker, Türme und Kuppeln, die ihr das Aussehen einer martialischen Trutzburg verliehen. Man sagte, falls Savalgor jemals eingenommen würde, wäre die Feste noch lange nicht in Feindeshand.

Auf der Spitze der Feste gab es einen großen Landeplatz und darunter befand sich der Sitz der Drachenmeister von Akrania. Leandra hatte an einer Führung teilgenommen und dort tatsächlich einen der großen Sonnendrachen erblickt, wie sie es sich vorgenommen hatte. Das Tier war gewaltig und wurde in einer kleinen Arena gehalten. Über dem Drachen hing an Seilen ein Holzgestell, das dem Drachen im Einsatzfall auf dem Rücken befestigt wurde, wie der Führer erklärte. Auf diesem Gestell konnte der Drache bis zu 35 Soldaten befördern – die sich natürlich gut festschnallen mussten, denn der Flug eines so gewaltigen Tieres war alles andere als ein Ponyritt.

Mit einem Dutzend dieser Drachen – so viele gab es in den akranischen Armeen – konnte man in Windeseile ein kleines Bataillon an einen entlegenen Flecken bringen. Leandra hatte mitgerechnet. Zwei oder drei Flüge dieser zwölf Drachen, damit hätte man beispielsweise tausend Mann innerhalb einer Stunde auf die kleine Insel in der Bucht von Savalgor befördern können. Eine beeindruckende Luftarmee.

An einem Aussichtspunkt konnte man sich dem wilden Tier annähern, um es zu betrachten. *Wildes Tier* war ein durchaus zutreffender Ausdruck, denn ein Sonnendrache war ein wahres Muskelpaket.

Fliegende Drachen waren Sinnbilder dieser Welt, und der Sonnendrache war das Symbol der Höhlenwelt schlechthin. Es gab viele verschiedene Drachenarten, von den kleinen, legendenumwobenen Baumdrachen über die pummeligen Salmdrachen und die aggressiven, vierflügligen Kreuzdrachen, bis hin zu den Fels-, Onyx- und Sonnendrachen – und natürlich den legendären Malachista. Die meisten Drachen waren Pflanzenfresser, wenngleich sie mitunter auch jagten.

Wilde Flugdrachen zu zähmen galt als unmöglich. Die Sonnendrachen, die sich in der akranischen Armee befanden, stammten aus uralten Züchtungen, domestizierten Drachenfamilien, die sich schon seit Urzeiten im Besitz der Drachenmeister befanden. Manche Drachenmeister hielten die Legende hartnäckig am Leben, dass die Zeiten wiederkommen würden, in denen es möglich wäre, mit den Drachen zu reden und wieder in Freundschaft mit ihnen zu treten. Aber daran glaubte so gut wie niemand. Einst musste es eine solche Zeit gegeben haben, denn irgendwann waren die gezähmten Drachen, die heute bei den Menschen lebten, in deren Besitz gelangt. Aber vor wie vielen Menschenaltern das geschehen war, wusste heute niemand mehr zu sagen.

Als Leandra in das riesige Gesicht des Drachen blickte, wurde ihr klar, dass dieses Tier mit Leichtigkeit sein Gefängnis würde niederreißen können, um dann in den Lüften zu entschwinden. Ein Sonnendrache schien ihr das gewaltigste und stärkste Tier zu sein, das man sich nur vorstellen konnte. Die legendären und schrecklichen Oga-Echsen des Kontinents Og kamen ihr in den Sinn – sie sollten sogar Sonnendrachen umbringen können –, aber das lag weit jenseits ihrer Vorstellungskraft.

Der Drache lag brav wie ein Kätzchen auf seinem strohgedeckten Lager, mit hoch aufgerichtetem Hals – und der war allein mindestens zwölf Ellen lang. Sein Gesichtsausdruck erschien Leandra neugierig, wachsam und verspielt zugleich. Sie blickte fasziniert in das riesige Gesicht, das mit Hornplatten gepanzert war und von dem aus sich, an der Stirn beginnend, ein gewaltiger Stachelkamm über den Rücken zog. Die Augen des Tieres waren so groß wie kleine Wagenräder und unergründlich schwarz, mit einem schmalen, senkrechten Schlitz irisierenden Grüns in der Mitte. Sie hatte das Gefühl, als studiere der Drache sie ebenso wie sie ihn. Sie spürte ein unerklärliches Gefühl der Zuneigung zu diesem riesigen Tier, wiewohl sie ihm nicht für viel Geld auch nur einen Schritt hätte näher kommen mögen.

Nur mit Mühe riss sie sich von dem Anblick des Drachen los. Irgendwann einmal wollte sie mehr über diese unglaublich faszinierenden Tiere erfahren. Verwegen fragte sie sich, ob sie jemals auf einem Drachen fliegen würde. Aber nein, das war eine verrückte Idee.

Am späten Vormittag verließ sie den Palast, den Kopf voller neuer Eindrücke. Unterhalb der Feste lag der größte Markt der Stadt, und obwohl ihr die Füße bereits wehtaten, wandte sie sich dorthin. Zunächst aß sie eine Kleinigkeit, dann schlenderte sie über den Platz und sah sich die unzähligen bunten Buden und Verkaufsstände an.

Hier hätte sie leicht ein Vermögen ausgeben können, doch leider verlief dieser Besuch ziemlich enttäuschend – ihre Reisekasse, die im Wesentlichen für ein ganzes Jahr reichen sollte, gestattete ihr nicht viel. Sie begnügte sich damit, die Händler über dies und jenes auszufragen, jungen Männern, die sich großzügig zeigen wollten, einen entschiedenen Korb zu geben, und sich ansonsten an dem bunten Treiben der Märkte zu erfreuen. Immerhin, ein paar süße Mandeln leistete sie sich, und an einem Stand erledigte sie noch etwas, das sie sich fest vorgenommen hatte. Sie kaufte sich eine Klinge – eine Makori. Die Makori war so etwas wie ein großes Messer, leicht im Gewicht, und auch mit wenig Muskelkraft und Erfahrung einigermaßen effektiv zu führen. Sie eignete sich für das Schneiden von Fleisch ebenso wie zum Schnitzen von Holz oder gar zur Abwehr eines Angreifers. Leandra machte sich jedoch keine Hoffnungen, damit gegen einen Schwertkämpfer bestehen zu können. Aber eine Waffe im Gepäck zu haben verlieh ihr ein beruhigendes Gefühl. Sie war im Begriff, ganz allein eine lange Reise zu beginnen. Ihre magischen Fähigkeiten waren noch nicht weit genug entwickelt, als dass sie in einer gefährlichen Situation unverzüglich einen effektiven Zauber hätte wirken können. Also musste sie sich im Notfall mithilfe einer Waffe dafür Zeit verschaffen.

Die Zeit der Wanderschaft war dafür gedacht, dass der junge Magier lernte, schnell und intuitiv einfache Zauber zu wirken. Nach diesem Jahr sollte Leandra in der Lage sein, aus dem Stegreif und ohne lange Vorbereitung die wichtigsten Alltags-Magien zu wirken: Feuer zu entzünden oder zu ersticken, leichte Krankheiten zu heilen und bestimmte Kräfte aufzubauen wie Hitze, Druck oder Stabilität. Aber ihr war jetzt schon klar, dass sie das nicht zufriedenstellen konnte. Noch immer musste sie an die faszinierende Magie von Altmeisterin Caori denken. Das erste, was sie nach ihrer Wanderschaft zu tun gedachte, war, Caori an ihr Versprechen zu erinnern, ihr diese Magie beizubringen.

Am frühen Nachmittag besuchte sie die heißen Dampfquellen von Quantar. Das kostete nur einen Kupferfolint, und sie konnte, wenn sie wollte, bis zum Abend in den Höhlen herumlaufen und die wohl tuenden Dämpfe einatmen. Man erzählte Wunderdinge darüber, wie gut die Dämpfe auf die Haut wirkten, und selbst stumpfes Haar sollte wieder zu glänzen beginnen. Ihre kleine Schwester Cathryn war vor einem Jahr mit der Mutter hier gewesen, und sie hatte nicht mehr aufhören wollen, von Quantar zu schwärmen. Nun würde sich Leandra selbst davon überzeugen.

Sie ließ sich den Weg zeigen, und als sie vor dem Gebäude am Fuße des westlichen Monolithen von Savalgor stand, war sie heilfroh, nun etwas Entspannendes vor sich zu haben. Sie war reichlich müde, und die Beine taten ihr weh.

Die Dampfquellen lagen unterhalb des Monolithen in einem weit verzweigten, aber angeblich gänzlich erforschten Höhlensystem. Es war in zwei große Bereiche für Männer und Frauen getrennt.

Am Eingang entrichtete sie ihre Gebühr und wurde durch lange Gänge in die Tiefe unter dem Monolithen geführt. Überall brannten Öllampen, und die Wärme der Katakomben machte sich bald spürbar. Dann erreichte sie den Frauensaal. Sie bekam einen Stapel weicher Handtücher gereicht und gab der Versuchung nach, für zwei weitere Kupferfolint ein kleines duftendes Stück Seife und ein winziges Fläschchen Haaröl zu erstehen. Ein freundlich lächelndes, junges Mädchen führte sie in einen Umkleidesaal, in dem hölzerne Bänke aufgereiht standen.

Hier gab es auch andere Besucherinnen, und ihr wurde klar, dass man sich ab hier unbekleidet weiterbewegte. Zuerst war sie ein wenig befangen, aber da sie vor einer halben Meile den letzten Mann gesehen hatte, legte sie ihre Scheu ab und tat es ihnen gleich. Sie zog sich aus und gab ihr Kleiderbündel und ihr Gepäck einer würdig aussehenden alten Dame, die mit strengen Blicken hinter einem Tresen über eine Unzahl von verschlossenen Fächern wachte, in denen die Kleidung der Besucherinnen lagerte.

Die Aussicht, ihre gesamte Habe abgeben zu müssen samt ihrem Geld und allen Gegenständen, die sie für die Reise dabeihatte, behagte ihr nicht. Dann aber sah sie eine Tafel an der Wand, auf der die Verwaltung für die Unversehrtheit garantierte – und ergab sich dem Schicksal. Andere Besucher der Dampfquellen von Quantar wussten sicher, dass man besser keine Wertsachen mitbrachte. Sie versuchte, gleichmütig zu wirken, um so den Eindruck zu erwecken, dass sie nichts Wertvolles im Gepäck hatte.

Die Dame musterte sie und gab ihr dann eine kleine Plakette an einem Lederband, die sie sich am Handgelenk befestigte. Das war die Nummer ihres Fachs. Außer dieser Plakette war Munuels Glücksbringer das einzige, was sie noch trug. Sie war froh, dass ihr niemand sagte, sie müsse die kleine Muschel auch noch zurücklassen.

»Dort entlang«, sagte die Dame freundlich, aber bestimmt.

Leandra nahm ihr Tücherbündel, die Seife und das Öl vom Tisch und wandte sich dem Eingang zu den Grotten zu. Eine kleine Treppe, deren Stufen vom Dunst feucht waren, führte hinab in einen dampfenden Schlund, aus dem warmes, grünliches Licht heraufdrang. Ein süßer Duft unbekannter Art wehte zu ihr herauf. Es war sehr warm.

Eine ältere Frau kam ihr mit glücklichen Blicken entgegen und nickte ihr zu. Auf einem dafür vorgesehenen Platz, an dem auch andere Tücher lagen, ließ Leandra die ihren zurück und ging weiter. Dann erreichte sie die Quellen von Quantar.

*

Der erste Eindruck war faszinierend. Die Grotte war von feinem Nebel erfüllt, der sich nach oben hin verdichtete. Von der Decke hingen hier und dort skurrile Tropfsteine herab, die im warmen Licht von Öllämpchen in allen Farben schillerten. Leandra stand bis zu den Knien in warmem Wasser, der Grund des flachen Teichs schien überall aus Sand zu bestehen. Der Duft des Nebels war fast berauschend. Sie fuhr sich mit den Händen über Schenkel und Bauch und spürte, dass sich auf ihrer Haut ein angenehmer, öliger Film gebildet hatte.

Der Dampf war sehr warm, wenn auch nicht heiß, aber das mochte sich noch ändern. Sie schwitzte bereits ein wenig, aber sie fühlte sich schon jetzt unsagbar wohl. Das Atmen war leicht und angenehm, und sie ergab sich dem Impuls, sich ins Wasser niederzulassen.

Für Minuten lag sie an einen Felsen gelehnt entspannt da und genoss die wohl tuende Wirkung und die Stille. Von irgendwoher kam leise plätschernd ein junges Mädchen, lächelte ihr zu und verschwand wieder im Nebel. Dann stand Leandra wieder auf und ging weiter.

Der Weg durch die Grotten war durch ein Führungsseil markiert, und überall standen Schilder, die dies und jenes erläuterten und dazu mahnten, den Weg nicht zu verlassen. Vielleicht waren diese Grotten doch nicht so erforscht, wie man ihr gesagt hatte. Sie lief weiter und gelangte in tieferes Wasser. Schließlich erreichte sie eine Höhle, wo aus dem Sandboden eine Quelle sprudelte. Es war sehr warm, gerade noch so, dass man es aushalten konnte. Begeistert ließ sie sich im Wasserstrom auftreiben. Cathryn hatte wirklich nicht übertrieben – es war traumhaft schön hier unten in den Grotten. Die Quellen von Quantar wären Grund genug, hier in Savalgor zu leben. Dieses Vergnügen jeden Tag genießen zu können wäre so manches Opfer wert.

Sie seufzte wohlig und gab sich ganz dem Genuss hin, ihre Haut und ihren Körper an jeder Stelle zu spüren. Man sagte auch, ein Bad in den Quellen würde die Liebeslust anfachen, und das konnte sie durchaus nachvollziehen. Sie erhob sich und watete weiter. Eine Höhle reihte sich an die andere, jede mit Licht einer anderen Farbe erleuchtet, und es gab keine Stelle, an der man nicht mindestens bis zu den Knien im Wasser stand. Steinmetze hatten hier und dort wohlige Kuhlen gemeißelt, manche davon besaßen eine eigene kleine Sprudelquelle. Sie hielt bei jeder davon inne und überlegte, dass sie vielleicht doch den Rest des Tages hierbleiben wollte – sie könnte gegen Abend noch einmal ins Gasthaus zurückgehen und fragen, ob sie das Zimmer noch eine Nacht haben könnte.

Abermals ging sie weiter, immer am Führungsseil entlang. Sie erreichte eine langgestreckte Halle, in der das Wasser tief genug war zum Schwimmen. Ein paar andere Frauen waren anwesend. Der Dunst war hier sehr licht, und sie sah eine weiß gekleidete Bademeisterin, die auf einem Stuhl saß und wachsam in die Runde blickte. Was für eine Errungenschaft der Zivilisation! Sie kam sich wie ein hoffnungsloses Landpflänzchen vor, dass sie so etwas mit einundzwanzig Jahren zum ersten Mal erblickte.

Sie schwamm in die Halle hinein, und Wasser schwappte ihr in den Mund. Es schmeckte sehr mineralisch und auch ein wenig süß und schweflig. Mit ein paar kräftigen Zügen hatte sie das rechte Ufer erreicht. Als sie über eine hölzerne Leiter aus dem Wasser kletterte, erblickte sie zwei Liegen. Auf einer lag eine junge Frau und schien zu schlafen. Leandra wrang sich das Wasser aus dem Haar und steuerte auf die zweite Holzliege zu.

Als sie näher kam, blieb sie unwillkürlich stehen. Unweit von ihr lag das Mädchen. Sie war jung, vielleicht ein wenig jünger als sie selbst, und hatte rehbraunes glattes Haar; ihre Haut war erstaunlicherweise von der gleichen Tönung, wenn auch ein wenig heller. Leandra machte ein paar ungläubige Schritte und als sie nah genug war, um das Mädchen richtig sehen zu können, stockte ihr für einem Moment der Atem. Sie war unbeschreiblich – von geradezu übernatürlicher Schönheit. Das Mädchen öffnete kurz die Augen und sah Leandra an. Peinlich wurde Leandra bewusst, dass sie es regelrecht angestarrt hatte, und beeilte sich weiterzugehen.

Sie trat zu der anderen Liege, streckte sich darauf aus und schloss die Augen.

Sie versuchte sich zu entspannen, doch schon nach kurzer Zeit gefiel es ihr nicht mehr. Die Liege war hart, und hier in der Halle war es einen Hauch kühler als in den anderen Höhlen. Sie richtete sich wieder auf und sah sich um. Rechts saß die Bademeisterin auf ihrem Stuhl und warf ihr einen strengen Blick zu. Leandra erhob sich, überlegte kurz und sprang dann mit einem Kopfsprung ins Wasser. Sie tauchte, solange sie konnte, und das Wasser war so klar, dass sie selbst im gedämpften Licht der Halle ein Stück weit sehen konnte. Als eine Felswand nahte, tauchte sie auf.

Sie hatte die andere Seite der Halle erreicht, und über

ihr, auf dem Felsen, sah sie das Führungsseil, das tiefer in die Grotten hinein führte. Sie gab alle Zeitpläne auf und schwamm weiter. Nach kurzer Zeit wurde es wieder flacher, sodass sie aufstehen und waten konnte. Nun kam sie in einen geheimnisvollen Teil der Quellen von Quantar. Die Tunnel wurden schmaler und niedriger, überall sprudelte Wasser aus dem Boden, und der Dampf wurde dichter. Schließlich erreichte sie eine märchenhafte Grotte, in der tausend kleine Tropfsteine in den verrücktesten Farben an der Decke funkelten. Sie entdeckte eine seichte Stelle im Wasser, wo aus dem warmen Sand regelrecht kleine Bläschen hervorblubberten. Eine perfekte Stelle zum Ruhen. Sie legte sich hin und wühlte sich ein wenig in den Sand. Die Plakette ihres Faches löste sich dabei von ihrem Handgelenk, und sie legte sie einfach auf ihren Bauch, momentan zu faul, sie wieder festzubinden.

Sie war völlig vom warmen Wasser bedeckt, nur ihre Brustwarzen schauten zwischen einzelnen, kleinen Wellen noch heraus. Sie wusste nicht, ob man im Schlaf ertrinken konnte, aber sie bezweifelte es. Ihr Kopf ruhte auf dem flach ansteigenden Fels des Ufers, und auch der war wohlig warm. Sie schloss die Augen und gab sich der Ruhe hin.

*

Nach dem Mittagessen, das im Refektorium des Ordenshauses eingenommen wurde, trafen sich die Magier im Turmzimmer. Munuel hatte sich früh am Morgen im Turm der Stürme den Raum angesehen, in dem Lakorta umgekommen war – und es war ein Albtraum gewesen. Kein Zweifel, dass jemand einen Dämonen auf ihn gehetzt hatte. Munuel hatte ein seltsames Zeichen an der Wand entdeckt, das er zu kennen glaubte, aber er war sich nicht sicher. Der Sterbende musste es mit seinem eigenen Blut dorthin geschmiert haben.

Als sie beisammen saßen spürte Munuel eine schwere

Last auf seinen Schultern. Dennoch hatte er dieses zweite Treffen herbeigesehnt, denn er war unruhig und konnte gar nicht verstehen, wie die anderen in einer solchen Situation den ganzen Vormittag verstreichen lassen konnten. Aber es lag wohl daran, dass er noch einiges mehr wusste als seine Brüder. Würde er es überhaupt wagen, seine Befürchtungen auszusprechen? Es fehlten ihm noch weitere Beweise, und diesen Verdacht vielleicht fälschlich auszusprechen bereitete ihm Magenschmerzen.

Schließlich wandte sich Jockum mit ernsten Blicken an Munuel. »Wo ist der Yhalmudt? Hast du ihn bei dir?«

Munuel blickte seine Brüder betroffen an. »Der … Yhalmudt?« Ihm wurde heiß und kalt zugleich. »Ich …« Er sah erst zu Ötzli, dann zu Jockum. In beiden Gesichtern las er Verwunderung und Misstrauen. Er schüttelte den Kopf und blickte zu Boden. »Nein. Ich habe ihn nicht mehr.«

Jockum sprang vor Überraschung auf. »Was soll das heißen – *du hast ihn nicht mehr?*«

Munuel richtete sich auf. Mit einem Mal überschwappte ihn eine heiße Welle des Widerstands. Der Yhalmudt? Nein, in diese Sache wollte er sich nicht mehr hineinziehen lassen. Nie mehr. Er erhob sich langsam und mit großer Entschlossenheit, seinem Prinzipal eine endgültige Absage zu erteilen. Seine Stimme war schneidend, als er Jockum antwortete. »Vergiss den Yhalmudt! Er ist fort! Und ich will ihn niemals wiederhaben! Ich glaube, du verstehst, was ich meine, Jockum! Du verstehst es sehr gut!«

Der Hochmeister, der eben noch sehr aufgebracht schien, atmete lange und mühevoll aus. Dann schien er tatsächlich Munuels Absage zu verstehen, die er trotz all seinen offensichtlichen Bedenken akzeptieren musste. Noch lange starrte er ihn an. Er suchte in Munuels Zügen zu lesen, dass seine Weigerung vielleicht doch nicht so endgültig war. Aber er fand nichts als Ablehnung darin.

»Der Yhalmudt? Was ist das?«, fragte Remoch.

Munuel blickte zu Ötzli, der in diesem Raum derjenige zu sein schien, der eine solche Frage zu beantworten hatte. Er wunderte sich nicht, in Ötzlis Gesicht nichts als kalte Wut zu sehen. »Es ist besser, mein lieber Bruder«, sagte er mit schneidender Stimme zu Remoch, »wir vergessen dieses Thema und streichen es ein für allemal aus unserem Gedächtnis.«

Remoch blickte den Altmeister an. Offenbar braute sich hier ein heikles Thema zusammen. Er verzichtete darauf, weiter nachzuhaken.

Munuel bemühte sich, seine verkrampften Muskeln zu entspannen. Das Ganze war beileibe noch nicht aus der Welt – nein, es würde mit Sicherheit noch ein sehr unangenehmes Nachspiel geben.

Die Magierin Caori ergriff das Wort. »Zurückziehen können wir uns jetzt wohl kaum mehr«, erklärte sie und stand mühsam auf. »Wir tragen Verantwortung, und dabei können wir es nicht belassen. Wenn sich jemand im Palast unerlaubter Mittel bedient, um dort an die Macht zu kommen, dann dürfen wir das nicht dulden. Unser Kodex verpflichtet uns zum Handeln.«

»Hat jemand von euch ein Gerücht gehört?«, fragte Hochmeister Fujima. »Ich meine, ein Gerücht über irgendeinen fremden Magier? Oder von seltsamen Gestalten, die sich in Savalgor aufhalten?«

»Das ist es ja!«, stieß Jockum hervor, breitete die Arme aus und begann im Raum umherzuwandern. »Wir glauben noch immer, über alles in Sachen Magie unterrichtet zu sein. Das Einflussgebiet der Gilde und des Ordens ist groß. Wir haben Nachforschungen angestellt, so weit unsere Verbindungen reichen. Nichts. Niemand weiß etwas über unbekannte oder ominöse Personen. Wir können beinahe mit Sicherheit sagen, dass der Palast nicht in Kontakt mit bedeutenden Magiern steht.«

»Was ist mit Hegmafor?«, fragte Munuel.

Alle Gesichter fuhren herum.

Munuel verspürte einen starken Druck auf dem Brustkorb. Hegmafor – das war das Reizwort der Gilde schlechthin. Selbst nach all diesen Jahren waren die grausigen Erinnerungen an diese Zeit nicht ausgelöscht.

Nun stand er inmitten seiner Brüder und hatte den Stein losgetreten. Und dazu mit allem Grund, auch wenn seine Brüder nichts davon ahnten. Jockum hatte sich erhoben. »Hegmafor?«, fragte er und seine Stimme zitterte. »Um der Kräfte willen – was ist mit Hegmafor? Willst du etwa sagen …«

Munuel blickte auf, er wagte kaum, Jockum in die Augen zu sehen. Er fühlte sich verantwortlich für alles, was mit Hegmafor zusammenhing, stärker noch, als Jockum es ahnen konnte. Er blickte zu Remoch und Caori, die schon zu vermuten schienen, was er jetzt offenbaren würde.

»Ich habe Informationen erlangt, die mich zu dem Schluss drängen …«, er unterbrach sich und blickte hilfesuchend in die Runde. Aber er fand in den Blicken seiner Gefährten nur Unschlüssigkeit, Überraschung oder sogar blanke Furcht. »… dass die Sache mit Hegmafor noch nicht ausgestanden ist«, beendete er seinen Satz.

Ötzli trat mit erhobenen Händen auf ihn zu. »Das ist nicht dein Ernst! Hegmafor? Nach dieser langen Zeit? Das kann nicht sein!«

Munuel blickte zu ihm auf. »Ich habe nur einen Verdacht. Aber ich weiß keinen anderen Ort, an dem sich all diese schrecklichen Dinge zusammenziehen könnten. Wir haben die Katakomben unter dem Kloster nie ganz erforscht. Genauer gesagt, wir haben den größten Teil davon nur zugeschüttet und dann vergessen.«

Ötzli ließ sich auf eine Bank fallen. »Das musst du uns erklären«, sagte er.

Munuel nickte. »Es hängt mit einem Mitglied des Herrscherhauses zusammen. Ich fürchte, hinter all dem steckt Limlora.«

Nun fuhren mehrere Anwesende in die Höhe. Es waren Jockum, Ötzli und Meister Fujima. Remoch, Caori und der dunkelhäutige Bamtori blickten Munuel mit wissenden Blicken an. »Limlora?«, stieß Meister Fujima hervor.

Munuel nickte. »Ja. Limlora und Hegmafor.«

Bamtori war es, der die schlimmste Anspannung löste, denn er fragte unbedarft, was Hegmafor sei – doch nicht etwa diese alte Abtei im Rebenland?

Vor Munuels Augen entstand das Bild der ausgedehnten Klosteranlage am Fuße der Vorberge des Ramakorums. Hegmafor im Rebenland, das war der Ort, an dem er, Jockum und Ötzli, und dazu noch rund drei Dutzend andere Magier und eine Streitmacht von über dreizehntausend Soldaten, vor mehr als dreißig Jahren gegen die Macht eines furchtbaren Dämons gekämpft hatten.

Bruder Zerbus schien ebenfalls nichts über Hegmafor zu wissen, und selbst Remoch blickte Munuel an, als wüsste er viel zu wenig über diese Zeit und die furchtbare Abtei, die so schicksalhaft für die Magiergilde und das Cambrische Ordenshaus gewesen war.

Ötzli nickte Jockum zu. »Ich glaube, bevor uns Munuel weiterhin mit seinen unfassbaren Mutmaßungen überschüttet, sollten wir erst einmal unseren Brüdern hier«, – und damit nickte er in Richtung von Bamtori, Remoch und Zerbus – »mitteilen, was damals geschah.«

Jockum nickte bedächtig. Dann begann er zu erzählen.

»Wie Bamtori schon sagte, ist Hegmafor jene große Abtei im Rebenland. Sie liegt im östlichen Teil von Nieder-Jochum, an den Hängen des südlichen Ramakorums.« Er machte eine Pause, schien Kraft und Worte zu sammeln. Dann blickte er auf und fuhr mit fester Stimme fort. »Dort im Rebenland gedieh wegen seiner vorzüglichen Südlage einstmals der beste Wein des ganzen akranischen Kontinents. Im Rebenland herrscht meist sonniges Wetter, und es besitzt einen guten, lehmigen und feuchten Boden. Aber von Mittelweg bis hin nach Todenburg gibt es im Umkreis von Hegmafor keine einzige größere Stadt, abgesehen von Soligor im Lande Kambrum. Soligor liegt nur sechzig Meilen südlich von Hegmafor, doch es gehört zu einem anderen Land und orientiert sich mit seinen Handelsverbindungen nach Süden zum Meer hin, wo Tronberg und Usmar liegen. Es unterhielt auch Kontakte zum fernen Wasserstein an der Westküste von Nieder-Jochum. Mit dem Rebenland jedoch gab es damals kaum Verbindung, zumal Todenburg und Wasserstein das Hoheitsrecht über die Ausfuhr der Rebenländer Weine beanspruchten. So kam es, dass die Entwicklung im Rebenland für viele Monate niemandem auffiel, zumal es im Winter begann und kein Weinhandel im Gange war. Das Rebenland war damals eine dicht besiedelte Gegend, in der zahllose Winzerfamilien lebten. Sie waren jedoch weit über das Land verstreut, lebten auf ungezählten kleinen Gütern und Höfen. Nur die große Abtei von Hegmafor lag wie eine Art Bollwerk mitten in dem abgelegenen Landstrich. Nur zu Zeiten der Weinernte hörte man etwas von dort.«

Jockum blickte in die Runde. Alle lauschten gebannt seinen Worten, selbst Remoch und Ötlzi, die diese Geschichte bestens kannten.

Der Hochmeister sah zu Boden. »Im Sommer«, fuhr er fort, »drangen erste Gerüchte bis nach Usmar, Wasserstein und Tronburg. Die Gilde in Savalgor wurde unterrichtet und wir sandten Leute aus, um die beunruhigenden Nachrichten zu überprüfen. Manche kehrten nicht zurück, andere berichteten davon, der ganze Landstrich wäre von einer unübersehbaren Düsternis überzogen und dass es eine Anzahl von höchst besorgniserregenden Vorkommnissen gab. Die Abtei war offenbar seit Monaten von der Außenwelt abgeriegelt. In der Umgebung waren dutzendweise Personen verschwunden. Reisende waren nie an ihren Zielen angelangt, Frauen wurden entführt, und Mütter weinten um Kinder, die tagsüber beim Spielen verschwanden und nie wieder auftauchten. Zunächst dachte niemand daran, nach den Gründen für all diese Unglücksfälle in der Abtei von Hegmafor zu suchen. Dann aber wurde immer deutlicher, dass dort etwas nicht stimmte.

Niemandem, der an die Tore der befestigten Klosteranlage klopfte, wurde geantwortet, und schließlich machte man eine alarmierende Entdeckung. Die gesamte Klosteranlage verstrahlte eine Aura böser Magie, die in finsteren Nächten sogar in Form eines dumpfen, wenn auch sehr schwachen violetten Lichtscheins auszumachen war, der von dem riesigen Gebäudekomplex ausging. Die ersten Magier, die dorthin entsandt wurden, berichteten von einer überwältigenden Aura, die dort ihren Ursprung haben musste. Sie war nicht über weitere Strecken hin wahrzunehmen; befand sich jedoch ein Magier in Sichtweite der Abtei, dann wurde er von der Macht der Ausstrahlung beinahe überwältigt.

Als nächstes versuchten unsere Magier, über das Trivocum Verbindung mit anderen Magiern aufzunehmen, die sich vielleicht in der Abtei aufhielten. Damals gab es kaum Magier in den Klöstern, obwohl die Mönche, wie ihr wisst, gewissermaßen die spirituelle Ebene des Prinzips der Kräfte darstellen – also dem gleichen Glauben anhingen wie wir Magier in den Ordenshäusern. Die Ausübung der Magie war jedoch bei den Mönchen und Klosterbrüdern verpönt. Man glaubte an die selbstregulierenden Kräfte, die im Trivocum lagen, und betete zu den Kräften und deren Stellvertretern, den Elementaren. Dennoch vermochten Mönche schon immer Bewegungen im Trivocum zu erspüren, und unsere Magier erhofften sich, mit ihrer Botschaft wenigstens eine Reaktion hervorzurufen.

Statt einer Nachricht jedoch verfärbte sich der blassrosa Schleier des Trivocums zu einem irisierenden Violett. Ihr wisst ja, dass die Farbe Violett in der Magie ein

Alarmsignal der höchsten Kategorie ist. Wenn sich das Trivocum an einer Stelle durch den Ansturm roher stygischer Kräfte zu zersetzen droht, ist sie ein deutliches Anzeichen für einen bevorstehenden oder schon klaffenden Riss.

In höchster Eile begannen damals der Hierokratische Rat, die Magier und die Hochmagier der Ordenshäuser über die Lage zu debattieren. Um letzte Gewissheit zu erlangen, sandten wir eine Gruppe von neun hohen Magiern zur Abtei und verlangten dort Einlass.

Doch die Tore von Hegmafor waren versiegelt, und einigen Magiern setzte die Aura in der unmittelbaren Nähe der Klostermauern so sehr zu, dass sie sich von dort entfernen mussten. Einer der damaligen Gildenmeister, ein Altmeister namens Morimar, wirkte kurz entschlossen eine sehr hohe Iteration. Er drückte das Haupttor der Abtei mit einer starken Kraft auf.

Was dabei genau geschah, konnten wir später nur noch bruchstückhaft nachvollziehen. Morimar berichtete, dass eine furchtbare Woge aus roher stygischer Kraft aus dem Klosterinneren über die Magier hinwegschwappte und einige von ihnen auf der Stelle tötete. Die anderen rannten um ihr Leben. Ab diesem Moment war klar, dass sich ein furchtbarer Dämon innerhalb der Klostermauern eingenistet hatte.

Innerhalb zweier Wochen stellten die Hierokratie und die Ordenshäuser eine gewaltige Streitmacht auf die Beine. Aus allen Ländern der westlichen Hemisphäre strömten Soldaten herbei, die in gewissem Umfang Magie abwehren konnten; jede Gruppe stand unter dem Schutz einer unserer Gildenmagier. Dazu kamen mehrere Dutzend Meister aus den Gildenhäusern der großen Städte und schließlich eine Gruppe von Hochmagiern und Altmeistern aus den Ordenshäusern. Eine Gruppe der Besten setzte sich zur Aufgabe, bis zu dem Ort vorzudringen, an dem sich der Dämon aufhielt. Man musste ihn um jeden Preis ins Stygium zurücktreiben.«

Die Brüder lauschten gebannt. Ötzli beendete den Bericht. »Diese Gruppe … das waren damals wir. Jockum, Munuel und ich.«

*

Leandra erwachte von einem Geräusch.

Wie lange sie im Wasser gelegen und geschlafen hatte, wusste sie nicht. Sie richtete sich auf und sah sich um.

Um sie herum war nichts Ungewöhnliches zu sehen – die Grotte sah aus wie zuvor. Der Nebel war dicht, das Wasser warm, und sie fühlte sich ausgeruht und wohl. Allerdings war da etwas, das ihr seltsam vorkam. Sie hörte Wasser plätschern. Aber es war nicht die Art Plätschern, das eine Frau verursachen würde, die langsam durch das Wasser watete. Unruhig setzte sie sich auf.

Als Nächstes hörte sie undeutlich Stimmen, und auch die waren nicht von Frauen. Sie schüttelte verwirrt den Kopf. Wie sollten *Männer* hier hereinkommen – und was hätten die hier zu suchen? Wieder hörte sie das Plätschern, so als stampfe jemand heftig durch das Wasser.

Ihr wurde ein wenig mulmig zumute. Dass Männer hierher kamen, passte ihr gar nicht. Sie hatte nichts an und wollte ihre Ruhe haben. Und schließlich konnte es nichts Gutes bedeuten. Wurde sie vermisst? War jemand auf den Gedanken gekommen, sie hätte sich verlaufen – oder sie wäre gar ertrunken? Hatte man einen Trupp ausgesandt, um sie zu suchen?

Dann waren die Stimmen plötzlich zu verstehen.

»Sie muss hier irgendwo sein«, raunte eine dumpfe Stimme.

Leandra erschauerte. Jemand, der sie retten wollte, würde nicht *flüstern*.

Sie ließ sich ins Wasser zurücksinken, und plötzlich war es ihr nicht tief genug. Aus irgendeinem Grund schauten jetzt ihre Brüste hervor. Das Wasser in unmittelbarer Nähe war ebenso flach, sodass sie sich nicht in tieferes Wasser retten konnte, ohne aufzustehen und davonzuhasten.

»Ja«, erklang eine andere Stimme. »Hier irgendwo.«

Die Schritte durchs Wasser kamen näher. Leandra versuchte sich so flach zu machen, wie sie nur konnte, aber es half nichts. Sie war nackt und hilflos, und wenn nicht ein Wunder geschah, würde man sie gleich entdeckt haben. Sie überlegte, ob ihr irgendeine Magie einfiel, mit der sie sich verteidigen konnte, denn sie war inzwischen sicher, dass diese Männer nichts Gutes mit ihr vorhatten. Aber was sollte sie tun? Wasser erhitzen in der dritten Iteration? Wieder einmal wurde ihr schmerzlich bewusst, dass sie keine einzige Magie kannte, mit der sie sich hätte verteidigen können.

»Da ist sie ja!«, sagte eine Stimme, und einen Augenblick später hatte sich ein großer Schatten aus dem Nebel geschält.

Ein zweiter Schatten kam hinzu, und Leandra blickte angstvoll auf. Es waren zwei große Männer, beide dunkel gekleidet und nass, und damit war klar, dass es nicht einmal Bademeister sein konnten.

Der vordere bückte sich zu ihr hinab, grobe Hände klammerten sich wie Schraubstöcke um ihre Oberarme und rissen sie hoch. Sie schrie auf.

»Sachte, Mädchen!«, sagte der Kerl.

Der andere stieß einen Pfiff aus. »He!«, raunte er. »Die ist wirklich nicht schlecht! Das gibt ein paar Steine mehr!«

»Nicht so gut wie die andere«, sagte der erste.

Leandra hing zitternd in seinem eisernen Griff, die Arme nach Kräften vor der Brust verschränkt.

»Egal«, erwiderte der andere. »Sind beide gut.«

»Was ... wollt ihr von mir?«, keuchte sie.

»Wirst du schon sehen«, sagte der Mann. »Los jetzt!«

»Was ... wo wollt ihr mit mir hin? Ich bin doch nur eine Besucherin ... ich habe nichts getan!«

Beide Männer lachten leise auf. Sie wandten sich um und nahmen sie zwischen sich.

»Ich schreie, wenn ihr mich nicht sofort loslasst!«, rief Leandra.

»Haha. Hier unten hört dich keiner, kleine Schönheit. Der Nebel, weißt du?«

Leandra stieß einen langgezogenen, verzweifelten Hilfeschrei aus. Eine schwere, schwielige Hand klatschte ihr ins Gesicht. »Hör zu, Mädchen! Halt's Maul, dann müssen wir dich nicht schlagen, verstanden?«

Leandra wimmerte vor Angst. Was wollten diese beiden furchtbaren Kerle von ihr? »Lasst mich los!«, jammerte sie. »Bei den Kräften, lasst mich los!«

Es half nichts. Die beiden Männer waren einen Kopf größer als sie, und jeder wog wohl das doppelte. Sie zogen sie mit sich fort, obwohl sie strampelte und um Hilfe wimmerte. Dann merkte sie, dass es nicht in Richtung des Ausgangs ging, sondern tiefer in die Grotten hinein. Als ihr endgültig klar wurde, dass sie verloren war, wurde sie starr. In ihrer hilflosen Angst wusste sie keinen Ausweg und ließ sich leise schluchzend mitzerren.

Es ging tiefer in die Grotten hinein, dann schlüpften sie durch einen Spalt und kamen zu einer verborgenen Treppe, die hinauf in die Dunkelheit führte. Einer der Männer ging voran, während sie der andere grob hinaufstieß.

Sie weinte. Sie wurde ihrer Verzweiflung nicht Herr und hätte sich gewünscht, dass sie wenigstens etwas zum Anziehen hätte. Die Luft wurde kühler, und nach einigen Minuten erreichten sie eine kleine Höhle, in der eine rußige Fackel brannte und in der es eiskalt war. Die Männer stießen eine Tür auf, und dann standen sie im Freien.

Leandra stieß ein entsetztes Stöhnen aus. Sie standen auf einem Felsvorsprung, und rechts von ihr ging es wohl vierhundert Schritte in die Tiefe. Der Hang war glatt und felsig und sehr steil, eine einsame Bergkiefer wuchs weiter unten aus einer Ritze. Dies konnte nur die äußere Seite des westlichen Monolithen sein. Tief in seinem Inneren lagen die Quellen von Quantar, und von hier führte der Blick hinaus auf weites Grasland. Tief unten lag ein kleiner Bauernhof in der Ferne vor einem Wald. Kühler Abendwind umwehte sie und ließ sie frösteln.

»Los, weiter!«, brummte einer der Männer und zog sie mit.

Aus irgendeinem verrückten Grund hatte sie für Momente geglaubt, die beiden wollten sie dort hinunter in die Tiefe stoßen. Sie atmete auf – nein, das hätte keinen Sinn ergeben. Dann sah sie an der anderen Seite eine weitere Holztür, dick und wuchtig und verschlossen. Einer der Männer zog einen großen, eisernen Schlüssel hervor und sperrte die Tür auf.

Kurz darauf liefen sie durch einen weiteren Gang, es ging wieder ein wenig abwärts. Nach einem langen Marsch durch einen dunklen Gang erreichten sie eine dritte Tür. Auch hier brannte eine Fackel, und vor der Tür lagen ein paar alte, hässliche Mäntel – in Männergröße.

Einer der Kerle hob einen der Mäntel auf und gab ihn Leandra. »Hier, zieh den an!«

Leandra zitterte vor Angst. Sie nahm den Mantel und wickelte sich hinein, so schnell sie konnte. Er kratzte scheußlich, aber wenigstens war sie jetzt nicht mehr nackt.

»Pass auf, Mädchen!«, sagte der Mann und beugte sich zu ihr hinab. Er drohte ihr mit dem Finger. »Wir gehen jetzt weiter. Wenn du schreist, schlag ich dich tot, verstanden?«

Der Kerl war an die vier Ellen groß und muskulös, und er trug den Gesichtsausdruck eines üblen Gassenschlägers. Sie zweifelte nicht daran, dass er seine Drohung wahr machen würde. Im Moment konnte sie nicht den kleinsten Gedanken fassen. Noch nie hatte sie jemand mit solcher Gewalt bedroht. Sie fühlte sich hilflos ausgeliefert. Vielleicht bekam sie später Gelegenheit, sich zu überlegen, wie sie aus dieser Lage wieder herauskam. Sie nickte furchtsam.

Der andere Mann, etwas kleiner, dafür noch breiter gebaut, zog einen Mantel an und reichte seinem Kumpan einen weiteren. Leandra sah, dass noch mehr Mäntel dort lagen.

Der Kleinere stieß die Tür auf und Licht drang herein. Der andere schubste Leandra vorwärts. Barfuß, nur in den kratzenden Mantel gehüllt, trat sie hinaus und stand auf einer Art Holzbrücke. Weit unter ihr breitete sich Savalgor aus, sie erkannte den Palast und den Nordteil der Stadt. Sie schienen oberhalb der Hafengegend zu sein, hoch droben an dem felsigen Hang, an dem die Häuser der Stadt emporgewachsen waren.

Die Männer führten sie über Stege und Brücken, die sich zwischen verkommenen Gebäuden spannten. Hier und da sah sie Leute, aber es waren keine von der Art, die man um Hilfe anrufen würde. Es war die übelste Gegend, und sie befand sich in der Gewalt zweier Kerle, die vielleicht sogar noch zu den Netteren hier zählten.

Sie stiegen hölzerne Stufen hinab, durchschritten eine dicke Tür und liefen einen dunklen Gang in irgendeinem Gebäude entlang. Sie hörte kurz Kneipenlärm, dann wurde eine Tür zu ihrer Linken geöffnet. Einer der Kerle riss ihr den Mantel vom Leib und stieß sie grob in den dahinterliegenden Raum. Leandra taumelte hinein, fing sich jedoch wieder. Im nächsten Moment krachte die Tür hinter ihr zu.

Sie fuhr herum und starrte auf die geschlossene Tür. Auf den ersten Blick erkannte sie, dass die Tür dick und undurchdringlich war. Sie sah sich wieder um und blickte in den Raum. Es herrschte gedämpftes, rötliches Licht, und erstaunt stellte sie fest, dass sie nicht allein war.

Sechs andere Frauen kauerten am Boden. Alle waren jung, und keine von ihnen trug auch nur einen Fetzen am Leib. Fünf von ihnen sahen Leandra mit toten

Blicken an. Die sechste saß zusammengekrümmt in einer Ecke auf einem Strohsack und schluchzte.

Leandra erkannte sie.

Es war die junge Schönheit, die sie auf der Liege in der Schwimmhalle gesehen hatte.

Langsam dämmerte Leandra, was hier im Gange war. Sie sah nach den anderen, aber keine von ihnen schien in der Stimmung zu sein, ihr irgendwas sagen zu wollen. Es war nur allzu klar, wohin sie geraten war. Leandra vergrub ihr Gesicht in den Händen. Sie versuchte, ihre Angst zu verdrängen und den Kopf wieder klar zu bekommen.

Das Schluchzen des Mädchens in der Ecke durchdrang nach einiger Zeit die Wand ihrer eigenen Verzweiflung. Nach kurzem Zögern setzte sie sich zu ihr und legte ihr tröstend den Arm über die Schulter.

7 ♦ Alina

Sie war neunzehn Jahre alt, ihr Name war Alina und sie war tatsächlich das schönste Mädchen, das Leandra jemals gesehen hatte. Ihre glatten rehbraunen Haare fielen wie Seide über die Schultern; ihr Gesicht war von leicht nordländischem Schnitt und trotzdem ebenmäßig und zart; mit einem vollen Mund und großen braunen Augen, deren Blick etwas Magisches hatte. Wenn dieses Mädchen lachte, würde man mitlachen müssen, und wenn es weinte, dann war man ebenso verloren. Alina war so groß wie Leandra, obwohl noch ein wenig zarter gebaut. Die Proportionen ihres Körpers waren auf beinahe schon übernatürliche Weise vollkommen. Ihre Haut besaß einen warmen, gesunden Ton, und auch ihre kleinsten Bewegungen waren von einer Anmut, die Leandra ein hilfloses Seufzen abgerungen hätten – wäre die Situation nur ein bisschen erträglicher gewesen.

Alina jedoch unter diesen furchtbaren Umständen kennen zu lernen war ein Unglück von besonderer Art. Dieses wundervolle Mädchen so hilflos und verzweifelt zu erleben, erschien Leandra unerträglich. Schon vom ersten Augenblick an verspürte sie Gefühle, wie sie sie nur für ihre kleine Schwester Cathryn empfand. Sie wollte Alina wärmen und beschützen – und sie mussten es irgendwie schaffen, hier wieder herauszukommen.

Als eine angehende Magierin war Leandra immerhin ein wenig darauf vorbereitet, dass sie sich eines Tages auch einmal mit den weniger angenehmen Seiten des Lebens auseinander setzen musste, wenngleich sie niemals damit gerechnet hätte, auf so brutale Weise entführt zu werden. Alina hingegen war offensichtlich völlig unbedarft Opfer dieses Verbrechens geworden. Sie schien der Situation in keiner Weise gewachsen und saß nur zusammengekauert am Boden und schluchzte.

Sie schien aus höherem Hause zu stammen, doch Genaueres hatte sie Leandra in ihrem verzweifelten Weinen noch nicht sagen können. Sie wirkte in diesem schmutzigen Zimmer so fehl am Platz wie eine Seerose in der Gosse einer hässlichen Stadt.

»Ihr zwei werdet uns bald wieder verlassen«, sagte eines der Mädchen. »Besonders die Kleine da.«

Leandra sah überrascht auf. Die Stimme des Mädchens hatte höhnisch und verbittert geklungen.

»Warum?«, fragte sie verwirrt.

»Die am besten aussehen, sind gleich wieder weg«, sagte das Mädchen, und seine Stimme klang blechern, als hätte es sich absichtlich verstellt, um unattraktiv zu wirken. »Ich bin schon seit ein paar Wochen hier. Ich weiß nicht, ob ich darüber froh sein soll, dass ich so hässlich bin.«

Leandra sah sie an – sie war beileibe nicht hässlich. Sie musterte die anderen Mädchen. Eine große, dunkelhaarige mit hochangesetzten Brüsten und wunderschönen, schlanken Beinen lehnte an der Wand und starrte mit erloschenen Augen zu ihr herab. Eine andere, zierlich und hübsch, mit glatten dunkelblonden Haaren, kauerte rücklings an der Wand und peilte neugierig über ihre Knie, die sie umarmt hatte. Die letzten beiden Mädchen saßen in einer dunklen Ecke und hatten sich wie Kinder, die sich vor etwas fürchten, eng aneinander geklammert. Es war sehr warm im Zimmer.

»Das sind Jasmin und Roya, zwei Schwestern«, sagte die erste. »Sie wurden, soweit ich weiß, am hellichten Tag aus dem Garten ihres Hauses gezerrt, in einem kleinen Ort nördlich von Savalgor. Sie holen nicht alle aus den Quellen, weißt du?«

In Leandras Kopf formten sich erste Vorstellungen,

was hier im Gange war. Sklaverei? Mädchenhandel? Sie hatte zuerst gedacht, man würde sie zur Hurerei zwingen wollen. Nach dem aber, was dieses Mädchen erzählte, würden sie von hier wieder wegkommen.

»Die große da ist Marina«, erklärte sie weiter. »Schau sie dir an! Sieht sie nicht phantastisch aus? Der Traum eines jeden Mannes. Ich schätze, noch zwei, drei Tage, dann sehen wir sie nicht wieder.« Sie lachte auf. »Was rede ich da? Dann sehe *ich* sie nicht wieder! Ihr beide werdet längst weg sein!«

»Hör mal ...«, begann Leandra.

»Was?«

»Was geht hier vor? Werden wir verkauft?«

Das Mädchen schüttelte den Kopf. »Kann ich nicht sagen. Ich habe nie gesehen, dass Geld bezahlt wurde.« Sie starrte Leandra eine Zeit lang an. »Aber ich wette, dass es so ist. Würde gern wissen, was eine wie du wert ist.« Sie machte wieder eine Pause. »Und was sie wohl für mich geben würden«, fügte sie noch hinzu. Ihre Stimme triefte vor Zynismus.

Leandra stand auf, ging zu ihr hin und legte ihr die Hand sanft auf die Schulter. »Du bist nicht hässlich«, sagte sie mit weicher Stimme. »Im Gegenteil. Ich finde dich sehr hübsch. Aber ... es ist für dich wohl unerträglich, dass du schon so lange hier bist, nicht wahr?«

Wie aufs Stichwort begann die andere zu weinen. Sie wandte den Kopf ab, und es brach plötzlich in Strömen aus ihr hervor. Nach kurzem Zögern nahm Leandra sie vorsichtig in die Arme. Der Tränenfluss kam nur umso heftiger. Ihre Haut war kalt, und ihre Muskeln waren verkrampft. Sie schluchzte herzzerreißend, und Leandra sah, dass auch die anderen Mädchen den Tränen nahe waren. Marina wandte sich schamvoll ab und wischte sich übers Gesicht. Alina blickte mit ihren wunderschönen Augen auf und trocknete sich mit dem Handrücken die Tränen im Gesicht. Die Schwestern, die an der Wand saßen, sahen teilnahmslos zu ihr hoch. Die kleine Dunkelblone starrte mit ernstem Blick auf den Boden vor sich und spielte mit dem Zeigefinger im Staub.

In Leandra regte sich eine unterschwellige Wut. Nachdem sich die schlimmste Tränenflut gelegt hatte, ließ sie das Mädchen wieder los. »Wie heißt du?«, fragte sie.

»Azrani. Und du?«

»Leandra.«

Azrani nickte. Die kleine Dunkelblonde stand auf und trat hinzu. Leandra sah schon im ersten Augenblick, dass sie Energie besaß; sie war entschlossen, dieses Schicksal nicht hinzunehmen. »Ich bin Hellami«, sagte sie und verschränkte die Arme vor der Brust. »Und ich will hier raus!«

Es war wie das Signal, auf das Leandra gewartet hatte. »Ja«, sagte sie. »Ich auch. Aber ... jetzt sagt mir doch mal, was hier wirklich vor sich geht? Verschleppung und Mädchenhandel mitten in Savalgor? Das kann ich nicht glauben!«

Hellami breitete die Arme aus. »Ich weiß es auch nicht. Aber ich glaube, es geht um besondere Kundschaft. Ich bin seit einer Woche hier. Alle zwei Tage geht die Tür auf, und Guldor, der Kerl, dem dieser Laden hier gehört, kommt herein. Er hat dann meistens einen Kunden dabei, der eines der Mädchen mitnimmt. Schon drei sind gegangen, seit ich hier bin.«

»Besondere Kundschaft? Was sind das für Leute?«

»Große Kerle in dunklen Gewändern«, sagte Azrani. »Sieht aus wie Mönchsroben. Alle Mädchen sind von solchen Kerlen geholt worden. Seit ich hier bin, waren es schon zehn oder zwölf.«

Ein Schauer fuhr über Leandras Rücken. »Männer in dunklen Roben? Was für Leute sind das?«

Hellami zuckte die Schultern. »Irgendwelche Mitglieder eines Ordens. Ich hab unten mal gehört, wie jemand von einer Bruderschaft sprach.«

Leandras Nackenhaare stellten sich auf. »Eine *Bruderschaft?*«

»Ja. Hast du auch schon davon gehört?«

Leandras Herz pochte dumpf. Sie nickte, aber sie sagte nichts dazu. Im Moment hielt sie es für besser zu schweigen. Sie hätte ihre magischen Fähigkeiten preisgeben müssen, und das wollte sie nicht. Erstens konnte sie damit ohnehin nichts ausrichten, und zweitens mochte es sich nachteilig für sie auswirken, wenn vielleicht einer ihrer Entführer davon erfuhr. Die Stichworte *Bruderschaft* und *Männer in schwarzen Roben* machten ihr Angst. Was sie über Limlora wusste und dass diese untadelig geglaubte Herrschertochter in Wahrheit irgendetwas Finsteres mit einer *Bruderschaft* zu tun hatte war nicht gerade beruhigend. Mord gehörte mit dazu.

Sie wandte sich wieder an Hellami. »Du sagtest, unten. Was meinst du damit?«

Hellami deutete zu Tür. »In der Kneipe. Das hier ist ein Hurenhaus von der schönsten Sorte. Eine Menge Mädchen laufen da rum, dazu Seeleute, Hafenarbeiter, Ganoven. Alles mögliche, was du dir nur denken kannst.«

»Und wie kommt man da *runter?*«

Hellami setzte ein Lächeln auf und stützte die Hände in die Hüften. So, wie sie dastand, war sie auf ihre Weise ein ziemlich hübsches Mädchen – sie wirkte sehr sinnlich, ja geradezu aufregend. Sie deutete auf die Tür. »Wir sind nicht eingesperrt. Du kannst jederzeit raus!«

Leandra bekam große Augen. »*Was* sagst du da? Die Tür ist offen? Wie … Du lieber Himmel, warum seid ihr dann alle noch hier? Warum haut ihr nicht ab?«

Hellami verzog das Gesicht und wies auf Leandras Körper. »Wie denn? Nackt vielleicht?«

Leandra schluckte.

Marina, die große Dunkelhaarige, kam herbei. »Wir dürfen uns frei im Haus bewegen«, erklärte sie. »Dummerweise ist das hier der einzige Raum, in dem wir in Ruhe gelassen werden. Dass sie uns nichts zum Anziehen geben, ist das Teuflische an der Sache.«

Azrani sagte: »Du kannst ja mal, so wie du bist, auf die Straße hinauslaufen und einen Wachsoldaten, wenn du hier einen findest, um Hilfe bitten. Ich fürchte, da landest du eher im Gefängnis und wirst wegen Unsittlichkeit und Hurerei eingekerkert, als dass dir jemand hilft.«

»Aber ... sind wir gar nicht bewacht?«

»Doch, natürlich«, sagte Hellami und winkte ab. »An den Türen stehen Guldors Schergen. Wir könnten das Haus gar nicht verlassen, ob nackt oder nicht.«

»Und ... warum bist du runtergegangen?«

»Das Klosett und das Waschzimmer sind unten«, sagte sie. »Und die Küche. Ein, zweimal am Tag wirst du auch runtermüssen.«

»Und da unten ist die Kneipe, oder? Laufen denn die Huren da auch nackt herum?«

»Natürlich nicht«, sagte Hellami, schüttelte den Kopf und deutete an die Wand. Leandra erblickte an Haken hängend zwei Kleidungsstücke, die man eigentlich gar nicht als solche bezeichnen konnte. Es handelte sich um dünne, kurze Hemdchen, halb durchsichtig und an den Rändern mit einer hässlichen rosa Borte besetzt. »Das Zeug da kannst du anziehen. Wir haben nur zwei davon, sodass niemals mehr als zwei von uns hinauskönnen.«

Leandra trat zu den Hemdchen und befühlte sie mit den Fingern. »Das ist lächerlich!«, sagte sie wütend.

»Genau. Wenn du in so einem Ding runtergehst, glotzen dich die Kerle dermaßen lüstern an, dass du dich glücklich schätzt, wenn du wieder hier oben bist.«

Die beiden Schwestern kauerten noch immer an der Wand, aber nun stand auch Alina auf und trat zu ihnen. Es schien sich so etwas wie ein Funke des Widerstandes entzünden zu wollen.

»Wir werden von hier verschwinden!«, sagte Leandra entschlossen. »Ich lasse mich nicht an irgendeinen widerlichen Finsterling verschachern!«

»Ich bin dabei!«, sagte Hellami.

»Aber wie?«, fragte Azrani. »Ich denke seit drei Wochen darüber nach, wie ich hier rauskommen könnte. Aber die Methode, wie sie uns hier festsetzen, ist ...« – sie lachte bitter auf und hob die Arme – »... perfekt!«

Leandra blickte in die Runde. »Hat jemand eine Idee?«

Niemand meldete sich.

*

Bruder Zerbus war von Munuels Bericht sichtlich fasziniert. »Und wie ist es euch gelungen«, fragte er, »den Dämonen letztlich zu besiegen?«

Jockum und Ötzli blickten gleichzeitig zu Munuel. »Wir waren jung ... und stark ... und wir hatten mächtige Waffen.«

Ötzli sah mit vorwurfsvollen Blicken zu Munuel. »Waffen von der Art, wie später Munuel ...«

Munuel winkte heftig ab. »Ja ... ich weiß. Du meinst den *Yhalmudt.*«

»Den Yhalmudt?«, fragte Zerbus. »Das habt ihr schon einmal erwähnt. Was hat es damit auf sich?«

»Der Yhalmudt ist eine mächtige magische Waffe. Eines der Stygischen Artefakte.«

Obwohl Bruder Zerbus nicht zu wissen schien, was Stygische Artefakte waren, ließ er es dabei bewenden. Dieser Yhalmudt schien ein weiteres Reizwort in ihrer Runde darzustellen.

Jockum wandte sich Munuel wieder zu. »Erkläre uns, wie du darauf kommst, dass Limlora etwas mit Hegmafor zu tun hat! Wie bist du überhaupt auf sie gestoßen?«

Munuel schluckte. »Das möchte ich im Moment lieber nicht sagen. Ich bin auf Hinweise gestoßen, dass Limlora in irgendwelche dunklen Machenschaften verwickelt ist.«

»Ist das alles?«, rief Ötzli aus. »Das kann doch nicht wahr sein! Limlora genießt einen tadellosen Ruf!«

»Langsam, Ötzli!« Jockum hob beschwichtigend die Arme. »Ich glaube nicht, dass das alles sein kann! Munuel wird noch mehr zu sagen haben.«

Der Meister aus Angadoor nickte. »Ja, ich habe noch mehr. Nämlich ... nun, eine zuverlässige Beobachtung, dass Limlora einen *Mord* beging.«

Augenblicklich erhob sich protestierendes Gemurmel unter den Anwesenden. Niemand schien sich vorstellen zu können, dass die liebliche Limlora in ein Verbrechen verwickelt sein sollte.

Meister Fujima erhob sich. »Also ... ich kenne Limlora. Nicht gut, aber ich habe schon verschiedentlich mit ihr geredet. Sie ist ... nun, wie soll ich sagen, eine sehr ruhige und zurückhaltende Frau! Ausgesprochen sympathisch sogar und sehr gepflegt! Unvorstellbar, sie könnte einen Mord begehen!«

Jockum hob die Stimme. »Als Primas des Cambrischen Ordens, dem du angehörst, Munuel, befehle ich dir, uns mitzuteilen, woher du diese Information hast!«

Munuel schluckte. Damit hätte er rechnen müssen. Aber wie könnte er Leandra verraten? Jockum würde ihr Vergehen nicht dulden – er durfte es gar nicht. Er senkte das Haupt. »Meister Jockum, ich bitte Euch in aller Form um die Zurücknahme dieses Befehls«, sagte er förmlich. »Ich müsste jemanden verraten, der mir sehr am Herzen liegt!«

»Ich will hier nicht über das Wohl oder Wehe irgendeiner dritten Person richten!«, herrschte Jockum ihn an. »Ich will wissen, ob diese Information verlässlich ist! Also heraus mit der Sprache!«

Munuel fühlte einen heißen Stich im Herzen. Jockum war verpflichtet, jegliche Vergehen gegen den Kodex zu ahnden. Und es war nun einmal eine Tatsache, dass sich kein Novize auf von der Gilde verbotenen Grund begeben durfte. Es gab in Akrania mehrere Orte, die einem solchen Verbot unterlagen, und welche das waren, lernten alle Magierschüler schon in den ersten Wochen ihrer

Novizenschaft. Da gab es kein Wenn oder Aber. Munuel wusste nicht, als wie schwerwiegend Jockum ein solches Vergehen einstufen würde. Aber es konnte sogar damit enden, dass Leandra aus der Gilde verstoßen würde. Das würde ihr das Herz brechen. Das hatte sie nicht verdient. Immerhin konnte Munuel sicher sein, dass aus diesem Raum nichts hinausdringen würde. Würde bekannt werden, was Leandra im Asgard erlebt hatte, könnte sie in ernste Gefahr geraten.

»Hochmeister Jockum, Ihr müsst mir versprechen, diese Person zu verschonen und ihr ein Fehlverhalten zu vergeben! Ich müsste Euch sonst den Gehorsam verweigern.«

Die Entrüstung im Gesicht des Hochmeisters war wie aus Fels gemeißelt. »Munuel!«, rief er und breitete die Arme aus. »So etwas habe ich von dir noch niemals erlebt! Wer, bei den Kräften, ist diese Person?«

»Erst dein Versprechen!« Munuel, kehrte wieder zur vertraulichen Anrede zurück in der Hoffnung, Jockum das Zugeständnis auf diesem Wege abzuringen.

»Ja doch! Ich verspreche es! Also, was ist nun? Wer ist an diese Information gekommen?«

Munuel gestattete sich einen Seitenblick zu Remoch, in dessen Gesicht schon das Bedauern geschrieben stand. Da Remoch bereits Bescheid wusste, war die Möglichkeit vertan, es so hinzustellen, als wäre Leandra bei ihrer Tat schon im Status einer Adeptin gewesen. »Es handelt sich um eine Schülerin von mir. Ein hochbegabtes, junges Mädchen. Sie wurde vor wenigen Tagen in die Gilde aufgenommen. In ihrem jugendlichen Leichtsinn hat sie … nun, sie hat einen von der Gilde verbotenen Bereich betreten.«

Jockum atmete lautstark aus und setzte sich. Er hieb in einer Geste der Entrüstung die Handflächen auf die Schenkel. Aber offenbar hatte er sich auf etwas Schlimmeres gefasst gemacht. »Eine Schülerin?« Er schüttelte den Kopf. »Du hast dir schon immer den Kopf von den

Weibern verdrehen lassen. Sie muss ziemlich hübsch sein, dieses Mädchen, was?«

»O ja!«, sagte Munuel freundlich. Sogleich erkannte er seinen Ausrutscher. »Ich kenne sie«, sagte er schnell, »seit sie ein kleines Baby war. Ich half, sie zur Welt zu bringen. Sie heißt Leandra. Sie ist mit uns nach Savalgor gereist und hat nun ihre Wanderschaft begonnen.«

»Und?«

Munuel zögerte. »Nun, wir ertappten sie, als sie sich einen Norikelstein aus dem Asgard holen wollte. Du weißt schon – diese dummen Novizenrituale.«

»Aus dem *Asgard?*«, stieß Jockum hervor. Er schien einen Moment zu überlegen. »Ist das nicht dieser Steinkreis, droben bei Euch im Isertal?« Er starrte Munuel ungläubig an. »O ja«, fuhr er dann fort und hob einen Finger, »ich entsinne mich. Dort kam der schreckliche Minuu um. Bei einem Kampf gegen mehrere Gildenmeister.«

Munuel nickte.

Jockum verzog nachdenklich den Mund. »Ich war einmal dort, vor Jahren schon. Das vergisst man nicht so leicht. Dort ist der Teufel los, könnte man sagen. Selbst noch nach dieser langen Zeit. Verbrannte Erde, wie wir sagen.« Er blickte zu Munuel auf. »Und diese Novizin ist hineingegangen? Ganz allein?«

Wieder nickte Munuel.

Ötzli meldete sich zu Wort. »Bist du sicher, dass sie das nicht erfunden hat? Ich kenne den Asgard ebenfalls. Ein höllischer Flecken. Ich kann mir kaum vorstellen, dass eine Novizin mit diesen Kräften fertig wird!«

»Tja. Ich hätte ihr das auch nicht zugetraut …«

Entrüstetes Gemurmel hatte sich erhoben.

Munuel lächelte leise. »Ich sagte ja, sie ist hochbegabt. Aber wir haben ihren Bericht überprüft. Es scheint alles der Wahrheit zu entsprechen.«

»Aber … du willst doch nicht sagen, dass Limlora dort war? Im Asgard?«

Munuel schüttelte den Kopf. »Nein. So wie ich das verstehe, wurde der Asgard genutzt, um eine Verbindung herzustellen. Es sieht so aus, als hätte eine Gruppe jener *Dunklen Reiter,* die uns derzeit solche Sorgen machen, jemanden gefangen genommen und verschleppt. Im Asgard bediente man sich des hohen magischen Potenzials, um über das Trivocum eine geheime Verbindung nach Savalgor herzustellen. Zu Limlora. Allerdings könnte ein geübter Magier eine solche Verbindung auch ohne den Asgard hinbekommen. Das deutet darauf hin, dass die Leute, die jene Verbindung herstellten, keine allzu guten Magier waren.«

»Oder«, warf Ötzli ein, »dass sie keine Elementarmagie benutzen.« Er sah in die Runde. »Können oder wollen«, fügte er noch hinzu.

Man starrte ihn unschlüssig an. Ötzli war bekannt für seine Schwarzseherei, oft genug jedoch hatte er mit seinen Vorahnungen schmerzlich Recht behalten.

Munuel fuhr fort, als Jockum ihn auffordernd ansah. »Leandra berichtete uns, dass noch eine zweite Person erwähnt wurde, nach der die *Dunklen Reiter* suchen sollten. Man hatte sie aber nicht finden können. Und dann … nun, als sich der Gefangene auflehnen wollte, wurde er …«

»Was?«

Munuel kaute auf der Unterlippe. »Leandra sagt, er wurde regelrecht zerquetscht. Von der Kraft, die im Asgard herrschte.« Er machte eine Pause und maß die Betroffenheit in den Gesichtern seiner Zuhörer. »Von einer Erscheinung Limloras«, fügte er dann hinzu.

Wieder brach Unruhe aus. Offenbar hatte niemand damit gerechnet, dass der Mord mithilfe von Magie und über eine so weite Strecke hinweg geschehen war.

»Leandra wurde entdeckt, aber sie konnte fliehen. Caori und ich hatten etwas bemerkt und retteten sie. Das ist die ganze Geschichte.«

Jockum hatte sich wieder erhoben. »Limlora ist keine

Magierin!«, rief er. »Schon gar nicht eine, die so etwas bewerkstelligen könnte! Weißt du, was du da behauptest?«

Munuel hob die Schultern. »Ja, durchaus. Dennoch habe ich keine Veranlassung, an Leandras Worten zu zweifeln. Sie hat uns ihre Erlebnisse recht lebhaft geschildert. Obwohl das alles sehr abwegig klingt, liegt eine gewisse ... nun, wie soll ich sagen – eine gewisse Wahrheitstreue in ihrem Bericht. Sie beschrieb einen trägen Wirbel von violetten und blauen Farben über dem Asgard, eine Reihe von Wellen magischer Energie und andere Phänomene ... alles Dinge, die, wenn sie sich tatsächlich so ereignet haben, nur mehr oder weniger auf diese Art und Weise stattgefunden haben können. So etwas kann man sich schlecht ausdenken. Leandra weiß viel zu wenig über die Erscheinungsformen magischer Energien, um etwas zu erfinden, das so glaubwürdig klingt.«

Jockum warf die Arme in die Luft. »Das würde bedeuten, dass Limlora eine Magierin von allerhöchsten Graden wäre! Das ist völlig unvorstellbar. Das wäre uns keinesfalls verborgen geblieben.« Er stemmte die Fäuste in die Hüften und sah sich um. »Ist hier jemand im Raum, der sich zutraut, eine derart mächtige Magie zu wirken, wie sie uns eben geschildert wurde?«

Es war eine Art Nagelprobe, die Jockum da demonstrieren wollte, überlegte Munuel. Es war allen klar, dass in der Tat mindestens vier Magier anwesend waren, die im extremsten Fall so etwas tatsächlich hätten bewerkstelligen können – wenn auch nur unter Aufbietung aller Kräfte und völlig ohne Gewähr auf Erfolg. Aber Jockums Frage war letztlich: Wie viele Magier gab es in Akrania, die so etwas konnten? Und war es möglich, dass man von einem oder mehreren dieser Magier noch nie gehört hatte?

Munuel verneinte innerlich. Zu solchen Taten waren höchstens ein Dutzend Leute in Akrania in der Lage, und das waren samt und sonders Alt- und Gildenmeister, deren Namen man im Cambrischen Orden bestens kannte. Das Rätsel um Leandras Erlebnis wurde immer beunruhigender.

Munuel erhob die Stimme. »Es ist nicht zu leugnen«, sagte er, »dass sich etwas von gewaltigen Ausmaßen zusammenbraut. In unserer Gegend hatten verschiedene Magier während ihrer Iterationen unerklärliche Visionen von Begebenheiten in Savalgor. Dazu kommen die Bleichen, die Dunklen Reiter und das, was Leandra im Asgard beobachtete.«

»Du bist dir wohl im Klaren darüber, lieber Munuel«, warf Meister Fujima ein, »dass Limlora oder wer auch immer dahintersteckt, nun gewarnt ist. Sie muss auf jeden Fall davon ausgehen, dass die Gilde inzwischen benachrichtigt wurde. Schließlich ist Leandra aus dem Asgard entkommen und konnte euch berichten. Das wird Limlora oder wer auch immer dahintersteckt, klar sein.«

Munuel schluckte. »Nun, das ist wohl wahrscheinlich.«

»Das ist sogar sehr wahrscheinlich! Warum denkst du, hatten wir unseren Lauschposten im Turm der Stürme stets nur mit *Meistern* der Magie besetzt? Die Gefahr war viel zu groß, dass jemand im Palast uns wahrgenommen hätte!«

»Und trotzdem ist es geschehen!«, sagte Ötzli verbittert. »Lakorta ist tot. Das ist der Beweis dafür, dass unsere Aktivitäten inzwischen entdeckt sind. Deine Leandra dürfte in ziemlicher Gefahr schweben!«

Munuel schüttelte den Kopf. »Nein, nein. Niemand kennt sie. Niemand würde eine Schülerin aus Angadoor …«

Eisiges Schweigen legte sich über den Raum. Munuel wusste sofort, welch tragischer Schluss nun nahe lag. Möglicherweise hatte man nach Leandras Auftauchen im Asgard höhere Vorsichtsmaßnahmen getroffen und war im Zuge dessen auf die Beobachtung durch die Gilde aufmerksam geworden. Vielleicht hatte man erst nach diesem verhängnisvollen Vorfall damit begonnen nachzuforschen, ob man mittels Magie belauscht wurde. Und dann war Lakorta diesem Unglück zum Opfer gefallen.

Jockum, der zu dem gleichen Ergebnis kam, richtete sich auf. »Vergesst diesen Gedanken, Brüder. Dieses Mädchen kann nichts für Lakortas Tod. Es war unser Risiko, den Palast zu beobachten – es verstieß in allen Belangen gegen unseren Ehrenkodex. Wir können nicht einem Kind die Schuld für unser Versagen zuschreiben.«

Munuel fühlte sich schwach. Er hatte als Meister die Aufsichtspflicht gegenüber seiner Schülerin vernachlässigt. Ihn traf die Schuld, nicht das Mädchen.

»Es sind die Unwägbarkeiten des Schicksals«, sagte Jockum niedergeschlagen. »Vielleicht war es auch Lakorta, der sich zu weit vorwagte und dabei entdeckt wurde. Wir wissen es nicht. Aber so, wie die Sache nun steht, müssen wir uns auf weitere Schwierigkeiten gefasst machen. Und vielleicht sogar noch weitere Opfer.« Jockum seufzte. »Ich möchte noch einmal genau von dir wissen, was diese Leandra alles belauscht hat.«

Munuel holte Luft. Eine Sache gab es, die er bisher verschwiegen hatte. »Leandra hörte«, berichtete Munuel, »dass Limlora von einer *Bruderschaft* sprach.«

Jockum horchte auf. »Eine Bruderschaft? Was für eine Bruderschaft?«

»Das ist mein Verbindungspunkt zu Hegmafor«, sagte Munuel. »Ich beschäftige mich seit einiger Zeit mit allem, was ich über eine Bruderschaft in Erfahrung bringen kann. Es ist nicht viel, aber in Verbindung damit tauchte wiederholt ein Wort auf, worauf wir damals in Hegmafor immer wieder stießen – eingemeißelt auf einige Tafeln, Säulen und Altäre.«

»Welches Wort denn?«, fragte Jockum.

Ötzli nickte stattdessen. »Ja, ich erinnere mich. Es hieß Salim … Sakin … oder so ähnlich.«

»*Sardin*«, korrigierte Munuel.

»Genau!«, rief Ötzli. »Sardin. Das war es. Was bedeutet dieses Wort?«

Munuel hob die Schultern. Er entschied sich, seinen Verdacht noch zurückzuhalten. »Ich bin der Sache auf der Spur, aber ich weiß es noch nicht genau.«

Ötzli runzelte die Stirn. »Limlora, Bruderschaft, Hegmafor, Sardin«, zählte er auf. »Das interessiert mich. Wenn du etwas herausgefunden hast, Munuel, dann gib mir bitte Bescheid!«

Munuel nickte.

Meister Fujima erhob sich. »Das alles klingt sehr bedenklich«, sagte er. »Und ich finde, wir wissen viel zu wenig. Daher müssen wir weiterlauschen. Wenn all diese Vermutungen nicht erhärtet sind, könnten wir Schreckliches auslösen, indem wir handeln. Wir müssen unbedingt noch weitere Informationen erlangen. Anders gelangen wir nicht zu gesicherten Erkenntnissen.«

»Meister Fujima hat Recht«, sagte Jockum fest. »Das sollten wir wirklich tun, wenigstens für ein paar Tage. Aber wir müssen unsere Posten zu zweit beziehen und vielleicht den Turm der Stürme dabei meiden. Ich denke, ein guter Platz wäre der Markt vor den Toren des Palasts. Dort sind immer einige Jahrmarktsmagier zugange, zwischen deren Auren man sich ein wenig verbergen kann. Außerdem wird es Limlora oder wer immer verantwortlich sein mag, nicht wagen, auf dem Marktplatz einen Dämonen zu entfesseln. Was haltet ihr davon?«

Zustimmendes Gemurmel erhob sich, obwohl es kein freudiges war. Nach dem, was Lakorta zugestoßen war, musste jeder von ihnen befürchten, diese Sache nicht heil zu überstehen.

Munuel hatte noch eine andere Idee, die ihm aber so gefährlich erschien, dass er sie schnell wieder verwarf. Er schob sie in eine entlegene Ecke und versah sie mit der Aufschrift ›Letzter Ausweg‹. Sie besagte, dass man einen Spion in den Palast einschleusen musste.

*

Es gab kein Fenster in ihrem Zimmer, und alle Luft zum Atmen kam nur durch ein kleines Guckloch und den breiten Schlitz unter der Tür. Das Licht stammte von einer rot verkleideten Ölfunzel oben an der Decke, und Wärme verstrahlte ein eiserner Ofen an der Wand, der jedoch von außen beheizt wurde. Zum Glück mussten sie nicht frieren. Der einzige Komfort bestand aus einer Anzahl von strohgefüllten Säcken, die ihnen als Matratzen dienten.

Leandra vermisste eine Decke, unter die sie sich in ihrem Kummer verkriechen konnte. Die anderen Mädchen waren dazu übergegangen, sich im Schlaf gegenseitig aneinander zu klammern, doch Leandra brachte das nicht über sich. Sie hätte nicht gedacht, dass einmal eine einfache Decke so wichtig für sie sein könnte.

Den Moment, da sie zum ersten Mal dieses Hemdchen überstreifen und hinaus gehen musste, zögerte sie so lange wie möglich hinaus. Als sie dann dringend aufs Klosett musste, stellte sie erleichtert fest, dass es schon so tief in der Nacht war, dass kaum noch Betrieb in der Kneipe war. Als sie das Zimmer verließ, sah sie am anderen Gangende einen großen Mann mit verschränkten Armen auf einem Stuhl sitzen, der sie kalt fixierte. Er sagte nichts. Er saß vor der Tür, durch die sie das Haus betreten hatte.

Leandra schlich die Treppe hinab und suchte nach dem Korridor, den Hellami ihr beschrieben hatte. Sie konnte von der Treppe in die Kneipe blicken, die aus einem einzigen hohen Raum bestand. Ein paar späte Gäste waren noch da, ein dicker Schankwirt putzte hinter dem Tresen Gläser, und irgendein Mädchen kicherte. Das Licht war sehr gedämpft. Unten saß ebenfalls ein

Kerl auf einem Stuhl an einer Säule, ein anderer war an der Ausgangstür postiert. Den Kerl an der Säule erkannte Leandra wieder – es war einer der beiden, die sie entführt hatten.

»Na? Findest du dich zurecht?«, raunte er.

»Jaja«, sagte sie missgelaunt. »Die andern haben es mir beschrieben. Gibt es hier nichts zu essen?«

Der Mann sah sie seltsam an; dann deutete er mit dem Daumen über die Schulter. »Geh zum Schankwirt, der gibt dir was.«

Sie folgte dem Ratschlag des Mannes und ging zu dem dicken Mann, der hinter dem Tresen Gläser putzte. Er hatte ein lustiges Gesicht, und als sie sich ihm näherte, starrte er lüstern auf das, was er durch das Hemdchen sehen konnte. »Ei, sieh mal … was haben wir denn da für ein hübsches Ding? Du bist neu, was?«

Leandra nickte. »Ich hab Hunger!«

Der Wirt lachte leise und wischte sich die Hände an seiner schmutzigen Schürze ab. »Das haben wir gleich!«, sagte er und verschwand um die Ecke. Kurz darauf kam er mit einer gefüllten Suppenschale wieder, in der sich irgendein dickflüssiger Eintopf befand. Ein Stück Brot hatte er auch dabei. »Ist nicht mehr ganz heiß, schmeckt aber gut«, sagte er. »Hab ich selber gekocht!«

Er stellte es vor Leandra auf den Tresen und blickte sie erwartungsvoll an.

Leandra holte tief Luft. Noch nie hatte sie jemand so angeglotzt, schon gar nicht, wenn sie nicht in der Lage war, sich irgendwie zu bedecken. Seufzend gab sie die Versuche auf, sich so hinzustellen, dass der Kerl weniger sah. Es war hoffnungslos.

Sie musterte sein Gesicht und kam zu dem vorläufigen Schluss, dass er keiner von den wirklich Bösen war. Er wirkte verschmitzt und albern, aber keinesfalls brutal. Vielleicht ließ sich daraus etwas machen.

»Wollen mal sehen, mein Hübscher, ob du gut kochen kannst«, sagte sie.

Der Wirt ließ ein Kichern hören und grapschte nach ihrer linken Brust. Sie gab ihm einen heftigen Klaps auf die Finger. »Pfoten weg!«, rief sie. Der Wirt machte sich nichts aus ihrer Gegenwehr und grinste.

Sie schlürfte lautstark die Suppe und überlegte, wie sie ein paar Punkte bei dem Mann machen konnte. Möglicherweise gelang ihr das, wenn sie sich ein wenig so benahm, als wäre sie durchaus schon in solchen Läden wie diesem hier gewesen. Als sie mit der Suppe fertig war, blickte sie in die Runde und sagte: »Kann man hier nicht was verdienen? Ich meine …«

»Oh!«, machte der Dicke. »So, wie du aussiehst …! Warte mal … ich geb dir …« Er kramte in seiner Tasche und holte eine große Handvoll Münzen heraus. Er ließ sie auf den Tisch klimpern. Es waren fast nur Goldfolint – ein ziemlicher Haufen Geld.

Leandra winkte ab. »Das würde Guldor nicht gefallen. Außerdem bist du nicht mein Geschmack, Dickerchen! Ich meinte eher hier, mit den Gästen …«

Der Schankwirt schien nicht böse zu sein, er ließ sich jedoch nicht davon abbringen, Leandra zu betrachten. »Schade«, säuselte er grinsend.

»Nun, was ist?«

Der Dicke wies in die Kneipe. »Jetzt ist es zu spät, aber morgen … Komm doch am Abend mal runter!« Er beugte sich zu ihr hin und flüsterte: »Wenn du was verdienst und schlau bist, dann gibst du dein Geld mir. Ich heb es auf und geb es dir dann später … sagen wir die Hälfte. Guldor würde dir sicher alles abnehmen!«

Sie nickte ihm bedächtig zu. »Darüber lässt sich reden, Dickerchen. Wo ist das Klosett?«

Er deutete nach hinten in einen Gang. »Bist du sicher, dass du mit mir nicht willst, kleine Schönheit?«

Sie verzog das Gesicht. »Nein!« Dann wandte sie sich um und marschierte in die angegebene Richtung. Als sie die Toilette erreicht hatte, knallte sie die Tür zu und lehnte sich stöhnend dagegen. Sie erblickte ihr Gesicht in einem halbblinden Spiegel und fragte sich, ob es eine gute Idee war, das leichte Mädchen zu spielen. Sie kam sich dämlicher vor als je zuvor in ihrem Leben, und eine solche Rolle überstieg ihre Kräfte. Trotzdem – wenn sie nicht an irgendeinen finsteren Kerl verschachert werden wollte, musste sie irgendwas versuchen.

Sie schlich wieder hoch und war froh, das lächerliche Huren-Hemdchen loswerden zu können. Sie musste idiotisch darin ausgesehen haben. Als sie sich hinlegen wollte, hörte sie leises Weinen von Alina. Das Mädchen hatte sich am Abend sehr zusammengenommen und ihre Verzweiflung niedergekämpft. Jetzt, da sie allein auf ihrem Strohsack lag, wirkte sie furchtbar einsam und verloren. Leandra legte sich zu ihr und nahm sie tröstend in die Arme. Dankbar drängte sich Alina an sie.

Aber sie konnte noch für lange Zeit nicht schlafen.

Sie musste an Cathryn denken, ihre Eltern und all ihre Freunde und Nachbarn, die jetzt daheim friedlich in ihren Betten schlummerten. Munuel war zwar nicht weit entfernt, aber trotzdem unerreichbar. Niemand von ihnen konnte auch nur ahnen, in welch verhängnisvolle Situation sie hineingeraten war.

Sie überlegte lange Zeit, wie ihr Magie aus diesem Schlamassel heraushelfen konnte. Das Einzige, was sie vielleicht hätte bewerkstelligen können, wäre, ein Feuer zu entfachen. Aber sie hatte noch keine Idee, wie sie es nutzbringend einsetzen konnte. Die Intonationen, um Botschaften durchs Trivocum zu senden, waren erfahrenen Magiern vorbehalten. Ein erster Gedanke, was sie vielleicht tun könnte, um hier auszubrechen, war ihr gekommen, aber sie musste noch länger darüber nachdenken.

Dass Hellami von dieser *Bruderschaft* erzählt hatte, beunruhigte sie. Leandra hätte wetten mögen, dass es mit *der* Bruderschaft zu tun hatte, die Limlora erwähnt hatte. Aber was hatte es mit dieser Bruderschaft auf sich? Eine Gruppe von Magiern, die verbotenerweise ihre

Fähigkeiten in den Dienst der Politik gestellt hatten? Oder eine finstere Sekte von Meuchelmördern, die in Savalgor ihr Unwesen trieb? Und was hatte das alles mit ihnen zu tun? Warum wurden junge Frauen verschleppt, um dann an diese finsteren Männer ausgeliefert zu werden?

Leandra schnaufte, die Ungewissheit über ihr Schicksal schnürte ihr die Brust zusammen. Immerhin tat ihr Alinas Wärme wohl. Das Mädchen war eingeschlafen, nachdem es aufgehört hatte zu weinen. Leandra war sehr froh darüber. Ihre grimmige Entschlossenheit, hier auszubrechen, wuchs. Jedes Mittel war dazu recht. Der Gedanke, die zarte Alina sollte in die Hände eines finsteren Magiers, Meuchelmörders oder sonstigen Gewaltverbrechers geraten, verursachte ihr Übelkeit. An sich selbst mochte sie gar nicht denken.

Mit Hellami jedoch ließ sich gewiss etwas anfangen, und auch Azrani schien bereit, ein Wagnis einzugehen. Marina war schlecht einzuschätzen. Jasmin und Roya, die beiden Schwestern, würden sie wohl mitschleifen müssen, wenn sie sich nicht noch einen Ruck gaben. Leandra hatte sie bisher kaum genauer betrachten können. Auf Alina schließlich glaubte sie genügend einwirken zu können, um sie auf die Beine zu bringen, wenngleich das Mädchen auch sehr mitgenommen und verzweifelt wirkte. Am wichtigsten war, dass sie schnell handelten – noch bevor eine von ihnen abgeholt wurde. Sie wälzte ihren Plan im Kopf hin und her und schlief schließlich darüber ein.

8 ♦ Dunkle Vorzeichen

Der nächste Tag begann so grausig, dass Leandra dachte, sie würde ihn nie in ihrem Leben vergessen können.

Sie schliefen alle noch, als plötzlich die Tür mit einem lauten Krach aufflog und vier Männer hereinkamen. Alle Mädchen fuhren erschrocken in die Höhe, die beiden Schwestern begannen sofort zu weinen.

Azrani schrie mit Heldenmut die Eindringlinge an, sie sollten wieder in die dreckigen Löcher zurück, aus denen sie hervorgekrochen waren. Als Quittung erhielt sie eine Ohrfeige, die sie durch das halbe Zimmer warf. Schluchzend blieb sie liegen.

Es waren die beiden Männer, die sie aus den Quellen entführt hatten, sowie ein weiterer, groß und stark und böse aussehend – zweifellos Guldor. Als Leandra den letzten erblickte, setzte ihr Herzschlag für einen Augenblick aus. Er war groß und hager und trug eine lange dunkle Robe. Über seinen Kopf hatte er eine Kapuze gezogen.

»Los, steht auf, ihr Schlampen!«, brüllte Guldor.

Da niemand seiner Aufforderung folgte, traten die beiden Männer vor und zerrten sie eine nach der anderen in die Höhe. Wenig später standen sie an der Wand aufgereiht.

»Welche willst du?«, fragte Guldor den dunklen Mann.

»Ich bin nicht sicher«, raunte der. »Welches sind die beiden, die ihr gestern geholt habt?«

Einer der Männer deutete auf Leandra und Alina.

Der dunkle Kerl trat vor. Er nahm sie beide in Augenschein und blieb dann vor Alina stehen. Leandra zog das Mädchen entsetzt an sich – entschlossen, sie um keinen Preis wieder loszulassen.

»Geh weg!«, rief sie dem finsteren Mann entgegen. »Was willst du von ihr? Sie … sie ist nur ein einfaches Mädchen …«

Das Gesicht unter der Kutte wandte sich ihr zu. »Was weißt denn *Du* … dumme Göre!«, sagte der Mann leise und voller Abscheu. Für Sekunden konnte sie seine Züge erkennen. Sie waren bleich und grau, kantig und abgehärmt, so als gäbe es nichts auf der Welt an Entsetzlichem, was dieser Mann noch nicht gesehen hatte.

Leandra wich entsetzt vor diesem Gesicht zurück, ließ aber Alina nicht los.

Der Mann griff nach Alinas rechtem Handgelenk, nahm es hoch und untersuchte es. Leandra sah eine Tätowierung darauf, die ihr jedoch nichts sagte. Sie war klein und zeigte einen Drachen, der durch ein Dreieck flog. Der Mann trat zurück.

»Sie!«, sagte er leise und deutete auf Alina.

Leandra stieß einen Schrei aus und floh mit Alina in eine Zimmerecke. Die beiden Männer kamen auf sie zu und rissen sie mit brutaler Gewalt auseinander. Alina begann hilflos zu weinen, streckte sich nach Leandra, als könnte diese das Unheil verhindern. Aber Leandra war machtlos. Einer der Kerle hielt sie mit eisernem Griff fest, während der andere das verzweifelt weinende Mädchen hochhob und wie eine Puppe durch den Raum trug. Er setzte sie vor dem finsteren Mann ab.

»Gut, Mönch!«, sagte Guldor. »Wir sind uns einig!«

Der Mann nickte, langte unter seine dunkle Robe und holte etwas hervor, das er Guldor in die Hand drückte. Dann packte er Alina am Arm und wandte sich zum Gehen.

»Nein!«, schrie Leandra. Mit aller Kraft riss sie sich los, sprang dem dunklen Mann auf den Rücken und begann ihn zu kratzen, zu beißen und so fest sie konnte mit den Fäusten zu bearbeiten.

Ihr Angriff dauerte nicht lang. Eine gewaltige Faust packte sie, hob sie vom Rücken des Mannes herunter, der sich plötzlich wie ein Gemisch aus Stahl und Schmierseife anfühlte, und schleuderte sie quer durch das Zimmer. Es war ihr Glück, dass sie mit dem flachen Rücken gegen eine Holzverkleidung krachte – andernfalls hätte ihr das Rückgrat brechen können. Doch auch so schwanden ihr die Sinne. Sie rutschte kraftlos an der Wand herab, schlug auf den Boden und blieb reglos liegen.

Sie war nicht völlig ohne Bewusstsein.

Aber sie bekam so gut wie nichts mehr mit. Irgendjemand schlug sie noch, aber das spürte sie kaum. Für Momente wurde ihr schwarz vor Augen, dann kamen die Empfindungen zurück und ihr Kopf strebte danach, die Kontrolle wiederzuerlangen. Als sie einigermaßen zu sich kam, lag sie ausgestreckt auf einem der Strohsäcke. Alle übrigen Mädchen, sogar die Schwestern Jasmin und Roya, hatten sich um sie geschart und blickten angstvoll zu ihr herab.

»Was … was ist passiert?«, keuchte sie.

»Magie!«, sagte Hellami. »Dieser Kerl war ein Magier! Und was für einer! Du bist durch das Zimmer gezischt, als hätte dich ein Katapult abgeschossen!«

Leandra bemühte sich, ihren Atem zu beruhigen. Ihr Herz pochte rasend und sie fühlte einen lähmenden Schwindel im Kopf. »Was … was ist mit Alina?«

Das Schweigen der anderen ließ das Schlimmste vermuten. Sie richtete sich mühsam auf und packte Marina, die zufällig am nächsten war, an der Schulter. »Hat er sie mitgenommen …?«, keuchte sie. »Dieser schwarze Kerl?«

Niemand antwortete ihr. Sie blickte sich um, konnte Alinas Gesicht jedoch nirgends entdeckten. Ihr wurde plötzlich schlecht. Sie fühlte sich schlagartig so elend, als hätte sie Leib und Seele erbrochen. Tränen stiegen ihr in die Augen. Sie konnte nicht sagen, warum, aber sie hatte das Mädchen in dieser kurzen Zeit tief ins Herz geschlossen. Und nun war sie fort!

Schluchzend sank sie zurück auf den Strohsack. Innerhalb von Sekunden heulte sie so hilflos wie Azrani am Tag zuvor. Das ganze Elend ihrer Entführung, das sie seit gestern Nachmittag so erfolgreich verdrängt hatte, holte sie ein und überspülte sie. Was würde mit Alina geschehen? Würde der Kerl sie vergewaltigen, sie dazu zwingen, auf ewig das Opfer seiner bösen Lust zu sein?

Hellami riss sie unsanft zurück in die Realität. »Hör auf zu heulen!«, zischte sie. »Willst du jetzt schlappmachen? Es gibt nur eins – wir müssen raus hier! Vielleicht können wir dann etwas für Alina tun!«

Leandra schnappte nach Luft. Hellamis raue Worte trafen hart, aber sie taten ihre Wirkung. Gestern Abend noch war unter den Mädchen so etwas wie ein Funke der Hoffnung gekeimt – den durften sie jetzt nicht fallenlassen. Mit einer Kraftanstrengung drängte sie die Tränen zurück. Dann richtete sie sich auf.

»Du hast Recht!«, sagte sie nach einigen Momenten. Sie nahm sich die Zeit, wieder Kräfte zu sammeln. Hart schluckte sie ihre Verzweiflung herunter und wischte sich die Tränen aus den Augen.

Offenbar erwarteten die anderen, dass sie etwas sagen sollte, aber sie wusste nicht, was. Sie war zum Hoffnungsfunken der Mädchen geworden, obwohl sie so hilflos dasaß, hilfloser noch als die anderen. Dann wurde ihr klar, dass sie sich diese Rolle selbst zuzuschreiben hatte – durch ihren wütenden Angriff auf den schwarzen Kerl. Es war nun an ihr, diese Hoffnung am Leben zu erhalten. Aber was konnte sie tun?

Sie blickte auf und studierte die Gesichter der anderen. Dann kam ihr eine Idee, wie sie einen Zusammenhalt erzeugen könnte, indem sie den Mädchen eine gemeinsame Aufgabe gab.

»Wir müssen hier raus«, sagte sie. »Ich hatte gestern Abend auch schon eine Idee, aber darüber müssen wir erst noch sprechen. Auf jeden Fall möchte ich, dass ihr mir etwas versprecht. Lasst uns gemeinsam etwas schwören!«

Niemand antwortete, alle starrten sie gebannt an.

»Wenn wir hier raus sind«, sagte sie, »dann müssen wir versuchen, Alina von diesem Kerl wegzuholen.«

Dieser Gedanke schien alle zu befremden, das war deutlich zu sehen. Jede von ihnen hatte nichts Wichtigeres im Sinn, als ihr eigenes Leben zu retten. Aber dann konnte Leandra sehen, wie diese entschlossene Forderung ihre Wirkung tat. Ihre Idee war gut gewesen. Das Schicksal Alinas hätte jede von ihnen treffen können. So verrückt die Idee auch war, Alina zu befreien, und so wenig Vorstellung sie auch hatten, wie ihnen das gelingen könnte – es gab ihnen eine gemeinsame Aufgabe. Zusammenhalt war jetzt das wichtigste. Die Mädchen nickten eines nach dem anderen. Es war tatsächlich wie ein Schwur. Er setzte voraus, dass ihnen die Flucht gelingen würde – ja, er machte die Flucht auf irrwitzige Weise zu einer bereits vollzogenen Tatsache, obwohl sie noch Meilen davon entfernt waren.

»Irgendetwas ist mit Alina«, sagte Leandra und wischte sich die letzten Tränen fort. »Ich bin sicher, der Mönch hat sie nicht zufällig ausgewählt, jedenfalls nicht, weil sie die Schönste von uns war.« Sie sah Azrani eindringlich an, da sie eine unterschwellige Eifersucht auf Alina verspürte. »Alina trug eine Tätowierung am Handgelenk ... hier.« Sie deutete auf die entsprechende Stelle an ihrem eigenen Handgelenk. »Es war ein kleiner Drache in einem Dreieck. Sagt das jemandem was?«

Sie schüttelten alle den Kopf.

»Ist auch egal. Ich bin überzeugt, dass sie nicht zufällig hier war. Vielleicht ist keine von uns zufällig hier!«

»Aber was sollen wir für sie tun?«, sagte Roya, die zum ersten Mal, seit Leandra hier war, ihre Stimme vernehmen ließ. Dadurch erlangte sie mit einem Mal eine wahrnehmbare Persönlichkeit. »Gegen solche Männer anzukommen, braucht es da nicht … Krieger? Richtige Kämpfer? Wir sind doch nur ein paar Mädchen!«

Leandra nickte. Sie betrachtete Roya und versuchte, sich ein Bild von ihr zu machen. Auch sie war sehr schön, mittelgroß, etwas südländisch wirkend mit glatten, schwarzen Haaren und sanften Gesichtszügen. Sie mochte ein lustiges Mädchen sein – in einer anderen Umgebung.

Zweifellos hatte Roya Recht. »Kennst du solche Männer?«, fragte Leandra. »Richtige Krieger, die der Spur eines verschleppten Mädchens folgen würden, von der niemand weiß, wer sie überhaupt ist?«

Roya schüttelte niedergeschlagen den Kopf. »Nein, leider nicht«, sagte sie.

»Ich mache mit!«, sagte Marina entschlossen.

»Ich auch!«, hörte Leandra zum ersten Mal Jasmins Stimme.

»Gut«, sagte Leandra. »Wir müssen über den Plan reden, und ob er so funktionieren kann. Er ist eigentlich ganz einfach …«

Leandra erklärte zunächst, dass sie eine Adeptin der Magie war, was die anderen zu gehörigem Staunen veranlasste. Sie rückte jedoch diese Tatsache ins richtige Licht und lieferte die Ernüchterung damit gleich nach. Sie hatte vor, am Abend in die Kneipe hinunterzugehen, zum Schein mit irgendeinem fahrenden Händler anzubandeln und ihn zu bestechen, dass er Kleider für sie besorgen und sie in einem Wagen von hier wegbringen würde.

Das löste heftige Diskussionen aus. Leandra musste erst lautstark erklären, wie sie sich das gedacht hatte. Allerdings hegte sie Zweifel, ob sie jetzt noch, nachdem sie diese Szene wegen Alina veranstaltet hatte, bei den Männern unten als das hurenhafte Dummchen durchgehen würde, das sie gestern Abend zu spielen begonnen hatte.

Hellami winkte ab. »Das kriegst du hin!«, sagte sie. »Spiel die Rolle nur noch ein bisschen … derber! Geh zu einem der Kerle hin und schnauz ihn an – beschwer dich über die brutale Behandlung. Dann wackelst du mit dem Hintern – das wird schon klappen.«

Leandra fasste sie ins Auge. »Wie wär's mit Dir? Mir scheint, du wärst eine viel bessere Schauspielerin als ich!«

Hellami hob entschuldigend die Handflächen. »Ich würde das machen, glaub mir. Blöderweise wissen die Typen inzwischen, wie ich bin. Ich hab mich schon mit ein paar von ihnen angelegt. Jetzt die kleine Hure zu spielen, das würden sie mir nicht abnehmen. Bei dir könnte es noch klappen. Du bist ja erst seit gestern hier.«

Leandra glaubte ihr, dass sie einspringen würde. Hellami war kein Feigling. Aber sie hatte Recht – unter allen Mädchen kam für diese Sache nur noch sie infrage.

»Womit willst du den Händler bestechen, wenn du einen findest?«

»Weiß noch nicht. Am besten mit Geld.« Sie zögerte. »Wenn's sein muss, mit meinem nackten Hintern«, sagte sie dann.

»Du willst doch nicht …!«, keuchte Marina.

Leandra schüttelte energisch den Kopf. »Nein, ganz bestimmt nicht, das kannst du mir glauben. Aber notfalls kriegt er halt was zu sehen.« Dann seufzte sie. »Allerdings glaube ich nicht, dass das funktioniert. Nackte Busen und Hintern kriegt hier jeder so viel zu sehen, wie er will. Ich fürchte, wir brauchen Geld. Viel Geld.«

Die Mädchen stöhnten auf. Wie sollten sie zu Geld kommen?

»Ich wüsste schon was«, sagte Leandra. »Aber ich kann nicht alles gleichzeitig machen. Dieser dicke Wirt da unten wollte mich gestern für ein Stündchen bezahlen. Es war ein Haufen Geld, das er mir geboten hat. Und in einem Laden wie diesem müsste es eigentlich jede Menge Geld geben!«

»Also doch ...!«, stellte Marina empört fest.

»Blödsinn!«, zischte Hellami ärgerlich. »Keine Angst, du kannst dir deinen heiligen Arsch unversehrt mit nach Hause nehmen!« Dann wandte sie sich an Leandra. »Ich mache das«, sagte sie. »Der Schankwirt ist scharf auf jedes Mädchen, das hier herumläuft, bloß kriegt er nie eins. Ich werde ihn mir vorknöpfen. Ich schwöre dir, dass ich mit mindestens hundert Folint zurückkomme!«

Leandra lächelte. Hellami war voller Energie und hatte im Moment wenig Skrupel. Das war gut. Nur mit solchen Gefährtinnen würde sie hier rauskommen. »Gut«, sagte sie. »Das wäre geklärt. Dann müssen wir noch ein Schlupfloch finden, durch das wir nachts rauskommen. Wo wäre das Beste?«

»Da hinten am Gang«, sagte Azrani. »Aber da sitzt immer einer von den Kerlen. Wie sollen wir an dem vorbeikommen?«

Leandra musterte die vier verbleibenden Mädchen, die noch keine Aufgabe hatten. Welche von ihnen würde sich für diese schwierige Sache eignen? Sie wollte etwas sagen, aber Hellami kam ihr zuvor. Sie hatte offenbar längst verstanden, worum es sich drehte.

»Hört zu, ihr Hühner!«, sagte sie mit scharfer Stimme. »Da draußen sind ein Haufen Muskelmänner! Und seht uns an – wir haben gar nichts! Nichts außer unserer nackten Haut, verstanden? Wenn wir hier rauskommen wollen, müssen wir das benutzen, was wir haben!«

Marina war völlig vor den Kopf gestoßen. Möglicherweise war sie sehr streng erzogen worden, worauf ihre übertriebene Schamhaftigkeit hindeutete. Sie wandte sich ab und tat so, als hätte sie Hellamis rüde Worte gar nicht gehört.

Leandra musterte Azrani. Ihr mangelte es offenbar an Selbstvertrauen. Sie schien sich wirklich für hässlich zu halten, und die Aufgabe, einem Mann den Kopf zu verdrehen und ihn dann ins Reich der Träume zu schicken, traute sie ihr nicht zu. Sie blickte zu Roya, und das erste

Wort, das ihr einfiel, war ›lieb‹. Sie sah sehr sanft aus, sehr begehrenswert natürlich, aber dort hinauszugehen und mit den Hüften schwingend auf den Mann zuzumarschieren – nein, das passte nicht zu ihr.

»Ich mache das«, sagte Jasmin.

Plötzlich gewann auch sie ein Gesicht. Leandra blickte sie erstaunt an. Sie war ein großes, gut gebautes Mädchen mit schönen, dunkelroten und langen Locken. Sie würde vielleicht ein wildes Rasseweib spielen können, wenn sie es wollte. Und sie schien es zu wollen. In ihren Augen sah Leandra so etwas wie Entschlossenheit. Noch gestern Abend war sie mit ihrer Schwester schweigend und niedergeschlagen herumgesessen. Aber manche Leute konnten sich anscheinend entwickeln, wenn man ihnen nur einen ordentlichen Tritt verpasste. Zweifellos hatte das Hellami mit ihren unverblümten Worten getan. Leandra blickte zu Jasmin und dann noch einmal zu Roya. Kaum vorstellbar, dass sie Schwestern waren.

Hellami erhob sich und grinste sie alle an. »Na bitte!«, rief sie aus. »Wer hätte das gedacht – euch alle unter einen Hut zu bringen! Heute Nacht sind wir frei!«

Leandra sagte nichts. Sie war sich dessen überhaupt nicht sicher. Zu viele Unwägbarkeiten gab es noch. »Wenn wir abhauen, werde ich in der Kneipe ein Feuer entfachen«, sagte sie. »Das kriege ich hin, und es wird die anderen ablenken.« Dann wandte sie sich an Jasmin. »Schaffst du es, dem Kerl so fest eins über die Rübe zu hauen, dass er umkippt? Wir müssen etwas Passendes organisieren.«

Jasmin nickte einfach nur – und Leandra glaubte ihr.

*

Der Abend rückte näher. Leandra hatte sich klopfenden Herzens auf ihre schwierige Rolle vorbereitet. Zuerst musste ihr Auftritt so überzeugend wirken, dass sie die Kerle da unten nicht wieder hochschickten. Dann musste sie ein passendes Opfer finden. Fahrende Händler waren zwar leicht zu erkennen, weil sie traditionelle Kleidung trugen, aber ob ausgerechnet heute Abend einer da war, das war mehr als ungewiss. Letzter Punkt: Sie musste ihn so weit kriegen, dass er einwilligte, sie aus Savalgor zu schmuggeln.

Leandra hatte kein Vertrauen, dass sie hier in der Stadt vor Guldors Leuten sicher waren. Sie hatte keine Ahnung, wie korrupt die Stadtwache möglicherweise war – jedenfalls hier in der Hafengegend. Und sie wusste auch nicht, wie weit die Macht von Guldor reichte und ob er überhaupt der Kopf dieser Schlepperbande war. Vielleicht gab es über ihm Leute, die noch viel größere Macht besaßen. Sie dachte mit Unbehagen an den finsteren Mönch und die ominöse *Bruderschaft*. Allem Anschein nach gab es da weitreichende Verbindungen. Sie hatte den Mädchen erklärt, dass sie wahrscheinlich nur dann einigermaßen sicher waren, wenn sie so schnell wie möglich mindestens dreißig Meilen zwischen Savalgor und sich brachten – und dann erst einmal untertauchten. Guldor würde sie mit Sicherheit verfolgen lassen. Sie wussten viel zu viel, als dass er sie laufen lassen konnte.

Trotz aller Unsicherheiten hatte der Hoffnungsfunke alle angesteckt. Alle Mädchen, ausgenommen Marina, waren heute mehrfach unten gewesen und hatten versucht, Vorbereitungen zu treffen. Hellami hatte dem dicken Schankwirt schöne Augen gemacht, Leandra versuchte, bei den Wächtern und dem Wirt ihre Dummchenrolle an den Mann zu bringen, und Roya war es tatsächlich gelungen, ein kleines Kartoffelschälmesser in der Küche zu stehlen. Jasmin hatte sich mehrfach draußen auf dem Gang sehen lassen – am späten Nachmittag, nachdem der Kerl, der nachts Wache haben würde, angerückt war. Einmal hatte sie ihn sogar etwas gefragt.

Die Sache entwickelte sich nicht schlecht, aber gleichermaßen wuchs auch die Nervosität. Leandra hatte Hellami klargemacht, dass sie besser *fünfhundert* als hundert Folint auftrieb, und Hellami meinte, sie würde das Geld schon kriegen.

Jasmin hingegen war ein kleines Rätsel für Leandra. Das Mädchen wirkte ruhig und gefasst. Nichts an ihr deutete darauf hin, dass sie ihre Aufgabe nervös machte und sie ihr vielleicht nicht gewachsen war. Den ganzen Tag über gab sie sich ruhig, und in dieser Hinsicht war sie ihrer Schwester Roya letztlich doch sehr ähnlich. Sie bewegte sich elegant und hatte einen gewissen Stil. Leandra versuchte sich vorzustellen, wie sie dem Kerl dort draußen gegenübertreten würde, kam aber zu keinem Ergebnis. Wäre die Sache nicht so ernst gewesen, hätte sie das Schauspiel vielleicht amüsiert beobachten wollen.

Azrani, die wieder einmal mit sich unzufrieden war, weil sie keine wichtige Aufgabe hatte, war dazu übergegangen, die Organisatorin zu spielen. Sie versuchte sich nützlich zu machen. Zuerst brachte sie von einem Gang in die Küche eine kleine Schnapsflasche mit. Sie war nicht sehr groß und leer, aber wenn man ordentlich damit zuschlug, würde sie vielleicht genügen, den Wächter auf dem Gang ins Reich der Träume zu schicken. Vielleicht. Sie zeigten die Flasche Jasmin.

Das Mädchen nickte zuversichtlich und sagte, es würde sicher gehen. Leandra konnte sich einer gewissen Faszination nicht erwehren, wenn sie Jasmin betrachtete. Sie wirkte wie von höchster Geburt – als fließe königliches Blut in ihren Adern. Allein ihr Gang war eine Augenweide. Dabei aber besaß sie eine so bescheidene, unauffällige Art, dass sie gleichzeitig fast wieder völlig verblasste. Roya war die jüngere der beiden, und es war offensichtlich, dass sie bewundernd zu ihrer großen Schwester aufblickte.

Allein Marina schien ein Klotz am Bein werden zu wollen. Bei jeder Winzigkeit, die die Moral auch nur einen Hauch infrage stellte, zog sie sich mit nur schwer verhohlener Empörung zurück. Sie ging nur hinunter, wenn es unvermeidbar war, und zog sich dabei *beide* Hemdchen über, damit man nicht hindurchsehen konnte. Die anderen machten sich langsam lustig darüber. Für manche war es inzwischen ein Spaß geworden, die tumben Kerle dort unten aufzureizen und ihnen anschließend zu verstehen zu geben, wie sehr sie sie verachteten – dass sie nicht einmal in tausend Jahren eine Chance hätten, bei ihnen zu landen.

Als Hellami Marina ein weiteres Mal so heftig anschnauzte, dass sie zu weinen begann, nahm Leandra sie beiseite. »Sie kann nichts dafür!«, sagte sie mit leiser Stimme. »Sie ist so erzogen worden! Du kannst einfach nicht von jedem Mädchen verlangen, dass es in einer solchen Situation ....«

»Klar kann ich das!«, zischte Hellami wütend zurück. »Es geht um ihren schönen Hintern! Wenn sie nicht über ihren Schatten springen kann, dann soll sie hierbleiben. Mal sehen, ob sie dann in ein paar Wochen immer noch solche Skrupel hat!«

Leandra hob abwehrend die Hände. »Pssst! Sei doch nicht so laut! Sie wird uns noch hören ...!«

»Soll sie doch. Die blöde Heulsuse!«

Leandra seufzte. Hellami hatte Recht und auch wieder nicht. »Hör zu«, sagte sie. »Wir schaffen es, auch wenn sie nicht mitmacht. Du willst sie doch nicht zurücklassen, oder?«

»Natürlich nicht«, sagte Hellami leise. Sie kühlte langsam wieder ab, war aber noch nicht bereit, ihre Empörung völlig aufzugeben. »Schau dir Jasmin und Roya an! Gestern Abend hätte ich noch geschworen, dass die beiden zu nichts nütze sind. Und jetzt ...«

Sie unterbrach sich, denn die Tür ging auf. Azrani kam eilig herein. »Schaut mal, was ich habe!«, sagte sie.

Mit beifälligem Nicken wies Hellami auf Azrani und

sah dabei Leandra an. »Die gefällt mir«, flüsterte sie. »Die macht wenigstens mit!«

Azrani kniete sich hin und knotete ein kleines Tuch auf. Ein Häufchen Sand ergoss sich auf den Boden.

»Sand?«, fragte Hellami. »Wozu soll der gut sein?«

»Für die Flasche!«, verkündete Azrani. »Wir füllen ihn hinein und *peng!* wacht der Kerl nicht mehr auf. Der Sand macht die Flasche viel schwerer!«

Hellami grinste. »Glänzende Idee, Azrani ....!«

Im nächsten Augenblick krachte die Tür auf. Guldor und einer seiner Muskelmänner trat herein. »Ihr blödes Weibspack!«, brüllte er wütend. »Den ganzen Tag schon geistert ihr durchs Haus! Ihr habt doch was vor!«

Die Mädchen stoben auseinander – zurück blieb der kleine Sandhaufen auf dem Boden.

»Was ist das?«, brüllte Guldor und deutete darauf. Seine Stimme raste wie eine unsichtbarer Knüppel durch das Zimmer. Die Mädchen, die alle auf dem Boden saßen, zuckten darunter zusammen.

Niemand antwortete.

Er trat zwei Schritte in den Raum und zerrte grob Marina hoch. Ausgerechnet Marina! Leandra sackte der Magen in die Knie.

Wieder deutete er auf den Boden. »Was ist das? Was wollt ihr damit?«

Marina war völlig verdattert. Sie suchte nach Worten. »Wir ... wir wollten uns ... die Zähne damit putzen.«

Guldor glotzte sie blöde an. »Die Zähne putzen? Spinnst du?«

Marina starrte ihn angstvoll an. Er hielt sie am Oberarm, und Leandra konnte sehen, dass ihr das Blut aus dem Arm wich. »Wir ... wir haben ja sonst nichts. Mit Sand geht es!«

Guldor blickte misstrauisch in die Runde. »So? Die Zähne putzen? Ist ja niedlich. Wozu soll das gut sein? Damit ihr vielleicht hübscher lächeln könnt, ihr Schlampen?«

Für lange Sekunden herrschte Schweigen im Raum.

»Wir wollten ...«, begann Marina, brach dann aber ab und blickte zu Boden.

»Was?«, herrschte Guldor sie an.

Marina sah zu ihm auf, und plötzlich war ihr Blick fest. »Runter«, sagte sie.

Guldor schüttelte ungläubig den Kopf. »Runter?«

Marina nickte, und Leandra beobachtete sie angstvoll und fasziniert zugleich. »Ja«, sagte Marina. »Seit Tagen sitzen wir hier und sind eingesperrt. Wir dachten, wir könnten ...«

Guldors verzerrter Gesichtsausdruck entspannte sich, und ein kleines Lächeln ging in seinen brutalen Zügen auf. »Ha!«, rief er. »Mit den Gästen herumschäkern? Mach mir doch nichts vor! Solche Mädchen seid ihr nicht!«

»Warum nicht?«, sagte Marina, und sie schaffte es sogar, eine leichte Verärgerung auf ihrem Gesicht zu zeigen. »Wir haben darüber geredet ... ob wir dann vielleicht ... nun, ein wenig besser behandelt würden.«

Guldors Gesicht verwandelte sich wieder in eine Fratze des Misstrauens. »Verarsch mich nicht, Mädchen!«

»Ich meine ... wir wollten natürlich nicht mit den Gästen aufs Zimmer gehen, aber ...«

Leandra stieß unhörbar einen Luftschwall aus. Zum Glück hatte Marina diese Kurve gekriegt. Guldor weismachen zu wollen, sie wollten jetzt plötzlich Huren werden, hätte garantiert nicht geklappt.

Aber Marina war noch nicht fertig. Sie sah sich kurz um und deutete auf Roya. »Es geht ihr furchtbar schlecht ... wir dachten, vielleicht würdest du sie ... dann gehen lassen.«

Guldor sah neugierig zu Roya. Das Mädchen reagierte unverhofft geschickt – sie tat nämlich gar nichts. Sie saß nur da, allein in ihren Augen spiegelte sich ein Hauch von Leid. Guldor war nicht dumm. Hätte Roya übergangslos die Todkranke gespielt, hätte er es gemerkt.

»Was ist mit dir?«, fragte er unwirsch.

Roya schluckte. »Ich ...«

»Was denn, verdammt?«

Sie blickte verschämt zu Boden. »Ich bin ... schwanger.«

Leandra schluckte einen Kloß herunter und wäre wenige Sekunden später beinahe vor Lachen herausgeplatzt. Ein rascher Seitenblick sagte ihr, dass sich auch die anderen nur mit Mühe beherrschten. Zum Glück merkten die beiden Männer nichts, denn sie starrten Roya mit vor Entsetzen geweiteten Augen an.

»Waaas?«, brüllte Guldor. »Das ... ist doch nicht ... *wahr!*«

Roya sagte nichts, blickte nur weiter zu Boden.

Guldor stieß Marina unwirsch von sich. Er winkte heftig in Richtung Roya ab, drehte sich dann auf dem Absatz um und stampfte wütend zur Tür. »Verfluchte Weiber!«, rief er und warf die Arme in die Höhe. Er war schon beinahe zur Tür hinaus, da drehte er sich noch einmal um. »Also gut, ihr könnt runter – aber nicht mehr als zwei auf einmal, verstanden! Und wehe, ihr baut Mist!«

Die Tür klappte zu, dann öffnete sie sich noch einmal. »Und macht hier sauber, kapiert? Den Scheiß mit dem Sand könnt ihr Euch sparen. Die Typen da unten stinken sowieso alle aus dem Maul!« Dann knallte die Tür zu, und die beiden waren weg.

Für einige Momente herrschte Totenstille im Raum.

Azrani sprang auf, eilte zur Tür und öffnete sie vorsichtig. Sie spähte hinaus, kam zurück und flüsterte: »Sie sind weg!«

Im nächsten Moment platzte eine Flut mühsam beherrschten Lachens aus ihnen hervor. Sie kicherten hilflos und wischten sich die Tränen aus den Augen. Man gratulierte Roya zu ihrer Schlagfertigkeit und schlug besonders Marina anerkennend auf die Schulter. Sie hatte die Situation meisterlich gerettet und sogar noch einen entscheidenden Vorteil für sie herausgeschlagen. Sie durften nun hinunter!

Leandra atmete auf.

Nun gestattete sie sich zum ersten Mal, ein wenig Hoffnung zu schöpfen. Alle Mädchen machten jetzt mit, und gemeinsam mochten sie vielleicht tatsächlich eine Chance haben. Sie blickte zu Marina, die sich wieder in eine Ecke zurückgezogen hatte und unsicher zu ihr herübersah.

Es war vielleicht keine wundersame Verwandlung, die sie vollführt hatte, aber sie hatte offenbar nun doch beschlossen, so gut sie irgend konnte mitzuhelfen. Ein Blick zu Hellami sagte Leandra, dass auch sie versöhnt war.

Bald nach Guldors Auftritt – es war früher Abend, und unten in der Kneipe ging das Geschäft schon los – zog sich Marina eines der Hemdchen an und ging als Erste hinunter. Azrani begleitete sie.

Leandra und Hellami kratzten den Sand zusammen und füllten ihn in die Flasche. Dann kamen Jasmin und Roya herbei. »Wir wollen später *beide* hinaus zu dem Wachmann gehen«, sagte Jasmin.

Leandra hob die Schultern. »Wie ihr meint. Wir haben jedoch nur diese beiden Hemdchen, und die brauchen wir unten. Es wäre irgendwie komisch, wenn ihr beiden splitternackt da hinausgehen würdet. Der Wächter würde sicher misstrauisch werden.«

Jasmin nickte. »Ja, stimmt. Aber ich fürchte, ich kann ihn nicht ablenken und ihm im nächsten Moment die Flasche über den Kopf hauen. Er würde sehen, dass ich sie in der Hand habe – ich kann sie nirgends verstecken. Es klappt sicher besser, wenn Roya mitgeht und dann zuhaut!«

»Wir müssen das irgendwie hinkriegen«, sagte Hellami. »Ich meine so, dass die beiden, die die Klamotten unten brauchen, vorher wieder hochkommen. Was ihr beide tun müsst, ist ohnehin die letzte Sache, bevor wir abhauen.«

»Das klappt schon«, sagte Leandra zuversichtlich. »Ich selber werde wieder oben sein. Wenn ich jemand gefunden habe, der uns hilft, muss er ohnehin erst mal für uns Kleider und einen Wagen besorgen. Puuh … ich hoffe, so jemanden gibt es überhaupt im Umkreis von hundert Meilen.«

»Gut«, sagte Hellami, »damit hätten wir eins der Dinger zurück. Das zweite ist schwierig. Ich weiß nicht, ob ich von dem Dicken weg kann, bevor es losgeht. Ich hab keine Lust, mich von ihm befummeln zu lassen, also muss ich ihm sein Geld klauen. Wenn ich ihn dann alleine lasse, könnte er nachsehen und es merken. Dann wär alles vorbei.«

»Jemand muss dein Hemdchen holen, während du bei ihm bist.«

Hellami schluckte. »Du meinst, ich soll splitternackt bei diesem Lüstling bleiben?«

Leandra hob entschuldigend die Achseln.

»Scheiße!« Hellami starrte in die Luft. »Ich hatte schon so ein Gefühl, dass das heute eine üble Nacht wird.« Sie blickte zu Leandra und den beiden Schwestern. »Hört zu«, sagte sie ernst. »Vielleicht hab ich bei Euch den Eindruck erweckt, dass es nicht viel gibt, was mir etwas ausmacht. Aber das stimmt nicht. Ich bin keine Hure, versteht ihr? Ich stamme aus Savalgor – vielleicht nicht gerade aus der besten Gegend, deswegen rede ich auch anders als ihr. Aber ich will nicht, dass ihr von mir denkt, ich würde so was machen!«

Leandra legte ihr die Hand auf die Schulter. »Ganz sicher nicht«, sagte sie ernst. »Ich weiß nur, dass ich dich bewundere, weil du so viel Mut hast.«

Hellami nickte und sah zu Boden. Es war zu erkennen, dass auch sie weinen konnte, wenn es einmal zu viel für sie wurde. Leandra wollte irgendwie Hellamis Freundschaft gewinnen, wenn sie je hier heraus kommen sollten.

*

Der Tag war in gespannter Ruhe verlaufen. Schon am Nachmittag hatten Caori und Zerbus vor dem Palast Posten bezogen, in einer kleinen Gastwirtschaft am Markt. Das Zimmer mit Aussicht auf den Palast lag beinahe auf gleicher Ebene mit dem lautstarken und aufgeregten Getümmel des Marktplatzes.

Ein unauffälliger Stützpunkt war wichtig, denn man konnte sich selbst auf einem Marktplatz nicht einen ganzen Tag aufhalten, ohne jemandem aufzufallen. Man musste sich häufig abwechseln und immer wieder umherlaufen. Da die Magier allesamt nicht mehr die Jüngsten waren, war ein Zimmer in einer Gastwirtschaft gerade das richtige.

Zum Glück kannte man den Wirt, und Hochmeister Jockum erschien höchstpersönlich, um den Mann in die Pflicht zu nehmen. Niemand durfte etwas darüber erfahren, dass die Magier für einige Tage in seinem Hause ein und aus gehen würden. Man machte den Wirt glauben, man wolle einen gefährlichen Abtrünnigen ausfindig machen, der sich als Jahrmarktmagier verkleidete. Der Wirt war mit dieser Erklärung zufrieden.

Unglücklicherweise konnten weder Jockum noch Ötzli oder Meister Fujima an der Lauschaktion teilnehmen. Man kannte sie in der Stadt, und es wäre sofort aufgefallen, wenn sich einer von ihnen auf dem Marktplatz hätte blicken lassen. Aber es war nicht schwer, Ersatz zu bekommen. Hochmeister Jockum rekrutierte ein halbes Dutzend vertrauenswürdiger Mitglieder aus dem Ordenshaus für diese Aufgabe. Jeder Einzelne von ihnen war ein erfahrener Magier, und so konnte man die Aktion zielgerichtet und ruhig beginnen.

Schon bald bestätigte sich, dass es Auren magischer Art im Palast gab. Es wuchs sich zeitweise sogar zu regelrecht hektischer Aktivität aus. Manchmal war jedoch eine Aura spürbar, die anders war als die übrigen. Von ihr ging etwas Fremdartiges, Böses aus – etwas, das man hierzulande nicht kannte und das sehr machtvoll war.

Gegen Abend kam Bruder Zerbus in großer Aufregung ins Turmzimmer des Ordenshauses geeilt.

»Ich habe ihn gesehen, Hochmeister Jockum! Er ist in der Stadt!«

»Von wem sprichst du, Zerbus?«

»Von ... nun, ich weiß nicht genau, wer es ist, Hochmeister! Ich weiß nur, dass es jemand aus Hegmafor sein muss! Vor wenigen Minuten hat er zusammen mit einer Eskorte den Palast verlassen! Er war verkleidet, aber ich habe ihn erkannt!«

Alle hatten sich erhoben. »Bist du sicher?«, fragte Munuel.

»Ja, das bin ich, Bruder. Ich habe vor Jahren eine Zeit in Hegmafor verbracht und bestimmte Techniken studiert, um die Bedeutung alter Schriften zu erkennen. Dabei spürte ich manchmal eine ungeheuer starke Aura, die eines wahren Meisters der Bücher. In Hegmafor gibt es eine der größten Bibliotheken überhaupt, und dort gibt es einen Magier, der in dieser Hinsicht Gewaltiges leisten kann. Von ihm ging eine Aura aus, die ich über Meilen hinweg spüren könnte. Ich schwöre, dieser Mann ist hier, *er* war es, der eben den Palast verlassen hat!«

»Wer war es?«, fragte Caori. »Helbor, der Bibliothekar von Hegmafor?«

Zerbus schüttelte den Kopf. »Ich weiß, der Schluss liegt nahe. Aber ich kann nicht sicher sagen, ob die Aura, die ich damals verspürte, diejenige des Bibliothekars war. Ich spürte sie nicht in meiner unmittelbaren Umgebung, sondern nur aus den Tiefen der Bibliothek, zu der ich damals leider nur sehr eingeschränkten Zugang hatte.«

»Und du meinst, dieser Mann hat vor kurzem den Palast verlassen?«

»Ja, sehr unauffällig. Er saß unter einer Kutte auf einem Karren, und mehrere Leute befanden sich bei ihm. Es waren Mulloohs vorgespannt, und unter einer Plane lagen mehrere Gepäckstücke. Es sah ganz so aus, als ob er sich auf eine Reise begeben würde. Ich habe die Altmeisterin Caori, mit der ich auf Posten bin, gebeten, auf diese Aura zu achten – ich meine, ob diese fremdartige noch immer im Palast zu verspüren ist.«

»Und?«

Zerbus hob die Schultern. »Wir werden sehen. Ich weiß es noch nicht. Ich bin sofort hierher gelaufen, um euch Bericht zu erstatten.«

»Hast du auch jemanden geschickt, den Karren zu verfolgen?«

Bruder Zerbus stöhnte auf. »Mist! Ich wusste doch, dass ich etwas vergessen hatte!«

Munuel hielt sich nicht damit auf, Zerbus zu schelten. »Los! Wir müssen sehen, ob wir ihn noch erwischen! Wohin fuhr der Karren?«

»Hm, schwer zu sagen. Vielleicht schicken wir jemanden zu den Stadttoren und zum Hafen?«

»Gute Idee. Besorg Leute und schick sie los. Ich werde zu Caori gehen und sie fragen, ob sich im Palast etwas verändert hat!«

Sie eilten los. Zerbus sandte je zwei Brüder zu den drei Stadttoren und begab sich selbst mit Remoch zum Hafen. Nach weniger als einer Stunde trafen sie sich alle im Gasthaus gegenüber dem Markt wieder. Sie wussten alles, was sie wissen mussten.

Der Unbekannte war zum Hafen gefahren. Dort waren die Gepäckstücke des Karrens auf ein Schiff verladen worden. Die Person hatte sich sodann mit ihren Begleitern zurück auf den Weg zum Palast gemacht. Es schien sich um wichtige Gegenstände gehandelt zu haben.

*

Leandra versuchte noch eine Weile zu schlafen, bevor sie hinunterging. Ihr Auftritt würde erst sehr spät kommen, wenn die Gäste schon angetrunken waren. Aber sie konnte kein Auge zutun und bekam mit, wie Marina und Azrani zurückkamen und an ihrer Stelle Jasmin und Hellami hinuntergingen. Roya hatte das Freilos gezogen. Mit ihrer angeblichen Schwangerschaft konnte sie natürlich nicht mehr hinunter.

Während Marina einen geplagten Gesichtsausdruck trug, glaubte Leandra, bei Azrani ein gewisses Leuchten in den Zügen zu erkennen. Vielleicht hatte sie unten einen netten Kerl getroffen, der ihr ein paar Komplimente gemacht hatte. Sie war beileibe nicht hässlich – sie war schlank und hatte einen schönen Körper. Allein ihr Gesicht verstrahlte eine gewisse Verkniffenheit und Abwehr, was ihr nicht gut stand. Im Moment aber war das wie weggewischt. Schade nur, dass dies in einem so üblen Laden geschehen war. Es wäre ihr zu gönnen gewesen, unter besseren Umständen einen netten Burschen zu treffen, der ihr beizubringen verstand, dass sie eine durchaus begehrenswerte junge Frau war.

Leandra seufzte leise. Gern hätte sie sich jetzt an Alina geklammert. Wie es ihr wohl ging? Sie hoffte, dass die anderen Mädchen zu ihrem Wort stehen würden und ihr bei der Suche halfen.

Was sie selbst betraf, gab es keine Regeln dafür, was Adpeten während ihrer Wanderschaft zu tun hatten. Sie sollten nur das intuitive Anwenden der Magie erlernen und Erfahrungen sammeln. So gesehen war das, was sie im Sinn hatte, der härteste Prüfstein für ihre Fähigkeiten, den man sich nur denken konnte. Der dunkle Mönch war Magier gewesen, allem Anschein nach sogar ein sehr mächtiger. Gegen ihn antreten zu wollen war schon beinahe selbstmörderisch. Aber sie würde es tun. Sie würde Alina nicht im Stich lassen.

Für Minuten durchforschte sie ihr Gewissen. Was war es, das sie so sehr an das Mädchen band? Sie dachte über alles Mögliche nach, kam zuletzt wieder auf Cathryn und versuchte Ähnlichkeiten zwischen ihrer Schwester und Alina zu erkennen. Aber auch hier kam sie nicht weiter. Es gab etwas Geheimnisvolles, aber es gelang ihr nicht dahinterzukommen. Allzu gern hätte sie gewusst, was es mit der kleinen Tätowierung an Alinas Handgelenk auf sich hatte. Über ihren Gedanken fiel sie in leichten Schlaf, aber er war unruhig und währte nicht lang. Azrani weckte sie.

Sie schlug die Augen auf und fühlte sich schon im ersten Moment ziemlich unwohl. Der oberflächliche Schlaf hatte ihr nicht gut getan. »Was ist denn?«

»Ich ... nun, es könnte sein, dass ich schon was angezettelt habe.«

»Wie ...?« Leandra verstand nicht und richtete sich auf.

Azrani ließ sich auf den Hintern fallen und beugte sich zu ihr. »Also, es ist so: Du wolltest doch sehen, ob du irgendeinen Kerl auftreiben kannst, der ...«

»Jaja, ich weiß. Was ist nun? Hast du schon jemanden gefunden?«

Azrani wirkte ein wenig verlegen. »Ja, schon möglich.«

Leandra setzte sich ganz auf. Sie war übel gelaunt und fühlte sich ziemlich schlecht.

»Als ich vorher unten war, hab ich ein bisschen ... nun ja, mit einem jungen Kerl herumgemacht. Er war eigentlich sehr nett.«

»Und?«

»Er sagte, er wollte noch mal mit Freunden wiederkommen. Vielleicht könntest du mit mir zusammen dann ...« Azrani verstummte.

Das schmeckte Leandra nicht. Eine Bande von jungen Kerlen, die Hurenhäuser aufsuchte – wenn sie ihre Hilfe in Anspruch nahmen, war abzusehen, was sie verlangen würden.

»Du siehst nicht sehr begeistert aus«, stellte Azrani unsicher fest.

Leandra bemühte sich, ihr Missfallen nicht allzu deutlich nach außen dringen zu lassen. »Kann sein, dass das eine gute Möglichkeit ist«, sagte sie, »aber irgendein alter Knacker wäre mir lieber gewesen, verstehst du? Wer weiß, was die Kerle sich einbilden? Du musst bedenken, dass sie glauben würden, sie holten ein paar abspenstige Huren hier heraus!«

Azrani nickte, aber es tat ihr weh, das sah Leandra. Sie schalt sich für ihre bissige Art, sah sich aber dennoch nicht in der Lage, ihre üble Laune zu verscheuchen. Sie entschied sich schnell.

»Okay«, sagte sie. »Wir machen das. Allerdings ...«

»Was?«

»Jetzt haben wir schon wieder das Problem mit den verfluchten Hemdchen. Wenn ich mit runter muss, brauche ich eins!«

»Ja«, sagte Azrani. »Im Moment sind Jasmin und Hellami unten. Aber sie sagten, sie wollten hochkommen und Bescheid geben, wenn die Jungs auftauchen. Ich hab ihnen den einen beschrieben.«

Leandra stöhnte innerlich. Was für eine blöde Sache, dachte sie. Jetzt haben wir noch ein weiteres Problem: Eine verliebte Azrani. Sie brachte es nicht übers Herz, das Mädchen vor den Kopf zu stoßen. Roya war wach und hatte mitgehört, sagte jedoch nichts. Leandra überlegte, dass sie es vielleicht ohnehin so machen mussten. Es war gut möglich, dass dies die einzige Chance an diesem Abend blieb. Und morgen könnte es schon wieder eine von ihnen erwischt haben. Vielleicht sie selbst.

»Also gut«, stieß sie hervor. »Wir kriegen das irgendwie hin. Weck mich, wenn Jasmin und Hellami kommen!«

Damit drehte sie sich um und ließ sich, mit sich und der Welt sehr unzufrieden, auf ihren Strohsack fallen.

Wie viel Zeit vergangen war, als sie geweckt wurde, konnte sie nicht sagen. Jasmin war da, Hellami hingegen war schon wieder verschwunden. Azrani hielt die beiden Hemdchen hoch. »Wir müssen los«, sagte sie.

Leandra starrte auf die Kleidungsstücke. Es war ihr

klar, dass nun alles auf dem Rücken von Hellami ausgetragen wurde. Azrani musste das zweite Hemdchen bereits geholt haben, während Hellami nun ohne alles unten bei dem Dicken war. Das machte sie wütend.

Sie schluckte ihren Zorn hinunter und riss Azrani eines der Dinger aus der Hand. »Wenn Hellami in Schwierigkeiten gerät, dann werde ich verdammt sauer!«, sagte sie. Dann zog sie sich an, und sie gingen hinunter.

In der Kneipe herrschte ausgelassene Stimmung. Leandra sah zuerst zum Tresen – der Dicke war da. Sein Gesichtsausdruck verriet, dass er bester Stimmung war. Hellami musste sich in der Küche befinden, die gleich hinter dem Tresen lag. Leandra hoffte inständig, dass die Situation einigermaßen erträglich für sie war.

Dann deutete Azrani auf einen Tisch, an dem vier junge Männer saßen. In ihrem Gesicht war wieder das Leuchten aufgegangen.

Leandra war so schlecht gelaunt wie schon lange nicht mehr. Zum ersten Mal im Leben wünschte sie sich, abstoßend hässlich zu sein. Noch bevor sie den Tisch erreicht hatten, wusste sie, dass sie die Kerle hassen würde.

Sie liefen an einem der Wächter vorbei, der sie mit misstrauischen Blicken bedachte. Leandra rang sich ein Lächeln ab. Zum Glück war es der, der Guldor am Nachmittag begleitet hatte. Das bedeutete, dass oben im Gang ein anderer saß. Wenn dieser noch nichts von Royas vorgeblicher Schwangerschaft erfahren hatte, standen die Chancen der beiden Schwestern umso besser.

Leandra blickte über die Schulter in Richtung der Küche. Der Dicke war jetzt nicht mehr hinter dem Tresen, dafür stand ein anderer Mann da und schenkte Getränke aus. Leandra ächzte. Sie hatte hohe Achtung vor Hellamis Mut, und hoffte, dass diese nicht dafür büßen musste.

Dann wandte sie sich um und stand vor den vier jungen Männern. Sie blickten sie mit breitem Grinsen an, und Leandra dachte, dass sie gleich durchdrehen würde.

9 ♦ Chast

Er saß da und starrte das Mädchen an. Sie hatte schreckliche Angst vor ihm.

Es war ihm nicht völlig egal, nein – er hatte kein Interesse, sie zu ihrem Schicksal zu zwingen. Wenn es sein müsste, dann würde es so geschehen, aber er zog es vor, solche Dinge unkompliziert zu lösen. Sie hatte sich geweigert, ihm ihren Namen zu sagen, aber seine Frage war nur ein Versuch gewesen, das Eis zwischen ihnen zu brechen. Ihren Namen wusste er längst.

Er lächelte kalt. Die Vorstellung, dass das Eis zwischen ihnen überhaupt zu brechen wäre, hatte etwas Absurdes. Aber er liebte absurde Dinge. Etwas herbeizuführen, das eigentlich unmöglich war, erregte ihn, forderte seine Intelligenz und seine Kreativität heraus. Nicht selten war es ihm schon gelungen, Grenzen zu durchbrechen und andere, seien es Brüder oder Gegner gewesen, in eine Lage zu bringen, die sie nicht begreifen und manchmal auch gar nicht verkraften konnten.

Er blickte das Mädchen mit kalten Augen an und überlegte, wie ihm hier das Unmögliche gelingen konnte. Natürlich könnte er sie mit Leichtigkeit zerbrechen, ihr den Verstand aus den Augen quetschen und sie dann als willfähriges Instrument seiner Absichten gebrauchen. Aber das war etwas für Rohlinge, für Leute, die nicht an seine Klasse heranreichten. Nein, seine Methode musste Stil haben und Kunstfertigkeit beinhalten. Dieses Mädchen würde ihm nichts mehr bedeuten, wenn sie keinen eigenen Willen mehr besaß.

Nach allem, was er wusste, war sie außergewöhnlich schön, aber er empfand keine Leidenschaft. Sie war schlank und hochgewachsen, ihre Brüste waren fest und rund. Ihre Haut schien den Schimmer von Aprikosenblüten zu besitzen, und ihr Gesicht war von klassisch schönem Schnitt. Selbst ihre glatten hellbraunen Haare besaßen den seidigen Glanz, der sie letztlich zur Vollkommenheit erhob, doch er hatte nur ein kaltes, verächtliches Lächeln für diese tumbe Liste körperlicher Merkmale übrig. Er hätte Grund gehabt, Stolz zu empfinden, dass er die Schönste der Schönen besaß – aber er fühlte nichts.

Das Mädchen würde nützen, bei gewissen Leuten in seiner Umgebung ein ehrfürchtiges Staunen hervorzurufen, denn es gab allzu viele, die bereit waren, dem Reiz schöner Frauen zu erliegen.

In Wahrheit war sie ein Nichts, ein Werkzeug in seinen Händen, und ihr wahrer Nutzen lag in einer völlig anderen Sache. Um gleich von Beginn an den richtigen Weg zu gehen, hatte er sie als Erstes von ihrer Nacktheit befreit. Er verachtete diesen Narren Guldor, dem keine intelligentere Methode eingefallen war, seine Opfer am Weglaufen zu hindern, als ihnen die Kleider zu rauben.

Das Mädchen trug nun ein weißes, seidenes Kleid, und wenn er es richtig beurteilen konnte, stand es ihr vorzüglich. Die Haare waren von einem goldenen Band eingefasst und nach hinten gekämmt – es schien beinahe, als wäre dies eine Andeutung für den rechten Sitz einer Krone. Er lachte leise auf.

Sie saß vor ihm auf einem thronähnlichen Sessel in diesem riesigen dunklen Raum und fror offensichtlich. Dass sie allein aus Angst so zitterte, erschien ihm unwahrscheinlich. Er klatschte in die Hände. Sie zuckte leise zusammen.

Die rechte Seite einer riesigen Flügeltür öffnete sich, und ein Mann in einer dunklen Robe trat mit gesenktem Haupt ein. Die graue Farbe der Kordel, die um seinen Leib geschlungen war, kennzeichnete seinen Rang. Er war ein einfacher Schüler.

»Hole Holz!«, rief er ihm zu. »Viel Holz – und mach ein großes Feuer! Die Dame friert!«

Der Schüler machte eine unterwürfige Verbeugung und verschwand. Er sah wieder nach dem Mädchen. Vermutlich ahnte sie, dass er mit reiner Willenskraft den gesamten Raum innerhalb von einer Sekunde auf die Temperatur eines Dampfbades hätte bringen können. Aber genau das war sein Stil – man sollte seine Macht nur spüren und fürchten, zu sehen bekam man sie nie.

Er erhob sich und durchquerte mit weiten Schritten den düsteren Raum. Die Vorhänge waren fast völlig zugezogen. Er war kein Freund großer Helligkeit. Die Düsternis war ein Refugium, das seiner Kontrolle unterlag – Licht hingegen irritierte und verunsicherte ihn.

Dann war er bei ihr. Der Sessel, auf dem sie saß, stand mitten im Raum auf einem weiten, dunkel gekachelten, runden Fußboden, der in einen Holzboden überging, eine Stufe höher liegend. An den Wänden befanden sich himmelhohe Regale voller Bücher, und auf ihnen lag der Staub von Jahrhunderten.

Das Szenario lag ihm vollkommen. Das Mädchen hingegen war sehr verunsichert. Sie saß steif auf der vordersten Kante des Sessels, mit geradem Rücken und geschlossenen Schenkeln. Sie starrte zu Boden. Er umkreiste sie, erhaschte einen Hauch des Duftes, den man ihr gereicht hatte. Auf ihre Weise war sie perfekt.

Sie sah angstvoll zu ihm auf. »Was … was wollt Ihr von mir? Ich habe nichts. Ich kann Euch nichts geben.« Ihre Stimme war von einer Reinheit und Zartheit, die sogar ihn beeindruckte. Wiewohl er nichts für sie empfand, verspürte er einen wachsenden Stolz, dass sie ihm gehörte. Ihm ganz allein.

Er zog eine Augenbraue hoch. »O doch, mein Kind. Du wirst mir mehr geben können, als du ahnst.«

»Wann kann ich wieder fort von hier …? Nach Hause?«

Er verspürte einen ungeheuren Kitzel in sich aufsteigen. Er hätte ihr sagen können, dass sie ihn nie mehr verlassen würde, aber das hätte sie vielleicht dazu veranlasst aufzugeben. Nein, es musste immer noch ein Funken Hoffnung da sein, etwas, das einen am Leben erhielt – wenn auch das Schicksal furchtbar war.

»Es kommt ganz darauf an, wie gut wir … zusammenarbeiten, mein Kind. Vielleicht schon bald?«

Ein schwaches Lächeln huschte über ihr Gesicht, ein unverkennbarer Moment der Hoffnung. Er beglückwünschte sich dazu, ein so gewiefter Meister des Schicksals zu sein. Dieser Moment mochte ihm Tür und Tor geöffnet haben.

»Wer seid Ihr?«, fragte sie mit ihrer zarten Stimme. »Und wie ist Euer Name?«

Er stellte sich vor sie hin und richtete sich auf. Er streckte ihr galant die Hand entgegen, sie griff unwillkürlich danach und stand auf. Es war wie eine Aufforderung zum Tanz.

»Ich bin dein Schicksal, meine Schöne«, sagte er. »Und mein Name ist Chast.«

*

Eines musste man Azrani lassen: Der Junge, in den sie sich verknallt hatte, war tatsächlich noch der netteste der vier. Aber das wollte nicht viel heißen. Die anderen drei empfand sie als absolut unerträglich.

Es war die Sorte von Männern, die ständig zu laut lachten und ständig zu gut gelaunt waren; die Sorte, die mit dem Unterleib dachte, deren Einfühlungsvermögen irgendwo im Bizeps lag und deren Phantasie sich darauf beschränkte zu überlegen, wo man sich *morgen* Abend besaufen sollte. Dass sie die Freunde von Azranis Angebetetem waren, warf kein gutes Licht auf ihn.

Azrani flüsterte schon die ganze Zeit mit ihm und bekam gar nicht mit, wie schlecht es Leandra ging. Sie wusste nicht, was sie machen sollte. Einen von den Kerlen um Hilfe zu bitten oder gar mit ihm anzubändeln ging eindeutig über ihre Kräfte. Sie empfand die Kerle als großkotzig, arrogant und dumm – dabei wusste sie nicht einmal, ob sie es wirklich waren.

Eine grauenvolle Viertelstunde blieb sie am Tisch, dann hielt sie es nicht mehr aus. »Tut mir Leid, Jungs«, sagte sie lächelnd. »Mein Boss schaut mich schon dauernd schief an. Nicht mehr als ein Mädchen pro Tisch, wisst ihr?«

Überlaute Töne des Bedauerns begleiteten ihren Abgang, und Azrani sah sie entsetzt an. Leandra warf ihr einen verzweifelten Blick zu, dann lief sie durch das Getümmel in Richtung des Klosetts, warf die Tür hinter sich zu und stöhnte auf. Zorn und Abscheu saßen ihr im Nacken, und sie fluchte verbissen gegen die Wand. Dieses dämliche Weibsstück von Azrani! Wegen diesen idiotischen Kerlen hielt jetzt Hellami ihren nackten Hintern hin! Warum zum Teufel musste sich das Mädchen ausgerechnet diese vier Kerle aussuchen? Sie kniff verzweifelt die Augen zusammen und fragte sich, ob es allein sie selbst war, die nun langsam alles verdarb. Schließlich war es ihre Idee gewesen. Es war zum Verrücktwerden!

Sie versuchte ihren Puls zu beruhigen, wieder flacher zu atmen. Wenn sie die Gelegenheit heute nicht nutzten, würde vielleicht morgen früh wieder eine von ihnen verschwinden. Und dann noch eine. Vielleicht war sie selbst die Nächste, vielleicht Azrani oder die sanfte Roya. Sie wusste nicht, was sie dann erwartete. Hier hatten sie noch eine kleine Chance – wenn sie ihren verdammten Plan nur zu Ende führen konnten!

Die Tür klickte, und Azrani kam herein. Ihr Gesicht war voller Angst und Enttäuschung. Sie blickte Leandra an und erkannte, dass sie sehr wütend war.

»Das ist genau die Sorte Abschaum, von der ich sprach«, zischte Leandra und deutete mit dem Daumen über die Schulter. »Was hast du dir dabei gedacht, verdammt?«

Azrani sah schrecklich unglücklich aus, und Leandra tat es sofort Leid, was sie gesagt hatte. Diese Kerle als Abschaum zu beschreiben hieß, Azranis Geschmack ein schlechtes Zeugnis auszustellen, und das tat gerade einem Mädchen wie ihr schrecklich weh.

Tränen kullerten ihr die Wange herab.

»O nein!«, stöhnte Leandra und nahm sie in die Arme. »Es tut mir Leid, Azrani! Ich hab es nicht so gemeint!«

Aber es war schon zu spät. Azrani brach in Tränen aus. Leandra bemühte sich verzweifelt, sie zu beruhigen. »Ich war gemein zu dir«, sagte sie. »Es tut mir Leid, wirklich. Ich bin eben auch völlig fertig!«

Azrani ließ von ihr ab und wischte sich die Tränen aus den Augen. »Schon gut«, schluchzte sie. »Ich ... ich hab sie soweit.«

»*Was?*« Leandra hielt sie einen Schritt auf Distanz und sah sie entgeistert an. »Sag das noch mal!«

Azrani nickte. »Sie warten in einer halben Stunde mit einem Wagen und Kleidern auf uns. Irgendwo dort hinter dem Haus.«

Leandra glaubte, ihren Ohren nicht zu trauen. Wenn das stimmte, dann wog ihre Ungerechtigkeit gegenüber Azrani doppelt schwer. »Ist das wahr?«, fragte sie entgeistert. Azrani nickte nur.

Trotz ihrer Aufgewühltheit fiel ihr ein riesiger Stein vom Herzen. Jetzt war der halbe Plan erfüllt. Sie packte Azrani bei den Schultern. »Für meine Gemeinheit darfst du mir später eine kleben, ja? Wir müssen uns jetzt beeilen! Einverstanden?«

Azrani fing sich schnell wieder. »Gut«, sagte sie. »Lass uns nach oben gehen. Da gibst du mir dann das Hemdchen, und ich bringe es Hellami. Ich nehme sie gleich mit. Die Burschen wollen kein Geld. Für sie ist es so etwas wie ... ein Abenteuer!«

Leandra biss sich auf die Lippe. Ihre Missgeschicke schienen heute nicht enden zu wollen.

Sie sagte nichts mehr und schob Azrani aus dem Klosettraum hinaus. Ein Blick zu dem Tisch, an dem die vier zuvor noch gesessen hatten, sagte ihr, dass Azrani Recht behalten würde – die Burschen waren tatsächlich weg, und die Wahrscheinlichkeit, dass sie in einer halben Stunde hinter dem Haus warteten, war hoch. Es war ihr ein Rätsel, wie Azrani das so schnell geschafft hatte.

Eine halbe Minute später waren sie oben. Azrani nahm die beiden Hemdchen und ging wieder hinunter. Aber es dauerte fast die ganze halbe Stunde, bis sie zusammen mit Hellami wieder zurückkam. Offenbar war es nicht so leicht gewesen, den Dicken wieder loszuwerden. Beide wirkten, als wären sie mit den Nerven am Ende.

»Wie geht es dir, Hellami?«, fragte Leandra vorsichtig.

»Hatte schon bessere Tage«, presste sie hervor.

Leandra verzichtete auf weitere Fragen. Hellami würde schon ein Zeichen geben, wenn sie mit jemandem sprechen wollte. So wie sie aussah, hatte sie weit mehr durchgemacht, als ihr lieb gewesen wäre. Sie öffnete die Hand und ließ eine stattliche Anzahl Münzen auf den Boden klimpern. Sie tat es mit einem angewiderten Gesichtsausdruck, so als hätte sie ein Dutzend Blutegel in der Hand gehalten.

Leandra sah hinab. Es waren fast nur große Goldmünzen darunter. Hellami hatte ihr Versprechen gehalten.

»Jetzt kommt *euer* Auftritt, Kinder!«, sagte Hellami und blickte zu Jasmin und Roya. Sie zog das Hemdchen aus und knallte es auf den Boden. »Ich hab für heute die Schnauze voll.«

Die beiden Schwestern zögerten nicht lange, zogen sich an und verließen das Zimmer. Die sandgefüllte Flasche hielt Roya hinter ihrem Rücken versteckt.

Hellami ließ sich mit einem Stöhnen auf einen Strohballen fallen, kauerte sich zusammen und starrte den

Boden an. Marina setzte sich zu ihr und legte ihr den Arm um die Schulter. Nach einer kurzen Weile lehnte Hellami den Kopf gegen Marinas Schulter. Tränen rollten ihr die Wange herab.

Leandra kam sich vor wie ein Dreckstück. Sie hatte einfach die Flucht ergriffen. Alle hatten ihr Bestes gegeben, nur sie hatte sich wie ein Feigling verhalten. Kaum vorstellbar, was Hellami über sich hatte ergehen lassen, um ihnen allen die Flucht zu ermöglichen. Nur sie hatte den Schwanz einzogen und war bei der ersten unangenehmen Sache getürmt.

»Du musst das mit dem Feuer machen!«, rief Azrani plötzlich. »Los, jetzt gleich!«

Leandra bekam einen Schreck. Sie wandte sich um und lief zur Tür. Dann hielt sie inne. Wie sollte sie das anstellen? Sie hatte nichts zum Anziehen. So konnte sie nicht den Raum verlassen.

Aber es erwies sich als nicht mehr notwendig. Jasmin und Roya kamen zurück. Jasmin hatte halb belustigt und halb entsetzt das Gesicht verzogen, und Roya hielt sich lachend und jammernd zugleich die Hand. Ihre Finger waren blutüberströmt.

Hellami sprang auf. »Was ist? Habt ihr ihn bewusstlos geschlagen?«

»Der schläft morgen noch!«, wimmerte Roya. Ihre Hand schien ziemlich weh zu tun. Azrani holte das kleine Tüchlein, mit dem sie den Sand transportiert hatte, unter einem der Strohsäcke hervor, schüttelte es heftig aus und verband behelfsmäßig Royas Hand.

»Los jetzt!«, sagte Hellami. »Wir müssen hier weg. Unsere Freunde werden schon warten!« Sie öffnete die Tür und spähte hinaus. Dann winkte sie den anderen und schlich in den Gang hinaus.

Leandra war wie betäubt. Sie hatte auf der ganzen Linie versagt. Irgendwer schleifte sie mit, und kurze Zeit später standen sie zu sechst, nackt und dem kalten Nachtwind ausgesetzt, auf einem Hochsteg. Unten im

Hof stand ein großer Wagen mit zwei vorgespannten Pferden. Drei der Burschen winkten mit irgendwelchen Lumpen zu ihnen herauf.

*

Der Versuch herauszufinden, was auf das Schiff verladen worden war, hatte leider kein Ergebnis erbracht.

Das Schiff war noch am Abend ausgelaufen; niemand im Hafen wusste, wohin es fuhr und was es geladen hatte. Die Magier der Gilde hatten selbstverständlich nur mit aller Vorsicht versucht, Informationen zu sammeln, da man vermeiden wollte, dass irgendjemand von ihren Nachforschungen erfuhr. So blieb es ein vorerst ungelöstes Rätsel, woraus die Ladung bestanden hatte. Sie waren sich jedoch darüber einig, dass sie von Bedeutung gewesen sein musste, und Bruder Zerbus war bereit, seine Tonsur darauf zu verwetten, dass es sich bei der vermummten Gestalt um diesen geheimnisvollen Magier aus Hegmafor gehandelt hatte.

Tief in der Nacht begaben sie sich endlich zur Ruhe. Munuel und Remoch hatten zusammen die nächste Wache übernommen.

Munuel saß nachdenklich am Fenster und starrte zum Palast hinüber. Remoch hatte sich auf dem bequemen Bett ausgestreckt und schlief. Seine Wachzeit würde morgen früh anbrechen, dann konnte Munuel sich ausruhen. Man war dabei geblieben, zu zweit auf Wache zu ziehen – das Schicksal von Lakorta steckte ihnen allen noch zu sehr in den Knochen. Ein einzelner Magier hatte nur wenig Aussichten gegen einen Dämonen, während es bei zweien schon um ein gutes Stück besser aussah. Man würde sich wenigstens verteidigen können, hatte sozusagen die Chance, mit dem Leben davonzukommen. Es hing natürlich immer davon ab, von welcher Art der Dämon war.

Munuel beobachtete das Trivocum mit aller Vorsicht;

sein Kontakt zu der magischen Grenzlinie war hauchfein. Die Gefahr, dass er dabei entdeckt wurde, war vergleichsweise gering.

Während er die Struktur und die Farbgebung des Trivocums betrachtete, überlegte er, dass Lakorta etwas Besonderes versucht haben musste. Lakorta war ein äußerst fähiger Meister gewesen; noch nicht so altmeisterlich erfahren wie Ötzli, Jockum oder er – dafür war er noch zu jung gewesen. Wenn sich Munuel recht erinnerte, war er knapp unter fünfzig Jahre alt gewesen. Trotzdem hatte er es in seiner Laufbahn zu größter Meisterschaft gebracht, und er war gewiss in der Lage gewesen, das Trivocum auf ebenso vorsichtige Weise zu beobachten, wie Munuel es jetzt tat. Vielleicht aber hatte er etwas Besonderes entdeckt und sich zu nahe herangewagt.

Allerdings – die Vorstellung, dass es dort drüben, hinter den himmelhohen Mauern des Palasts, einen Magier geben sollte, der, möglicherweise aus dem Stegreif, einen Dämonen ins Diesseits holen konnte, war erschreckend. Munuel wusste, dass es für eine solche Tat einen Magier mit überragenden Fähigkeiten brauchte – ganz egal, welcher Magieform er sich dabei bediente. In der Elementarmagie gab es nicht einmal Iterationen allerhöchsten Grades, mit denen so etwas zu bewerkstelligen gewesen wäre. Aber das war eher eine Sache des Kodex.

Im nächsten Augenblick vermeinte Munuel aus der Richtung des Palasts eine schwache, fremdartige Aura zu verspüren. Sofort begab er sich in tiefste Konzentration und versuchte den Punkt näher einzukreisen, ohne dabei das Trivocum stärker zu berühren als mit einer Feder. Er konnte den Ursprungspunkt jedoch nicht finden. Die Aura verebbte und verschwand.

Er richtete sich auf und seufzte schwer. Für ihn stand längst fest, dass es dort drüben etwas gab, das dort nicht hingehörte. Und allein das fügte sich als ein weiterer Stein ins Mosaik seiner Mutmaßungen. Immer mehr erhärtete sich sein Verdacht, und der Zeitpunkt war nah, dass er wenigstens einen Teil davon Jockum berichten musste. Das würde ihn zwar erleichtern und von einem Teil seiner Bürde befreien, aber dennoch fürchtete er diesen Moment. Jockum war ein aufrechter, ehrlicher Mann – auf seine Weise konnte man ihn gar als eine Zierde seines Standes bezeichnen. Ihm all die Dinge berichten zu müssen, die auf Munuels Liste standen, würde dem Mythos der guten und unbestechlichen Magiersgilde, die gerade Jockum so sehr verkörperte, beträchtlichen Schaden zufügen.

10 ♦ Die Tiefen der Seele

Es klopfte. Chast sah von dem alten osbotischen Folianten auf, den er in den Regalen entdeckt hatte, und wandte sich zur Tür.

»Was ist?«, rief er ärgerlich.

Der Schüler draußen fürchtete seine Stimme, das wusste er. Trotzdem öffnete sich die Tür gleich und er kam herein. Furchterfüllt war seine Haltung, tief gesenkt sein Haupt. Gewiss zitterte er vor Angst. Ein kleines, befriedigtes Lächeln huschte über Chasts Gesicht. Er überlegte, ob er dem Jungen eine Lektion erteilen sollte.

»Es ist jemand gekommen, Herr«, sagte der Schüler. »Ich kenne ihn nicht, aber er will Euch unbedingt sehen, er sagt …«

Der Schüler wurde plötzlich so hart zur Seite gedrängt, dass er sich mit rudernden Armen fangen musste. An ihm vorbei getreten war ein großer, stämmiger Mann, der jetzt in die Mitte des Raumes stampfte und dort mit in die Hüften gestemmten Fäusten stehen blieb.

»Guldor!«, rief Chast überrascht und stand auf.

»Ich muss mit dir reden, Mönch, es ist wichtig!«

Chast winkte dem Schüler. »Verschwinde«, rief er. »Los, los!«

Der Schüler beeilte sich, davonzukommen, und die Tür klappte zu. Chast stand mit Guldor allein in dem großen kalten Raum, der nur von ein paar Kerzen erleuchtet war.

Er machte einen Schritt auf Guldor zu und fasste ihn scharf ins Auge. »Bist du von Sinnen?«, zischte er und verlieh seiner Stimme auf magischem Wege eine noch größere Schärfe, als sie ohnehin schon besaß. »Wie kannst du es wagen, hierher zu kommen?«

»Ich sagte bereits, es ist wichtig!«, erklärte Guldor mit unvermindert fester Stimme.

Chast näherte sich und ging um ihn herum. »Wichtig!«, stieß er höhnisch hervor. »Woher weißt du überhaupt, dass ich *hier* bin?«

Guldor gab sich unbeeindruckt. »Ich habe meine Leute, Mönch. Ich weiß alles, was sich in Savalgor tut!«

Chast blieb direkt vor ihm stehen und blickte ihn scharf an. »Was willst Du?«

»Die Mädchen sind weg.« Guldor sagte es so, als wäre dies auf der anderen Seite der Welt geschehen und als trüge er nicht die geringste Verantwortung dafür.

»Was?« Chasts Ausruf hallte wie das Zischen einer monströsen Schlange durch den weiten Raum.

Guldor verzog keine Miene. »Sie sind ausgebrochen. Wie, weiß ich nicht. Du musst mir helfen, sie wiederzufinden – und zwar schnell!«

Chasts Gesicht glühte vor ohnmächtigem Zorn. Er machte einen Schritt auf den Besucher zu. Obwohl Guldor ein großer Mann war, überragte Chast ihn noch. Im nächsten Augenblick wurde Guldor von einer magischen Kraft gepackt, die ihn von den Füßen hob und eine Handbreit hoch in der Luft schweben ließ. Seine Augen befanden sich nun auf gleicher Höhe.

»Du dummer, kleiner Hafenganove!«, rief Chast bebend vor Zorn.

Guldors Reaktion war nicht minder beeindruckend als Chasts Magie. »Lass mich runter, du Schaubuden-Zauberer!«, rief er ärgerlich. »Mich beeindruckst du mit solchem Hokuspokus nicht!«

Chast studierte den Mann mit plötzlicher Neugier.

Langsam sank Guldor wieder herab. Es kam nicht häufig vor, dass ihm gegenüber jemand so viel Mut zeigte. In Wahrheit schätzte Chast solche Leute. Nichts war ihm mehr zuwider als kriecherische Ratten. Sie waren gut, ein Glas Wasser zu holen, aber in Situationen, die Phantasie oder Intelligenz erforderten, versagten sie hoffnungslos.

Guldor traf tatsächlich keine Schuld an der Flucht der Mädchen, das sah Chast jetzt. Er konnte sie schließlich nicht selbst bewachen. Seine Leute hatten versagt, denn normalerweise hielt er sich nicht einmal in dem Gebäude auf, in dem die Mädchen gefangen waren. Zweifellos hatte Guldor die Verantwortlichen bereits bestraft.

Chasts Gedanken rasten. Er brauchte Guldor und würde ihn bei Laune halten. Letztlich beherrschte er ihn ja doch. Guldor war ein wichtiger Mann in Savalgor. Man konnte ihn als einen der beiden Fürsten der Unterwelt bezeichnen. Den anderen Mann, er sollte Jacaire heißen, kannte Chast noch nicht, aber er würde ihn in Kürze treffen und ihm ein unwiderstehliches Angebot machen. Dafür hatte Chast die nötigen Schritte bereits eingeleitet. Danach würde er der wahre Fürst der Savalgorer Unterwelt sein – und das war ein wichtiger Schritt auf dem Weg zum Ziel.

»Wann?«, fragte er knapp.

»Vor zwei Stunden«, antwortete Guldor, der trotz Chasts Magie die Fassung vollständig bewahrt hatte. »Soweit ich das nachvollziehen kann, sind sie mit der Hilfe von ein paar jungen Burschen geflohen.«

»Das ist dein Gebiet!«, entgegnete Chast und machte eine wegwerfende Handbewegung. »Du bist es, der die Kontrolle über die Gassen und Hinterhöfe hat. Was soll *ich* da tun?«

»Ha!« Guldor wandte sich ab. »Wenn sie dort wären, hätte ich sie längst!« Er marschierte auf das Fenster zu, dessen schwerer Vorhang halb zugezogen war, und schlug ihn ein Stück beiseite. Draußen lag das nächtliche Savalgor. »Ich habe meine Leute ausgeschickt und all meine Kontakte spielen lassen. Aber wir konnten sie nicht auftreiben.« Er wandte sich wieder um. »Es scheint, als wären sie mit einem Pferdewagen geflohen.

Das kann nur zweierlei bedeuten: Entweder sind sie in einem Teil der Stadt, der nicht meiner Kontrolle unterliegt – aber das kann ich mir nicht vorstellen.«

»Und zweitens?«

»Sie haben die Stadt verlassen. Von den Torwachen weiß ich, dass in den letzten Stunden mehrere Wagen aus Savalgor hinaus sind.«

»Die Stadt verlassen?« Chast lachte auf. »Das wäre eine allzu törichte Idee, meinst du nicht? Sie wären leicht zu finden – da könnten sie sich gleich ein paar rote Lampen an den Wagen hängen!«

»So?« Guldor kam herbei und sah den Magier ärgerlich an. »Na, *ich* finde sie jedenfalls nicht! Ich weiß nicht, was du für Möglichkeiten hast. Finde sie für mich, ich will dich gut bezahlen!«

Chast lachte auf. »*Du* willst *mich* bezahlen? Womit denn?«

Er sah den großen Mann kopfschüttelnd an. Dann aber wurde ihm plötzlich etwas klar. Guldors selbstsicheres Auftreten sprach dafür, dass *er* sich hier als Herr der Lage sah, als derjenige in diesem Raum, der die eigentliche Macht in Händen hielt. Er dachte mit Sicherheit auch, dass dieser Mädchenhandel eine ganz normale Sache wäre, die keine besondere Bedeutung hätte. Diese Fehleinschätzung konnte Chast Vorteile verschaffen. Hochmut kommt vor dem Fall, sagte er sich.

Chast änderte seine Taktik. Er ging im Raum umher und setzte eine nachdenkliche Miene auf. Dann sagte er: »Also gut, ich werde diese Mädchen für dich finden. Aber du musst mir dafür einen Dienst erweisen!«

»So? Welchen denn?«

Chast blieb stehen und blickte auf. »Weite deine Tätigkeiten aus! Sagen wir, zunächst auf Usmar. Später … nun, vielleicht auf Wasserstein oder Soligor. Du hast mir und meinen Brüdern ein knappes Dutzend dieser Mädchen besorgt. Das ist nicht genug. Bei Weitem nicht!«

Guldor verzog das Gesicht und stemmte die Fäuste in die Hüften. »Was macht ihr überhaupt mit den Mädchen?«, fragte er misstrauisch. »Und warum müssen sie so jung sein?«

Chast warf die Arme hoch und sagte unschuldig: »Was schon? Was denkst du? Sie sind jung und schön – und wir sind alte Männer. Ist das so schwer zu verstehen?«

Guldor war plötzlich nicht mehr zufrieden. Er ging ein paar Schritte und ließ sich in dem thronähnlichen Sessel nieder, der in der Raummitte stand. Dort machte er es sich bequem und schlug die Beine übereinander.

Chast bereitete sich darauf vor, dem Mann einige Erklärungen liefern zu müssen. Das forderte seine Erfindungsgabe heraus. Er würde gewiss befriedigt sagen können, dass er diesem tumben Ganoven aus dem Stegreif eine höchst aufregende Geschichte aufgetischt hatte – die ihn zweifellos vollkommen überzeugt hatte.

»Ihr seid doch Mönche, oder nicht?«, fragte Guldor mit einer gewissen Schärfe. »Ich habe noch nie von Mönchen gehört, die sich mit Frauen abgeben durften!«

Chast grinste. Er starrte Guldor eine Weile an, dann begann sich ein blendender Gedanke in seinem Kopf zu formen. »Du hast vollkommen Recht, mein Bester«, sagte er gut gelaunt.

»Und?«

Chast zog sich einen Stuhl heran und setzte sich darauf, fünf Schritte von Guldor entfernt. Er beugte sich mit gefalteten Händen nach vorn und stützte die Ellbogen auf die Knie. »Nun, es ist ein Geheimnis, das ich ... eigentlich nicht verraten kann.«

»Mir wirst du es sagen!«, behauptete Guldor leichthin. »Jedenfalls, wenn du willst, dass ich dir helfe!«

Chast nickte. »Ich sehe schon, ich habe es mit einem intelligenten Mann zu tun. Habe ich dein Wort, dass du es für dich behältst?«

Guldor schüttelte kalt den Kopf. »Nein. Wenn es notwendig ist, werde ich anderen einen Grund nennen müssen. Ich bin nicht der einzige mit Grips im Kopf. Ich muss meine Leute ausschicken und die werden Fragen stellen.« Er machte eine Pause und richtete sich auf. »Also, was ist nun?«

Chasts schwarzes Herz machte einen Satz. Diese Unterhaltung bereitete ihm unerwartetes Vergnügen. Er nickte. »Gut. Dann werde ich dir so viel sagen, wie du wissen musst, einverstanden?«

»Wir werden sehen.«

Chast lehnte sich zurück. »Wir gehören einem uralten Orden an«, sagte er. »Welcher das ist, brauchst du nicht zu wissen. Wir forschen schon seit Generationen in alten Aufzeichnungen. Unser Ziel ist ... nun, unter anderem, die wahren, alten Strukturen der Hierokratie wiederzufinden. Sie gingen uns vor langer Zeit verloren.«

Chast wartete einige Momente und versuchte an Guldors Reaktion zu ermessen, wie er diese Geschichte aufnahm. Guldor aber blieb unbewegt. Das reizte Chast nur umso mehr.

»*Wir* sind die eigentlichen Hierokraten«, rief Chast aus, stand mit erhobenem Finger auf und begann aufs Neue umherzuwandern. »*Wir* sind die Nachkommen und die Bewahrer der echten hierokratischen Ordnung!« Er deutete zum Fenster hinaus, in dessen unmittelbarer Nähe sich eine Reihe hoher und erleuchteter Fenster an einer gewaltigen Fassade entlangzog. »Nicht das eitle Pack, das sich dort drüben im Palast eingenistet hat!«

Guldor hatte sich in seinem Sessel vorgebeugt, um Chasts leidenschaftlichen Auftritt zu verfolgen. Er wirkte erstaunt, aber nicht ungläubig.

Chast ließ den Arm sinken. Seine Stimme war wieder leiser geworden. Er setzte sich und starrte nachdenklich auf den Boden. »Aber das ist nicht dein Metier«, sagte er. »Nun, wie du schon sagtest, dürfen sich Mönche gemeinhin nicht dem anderen Geschlecht zuwenden. Das ist richtig und trifft auf die allermeisten Orden zu.«

Guldor nickte bestätigend.

»*Wir* allerdings haben während unserer Forschungen alte Aufzeichnungen entdeckt, die dies *nicht* bestätigen!« Er ließ ein leichtes Lächeln über sein Gesicht gleiten. Guldor blieb weiterhin unbewegt, also versteifte auch Chast seinen Gesichtsausdruck wieder. »Es sind Aufzeichnungen aus uralter Zeit, als die Hierokratie neu entstanden war und die rechtgläubigen Priesterherrscher der damaligen Zeit die Gesetze für die Geschicke des Landes verfassten!«

Ein leichter Schimmer des Verstehens erhellte plötzlich Guldors Gesicht.

Chast fuhr mit salbungsvoller Stimme fort. »Demnach ist es ... nun, den Hierokraten zwar nicht erlaubt, Ehen einzugehen und Nachkommen zu zeugen, aber ...«

Guldor atmete verstehend auf und nickte langsam.

»... es steht nirgends geschrieben, dass die Hierokraten sich nicht am anderen Geschlecht erfreuen dürfen!« Chast erhob sich. »Im Gegenteil! Es ist die Rede von einer Schar schöner junger Frauen, die sich in den Palästen der alten Hierokraten aufhielten, damit sich die Männer, die ständig die schwere Bürde ihres Amtes tragen mussten, wenigstens am Abend am Anblick ihrer Schönheit erfreuen konnten.«

Guldor, dieser Idiot, grinste zufrieden.

»Ist das nicht sehr erklärlich?«, fragte Chast und hob die Arme. »Ich muss zugeben, dass die alten Hierokraten für diese Zwecke die Mädchen nicht *entführen* ließen! Nein, die jungen Damen, die sich in den Palästen aufhielten, in so genannten ... *Lustgärten,* waren Geschöpfe von höchster Geburt, die freiwillig zu ihnen gekommen waren. Es galt damals als eine der höchsten Ehren, sich für die lebenslange Keuschheit in den Lustgärten zu entscheiden.«

»Lebenslang?«, fragte Guldor.

»Nun ja, ein eher dunkles Kapitel dieser Zeit war, dass die jungen Damen natürlich ihre Schönheit nicht für alle

Zeiten behielten. Sie wurden älter und verloren ihre Reize.«

»Und dann?«

Chast blickte betrübt zu Boden. »Sie schieden freiwillig aus dem Leben.«

Guldor verzog das Gesicht. »Nachdem sie ein paar Jahre lang *in Keuschheit* in den Palästen gedient hatten? Das müssen ja schön blöde Weiber gewesen sein!«

Chast gab sich brüskiert. »Was weißt du, *Weltlicher,* von den Verlockungen der Reinheit? Der wahren Hingabe? Was weißt du …«

Guldor winkte ab. »Schon gut, Mönch, schon gut. Reg dich wieder ab.«

Chast atmete leidenschaftlich auf, verstummte dann aber.

»Und *ihr* wollt jetzt euren Brüdern von damals nacheifern?«, sagte Guldor. »Das finde ich interessant!«

Chast richtete sich auf und versuchte den Eindruck großer Würde zu verstrahlen. »Unsere Aufgabe ist es, die alten Strukturen wiederherzustellen. Wir wollen die Hierokratie erneuern, doch solche Bestrebungen stoßen, wie du sicher weißt, auf mancherlei Widerstände.«

Guldor grinste breit.

»Unsere Aufgabe ist heikel und langwierig. Seit Generationen nehmen wir die schlimmsten Entbehrungen auf uns.« Er wandte sich Guldor zu und zeigte ihm einen Gesichtsausdruck, in dem alles lag, was ihm an Offenheit möglich war. »Und wir sind auch nur Menschen und …«

»Und …?«

»Und Männer! Willst du über uns richten, dass wir uns wieder an die alten Traditionen halten wollen, die unserem Stand zukommen? Willst du uns verurteilen, weil unsere Sinne nach Schönheit und Wärme lechzen, nachdem wir tagelang im Staub alter Bibliotheken herumgewühlt und uns die Finger wundgeschrieben haben beim Kopieren uralter Dokumente?«

Guldor hob abwehrend die Hände und verzog das Gesicht. »Aber die Mädchen! Hat einer von euch sie je gefragt, ob ihnen das passt? Warum kommt ihr nicht zu mir in meine Hurenhäuser? Ich habe da Frauen, sag ich dir …«

Chast winkte barsch ab. »Du hast keine Silbe von dem verstanden, was ich dir sagte! Gar keine!« Er schüttelte angewidert den Kopf. »Und sorge dich gefälligst nicht um die jungen Damen! Wir führen sie behutsam in ihre Aufgabe ein!«

Einer plötzlichen Idee folgend, klatschte er zweimal in die Hände. Der Schüler öffnete die Tür und meldete sich unterwürfig.

»Führe die junge Herrin herein!«, befahl Chast.

Mit einer tiefen Verbeugung zog sich der Schüler zurück.

»Und wann müssen sie sich das Licht auspusten?«, fragte Guldor mit gehörigem Sarkasmus in der Stimme. »Nach fünf Jahren? Oder nach zehn?«

Chast blickte ihn ernst an. »Nicht alles, was unsere Vorfahren taten, war gut und recht. Von solchen barbarischen Sitten nehmen wir heute Abstand.«

Guldor zog skeptisch den linken Mundwinkel herab. Dann erhob er sich. »Gut, Mönch. Das alles ist, wie du schon sagtest, nicht mein Geschäft. Ich will dir die Gefälligkeit erweisen und dir mehr von diesen Mädchen besorgen. Habt ihr … eine bestimmte Vorliebe? Außer, dass sie jung sind?«

Chast schüttelte den Kopf. »Nein. Es könnte allenfalls sein, dass wir wieder einmal eine bestimmte Frau suchen. Mehr aber kommt nicht in Betracht.«

Guldor nickte. »Also gut. Ich hoffe, du hilfst mir jetzt im Gegenzug. Ich muss diese sechs Mädchen wiederkriegen. Wenn sie plaudern, dann könnte es Schwierigkeiten für mich geben. Und das könnte bedeuten, dass du auf die nächsten eine Zeit lang warten müsstest …«

»Ich habe bereits etwas veranlasst«, sagte Chast.

Guldor wirkte irritiert. »Tatsächlich? Wann denn …?«

Chast schenkte ihm einen viel sagenden Blick. »Schaubuden-Zauberei!«, sagte er lächelnd. »Ich habe ein paar Freunde, die kümmern sich bereits um alles.«

Dann ging die Tür auf, und eine junge Frau kam herein.

Guldor zog die Augenbrauen hoch. Tatsächlich, es war die Kleine, die seine Leute vorgestern aus den Quellen geholt hatten. Sie trug jetzt ein langes Kleid aus hellblauer Seide, das unter der Brust mit einer goldenen Schleife gefasst war. Ihr glattes Haar glänzte im Kerzenlicht und fiel weich über die Schultern. Sie trug ein kleines, aber sehr kostbar aussehendes Diadem auf der Stirn, und ihr Gang war geschmeidig und ruhig.

Guldor kam sich für den Moment ein bisschen blöd vor. Dieses Mädchen war von außergewöhnlicher Schönheit. Dass ausgerechnet dieser Mönch ihr den angemessenen Glanz verliehen hatte, empfand er als beschämend – schließlich waren Frauen *sein* Geschäft!

Die Kleine lächelte scheu und schlug dann die Augen nieder, als sie ihn erkannte.

Guldor schnaufte. »Also, ich muss jetzt gehen. Wir sind uns ja einig.«

Chast war die Freundlichkeit selbst. »Ja. Und denke bitte an unsere Abmachung über … nun, den Außenposten in Usmar.«

»Ist gut«, sagte Guldor. Er warf dem Mädchen noch einen verwirrten Blick zu, hob kurz die Hand zum Gruß und stampfte davon. Die Tür fiel hinter ihm und dem Schüler ins Schloss.

Chast wandte sich dem Mädchen zu. »Du siehst unbeschreiblich schön aus, mein Kind!«, sagte er freundlich. Er war aufs höchste zufrieden mit sich selbst, mit dem Verlauf der Dinge und auch mit ihr.

»Ich weiß, es ist sehr spät. Aber komm, setz dich noch ein Weilchen zu mir. Wir wollen ein wenig plaudern!«

*

Angstvoll starrte Leandra nach draußen in die Dunkelheit. Der Mond schien hell durch das Sonnenfenster, deswegen konnte sie ein Stück weit sehen. Das Geräusch des holpernden Wagens überdeckte jeglichen Laut, den es in der Umgebung geben mochte, und würde weithin zu hören sein. Aber dagegen war nichts zu machen. Sie mussten fort von Savalgor, so schnell es ging.

»Siehst du was?«, fragte Hellami leise.

Leandra schüttelte den Kopf. »Nein. Weit und breit nichts.«

»Vielleicht sind wir schon weit genug weg?«, sagte Jasmin hoffnungsvoll aus dem Hintergrund.

Leandra ließ die Plane auf den Holzboden sinken. Sie stieß einen schweren Seufzer aus. »Wenn es nur so wäre!«, sagte sie. »Aber die Torwachen! Sie werden sich erinnern, dass ein Wagen die Stadt verlassen hat. So, wie ich diesen Guldor einschätze, wird er es ziemlich bald wissen.«

Sie saßen zu sechst zwischen leeren Kisten, Säcken und anderem Gerümpel auf der Ladefläche des großen Wagens. Über ihnen spannte sich eine dunkle Plane. Es waren nur drei der Burschen zu ihrer Rettung erschienen, aber das hatte genügt. Sie hatten tatsächlich Kleider mitgebracht. Der ganze Wagen war voll von alter Regenkleidung für Hafenarbeiter gewesen – etwas Besseres hatte sich in der Kürze der Zeit nicht auftreiben lassen. Aber immerhin, die Flucht aus der Stadt war gelungen, und sie hatten etwas zum Anziehen. Trotz allem war die Stimmung gedrückt.

Leandra dachte sehnlichst an ihre Sachen, die in einem Fach im Umkleidesaal der Quellen von Quantar lagen. Der Mantel, den sie im Moment trug, stank, kratzte und war viel zu groß. Keinem der Mädchen ging es besser. Sie hatten nichts mehr an Besitz, wurden wahrscheinlich verfolgt und ihre Schwierigkeiten begannen womöglich erst. Aber sie waren frei. Jedenfalls im Moment.

»Wo wollen wir jetzt hin?«, fragte Marina. Während ihrer Worte war der Wagen hart über irgendein Hindernis gerumpelt.

»Weiß ich nicht«, sagte Leandra mit plötzlich aufkommendem Ärger. Ihre Stimmung hatte sich immer noch nicht gebessert, und außerdem nervte es sie langsam, dass alle außer Hellami ihre Fragen immer an *sie* richteten. So als trüge sie die alleinige Verantwortung, sie alle heil und wohlbehalten wieder daheim bei ihren Eltern abzuliefern. Sie glaubte, durch ihr Versagen bewiesen zu haben, dass sie nicht die Anführerin sein konnte.

Plötzlich wurde der Wagen langsamer und hielt schließlich an.

Die Mädchen rappelten sich überrascht hoch. Da wurde schon die Plane zurückgeschlagen und die drei Burschen standen grinsend da.

»Was ist?«, rief Hellami. »Warum habt ihr angehalten?«

»He!«, rief einer von ihnen und schickte sich an, auf die Ladefläche heraufzuklettern. »Ihr wolltet, dass wir euch aus der Stadt bringen! Also, hier sind wir! Ich denke, es wird jetzt Zeit für den schöneren Teil des Abends!«

Leandra war kurz davor aufzuspringen und den Kerl anzuschreien. Hellami aber hielt sie zurück. Sie erhob sich und stellte sich vor den Burschen, der inzwischen breitbeinig oben stand.

»Wir sind noch nicht weit genug«, sagte sie ruhig. »Bitte, fahrt noch ein paar Meilen weiter. Sicher wird uns dieser Guldor verfolgen!«

Der Bursche winkte ab und kam auf sie zu. Er streckte die Hand aus, fuhr ihr unter den Mantel und umschlang ihre Hüfte. Er grinste Hellami an. »Hier finden sie uns nie! Wir sind in einem Seitental der Savau, eine halbe Wegstunde von Savalgor entfernt. Niemand außer ein paar Leuten, die hier leben, kennt den Weg. Wir sind hier sicher und ungestört!«

Hellami rührte sich nicht. Sie entwand sich nicht dem Griff des Burschen, ließ sich aber auch nicht zu ihm hinziehen. »Es reicht aber nicht«, sagte sie beherrscht. »Wir sind keine Huren. Wir wurden dort festgehalten. Guldor wird uns bestimmt einen Haufen Leute hinterherschicken.«

Es gereichte dem Burschen zur Ehre, dass er Hellami sofort losließ. »Ihr seid keine Huren?«, fragte er.

Alle Mädchen schüttelten den Kopf.

»Hee, wollen die jetzt kneifen?«, rief einer von draußen.

Derjenige, der oben stand, winkte hinab. »Warte mal!«, sagte er. Dann wandte er sich wieder an Hellami.

»Ist das jetzt irgendein Trick?«, fragte er unsicher.

»Nein«, sagte Hellami ruhig. »Es ist die Wahrheit.« Sie zog sich den riesigen olivgrauen Mantel wieder um den Leib.

»Aber wir haben Geld!«, sagte der Bursche. »Wir bezahlen euch!«

Marina kam auf die Knie. »Du musst uns glauben!«, sagte sie flehentlich. »Wir sind keine … von *denen!*«

Er trat einen Schritt zurück. »Aber wieso seid ihr dann *dort* gewesen?«

Die Situation entspannte sich. Hellami war die Erleichterung deutlich anzumerken. »Man hat uns entführt, eine nach der anderen, und dort eingesperrt. Du musst Guldor fragen, was er mit uns vorhatte – wir wissen es nicht.«

Der Bursche stieß einen Pfiff aus und sah hinunter zu seinen Freunden. »Habt ihr das gehört?«

Sie nickten und blieben ruhig. Aus irgendeinem himmlischen Grund glaubten sie ihnen ihre Geschichte.

»Fahrt ihr uns noch ein paar Meilen?«, fragte Hellami sanft.

»Ich … also …«, stotterte er.

Leandra stand auf. »Also gut«, sagte sie. »Was kostet der Wagen?«

»Wie?«

»Was kostet der Wagen?«, wiederholte sie. »Wir kaufen ihn euch ab!« Sie sah sich zu den Mädchen um. »Wer hat das Geld?«

Roya meldete sich. »Hier ...«, sagte sie und begann in der Tasche ihres Mantels zu wühlen. »Ich hab es aufgehoben ... warte ...«

Dann hatte sie es beisammen und reichte Leandra eine große Handvoll Münzen.

Einer der Burschen, ein großer blonder Kerl, kam behände mit einem Satz heraufgesprungen. »Hört mal ...«, sagte er, »es tut uns Leid, wir wussten ja nicht ...«

»Schon gut«, erwiderte Leandra. »Wie viel also?«

»Wollt ihr denn nicht lieber mit uns zurück in die Stadt kommen?«, fragte er und wies nach draußen. »Wir sind aus Savalgor! Da können wir euch verstecken, wenn ihr wollt. Aber hier draußen auf dem Land ...?«

Leandra schüttelte den Kopf. »Savalgor ist zu unsicher. Guldor hat überall seine Leute. Ihr bringt Euch nur in Schwierigkeiten!«

Azrani stand umständlich auf, gesellte sich dann zu dem Blonden und drängte sich an ihn. »Er hat Recht«, sagte sie. »Ich will lieber zurück. Was sollen wir hier draußen schon tun? Wir kennen hier niemanden. Wir brauchen Kleider und was zu essen. Ich habe viele Freunde in der Stadt ...«

Leandra starrte sie an, als wäre sie eine Verräterin. Dann aber mahnte sie sich zur Zurückhaltung. Sie hatte heute Nacht genug Fehler gemacht. Es war nicht ihr Recht, sich in Azranis Entscheidung einzumischen.

Marina meldete sich. »Ich möchte auch lieber zurück nach Savalgor. Ich brauche ja nur nach Hause zu gehen. Wir haben ein großes Haus, im Ostviertel, wisst ihr? Dort wären wir sicher!«

Leandra überlegte. Die Möglichkeit war verlockend. Im Schutz einer bürgerlichen Familie in einem sicheren Stadtteil – dagegen war nichts einzuwenden. »Was meinst Du?«, fragte sie Hellami.

Hellami wirkte nicht sonderlich überzeugt. »Ich weiß nicht. Stell dir nur vor, wir fahren wieder in die Stadt hinein. Gut möglich, dass sie uns bereits hinter dem Stadttor abfangen.«

Für eine Minute standen sie schweigend da. Niemand wusste so recht, wie sie nun am besten vorgehen sollten. Dann erhob sich Jasmin auf die Knie. »Und wenn wir uns trennen?«

Leandra sah sie an. Der Vorschlag hatte etwas Deprimierendes. Sie hatten in dieser kurzen Zeit gemeinsam einiges durchgemacht. Jede Einzelne von ihnen erschien ihr ein bisschen wie ein Teil ihrer selbst. Die Vorstellung, jetzt allein weiterzuziehen, war bedrückend. Betroffen forschte sie in den Gesichtern der anderen.

»Wir trennen uns!«, sagte Hellami hart. »Diejenigen, die weg wollen von Savalgor, bekommen den Wagen. Die anderen gehen mit den Jungs in die Stadt zurück! Ohne Wagen werden sie am Stadttor nicht auffallen!«

Es herrschte eisiges Schweigen. Hellami hatte verdammt Recht, aber es war eine unerträgliche Situation. War Leandra zuvor noch wütend über sich selbst gewesen, so überkam sie jetzt unsägliches Elend.

»Ich hab nichts dagegen«, sagte einer der Burschen. »Aber der Wagen gehört meinem Vetter. Was soll ich ihm sagen ...?«

Hellami wandte sich zu Leandra und nahm ihr das Geld aus der Hand. Sie pfiff leise durch die Zähne, als sie sah, wie viele Goldmünzen sie ergattert hatte. »Also«, sagte sie, »ich gehe nicht zurück. Wenn ihr es wollt, bitte sehr. Aber es ist mein Geld. Ich habe es besorgt. Und ich kaufe den Wagen. Bezahlbar wird er ja wohl sein, oder?«

Der Bursche nickte unsicher. »Na ja ... aber die Pferde sind auch noch dabei ...«

»Wie viel?«

Ihm war mulmig zumute. Offensichtlich wollte er sich nicht bereichern, aber einen Preis zu nennen war ihm unangenehm.

»Es sind ungefähr hundertachtzig oder zweihundert Folint«, half ihm sein Kumpel, der noch unten stand. »Das ist ein ehrlicher Preis. So viel kostet es, den Karren samt den Pferden wiederzubeschaffen.«

Hellami nickte und trat zur Kante der Ladefläche ins Mondlicht. »Gut. Hier sind ... zweihundertzehn!« Sie suchte im spärlichen Licht einige Münzen zusammen. Leandra hatte gesehen, dass in ihrer Hand noch etliches übrig geblieben war. Sie hielt dem Blonden das Geld hin, und er nahm es zögernd.

»Ich fahre jetzt los!«, verkündete Hellami. Sie sprang hinunter und umrundete den Wagen.

Kaum jemand hatte noch Zeit, besonders viel nachzudenken, aber niemand versuchte, Hellami daran zu hindern, so rasch aufzubrechen. Eine Minute später setzte sich der Wagen in Bewegung. Die drei Jungs, Azrani und Marina standen regungslos im Mondlicht und blickten ihnen hinterher.

*

Roya saß auf der Ladefläche und schluchzte leise. Ihre Schwester hielt sie im Arm und versuchte sie mit sanften Worten zu trösten. Leandra saß in einer Ecke, im Kopf einen schwarzen Abgrund, so groß wie ganz Savalgor. Halb betäubt starrte sie in die Dunkelheit des Wageninneren. Von Hellami war nichts zu sehen, sie saß auf dem Kutschbock und lenkte den Wagen durch die Nacht.

Vor einer halben Stunde noch hatte sie geglaubt, dass sie nie wieder ihr Schicksal würde alleine tragen müssen, und nun war ihre kleine Gemeinschaft schon zerbrochen. Enttäuscht dachte sie an Azrani und Marina und verstand nicht, wie man sich hatte trennen können, ohne sich auch nur noch ein letztes Mal zu umarmen.

Jasmin kroch zu ihr herüber. Sie setzte sich neben Leandra.

»Wie geht es deiner Schwester?«, fragte Leandra trübsinnig.

»Sie ist gerade eingeschlafen.«

Leandra seufzte.

»Hör mal …«, begann Jasmin.

Leandra drehte sich um und suchte Jasmins Gesicht. Durch ein paar Ritzen in der Plane fiel hin und wieder ein Streifen fahlen Mondlichts. Es war ein sehr schönes Gesicht, mit sanften, aber klaren Zügen, von einem zerzausten, roten Haarschopf eingerahmt.

»Du solltest dich um Hellami kümmern«, meinte Jasmin.

Leandra war überrascht. »Was … *ich?*«

»Ja. Der Vorschlag, uns zu trennen, kam zwar von mir, aber sie hat es rasch durchgezogen. Es war das Vernünftigste, was wir tun konnten. Irgendjemand von uns kommt jetzt sicher durch.«

Leandra schnaufte. Dass Jasmin so denken würde, hätte sie nicht für möglich gehalten.

»Ich glaube, sie werden es schaffen«, sagte Jasmin. »Die Jungs helfen ihnen bestimmt, auch wenn sie vielleicht nicht nach deinem Geschmack sind.«

Leandra sah abermals betroffen auf. Aber Jasmins Gesicht war freundlich. Zum ersten Mal in dieser Nacht hatte Leandra das Empfinden, dass es jemand gab, der sie verstehen konnte.

»Hast du nicht gesehen, wie glücklich Azrani war?«, fragte Jasmin weiter. »Es war das einzig Richtige, dass sie bei ihm blieb. Ich bin sicher, er wird für sie kämpfen!«

Leandra sagte immer noch nichts.

»Und dass Marina bei ihnen blieb, war bestimmt auch das Beste für sie. Mit ein wenig Glück findet sie nach Hause zurück und ist dort in Sicherheit.«

»Und ihr beide? Du und Roya?«

Jasmin schüttelte den Kopf. »Wir sind nicht aus Savalgor, wir kennen dort niemanden. Aber wir sind ja immer noch zu viert. Wir bringen uns erst mal in Sicherheit, dann finden wir schon nach Hause. Wir stammen aus einem kleinen Dorf nördlich von Savalgor.«

Leandra nickte in die Dunkelheit hinein. Jasmin hatte Recht. Also blieben jetzt nur noch sie und Hellami übrig. Sie nahm sich zusammen, dachte, dass sie langsam damit beginnen sollte, mal etwas richtig zu machen.

»Gut. Ich gehe zu Hellami«, sagte sie.

Sie drückte Jasmin kurz die Hand, rappelte sich dann hoch und krabbelte durch den schwankenden Wagen nach vorn. Dort angekommen, klappte sie die vordere Plane zurück und sah hinaus. Hellami saß als ein vermummter Schatten auf dem Kutschbock, hielt die Zügel der Pferde und lenkte sie einen dunklen Weg entlang. Im Mondlicht war zu sehen, dass es leicht bergauf ging, in Richtung einiger Hügel. Im Hintergrund hob sich schwarz und stumm ein krummer Stützpfeiler in den Himmel.

»Hellami?«

Sie reagierte nicht.

Leandra kletterte mühsam über den Kutschbock und ließ sich neben ihr auf die Bank fallen. »He!«, sagte sie leise.

Hellami sah zu ihr herüber. Ihr hübsches Gesicht war von Tränen benetzt. »Was ist?«

Leandra setzte sich ganz nah zu ihr und legte ihr den Arm über die Schulter. »Es war richtig, was du getan hast«, sagte sie.

Hellami schniefte. »Wirklich?«

»Ja. Jasmin und Roya denken so und ich auch. Unsere Chancen stehen jetzt viel besser.«

»*Unsere* bestimmt nicht«, sagte Hellami. »Aber Azrani und Marina kommen bestimmt durch. Ich wäre lieber bei ihnen, glaub mir.«

Leandra nickte. Ihr eigene Situation hatten sie nicht verbessert. Das gefährlichste wäre gewesen, gemeinsam mit dem Wagen zurück nach Savalgor zu fahren.

»Wir sollten den Wagen loswerden«, sagte Leandra.

Hellami schüttelte den Kopf. »Noch nicht. Solange

wir nicht weit genug von Savalgor weg sind und nichts Vernünftiges zum Anziehen besitzen, ist der Wagen das einzige, was wir haben.«

Das stimmte. Solange sie keine Gelegenheit fanden, irgendwo etwas einzukaufen, mussten sie weiter. Zum Glück hatten sie wenigstens noch Geld. Leandra wandte sich um und blickte den Weg zurück. Nichts. Kein Verfolger war zu sehen. Es war schon sehr spät. Irgendwann mussten sie einmal schlafen.

»Weißt du, wo wir sind?«, fragte Leandra.

»Irgendwo nordwestlich von Savalgor.« Hellamis Stimme war nun schon fester – sie hatte aufgehört zu weinen. Froh darüber drückte sich Leandra noch ein bisschen fester an sie. Hellami deutete den Weg hinauf. »Da vorn beginnen die Hügel von Südakrania.«

»Gibt es dort ein Dorf?«, fragte Leandra.

Hellami nickte. »Ja, mehrere. Aber die sind mir ehrlich gesagt noch zu nah. Ein Reiter wäre in ein, zwei Stunden in Savalgor. Wir würden mit unserem Karren und diesen Mänteln auffallen. Wenn wir uns dort irgendwo blicken lassen, könnte der nächste fahrende Händler, der dort durchkommt, noch am gleichen Tag in Savalgor über uns Bescheid sagen.«

Leandra zog ihren Mantel fester um sich. »Meinst du wirklich, dass es so gefährlich ist?«

Hellami sah sie an. »Ich bin in Savalgor aufgewachsen. Nicht in der besten Gegend, wie ich schon sagte. Guldor – das ist ein Name, mit dem Mütter ihre Kinder zum Essen von Spinat und Mohrrüben bringen, weißt du? Iss auf, mein Kind, sonst kommt der böse Guldor und holt dich!«

»Wirklich?«

»Na ja, so ungefähr. Und dann diese dunklen Kerle von der *Bruderschaft.* Ich mag gar nicht mehr zurück nach Savalgor.«

»Erzähl mal. Ist es denn so schlimm?«, fragte Leandra verwundert.

Hellami schwieg eine Weile. Leandra dachte schon, sie hätte die Frage nicht gehört. Dann aber begann sie zu sprechen. »Dort, wo ich lebe«, sagte sie, »ist es zuletzt immer schlimmer geworden. Man konnte nach Einbruch der Dämmerung nicht mehr auf die Straße gehen. Genau das war ja mein Fehler. Ich hab nicht geglaubt, dass es mich erwischen könnte. Sie haben mich einfach in einer Gasse eingefangen, durch die ich schon tausend Mal gelaufen bin.«

»Wirklich? Und wer?«

Hellami lachte auf. »Es war sogar einer dabei, den ich kannte. Stell dir das nur vor! Er hielt mich fest, ein anderer zog mir einen Sack über den Kopf und ich bekam eins über den Schädel!« Sie tastete mit der linken Hand auf ihrem Kopf herum. »Na ja, ist fast nichts mehr zu spüren.«

»Und dann?«

»Ich kam in unserem Zimmer wieder zu mir. Den Rest kennst du ja.« Sie seufzte. »Aber was das Schlimme ist – man kann in Savalgor gar nicht mehr leben, jedenfalls nicht, wenn man dort wohnt, wo ich war. Bei Marina geht das vielleicht. Sie wohnt im Reichen-Viertel, da ist die Welt noch in Ordnung. Aber bei uns?«

»Was ist passiert?«

Hellami zog die Nase hoch und überlegte eine Weile. »So genau kann ich das gar nicht sagen. Zwei Mädchen waren verschwunden. Ich kannte sie nicht, aber ich schätze, sie sind auch durch dieses Zimmer gegangen. Schlimmer war jedoch, dass die Leute immer brutaler wurden. Die Jungs, die jahrelang bloß von Diebstahl gelebt hatten, brachten plötzlich Leute um. Die Huren verkamen und liefen mit blauen Flecken und Wunden herum. Der Krämer schrieb einem nichts mehr an, wenn man mal kein Geld hatte. Und es brannte verteufelt oft im Viertel!«

»Du willst wirklich nicht mehr zurück, was?«

Hellami schüttelte den Kopf. »Nicht besonders gerne.«

»Lebtest du allein?«

»Nein.« Sie begann auf der Lippe zu kauen.

»Bei deinen Eltern?«

Sie nickte knapp.

Leandra studierte ihr Gesicht. Das Licht war nicht mehr sehr kräftig, der Mond war am Sonnenfenster schon fast vorübergezogen. Trotzdem war ihr hübsches Gesicht zu erkennen. Hellami hatte große blaue Augen und ein paar kleine Lachfältchen um ihren sinnlichen Mund. Ihr Lachen war ansteckend, aber ihr Gesicht konnte ebenso Traurigkeit ausdrücken. Und das war es, was Leandra im Moment sah. Sie war unschlüssig, ob sie Hellami weiter nach ihrer Familie fragen sollte.

Sie nahm ihr die Entscheidung ab. »Es war mein Vater.«

Leandra fühlte einen heißen Stich, wusste aber nicht, ob sie richtig verstanden hatte. »Wie …?«

Hellami nickte verbissen. »Ja, mein eigener Vater. Mein Stiefvater. Er war dabei. Sie haben mich an Guldor verkauft.«

Leandra stöhnte auf. »Du meinst, bei dem Überfall … Der Kerl, den du kanntest, war dein *Vater?*«

Hellami sagte nichts, aber Leandra vermeinte in diesem Moment den ganzen Schmerz Hellamis zu spüren.

»Was denkst du, wo Alina jetzt ist?«, fragte Hellami im nächsten Moment.

Der plötzliche Themenwechsel überraschte Leandra, aber dann merkte sie, dass es eigentlich gar keiner war. Alina war das Mädchen, dem sie geschworen hatten zu helfen. Sie hatte das schlimmste Los von ihnen allen zu ertragen.

Leandra schüttelte den Kopf. »Ich weiß es nicht. Ich habe leider nicht die geringste Ahnung.«

»Du bist doch Magierin«, sagte Hellami. »Kannst du nicht Hilfe von der Gilde bekommen?«

»Ich bin nur Adeptin«, erwiderte Leandra. »Aber ich habe einen Meister, der ist wirklich ein großer Magier. Er wird mir ganz sicher helfen. Du kannst dich darauf verlassen!«

»Wirst du Alina wirklich suchen?«

Leandra blickte zu Hellami, die die ganze Zeit über verbittert nach vorn gestarrt hatte. »Natürlich! Das habe ich doch gesagt!«

Hellami wandte sich nun auch ihr zu. »Ich meine nicht, ob du es gesagt hast. Ich meine ... wirst du es auch *tun?*«

Leandra merkte, dass diese Frage über ihre Freundschaft entscheiden würde. Glücklicherweise gab es kein Zaudern für sie. »Ja«, sagte sie mit Bestimmtheit. »Ich werde es tun. Sobald wir das hier ausgestanden haben.«

Die Erleichterung war nur in Hellamis Augen zu sehen. Ihr Gesicht war weiterhin wie aus Stein. Trotzdem genügte es. Leandra fühlte sich zum ersten Mal seit langem wieder ein bisschen besser. Dieses Versprechen einzuhalten war etwas, womit sie sich Achtung verdienen konnte. Vor sich selbst und vor der Welt.

*

Sie waren weitergefahren, bis die Morgendämmerung begann. Dann hatten sie sich mit dem Wagen in einem kleinen Waldstück des abgelegenen Tals verborgen. Über dem Tal trafen sich die Ausläufer mehrerer Stützpfeiler, und es würde selbst tagsüber die meiste Zeit im Schatten liegen. Zum Schlafen war das günstig, denn sie wollten den Tag über ausruhen und die ganze nächste Nacht weiterfahren. Danach würden sie weit genug gekommen sein, um sich in irgendeinem entlegenen Dorf neue Kleider zu besorgen. War das erst einmal geschafft, dann waren sie wesentlich sicherer. Sie konnten den Wagen verkaufen oder stehen lassen und die Pferde behalten, dann wollten sie versuchen, das Dorf zu erreichen, aus dem Jasmin und Roya stammten.

Hellami hatte noch ziemlich viel Geld übrig, es waren

über dreihundert Folint. Spöttisch hatte sie angemerkt, dass ihr Hintern offenbar eine Klasse für sich war. So eine Stange Geld dafür zu kriegen hätte sie nicht erwartet.

Als es hell wurde, begaben sie sich zur Ruhe. Der Wagen stand gut versteckt zwischen Bäumen. Hellami war nicht danach, im Wagen zu schlafen, sie sagte, sie würde frische Luft und einen offenen Himmel vorziehen. Sie lud sich einen Stapel Säcke und alte Mäntel auf und verzog sich irgendwohin. Jasmin und Roya verkrochen sich unter den Rest der Sachen, die noch auf der Ladefläche lagen, und bald schon kündete regelmäßiges Atmen davon, dass sie friedlich schliefen.

Allein Leandra lag noch wach. Sie hätte jetzt gern mit einer der beiden getauscht und jemanden gehabt, an dem sie sich festhalten konnte. Die Nacht, in der sie mit Alina zusammengelegen hatte, war sehr tröstlich gewesen.

Sie dachte an das Mädchen und an den Aberwitz, der darin lag, sie aus den Klauen des Mönchs befreien zu wollen. Wenn sie wenigstens eine Vorstellung besessen hätte, wo sie sich aufhalten könnte. Oder was es mit dieser Bruderschaft auf sich hatte und wer dieser Mönch überhaupt war. Sie würde zuerst Munuel finden müssen, denn ganz allein hatte sie nicht die geringste Aussicht, Alina zu finden und zu befreien. Doch würde diese Sache wichtig genug sein, dass sie auf Munuels Hilfe zählen konnte? Normalerweise ja, aber es mochte sein, dass er bei der Gilde jetzt unabkömmlich war. Vielleicht gab es dort im Moment viel dringendere Probleme. Wahrscheinlich aber hing alles miteinander zusammen. Ihre Vision, in der sie Limlora erblickt hatte, der Mord, die Entführung, der dunkle Mönch und die *Bruderschaft*. Allzu viel deutete darauf hin.

Sie lauschte abwechselnd auf das Atmen der Schwestern und darauf, ob sich außerhalb des Wagens etwas tat.

Dann hörte sie ein leises, knackendes Geräusch und schreckte hoch.

Mit pochendem Herzen rollte sie sich herum und krabbelte zum Ausgang des Wagens. Vorsichtig hob sie die Plane und spähte hinaus. Direkt vor dem Wagen saß ein Grasmurgo und knackte irgendeine Baumfrucht. Das kleine Tier flitzte davon. Leandra stieß erleichtert die Luft aus.

Sie rollte sich zurück in den Wagen und grub sich in ihr scheußliches Bettzeug ein. Aber sie war nervös, es wollte ihr nicht gelingen einzuschlafen. Sie beschloss, sich noch einmal die Umgebung anzusehen, um ein Gefühl zu erlangen, dass sie hier wirklich sicher waren. Wenn nicht, würde sie ohnehin nicht schlafen können. Dann war es gut, wenn jemand Wache hielt. Sie konnte später eins der Mädchen wecken und sich ablösen lassen.

In ihren Mantel gehüllt kletterte sie aus dem Wagen.

Der Wald um sie herum lag in tiefem Schatten. Der Morgen war noch ein wenig frisch; sie blickte nach oben und konnte durch das Blätterdach der Baumkronen die Struktur der Stützpfeiler erkennen, die in vielen Meilen Höhe über ihr zusammenliefen. Irgendwie, so fand sie, hatte dieses Tal etwas Beschützendes. Sie wandte sich um und ging um das Lager. Nach rechts fiel das Gelände ein wenig ab zu einem Bach, der sich durch eine Anzahl kleiner Findlinge schlängelte. Auf der anderen Seite stieg eine Wiese an, dahinter kam ein Waldstück und über ihm begann schon die steile, hellgraue Felsflanke einer Wand, die weiter oben in den Ausläufer eines Stützpfeilers einmündete.

Dort drüben am Waldrand sah sie nahe einem Felsklotz das Lager von Hellami. Es war nicht sehr gut versteckt, bei weitem leichter auszumachen als der Wagen. Sie setzte sich in Bewegung und marschierte hinüber.

Als sie ankam, saß Hellami aufrecht da, zerpflückte irgendeine Pflanze in kleine Teile und warf die Stücke davon. Sie blickte auf und fragte: »Was ist?«

»Man kann dich aus einer Meile Entfernung sehen«, meinte Leandra. »Ist das nicht zu gefährlich?«

»Ich weiß«, sagte Hellami. In ihrer Stimme schwang Traurigkeit mit, und sie warf ein weiteres Blatt davon. »Ich wollte nur ... ach, ich weiß auch nicht, was ich wollte.« Sie sah zu Leandra auf. »Hast du nicht Lust hierzubleiben?«

Ein kleiner Schauer überkam Leandra. »Du meinst hier – bei dir?«

Hellami blickte zu Boden. »Ich wäre froh, wenn ich mich jetzt an irgendwem festhalten könnte.«

»Ja, ich eigentlich auch«, gab Leandra zu und merkte dann erst, was sie gerade gesagt hatte. Verlegen fügte sie hinzu: »Jasmin und Roya scheinen das gar nicht anders zu kennen.« Sie wies mit dem Daumen über die Schulter.

Hellami streckte beide Arme nach ihr aus und kam auf die Knie. Ganz plötzlich war sie mit ihren Armen schon unter Leandras Mantel gelangt, umarmte ihren Bauch und drückte sich sanft an sie. Leandra wurde ein wenig schwindlig.

Sie versteifte sich unwillkürlich und stotterte: »Also vielleicht solltest du ... deine Sachen noch ein bisschen hier wegschaffen ... Ich meine, das liegt hier so weithin sichtbar ...«

Hellami sah sie freundlich, aber belustigt an. »Ja, gut«, erwiderte sie und erhob sich. Sie packte das Bündel der Säcke und Mäntel und trug es ein kleines Stück näher an den Felsen heran, in den Schutz einiger Bäume und Büsche.

»Komm jetzt!«, sagte sie uns streckte die Hand nach Leandra aus.

Leandra stand steif wie ein Stück Holz da und blickte Hellami mit geweiteten Augen an. »Hellami, ich glaube, ich kann das nicht!«, stammelte sie.

Hellami kam zu ihr, nahm sie sanft bei der Hand und zog sie die paar Schritte bis zu ihrem neu errichteten

Lager. Sie streifte Leandra die Mäntel von den Schultern herab und tat bei sich das Gleiche. Für Momente standen sie sich nackt gegenüber. Der kühle Morgenwind strich über ihre Körper und ließ sie frösteln. Leandra atmete schwer. Sie wusste nicht, ob sie nicht im nächsten Augenblick die Nerven verlieren und Hals über Kopf davonrennen würde.

Hellami kam ihr zuvor. Sie nahm ihre Hand, setzte sich und zog Leandra ganz sachte zu sich herunter. Sie hob eine Lage Mäntel und Säcke hoch, schlüpfte darunter und zog Leandra hinterher. Klopfenden Herzens ließ Leandra es geschehen.

Hellami umarmte sie so unverkrampft, als wäre es die normalste Sache der Welt. Leandra lag völlig steif da, ihre Gedanken rasten. Doch Hellami ließ sich nicht beirren. Sie tat nichts weiter, als sich mit ihrem ganzen Körper an sie zu schmiegen. Für Minuten blieb sie so. Die Selbstverständlichkeit, mit der sie ihre Wärme an Leandra gab, und die Zuneigung, die sie ihr dadurch zeigte, begannen Leandras Verkrampfung zu lösen. Je mehr Zeit verstrich, desto wohler tat Leandra die Nähe Hellamis, und irgendwann, sie hätte nicht sagen können, wie lange es dauerte, gab sie mit einem leisen Seufzer ihren Widerstand auf. Sie lagen still, ganz eng umschlungen und nahmen die Wärme des anderen in sich auf.

Als Hellami sich zu regen begann, wollte sich Leandras moralisches Gewissen noch einmal aufbäumen. Sie hatte Angst davor, wie sie sich nachher fühlen würde, wenn sie sich jetzt gestatten würde, diese Grenze zu überschreiten. Hellamis bedingungslose Hingabe war die Antwort. Ihre Wärme tat Leandra so gut, dass sie sich sagte, es wäre ihr jetzt egal, was irgendjemand über sie dachte. Sie spürte die aufkommende Hitze von Hellamis Körper, und dann wurde ihr klar, dass diese Hitze nicht allein von ihrer Freundin stammte.

Freundin, echote es in ihrem Kopf. Es war ein Gedanke, der ihr gefiel. Ihre Gewissheit wuchs, dass sie dabei war, mit Hellami eine Verbindung zu knüpfen, die fester und sicherer war als alles, was sie bisher gekannt hatte. Dann nahm Hellami sie in die Arme, und Leandra wurde von Wellen der Wärme durchströmt. Mit geschlossenen Augen dachte sie an den Anblick von Hellamis Körper, so wie sie ihn eineinhalb Tage ständig gesehen hatte. Plötzlich erregte es sie. Hellami war einen halben Kopf kleiner als sie und hatte eine zierlichere Figur. Ihre Brüste waren fast mädchenhaft klein, aber auf unerklärliche Weise unerhört erotisch. Ihre Beine wirkten lang, obwohl sie nicht groß war, und ihre Scham war klein und dunkel. Sie war sehr schlank, aber es gab keine Stelle an ihrem Körper, die knochig oder mager aussah. Das aufregendste an Hellami war ihre Vitalität. Sie wirkte ansteckend, besonders jetzt, und der Zauber, mit dem sie ihren Widerstand überwunden hatte, empfand sie als unwiderstehlich. Ein seltsames Schuldgefühl überkam sie, als sie feststellte, dass dieses Mädchen sie plötzlich sehr erregte. War sie am Ende doch viel stärker dem eigenen Geschlecht zugetan?

Leandra spürte, dass sie zu viel nachdachte. Hellami hatte sie zu küssen begonnen, und mit einem Schauer erkannte sie, dass in Kürze alle Schranken gefallen sein würden. Hellami bewegte sich an ihrem Körper herab, küsste und streichelte sie. Dann begann sie mit etwas, das Leandra vor einer Woche ganz gewiss noch mit einem Aufbäumen von Abscheu und Ekel von sich gewiesen hätte. Was nun aber geschah, katapultierte sie zu einem Höhepunkt, bei dem sie beinahe das Weiteratmen vergaß. Für Momente verlor sie gänzlich die Kontrolle über sich. Hellamis Sanftheit war überwältigend. Leandra stöhnte auf und wühlte ihre Hände in Hellamis Haar und hatte Angst, es könnte allzu schnell vorbei sein. Später hätte sie unmöglich sagen können, wie lange ihr Höhepunkt tatsächlich gedauert hatte – es waren Momente ohne Zeitgefühl. Dann trieb sie zurück in die Realität und sackte in sich zusammen, völlig losgelöst von der Welt, klammerte sich an Hellami und konnte ihr gar nicht nah genug sein. Sie weinte sogar.

Hellami begegnete ihr mit einem Lachen, glücklich darüber, dass es für Leandra so schön gewesen war. Das Übermaß an Liebe, das Leandra in diesem Moment für Hellami empfand, hatte fast etwas Verzweifeltes an sich. Auf einmal wusste sie, dass sie für dieses Mädchen *alles* geben würde, und wenn es das eigene Leben war. Der Taumel ihrer Gefühle beschäftigte sie für Minuten vollkommen. Als sie dann langsam das Gefühl bekam, wieder Herrin ihrer eigenen Sinne zu sein, merkte sie, dass sie völlig versäumt hatte, Hellami das Maß an körperlicher Lust zurückzugeben, das sie empfangen hatte. Unsicher machte sie sich ans Werk.

Es wurde für sie eine Entdeckungsreise von ungeahnter Intensität. Sie fühlte, ertastete, schmeckte und roch Dinge, die ihr gänzlich fremd waren, die ihr aber auf eine grimmige Weise Spaß bereiteten. Hellami indes schien es ebenso zu genießen wie sie zuvor. Es war erschreckend und erregend zugleich, wie intensiv Hellami in einen Strudel körperlicher Erregung davonglitt; Leandra hatte kurzzeitig das Gefühl, ihre Freundin sei gar nicht mehr in dieser Welt. Dann aber kehrte sie zurück und schenkte ihr ein so erfülltes Grinsen, dass sie für Momente wie ein Witzbild wirkte. Dann schließlich war es vorbei. Sie lagen glücklich beisammen und hatten all das Unheil, die Schmach und Bedrückung der letzten Tage vergessen.

Nach langer Zeit sagte Leandra: »Darf ich dich etwas fragen – etwas sehr Persönliches?«

Hellami nickte; es war mehr als ein *ja* – es war eine Aufforderung.

Leandra war nicht sicher, ob sie diese Frage stellen durfte. Trotzdem tat sie es. »Wie schlimm war es mit diesem Dicken? Hast du mit ihm geschlafen?«

Hellami seufzte lang. Dann schüttelte sie den Kopf. »Nein.« Sie machte eine Pause. Leandra atmete innerlich auf. Hellami fuhr fort. »Aber es war verflucht nah dran. Er gab mir immer mehr Geld, und mir fiel nichts mehr ein, wie ich ihn hinhalten konnte. Zum Glück kam dann Azrani. Sie hat mir ziemlich geholfen, bis wir diesen Kerl endlich los waren.«

Leandra empfand Bedrückung. Azrani hatte offenbar ebenfalls ihre eigenen Grenzen weit überschreiten müssen. Es war Leandras Schuld gewesen, dass gestern Abend einiges schief gelaufen war.

Hellami merkte ihr die Traurigkeit an. »Vergiss es«, sagte sie und drückte Leandra an sich. »Du kannst nichts dafür. Und letztlich ist nicht viel passiert, außer dass er uns dauernd betatscht hat.«

Leandra seufzte. »Schlimm genug!«

»Ich werde es überleben und Azrani auch. Sie ist ein tapferes Mädchen, weißt du? Ich hoffe, ich sehe sie einmal wieder. Und auch Marina.«

Leandra war dankbar für Hellamis tröstliche Worte und darüber, dass sie letztlich zu den anderen stand. Sie war nicht ohne Kritik gewesen.

Hellami deutete schräg zum Himmel hinauf, dorthin, wo jenseits des Tals ein Sonnenfenster lag. »Wir haben viel Zeit vergeudet«, sagte sie mit einem wohligen Stöhnen. »Und wir haben in der nächsten Nacht noch einen anstrengenden Weg vor uns. Wir sollten ein bisschen schlafen.«

Sie drängten sich eng aneinander, und Leandra forschte in ihrem Gewissen, ob sie sich in irgendeiner Weise schlecht vorkam. Aber sie stellte fest, dass sie damit leben konnte. Sie war entspannt und glücklich. Nach Minuten schlief sie dann ein, so tief und ruhig wie schon seit Ewigkeiten nicht mehr.

*

»Munuel!«

Der alte Magier öffnete für eine Sekunde mühsam die Augen, trudelte aber gleich wieder zurück in die Welt der Träume.

»Wach auf, Munuel. Ich muss mit dir reden!«

Munuel stieß einen Seufzer aus. Die Worte waren bis in sein Bewusstsein vorgedrungen, aber er war nicht recht bereit, aufzustehen – er musste sich gerade erst hingelegt haben.

»Komm schon. Es ist wichtig!«

Er schlug die Augen auf. Über ihm schwebte Remochs Gesicht, seine Augen verrieten Besorgnis. Munuel kämpfte sich mühsam hoch.

»Ich habe uns Tee bringen lassen«, sagte Remoch und wandte sich ab.

»Wie spät ist es?«

»Später Nachmittag. Es beginnt gerade zu dämmern.«

»Was? Das kann nicht sein. Ich habe mich doch gerade erst hingelegt ...« Er ließ sich mit einem Aufstöhnen zurücksinken.

Remoch nahm keine Rücksicht auf seine Verfassung. »Ich habe etwas mit dir zu besprechen. Es ist sehr wichtig. Komm, steh auf. Hier ist Tee, der wird dich munter machen.«

Munuel kam seufzend wieder hoch und nahm die Tasse. Er fühlte sich, als hätte er gerade mal eine halbe Stunde geschlafen. Remoch setzte sich auf die Bettkante. Während Munuel ein paar Schlucke nahm, fragte er: »Hat sich im Palast etwas getan?«

»Ich spüre dauernd etwas«, sagte Remoch. »Deswegen will ich mit dir reden.«

Munuel nickte. »Es ist diese fremde Aura, nicht wahr? Sehr schwach, aber beängstigend in ihrer Natur. Hast du sie auch wahrgenommen?«

»Heute Morgen. Ich bin aber sicher, dass es inzwischen mehrere von der gleichen Art sind.«

Munuel starrte ihn an. Er stellte die Tasse ab und kletterte aus dem Bett. Vor dem Fenster blieb er stehen und fasste den hoch vor ihm aufragenden Palast ins Auge. Auf dem Marktplatz wurden schon die ersten Laternen entzündet und Händler hängten bunte Lampions an ihre Buden und Wagen.

Munuel konzentrierte sich und tippte ans Trivocum. Sofort vernahm er eine ganze Anzahl von Aktivitäten, aber er drängte sie beiseite und bewegte sich mit dem Inneren Auge entlang einer gedachten Linie, die ihn zum Palast hinführte.

Das Trivocum war überall und nirgends zugleich, der rote Schleier nur ein Produkt seiner menschlichen Wahrnehmungsgewohnheiten. In Wirklichkeit war es an jedem Punkt der Welt gleichzeitig vorhanden, es durchdrang jedes Objekt und setzte es dem möglichen Einfluss beider Sphären aus – der Ordnung und der Unordnung, oder dem Diesseits und dem Stygium, wie es die Magier genannt hatten. Allein diese beiden Namen entsprangen schon wieder den Gewohnheiten der menschlichen Wahrnehmung.

Munuel drang weiter vor, als er es in der Nacht gewagt hatte, und sein Inneres Auge befand sich plötzlich mitten im Palast. Natürlich nahm er ihn nicht visuell war, er erspürte nur die transzendenten Schwingungen, die innerhalb des Palasts das Trivocum in Bewegung versetzten. Aber das war auch schon genug. Es sagte ihm mehr, als hätte er Blicke hineinwerfen können.

Aus mindestens fünf oder sechs Richtungen drangen fremde Auren auf ihn ein, die davon zeugten, dass sich die Magier, die sie ausstrahlten, keiner konventionellen Magieform bedienten. Er schloss das Innere Auge sofort und ließ das Trivocum los. Für die Momente, die er sich dort befunden hatte, hätte man seine Aura ebenfalls erspüren können. Ein geübter Magier würde Munuels charakteristische Aura vielleicht sogar wiedererkennen können.

»Hast du es gemerkt?«, fragte Remoch.

Munuel drehte sich um und blickte Remoch erschrocken an. »Dass es *mehrere* sein könnten, daran hatte ich gar nicht gedacht!«, sagte er.

Remoch wirkte sehr bedrückt. »Ja, ich auch nicht.« Dann blickte er auf. »Was ist das für eine Geschichte mit dieser *Bruderschaft?* Als wir in Angadoor miteinander redeten, erwähntest du sie. Was hat es damit auf sich?«

Munuel setzte sich auf die Bettkante und nahm seine Teetasse. »Ich weiß es leider nicht«, sagte er, doch es war klar, dass er etwas *ahnte.*

»Aber du hast einen Verdacht, nicht wahr?«

Munuel nickte nach einer Weile.

»Und welchen?«

Munuel sah bedrückt zu ihm auf. »Ich wage nicht, ihn auszusprechen, bevor ich endgültige Beweise habe. Es wäre zu ungeheuerlich!«

Remoch kratzte sich an der Schläfe. »Ich weiß nicht, ob wir den gleichen Verdacht haben, aber hast du Jockum schon davon erzählt? Ich meine, von all deinen Beobachtungen?«

»Ich stehe kurz davor.«

Remoch nickte. »Es wird Zeit«, sagte er. »Selbst wenn deine Mutmaßungen nicht richtig wären. Ich fürchte, wenn wir nicht schnell handeln, dann könnten wir im entscheidenden Moment nicht gerüstet sein.«

Munuel nickte und dachte an die *mehreren* Auren, die er im Palast verspürt hatte. »Ja, du hast wahrscheinlich Recht. Ich werde Jockum noch heute Abend um ein Gespräch bitten.«

11 ♦ Totenzug

Es war stetig zu hören, kam immer näher, ein hohles Schleifen und Scharren, als zöge jemand einen großen Haufen Bruchholz über einen Kiesboden – in weniger als einem Steinwurf Entfernung. Hellami umklammerte Leandras Handgelenk. Leandra konzentrierte sich auf ihren Zauber – jederzeit dazu bereit, ihn einem Gegner entgegenzuschleudern.

Den ganzen Nachmittag und Abend war sie ihre Iterationen und Tabellen durchgegangen, ob sie nicht irgendetwas finden könnte, um es zu ihrer Verteidigung einzusetzen. Als angehende Jungmagierin nicht einmal eine einzige Verteidigungsmagie parat zu haben war ihr vor den Mädchen immer peinlicher geworden. Schließlich hatte sie etwas gefunden – eine Abwandlung eines spontanen Lichtzaubers, der auf einem Elementar des Himmels beruhte. Sie wusste es nicht genau, hoffte aber, damit einen grellen Lichtblitz erzeugen zu können, um einen Angreifer zu blenden. Vielleicht entstand dabei sogar Hitze.

Sie hätte es ausprobieren sollen, jetzt aber war es zu spät. Sie hatten sich mit dem Wagen und den Pferden in die Büsche geschlagen, als Leandra die seltsame, fremde Aura verspürt hatte, die ihnen entgegenkam.

Es war finster in dieser Nacht. Wolken hingen hoch oben am Himmel und ließen nur noch wenig Mondlicht auf die Erde herabdringen. Gerade genug, um ein paar Schatten auszumachen. Aber vielleicht würde es genügen, um zu erkennen, was sich dort näherte.

Hellami schnaufte leise neben ihr, Roya und Jasmin hatten sich in alter Gewohnheit aneinander geklammert.

Sie saßen alle vier auf der Ladefläche des Wagens und starrten voller Angst hinaus in die Dunkelheit. Leandra wusste, dass es sich nicht um ihre Verfolger handeln konnte – jedenfalls keine, die Guldor geschickt hatte. Die überwältigende Aura, die im Trivocum auf und ab wogte, konnte zu keinem gewöhnlichen Menschen gehören. Außerdem kam es aus der anderen Richtung.

Auf der Straße, die durch die südakranischen Hügel von Savalgor nach Usmar führte, erschien eine nächtliche Karawane; ein seltsamer dunkler Zug von Wagen, Karren, Pferden und Gestalten, der sich schweigend in Richtung Savalgor bewegte.

Schon im ersten Moment drängte sich Leandra das Gefühl auf, dass hier ein Zug von Toten unterwegs wäre. Sie hatte noch von keiner Karawane gehört, die sich mitten in der Nacht durch die Lande zu bewegen pflegte, und bestimmt von keiner, die dabei nicht einmal ein Licht mit sich trug. Allein dem schwachen Mondschein, der durch die Wolkendecke drang, war es zu danken, dass sie überhaupt etwas erkennen konnte. Alle Gestalten, Fuhrwerke und Tiere schienen aus dunkelsten Schatten zu bestehen, schwärzer noch als die Nacht; nichts war an diesem Zug zu entdecken, was eine helle oder gar kräftige Farbe besessen hätte.

Sie erschauerte. Es kam ihr allzu bekannt vor.

Kaum zwanzig Schritte entfernt zogen nun die Wagen mit schleichender Langsamkeit an ihnen vorbei. Schwere Holzräder drückten sich tief in den weichen Untergrund des Weges; hier droben in den Hügeln hatte es in den letzten Tagen geregnet, und der Boden war noch nass und matschig. Finstere Gestalten stapften schwerfällig neben dem Zug einher, so als hätte jede von ihnen zentnerschwere Lasten zu schleppen. Dann kam ein großer, vierrädriger Wagen in ihr Blickfeld, aus dessen Inneren durch die dunkle Leinwand ein schwaches, rötlich-violettes Licht drang.

Im nächsten Moment war ihr, als höre sie einen leisen

dumpfen Singsang aus dem Wagen hervordringen, sein schwerfälliger Rhythmus im Einklang mit dem Gestampfe der Gestalten, die draußen einherliefen.

Still saßen sie in ihrem Versteck und wagten kaum zu atmen. Leandras Handgelenk schmerzte, so fest klammerte sich Hellami daran. Verzweifelt entwand sie es ihrem Griff. Jasmin und Roya gaben keinen Mucks von sich. Leandra hoffte nur, dass die Pferde still halten würden. Glücklicherweise standen sie auf der anderen Seite und würden den Wagenzug nicht sehen können. Allerdings konnten Tiere so etwas meist auch spüren.

Leandra fragte sich, wie lang die Karawane wohl noch sein würde. Schon seit zehn Minuten zog sie stetig an ihnen vorbei, und es mochten schon ein Dutzend Wagen und vierzig oder fünfzig Gestalten gewesen sein.

Da man sie offenbar nicht bemerkte, sank ihre Anspannung ein wenig und machte einer kleinen, fatalen Neugier Platz. Sie überlegte, ob sie mittels ihrer magischen Sinne versuchen sollte, näheres über diesen Zug herauszufinden. Vielleicht wäre es für Munuel wichtig, davon zu erfahren. Irgendetwas tat sich im Akrania, und diese seltsame Sache hier hatte bestimmt ebenfalls damit zu tun.

Sie beschloss, mit aller Vorsicht das Trivocum zu beobachten.

»Seid leise, Mädchen«, flüsterte sie. »Ich werde mir auf der magischen Ebene den Zug näher ansehen. Erschreckt mich nicht, ich brauche Ruhe, ja?«

Sie sah nur drei dunkle Gesichter, die ihr unentschlossen zunickten.

Während sie sich vorbereitete, fiel ihr ein, dass sich ein Magier in dem Zug befinden und sie wahrnehmen könnte. Sie musste sehr vorsichtig vorgehen. Sie setzte sich im Schneidersitz vor den Ausgang des Wagens und schloss die Augen.

Draußen knirschten die dunklen Wagen durch den

Matsch, und die finsteren Gestalten stapften dahin, als würden sie dies bis ans Ende aller Tage tun wollen.

Trotz ihrer dumpfen Angst fühlte sie sich konzentriert. Sie tastete nach dem Trivocum. Als sie sicher war, ruhig und konzentriert ans Werk gehen zu können, glitt sie mit ihrem Inneren Auge in aller Vorsicht hinein.

Dann war sie inmitten der magischen Grenzlinie. Für einen Moment nahm sie wahr, wie ein gelblicher Blitz an ihr vorbeizuckte; offenbar das Echo eines Aurikels, das gerade von einem anderen Magier an irgendeinem Ort dieser Welt gesetzt oder geschlossen worden war. Sie konzentrierte sich auf den Wagenzug und versuchte, jenen großen vierrädrigen Wagen zu erspüren, der vor wenigen Minuten an ihr vorübergezogen war.

Sie hatte den Eindruck, dass sich das Trivocum in diesem Augenblick ein wenig straffte. Ja, es klappte! Sie nahm deutlich wahr, wie sie sich sehr sanft und vorsichtig entlang der magischen Grenzlinie bewegte und dabei kaum eine Erschütterung verursachte. Die ungefähren Formen des Wagenzugs schälten sich aus dem Hintergrund, je weiter sie vorankam. Gleichermaßen wurden aber auch ihre Empfindungen schwächer, je mehr sie sich von dem Punkt entfernte, an dem sie sich körperlich befand.

Unversehens nahmen sie wieder zu, und ein kochendheißes Gefühl unguter Vorahnungen überkam sie. Sie näherte sich einem Punkt sehr starker magischer Aktivität. So dunkel und finster die seltsame Karawane in der nächtlichen Stille gewirkt hatte, so heiß und grell waren jetzt die Farben, die auf Leandras Gemüt einströmten. Sie schreckte für Momente zurück, übermannt von der plötzlichen Wucht der Eindrücke. Wieder dachte sie, dass sie dies bereits kannte. Sie schloss das Innere Auge für Sekunden ganz und versuchte ihr pochendes Herz zu beruhigen. Nach einigen Sekunden fühlte sie sich wieder stark genug, es abermals zu öffnen.

Vorsichtig ließ sie sich in den Strom der Empfindungen hineintreiben. Ihr war, als glitte sie wie ein unsichtbarer, lautloser Vogel in das Gefüge der dunklen Karawane, die sich wie ein riesiger blinder Wurm durch die Nacht zog. Die Gestalten waren von tiefblauer Farbe, sie stapften in totengleicher Monotonie vor sich hin und verstrahlten dabei nicht die geringste Wärme, die gewöhnlich menschlichen Körpern eigen ist.

Ihr mentaler Flug über die Karawane hinweg machte ihr zunehmend Angst. Alles besaß nur blutrote, blaue und ins Violett tendierende Farben. Sie suchte nach dem großen Wagen, bislang hatte sie ihn noch nicht entdeckt. Dann, als sie zwei der Pferde untersuchen wollte, die einen der dunklen Wagen zogen, fielen ihr zwei Dinge von sehr beunruhigender Natur auf.

Die Pferde wirkten stark und groß, aber sie schienen kein Leben in sich zu tragen. Sie waren wie dunkle Maschinen, die einfach nur voran stampften. Leandra fühlte, wie das anfängliche Gefühl der Panik zurückzukehren drohte. Besonders, als sie eine weitere, vollkommen unerklärliche Sache entdeckte. An einer Stelle klaffte eine Lücke von zwanzig oder dreißig Schritten zwischen zwei Wagen. Als sie zufällig den Matsch auf der Straße in Augenschein nahm, sah sie, dass die Spuren des vorderen Wagens, die tiefrote Schlieren im Boden zurückließen, ihre Färbung langsam wieder verloren. Das deutete darauf hin, dass sie sich von selbst schlossen. Offenbar wurde hier ein Zauber angewandt, der Spuren verwischte.

Leandra schwankte nun zwischen dem dringenden Wunsch, das Trivocum zu verlassen, und dem Bewusstsein über die Wichtigkeit ihrer Entdeckung. Munuel musste unbedingt davon erfahren. Diese Karawane zog in Richtung Savalgor, und das konnte nichts Gutes bedeuten. Möglicherweise handelte es sich um dunkle Verbündete dieser Hexe Limlora.

Leandra machte trotz allem weiter. Ihr Inneres Auges glitt über die finsteren Gestalten hinweg nach vorne. Und dann entdeckte sie den großen Wagen.

Er war ein gutes Stück vorangekommen, und von ihrem Blickwinkel aus sah sie, dass er von einer noch größeren Zahl finsterer Gestalten umsäumt war. Das Licht, das aus ihm herausdrang, war wesentlich kräftiger als die Ausstrahlung aller anderen Objekte. Das irisierende Violett warnte Leandra schon vor. Es musste von einem magischen Kondensationspunkt ausgehen, und dieser war nicht freundlicher Natur, so viel stand fest. Die Farbe des Lichtes, das am oberen Ende des Spektrums lag und mit Sicherheit die Verbindung zu einer anderen Sphäre darstellte, deutete nur allzu sehr auf etwas Ungutes hin.

Leandra nahm allen Mut zusammen und näherte sich. Kurz darauf befand sie sich unmittelbar über der dunkelblau strahlenden Leinwand, die den Wagen bedeckte. Unter ihr bewegten sich die Gestalten im Gleichschritt, und er passte genau zu dem dumpfen Gesang, der leise aus dem Wagen drang.

So etwas hatte sie noch nie vernommen. Es klang, als befände sich ein riesiger Chor dunkler Stimmen in dem Wagen, der aus einem tiefen schwarzen Abgrund herauf dumpfe Gesänge intonierte. Trotz der geringen Lautstärke schien er alles in der Umgebung zu durchdringen. Dann entdeckte Leandra einen kleinen Spalt zwischen den Lagen aus dunkler Leinwand, und sie näherte sich. Fahles, violettes Licht drang heraus.

Etwas in ihr schlug Alarm, doch sie schob verbissen das Gefühl beiseite. Sie wollte einen Eindruck dessen erhaschen, was sich im Inneren des Wagens abspielte, auch wenn er noch so flüchtig war.

Dann war sie nahe genug, lugte durch den Spalt ins Innere und hatte für einen Moment das verwirrende Gefühl, dass sich dort ein gewaltig großer Raum befand. Viel größer, als er innerhalb des Wagens hätte existieren dürfen. Angezogen von der endlos erscheinenden, violett-schwarzen Weite drang sie durch den Spalt ein und trudelte für Augenblicke orientierungslos umher.

Dann entstand plötzlich in rasender Geschwindigkeit etwas Fremdartiges unter ihr – wie eine tiefrote, geäderte Blase von ungeheuren Ausmaßen. Im nächsten Augenblick platzten Tausende von Poren in dieser Blase auf, und eine kreischende Horde von hässlichen Vögeln mit messerscharfen Klauen und rotem Gefieder stürzten auf sie zu. Leandra schrie auf.

*

Jockum betrachtete nachdenklich seinen alten Freund, der ihn am späten Abend zu einer Besprechung auf seine Kammer gebeten hatte. Sie saßen in der kargen Stube im Turm des Ordenshauses, die Munuel seit seiner Ankunft bewohnte. Nur Meister Ötzli war noch anwesend, der am Fenster stand.

»Dein Plan ist ebenso verrückt wie gefährlich!«, sagte Jockum.

»Ich weiß. Aber manchmal muss man Opfer bringen. Wenn es uns nicht bald gelingt Beweise für Limloras Machenschaften zu erbringen, können wir hier in Savalgor nicht eingreifen. Wenn der Shabib hingegen stirbt, würden sich die Machtverhältnisse wahrscheinlich innerhalb weniger Tage wenden. Ihr wisst, welche Gefahren das mit sich bringt. Deshalb muss jemand von uns nach Hegmafor gehen!«

Jockum schwieg nachdenklich. Die drei Männer teilten ein schauerliches Geheimnis miteinander. Damals, vor mehr als dreißig Jahren, nachdem sie jenen dämonischen Schrecken bekämpft hatten, der sie selbst heute noch in manchen Träumen verfolgte, war jedem von ihnen der sehnliche Wunsch zurückgeblieben, so etwas nie wieder durchmachen zu müssen.

Eine alte Erfahrung lehrte jedoch, dass Ruhe und Frieden nur selten für längere Zeit hielten. Es war, als sehnten sich die Menschen in Zyklen nach Kriegen, Mord und Tod. Wohin man blickte – sie konnten nicht still halten. Mindestens ein Grenzscharmützel gab es hier oder dort alle paar Jahre, und auch der friedlichste Landstrich wurde unweigerlich nach zwei oder drei Jahrzehnten in einen neuen blutigen Konflikt einbezogen. Jockum hatte sich oft gefragt, ob es überhaupt einen Sinn hatte, sich immer und immer wieder für Frieden und Gerechtigkeit einzusetzen – auf lange Sicht gesehen, war der ständige Misserfolg entmutigend.

»Was ist, wenn sie dich demaskieren? Denkst du, du kommst dort lebend wieder heraus?«, fragte Ötzli. »Vielleicht sollte ich dich lieber begleiten?«

Munuel hob die Handflächen nach oben. »Nichts wäre mir lieber, das kannst du mir glauben. Aber wessen Gesicht ist in Magierkreisen bekannter als deines? Oder das von dir, Jockum? Mich hingegen kennt so gut wie niemand. Ich lebte zum Glück schon immer in Angadoor; hier in Savalgor oder gar in Hegmafor kennt mich keine Seele.«

Jockum und Ötzli studierten Munuels Gesicht, als wollten sie herauslesen, ob der Plan funktionieren würde oder nicht.

»Ich werde mich als alter Dorfmeister aus Angadoor ausgeben – was ich ja wirklich bin –, der die Stätte seiner Ausbildung ein letztes Mal besuchen möchte, bevor ihn die Kräfte verlassen.« Munuel öffnete eine Schublade seines Nachttischs.

Er hielt eine Pergamentrolle in die Höhe, die Zerbus im Archiv des Turms der Stürme ausgegraben hatte. »In unserer Bibliothek lagern ungeahnte Schätze. Wir haben von jedem cambrischen Bauwerk im Akrania oder den Westreichen einen kompletten Bau- und Grundrissplan. Wusstet ihr das?«

Seine beiden Freunde schüttelten den Kopf. Sie blickten auf die Stelle im Plan, auf die Munuel zeigte.

»Das hier ist der tatsächliche Plan aller Gegebenheiten in Hegmafor«, sagte Munuel. »Der Einzige, auf dem auch die geheimen Türen, Gänge und Fluchttunnel eingetragen sind.«

»Und die Katakomben? Sind die dort auch eingezeichnet?«

Munuel schüttelte den Kopf. »Nein, natürlich nicht. Sie wurden erst später gebaut.«

Ötzli schüttelte den Kopf. »Ich kann mir das nicht vorstellen. Ich weiß nicht, wie du unbemerkt mitten in die Höhle des Drachen gelangen willst.«

»Überlasst das mir«, sagte Munuel leichthin. »Ich will nur etwas auskundschaften und habe nicht vor, mich auf einen Kampf einzulassen. Ich will nur Gewissheit darüber erlangen, ob sich dort wirklich abspielt, was wir vermuten. Ich muss in Erfahrung bringen, welche Macht dahintersteckt. Nur wenn wir das wissen, können wir ihr gerüstet begegnen. Das seht ihr doch auch so, oder?«

Jockum zog die Stirn kraus. »Bist du sicher, Munuel, dass du das noch kannst? Jetzt, da du den Yhalmudt nicht mehr besitzt ...«

Munuel winkte ab. »Lass das meine Sorge sein, Jockum! Du kannst mir glauben, dass ich es niemals wagen würde, wenn ich nicht noch ein paar Trümpfe im Ärmel hätte!«

Jockum nickte überzeugt. »Ja, ich glaube dir, mein Freund. Ich habe dich schon Dinge tun sehen, die ich niemals für möglich gehalten hätte. Ich weiß nicht, wie oft ich mich während all dieser Jahre gefragt habe, woher du dieses Wissen hast. Oft genug warst du mir regelrecht unheimlich!«

Nun war es an Munuel zu lächeln. »Ja, ich weiß. Aber habe ich jemals mein Wissen zum Schaden von jemandem angewandt?«

»Ich wüsste da jemanden!«, sagte Ötzli in einem Moment der Erleichterung. »Es war ein Gast aus dem Stygium, ein ganz gemeiner sogar ...!«

Die drei Magier gestatteten sich ein gemeinsames Lächeln. Es war, als wollte man für einen Moment alle Drangsal und Gefahr beiseite schieben. Man versuchte sich in Scherzen über den grauenvollen Gegner von damals. Seinen schlimmsten Feind zu verspotten und sich über ihn lustig zu machen war schon immer ein Mittel, seine Angst zu bannen. Der Erfolg ihres Versuchs der Heiterkeit war jedoch nur bescheiden.

»Warum tust du das, Munuel?«, fragte Ötzli. »Als du von Lakortas Schicksal hörtest, warst du so verstört, dass ich dachte, du würdest auf der Stelle kehrtmachen und zurück nach Angadoor gehen. Was treibt dich plötzlich mit solcher Macht mitten in die Gefahr hinein?«

Munuel dachte eine Zeit lang mit ernstem Gesicht nach.

»Ich will es euch erklären, meine Freunde«, sagte er dann. »Es gibt, neben Leandras Entdeckung, noch einen tieferen Grund, warum ich so sicher bin, dass von Hegmafor eine so große Gefahr ausgeht. Vor fast dreißig Jahren war ein sehr alter Magier bei uns in Angadoor zu Gast, der aus Hegmafor kam und auf der Reise nach Norden war. Er sagte, dass er unterwegs wäre nach den Reichen der Urmanier, weit entfernt von unserer Heimat. Ich fragte ihn, was ihn dazu bewege, so weit fortzugehen. Er wollte es mir nicht sagen. Er wirkte sehr müde und erschöpft und bat ein paar Tage in Angadoor bleiben zu dürfen. Wir gewährten ihm natürlich unsere Gastfreundschaft. Mithilfe meiner Freunde und Nachbarn konnten wir ihm, dessen Gesundheit sehr angeschlagen schien, wieder ein wenig zu Kräften helfen. Er wollte kein Wort sagen, was ihn in so ferne Lande trieb. Dann erblickte ich ihn am dritten Nachmittag seines Aufenthalts am Fluss sitzend. Er las in einem seltsamen Büchlein, das schon von weitem eine gewisse Aura ausstrahlte. Ich näherte mich ihm, aber er bemerkte mich nicht. Aus Höflichkeit verursachte ich schon aus der Ferne Geräusche und hüstelte, sodass er sich nicht von mir überrascht fühlen musste. Aber er reagierte nicht. Ich sprach ihn an, aber er starrte nur in sein Büchlein; es schien, als befände er sich fern dieser Welt.

Als ich schließlich ihm gegenüber stand, merkte ich, dass etwas nicht stimmte. Ich beugte mich nieder und schüttelte ihn an der Schulter, aber er schien seltsam kalt und leblos zu sein. Die Augen waren geöffnet, und er starrte mit toten Blicken in das Buch. Langsam wurde mir sehr mulmig zumute. Ich studierte seine Haltung und sein Gesicht, und irgendetwas sagte mir, dass er nicht mehr unter den Lebenden weilte.«

Munuel blickte auf und musterte die Gesichter seiner beiden Freunde. Sie starrten ihn sehr ernst an. »Er war tatsächlich tot?«, fragte Ötzli leise.

Munuel nickte langsam. »Er war beinahe wie versteinert. Eine versteifte leere Hülle eines Menschen. Ich erschrak furchtbar und lief ins Dorf zurück und erzählte, was ich gesehen hatte. Mein alter Meister Gelmard war sehr beunruhigt. Da sonst niemand wagte, zum Fluss hinunter zu gehen, machten wir uns auf den Weg und untersuchten den alten Magier, der tatsächlich gestorben war. Er saß jedoch da wie jemand, der ganz in sich versunken etwas liest. Dann nahmen wir uns ein Herz und legten den Toten zur Erde nieder. Wir untersuchten seinen Leichnam, und ich fand in einer seiner Taschen einige Schriftstücke, die Auskunft darüber gaben, wer er war.«

Jockum und Ötzli sahen ihn erwartungsvoll an. »Nun sag schon, wer war der Tote?«

Munuel kaute für einen Moment auf der Unterlippe. »Es war der große Lothsé.«

Die beiden Magier stöhnten auf. »Lothsé? Der Direktor der Großen Stygischen Schule?«

Munuel nickte. »Ja. Ich setzte mich vor Überraschung beinahe auf den Hosenboden. Und Gelmard, mein alter Meister, auch.«

»Bei den Kräften!«, rief Jockum aus. »Das Schicksal des Lothsé ist ein unerklärliches Rätsel geblieben! Die Gilde forschte jahrelang nach ihm und konnte nie eine Spur entdecken! Warum hast du das niemals gemeldet?«

»Es gab einen sehr wichtigen Grund«, sagte Munuel.

»Dieses Buch!«, sagte Ötzli mit leiser Stimme.

Munuel nickte abermals. »Ja, du hast vollkommen Recht. Es war das Buch.«

»Was hast du damit gemacht? Hast du es gelesen?«

Munuel wirkte sehr bedrückt. Seine Freunde spürten, dass er im Begriff stand, ein Geheimnis preiszugeben, das er seit über drei Jahrzehnten mit sich herumtrug. »Ich habe es nur teilweise gelesen. Sein Inhalt war ... nun, ich finde keine passenden Worte dafür ... gefährlich, könnte man sagen, und höchst erstaunlich.«

Lange herrschte tiefes Schweigen im Zimmer. Den beiden Zuhörern war klar, dass nun ein sehr brisantes Geheimnis ans Licht kommen würde, und sie hatten auch eine Ahnung, welcher Natur es sein könnte, denn ihnen waren die Geschehnisse der damaligen Zeit noch durchaus geläufig.

»Nachdem der Lothsé verschwand«, stellte Jockum fest, »übernahm in Hegmafor ein neues Direktorat die Leitung der Großen Stygischen Schule.«

»Ja, mein Freund. Ich habe jahrelang überhaupt keinen Verdacht gehegt, obwohl ich das Buch besaß. Das Buch und den ...«

»Den *Yhalmudt!*«

Munuel blickte auf und sah seine Freunde schuldbewusst an.

»Du hast den Yhalmudt bei Lothsé gefunden?« Ötzli sah seinen alten Freund entgeistert an.

Munuel nickte.

»Warum hast du nie davon erzählt?«, rief Jockum und hob die Arme. Nach seiner alten Angewohnheit stand er auf und begann im Zimmer umherzuwandern.

»Du willst uns sagen, dass der Lothsé aus Hegmafor vertrieben wurde, nicht wahr?«, fragte Ötzli, der für seinen messerscharfen Verstand berühmt war. »Dass es irgendwelche geheimnisvollen finsteren Kräfte waren, die ihn vor über dreißig Jahren von dort verjagten.«

Munuel machte eine abwehrende Geste. »Dieser Gedanke kam mir erst Jahre später. Um genau zu sein, er erhärtete sich erst in den letzten Monaten und reifte vollends, als Leandra ihren Ausrutscher beging. Plötzlich wurde mir klar, dass es damals noch einen anderen Grund gegeben haben musste, warum der Lothsé aus Hegmafor verschwand. Ich besaß das Buch und den Yhalmudt, und ich rätselte jahrelang herum, was der Große Lothsé mit solcher Magie zu schaffen hatte!«

»Was steht denn in diesem Buch?«

Munuel zögerte abermals. Seine Beichte begann sich zu einem schicksalhaften Bekenntnis auszuwachsen.

»Es handelt sich um eine uns fremde Form der Elementarmagie. Ihr wisst ja, dass die Elementarmagie im Gegensatz zu einigen andern Magieformen keine diesseitigen Energien ins Stygium fließen lassen kann. Wir können nur das Trivocum öffnen und mit unserer Willenskraft die Stygischen Energien *hierher* ins Diesseits fließen lassen.«

»Ja doch, das wissen wir alles«, sagte Jockum ungeduldig. »Was ist nun mit dem Buch?«

Ötzli ließ sich eine Mutmaßung nicht nehmen. »Lothsé hatte eine Möglichkeit gefunden, mittels derer die Elementarmagie auch diesseitige Energien ins Stygium zu lenken vermag, nicht wahr?«

Munuel bejahte, wieder einmal erstaunt über den scharfen Verstand seines alten Freundes. »Ich glaubte schon damals nicht«, sagte er, »dass dies Lothsés Idee war. Das Büchlein war steinalt. Aber du hast Recht, es beschrieb einen Weg, mit dessen Hilfe dies zu bewerkstelligen ist.«

Ötzli atmete schwer. »Du sprichst nicht einmal mehr in der Möglichkeitsform, Munuel. Also hast du es ausprobiert und es hat funktioniert!«

Munuel nickte. »Ja, das stimmt.«

Jockum wusste nicht mehr, was er sagen sollte. Munuel hatte damit gegen alle Gesetze der Gilde verstoßen und zwar auf die tiefgreifendste Art, die man sich nur vorstellen konnte. Er lief hilflos im Zimmer hin und her, unfähig, seine Bestürzung in Worte zu fassen.

»Ich wusste schon damals, dass es keine wirklich *böse* Form der Magie sein konnte«, versuchte Munuel zu erklären. »Es war nur eine experimentelle Form, könnte man sagen. Deshalb hatte ich den Lothsé nie in Verdacht, er sei fremde Wege gegangen. Ich hatte jahrelang angenommen, dass ihn sein Gewissen aus Hegmafor weggetrieben hatte, da er für die Ausbildung Hunderter von Adepten und Jung-Magiern verantwortlich gewesen war. Es durfte nicht sein, dass man ihn ächtete, einen der größten und ehrenhaftesten Magier der damaligen Zeit. Also beerdigten mein Meister und ich den Lothsé an einer abgelegenen Stelle und sagten niemandem, wer er wirklich war.

Später machte ich mir Gedanken darüber, warum der Lothsé sich mit dieser Magieform beschäftigt hatte. Als ein wahrer Meister hätte es für ihn in seinem Amt weder die Notwendigkeit noch den Wunsch geben dürfen, sich mit einer solch abseitigen Form der Magie zu beschäftigen. Deshalb dachte ich, er habe mit dieser Magie etwas Spezielles vorgehabt – vielleicht die Abwendung einer großen Gefahr, die man mit normaler Elementarmagie nicht hätte meistern können. Angesichts dessen, was passiert war, konnte ich keine andere vernünftige Erklärung finden.«

Ötzli, der aufmerksam zuhörte, nickte. Jockum hörte auch zu, lief dabei aber nervös im Zimmer umher.

»Ich beriet mich lange mit Meister Gelmard, und wir kamen zu dem Schluss, dass diese Folgerung die einzig sinnvolle sein konnte, zumal diese Form der Magie beileibe nicht ungefährlich erschien. Lothsé hatte sicher gute Gründe gehabt, sich damit zu beschäftigen.«

»Und heute, da uns das Nachfolge-Direktorat von Hegmafor so gefährlich erscheint«, folgerte Ötzli, »offenbart sich ein Verdacht, gegen wen sich der Lothsé wappnen wollte.«

»Ja. Vermutlich hatte er sich, als er Hegmafor verließ, noch nicht ausreichend mit der neuen Magieform beschäftigt, denn offenbar war er von jemandem vertrieben worden, der stärker war als er.«

»Wer könnte das sein? Ich habe nicht die geringste Vorstellung!«

Munuel blickte seine Brüder an. Er hatte sich fest vorgenommen, den Begriff *Bruderschaft* nicht ins Spiel zu bringen – solange er nicht absolut sicher war. »Ich hoffe, ich werde es bald wissen«, sagte er.

»Glaubst du wirklich, dass diese Leute nun schon seit dreißig Jahren ihr finsteres Spiel in Hegmafor treiben? Irgendjemand hätte etwas merken müssen! Inzwischen sind dort Aberhunderte von jungen Magiern ausgebildet worden!«

Munuel verschränkte die Arme vor der Brust. Sein Blick war von tödlichem Ernst erfüllt. »Das ist ja das Schlimme«, sagte er.

Drückendes Schweigen breitete sich über den Raum.

Niemand sagte etwas, man wagte kaum mehr zu atmen. Die Vermutung, die in der Luft hing, war so furchtbar, dass man sie beinahe nicht aussprechen durfte.

Ötzli tat es dennoch. Seine Stimme war kalt und klar. »Du meinst, in Hegmafor könnte inzwischen auch etwas anderes unterrichtet worden sein als die Magie nach dem Prinzip der Kräfte.«

Jockum erzitterte. Mit wackligen Beinen stakste er zurück zu seiner Bank und ließ sich darauf nieder. Er starrte mit aufgerissenen Augen auf den Boden.

Munuel holte tief Luft. »Ich möchte euch etwas fragen. Ich kenne keinen einzigen Magier, der in Hegmafor ausgebildet wurde. Kennt einer von euch einen?«

Jockum blickte auf. In seinen Augen glomm ein Hoffnungsschimmer. »Ich kenne welche!«, sagte er. »Ja, etliche sogar. Einige sind hier bei uns im Ordenshaus, andere sind irgendwo auf dem Land Dorfmagier geworden.«

Diese Nachricht nahm die unerträgliche Spannung,

die den Raum beherrscht hatte, ein wenig zurück. Jockum und Ötzli gestatteten sich ein schwaches Aufatmen.

»Freut euch nicht zu früh!«, warnte Munuel. »Das will nicht viel heißen! Im Gegenteil. Es könnte alles sogar noch viel Schlimmer machen!«

Ötzli richtete sich auf. »Am meisten Angst macht mir, dass du nachgeforscht hast. Du weißt vieles, und wenn du nachzuforschen beginnst, dann bringst du schlimme Nachrichten. Das war schon damals so.«

Diese Erklärung bedrückte Munuel. Er, ein Unglücksbote. Für den Moment aber ließ er sich nichts anmerken. »Hört mich an«, sagte er.

Seine beiden Brüder nickten ihm zu.

»Wenn ich«, begann er, »in Hegmafor etwas Verbotenes tun wollte – wie zum Beispiel eine geheime Schule einzurichten, dann würde ich sie tarnen, indem dort die Dinge ihren ganz gewohnten Gang gingen.«

Ötzli und Jockum sahen sich beunruhigt an.

»Ich hätte eine Menge junger Magier und Adepten zur Auswahl, aus denen ich die Schüler meiner geheimen Lehre rekrutieren könnte. Niemand wüsste davon. Jeden, den ich in meine geheime Schule aufnehmen wollte, könnte ich zuvor genauestens beobachten, und die strenge Disziplin in einer Abtei wie Hegmafor wäre eine Gewähr dafür, dass die Jungmagier nicht herumplapperten.«

Er machte wieder eine Pause. Ötzli und Jockum lauschten gebannt.

»Ich würde natürlich damit rechnen«, fuhr Munuel fort, »dass es Jungmagier gibt, die unzufrieden sind, die sich der geheimen Lehre als nicht gewachsen erweisen oder aus sonstwelchen Gründen das Geheimnis verraten könnten.«

In den Gesichtern der beiden zeichnete sich eine kalte Vorahnung ab.

»Mir würde bei der Lösung solcher Probleme sehr zustatten kommen«, fuhr Munuel fort, »dass meine Schule schon immer im Ruf stand, einem Jung-Magier das Höchste abzuverlangen und dass das nicht ungefährlich wäre!«

Ötzli fuhr in die Höhe. »Du meinst ...«

Munuel nickte. »Meine Nachforschungen, wie du sagtest. Ich habe die genaue Zahl nicht herausfinden können, aber in Hegmafor sind in jedem Einzelnen der letzten acht Jahre mindestens zwei Jungmagier umgekommen! Allein im vorletzten Jahr waren es sogar sechs! Das übertrifft bei weitem das, was im Rest des Landes geschieht. Genauer gesagt, sind mir eigentlich nur zwei *normale* Fälle bekannt. Der eine war diese tragische Sache, hier im Ordenshaus, vor ein paar Jahren. Ihr wisst es sicher noch. Und der andere geschah im letztem Winter. Ein Novize im Salmland, wenn ich richtig informiert bin. Wenn man es so betrachtet, passiert eigentlich nicht viel. Außer in Hegmafor!«

Jockum ließ ein entsetztes Stöhnen vernehmen. Die Tragweite dieser Offenbarungen war gewaltig. Er war das Oberhaupt des Cambrischen Ordens, und wenn es tatsächlich eine solch entsetzliche Sache im Bereich seiner Zuständigkeit gab, dann hatte er vollständig versagt. Und der Verdacht, der jetzt noch im Raum stand, war wohl der Entsetzlichste von allen.

»Glaubst Du ... wir sind *unterwandert?*«, fragte er atemlos.

Munuel schüttelte den Kopf. »Das weiß ich beim besten Willen nicht, Jockum. Jemanden einem solchen Verdacht auszusetzen wäre eine schreckliche Sache. Das müssen andere Leute tun, dazu bin ich nicht berufen.«

»Natürlich sind wir unterwandert!«, sagte Ötzli scharf und fuhr in die Höhe. »Wenn Munuel auch nur im Geringsten mit seinen Vermutungen Recht hat, dann wäre ein Versuch der Unterwanderung des Cambrischen Ordens geradezu eine *Notwendigkeit!*«

Jockum ächzte unter der Wucht dieser Feststellung.

Ötlzi begann mit schnellen Schritten im Raum umherzugehen. »Wer auch immer da sein Unwesen treibt«, sagte er, »hat natürlich *Pläne!* Ich denke, wir haben den Beweis schon erbracht, dass er sich mit Limlora verbündet hat, obwohl dieser Beweis nicht greifbar ist. Jetzt, da der Shabib stirbt, kommt *die* Gelegenheit für ihn! Limlora ist im Volk beliebt und wird aller Voraussicht nach die neue Shaba werden. Damit drehen sich die Machtverhältnisse. Von wo auch immer unser Feind operiert, er kann sich nun bewegen, wie er möchte. Er hat den Herrscherthron und zweifellos auch das eine oder andere Mitglied des Hierokratischen Rates in der Hand. Damit hat er eindeutig das Übergewicht. Es gibt dann nur noch eine Macht, die ihm gefährlich werden könnte – der Cambrische Orden!« Er blieb stehen und sah seine beiden Brüder an. »Es tut mir Leid, dies zu sagen, aber wenn er nicht die Gelegenheit genutzt hätte, uns schon vorher zu unterwandern, dann wäre er eine unsägliche Ausgeburt an Dummheit!«

Munuel und Ötzli merkten, wie Jockum eine kleine Magie wirkte, um seinen Kreislauf zu stützen. Sie eilten zu ihm, um ihm zu helfen.

Jockum hob die Hand. »Schon gut, meine Brüder, es geht wieder.« Er atmete einige Male tief durch. »Also gut. Wir müssen handeln – und zwar sofort!« Er richtete sich auf und schnaufte ein paarmal.

»Du, Ötzli«, sagte er dann, »wirst den Wirkungsbereich der Gilde überwachen. Ich will von jeder Kleinigkeit erfahren. Von unerklärlichen Todesfällen, von jedem Dunklen Reiter oder Bleichen, der gesichtet wird, ja, sogar von jeder einzelnen Iteration oberhalb der fünften Stufe, die irgendwo gewirkt wird. Hast du mich verstanden?«

Ötzli nickte pflichtschuldig.

»Ich selber werde mich mit Meister Fujimas Hilfe und mit Remoch …«, er überlegte kurz und nickte dann. »Ja, mithilfe dieser beiden werde ich mich persönlich darum kümmern, verdächtige Personen in unserem Orden und der Gilde einzukreisen!«

Dann wandte er sich Munuel zu. »Du, mein lieber Bruder, wirst die gefährlichste Aufgabe haben. Ich möchte dich darum bitten, nach Hegmafor zu gehen. Dein Plan ist gut, und du bist wohl der einzige, der noch unerkannt hineinkäme.«

Munuel nickte.

»Ich verhänge ein strenges Schweigegebot!« Jockum hob beide Hände. »Niemand außerhalb dieses Raumes, ausgenommen Meister Fujima und Remoch natürlich, wird von diesem Gespräch erfahren! Diese beiden stehen wohl außerhalb jedes Zweifels und die Magierin Caori ebenfalls – sie werde ich als Nächste hinzuziehen. Ist damit alles geklärt?«

Munuel und Ötzli nickten.

Jockum erhob sich. Er versprühte seine alte Energie, und Munuel verstand, warum dieser Mann, obwohl schon sehr alt, der Primas des Ordenshauses war. »Es ist sehr spät«, sagte er. »Wir wollen gleich morgen in aller Frühe beginnen. Lasst uns noch ein wenig ruhen!«

»Ich möchte noch etwas wissen«, sagte Ötzli.

Jockum sah ihn fragend an.

»Mich würde interessieren«, fuhr Ötzli fort und wandte sich an Munuel, »welcher Art diese seltsame Magie des Lothsé ist. Und welche Rolle der *Yhalmudt* dabei spielt.«

Das Thema war Munuel sichtlich unangenehm. Er blickte zu Boden. »Der *Yhalmudt* hat mit der Magie des Lothsé nichts zu tun. Er ist nur ein Verstärker. Er besitzt ein ungeheuer starkes magisches Potenzial, stärker als jeder Aurikelstein, den ich je gesehen habe. Zum Glück ist er rein weiß – ich meine, er ist mit einem sauberen, gutartigen Potenzial geladen. Mit ihm kann man reinweiße Energien sammeln und dann entfesseln. Das macht ihn zu einer so starken Waffe.«

Ötzli nickte ihm aufmunternd zu und wartete darauf, dass er sich dem Wesentlichen zuwandte.

»Lothsés Magie hingegen arbeitet ganz anders, mit einem wirklich erstaunlichen Phänomen. Ich sagte ja schon, dass es möglich ist, diesseitige Energien ins Stygium zu leiten. Damit kann man mächtige Defizite im dortigen Gefüge herbeiführen. Sie erzeugen einen gewaltigen Sog, wenn man das Aurikel gut beherrscht. Damit sind Dinge möglich, die uns normalerweise vollkommen verschlossen sind.«

Jockum fuchtelte mit den Armen in der Luft herum. »Wie in aller Welt können Energien ins Stygium fließen? Bei anderen Magieformen wie etwa der alten Brückenmagie ist es mir klar – sie fließen durch Filter, deren Potenzial direkt im Trivocum sitzt. Aber die Brückenmagie ist vergleichsweise schwach. In der Elementarmagie fließen die Energien durch den Körper des Magiers. Aber der Magier befindet sich immer *hier* – im Diesseits! Wie soll das funktionieren?«

»Es ist ein genialer Trick. Er besteht darin, dass man ein Medium – wie den Magier – im *Stygium* finden muss.«

»Ein Medium auf der anderen Seite?« Jockum schüttelte ratlos den Kopf. »Du sprichst in Rätseln, Munuel!«

Munuel räusperte sich. »Man zwingt einen Dämon niederer Ordnung im Stygium herbei. *Er* ist das Medium.«

Jockum und Ötzli schnappten nach Luft.

»Es funktioniert!«, sagte Munuel beschwörend. »Es ist eine schwierige Technik, aber es geht! Mit der *Stygischen Magie* kann man einen Dämon auf der anderen Seite fesseln!«

»Bei allen Kräften des Universums!«, stieß Jockum hervor. »Das ist ....«

»Ja, es ist unglaublich!«, sagte Ötzli trocken und kratzte sich nachdenklich am Kinn. »Aber es könnte tatsächlich funktionieren! Dass ich nie auf diese Idee gekommen bin ...«

Jockum maß ihn mit einem vernichtenden Blick. »Hör

auf mit diesen verrückten Reden, Ötzli! Weißt du denn nicht, wie gefährlich das ist? Was geschieht, wenn du während der Iteration die Kontrolle über den Dämonen verlierst? Das Trivocum ist offen! Er würde herüberspringen und als Erstes den Magier in tausend Stücke reißen, bevor er dann weiterzieht, um unsagbares Unheil anzurichten!«

»Ja, ich weiß. Es sei denn, man kann ihn gut beherrschen.« Ötzli sah Munuel scharf an. »Was ist nun mit dem *Yhalmudt?*«

Jockum ergriff das Wort. »Bruder Munuel, du sagst, du willst nach Hegmafor. Was würde das nützen, wenn du nicht *doch* den Yhalmudt besäßest?«

Munuel seufzte und hob in kapitulierender Geste die Achseln. »Ja, stimmt. Das würde nicht besonders viel nützen, nicht wahr?«

»Nett gesagt«, stellte Ötzli fest. »Wo ist er also?«

12 ♦ Anbahnung

Kurz nach Sonnenaufgang wachte Munuel auf. Es war schon spät an diesem Morgen, bestimmt nach acht Uhr. Für einen Moment ärgerte er sich, weil ihn niemand geweckt hatte. Dann fiel ihm ein, dass niemand außer seinen Gefährten wusste, dass er gleich heute früh aufbrechen wollte – und diese waren nun beileibe nicht dafür zuständig, ihn morgens aufzuwecken.

Er richtete sich auf, schwang die Beine aus dem Bett und erhob sich. An der Wand gegenüber hing ein Spiegel, und er betrachtete sein Gesicht. Wasserblaue Augen blickten ihm entgegen, und seine Gesichtshaut war für einen Mann von einundsechzig noch erstaunlich glatt. Er beglückwünschte sich, in seinem Alter noch so gesund und kräftig zu sein. Bei dem, was ihm jetzt bevorstand, würde er auch all seine Kräfte brauchen.

Er suchte nach einem Handtuch und füllte Wasser aus einer Kanne in die Waschschüssel. Er würde bald nach Hegmafor aufbrechen, und das war nicht gerade ein erfreulicher Gedanke. Immerhin würde er Leandra noch einmal sehen. Die Frage war nur, ob er sie schnell fand. Allzu weit konnte sie noch nicht sein, und er wusste ja, wo sie hin wollte. Er brauchte nur irgendwelche Männer, egal welchen Alters, nach ihr zu fragen. Ein so hübsches Mädchen würden nur die wenigsten übersehen.

Er musterte seine Züge und strich sich über den grauweißen Bart. Munuel, der Dämonenjäger. So hatte er sich damals selbst zynisch genannt. Er hatte es jedoch nie ausgesprochen, und zum Glück war er bis heute von diesem Namen verschont geblieben. Er gefiel sich nicht unbedingt in der Rolle eines Kämpfers. Sie war ihm zugefallen. Seine größte Befriedigung hatte er zeitlebens darin gefunden, anderen Menschen zu helfen und sich zugegebenermaßen ein wenig in ihrer Bewunderung und Dankbarkeit zu sonnen. Munuel, der Menschenfreund, der Helfer und Heiler, ja, so hätte man ihn nennen dürfen. Das hätte er gern gehört. Aber auch dazu war es nicht gekommen.

Für das, was ihm bevorstand, besaß er den unschätzbaren Vorteil, kaum bekannt zu sein, obwohl er in seinem Leben mehr gefährliche und hochgradige Magie gewirkt hatte als die meisten anderen Magier dieses Landes. Hätte man ihm einen dieser Namen zugedacht, dann hätte er ganz sicher keinen Fuß in die Abtei von Hegmafor setzen können, ohne sofort erkannt zu werden.

Er griff nach der Waschschüssel, um sich wie jeden Morgen zu erfrischen. Kaltes Wasser auf Gesicht und Oberkörper, das machte ihn wach und munter.

Beinahe wäre es ihm entgangen.

Zwischen dem ersten und dem zweiten Wasserschwall, die kurz aufeinander folgten, war ihm für einen winzigen Moment, als hätte jemand versucht, Kontakt zu ihm aufzunehmen. Er stutzte, blickte in den Spiegel, lauschte … aber da war nichts. Er kam zu dem Schluss, dass ihn das kalte Wasser verschreckt hatte. Doch als er zur nächsten Handvoll in die Schüssel langte, hörte er es wieder.

Er trocknete sich schnell das Gesicht ab, setzte sich auf die Bettkante, stützte die Ellbogen auf die Knie und nahm das Gesicht in die Hände. Es war seine Pose äußerster Konzentration.

Eine klägliche Stimme rief seinen Namen.

Er kniff die Augenlider zusammen, verfolgte das Echo im Trivocum und näherte sich, so schnell er konnte, der Quelle des Rufs.

Munuel!

Es war Leandra! Ein rasender Schreck erfasste ihn.

Leandra! Was ist mit dir?

Ihre Antwort war nur ein wiederholter Ruf seines Namens. Es war ein Hilferuf der jämmerlichsten Art, der ohne jegliche Form durchs Trivocum eilte, da sie die Iterationen, Botschaften durchs Trivocum zu schicken, noch nicht kannte. Sie stieß ihren Hilferuf blank und roh ins Trivocum, einfach nur mit der Kraft ihres Willens. Und das musste bedeuten, dass irgendetwas Schreckliches passiert war. Munuel reagierte sofort. Er konzentrierte sich kurz, dann stieß er einen Speer ins Trivocum. Lange hatte er nicht mehr so eine Gewaltmaßnahme angewendet. Wie in Trance erhob er sich, kleidete sich rasch an, raffte seine Ausrüstung zusammen und verließ das Zimmer. Er eilte die Treppen hinab und stürzte ins Refektorium. Seine Gefährten, die gemeinsam beim Frühstück saßen, schossen in die Höhe.

»Ötzli, Jockum!«, rief er mit halbem Geist abwesend, um den ständigen Kontakt zum Trivocum nicht abreißen zu lassen. »Ich muss sofort gehen! Leandra ist in Gefahr. Ich melde mich, so schnell ich kann!«

Damit hatte er das Refektorium schon verlassen, eilte die Treppenstufen des Hauptgebäudes hinab und wandte sich den Stallungen zu. »Stallmeister!«, bellte er über den Hof.

Ein erschrockener Jungmagier kam herbeigeeilt. »Ja, Meister? Was ist denn?«

»Ein Pferd. Auf der Stelle. Das Beste, das du hast!«

Der Jungmagier sah, dass Munuel halb abwesend war. Offensichtlich lag ein Notfall vor. Er zögerte nicht lange, wandte sich um und rannte zu den Pferdeställen.

Munuel lauschte ins Trivocum. Er hörte nichts.

Er atmete tief ein, verließ die Welt für einen Augenblick und hieb eine mächtige Botschaft ins Trivocum. *Leandra! Ich komme! Gib mir Zeichen – ich weiß nicht, wo du bist!* Seine Botschaft war von solch roher Kraft, dass sie wahrscheinlich jeder Novize bis hin in die Ostgemarkungen wahrnehmen konnte. Aber das war ihm jetzt egal.

Er kehrte zurück, lauschte und vermeinte kurz, ihre Stimme gehört zu haben. Sie war sehr schwach. Er hatte nicht einmal die Richtung feststellen können. Aber er wusste ja, dass sie irgendwo auf dem Weg nach Usmar war.

Als der Jungmagier mit dem Pferd auf den Hof hastete, waren Munuels Freunde auf den Treppenstufen des Hauptgebäudes erschienen, noch Gabeln und Löffel in den Händen, und schauten ihm verwirrt zu. Eilends schwang er sich auf das verschreckte Pferd. Mit einer kurzen Willensanstrengung gelang es ihm, das Tier zu beruhigen. Im nächsten Moment preschte er schon zum Tor hinaus, das der Stallmeister geöffnet hatte.

»Sie heißt *Bushka!*«, rief der Stallmeister ihm hinterher, aber Munuel wusste gar nicht, was er meinte.

Während er mit viel Getöse über das Pflaster der morgendlichen Straßen in Richtung des Stadttores galoppierte, fragte er sich, wann er zum letzten Mal eine solche Gewaltaktion durchgeführt hatte. Es war Jahre her. Auch jetzt kannte er kein Pardon. Er schleuderte schon von weitem der Wachmannschaft eine Illusion entgegen, die es ihm gestatten würde, das Stadttor unkontrolliert zu passieren. Wenige Minuten nach seinem Aufbruch hatte er Savalgor bereits verlassen und wandte sich der Straße nach Usmar zu.

Das Pferd war gut, aber nicht gut genug.

Mit einem weiteren Zauber verlieh er dem Tier Flügel und verspürte dabei die Empfindung des verwirrten Pferdes, dass es nicht wusste, ob es jemals schon so schnell gelaufen war. Schon bald galoppierte er die Straße zu den Hügeln von Süd-Akrania hinauf. Der Dreck spritzte zu beiden Seiten auf, als er verblüffte Reisende passierte, die ihre Karren mit Mühe über die morgendlich feuchte Straße schoben.

Wie lange würde er brauchen? Für einen Weg, den das

Mädchen in einem, vielleicht zwei Tagen zurückgelegt hatte? Er wusste nicht, wie lange sie in Savalgor geblieben war, aber sehr weit konnte sie noch nicht gekommen sein. Sonst hätte er ihren iterationslosen Hilferuf nicht gehört – er wäre zu schwach gewesen. Ob es ein Kreuzdrache war? Oder Wegelagerer? Es konnte schon zu spät sein. Er spornte das Pferd an, dann endlich ging ihm auf, dass es eine Stute war und dass *Bushka* ihr Name sein musste.

Ständig hielt er Kontakt zum Trivocum und versuchte zu erspüren, wo Leandra sich aufhielt. Eine ganze Zeit lang vernahm er nichts. Panik drohte ihn zu übermannen, dann aber hörte er endlich wieder ihre Stimme. Sie war schon um eine Winzigkeit deutlicher. Dann aber erkannte er, dass es sich nur um ein Echo ihres vorherigen Hilferufes handelte. Um die Richtung zu finden, genügte dies. Aber eines war gewiss – er würde noch Stunden zu reiten haben, bis er sie erreicht hatte.

Munuel spürte, dass ihn dieser Gewaltritt erschöpfen würde. Wer weiß, was da noch auf mich wartet, dachte er bitter. Trotzdem ließ er nicht nach. Die Stute gab ihr Bestes. Wenn er das Tier nicht umbringen wollte, konnte er es nicht noch mehr fordern.

Nachdem er den mächtigen Savalgorer Nordpfeiler umrundet hatte, ging es über Hügel und Felder, durch Hohlwege und Täler, über Schluchten hinweg und durch Wälder. Die Geschwindigkeit des Ritts berauschte Pferd und Reiter; Munuel hatte das einigermaßen beruhigende Gefühl, wirklich schnell voranzukommen. Immer wieder fing er das deutlicher werdende Echo von Leandras Stimme auf, aber er hörte immer nur das Echo seines Namens, er vernahm keine neuerliche Botschaft. Seine Furcht wuchs, dass sie nicht mehr in der Lage war, ihn zu rufen. Der Ort, von dem aus das Echo ihres letzten Rufes zu ihm hallte, lag ziemlich genau in Richtung der Stadt Usmar, soweit er das im Moment beurteilen konnte.

Er überlegte, wie er Bushka vor dem Kollaps bewahren konnte, wenn er angekommen war. Es war ihm zuwider, das Pferd zuschanden zu reiten. Wenn es nicht anders ging, dann musste es sein; war es jedoch zu vermeiden, dann würde er sich die wenigen Augenblicke Zeit nehmen, das brave Tier wenigstens in eine Aura des Schutzes zu hüllen, in der es sich so weit erholen konnte, dass es nicht gleich umkippte. Munuel konzentrierte sich wieder auf das Trivocum. Ross und Reiter flogen die Straße nach Usmar entlang.

Nach einem dreistündigen Ritt in allerhöchster Eile erschien es Munuel plötzlich, als befände er sich schon in unmittelbarer Nähe zu dem Ursprung des Echos im Trivocum. War Leandra tatsächlich erst bis hierher gekommen? Er zügelte das Pferd und sah sich um. Schwer schnaufend kam Bushka zum Stehen.

Zu seiner Rechten erhob sich ein dunkler Wald über ein hügeliges und felsiges Gelände, das zu einem schmalen Pfeiler anstieg. Links hingegen deutete sich zwischen zwei weiteren Pfeilern, die hier oben sehr eng standen, eine Landschaft voller Schluchten und Wasserläufen an, von unzähligen Bergkiefern bewachsen. Es herrschte ein feuchtwarmes Klima hier in den südakranischen Hügeln – man nannte diese Gegend wegen ihres unbeständigen Wetters auch die ›Wetterhügel‹ von Südakrania. Hier gab es Täler, die in ewigem Schatten lagen und in denen es nie richtig warm wurde. In manchen ablegenen Schluchten blieben Schneereste das ganze Jahr über liegen.

Erschöpft lauschte er ins Trivocum.

Munuel!

Er atmete tief ein; vom Rücken des Pferdes stiegen Dampfwolken auf. *Leandra! Ich bin ganz in deiner Nähe! Wo bist du?*

Für einen langen Moment herrschte Schweigen. Dann hörte er wieder das Echo. Die Quelle war schon sehr nahe.

Munuel verfolgte die Linie im Trivocum und fand eine Richtung, die in tiefergelegenes Gelände führte, offenbar in ein dunkel bewaldetes Tal hinab – beinahe eine Schlucht. Er untersuchte den feuchten Boden, konnte aber keine Spuren erkennen. Er redete Bushka gut zu, sie möge noch ein Weilchen durchhalten. Dann lenkte er sie den beginnenden Hohlweg hinab.

Rechts und links von ihm ragten steile Felsen empor. Die Schlucht schien vor langer Zeit einmal ein Flusslauf gewesen zu sein, heute strömte nur noch ein Bach durch das tief eingegrabene Bett. Dunkle Bergkiefern hatten sich im steilen Grund in den Felsen festgekrallt und tauchten das Tal in tiefen Schatten, der wahrscheinlich nicht einmal zur Mittagszeit vollständig wich. Vorsichtig ritt Munuel hinab, aufmerksam nach allen Seiten Ausschau haltend.

Das Tal erstreckte sich meilenweit nach Süden. Die Felswände wurden weiter hinten sogar noch steiler, der Schatten im Inneren des Tals tiefer. Munuel blickte zum Felsenhimmel hinauf, der sich wie eine graue, undurchdringliche Wand in nicht abzuschätzender Höhe dahinzog. Hier gab es kein Sonnenfenster, das Tal lag ewigwährend im Schatten der großen Felspfeiler. Ein ideales Versteck für eine Räuberbande, dachte er. Aber der feuchte Boden unter ihm war weiterhin jungfräulich und unberührt. Wie konnte Leandra sich hier aufhalten? Irgendeine Spur musste es doch geben. Viel zu spät kam er auf den Gedanken, seine Sinne einzusetzen, um herauszufinden, ob jemand Leandra mit magischen Fähigkeiten gefangen hielt.

Er saß ab und stand sogleich bis zu den Knöcheln im Morast. Die Stute neben ihm schnaufte und keuchte, sie hatte sich bis ins Letzte verausgabt. Zum Glück war er Leandra schon sehr nahe. Das arme Tier hätte dieses Tempo wohl kaum mehr als eine weitere Viertelstunde durchgehalten. Er strich Bushka dankbar über den Hals. Dabei schloss er die Augen und wirkte eine starke Iteration, die sie in jene Aura des Schutzes einhüllte, die er sich unterwegs ausgedacht hatte.

Sofort beruhigte sich der heftige Atem des Tieres, und die Augen nahmen einen glasigen Ausdruck an. Das würde Bushka nicht ersparen, sich bald ausgiebig ausruhen zu müssen. Aber sie würde wenigstens nicht zusammenbrechen.

Dann wandte sich Munuel um und ließ seine Sinne durch das Tal schweifen. Zuerst war nicht viel festzustellen, aber dann erspürte er eine Aura. Sein Inneres Auge bewegte sich darauf zu, und je mehr er sich näherte, desto stärker wurde seine Wahrnehmung. Sie war wie eine Aura, die künstlich zurückgehalten und versteckt wurde. Als er dann da war, traf es ihn beinahe wie ein Faustschlag.

*

Man hatte sie an den Händen zwischen den Pfosten ihres Karrens festgebunden, die Plane war heruntergerissen. Leandra saß am Boden, ihre Füße waren ebenfalls gefesselt. Hellami saß mit gefesselten Armen neben ihr, es schien ihr ziemlich schlecht zu gehen. Roya lag zusammengeschnürt am Boden, neben ihrer Schwester Jasmin. Schon seit einer Stunde hatte Jasmin sich nicht mehr bewegt. Blut war aus ihrem Mund geflossen und bereits eingetrocknet.

Roya schien zumindest nicht in schlechterer Verfassung zu sein als Leandra oder Hellami. Sie hatte über die fest angezogenen Fesseln geklagt, hatte vor Schmerzen geweint und war mehrfach besinnungslos geworden. Aber zum Glück war sie immer wieder erwacht. Leandra machte sich Sorgen um Jasmin. Wenn sie nicht bald von hier weg kamen, würde es verdammt schlecht für sie aussehen. Roya hatte immer wieder versucht, Jasmin anzusprechen, aber sie bewegte sich nicht. Sie lag gefesselt unter ihrem Mantel, ihr Gesicht war abgewandt und für keine der drei jungen Frauen richtig zu sehen. Nur den Blutfaden an ihrem Mundwinkel konnte man erkennen. Mit Sicherheit ging es ihr ziemlich schlecht. Sie mussten sich unbedingt befreien.

»Was ist?«, keuchte Hellami. »Glaubst du, dein Meister hat dich gehört?«

Leandra war am Ende ihrer Kräfte. »Ich weiß es einfach nicht«, stammelte sie verzweifelt. »Ich weiß es nicht.«

Sie blickte zum Himmel auf. Es musste schon Mittag sein. Wenn sie bis zum Abend niemand fand oder sie sich bis dahin nicht befreien konnten, waren sie mit Sicherheit tot. Die nächste Nacht würde keine von ihnen überstehen.

An die zehn Stunden war es her, dass man sie entdeckt und überwältigt hatte. Leandra hatte sich nach ihrem unterdrückten Aufschrei zwar aus dem Trivocum lösen können, ohne dass man sie bemerkt hatte, aber bald darauf waren die Pferde immer nervöser geworden, und schließlich waren sie durchgegangen. Zwei Dutzend eiskalter, finsterer Gestalten waren über sie hergefallen, hatten sie brutal gefesselt und den Karren mit den tobenden Pferden aus dem Wald hervorgezerrt. Was sie mit den Tieren gemacht hatten, wusste Leandra nicht. Die Pferde hatten wie in Trance den Wagen zu ziehen begonnen und sich in die schreckliche Karawane eingereiht, dann waren sie mit ihnen für endlose Stunden nach Osten gestampft – in immer gleichem Tempo, ohne Unterlass, ohne Pause. Schon bei der ersten Andeutung der Morgendämmerung schlug sich der Zug seitlich in den Wald. Man hatte ein tiefes, finsteres Tal aufgesucht. Im Schutze einer steilen Felswand und eines dichten Waldes verbarg man sich vor dem Licht der Sonne und vor jeder lebenden Seele, die sich in der Umgebung aufhalten mochte.

Schon während der Fahrt hatte Leandra damit begonnen, verzweifelt durchs Trivocum nach Munuel zu rufen. Gegen Morgen war ihr die Idee gekommen, mithilfe des Glücksbringers, den Munuel ihr geschenkt hatte, Kontakt mit ihm aufzunehmen, er sollte ja ein Geheimnis in sich bergen. Sie hatte sich so weit nach links herübergebeugt, dass sie die Muschel mit den Fingerspitzen der rechten Hand hatte berühren können, und es ein paarmal versucht.

Aber dann waren ein paar dieser höllischen Wesen auf den Wagen geklettert und hatten ihr die kleine Muschel entrissen. Die Morgendämmerung hatte zu diesem Zeitpunkt schon begonnen, und im allerersten Licht des Tages sah sie dabei in eines der vermummten Gesichter. Das Herz war ihr für Momente stehenblieben. Es war das leibhaftige Gesicht eines Toten gewesen, verfault und verrottet mit schwarzen Augen wie aus Obsidian.

Dann war der Moment vorbei, und sie hing schwer atmend in ihren Fesseln. Die Muschel war fort. Sie hoffte nur, dass Munuel sie wenigstens einmal gehört hatte.

Leandra sah erschöpft zu den Baumkronen auf, durch die der wolkenverhangene Himmel so schwach herabstrahlte, dass man glauben mochte, es wäre noch ganz früh am Tag. Wenn sie nur wüsste, ob sie tatsächlich Munuels Antwort einmal gehört hatte, oder ob es nur Einbildung gewesen war.

Die Fesseln schnitten in ihre Handgelenke; sie hatte kaum mehr Kraft, sich aufrecht zu halten. Wenn sie sich herabsinken ließ, würden ihr die Fesseln so sehr in die Handgelenke schneiden, dass die Schmerzen unerträglich wurden. Sie war völlig verzweifelt.

Die grausigen dunklen Wesen hatten sich samt und sonders zurückgezogen. Leandra und die drei anderen Mädchen befanden sich allein inmitten einer Ansammlung von mehr als zwanzig Wagen, die ohne eine bestimmte Ordnung in dem dunklen Waldstück abgestellt worden waren. Selbst die seltsamen Pferde waren verschwunden. Nur ihre eigenen waren noch vor den Wagen gespannt. Sie standen herum, eines schien im Stehen zu schlafen, das andere versuchte, im aufgewühlten, morastigen Boden ein paar braune Grashalme auszurupfen. Sie wirkten auf seltsame Weise apathisch.

Irgendwo hatten sich all die Gestalten verborgen. Leandra war sich klar darüber, dass sie nicht vor Sonnenuntergang wieder auftauchen würden. Bis dahin aber würde sie bewusstlos, wenn nicht gar tot sein. Sie hob den Kopf, suchte das Trivocum und stieß abermals einen verzweifelten Ruf nach Munuel aus.

Die Antwort kam sofort.

Leandra! Ich bin bald bei dir! Halte aus!

Leandra öffnete die Augen. Nein, sie hatte sich nicht getäuscht! Munuel würde kommen, um sie zu holen! Eine warme Woge der Erleichterung strömte durch ihren erschöpften Körper. Sie war überzeugt, Munuel würde diese widerliche Höllenbrut mit einer Handbewegung davonjagen. Munuel war ein Meister – er hatte mehr Kraft als alle Dämonen der Welt zusammen. Nun waren sie gerettet!

»Hellami!«, ächzte sie. »Ich glaube … Munuel ist hier!«

Ihre Freundin sah auf, und ihr Anblick versetzte Leandra einen Stich ins Herz. Sie empfand so viel Liebe für dieses Mädchen, dass sie ihr Leid am eigenen Leib zu verspüren meinte. Hellami versuchte ein Lächeln, aber es misslang. Sie stand kurz vor der Bewusstlosigkeit.

Für Momente ließ Leandra sich niedersinken und ignorierte die Schmerzen in den Handgelenken. Sie musste sich erholen, hatte kaum mehr Kraft. Die nächtliche Fahrt über die Straße nach Savalgor hatte sie vollkommen erschöpft, denn schon zu diesem Zeitpunkt waren sie zwischen die Pfosten gebunden gewesen. Jede Unebenheit der Straße hatten sie ausgleichen müssen, um nicht hilflos hin und her geschleudert zu werden. Das kostete sie alle Kraft, denn die Karawane bewegte sich noch für viele Stunden ohne die kleinste Unterbrechung weiter.

Als ihre Handgelenke stark schmerzten, stemmte sie

sich wieder hoch. Sie fror, ihre Hände waren beinahe erstarrt und ihre Füße eingeschlafen. Hoffentlich kam Munuel bald. Lange würde sie es nicht mehr aushalten. Zum hundertsten Male suchte sie die Umgebung ab.

Nein, den riesigen Wagen, in den sie während ihrer mentalen Suche eingedrungen war, konnte sie nirgends entdecken. Eines stand fest: Er war die Triebkraft dieses unheimlichen Zuges. Sie wusste nicht, ob es nur ein Trugbild gewesen war, was sie dort erblickt hatte, oder ob es in seinem Inneren tatsächlich diesen riesigen Raum mit dem Monstrum gegeben hatte.

Ihr Kopf war so leer wie eine hohle Nuss. Ein dröhnender Schmerz waberte in ihrem Hirn. Sie döste kurz ein, obwohl dieser sekundenlange Schlaf ein abruptes Ende finden würde, wenn sie nach vorne sank.

Dann plötzlich hatte sie eine Empfindung. Sie hob den Kopf und starrte in das Zwielicht des Waldes. Für einen Moment sank sie vornüber, aber sie stemmte sich gleich wieder hoch. Sie kniff die Lider zusammen, suchte die Umgebung ab. Und dann sah sie ihn. Dort drüben, auf einem Erdhügel zwischen den Bäumen, stand eine Gestalt.

»Munuel!«, schrie sie auf.

*

Er hatte sie gefunden. Den Kräften sei Dank, er hatte sie gefunden! Und sie lebte.

Aber sie war nicht allein. Da waren noch zwei, nein, drei andere Gestalten – eine davon eine junge Frau, die anderen konnte er im Moment nicht erkennen.

Als sie ihn erblickte und seinen Namen rief, hob er den rechten Arm, um ihr zu zeigen, dass er sie gesehen hatte. Aber er blieb noch stehen. Irgendetwas stimmte hier nicht. Das ganze Waldstück war vollgestellt mit Karren und Wagen, aber nirgends war jemand zu sehen. Er hatte die dunkle Magie längst erspürt, die hier am Werke war; aber so, wie Leandra und dieses andere

Mädchen dort auf dem Karren festgebunden waren, erschien es ihm allzu deutlich wie eine Falle.

Er suchte mit scharfen Blicken die Umgebung ab, aber er konnte nichts entdecken. Von irgendwo her drang der weit entfernte Schrei eines Onyxdrachen an sein Ohr, dann legte sich wieder unheimliche Stille über die Szenerie. Die Wagen schienen von Magie zusammengehalten zu sein; einige prüfende Blicke ergaben, dass ihr Holz durchweg morsch und verrottet war. Hier in der Nähe dieses seltsamen Zuges war die Aura fremdartiger Magie überwältigend stark. Munuel spähte zu Leandra. Das arme Ding schien völlig erschöpft zu sein.

Er zwang sich zur Vorsicht, so gern er auch zu ihr geeilt wäre, um sie zu befreien. Er hatte kaum eine Vorstellung davon, was hier im Gange war. Es schien sich um eine Art Geisterzug zu handeln. Sie mussten Leandra in der Nacht gefangen haben und dann weitergezogen sein.

Er hörte Leandra schluchzen, winkte ihr abermals zu, um ihr zu bedeuten, dass er gleich kommen würde. Das andere Mädchen hatte ihn nun auch bemerkt, aber ihr zerschundenes Gesicht zeigte kaum eine Regung. Dann lagen da noch die beiden Gestalten auf dem Wagen, ebenso wie Leandra und das andere Mädchen in riesige dunkle Mäntel gehüllt. Sie sahen aus wie verrottete Arbeitsmäntel. Er machte ein paar langsame Schritte in ihre Richtung. Nichts geschah. Abermals sah er sich um, aber die Wesen, die zu dem Zug gehören mussten, schienen sich zurückgezogen zu haben. Die Dunklen Reiter kamen ihm in den Sinn. Obwohl er noch nie selbst einen von ihnen erblickt hatte, passte dies hier gut zu ihnen. Wiewohl er sich langsam zusammenreimte, welche Umstände hier vorlagen, gelang es ihm nicht, eine Vorstellung davon zu entwickeln, was diese Wesen hier wollten und warum sie nachts durchs Land zogen und sich tagsüber in dunklen Wäldern versteckten. Und warum sie junge Mädchen entführten.

Da weiterhin alles ruhig blieb, ging er langsam auf Leandra zu.

Sie war zwischen zwei Pfosten festgebunden und schien kaum noch Kraft haben, sich aufrecht zu halten. Er kletterte vorsichtig auf den Karren hinauf. Dieser Karren war von anderer Machart als die Übrigen, und nun sah er auch, dass auf der anderen Seite zwei Pferde vorgespannt waren. Mit ihnen stimmte etwas nicht. Er blieb sehr vorsichtig.

Er zog sein Messer hervor, und da das andere Mädchen noch elender aussah als Leandra, schnitt er sie zuerst los. Das aber dauerte nur Sekunden. Kurz darauf hatte er Leandra befreit, die ihm stöhnend in die Arme sank. Die andere hatte sich schlicht fallen lassen. Auf dem Wagen lagen dreckige, leere Säcke, alte Mäntel, Seile und eine riesige Plane. Insgesamt war es gar nicht schlecht, dass sie dort niedersank. Nichts konnte ihr jetzt mehr helfen als Ruhe.

»Was ist hier los, Leandra?«, fragte er flüsternd.

Seine Schülerin sah ihn mit flatternden Augenlidern an und schüttelte leicht den Kopf.

»Ich weiß nicht …«, stöhnte sie. »Magie … etwas Böses …«

Er sah auf und untersuchte die Umgebung, aufs Äußerste gefasst. Aber noch immer rührte sich nichts.

»Bitte sieh nach Jasmin …«, flüsterte sie und verlor das Bewusstsein.

Munuel wirkte eine schnelle Iteration, um ihren Zustand zu erfassen. Es ging ihr nicht gut, aber sie würde sich wieder erholen. Sie war hauptsächlich erschöpft und unterkühlt, und dem anderen Mädchen ging es ähnlich.

Dann endlich nahm er sich die Zeit, nach den anderen beiden zu sehen – dass es ebenfalls junge Mädchen waren, hatte er mit einem Seitenblick erkannt, als er auf den Wagen gestiegen war.

Die eine ächzte, sie war mit brachialer Gewalt in ein

Seilbündel eingeschnürt. Völlig unnötig – einer solchen Fesselung hätte sich nicht einmal ein Mullooh entwinden können. Er beeilte sich, ihre Fesseln aufzuschneiden, und als sie wieder frei aufatmen konnte, schoss sie japsend in die Höhe und sank dann ebenfalls besinnungslos zurück.

Das vierte Mädchen war tot. Er untersuchte sie eingehend, aber er konnte ihr nicht mehr helfen. Sie war schon ganz kalt, musste ihr Leben schon vor Stunden ausgehaucht haben. Munuel seufzte schwer. Er betrachtete betrübt ihr hübsches, von roten Locken umrahmtes Gesicht. Schade, dass es nie wieder jemanden anlächeln würde.

Er erhob sich und verbannte die trauervollen Gedanken aus seinem Kopf. Er hatte immerhin noch drei, die am Leben waren, und die galt es nun hier herauszubringen. Mit kühlem Verstand ging er ans Werk. Er entfernte sämtliche Stricke und Fesseln, die den dreien noch das Blut oder die Luft abschnüren mochten. Auch das tote Mädchen befreite er von den Fesseln. Er legte sie alle so hin, dass ihre Glieder entspannt waren und sie sich nicht weh tun konnten. Er breitete alles an Planen, Mänteln und Säcken über sie, was er finden konnte, damit sie es einigermaßen warm hatten. Sie waren alle drei barfuß. Eine Magie zu wirken, die sie wärmte, wagte er noch nicht.

Dann glitt er vorsichtig vom Wagen herab, stets misstrauisch die Umgebung beobachtend. Noch immer tat sich in diesem geisterhaften Wagenzug nichts. Er trat zu den Pferden und untersuchte sie. Ihre Sinne waren halb betäubt, aber schon wieder auf dem Wege der Besserung. Das brachte ihn zu dem Schluss, dass man ihnen vor einigen Stunden einen mentalen Block ins Hirn getrieben hatte, der sie zu apathischen, willenlosen Maschinen gemacht hatte. Diese Magie war so dumm wie primitiv, da sie einem Lebewesen einen bleibenden Schaden zufügen konnte. Munuel rechnete aber nicht damit, dass zu diesem Wagenzug auch nur ein einziges Wesen zählte, dem es etwas ausmachte, zwei Pferde zu geistigen Krüppeln zu machen.

Vorsichtig erforschte er das Trivocum, fand es aber in relativer Ruhe. Er verzichtete auf eine hohe Stufe und setzte ein sehr präzises Aurikel dritter Iteration einer Erdmagie, welche die Eigenschaft besaß, Stabilität herbeizuführen und blockierte Wege durch den Fluss von Energien in ihren altgewohnten Bahnen wieder freizuräumen. Es dauerte einige Minuten. Währenddessen konnte er beobachten, wie die Augen der Tiere zum Leben erwachten und ihre Körper sich langsam wieder in der Art von Pferden zu bewegen begannen. Auch diese Iteration rief keine Reaktion in seiner Umgebung hervor.

Er stieg vorsichtig auf den Kutschbock, nahm die Zügel und stieß einen leisen Schnalzer aus. Der Wagen ruckte an. Er konnte es kaum glauben, dass er nicht angegriffen wurde. Aber alles blieb ruhig.

Unter höchster Anspannung lenkte er den Wagen zwischen den anderen heraus und hatte dabei das Glück, einen Weg zu finden, ohne dabei von einem anderen Wagen blockiert zu werden. Nach einigen Minuten hatte er es geschafft. Vor ihm lag ein freier Weg, der aus dem Tal hinausführte. Er ließ die Pferde laufen und drehte sich auf dem Kutschbock herum. Die Mädchen lagen da, Leandra rührte sich mühsam, die anderen beiden blieben bewegungslos. Er beobachtete messerscharf das Waldstück, aber nichts tat sich dort. Zehn Minuten später hatte er es geschafft. Der Wagen polterte weiter oben auf den Weg. Bushka stand ganz in der Nähe. Er löste ihre Schutzhülle ein wenig und ermunterte sie, dem Wagen zu folgen. Danach trieb er alle drei Pferde ein wenig an. Für weitere zehn Minuten hielt er sie in leichtem Trab, dann hatte er das Gefühl, ein beruhigendes Stück zwischen sich und den rätselhaften Wagenzug gebracht zu haben. Er fand abseits des Weges eine Wiese, die in kräftigem Sonnenlicht lag, und lenkte den Wagen dorthin. An einem Waldrand mit ein paar Felsen hielt er an.

Heftig ausatmend stieß er seine Anspannung davon.

Mit hängenden Schultern saß er eine Minute auf dem Kutschbock und musterte die Umgebung. Hier war die Welt geradezu himmlisch in Ordnung – im Gegensatz zu dem verfluchten Tal dort unten.

Munuel raffte sich auf. Er war müde, aber er hatte noch einiges zu tun. Er kletterte nach hinten und sah nach seinen Patienten. Leandra schien zu schlafen, die anderen beiden befanden sich in einem Dämmerzustand irgendwo zwischen Schlaf und Besinnungslosigkeit. Er kniete sich zwischen sie und versuchte sich auf lange nicht mehr praktizierte Magien zu besinnen. Als Erstes brauchte er Wärme. Er packte jede von ihnen noch einmal in alle Decken und Mäntel ein, die zu finden waren. Leandra ächzte und wollte sich aufrappeln, aber er gestattete es nicht. Er beruhigte sie auf magischem Wege und versetzte sie in Müdigkeit. Das waren Heilzauber der elementarsten Art, und er stellte befriedigt fest, dass sie alle vorzüglich ihre Wirkung taten. Dann hüllte er jede Einzelne von ihnen in eine kleine Aura der Wärme, regte ihren Kreislauf an und ließ sie dann, wie sie waren.

Zuletzt holte er das tote Mädchen vom Wagen. Er brachte sie ein Stück fort und legte sie vorsichtig auf den Waldboden. Er hüllte sie in Decken und ließ ihr Gesicht frei. Den Blutfaden in ihrem Mundwinkel wischte er weg, so gut er konnte. Er hatte keine Ahnung, in welcher Beziehung sie zu Leandra oder den anderen gestanden hatte, und er wollte ihr Schicksal von den drei Überlebenden vorerst fernhalten.

Ächzend ließ er sich in der Nähe des Wagens nieder. Die Masse der Magien, die er heute gewirkt hatte, verschaffte ihm ein Gefühl, sein Gehirn wäre auf die Hälfte seiner ursprünglichen Größe zusammengeschrumpft – und trieb nun in dem großen, dunkel Hohlraum seines

Kopfes ziellos umher. Trotzdem war er noch nicht ganz fertig. Ein kurzer Kontakt zum Trivocum sagte ihm, dass in unmittelbarer Nähe keine Gefahr drohte. Eine weitere Magie informierte ihn darüber, dass es den drei Mädchen einigermaßen zufriedenstellend ging. Er beschloss, sich ebenfalls ein wenig Ruhe zu gönnen. Nach kurzer Zeit döste er leicht ein. Ein kleiner Teil seines Bewusstseins blieb jedoch in Kontakt mit dem Trivocum.

Es war später Nachmittag, als er wieder erwachte.

Er blickte zum Sonnenfenster hinauf, das seinen blendenden Glanz verloren hatte und in milden, orangefarbenen Tönen Licht in die Welt herabsandte. Die kristalline Struktur des Fensters brach das Licht in viele tausend einzelne Bahnen, die sich innerhalb des Fensters unzählige Male trafen. Dadurch entstand ein irisierendes Lichterspiel, das sich beständig änderte.

Munuel seufzte tief und erschöpft; er war froh, auch diese Gefahr erfolgreich gemeistert zu haben. Für wie lange würde ihm das noch gelingen? Die Zeiten wurden wieder gefährlicher – das stand außer Frage.

Er erhob sich und ging zum Wagen. Leandra und ihre Begleiterinnen lagen friedlich da und schliefen. In der Nähe eines Felsens stand Bushka mit hängendem Kopf und döste vor sich hin. *Braves Tier,* dachte er. *Du hast Leandra und die Mädchen gerettet.* Er kannte sich mit Pferden nicht besonders gut aus, daher wollte er sie bald zu jemandem bringen, der sie gut pflegen konnte.

Munuel sah sich um, und plötzlich wurde ihm bewusst, dass er aus einem bestimmten Grund aufgewacht war. Seine Verbindung zum Trivocum hatte ihm verraten, dass sich jemand näherte, der ebenfalls in Verbindung zu der magischen Grenzlinie stand. Der Tag neigte sich dem Ende zu. Das wenige, was ihm über die Natur dieser seltsamen Wesen klar geworden war, die den Zug beherrschen mussten, ließ vermuten, dass sie bald wieder erwachen und weiterziehen würden. Sie würden entdecken, dass der Wagen mit ihren Gefangenen verschwunden war, und sie möglicherweise verfolgen. Spuren im Matsch gab es nun genug. Sie befanden sich noch viel zu nah an dem Zug. Munuel richtete sich auf und überlegte, was er tun sollte. Viel Zeit war nicht mehr.

Als ihn das orangefarbene Licht kurz blendete, fragte er sich, ob sein Erwachen tatsächlich eine Näherung der unbekannten Wesen zur Ursache haben konnte. Eigentlich war es noch zu früh. Er erhob sich und marschierte am Waldrand entlang zur anderen Seite der Wiese, wo die Straße lag. Drei Reiter waren gekommen. Munuel erkannte sie sofort.

Er marschierte eilig zur Straße hinüber und winkte. Es waren Ötzli, Jockum und Bamtori. Sie saßen ab und begrüßten ihn erleichtert. Munuel berichtete ihnen, was geschehen war. Er erzählte von Leandras Hilferuf, seinem irrwitzigen Ritt und seinem Erstaunen, als er die vier Mädchen als Gefangene eines rätselhaften Zuges fand, der offenbar durch Magie gelenkt wurde. Die Umstände jedoch sagten keinem von seinen Brüdern etwas. Munuel meinte, sie täten wohl gut daran, sich bald von hier zu entfernen.

Dann marschierten sie zum Waldrand hinüber und näherten sich dem Lagerplatz. Leandra war schon aufgewacht.

*

Sie saß in ihrem schmutzigen Mantel am Boden und weinte. Mit einem Blick erkannte Munuel, dass sie ihre tote Gefährtin bereits gefunden hatte. Er hatte sie nicht versteckt, sondern nur ein Stück vom Wagen weggetragen.

Er eilte zu Leandra, kniete nieder und nahm sie in die Arme. Ihr Tränenfluss stieg dadurch nur noch an. Jockum, Ötzli und Bamtori standen betroffen da; sie wussten nicht, warum das Mädchen so verzweifelt weinte. Munuel hatte den drei Ankömmlingen in der

Kürze der Zeit nicht gesagt, dass eines der Mädchen tot war.

Ötzli fand es kurz danach selbst heraus.

Er entdeckte die reglose Gestalt, die hinter einigen Büschen lag ,und eilte zu ihr. Bamtori folgte ihm, während Jockum einen Blick auf den Wagen warf, wo sich unter den Planen gerade zwei weitere junge Frauen regten, die durch die Unruhe im Lager erwachten.

Das, was folgte, ging über die Kräfte jedes Einzelnen von ihnen. Keiner der Magier war in der Lage, die Verzweiflung der drei jungen Frauen zu mildern. Munuel musste hilflos zusehen, wie das zierliche dunkelhaarige Mädchen in höchster Verwirrung nach ihrer Schwester zu rufen begann, dann vom Wagen herabkletterte und wie von allen Teufeln gejagt umherzurennen anfing. Dann entdeckte sie Ötzli und Bamtori, die reglos über der Toten knieten. Mit einem verzweifelten Aufschrei stürzte sie zu ihnen.

Ötzli und Bamtori wagten nicht, das hysterisch schreiende Mädchen zu berühren. Allein die vierte junge Frau war es, eine kleine Dunkelblonde, welche sein Leid um eine Winzigkeit mildern konnte. Sie versuchte mit aller Kraft die Schwester der Toten zu beruhigen, und es gelang ihr, sie zu sich heranzuziehen, in die Arme zu schließen und sie soweit zu beruhigen, dass sie sich in ihrer Verzweiflung nichts antat.

Munuel lernte erneut, wie schlimm die Verzweiflung all jene traf, die eigentlich nur am Rande einer unheilvollen Entwicklung standen. Wie viel Schrecken, Trauer und Elend würde es überall geben, wenn es ihnen nicht bald gelang, das sich anbahnende Unheil einzudämmen.

Die Mädchen waren für lange Zeit nicht ansprechbar. Die Schwester der Toten war dem Zusammenbruch nahe gewesen, doch das andere Mädchen, das Hellami hieß, hatte das Schlimmste verhindert. Leandra wollte sich nur irgendwo verkriechen; Munuel hatte sie zurückgehalten und in die Arme genommen. Er flüsterte ihr beruhigende Worte zu. Sie gab sich aus Gründen, die er noch nicht nachvollziehen konnte, die Schuld am Tod des vierten Mädchens, Jasmin. Nur mühsam brachte sie Einzelheiten hervor, und Jockum hatte sich dazugesetzt, um zu erfahren, was geschehen war.

Munuel wünschte, er hätte ihr echten Trost spenden können, aber die Ereignisse waren zu verwirrend. Schließlich hatte sich Leandra wieder so weit gefangen, dass sie berichten konnte, was ihr und den anderen widerfahren war, seit sie sich vor drei Tagen von den Magiern getrennt hatte.

»Eine gebrochene Rippe hat die Lunge von … Jasmin durchbohrt«, sagte Ötzli dann. Er sprach den Namen der Toten mit Scheu aus; er schien zu fürchten, ihr nicht den angemessenen Respekt erweisen zu können. Er hatte sie nie lebend gesehen.

»Wir werden ihre Mörder zur Rechenschaft ziehen«, sagte Munuel leise.

Seine Worte trösteten niemand. Roya lag etwas abseits in den Armen von Hellami und schluchzte. Leandra starrte mit erloschenen Blicken zu Boden.

»Wieder und wieder taucht dieser Name *Bruderschaft* auf«, stellte Jockum fest.

Munuel nickte, sagte jedoch nichts. Jockum hatte das Gefühl, dass Munuel mehr wusste. »Ich möchte mit dir reden«, sagte er schließlich.

Munuel blickte auf. Jockum sah ihn auf eine Weise an, die keinen Widerspruch duldete. Er stand auf. Seufzend ließ Munuel Leandra los, erhob sich ebenfalls und folgte ihm. Die Sonne sandte gerade ihre letzten Strahlen in die Welt herab. Bald würde die Nacht anbrechen.

Als sie ein Stück abseits standen, sagte Jockum: »Du hast einen Verdacht. Ich kenne dich und weiß, dass du nur äußerst ungern jemanden beschuldigst, wenn du nicht eindeutige Beweise hast. Aber ich fürchte, der Moment ist gekommen, mir alles zu erzählen. Auch wenn die Gefahr besteht, dass du dich irrst, und einen Unschuldigen bezichtigst. Die Lage ist zu heikel geworden.«

Munuel wirkte unentschlossen.

Jockum zeigte auf die Mädchen. »Ich weiß nicht, ob ich jemals etwas so Entsetzliches miterlebt habe. Willst du, dass so etwas wieder geschieht? Vielleicht tausendfach? Können wir uns überhaupt das Leid vorstellen, das über unser Land kommen wird, wenn wir es nicht aufhalten? Jedes einzelne Leben, das geopfert wird, wird *so* geopfert!«

Munuel atmete tief ein. »Ich befürchte nicht, einen Unschuldigen zu bezichtigen«, sagte Munuel. »Ich habe einfach nur Angst, dass mein Verdacht wahr ist. Wenn er es ist, sind wir verloren.«

Ein eiskalter Schauer kroch Jocums Rückgrat herauf. »Du hast das Talent, schlechte Nachrichten drastisch anzukündigen, mein Lieber«, sagte er.

Munuel ging nicht auf seine Bemerkung ein. »Ich fürchte«, sagte er, »der Beweis ist nun endgültig erbracht. Die Bruderschaft, um die es hier geht, muss *die Bruderschaft* sein – die einzige, die sich meines Wissens je dieses Namens bedient hat.«

Jockums Verstand weigerte sich, den Schritt mitzugehen. »Ich verstehe dich nicht!«, fuhr er Munuel verstört an.

»Die Bruderschaft von Yoor«, sagte Munuel nur.

Jockum riss die Augen auf. Von einem Moment zum anderen gaben seine Knie plötzlich nach, und er sackte zu Boden. Munuel fing ihn im letzten Moment auf. »Ötzli … schnell!«, rief er.

Der Altmeister kam herbeigeeilt, von Leandra begleitet. Sie legten ihren Primas zu Boden, und Ötzli wirkte nun die Magie, mit der sich Jockum gestern Abend noch selbst gestärkt hatte. Der alte Magier stöhnte.

»Du hast es ihm gesagt?«

Munuel sah Ötzli an. »Also hast du es auch schon geahnt?«

Ötzli nickte. »In dem Augenblick, da ich zum ersten Mal den Begriff *Bruderschaft* hörte, kam mir der Verdacht. Nach allem, was diese Mädchen nun erzählt haben, kann es tatsächlich nur diese eine Bruderschaft sein.«

Jockum stöhnte erneut und kam langsam wieder zu sich. »Ich weigere mich, das zu glauben«, keuchte er. »Wie soll das möglich sein? Nach *zweitausend* Jahren?«

Leandra kniete bei ihnen. Sie sagte nichts, lauschte nur dem, was die Altmeister besprachen. Niemand machte sich die Mühe, es vor ihr verbergen zu wollen.

Schließlich war Jockum wieder so weit bei sich, dass er einen klaren Gedanken fassen konnte. »Die Bruderschaft von Yoor«, keuchte er. »Wenn das wahr ist, dann …«

»Was können wir tun?«, fragte Ötzli. »Können wir überhaupt etwas tun?«

Munuel lachte bitter. »Ja, natürlich! Wir können es wieder auf ein *Dunkles Zeitalter* ankommen lassen!«

13 ♦ Der Lauerer

Jockum hatte sich wieder ein wenig erholt. Er war sehr alt, schon über achtzig Jahre, und verhängnisvolle Nachrichten wie jene, die nun bevorstanden, brachten sein ganzes Lebenswerk ins Wanken. Munuel und Leandra halfen ihm auf und führten ihn zurück ins Lager.

Ötzli machte sich daran, ein Feuer zu entzünden, dann aber fiel Munuel ein, dass es noch eine wichtige Sache gab. »Wir müssen eigentlich weg von hier«, sagte er. »Es ist dunkel geworden, und diese Wesen dürften in Kürze aus ihren Löchern kriechen – wenn sie es nicht schon sind. Wenn sie die Mädchen suchen, dann könnte es ungemütlich werden.«

»Ja«, nickte Ötzli. »Es wäre vielleicht besser, wenn wir uns auf den Weg nach Savalgor machten.« Er wandte sich an Leandra, die an eines der Wagenräder gelehnt saß und vor sich hin döste. Er kniete sich zu ihr und tippte sie an die Schulter. Leandra sah auf. »Wie geht es dir und deinen Freundinnen? Seid ihr bereit für die Rückreise?«

Leandra seufzte und nickte schwerfällig. »Ich denke schon.« Sie blickte zu Hellami, die an dem anderen Wagenrad saß. Sie hielt Roya im Arm, die eingeschlafen war. Hellami nickte ebenfalls. »Ich glaube, es geht. Roya ist ziemlich am Ende. Könnte sie auf dem Wagen schlafen?«

Ötzli erhob sich. »Ja sicher«, sagte er und wandte sich um. »Dann sollten wir langsam aufbrechen.«

»Munuel«, sagte Leandra. »Ich muss dir noch etwas sagen.«

Munuel blickte sie an.

»Die kleine Muschel, die du mir gegeben hast – du weißt schon.«

»Ja. Was ist mit ihr?«

»Ich habe sie nicht mehr. Sie haben sie mir abgenommen.«

*

Leandra fühlte sich schrecklich. Die drei Magier hatten nur im Chor das Wort *Yhalmudt* gemurmelt, waren ohne weiteren Kommentar aufgesprungen und in hektische Betriebsamkeit ausgebrochen. Selbst Jockum hatte diese Nachricht vollends auf die Beine befördert.

»Was ist denn los?«, fragte Bamtori, der gerade von den Pferden zurückkam.

»Munuel hat Leandra den *Yhalmudt* gegeben«, sagte Ötzli. »Und diese Kreaturen haben ihn ihr abgenommen.«

»Den *Yhalmudt?*« Er wandte sich Munuel zu und deutete auf Leandra, wie man auf eine Schlange gedeutet hätte. »Bei den Kräften! Du hast ihn *ihr* gegeben? Wie kannst du den Yhalmudt *einer Novizin* überlassen, Munuel?«

Leandra verspürte den Drang, ihn zu berichtigen; immerhin war sie bereits Adeptin. Aber sie verzichtete lieber darauf. Diese kleine Muschel schien von höchster Wichtigkeit zu sein.

»Ich hatte ihn schon viel zu lange bei mir«, sagte Munuel niedergeschlagen. »Als ich ihn ihr gab, dachte ich …«

Er verstummte.

Ötzli blickte ihn vorwurfsvoll an.

Munuel warf hilflos die Arme in die Luft. »Ich wollte dieses Ding nicht mehr haben!«, rief er aus. »Ich hatte einfach nicht mehr die Kraft dazu. Und dann … nun ja, ich habe euch ja erzählt, wie talentiert Leandra ist. Sie hätte den Yhalmudt eines Tages meistern können …«

Ötzli schien nahe daran zu explodieren. »Munuel!«, rief er. »Der Yhalmudt hat ein gewaltiges Potenzial! Wie hätte dieses Mädchen …«, und damit deutete er wieder auf Leandra, »… mit dieser Macht umgehen sollen? Sie hätte vernichtet werden können! Und nicht nur das!«

»Sie wusste nichts von seiner Kraft«, protestierte Munuel schwach. »Und sie hätte den Umgang mit ihm erlernen können. Leandra ist sehr verantwortungsbewusst!«

»Das haben wir gesehen«, spottete Ötzli und verschränkte die Arme vor der Brust.

Leandra verspürte einen Stich im Herzen. Sie wusste nicht, ob sie mit ihrem Aufschrei die Pferde aufgeschreckt hatte, sodass sie durchgingen. Wenn ja, trug allein sie die Schuld an Jasmins Tod. »Ich konnte doch nicht wissen«, sagte sie schwach, »dass in diesem Wagen ein Dämon lauerte …«

»Ein *Dämon …?*« Ötzli nahm die Arme wieder herunter und starrte sie entgeistert an. »Davon hast du nichts erzählt!«

Leandra war plötzlich verunsichert. »Ich weiß nicht, was es war«, sagte sie leise. »Irgendein abscheuliches Monstrum. Rot und mit solchen Blasen.« Sie versuchte, ihre Beschreibung mit Gesten zu untermalen.

Ötzli pfiff durch die Zähne.

Dann sah er Munuel wieder an. »Da hast du's!«, sagte er mit scharfer Stimme und deutete auf Leandra. »Ein Kind! Sie weiß nichts von den Gefahren der Magie und trägt den Yhalmudt um den Hals! Pah!«

Jockum mischte sich ein. »Nun beruhige dich, Ötzli! Leandra kann wirklich nichts dafür. Sie wollte uns einen Dienst erweisen und hat dafür eine große Gefahr auf sich genommen. Das sollten wir anerkennen. Ich kann selbst Munuel verstehen. Wenn man Jahre seines Lebens unfreiwillig damit verbracht hat, so ein gewaltiges Maß an Macht mit sich herumzutragen, dann will man diese Last eines Tages loswerden. Und da Leandra nichts von dem Potenzial dieser kleinen Muschel wusste, hätte sie diese gar nicht nutzen können.«

»So ein Stein gehört nicht in Kinderhände!«, beharrte Ötzli.

»Du hast mich selbst gefragt«, sagte Munuel ärgerlich und deutete auf Ötzli, »ob ich sie nicht mit einem Meister verwechselt hätte, als ich von ihrer Vision erzählte. Also erzähle mir nichts von einem Kind! Sie ist eine Adeptin mit außergewöhnlichem Talent, und dabei bleibe ich! Ich hätte den Yhalmudt niemals in die Hände eines Taugenichts gegeben, das weißt Du! Leandra ist noch jung, und es mangelt ihr an Erfahrung. Aber eines Tages wird sie eine große Magierin sein! Du weißt selber, dass es uns an gutem Nachwuchs mangelt! Es gibt immer wieder Aufgaben, die von einem einfachen Dorfmagier nicht zu meistern sind. Wie willst du fähigen Nachwuchs heranbilden, wenn du ihnen nur ein paar Runensteine in die Hand gibst, mit denen sie wie Kinder mit Bauklötzen spielen? Sie müssen lernen, Verantwortung zu tragen!«

Jockum beendete die Diskussion mit einer heftigen Armbewegung. »Schluss jetzt. Wir haben Wichtigeres zu besprechen.«

Leandra drückte sich an Munuel. Sie war ihm dankbar, dass er sich für sie einsetzte. Mit dumpfen Blicken sah sie zu Hellami, die immer noch Roya in den Armen hielt. Die Ungewissheit, ob sie durch ihre Neugier die Schuld an Jasmins Tod trug, nagte unablässig an ihr.

»Wir müssen den Yhalmudt zurückbekommen«, sagte Bamtori mit Bestimmtheit.

Jockum nickte. »Aber wenn tatsächlich ein *Dämon* in diesem Totenzug ist …!«

Bamtori schüttelte entschieden den Kopf. »Das ändert nichts.«

»Heißt das, wir greifen ihn an?«, fragte Ötzli mit kalter Stimme.

Leandra wurde beinahe schwindelig, als ihr klar wurde, dass diese vier Magier im Begriff standen, sich dem Totenzug unten in der Schlucht entgegenzustellen.

»Ja, wir haben keine andere Wahl. Je früher, desto besser.« Erstaunlicherweise hatte Bamtori das Kommando übernommen. Leandra warf einen Blick auf das Schwert an seiner Seite und überlegte, ob er ein für den Kampf besonders ausgebildeter Magier war.

»Leider ist es schon dunkel geworden«, fuhr Bamtori fort. »Aber wir können nicht mehr bis morgen warten. Der Zug wird heute Nacht weiterziehen. Wir könnten ihn aus den Augen verlieren und damit auch den Yhalmudt!«

Jockum wandte sich an Leandra. »Was war nun in diesem Wagen, den du erwähntest?«

Sie suchte nach Worten. »Dieser Wagen ... er war größer als die anderen. Aus seinem Inneren drang ein violettes, manchmal sogar schwarzes Licht, wenn es so etwas gibt. Und da waren seltsame Gesänge, ganz dumpf und tief, so als würden sie aus weiter Ferne herüberdringen ...«

»Ein Lauerer«, sagte Jockum leise und blickte seine Gefährten an. »Er muss die Triebkraft des Zuges sein.«

Für einen Moment herrschte Schweigen. »Werden wir mit ihm fertig?«

Ötzli stöhnte auf. »Ein Lauerer? Das ist nicht gerade ein Eichhörnchen! Ohne den Yhalmudt wird das verdammt schwierig!«

Munuel machte einen Schritt und baute sich vor Ötzli auf. Er war beinahe einen ganzen Kopf kleiner. »Warum so zurückhaltend, Ötzli? Wir zwei haben zusammen einmal einen Lauerer fertiggemacht, ohne dabei die Hilfe irgendeiner fremden Magie in Anspruch zu nehmen! Was ist los mit dir?«

Ötzli stemmte die Fäuste in die Hüften. »Ich bin wütend, verdammt! Du hast den Yhalmudt einfach so weggegeben. Ich verstehe nicht, wie du das tun konntest! Den Yhalmudt zu besitzen bedeutet, die Verantwortung zu tragen, bis der Primas einen angemessenen Nachfolger bestimmt hat!«

Munuel stand eine Weile vor ihm, dann senkte er den Kopf. »Ja, wahrscheinlich hast du Recht. Ich wollte diese Verantwortung nach all den Jahren loswerden.«

Wieder griff Jockum ein. »Vergesst jetzt euren Streit, ich beschwöre euch. Wir müssen uns beeilen. Vielleicht können wir diese Schattenwesen noch überraschen. Wenn wir lange warten, schreitet die Nacht fort und unser Vorteil ist dahin. Wir müssen jetzt losschlagen!«

»Aber wie wollen wir den Lauerer überwinden?«, fragte Ötzli. »Wir alle sind seit damals dreißig Jahre älter geworden. Ich frage mich, ob wir noch die Kraft haben.«

»Wir sind zu viert, und wir sind nicht dümmer geworden. Außerdem haben wir Bamtori.«

Ötzli und Munuel blickten unschlüssig den dunkelhäutigen Magier an, über den sie so gut wie nichts wussten.

Jockum holte tief Luft. »Ich denke, ich muss es euch jetzt sagen. Bamtori trägt die Jambala.«

Während Munuel den dunkelhäutigen Magier überrascht anblickte, pfiff Ötzli durch die Zähne. »Das ist eine echte Überraschung! Die Jambala ist wieder hier! Ich dachte, sie wäre seit dem Fall Hegmafors verschollen.«

»Nein. Niemand außer mir, Meister Fujima und natürlich Bamtori weiß davon. Wir ließen damals verlauten, dass sie in der Schlacht verlorengegangen sei. Wir brachten sie weit fort, damit niemand von ihrem Verbleib erfuhr. Jetzt trägt sie Bamtori. Remoch hat ihn vor einigen Monaten in meinem Auftrag aus Veldoor rufen lassen, als sich die Dinge bei uns zuspitzten. Es ist ein großes Glück für uns, dass er jetzt hier ist.«

»Das kann man wohl sagen«, meinte Munuel.

Alle starrten Bamtori mit unverhohlener Ehrfurcht an. Der breitschultrige Mann stand da wie eine Statue. Jockum wandte sich an Leandra. »Könntest du den Wagen, in dem der Lauerer sitzt, wiedererkennen? Wir haben wahrscheinlich nur einen Versuch. Ich möchte nicht, dass wir einen leeren Karren angreifen.«

»Ja …«, sagte sie unsicher. »Ich denke schon.«

»Und? Bist du wieder kräftig genug, um uns zu begleiten?«

Leandra wurde ein wenig schwindlig. Sie würde dabei sein, wenn die vier den Dämon angriffen! Sie blickte Munuel an. »Ja, ich denke, es geht.«

Jockum wandte sich um und sah nach Hellami und Roya. »Die beiden bleiben hier. Ich schlage vor, wir greifen den Lauerer sofort an. Bamtori sollte Leandra beschützen. Wenn es uns gelingt, den Dämon hervorzulocken, werde ich Leandras Schutz übernehmen, und Bamtori kümmert sich mit der Jambala um ihn.«

Der dunkelhäutige Magier berührte das Heft seines Schwerts und nickte grimmig. Munuels Augen waren hart geworden, und selbst der alte, etwas gebrechliche Jockum schien plötzlich von einer unbeschreiblichen Kraft erfüllt zu sein.

Leandra geriet in einen Strudel angstvoller Faszination. In Kürze würde sie Zeugin eines Schauspiels werden, wie es zuletzt wahrscheinlich vor tausend Jahren ein Adept miterlebt hatte. Ihr Herz pochte wild.

Sie brauchten eine Viertelstunde, ehe sie den Eingang zur Schlucht erreicht hatten. Leandra nutzte diese Zeit, um Fragen zu stellen, die ihr auf der Zunge brannten.

»Die Jambala«, sagte sie leise, »ist das dieses Schwert, das Bamtori bei sich hat?«

Munuel brummte ein leises Ja.

»Und …«, fragte sie nach einigem Zögern, »was hat es mit dieser Bruderschaft von Yoor auf sich?«

Munuel überlegte eine Weile. »Es sieht so aus, als hätten wir nun die einzig sinnvolle Erklärung, wer diese Bruderschaft, von der wir immer häufiger hören, sein könnte.«

»Also die Bruderschaft von Yoor? Aber … was, bei den Kräften ist das?«

Munuel kratzte sich an der Schläfe. »Du erinnerst dich doch sicher an das, was ich dir über das Dunkle Zeitalter erzählte. Die Bruderschaft von Yoor – so nannte sich die Gruppe der abtrünnigen Magier, die vor zweitausend Jahren mit der Gilde in Konflikt geriet, woraufhin das Dunkle Zeitalter folgte. Der Name Yoor stammt von ihrem Ursprungsort – soweit ich weiß, einem Tempel namens Yoor.«

Leandra blieb erschrocken stehen. Munuel zog sie weiter.

»Du meinst die Gruppe mit dieser abseitigen Magieform?«

Munuel nickte ernst.

»Beim Felsenhimmel! Ist das sicher? Ich meine, warum seid ihr plötzlich so sicher, dass es diese Leute sind? Das ist doch schon so lange her …«

»Das hängt mit euren Erlebnissen zusammen«, sagte Munuel.

Sie sah ihn verständnislos an.

»In der Bruderschaft von Yoor gab es damals keine Frauen«, sagte Munuel. »Ich weiß nicht, warum – sie wollten sie einfach nicht haben. In der Gilde hingegen gab es schon immer Magierinnen. Dann, als die Bruderschaft von Yoor für geächtet erklärt wurde und im Untergrund verschwand, begannen die Greueltaten, von denen ich dir erzählte. Zuerst wurden Kinder entführt, danach Frauen.«

»Du meinst, ich und die Mädchen, wir hätten …!«

Er nickte wieder. »Es sieht ganz danach aus. Als du mir erzähltest, dass diese dunkel gekleideten Mönche kamen, um euch abzuholen, wurde mir alles klar. Es scheint so, als gäbe es nun wieder Leute, die Frauen entführen lassen. Und das kann nach all dem, was sich momentan abzeichnet, nur eine Sorte Leute sein.«

Leandra holte tief Luft und nickte. »Die Bruderschaft von Yoor!« Sie dachte kurz nach. »Was … geschah damals mit den Frauen?«

»Keine schönen Sachen. Ich weiß nicht, ob es dir gefallen würde, das zu hören.«

Leandra dachte an Alina, die sich in der Gewalt des dunklen Mönches befand. »Sag es mir«, verlangte sie. »Eine von uns wurde von so einem Kerl abgeholt.«

»Ich kann dir nur sagen, was der Überlieferung nach früher mit ihnen geschah. Sie mussten die Kinder der Bruderschafler gebären. Danach sollen sie in irgendeinem furchtbaren Ritus geopfert worden sein. Die Kinder, sofern es Jungen waren, wurden zum Nachwuchs der Bruderschaftler herangezogen.«

Leandra ächzte.

»Ich bin nicht sicher, ob das stimmt, und ich kann auch keinesfalls sagen, ob es heute immer noch so wäre. Allein der Verdacht, dass es sich um die Bruderschaft von Yoor handelt, ist noch nicht endgültig bewiesen!«

»Aber du selbst bist davon überzeugt, nicht wahr?«

Er nickte. »Ja, leider. Die Hinweise sind zu zahlreich geworden. Es hängt auch damit zusammen, dass an bestimmten Orten fremdartige Auren zu verspüren sind, die es eigentlich nicht geben dürfte. Nach allem, was ich weiß, haben sich die Bruderschaftler einer Magie bedient, die ungeheuer roh und kraftvoll gewesen sein muss. Sie konnten Dämonen aus dem Stygium holen, was keine leichte Sache ist. Letztlich bedienten sie sich häufig dieses Mittels, selbst um im Diesseits Magien zu wirken, die nicht allein Zerstörung zum Ziel hatten. Sie wirkten sozusagen Alltagsmagien durch Herbeirufung von Dämonen.«

»Alltagsmagien mit Dämonen!«, japste Leandra.

Munuel nickte. »Zweitens gibt es da noch die alte Sache mit Hegmafor, wo wir vor dreißig Jahren einen gewaltigen Kampf gegen einen Dämonen höherer Ordnung ausfochten. In Hegmafor fanden sich Hinweise, deren Bedeutung mir erst im Laufe der Jahre klar wurde. Heute steht offenbar Limlora damit in Verbindung. Wir fürchten, dass in Hegmafor systematisch Bruderschaftler ausgebildet wurden und dass sogar die Magiergilde von ihnen unterwandert ist.« Er blickte sie ernst an. »Das sind vertrauliche Informationen, du darfst sie keinesfalls weitergeben, hörst du?«

Leandra nickte schwermütig. Momentan ging ihr Alina im Kopf herum. Jetzt, da Jasmin tot war, wog der Schwur doppelt schwer, das Mädchen aus der Gewalt dieses bösen Mönchs zu befreien. Aber sie bezweifelte, dass sie sich damit von ihrer Schuld reinwaschen konnte. Und angesichts der bevorstehenden Gefahren war die Befreiung Alinas eine geradezu lächerliche Idee. Munuel würde andere Dinge im Kopf haben, als diesem Mönch hinterherzuspüren.

Als sie den Eingang zur Schlucht erreichten, war es bereits dunkel geworden. Sie folgten den Spuren im Matsch in die Schlucht hinab. Jockum wirkte ein ›lokales Licht‹ für sie, damit sie sahen, wohin sie traten. Dieses Licht war nicht allzu hell, aber es hatte den Vorteil, dass man es aus einer Entfernung von mehr als fünfundzwanzig Schritten von außen nicht erblicken konnte. Leandra hatte von solchen Zaubern schon gehört, die Männer wie Jockum mit höchst trickreichem Einsatz der Elementarmagie erreichten. Die Vorstellung jedoch, wie man so etwas bewerkstelligen konnte, lag weit jenseits ihres Horizonts.

Eng an Munuel geklammert, lief sie neben ihm her. Ihre Beine waren noch immer schwach, und ihre Handgelenke schmerzten.

»Schaffst du es bis ins Tal hinunter?«

»Ja, es wird schon gehen.«

»Was ist mit dem Mädchen?«, fragte er besorgt. »Warum glaubst du, für ihren Tod verantwortlich zu sein?«

Sie schüttelte niedergeschlagen den Kopf. »Wahrscheinlich bin ich schuld, dass die Pferde durchgingen, indem ich mich zu weit vorgewagt habe. Ich bin am Trivocum entlang bis in die Aura dieses Wagens eingedrungen. Als ich diesen Dämon sah, hab ich die Beherrschung verloren und einen Schrei ausgestoßen. Danach sind dann die Pferde durchgegangen, und diese Wesen haben uns entdeckt.«

Munuel schüttelte den Kopf. »Ein kleiner Schrei macht einem Pferd nichts aus«, versuchte er sie aufzumuntern. »Pferde kennen menschliche Stimmen und gehen deswegen nicht gleich durch.«

Sie blickte hoffnungsvoll zu ihm auf, war aber nicht wirklich überzeugt.

Er fuhr fort. »Pferde haben ein feines Gespür. Sie merken es, wenn sich das Wetter ändert oder irgendeine Gefahr droht. Ich bin sicher, dass die Pferde durchgingen, weil sie diesen Totenzug gespürt hatten, und daran trifft dich keine Schuld. Du solltest diese Gedanken aus deinem Kopf verbannen.«

Sie sah zu Boden und überlegte, ob sie mit diesem Trost leben könnte. Munel gab sich Mühe, ihr diese Last von den Schultern zu nehmen. Aber eigentlich würde das erst geschehen, wenn sie glauben konnte, was er sagte. Und das konnte sie im Moment beim besten Willen nicht. Sie wechselte das Thema.

»Sag mal«, fragte sie, »was ist dieser Yhalmudt? Er scheint eine ungeheure Macht zu besitzen.«

Munuel nickte. »Ja, er ist eine sehr starke Waffe, wenn man weiß, wie man ihn benutzt. Ich habe immer wieder Dämonen damit vertrieben. Zum Glück waren es Dämonen niederer Ordnung, sonst wäre es schwierig geworden.«

»Könnte der Yhalmudt gefährlich für das Trivocum werden?«

Munuel sah sie an. Er wusste, worauf sie hinauswollte. »Nein, alleine nicht. Wenn hingegen noch ein paar weitere Artefakte dieser Größenordnung beteiligt sind, dann würde es schon anders aussehen.«

»Aber so etwas könnte nun passieren, oder? Käme dann ein neues Dunkles Zeitalter auf uns zu?«

»Das werden wir zu verhindern wissen«, sagte Munuel entschlossen.

Leandra schnaufte. »Bitte pass auf dich auf, Munuel?«, sagte sie besorgt.

»Ja, meine Prinzessin, das werde ich.«

Sie stapften eine Weile schweigend über morastigen Boden hinweg und erreichten den Waldrand unten im Tal. Bamtori ging ihnen mit einem eigenen kleineren lokalen Licht voraus, um zu gewährleisten, dass sie nicht überrascht wurden. Leandra spürte, wie langsam Angst in ihr aufstieg. Es machte sie nicht besonders glücklich, diesen Ort wieder aufzusuchen.

»Zwischen Ötzli und dir gibt es etwas«, sagte sie. »Irgendetwas, das ihr schon seit vielen Jahren herumschleppt, stimmt's?«

Er blickte zu ihr hinab. »Ja, du hast Recht. Du hast ein feines Gespür, Leandra.«

»Was ist es?«

Er dachte einen Augenblick nach.

»Es ist wegen des Yhalmudts«, sagte er. »Im Gegensatz zu mir hat Ötzli sich schon immer berufen gefühlt, ihn zu besitzen und mit seiner Hilfe über verbotene Dinge zu wachen.«

»Warum hast du ihm den Yhalmudt nicht gegeben?«

Munuel blickte ins Leere. »Tja, ich weiß nicht recht. Ich hatte einen gewaltigen Vorsprung ihm gegenüber, was seine Beherrschung anging. Außerdem ist mir Ötzli ein wenig zu radikal. Er ist ein großer Magier und ein ehrenwerter Mann, für den ich jederzeit meine Hand ins Feuer legen würde. Aber er hätte dazu geneigt, im Cambrischen Orden und unter allen Magiern in unserer Hemisphäre gnadenlos aufzuräumen. Ich fürchte, Ötzli hätte den Orden zu mächtig gemacht. Das wollte ich nicht. Zu viel Macht in einer Hand ist schädlich.«

»Aber vielleicht hätte man damit …«

Munuel legte den Finger an die Lippen. »Wir sind gleich da. Lass uns später weiterreden. Wir müssen jetzt sehr vorsichtig sein.«

Sie schlossen zu Bamtori auf, und Munuel übernahm

die Führung. Der große, dunkelhäutige Magier trat zu Leandra und legte wie selbstverständlich den Arm fest über ihre Schulter und führte sie weiter. Leandra war zuerst ein wenig befangen, dann aber spürte sie die Macht, die von dem dunklen Mann ausging. Sie fühlte sich zunehmend sicherer.

Der Wald war dicht geworden. Plötzlich sah sie einen der dunklen Wagen ganz in der Nähe stehen. Sie gestattete sich, einen vorsichtigen Finger ans Trivocum zu legen, um die Orientierung zu behalten. Die Gegenwart ihrer vier Begleiter war kaum zu verspüren, was ihre Fähigkeiten unter Beweis stellte. Sie verstanden es, sich als Magier gänzlich unauffällig zu verhalten. Zweifellos kontrollierte bereits jeder von ihnen ein machtvolles Aurikel, um jederzeit reagieren zu können.

Der Geisterzug war deutlich wahrzunehmen, in dem gerade das schattenhafte Leben der Untoten wieder erwachte.

Ahnungen wie damals im Asgard überkamen Leandra, und sie verkrampfte sich innerlich. Plötzlich hatte sie das Gefühl, dass sie nicht im Mindesten darauf eingestellt war, eine Magierin zu werden. Es war alles so anders als in ihrer Novizenschaft. Damals war es nur darum gegangen, Feuer zu entzünden, Wasser zu erhitzen oder die Heilung einer Schürfwunde zu beschleunigen. Einmal sogar hatte sie unter Munuels Anleitung das morsche Holz zweier Dachbalken einer Scheune stabilisiert, sodass die Balken ausgewechselt werden konnten, ohne dass man das Dach hatte abdecken müssen. Es war großartig, so etwas herbeizuführen, und Leandra war sich mit ihrer Magie ungeheuer nützlich vorgekommen. Sie hatte sich auch gedanklich damit beschäftigt, einmal ein wildes Tier verjagen zu müssen, vielleicht einen großen Waldmurgo, der Schafe gerissen hatte, oder gar gegen Diebe oder Räuber zu kämpfen. Letztlich war sie bestrebt gewesen, die Magie zu erforschen und Zutritt zu den großen Bibliotheken des Cambrischen Orden zu erlangen, um dort uralten Geheimnissen auf die Spur zu kommen. *Das* war es, was sich Leandra unter Magie vorgestellt hatte: Der Vergangenheit ihre Geheimnisse zu entreißen. Was sich jedoch hier anbahnte, war etwas ganz anderes, mit dem sie niemals gerechnet hätte und das ihr Angst machte. Das anfängliche Gefühl, ein großes Abenteuer zu erleben, war einer unbestimmbaren Furcht gewichen. Beklommen sah sie sich um.

Es waren keine der dunklen Gestalten in der Umgebung zu erblicken. Jockum näherte sich leise und flüsterte: »Wo ist dieser große Wagen?«

»Ich weiß nicht. Ich kann ihn noch nicht sehen.«

»Würdest du vorausgehen und uns führen?«, fragte er leise. »Bamtori wird dich beschützen!«

Leandra hatte gehofft, mit dem dunkelhäutigen Magier abseits zu bleiben. Ihr wurde mulmig zumute. Trotzdem nickte sie und zog Bamtori mit sich nach vorn.

Ganz in der Nähe fand sie die Spuren ihres Wagens wieder, die sie am Mittag hinterlassen hatten. Dann erreichten sie den Erdhügel. Sie deutete nach links in die Dunkelheit unter den Bäumen.

»Seht ihr den vierrädrigen Wagen mit dem großen Kutschbock?«

Jockum und Munuel nickten. Ötzli hielt sich etwas abseits und hielt etwas in Händen, das sie nicht erkennen konnte. Jetzt hörte sie auch leise einen ersten Anflug der dunklen Gesänge.

Ihr wurde sehr mulmig zumute. Der Totenzug, der in diesen Augenblicken zu neuem Leben erwachte, begann ein gewaltiges Ausmaß böser Energie auszustrahlen. Leandra fürchtete die vier Magier, so stark sie auch sein mochten, hätten vielleicht nicht genug Kraft, um diese Macht niederzukämpfen .

Aus dem großen Wagen kroch zwischen den Planen mit langsamen Bewegungen eine dunkle Gestalt hervor, gefolgt von einer weiteren. Danach quetschte sich in kaum zu beschreibender Weise die riesige Gestalt eines Pferdes hervor und klatschte auf den Boden.

»Sie kommen alle aus dem Wagen!«, flüsterte Leandra mit dringlicher Stimme. »Ihr müsst jetzt gleich angreifen! Dann habt ihr nicht so viele Gegner!«

Ötzli nickte. Wie als Antwort auf ihren Rat erschien ein greller, gelblicher Blitz etwa zwei Meter vor ihm, der auf den großen Wagen zuraste. Leandra zuckte heftig zusammen. Einen Augenblick später schlug er schon mit einem Krachen in eines der Räder und fuhr auf dem Weg dorthin in eine der dunklen Gestalten, die mit einem abgründigen Grunzen zu Boden sank.

Im nächsten Moment glühte das violette Licht im Wagen mit Macht auf. Leandra schrie auf und verbarg sich angstvoll hinter Bamtoris hoch aufragender Gestalt.

Ein halbes Dutzend dunkler Gestalten purzelte aus dem Wagen, kurz danach ein weiteres halbes Dutzend. Sie richteten sich auf und gingen zum Angriff über.

Leandra erlebte alles wie in Trance. Plötzlich waren alle Höllenteufel in dem Waldstück entfesselt. Jockum hüllte den großen Wagen in eine beißende Funkenwolke, und Munuel konzentrierte sich darauf, eine unsichtbare Mauer zwischen der Gruppe und dem Wagen zu errichten. Von irgendwoher schoss ein bläulich glitzerndes Oval auf Bamtori zu. Der Magier riss den linken Arm hoch und schlug es mit einem grollenden Aufschrei zur Seite. Im nächsten Augenblick brannte sein Ärmel lichterloh. Grunzend ließ er sich niederfallen, um die Flammen im feuchten Morast zu ersticken.

Jockum zog die Funkenwolke enger um den Wagen, und jeder Funken, der etwas berührte, egal, ob Schattenwesen oder etwas Unbelebtes, fraß sich mit einem giftigen Zischen in dessen Oberfläche hinein. Immer mehr Gestalten quollen aus dem Wagen hervor. Als sie erkannten, dass ihnen durch Munuels Schutzwall der direkte Weg zu den Angreifern verwehrt war, strebten sie nach rechts und links.

Ötzli schoss einen weiteren Feuerblitz auf eine Gruppe der Gestalten ab. Munuels Mauer hatte die Eigenschaft, Dinge von dieser Seite her passieren zu lassen, den umgekehrten Weg jedoch zu blockieren. Bamtori warf in schneller Folge irgendwelche kleinen Gegenstände auf den Wagen, die dort absolute Schwärze erzeugten. Die Wirkung war verheerend. Jeder Gestalt, die davon berührt wurde, schien das an Körpersubstanz zu fehlen, was von dieser Schwärze überdeckt worden war. Eine der Gestalten besaß plötzlich keinen Kopf und keine rechte Schulter mehr; der Arm, der keinen Halt mehr besaß, fiel zu Boden. Die Luft war erfüllt von Knattern, Zischen und Pfeifen.

Allein der große Wagen hielt jedem Angriff stand. Ötzli richtete seine Feuerblitze auf ihn und hüllte ihn in loderndes Feuer. Die Farbe seiner Blitze wechselte von Gelb zu einem kalten Blau. Die dunklen Gestalten fielen reihenweise zu Boden und lösten sich zumeist zischend auf.

Allein die Masse der dunklen Gestalten schien unerschöpflich zu sein. Sie warfen mit jenen bläulich glitzernden Ovalen nach den Magiern, von denen Bamtori schon mehrere abgewehrt hatte. Sein linker Arm, mit dem er das tat, war in ein schimmerndes, kalt-metallenes Licht gehüllt.

Leandra sah aus den Augenwinkeln, wie es einigen der Gestalten gelang, an Munuels Wand vorbeizuschlüpfen und sich auf sie zuzubewegen.

Sie rief Munuel eine Warnung zu, der irgendetwas Unsichtbares auf die Gestalten zubewegte, das sie überrollte und regelrecht plattwalzte. Dann kam etwas großes Dunkles von links auf Bamtori zu. Leandra sah, dass er mit den bläulichen Feuerkugeln beschäftigt war und dabei weiterhin mit der Rechten die kleinen Objekte nach dem Wagen und den Angreifern warf.

Das dunkle Etwas sah wie eine groteske, riesenhafte Mönchsgestalt in einer Robe aus. Mit einem glitzernden

Schwert holte es aus, um Bamtori den Kopf vom Hals zu trennen. Leandra schrie auf. Sie ließ sich fallen und schleuderte dem Wesen den einzigen Zauber entgegen, den sie jetzt überhaupt zu wirken vermochte. Ein wabernder Feuerball zerstob mit einem nassen *Plop!* direkt vor dem Wesen in grellen Farben. Der Blitz blendete den Angreifer genug, dass er sich mit einem Aufheulen umwandte und ins Leere hieb. Ötzli fuhr herum und schickte seinen knatternden, blauen Blitz in das Wesen, das in einem Funkenregen zerplatzte.

Der Lärm war unbeschreiblich, während der Kampf seinem Höhepunkt zustrebte. Munuel war es gelungen, seinen unsichtbaren Wall so zu stabilisieren, dass er von alleine stand. Furchtlos schritt er auf die Reihen der Angreifer zu und hieb mit seinen Fäusten auf sie ein. Seine Fäuste schimmerten, als wären sie aus blankem Stahl. Er hielt sich hinter dem Schutz seines Walls, stieß aber mit seinen schimmernden Fäusten hindurch und fällte eines der dunklen Wesen nach dem anderen. Dann gingen auch Ötzli und Jockum auf den Wall zu. Letzterer hatte seine Funkenwolke zu einem großen, wild wirbelnden Ball konzentriert, den er jetzt auf die Angreifer niedersausen ließ. Das dumpfe Grölen getroffener Gegner hallte im nächtlichen Wald wider.

Der Strom der Wesen verebbte langsam. Einige Schattenpferde, die ebenfalls aus dem Wagen herausgequollen waren, stampften orientierungslos in der Gegend umher. Ötzli zerrieb die letzten Gegner mit seinen blauen Blitzen, dann war plötzlich Ruhe.

Beißender Rauch stand in der Luft, und hier und da brannte ein kleines Feuer, das sich irgendwo entzündet hatte. Vor ihnen stand der große Wagen und ein grässliches violettes Licht pulsierte in seinem Inneren. Leandra hatte das unangenehme Gefühl, als hätten sie bisher nicht mehr vollbracht, als eine Hundertschaft von Seifenblasen zum Zerplatzen zu bringen. Die eigentliche Gefahr befand sich in dem Wagen, und sie war noch in keiner Weise besiegt.

Keiner der Gegner war mehr zu sehen, jedes der getöteten Schattenwesen hatte sich in Nichts aufgelöst, und auf dem Kampfplatz zeugte bis auf die Spuren im Matsch und einigen Feuern nichts von der Auseinandersetzung. Leandra sah, wie sich die Spuren eine nach der anderen wieder schlossen.

Um den großen Wagen standen Ötzli, Munuel und Jockum. Bamtori und Leandra waren noch immer auf dem Erdhügel, etwa zwanzig Meter von den anderen Magiern entfernt.

Alles lief nun auf die Begegnung mit dem *Lauerer* hinaus. Leandra schluckte. Die drei Magier sprachen miteinander. Kurz darauf trat jeder von ihnen ein paar Schritte zurück; sie kreuzten die Arme vor der Brust und hoben die Gesichter mit geschlossenen Augen gen Felsenhimmel.

Der große Wagen begann sich von der Spitze her aufzulösen. Leandra keuchte vor Überraschung. Wie Staub zerfiel die Substanz der Plane. Der Staub wurde dabei von einem Sog gepackt und nach oben in die Nacht davongewirbelt. Durch das entstehende Loch fiel ein heller, rötlich-violetter Lichtschein nach oben aus dem Wagen. Leandra kannte diesen Farbton. Sie atmete tief ein, um sich auf das vorzubereiten, was nun kommen würde.

Die Auflösung des Wagens schritt weiter voran. Bald erstrahlte das Licht nach allen Seiten, dann wurde die Gestalt des Dämons sichtbar. Es war tatsächlich jene rötliche, geäderte Blase, die dort in dem Wagen lag und ein unerklärliches, schwarz-violettes Licht verstrahlte, das an seinen hellsten Stellen in Blau oder ein tiefes Blutrot überging. Das Wesen hatte etwas abgrundtief Böses an sich. Hier und da tat sich eine Öffnung in ihm auf, und ein keifernder Vogelkopf erschien und kreischte etwas in die Nacht hinaus, um gleich darauf zu verbrennen. Die drei Magier schienen den Dämon einstweilen gefesselt zu haben.

Mehr als dies schien den drei Magiern jedoch nicht möglich zu sein. Sie standen um den Wagen, die Arme überkreuzt und mit aller Macht auf ihr Werk konzentriert. Leandra fragte sich, wie sie das Monstrum nun töten wollten.

Die Antwort ergab sich im nächsten Moment. Bamtori griff nach seiner Schwertscheide und zog langsam seine Waffe heraus. Leandra saß noch immer neben ihm im Matsch. Als sie die Klinge erblickte, wich sie keuchend zurück.

Das Schwert *lebte!*

Es war ein strahlendes Etwas von erstaunlich geschwungener Form, mit einer Linienführung wie der Körper einer schönen Frau. Sie glaubte, darin den Schwung eines Rückgrats, die Rundung einer Hüfte und die Schlankheit eines Arms zu erkennen. Und das Schwert *bewegte* sich. Sie vermochte es nicht zu beschreiben, es war vielleicht nur eine winzige Veränderung der Form, ähnlich dem Körper eines Menschen, der sich ein wenig dreht, um über die Schulter zu blicken – nein, es war noch viel schemenhafter als das. Es war so eigentümlich, dass Leandra keine Worte dafür fand. Das Schwert strahlte in heller, gold-metallischer Farbe, als würde es ein starkes Licht reflektieren – doch hier gab es keine Lichtquelle.

Leandra schnappte nach Luft. Noch nie hatte sie einen Gegenstand von solcher Faszination erblickt. Das Schwert strahlte eine unbeschreibliche Macht aus, als wäre es in der Lage, den größten und entsetzlichsten Gegner mit einem einzigen Streich vernichten zu können.

Bamtori schritt langsam auf den Wagen zu, auf dessen Ladefläche die grausige rötliche Blase lag und in unvorhersehbarer Bewegung hierhin und dorthin zuckte. Offenbar hielten Jockum, Ötzli und Munuel das Wesen in einem gemeinsamen magischen Griff fest.

Leandra hatte nur noch Augen für das Schwert. Es

behielt seinen hellen Glanz bei, obwohl sich Bamtori immer weiter von ihr entfernte. Er trat zu seinen Freunden, wenige Meter von dem Dämon entfernt. Das Schwert lag in seiner Rechten, als wöge es leicht wie eine Feder. Er wog es in der Hand, wie um die rechte Balance zu erspüren, und plötzlich hob er es hoch und stürzte mit einem gewaltigen Aufschrei nach vorn.

Bamtori hob in einem behenden Sprung vom Boden ab, um mit einem gewaltigen Streich auf den Dämon niederzufahren. In dem Augenblick, in dem das Schwert herabsauste, formte der Dämon plötzlich aus seinem wabernden Leib einen riesigen Stachel und sandte ihn auf Bamtori los. Im gleichen Augenblick, als das Schwert mit Macht in den Damön eindrang, wurde Bamtori von dem Stachel tödlich durchbohrt.

Leandra schoss in die Höhe. Ein hilfloses Stöhnen entrang sich ihrer Kehle. Der Dämon zog seinen riesigen Stachel zurück, und Bamtori sank leblos zu Boden. Das Schwert, das dem Dämonen eine klaffende Wunde beigebracht hatte, klirrte auf die Wagenkante, stürzte hinab und blieb im Matsch neben dem niedergesunkenen Magier stecken. Leandra zweifelte keine Sekunde daran, dass Bamtori verloren war. Der Stachel hatte sich mitten in seine Brust gebohrt und war hinten wieder ausgetreten.

Sie hob die Hände vor das Gesicht und begann hemmungslos zu schluchzen.

Vor Sekunden noch hatte sie geglaubt, es sei ein für allemal vorbei mit diesem Scheusal, aber jetzt hatte sich das Blatt gewendet. Der Dämon, so schwer verletzt er auch war, begann sich zu regen, waberte und schwappte hin und her, während aus seiner Wunde eine violette Flüssigkeit sickerte. Ötzli, Munuel und Jockum waren damit beschäftigt, das Monstrum festzuhalten. Sie wusste nicht, was geschehen würde, sollte ihnen die Kontrolle entgleiten. Würden sie noch die Kraft haben zu fliehen? Oder würden sie unweigerlich Opfer dieser Bestie werden?

Nach langer Zeit hilfloser Unentschlossenheit, in denen es den drei Magiern sichtlich immer größere Mühe bereitete, den Dämon zu beherrschen, kam ihr plötzlich ein ebenso verrückter wie gefährlicher Gedanke in den Sinn. Könnte sie Bamtoris Werk zu Ende bringen, wenn sie das Schwert nähme und den Dämon damit umbrachte? Alle Magie, die dazu vonnöten war, schien in dem Schwert zu stecken! Sie müsste es nur aufheben und damit zustoßen. Und natürlich aufpassen, dass es ihr nicht so erging wie dem armen Bamtori. Sie blickte zu Munuel, Ötzli und Jockum und sah, dass sie sterben würden, wenn sie es nicht wagte.

Ohne weitere Überlegung rannte sie los, warf sich vor dem Wagen zu Boden, um außerhalb der Reichweite des Dämons zu bleiben, und griff nach dem Schwert. In dem Moment, da sie es berührte, schoss ein gewaltiger Energieblitz durch ihren Körper. Sie stöhnte auf. Aber da war es schon vorbei, sie hatte das Schwert in der Hand und stand vor dem Dämon.

Es fühlte sich in ihrer Hand leicht wie eine Feder an, und eine elektrisierende Energie schien von ihm auszugehen, die ihren ganzen Körper packte. Nie zuvor hatte sie sich so gefühlt – so energiegeladen, vor Angriffslust und Mut zitternd, so furchtlos und entschlossen. Es war ein beinahe sinnliches Gefühl, mit dem das Schwert auf sie einwirkte, und sie wusste plötzlich, dass sie keine Hemmungen haben würde, so lange auf dieses Monstrum einzuschlagen, bis es vom Antlitz dieser Welt getilgt war.

Schon fuhr ein neuer Stachel nach ihr, aber sie sprang mit Leichtigkeit beiseite. Noch im gleichen Augenblick machte sich das Schwert selbständig; in einem eleganten, blitzschnellen Schwung sauste es nieder und trennte die gräßliche Extremität des Dämons ab. Das Wesen brüllte auf; eine Woge von böser Energie schwappte über sie hinweg, nahm ihr beinahe den Atem. Eine Sekunde später stachen weitere Stachel nach ihr. Aber ebenso wie beim ersten Mal vollführte ihre Hand mit dem Schwert einen virtuosen Wirbel. Gleich darauf lagen weitere Teile des Dämons am Boden und wanden sich im Dreck. Das Monstrum brüllte dermaßen auf, dass Leandra eine Empfindung hatte, als stürze ein riesiger Felsen ins Trivocum und peitsche Wogen der Magie zum Himmel auf. Sie musste nun zum Ende kommen, denn Jockum, der unweit von ihr stand, begann zu stöhnen und zu schwanken. Sie wartete auf ein neues Stakkato von Stacheln und wich ihnen geschickt aus. In einer seitlichen Drehung kam sie ganz nahe an den Dämon heran, sprang auf den Wagen, holte dabei aus und ließ eine Serie von zischenden Streichen durch das weiche Fleisch des Dämons fahren. Mit einem gewaltigen Aufbrüllen formte sich die Masse der Bestie zu einer hochaufgerichteten, entfernt affenartigen Gestalt. Mit einem Streich durchtrennte das Schwert das Monstrum, ohne dass Leandra etwas dazugetan hätte. Das war das Ende des Dämons. Mit einem Kreischen, das noch sekundenlang im Trivocum widerhallte und das ihr wie mit heißen Nadeln ins Gehirn stach, sackte die gestaltlose Masse in sich zusammen und schrumpfte in kürzester Zeit zu einem stinkenden Häuflein Schleim zusammen.

Im gleichen Augenblick gab das morsche Holz unter Leandra nach. Sie purzelte auf den Waldboden, rappelte sich aber gleich darauf wieder hoch. Die drei Magier waren kraftlos zusammengesunken.

14 ♦ Jambala

Als Munuel erwachte, lag er auf einem der alten Mäntel, die auf dem Wagen gelegen hatten. In der Nähe brannte ein kräftiges Feuer. Er ächzte, richtete sich auf und spürte als Erstes, dass sein Schädel dröhnte, als hätte ihn jemand mit einem Hammer bearbeitet. Er stützte sich schwer auf die Hände und murmelte: »Ein Wunder. Ich lebe.«

Er sagte es zu niemand Besonderem, denn er wusste nicht einmal, ob jemand anwesend war. Im nächsten Moment wurde er aber schon gestützt, und an einer bekannten, weichen Hand merkte er, dass es Leandra war. Er atmete auf – ihr war offenbar nichts geschehen. Sie redete ihm beruhigend zu und flößte ihm heiße Brühe ein.

Er spotzte, wies das Gebräu von sich und beugte sich, mit beiden Händen an den Kopf greifend, nach vorn. »Bei allen Himmeln, mein Schädel dröhnt so …«

»Tröste dich«, krächzte es von irgendwo her, »uns geht es ebenso.«

Er blickte sich um und stellte fest, dass sie in ihrem Lager waren, wo sie das Pferdegespann und die Mädchen zurückgelassen hatten. Es musste späte Nacht sein, Sternenlicht fiel durch das Sonnenfenster in die Welt. Jockum und Ötzli saßen am Feuer. Ihre Gesichter waren von der Hitze gerötet, und sie schlürften aus einer flachen Schale, die sie sich abwechselnd reichten.

»Wie kommen wir hierher?«, ächzte Munuel.

Ötzli wies mit dem Daumen über die Schulter zu Hellami, die in der Nähe saß. »Die Mädchen haben uns mit dem Wagen geholt.«

»Wirklich? Und der Dämon? Ist er fort?«

»Deine kleine Freundin hat ihn zur Hölle gejagt«, antwortete Ötzli und wies mit dem Kopf auf Leandra.

»*Leandra?*«, ächzte Munuel.

Ötzli und Jockum sahen sich betroffen an und murmelten etwas. Jockum kam langsam auf allen vieren herbeigekrochen und ließ sich vor Munuel zu Boden sinken. Er sah erschöpft aus. Mühsam brachte er seine Worte hervor. »Munuel, ich muss dir etwas sagen. Der Kampf hat ein weiteres Opfer gefordert.«

Munuel, der noch immer benommen war, richtete sich auf und sah sich hastig um. Aber nein, Leandra war hier, sie schien gesund zu sein.

»Bamtori«, sagte Jockum traurig. »Als er den Dämon töten wollte, wurde er von einem Stachel des Monstrums in die Brust getroffen. Er ist tot.«

Munuel stöhnte schmerzhaft auf.

Ja, so würde es weitergehen, er hatte es erwartet. Dieser verfluchte Kampf würde weitere Opfer fordern. Erst Lakorta, dann das Mädchen und jetzt Bamtori. Er fragte sich verbissen, was passieren würde, wenn er einfach in den Palast marschierte und dieser Limlora den Hals umdrehte.

»Aber er hat den Dämon doch erwischt?«, fragte Munuel.

»Nein«, sagte Ötzli aus dem Hintergrund. »Er hat ihn zwar getroffen, aber tot war er nicht. Leandra hat ihn getötet.«

Munuel sah zu seiner Schülerin auf. »Du hast den Dämon getötet? Aber womit denn …? Woher solltest du so hohe Magie wirken können?«

»Mit dem Schwert«, sagte Leandra leise und blickte zu Boden.

»Mit der *Jambala?*« Er blickte sich ungläubig um. Seine beiden Freunde bestätigten es ihm durch ein Kopfnicken.

Munuel breitete matt die Arme aus. »Aber wie soll das möglich sein! Das hättest du nicht überlebt! Die Jambala lässt sich von niemandem anfassen! Sie hätte dich auf der Stelle getötet.«

Ötzli hob die Schultern. »Sieht so aus, als besäße das Mädchen ... ein außerordentliches Talent. Ich habe es gesehen. Sie schwang die Jambala, als hätte sie es von Kindesbeinen an geübt.«

Munuel blickte seine Schülerin fassungslos an. Sie hatte sich beim Feuer niedergelassen, saß nahe bei Hellami, die der Unterhaltung schweigend, aber aufmerksam zugehört hatte. Roya war nirgends zu sehen, wahrscheinlich schlief sie.

»Du meinst, die Jambala hat dich *akzeptiert?*«, fragte er.

Sie hob die Achseln. »Akzeptiert? Was meinst du damit?«

Jockum ergriff das Wort. »Die Jambala ist ein magisches Schwert. Eines der drei *Stygischen Artefakte.* Die Stygischen Artefakte stammen nicht aus dieser Welt. Die Jambala ist eine ganz besondere Waffe.«

Leandra nickte langsam. »Ja, das habe ich gespürt. Sie lebt.«

Ötzli stöhnte auf. Leandra wusste nicht, ob er erstaunt oder verärgert war. »Langsam wirst du mir unheimlich, Mädchen. Du sagst, sie *lebt?* Und du hast das *gespürt?*«

Leandra nickte mit ernstem Blick. »Ja. Ich stand ganz nahe bei Bamtori, als er die Waffe zog. Ich glaube, sie hat sich dabei bewegt.«

Ötzli schüttelte den Kopf. Leandra spürte, dass es nicht allein Verwunderung war. Es war auch ein wenig Verärgerung dabei. Ötzli mochte sie nicht. Vielleicht neidete er ihr ihren Erfolg, oder er hielt sie für zu jung.

»Und du meinst wirklich, sie *lebt*?«, fragte Jockum ungläubig.

»Aber ja! Wisst ihr das denn nicht?«

Jockum schüttelte den Kopf. »Nein, niemand kann sie berühren. Nur wenn sie in der Scheide steckt. Ich habe dieses Schwert nie angerührt. Bamtori war der einzige, der die Jambala aus der Scheide ziehen durfte. Sie hatte ihn einst akzeptiert.«

Leandra starrte Jockum an. Nun verstand sie, was es für eine Art Energie war, die in dem Schwert steckte. Dann aber sagte sie, einer plötzlichen Eingebung folgend: »Sie hatte ihn akzeptiert? Nun, das glaube ich eigentlich nicht.«

Ötzli grunzte ärgerlich und drehte Leandra den Rücken zu. Hellami warf ihr einen warnenden Seitenblick zu, denn sie schien zu spüren, dass ihre Freundin dabei war, sich mit Ötzli anzulegen. Und damit würde sie gewiss eine Grenze überschreiten. Ötzli war ein Altmeister, der ebensogut Primas hätte sein können. Es stand einer Adeptin nicht zu, einem solchen Mann zu widersprechen, das spürte selbst Hellami.

Aber Leandra ließ sich nicht beirren. »Ich habe ihre Kraft gespürt!«, sagte sie. »Sie tötet nicht nur, sie kann auch beschützen. Mich hat sie beschützt, wisst Ihr? Ich habe noch nie mit einem Schwert gekämpft – in meinem ganzen Leben nicht. Ich hätte es gar nicht führen können. Die Jambala hat den Kampf für mich übernommen. Als der Dämon mit seinen Stacheln nach mir stieß, hat sie ihn abgewehrt. Sie hat mich beschützt und mir dann die Kraft gegeben, ihn zu töten. Ich weiß es, ich habe es *gespürt.*«

Die Magier sahen sie unschlüssig an, da sie ihre Worte mit so viel Leidenschaft vorgetragen hatte. Schließlich wurde ihr klar, dass sie damit Bamtoris Andenken beschmutzt hatte. »Es tut mir Leid«, sagte sie und senkte den Kopf. »Ich wollte Bamtori nicht herabsetzen …«

»Schon gut«, sagte Jockum und winkte ab. »Aber weißt du auch, was das bedeutet, wenn du sagst, die Jambala habe nur dich wirklich akzeptiert?«

Leandra sah ihm gerade in die Augen. »Ja, Hochmeister, ich …« Sie wusste, was er meinte, fand aber keine Worte, es zu beschreiben.

Ötzli fuhr herum und maß Leandra mit ärgerlichem

Blick. »Wir können dieses Schwert nicht irgendwo über einen Kamin hängen, weil es so schön ist!« Zur Untermalung seiner Worte machte er eine ausholende Geste. »Nicht jetzt, da uns solche Gefahr droht. Du als neue Trägerin der Jambala bist nun der Magiersgilde aufs höchste verpflichtet! Du wirst neben uns stehen, wenn wir gegen die drohenden Gefahren vorgehen. Und das ist kein Spaziergang, ist dir das klar?«

Leandra bemühte sich, den Altmeister kühl anzusehen. Er hatte mit äußerster Schärfe gesprochen, und es wurde immer deutlicher, dass er sie nicht leiden konnte. Das mochte auch daran liegen, dass ihm schon wieder ein mächtiges magisches Artefakt vorenthalten wurde.

Ötzli grunzte und wandte sich ab. Leandra spürte Hellamis warme Hand auf ihrem Rücken, und das gab ihr Mut. Sie wollte schon fragen, was jetzt zu tun wäre, besann sich aber eines Besseren. Das stand ihr noch nicht zu.

»Was ist mit dem Yhalmudt?«, fragte Munuel. »Haben wir ihn wieder?«

Leandra zog ihn aus ihrer Manteltasche. »Ja, Munuel, ich fand ihn in dem Wagen …«

Sie reichte ihm die kleine Muschel.

Er nahm sie und hielt sie unschlüssig vor sich hin. Ötzli sah in eine andere Richtung.

»Du behältst ihn, Munuel!«, sagte Jockum. »Das heißt nicht, dass ich dein Verhalten billige.« Er sah kurz zu Leandra, und auch in seinem Blick lag nicht gerade pures Wohlwollen. »Aber du hast die größte Erfahrung mit ihm, Munuel. Ich erwarte, dass du ab jetzt verantwortungsvoll mit ihm umgehst. Wann immer du beabsichtigst, ihn aus der Hand zu geben, will ich vorher davon wissen. Hast du mich verstanden?«

»Ja, Hochmeister.« Er nickte und streifte dann das Lederband über den Kopf.

»Der Plan bleibt bestehen«, sagte Jockum. »So, wie wir ihn besprochen haben.« Dann sah er zu Leandra.

»Was allerdings dich angeht … nun, das will ich noch überschlafen.«

Leandra sah zu Boden, und Hellamis Hand, die sie auf ihrem Rücken spürte, kam ihr nur noch wie ein Strohhalm vor, eine letzte Verbindung zu einer anderen Zeit, einem anderen Ort. Zweifellos würde sie jetzt fortgehen und sich der Gilde unterordnen müssen. Sie würde das tun müssen, was man von ihr verlangte. Sie sah zu dem Schwert, das unweit von ihr auf dem Boden lag. Sicher, es klang nach einer großen, verantwortungsvollen Aufgabe, wovon sie seit langem geträumt hatte. Dort unten im Wald jedoch, bei dem furchtbaren Dämon, hatte sie miterlebt, dass nicht alles so verlockend war, wie es aus einigem Abstand betrachtet wirken mochte.

Sie blickte zu Hellami, und wären nicht die drei Männer gewesen, hätte sie ihre Nähe gesucht. Sie spürte einen Kloß in der Kehle. Und dann wurde ihr klar, woher ihr Unbehagen stammte. Sie konnte jetzt nicht mehr selbst entscheiden, was sie tun wollte. Man würde ihr Befehle erteilen, denen sie sich nicht entziehen konnte.

Aber für den Moment blieb sie noch verschont. Jetzt, nachdem die entscheidenden Dinge besprochen waren, spürte jeder eine bleierne Müdigkeit in sich, besonders die drei Magier, die sich während des Kampfes so sehr verausgabt hatten. Bald nach ihrem Gespräch begaben sie sich zur Ruhe.

Während die drei Magier am Feuer schliefen, gingen Hellami und Leandra ein Stück fort. Etwas abseits des Lagers schlief Roya in dem Haufen alter Mäntel und Säcke, an die sie sich inzwischen schon fast gewöhnt hatten. Seufzend legten sie sich dazu. Leandra war froh, dass sie sich an Hellami klammern konnte, denn sie fühlte sich elend. Ihre Gedanken kreisten um Jasmin und Alina. Sie hatte Angst vor dem nächsten Tag, auch wenn er die Aussicht bot, endlich ein Bad und frische Kleider zu bekommen.

*

Irgendwann in der Nacht wachte Leandra auf. Sternenlicht fiel durch das Sonnenfenster herein, von den ersten morgendlichen Sonnenstrahlen war noch nichts zu sehen. Sie lag zwischen Roya und Hellami, dreißig Schritte abseits der Feuerstelle, die inzwischen erloschen war. Sie fühlte sich nicht besonders ausgeruht, aber die Erschöpfung und die Schmerzen aus der Nacht ihrer Entführung hatten sich gebessert. Munuels magische Tricks zeigten ihre Wirkung.

Sie hob den Kopf und sah im schwachen Licht, dass Roya wach war. Sie hatte den Kopf auf die Hand gestützt. Ihr Gesicht war nur undeutlich zu erkennen. Offenbar studierte sie schon seit einiger Zeit Leandras Gesicht. Bedrückende Gedanken überschwemmten Leandra wie eine Flut, und sie wagte nicht, Roya in die Augen zu blicken.

»Ich weiß, was du fühlst«, sagte Roya leise.

Leandra stiegen Tränen in die Augen.

Roya schob sich ein Stück heran und tastete nach Leandras Hand. »Du denkst, du bist schuld an Jasmins Tod, nicht wahr?«, fragte sie leise.

Leandra wagte einen Blick in Royas Augen, die ganz nah waren, und sah darin Traurigkeit, aber keine Anklage. Sie schluckte, und Hoffnung keimte in ihr auf. Wenn es jemand auf der Welt gab, der die Last ihres schrecklichen Fehlers um eine Winzigkeit von ihr nehmen konnte, dann war es Roya.

Das Mädchen schüttelte den Kopf. »Du kannst nichts dafür«, sagte sie. »Es tut mir Leid, dass ich dir das nicht schon gestern sagen konnte, aber ich wusste nicht, dass du glaubtest, an Jasmins Tod schuld zu sein. Ich war so fertig, und Hellami hat mir erst heute Nacht davon erzählt.«

Leandra richtete sich ein wenig auf.

Roya drückte sie sanft wieder herunter. »Die Pferde waren schon nervös geworden, bevor du deine Magie begonnen hattest. Wir alle waren furchtbar nervös. Jasmin und ich kletterten nach vorn und versuchten, sie zu beruhigen, nachdem du uns sagtest, du wollest diesen Totenzug untersuchen. Wir bekamen die Pferde sogar wieder ruhig.«

Leandra sah Roya mit klopfendem Herzen an. »Was passierte dann?«

»Als wir vorn bei den Pferden waren, hast du nur gekeucht, nicht geschrien. Dann kam dieser Mönch.«

»Was?« Leandra fuhr in die Höhe.

Roya setzte sich auch auf und legte beide Hände auf Leandras Schultern, um sie zu beruhigen. »Ja, so einer wie jener, der Alina holte. Er stand plötzlich zwischen den Bäumen. Hellami hat ihn nicht gesehen, sie war vorn bei dir im Wagen.«

»Bei den Kräften!«, stieß Leandra hervor. »Und dann?«

»Er lachte, leise und böse. Dann hob er die Hand, ganz langsam nur. Gleich darauf drehten die Pferde vollkommen durch. Dann war der Teufel los, und diese Gestalten fielen über uns her. Einer packte mich, und Jasmin wollte mir helfen. Ein anderer kam und schlug sie mit etwas in den Bauch. Sie wurde davongeschleudert, mag sein, dass ihr das die Rippe brach. Danach weiß ich nichts mehr bis zu dem Zeitpunkt, als ich im Wagen zu mir kam. Das muss während der Fahrt gewesen sein.«

»Der Mönch!«, sagte Leandra. »War er der Gleiche, der Alina holte?«

Roya schüttelte den Kopf. »Ich weiß es nicht. Die Kapuze war übergezogen, und ich konnte sein Gesicht nicht sehen.«

Leandra spürte einen eiskalten Schauer. Ihr war nach Lachen und Weinen zugleich zumute. Die Erleichterung, am Tod Jasmins nicht schuld zu sein, war unbeschreiblich. Trotzdem verblieb ein bitterer Nachgeschmack, denn ihre Tat war unüberlegt und waghalsig gewesen. Der Mönch indes war ein weiterer Mosaikstein in diesem grausigen Spiel.

Sie wandte sich zu Roya und fuhr ihr mit der Hand über die Wange. Roya war ein so zartes und unschuldiges Kind, dass sie sich wünschte, sie könnte diese Trauer von ihr nehmen. Sie sah im matten Sternenlicht Tränen über ihre Wangen fließen. Sie beugte sich hinüber und nahm sie in den Arm. »Danke, dass du mir das gesagt hast. Ich verspreche dir, dass ich diesen Mönch verfolgen werde.« Ihre Stimme wurde entschlossen, denn sie verspürte plötzliche Wut. »So lange, bis ich diesen Dreckskerl in die Hölle schicken kann. Ich schwöre es!«

Roya nickte und hielt sich eine Weile an ihr fest. Dann löste sie sich und blickte zum Himmel auf. Die Morgendämmerung würde noch auf sich warten lassen. »Ich bin müde«, sagte sie. »Wenn ich traurig bin, möchte ich immer schlafen.«

Leandra nickte. Roya ließ sich zurücksinken und wickelte sich in ihre Decken und Mäntel. Schon kurz darauf war sie eingeschlafen. Leandra tat es ihr nach, aber sie merkte gleich, dass sie an Schlaf nicht mehr denken brauchte. Da war die unsägliche Erleichterung über ihre Unschuld, aber auch die Sorge über das Auftauchen des Mönchs. Sie hatte keinen vernünftigen Grund zu der Annahme, dass es der gleiche gewesen war, wie in Guldors Hurenhaus, aber sie hätte darauf wetten mögen, dass er es gewesen war. Unruhig wälzte sie sich auf ihrem Lager hin und her. Sie hätte wenigstens noch eine Stunde schlafen wollen, denn sie fühlte sich alles andere als erholt. Irgendwann hörte sie, dass sich Hellami regte.

Vorsichtig kroch sie an Hellami heran, schob sich unter ihre Decken und hatte sich bald eng an ihren Rücken geschmiegt. Hellami schien gleich zu wissen, dass es nur Leandra sein konnte, die gekommen war. Sie wühlte sich mit einem wohligen Seufzer tiefer in ihr Lager hinein. Leandra seufzte auch und schlief dann endlich ein.

Als es dämmerte, erwachte sie. Hellami lag ruhig in ihren Armen, aber sie war schon wach und starrte zum Sonnenfenster hinauf, das langsam hell wurde und von einem neuen Tag kündete. Ein Tag, der entgegen ihren Befürchtungen doch erfreulicher sein würde als der vergangene. Sie schwiegen und beobachteten, wie die Helligkeit, die durch das Sonnenfenster drang, langsam zunahm.

»Roya hat mir erzählt, wie es gewesen ist«, sagte Leandra schließlich.

Hellami wandte den Kopf und erkannte die Erleichterung in ihren Zügen. »Du sprichst von Jasmin?«

Offenbar kannte auch Hellami die Wahrheit noch nicht. Leandra berichtete, was Roya erzählt hatte. Hellami stieß einen erleichterten Seufzer aus.

»Ich muss jetzt wahrscheinlich mit Jockum gehen«, sagte Leandra. »Der Cambrische Orden erwartet, dass ich zur Verfügung stehe, da ich dieses Schwert habe. Ich meine …«

Hellami nickte verstehend. »Ja, ich weiß. Unsere Wege werden sich trennen.«

Leandra fühlte Schwermut in sich aufsteigen. »Was willst du nun tun?«

»Jemand muss sich um Roya kümmern«, antwortete sie. »Das Mädchen ist völlig am Ende. Ich fürchte, ich muss für eine Weile ihre große Schwester spielen, bis sie den Tod von Jasmin überwunden hat. Sie ist erst siebzehn, hast du das gewusst?«

»Siebzehn?« Leandra betrachtete das hübsche Gesicht des friedlich schlafenden Mädchens. Sie konnte sich ein Lächeln nicht verbeißen. »Sie ist dreist, was? Mit siebzehn Jahren schwanger …«

Auch Hellami lachte leise, und Leandra wusste plötzlich, dass sie dieses Lachen furchtbar vermissen würde. Für weitere Minuten lagen sie unbewegt, denn es mochte das letzte Mal für lange Zeit sein. Angesichts der Gefahren, die da kommen mochten, vielleicht für immer.

»Ich habe Angst um dich«, sagte Hellami. »Wenn dir etwas zustößt, werde ich bis an mein Lebensende heulen.«

Leandra versuchte ihr Mut zu machen. »Das Schwert wird mich beschützen, ich weiß es. Es ist ungeheuer mächtig. Du hättest sehen sollen, wie es dieses Monstrum in Stücke geschnitten hat ...!« Sie fuchtelte mit einer Hand in der Luft herum.

Hellami sah neugierig auf, ließ sie aber nicht los. Sie hatte beide Arme fest um Leandras Brustkorb geschlungen.

»Wohin wird der Primas dich jetzt schicken?«, fragte sie.

Leandra seufzte. »Keine Ahnung, vielleicht zurück nach Savalgor. Ich weiß nicht, was die Meister miteinander besprochen haben.« Sie reckte sich ein wenig. »Aber mit Glück ist diese Sache bald ausgestanden. Dann sehen wir uns wieder. Vielleicht schon in zwei, drei Wochen!«

Diese Aussicht munterte Hellami auf. Aber gleich darauf trübte sich ihr Blick wieder. »Wir müssen Jasmin begraben«, sagte sie. »Es tut mir so Leid, dass ich sie kaum kannte. Sie war so ...« Ihr fiel nichts Angemessenes ein.

»Mutig«, half ihr Leandra. »Dass sie mit ihrer Schwester den Wächter niedergehauen hat, war mit Sicherheit die mutigste Tat.«

Hellami nickte beipflichtend. »Ja, ganz bestimmt!«, sagte sie.

Nach einer Weile fuhr Hellami fort. »Wir werden in das Dorf zurückgehen, wo Roya und Jasmin herstammen. Roya meint, es läge eine oder anderthalb Tagesreisen von hier im Osten. Dort leben ihre Eltern und Verwandten. Sie sagte, ich könnte eine Weile bei ihr bleiben. Ich glaube, das werde ich tun, bis ich wieder etwas von dir höre!«

Leandra wusste, dass Hellami nicht zuletzt deswegen mitging, um einen Ort zu haben, wo sie bleiben konnte. Nach Savalgor würde sie nicht zurückgehen nach allem, was ihr von ihrem eigenen Vater angetan worden war.

»Ich bin bestimmt schneller wieder da, als dir lieb ist!«, warnte Leandra. »Wie heißt das Dorf?«

»Minoor. Ich hab den Namen schon mal gehört …«

»Ja, ich auch. Das finde ich.«

»Wir haben noch etwas zu erledigen«, erinnerte Hellami.

Leandra nickte. »Ja, ich weiß. Ich werde Alina nicht vergessen. Das verspreche ich dir!« Leandra küsste Hellami auf die Stirn und empfand eine seltsame Vorfreude. Lag es in der Aussicht, sie bald wiederzusehen, oder daran, diesen Schwur zu erfüllen? Oder war es die aufregende Vorstellung, zusammen mit Hellami diesen widerlichen Mönch zu jagen, bis ans Ende der Welt, wenn es sein musste, ihm Alina zu entreißen und ihm die widerlichen kalten Augen auszukratzen? Hellami war stark. Sie hatte Kraft in ihrer Seele, und sie war zäh. Zusammen würden sie ein gutes Gespann abgeben. Mit der Jambala fühlte sie sich einer solchen Aufgabe gewachsen.

»Ich wollte dir noch was sagen«, sagte Hellami.

»Ja?«

»Diese Sache mit uns … ich meine, dass wir uns geliebt haben. Das war das erste Mal für mich!«

Leandra sah sie ein wenig erstaunt an. »Wirklich?«

»Ja. Normalerweise stehe ich mehr auf Jungs, weißt du? Aber mit dir …«

Leandra war geschmeichelt und neugierig zugleich. »Ja?«

»Du gefällst mir einfach. Du hast ein großes Herz und einen sehr aufregenden Körper.«

Leandra lachte leise. »Das Gleiche wollte ich gerade über dich sagen.«

Sie klammerten sich aneinander und verhielten sich ganz still, so als könnten sie das Erwachen ihrer Gefährten damit noch hinauszögern. Das Schicksal schenkte ihnen noch eine halbe Stunde.

Dann hörten Sie Munuel rumoren. Leandra setzte sich auf und sah Ötzli am Feuer sitzen, das bereits brannte. Er starrte kalt zu ihr herüber, und sie fragte sich erschrocken, wie lange er da wohl schon sitzen mochte und zu ihnen herüberstarrte. Sie hatte mit Hellami zwar nichts Offensichtliches getan, es mochte aber sein, dass er ihre Vertrautheit mitbekommen hatte. Sie warf ihm einen ärgerlichen Gesichtsausdruck entgegen und erhob sich abrupt. Für Momente stand sie nackt da und sie ließ sich Zeit, in ihre Mäntel zu schlüpfen. Sie wollte ihn aufreizen und ihm zeigen, dass sie ihn nicht ernst nahm. Sollte er doch denken, was er wollte!

Wenig später saßen sie bei einem kargen Frühstück. Ötzli, Jockum und der verstorbene Bamtori hatten ein paar Rationen im Gepäck gehabt, die sie sich nun teilten. Leandra und Hellami bemühten sich, die Magier so gut es ging zu bedienen, obwohl ihnen das nicht im Mindesten gefiel. Jockum und Ötzli legten an diesem Morgen ein schulmeisterliches Gehabe an den Tag, das Leandra als anmaßend empfand. Sie schienen das Recht für sich in Anspruch zu nehmen, von den Mädchen wie hohe Herren bedient zu werden. Leandra machte das nur mit, um den Frieden zu bewahren. Die ganze Zeit über hatte sie das Gefühl, dass Ötzli sie verächtlich anstarrte. Sie verspürte nicht wenig Lust, aus der Haut zu fahren und ihm eine Szene zu machen.

»Ich habe die halbe Nacht nachgedacht«, sagte Jockum dann zu Munuel. »Es wäre ein ziemliches Wagnis, wenn Leandra und die Jambala mit dir nach Hegmafor gingen. Wir können uns nicht leisten, das Schwert zu verlieren, und einem so gefährlichen Auftrag ist Leandra noch nicht gewachsen. Außerdem würde es keinen besonderen Vorteil bringen, wenn sie mitginge.«

Leandra sank das Herz in den Magen. Nach Savalgor mitkommen müssen bedeutete, im Ordenshaus bleiben zu müssen und das zu tun, was ihr die Altmeister vorschrieben. Das war überhaupt nicht nach ihrem Geschmack. Sie überlegte verzweifelt, was sie dagegen einwenden könnte, aber Jockum sprach schon weiter.

»Ich möchte, dass sie bei Meister Kniss von der Palastgarde einen Kurzlehrgang in der Kunst des Schwertkampfes absolviert. Ötzli wird ihr innerhalb kürzester Zeit beibringen, höhere Iterationen …«

Leandra schoss in die Höhe. »Aber ich brauche den Schwertkampf nicht zu erlernen!«, stieß sie hervor. »Die Jambala macht das ganz alleine, versteht ihr? Sie kämpft und benutzt mich nur als eine Art Medium! Und selbst wenn – dann könnte ich es von *ihr selbst* am besten lernen!«

Jockum gab sich höchst erstaunt. »Aber Leandra! Was sind das für Reden? Du bekommst hier Gelegenheit, den Schwertkampf und die Magie von den höchsten Meistern zu erlernen! So etwas würde kein Adept auf der ganzen Welt ausschlagen, wenn er noch recht bei Sinnen ist!«

Ötzli schenkte ihr einen vernichtenden Blick. Sie fragte sich, ob die gegenseitige Abneigung nicht schon bald in offenen Hass umschlagen würde. Ohne Zweifel würde es die Hölle für sie werden, unter seiner Oberaufsicht Magie und Schwertkampf erlernen zu müssen.

»Ich möchte lieber bei Munuel bleiben«, sagte sie schwach, setzte sich wieder und hatte nicht das kleinste Argument für ihren Wunsch.

Jockum maß sie mit scharfen Blicken. »Du bist kein Kind mehr, Leandra! Du bist Mitglied der Gilde geworden und hast auf den Kodex geschworen! Du bist der Gilde und ihren Belangen verpflichtet und wirst tun, was ich dir sage!«

Widerstand kochte plötzlich in ihr hoch wie Lava in einem heißen Schlund. Der verwegene Gedanke kam ihr, dass sie sich wehren könnte, notfalls mit Gewalt – sie besaß immerhin eine mächtige Waffe. Sie stand auf und starrte verbissen zu Ötzli hinüber. »Ich will nicht!«, rief sie und deutete wütend auf ihn. »Er kann mich nicht ausstehen! Und ich ihn auch nicht! Nicht unter Meister Ötzli!«

»Leandra!« Das Wort war wie ein Peitschenknall gewesen. Plötzlich stand Jockum vor ihr, von seinem Sitzplatz so schnell hochgeschossen, als wäre er fünfzig Jahre jünger. Sie wusste nicht, wie er das gemacht hatte. Er starrte wütend auf sie herab, und seine Autorität war in diesem Augenblick so gewaltig, dass sie zu einem Zwerg zusammenschrumpfte. Es sah ganz so aus, als hätte sie nun zwei Feinde.

Sie setzte sich und senkte niedergeschlagen den Kopf.

»Ich habe einen anderen Vorschlag«, sagte Munuel ruhig.

Alle wandten sich ihm zu, und Leandras Herz machte einen verzweifelten Satz.

»Leider ist er sehr viel gefährlicher für dich, als nach Savalgor zu gehen«, sagte er zu Leandra gewandt. Ohne ihre Antwort abzuwarten fuhr er in die Runde blickend fort. »Ich fürchte jedoch, wir können gar nicht anders. Mein Plan, nach Hegmafor zu gehen, ist nicht länger aufrechtzuerhalten. Jetzt, da wir so gut wie sicher sind, dass die Bruderschaft von Yoor auferstanden ist und sich die Jambala wieder in unseren Händen befindet, kann es nur noch ein Ziel geben: Wir müssen die Drei Stygischen Artefakte wieder zusammenführen!«

Diese Nachricht hinterließ auf den Gesichtern von Jockum und Ötzli einen ehrfürchtig erstaunten Ausdruck.

»Die Drei Stygischen Artefakte?«, ächzte Jockum. »Bei den Kräften! Du willst die *Canimbra* suchen?« Er ließ sich niedersinken und hob die Hände. »Munuel! Niemand auf dieser Welt weiß, wo sie ist! Sie gilt seit zweitausend Jahren als verschollen. Wahrscheinlich ist sie längst zerstört!«

Munuel schüttelte energisch den Kopf. »Das ist nicht wahr. Eine alte Überlieferung berichtet, dass die *Canimbra* in Bor Akramoria liegen soll. Ihr kennt diese Überlieferung!«

»Ha!«, rief Ötzli und winkte ab.

Jockum erhob sich schon wieder. Bei einem solchen

Anlass vermochte er nicht darauf zu verzichten, entsprechend seiner Gewohnheit auf und ab zu gehen. So tat er es auch jetzt. *»Bor Akramoria!«*, rief er beschwörend. »Wenn ich das schon höre! Es scheint mir wie ein Zauberwort, dessen Bedeutung niemand kennt! Weißt du denn nicht, dass die Gildenschreiber schon seit Jahrhunderten versuchen, diesen Ort zu finden, und es ihnen nicht gelungen ist?«

»Weil sie es nur mit den Köpfen tun!«, sagte Munuel streng. »Ich habe euch schon vor dreißig Jahren gesagt, dass es am Mogellsee liegen muss, aber keiner hat auf mich hören wollen.«

»Aber Munuel!«, sagte Ötzli beschwichtigend. »Deine Nachforschungen in Ehren, aber du weißt selber, dass der Mogellsee riesig ist! Er ist eigentlich ein Meer! Das größte Binnenmeer in ganz Akrania! Überdies steigen an seinem nördlichen und westlichen Ufer die höchsten Berge des Ramakorums auf, und an seinem Ost- und Südufer liegt der Mogellwald, und über den brauche ich dir ja wohl nichts zu sagen! Wo, in aller Welt, willst du zu suchen anfangen? Ganz abgesehen davon, dass ich einfach nicht glaube, dass Bor Akramoria dort liegt!«

»Doch!«, rief Munuel leidenschaftlich aus. »Es muss in unmittelbarer Nähe zu Unifar gelegen haben …«

»Unifar!«, riefen Jockum und Ötzli im Chor und hoben beschwörend die Arme gen Himmel.

Leandra und Hellami tauschten Blicke. Hier wurde ganz offensichtlich ein sehr altes, schon oft durchgekautes Thema wieder gewälzt.

Munuel wurde wütend. Er stand auf und stemmte die Fäuste in die Hüften. »Woher, zum Stygium, nehmt ihr die Arroganz, so über meine Forschungen zu urteilen? Haben eure Schreiber etwa greifbare Ergebnisse erbracht? Ich sage euch, Unifar *muss* am Mogellsee gelegen haben! Nirgends sonst auf unserem Kontinent hätte man die Ruinen einer so gewaltigen Stadt übersehen können – als in diesem riesigen, verfluchten Wald!«

»Und was ist mit den Akranischen Steppen?«, rief Ötzli. »Und der Mittelakranischen Wüste? Dem Ostramakorum? Dort gibt es weite unerforschte Gebiete ...«

»Unfug!«, rief Munuel und machte eine wegwischende Geste. »Dort gibt es keine Gegend, durch die nicht wenigstens alle paar Jahre mal eine einsame Karawane oder ein Wanderer kommt. Läge dort eine Ruinenstadt von der Größe Unifars, wäre uns das schon seit tausend Jahren bekannt!«

»Und warum ausgerechnet der Mogellsee?«, fragte Ötzli herausfordernd.

Munuel beugte sich in seine Richtung. »Weil sich große Städte immer am Wasser befinden! Sieh nur auf Savalgor, Usmar oder Wasserstein! Große Städte brauchen Handelsverkehr, und der ist in solchen Ausmaßen nur übers Wasser möglich!«

»Und Soligor? Das ist auch eine große Stadt! Sie liegt mitten in Kambrum, nicht einmal an einem Fluss!«

Munuel winkte kopfschüttelnd ab. »Wir sprechen hier von der ehemaligen Hauptstadt des Großakranischen Reiches und nicht von einem Hinterwäldlerdorf!«

Ötzli grunzte missmutig.

Jockum hatte Munuel zugehört und schien inzwischen nicht mehr so abweisend zu sein wie zuvor. »Meinst du nicht, man hätte Unifar innerhalb des Mogellwaldes ebenso schnell entdecken müssen, wie etwa in der mittelakranischen Wüste?«

»Nein«, sagte Munuel. »Ihr wisst, in welchem Ruf der Mogellwald steht. Selten genug, dass sich jemand in seine Nähe traut. Und selbst wenn jemals ein paar Leute tiefer hineingegangen sind – der Wald ist so gewaltig groß, dass man selbst an seiner schmalsten Stelle über eine Woche benötigen würde, um allein das Ostufer des Mogellsees zu erreichen. Von Durchsuchen kann da keine Rede sein!«

»Und warum, bei den Kräften, soll ausgerechnet in diesem Wald Unifar gelegen haben? Eine menschliche

Ansiedlung ausgerechnet dort, wo es so unheimlich ist? Das kann ich nicht glauben!«

»Genau *das* ist es ja!«, rief Munuel. »Ich glaube, der Mogellwald war nicht immer so!«

Jockum sah ihn erstaunt an. »So?«

Munuel wandte sich um und wies auf die Bäume in der Umgebung. »Ich habe mir Gedanken über die Natur gemacht«, sagte er. »Der Wald ist ein Hort des Lebens. Unendlich viele Dinge entstehen und vergehen in ihm. An kaum einem Ort sind die sich reibenden Kräfte des Diesseits und des Stygiums einander so nah wie in einem Wald. Stimmt ihr mir da zu?«

»Worauf willst du hinaus?«

Munuel holte Luft. »Wir wissen, dass der Ausgangspunkt des Dunklen Zeitalters Unifar war. Dort kam es zu dem Kampf zwischen der Gilde und den Abtrünnigen, der Bruderschaft von Yoor. Stellt euch nun vor, Unifar habe tatsächlich im Mogellwald gelegen, irgendwo am Ufer des riesigen Sees. Und dann brach dort diese Katastrophe aus. Was wäre dann geschehen?«

Ötzli hob die Schultern und murmelte etwas, aber Jockum schien plötzlich interessiert. »Ich glaube, ich weiß, worauf du hinauswillst.«

»Ich denke«, fuhr Munuel fort, »dass die ganze Macht des Stygiums über den Wald schwappte und ihn nicht mehr losließ. Wir haben genug Beispiele dafür in der übrigen Welt! Leider können wir Bamtori nicht mehr fragen, aber ist es nicht hinreichend bekannt, dass die anderen Kontinente der Höhlenwelt nur deswegen so dünn besiedelt sind, weil es dort so viele stygische Phänomene gibt?«

»Du glaubst, das sind alles Überbleibsel des Dunkeln Zeitalters?«

Munuel ächzte. »Liegt das nicht auf der Hand?«

Jockum und Ötzli hoben gleichzeitig die Schultern und sahen sich an. Es war ein in der Gilde über Jahrhunderte hinweg diskutiertes Thema, warum es auf Veldoor, Chjant, Vulkanoor und Og so viele seltsame Erscheinungen gab; warum dort das Trivocum durchlässiger erschien als in Akrania. Die Meinung hatte sich durchgesetzt, dass dies schlicht und einfach Gebiete mit höheren magischen Potenzialen waren und dass sich deswegen immer wieder unheimliche Dinge ereigneten, die Tiere und Pflanzen veränderten, und mitunter Dämonen niederer Ordnung auftauchten. Man hatte ebenfalls darüber diskutiert, ob diese Phänomene Überbleibsel des Dunklen Zeitalters sein könnten, wie Munuel offenbar glaubte, aber man war zu der Auffassung gelangt, dass sich das Trivocum nach so langer Zeit hätte vollkommen stabilisieren müssen.

Munuel fuhr fort. »Ihr wisst, dass das Trivocum immer ein wenig durchlässig ist. Und an Stellen, an denen es besonders viel Aktivität gibt – sprich Leben –, ist es umso durchlässiger. Ich glaube, die stygischen Kräfte haben den Wald seit damals nie wieder richtig losgelassen. Dort gibt es so viel Nahrung für die zerstörerischen Kräfte des Stygiums, dass sich das dortige Trivocum bis heute nicht völlig stabilisieren konnte. Das wäre eine wirklich sinnvolle Erklärung für den rätselhaften Zustand, in dem sich dieser Wald seit Menschengedenken befindet!«

Jockum sah seinen Gildenbruder interessiert an. Dann sah er grübelnd zu Boden und sagte nach einer Weile: »Das klingt in der Tat einleuchtend.«

Munuel nickte. Leandra studierte sein Gesicht. Offenbar war er erleichtert. Jockum indes gab ihr Rätsel auf. Der heilige Zorn, der eben noch sein Gesicht verzerrt hatte, war wie weggeblasen und einer Miene der Nachdenklichkeit gewichen. Langsam wurde ihr klar, dass Jockum im Gegensatz zu Ötzli durchaus ein beweglicher Mann war. Er konnte sich auf Argumente einlassen und auf eine neue Situation einstellen. Sie sah zu Ötzli und stellte fest, dass der Altmeister immer noch schlechter Stimmung war. Ihm war es augenscheinlich nicht so schnell möglich, sich umzustellen.

»Ich will nach Norden reiten«, sagte Munuel in der Art einer Feststellung, »um dort die Spur von Unifar und Bor Akramoria zu suchen. Ich bin sogar ziemlich sicher, dass Unifar im Gebiet der Mündung der Roten oder Blauen Ishmar zu finden sein muss – das wäre der einzig sinnvolle Ort für eine so große Stadt. Die schiffbaren Flüsse wären von höchster Wichtigkeit gewesen, und außerdem hätte Unifar dort eine sehr zentrale Position im Lande Akrania innegehabt.«

Ötzli hatte seine Zweifel. »Da gibt es doch nur ein gewaltiges, von stygischen Kräften verseuchtes Flussdelta mit riesigen Sümpfen!«

Jockum achtete nicht auf Ötzlis Einwand. »Angenommen, du findest es wirklich«, sagte er zu Munuel. »Was hast du dann vor?«

»Ich bin sicher, dass ich Bor Akramoria wiederentdecken kann, wenn ich erst einmal Unifar gefunden habe«, sagte Munuel. »Und dann werde ich die Canimbra suchen! Ich glaube nicht, dass die Stygischen Artefakte zerstörbar sind, daher bin ich sicher, dass es die Canimbra noch gibt. Haben wir alle drei Artefakte, dann brauchen wir die Bruderschaft von Yoor nicht mehr zu fürchten. Wir hätten die Macht, sie auszumerzen, und zwar ein für allemal!«

Jockum sah ihn lange an. Dann nickte er. »Und warum willst du Leandra mitnehmen?«

Munuel richtete sich hoch auf. »Es gibt drei Gründe dafür. Der erste ist, dass ich mir gewisse Chancen ausrechne, dass sich die Stygischen Artefakte gegenseitig wiederfinden. Niemand weiß, was die Canimbra überhaupt ist. Sie könnte eine goldene Statuette sein oder ein einfaches Stück Holz. Ich kann spüren, dass sich der Yhalmudt verändert hat, seit die Jambala in seiner Nähe ist.« Er griff sich an die Brust, wo unter seiner Kleidung der Yhalmudt an einem Lederband hing. »Ich denke, wenn die beiden anderen Artefakte in der Nähe sind, dann wird das Auffinden der Canimbra leichter – wenn es sich nicht sogar von ganz alleine ergibt.«

Jockum nickte wieder. »Das klingt vernünftig. Und der zweite Grund?«

»Nun, das ganze Unternehmen ist letztlich ein Wagnis. Ich kann nicht sicher sagen, dass ich Erfolg haben werde. Wenn aber zusätzlich noch einer von euch mit mir ginge, dann würden wir die Gilde und Savalgor zu schwach zurücklassen. Ihr beide seid in der Hauptstadt unabkömmlich. Ihr wisst ja, welche Aufgaben zu erfüllen sind. Es könnte sein, dass der Shabib stirbt, und dann wird es schwierig in Savalgor. Wir können es uns nicht leisten, dass sich dann zwei von uns weit in der Ferne durch einen finsteren Wald kämpfen, um möglicherweise nur erfolglos zurückzukehren.«

»Demgemäß dürftest du diese Reise ebenfalls nicht antreten!«, sagte Ötzli.

Munuel schüttelte den Kopf. »Ich denke, dass die Möglichkeit, die Drei Stygischen Artefakte zusammenzuführen, meinen Aufbruch rechtfertigt!«

Jockum nickte bedächtig, und Ötlzi, der im Augenblick keinen Fuß auf den Boden bekam, wandte sich wieder ab. Leandra hoffte inständig, dass sich Munuel durchsetzen konnte.

»Du hast noch von einem dritten Grund gesprochen«, sagte Jockum mit einem strengen Blick auf Leandra.

Munuel holte Luft. »In diesem Wald gibt es böse Kräfte, wie wir wissen. Ich befürchte, für einen einzelnen ist das nicht zu schaffen. Man muss schließlich auch einmal schlafen. Ich brauche einen Begleiter, und da Leandra und ich uns gut verstehen, bin ich sicher, dass es uns gelingen wird.«

Ötzli gab nicht auf. Er deutete auf Leandra, und sie hasste allein den anklagenden Finger, mit dem er das tat. »Vorhin haben wir festgestellt, dass sie zu jung und unerfahren für eine Aufgabe wie Hegmafor ist. Denkst du denn, sie könnte jetzt ausgerechnet diese Strapazen bewältigen?«

Leandra fühlte abermals Wut in sich aufsteigen, und gleichzeitig spürte sie Hellamis Hand, die ihr beruhigend den Rücken herauffuhr. Sie stöhnte innerlich.

»Ja, das wird sie schaffen!«, sagte Munuel ruhig. »Leandra und ich kennen uns schon lang. Ich habe Vertrauen zu ihr. Außerdem denke ich, dass es tatsächlich die Jambala ist, die ihr das Kämpfen beibringen kann. Ich selbst habe viel vom Yhalmudt gelernt. Und was ihre Ausbildung angeht – die Beherrschung höherer Magie kann sie ebensogut von mir lernen. Wir werden reichlich Zeit dafür haben, bis wir dort anlangen.«

Jockum richtete sich auf. »Du hast mich überzeugt, Munuel!«, sagte er. Ötzli gab sich gelassen, aber es war zu erkennen, dass in ihm der Unmut kochte. Jockum sagte: »Du wirst mit Leandra zum Mogellsee gehen und dort versuchen, das dritte Stygische Artefakt zu finden!«

Munuel nickte. »Ich schlage vor, ich melde mich, wenn wir Erfolg haben. Ich schicke dir unser altes Signalzeichen übers Trivocum, so wie damals in Hegmafor. Erinnerst du dich?«

Jockum lächelte. »O ja, das tue ich!«

»Gut«, sagte Munuel. »Aber wir müssen noch weiter vorausplanen. Wenn wir tatsächlich die drei Artefakte zusammenbekommen sollten, müssen wir sofort zum Angriff übergehen. Vom Mogellsee bis nach Hegmafor sind es fünf bis sieben Tagesreisen. Ich schlage vor, dass wir uns sieben Tage nach dem Signal – die Kräfte mögen geben, dass ich es absenden werde – in den Hügeln westlich von Hegmafor treffen. Ich mit Leandra und den Drei Stygischen Artefakten und du mit Ötzli und einer Streitmacht, vor der selbst der Shabib von Veldoor erzittern würde!«

Jockum nickte entschlossen. »Gut, du kannst dich auf uns verlassen!«

Munuel klopfte Leandra aufmunternd auf die Schulter. »Bist du bereit, Prinzessin?«

Leandra nickte erleichtert. Sie war Munuel unendlich

dankbar. Er hatte sie aus den Fängen Ötzlis gerissen. Es wäre sicher zu einer Katastrophe gekommen. Der dritte Grund, den er Jockum genannt hatte, war zwar ein wenig fadenscheinig gewesen, aber Jockum war letztlich doch wohlmeinend darauf eingegangen. Vermutlich hatte er selber gespürt, dass seine Idee, sie unter die Obhut von Ötzli zu stellen, ziemliche Schwierigkeiten heraufbeschworen hätte.

»Dann lasst uns aufbrechen!«, sagte er.

Sie strebten auseinander, um ihre Habseligkeiten zusammenzuraffen. Leandra hantierte hinter dem Wagen, als sie zufällig mitbekam, wie Munuel ganz in der Nähe Ötzli beiseite nahm. »Es tut mir Leid«, sagte er, »dass dies so enttäuschend für dich verlaufen ist, mein alter Freund. Aber irgendein Gefühl sagt mir, dass wir Erfolg haben werden und ...«

Ötzli sah ihn mit hochgezogenen Brauen an, und Leandra spitzte die Ohren.

»Nun, die Canimbra soll ein Artefakt von ungeheurer Macht sein, und sie braucht einen Meister, der sie beherrscht. Ich fühle irgendwie, dass du das sein wirst!«

Ötzli schenkte ihm ein verkniffenes Lächeln und ließ ihn stehen.

Leandra duckte sich hinter den Wagen. Offenbar war sie nicht bemerkt worden. Die Aussicht, irgendwann einmal Seite an Seite mit Ötzli kämpfen zu müssen, war nicht sehr erhebend. Aber bis dahin mochte noch viel passieren. Sie fragte sich, ob sie diese Missgunst heraufbeschworen hatte. Dann fielen ihr wieder Ötzlis böse Blicke ein, mit denen er sie und Hellami am Morgen beobachtet hatte. Eine plötzliche Lust überkam sie, sich noch einmal auf einen Streit mit ihm einzulassen und ihn damit zu demütigen. Sie verzog das Gesicht. Nein, das war absurd. Sie würde nur verlieren können.

Leandra richtete sich auf und sah in den Wagen. Dort lagen Bamtori und Jasmin. Betrübt betrachtete sie die beiden. Sie waren in Decken eingewickelt, nur ihre bleichen Gesichter sandten eine stumme Klage gen Himmel. Es war nun sogar ein Pferd für sie übrig, aber Leandra hatte vor, auf der braunen Stute Bushka zu bestehen. Die Stute hatte ihr das Leben gerettet.

Roya war plötzlich neben ihr und streckte die Hand nach Jasmin aus. Leandra legte ihr den Arm über die Schulter. »Es tut mir so Leid«, sagte sie.

Roya nickte mit einer Träne im Auge. »Ich werde sie furchtbar vermissen«, sagte sie.

Hellami kam hinzu.

»Wir treffen uns in Minoor wieder«, sagte Leandra. »Ich komme zurück, so schnell ich kann. Wir haben noch ein Versprechen einzulösen. Wir müssen Alina da rausholen. Es tut mir Leid, dass ich nicht mit euch kommen kann, aber ich habe keine andere Möglichkeit. Ich stehe unter dem Befehl der Gilde, besonders jetzt, da ich dieses Schwert habe.«

Die beiden Mädchen nickten.

»Aber es kann gut sein«, sagte Leandra, »dass ich diesen Mönch dennoch wiedersehe.«

Hellami hob die Schultern. »Wer kann das wissen? Vielleicht ist er nur irgendein kleines Licht in der Bruderschaft. Er scheint in Savalgor zu leben.«

Leandra schüttelte den Kopf. »Ich wette, er war der Kerl, der die Pferde aufgescheucht hat! Da gibt es irgendein Geheimnis um Alina, und er hat sie deswegen geholt. Ich bin sicher, dass er zu den höheren Leuten in der Bruderschaft gehört!«

»Mal sehen, ob ich etwas herausfinde«, sagte Hellami. »Vielleicht kann ich Kontakt mit ein paar alten Freunden in Savalgor aufnehmen. Allzu weit ist es von Minoor nicht entfernt.«

Roya nickte. »Ja, vielleicht können wir etwas in Erfahrung bringen!«, sagte sie hoffnungsvoll. Dann bemerkte sie die Blicke zwischen Leandra und Hellami. Sie nickte ihnen kurz zu und ging dann davon. Leandra und Hellami schauten ihr nach.

Hellami stand traurig vor ihr. Sie langte in die Tasche und holte das Geld hervor, das sie noch immer besaß. »Ich möchte es nicht haben«, sagte sie.

Leandra sah betroffen auf Hellamis Hand. »Aber es so viel! Du könnest dir dafür ...«

Hellami schüttelte den Kopf. »Es ist Hurengeld, und ich bin keine Hure. Dich aber sollte das Geld nicht stören. Ich möchte dich um einen Gefallen bitten.«

»Ja?«

Sie drückte das Geld Leandra in die Hand und hob schnell ein paar Münzen auf, die zu Boden gefallen waren. »Ich möchte, dass du dir dafür etwas zum Anziehen kaufst, das viel aushält, verstehst du? Wenn du mit so einem Schwert unterwegs bist, dann wirst du sicher auch etwas abkriegen. Und ich möchte dich in einem Stück wiederhaben!«

Leandra versuchte, die Summe mit ein paar Blicken zu erfassen. »Aber das sind über dreihundert Folint! Was soll ich mir dafür kaufen? Eine Festung?«

Hellami lächelte. »Ja, am besten eine Festung, wenn es eine zum Anziehen gibt. Willst du das für mich tun?«

Leandra wusste nicht, was sie erwidern sollte. Hellamis Sorge rührte sie, aber dreihundert Folint waren ein Vermögen. Eine so teure Rüstung gab es gar nicht. Und selbst wenn – sie würde wie ein Ritter in einer Blechdose herumlaufen müssen.

»Und was ist mit dir? Du trägst immer noch diese hässlichen Mäntel. Ich könnte mir dich in ein paar hübschen Sachen gut vorstellen ...«

Hellami lächelte sie schief an. »Roya hat meine Größe. Sie hat mir gesagt, dass sie mir so viel Kleider geben kann, wie ich nur haben will.«

Leandra seufzte. »Große Schwester, wie?«

Hellami schüttelte den Kopf. »Ich mag sie wirklich. Es macht mir nichts aus, ein Weilchen bei ihr zu bleiben. Vielleicht gefällt es mir in dem Dorf, und ich finde dort einen netten Kerl ...«

Leandra knuffte sie in den Bauch. Dann umarmten sie sich.

»Du darfst nichts von alledem weitererzählen, was du hier gehört hast! Aber ich schätze, Jockum wird euch noch während der Rückreise in die Pflicht nehmen.«

Hellami nickte. »Du wirst mir fehlen«, sagte sie.

»Ich bin bald wieder bei dir«, versprach Leandra und umarmte sie noch einmal. Sie hoffte, sie würde ihr Versprechen halten können. Was sie bisher erlebt hatte, würde nur der Vorgeschmack auf das sein, was noch kam.

15 ♦ Die Stygischen Artefakte

Munuel und Leandra warteten auf ihren Pferden sitzend, bis der kleine Zug ihrer Gefährten die Wegbiegung an der Straße nach Savalgor erreicht hatte. Jockum, Roya und Hellami winkten ein letztes Mal zurück, dann waren sie verschwunden.

Leandra seufzte.

Munuel blickte sie neugierig an. »Du scheinst eine sehr tiefe Freundschaft mit diesem Mädchen geschlossen zu haben. Wie heißt sie gleich? Ja, Hellami!«

Sie studierte einen Moment sein Gesicht, konnte darin aber nichts entdecken, das darauf schließen ließ, dass er einen Verdacht über die wirkliche Tiefe ihrer Freundschaft hegte. »Ja«, seufzte Leandra. »Wir haben innerhalb von drei Tagen eine Menge miteinander durchgemacht.«

Munuel war mit dieser Antwort zufrieden. Er blickte noch einmal dorthin, wo der Wagen und die Reiter verschwunden waren. Es war ein trauriger Zug. Eine unerfreuliche Reise stand ihnen bevor – zuerst nach Minoor, wo man die Eltern, Verwandten und Freunde über den tragischen Tod von Jasmin in Kenntnis zu setzen hatte. Danach würden Jockum und Ötzli mit dem Wagen zurück nach Savalgor fahren. Bamtori würde seine letzte Ruhestätte in der Krypta der Cambrischen Basilika finden.

Munuel wandte sein Pferd um. »Komm, Prinzessin«, sagte er freundlich. »Wir müssen uns ab jetzt ein wenig sputen.«

»Als Erstes ein Dorf!«, forderte Leandra. »Ich trage seit einer Ewigkeit diese hässlichen Lumpen. Schau nur meine Haare an! Ich fühle mich wie ein Misthaufen. Ich muss mir Kleider kaufen, und ich brauche ein Bad!«

Munuel nickte. »Wenn ich mich recht entsinne, liegt ein paar Stunden westlich von hier ein Marktflecken. Dort machen wir Halt.«

Die Aussicht auf neue Kleider und gründliche Körperpflege verbesserte Leandras Stimmung. Sie ließen die Pferde im Trab reiten und kamen gut voran. Nach einer Stunde verlangsamten sie das Tempo, um die Pferde nicht zu überfordern.

»Übrigens«, sagte Leandra, »es gibt da noch eine Sache, die du wissen musst. Ich bin doch nicht dafür verantwortlich, dass die Pferde durchgegangen sind!«

Er sah sie an, und Erleichterung stand in seinem Gesicht geschrieben. »Tatsächlich?«, sagte er. »Das macht mich froh!«

»Ja«, erwiderte sie. »Aber es wird dich nicht freuen, zu hören, was der tatsächliche Grund war. Roya erzählte, dass sie mit Jasmin bei den Pferden war, um sie zu beruhigen. Dann tauchte ein Mönch auf.«

Munuel zügelte sein Pferd und hielt an. »Ein Mönch?«

»Ja. Roya konnte nicht sagen, ob es derjenige war, den wir in Guldors Hurenhaus sahen. Aber ich wette, er war es!«

Munuel ließ sein Pferd langsam weitertraben. Leandra ließ ihre Stute aufschließen. Gemeinsam trotteten die Pferde die Straße nach Usmar entlang.

»Langsam macht mir die Sache wirklich Angst«, sagte Munuel nach einer Weile nachdenklich. »Ich hatte gehofft, wir hätten noch ein wenig Zeit. Aber diese Bruderschaft von Yoor ist schon weiter, als ich gedacht hatte.«

»Sag mal«, fragte sie, »kannst du mir etwas über diese *Stygischen Artefakte* erzählen? Und was hat es mit der Jambala auf sich, dass sie sich von niemandem anfassen lässt?«

Munuel kaute ein wenig auf der Unterlippe. »Wie soll ich sagen? Es ist so, dass dieses Schwert so etwas wie eine eigene Seele besitzt. Deine Äußerung, dass es *lebt*, hat mich nicht einmal so sehr überrascht. Es passt zu ihr. Die Jambala scheint äußerst wählerisch zu sein. Außer Bamtori gab es unseres Wissens keinen Menschen auf der Welt, der die Jambala aus ihrer Scheide hätte ziehen dürfen.«

»Wie …? *Keinen einzigen?*«

»Ganz recht. Das bedeutet, die Gilde ist auf dich angewiesen, wenn die Jambala gebraucht wird.«

Leandra stieß einen Laut aus. »Heißt das, ich muss euch für den Rest meines Lebens dienen?«

»Nein, natürlich nicht. Es ist nur so, dass dich der Kodex letztlich dazu verpflichtet. Aber eigentlich bist du frei. Niemand kann dich zu etwas zwingen. Im Moment sieht es ganz danach aus, als wäre es ein riesiges Glück, dass die Jambala in unseren Diensten steht. Du hast gesehen, dass sie eine tödliche Waffe gegen Dämonen ist. Keine Waffe auf der Welt wäre auch nur annähernd so stark gegen einen Dämon wie die Jambala, außer vielleicht dem Yhalmudt.«

Leandra nickte betrübt. »Ich verstehe.«

Für eine Minute herrschte Schweigen. Die Pferde trotteten die Straße hinab, und der Morgen zeigte sich freundlich. Ein warmer Wind wehte von Osten.

Leandra hatte weiter nachgedacht und stellte die nächste Frage. »Und diese Stygischen Artefakte? Die Jambala ist eines davon, das habe ich schon begriffen.«

»Stimmt. Der Yhalmudt ist ein weiteres. Die *Canimbra* das dritte.«

Da Leandra die Geschichte der Schlacht um Hegmafor nur sehr vage kannte, erzählte er sie ihr noch einmal in aller Ausführlichkeit. »Damals schon hat uns die Jambala im Kampf gegen den Dämonen von Hegmafor geholfen. Niemand von uns ahnte aber, dass wir zu dieser Zeit in Wahrheit bereits gegen die Bruderschaft von Yoor kämpften. Der Dämon, so wissen wir jetzt, war gar nicht der wahre Gegner. Als wir ihn besiegt hatten, glaubten wir, die Gefahr gebannt zu haben.«

»Und in Hegmafor ging danach alles weiter wie zuvor? Das ist kaum zu glauben!«

»Nein!« Munuel schüttelte den Kopf. »Die Große Stygische Schule wurde erst nach der Schlacht von Hegmafor in den Mauern der Abtei gegründet. Ihren Vorsitz führte der große Lothsé, der berühmteste Magier der damaligen Zeit. Wir hatten die Katakomben ausgebrannt und zugeschüttet. Die Abtei sollte fortan als ein Mahnmal bestehen bleiben, unter dem Schutz eines höchst ehrenwerten Direktorats.« Er lächelte bitter. »Wir glaubten damals sogar, etwas besonders Kluges getan zu haben.«

Leandra zog eine Grimasse. »Hat leider nicht geklappt, was?«

Munuel war genötigt, ihr mehr zu erzählen. Als Trägerin der Jambala war sie nun eine der wichtigsten Personen in der Gilde, und es gab keinen vernünftigen Grund, sie über irgendetwas im Unklaren zu lassen. Also begann er mit einem umfassenden Bericht. Während er ihr alles über den seltsamen Besucher in Angadoor erzählte, der dann gestorben war und sich als der große Lothsé herausgestellt hatte, verwandelte sich ihre Neugier in Verwunderung, dann in maßloses Erstaunen und zuletzt, beim Bericht über die mutmaßliche Unterwanderung der Gilde, in Bestürzung.

Nachdem Munuel geendet hatte, war sie sehr nachdenklich geworden. Die ganze Tragweite dieser Geschichte war trotz allem, was sie bisher schon mitbekommen hatte, ein weiteres Mal überraschend. Sie hatte vor zwei Wochen noch nicht ahnen können, dass ihr Lehrer und Meister in den vergangenen dreißig Jahren weit mehr gewesen war als nur ein einfacher Dorfmagier. Sie ritten schweigend weiter.

Schließlich tauchte ein Schild auf, das von einer Ortschaft namens Waldenbruch kündete. »Da ist der Marktflecken, von dem ich gesprochen habe!«, sagte er und deutete auf das Schild.

Leandra nahm die Ablenkung dankbar an und ließ Bushka in leichten Trab fallen.

Bald darauf ritten sie in Waldenbruch ein, und Leandra zeigte sich sehr verlegen in ihrem alten Mantel. Ein paar Leute starrten sie erstaunt an. Sie stürmte in den ersten Krämerladen, den sie erblickte, knallte ein paar Münzen auf den Tisch und scheuchte den Ladenbesitzer auf, ihr schnellstens etwas zum Anziehen zu geben. Der Mann beeilte sich, ihr die wichtigsten Kleidungsstücke zu verschaffen. Sie achtete nicht darauf, was sie kaufte, Hauptsache, sie hatte erst einmal Kleidung. Sie würde ohnehin noch mehr brauchen. Noch im Laden bestand sie darauf, sich in einem Hinterzimmer umkleiden zu können – ungeachtet dessen, dass sie sinnvollerweise zuerst ein Bad genommen hätte. Erst als sie wieder wie ein Mensch gekleidet zurückkam, gestattete sie sich ein Aufatmen. Der Krämer starrte sie verschreckt an, er wusste gar nicht, wie ihm geschehen war. Sie nahm das Wechselgeld vom Tresen, schenkte ihm ein übertrieben schwärmerisches Lächeln und verließ den Laden. Als nächstes wollte sie ein Bad nehmen, dann erst wollte sie losgehen und sich etwas besorgen, das sie wieder wie eine *Frau* aussehen ließ.

»Ich hab schon ein Gasthaus ausfindig gemacht«, erklärte Munuel, als sie herauskam. Sie saß auf, und sie ritten das letzte Stück.

Eine Stunde später erschien sie dann wieder in der Wirtsstube des Gasthauses. Sie hatte den Wirt ebenso resolut in die Pflicht genommen und auf einer riesigen Wanne voller heißer Seifenlauge bestanden. Munuel saß zufrieden an einem Tisch und kaute an einem Hühnerbein.

»Aaah!«, machte er gedehnt, als er sie sah. »Leandra! Wo kommst *du* denn her? Da bin ich aber froh. Ich hatte nur so ein dreckiges Frauenzimmer dabei, aber das ist, den Kräften sei dank, inzwischen verschwunden …!«

Sie streckte ihm die Zunge aus, nahm ihm dann das

Hühnerbein aus der Hand und setzte sich. »Ich hab vielleicht einen Hunger …«

»Iss nur. Ich habe mich im Dorf ungesehen.« Er deutete mit dem Daumen über die Schulter. »Es wird dich freuen zu hören, dass unten am Fluss ein großer Markt ist. Da kannst du dir besorgen, was du noch brauchst.«

Leandra hatte sich Munuels Gericht zu eigen gemacht und nickte ihm zwischen zwei Bissen und einem riesigen Schluck aus dem Ziegenmilchbecher zu. »Kann man da auch Kleider kaufen?«, fragte sie kauend. »Diese Sachen hier sind nicht schlecht, aber ich brauche noch mehr. Und etwas Kleidsames dazu …«

Munuel nickte ihr wohlwollend zu. Sie roch nach Seife. »Ja. Und etwas Duftöl vielleicht. Dieser derbe Seifengeruch steht dir nicht!«

Sie grinste ihn an und nahm sich vor, ein paar Münzen von Hellamis Geld auszugeben. Munuel hatte eine Schwäche für sie, und da sie jetzt so viel Geld besaß, würde sie sich ein paar hübsche Sachen kaufen. Später, im Mogellwald, würde sie das Geld wohl kaum ausgeben können.

Nach dem Essen bezahlten sie, und der Wirt stellte erstaunt fest, dass sie gar nicht beabsichtigten, über Nacht zu bleiben. Das Geld für die Unterkunft hatte er sich mit dem Bad schnell verdient.

Dann schlenderten sie über den Markt.

Es gab viele bunte Stände und Buden, wo man fast alles kaufen konnte – von Waffen über Lebensmittel, Schmuck, Kleider und Werkzeug bis hin zu allem möglichen Tand. Die Pferde hatten sie beim Stallmeister des Wirtshauses zurückgelassen. Leandra trug die Jambala in ein Leintuch eingewickelt in der Hand. Das Schwert offen tragen wollte sie nicht.

»Brauchst du Geld?«, fragte er.

Leandra hatte schon darüber nachgedacht, was sie ihm auf eine solche Frage antworten sollte, war aber zu keinem vernünftigen Ergebnis gekommen. Um keine dummen Vermutungen heraufzubeschwören, hatte sie sich entschlossen, ihn ein wenig anzuschwindeln. »Uns ist bei der Flucht aus dem Hurenhaus zufällig eine Menge Geld in die Hände geraten«, sagte sie. »Schmutziges Geld. Keine von uns wollte es haben, und nun ist es bei mir hängengeblieben.«

Munuel nickte verstehend, aber in seinen Augen standen Fragezeichen.

»Bitte frag nicht weiter«, bat sie ihn. »Diese Sache ist schlimm und peinlich verlaufen. Ich will es einfach nur loswerden. Und jetzt ist eine Gelegenheit dazu. Ich brauche ohnehin etwas zum Anziehen und eine Ausrüstung.«

Er hob beide Hände. »In Ordnung. Das geht mich alles nichts an.«

Sie studierte sein Gesicht. Niemals wäre ihr auch nur eine Andeutung über die Lippen gekommen, was Hellami dafür durchgemacht hatte, auch wenn es in Wahrheit nur eine sehr mutige und anständige Tat gewesen war. Sie rechnete einfach nicht damit, so etwas einem Mann auf dieser Welt verständlich machen zu können – selbst wenn er Munuel hieß.

»Ich will mich ein wenig nach Kräutern und Tee umsehen«, sagte er. »Was hältst du davon, wenn wir uns in einer Stunde hier wieder treffen?«

Das war ihr sehr recht, und sie trennten sich.

Eine Weile lief sie von einer Bude zur anderen, fand aber nichts, was ihr gefallen hätte. Mehrfach schon war sie am Stand eines Waffenhändlers vorbeigelaufen, hatte sich aber nicht für ihn interessiert, denn eine Waffe war nun das letzte, was sie benötigte. Dann aber schnappte sie zufällig ein paar Sätze zweier Männer auf, die sich staunend erzählten, dass der Waffenhändler aus Tharul stammte und ein paar einzigartige Stücke anbot.

Das machte sie neugierig. Tharul war eine Stadt weit im Norden, die für ihre Waffenschmiede berühmt war. Die dortigen Schmiede beherrschten eine streng gehütete, geheime Kunst, einen federleichten, fast unzerstörbaren Stahl herzustellen. Tharuler Waffen waren ebenso heiß begehrt wie unerschwinglich.

Sie trat zu dem Stand und sah sich um.

Es handelte sich um einen großen, hölzernen Wagen, dessen rechte Seite offen war. Darin wurde eine erstaunliche Anzahl von Waffen aller Art angeboten – von Breitschwertern über Dolche, Rapiere, Degen und Zweihänder bis hin zu Armbrüsten, Schleudern, Morgensternen und Knickstöcken. Fasziniert betrachtete sie das Sammelsurium. Dem Metall mancher Waffen war ein matter, rötlich-metallischer Schimmer eigen, den sie noch nie gesehen hatte.

»Na, junge Dame?«, sagte eine Stimme. »Gefällt dir mein Angebot?«

Sie blickte nach rechts, und vor ihr stand ein hagerer, ziemlich langer Kerl in fein bestickten Kleidern mit vor der Brust verschränkten Armen. Er hatte ein lustiges Grinsen im Gesicht, und Leandra mochte ihn gleich. Später dachte sie noch oft daran, dass ihr dieses Grinsen mehrfach das Leben gerettet hatte – wäre es nicht gewesen, hätte sie vielleicht höflich gedankt und wäre weitergegangen. Aber in diesem Moment fing es sie ein, und sie fragte den Mann neugierig, ob das echte Tharuler Waffen wären.

Der Mann schüttelte den Kopf. »Bei weitem nicht alle. Nur einige.«

»Die mit diesem rötlichen Schimmer!« Leandra deutete in den Wagen.

Der Mann lächelte. »Du hast einen guten Blick, junges Fräulein. Ja, das sind ein paar. Die wirklich guten sind aber nicht hier. Die zeigt man nicht so offen her.«

Leandra feixte ihn an. »Kann ich sie sehen?«

Er setzte einen verblüfften Gesichtsausdruck auf und wollte erst etwas erwidern. Dann runzelte er die Stirn und musterte sie von oben bis unten. Schließlich nickte er. »Warum nicht? Du wirst dir zwar keine davon leisten können, aber du hast ein nettes Lächeln. Ich glaube, ich werde eine Ausnahme machen.«

Leandra grinste ihn noch breiter an. Ihr war nach ein bisschen Spaß zumute, und sie hakte sich keck bei ihm unter. »Na los. Wo gehen wir hin?«

Augenscheinlich war er geschmeichelt. Er blickte sich um und nickte einem großen muskulösen Mann zu, der mit verschränkten Armen und strengem Blick rechts neben dem Wagen stand. Der Mann nickte zurück, ging in die Mitte vor den Wagen und platzierte sich dort. Leandra sah, dass auf der anderen Seite noch ein Mann stand, der ähnlich gebaut war.

»Das sind Gus und Flabian«, sagte der Mann. »Wenn man eine so wertvolle Fracht hat, braucht man ein paar Aufpasser! Übrigens, ich heiße Bert.«

Sie nickte ihm zu. »Leandra. Also, ich bin schon neugierig!«

»Ein hübscher Name«, sagte er, während er losging, nach links den Weg zwischen den Buden entlang. »Er erinnert mich an eine Schwertkämpferin, die ich mal in Tharul …«

»Ich bin auch eine Schwertkämpferin«, sagte sie. »Aber erzähl ruhig weiter …«

»Du?«, sagte er und blieb stehen.

»Allerdings. Mehr verrate ich aber nicht. Wo sind nun deine Waffen?«

Er musterte sie und blickte dann auf das Bündel in ihrer rechten Hand. »Ist das dein Schwert?«

»Nein«, sagte sie. »Nur ein alter Besenstiel, mit dem ich übe.« Sie kam sich unheimlich witzig vor. »Los, spann mich nicht so auf die Folter! Ich will mal ein paar wirklich gute Waffen sehen!«

Er grinste wieder und setzte sich in Bewegung.

Sie sah kurz Munuel, der über ein paar Waren an einem Stand gebeugt stand und grübelte. Dann zog Bert sie zu einem anderen Wagen hinter einer Reihe von Buden. Er wirkte wie ein einfacher Wagen zum Wohnen, wie sie reiche fahrende Händler manchmal mit sich führten. Leandra sah in der Nähe zwei weitere, unauffällig wirkende Männer, die ihn ganz offensichtlich bewachten. Bert nickte auch ihnen zu.

An der kleinen Stiege, die zum Eingang des Wagens hinaufführte, ließ er ihr galant den Vortritt. Sie ging hinauf und öffnete die Tür.

*

Als sie eintrat, sah sie zunächst nur eine rundliche Frau, die ein Handtuch in der Hand hielt und sie erstaunt anblickte.

»Äh … sei gegrüßt!«, sagte Leandra.

Die Frau stemmte die Fäuste in die Hüften, legte den Kopf schief und wartete auf Bert, der unsicher hereinkam.

»Das darf doch nicht *wahr* sein!«, hob sie an.

Leandra war irritiert. Sie sah sich nach Bert um, der mit einem schiefen Grinsen hereinkam. »Das ist nur eine Kundin, Hilda!«

Hilda schlug halb ärgerlich und halb wohlwollend mit dem Handtuch nach dem großen hageren Mann. »Du bist unverbesserlich!«, rief sie. »Hört das denn niemals auf?«

Leandra ging aus der Schusslinie.

»Aber Hilda!«, rief Bert und hoch abwehrend die Arme. »Nun werde doch nicht immer gleich so wütend! Ich wollte ihr doch nur …«

Die pummelige Frau wies auf Leandra. »Seit Tagen kommst du nur noch mit jungen Mädchen hier herein! Schau sie nur an! Nicht *einen* Kerl hast du je dahergebracht! Wenn das so weitergeht, dann können wir unseren Stand bald zumachen!«

Der Mann stöhnte.

»Hau ab!«, rief sie. »Zurück zum Stand! Ich kümmere mich um das Mädchen und du um Kunden, verstanden?«

»Jaja …«, ächzte Bert und verzog sich. Die Tür klappte zu.

Leandra war völlig verdattert. »Entschuldigung«, sagte sie. »Ich glaube, ich gehe doch lieber …«

Die Frau wandte sich um. »Nein, nein, Kindchen, das war nicht gegen dich gerichtet! Setz dich nur. Möchtest du einen Tee?«

Leandra lächelte unsicher. »Na ja … warum nicht?«

Hilda strahlte. »Warte, ich hab gerade welchen fertig …« Sie eilte durch den geräumigen Wagen. Es gab ein paar schmale Fenster, die an den oberen Wagenkanten eingelassen waren, mit richtigen Glasscheiben, durch die Licht hereindrang. Ansonsten sah alles sehr gepflegt aus. Leandra stellte fest, dass alle Gegenstände, die es hier gab – vom Geschirr bis zu den Holzmöbeln –, von sehr guter Qualität waren. Hilda stellte einen Becher mit dampfendem Tee vor sie und einen weiteren daneben und ließ sich mit einem Seufzer auf einen fein geschnitzten Stuhl fallen.

»Dieser Bert!«, sagte sie kopfschüttelnd. »Ich weiß nicht, was in ihn gefahren ist. Seit wir in Waldenbruch sind, kommt er jeden Tag mit einem hübschen Mädchen daher und will ihr die *Waffen* zeigen! Unfassbar!«

»Aber ich wollte wirklich die Waffen sehen …«, sagte sie vorsichtig.

Sie grinste. »Das glaub ich dir, Kindchen. Es sind ja auch besondere Waffen. Aber nichts für Mädchen wie dich, weißt du? Vielleicht kriegt er seinen zweiten Frühling, der alte Schwerenöter. Na ja, ich kann's ja verstehen …«

»Bist du seine Frau?«

Sie lachte auf. »Nein, die Kräfte mögen mich bewahren! Seine Frau hat er daheim gelassen. Ich bin seine Schwester. Wohlgemerkt«, sie hob den Finger, »seine *große* Schwester! Ich gebe acht, dass er keinen Unfug treibt. Seine Frau ist eine sehr liebe Person, weißt du?«

Leandra fühlte sich wieder etwas wohler. »Und ihr zieht von Stadt zu Stadt und bietet die Waffen an?«

Sie nickte und trank einen Schluck Tee. »Früher war er ein großer Fechtmeister, aber dann hat ihn das Zipperlein eingeholt. Seit ein paar Jahren betreiben wir Handel mit Tharuler Waffen.«

Für eine Minute saßen sie schweigend da und tranken aus ihren Bechern.

»Also neugierig bin ich schon«, sagte Leandra mutig. »Kann ich nicht doch mal einen Blick darauf werfen?«

Hilda sah sie verblüfft an. »Wirklich? Was interessiert dich denn an solchen Waffen, Kindchen?«

Leandra überlegte, ob sie einen plausiblen Grund nennen konnte. Dann fiel ihr etwas ein, das halbwegs die Wahrheit war. »Ich weiß nicht, ob du mir das glaubst ...«

Neugierig sah Hilda sie an. »Na, dann versuch's doch mal!«

Leandra sog die Luft ein und begann dann ihre Geschichte. Sie erzählte von dem Vater, der sein eigenes Kind an ein Hurenhaus verkauft hatte und dazu noch ein weiteres Mädchen. Sie sagte, sie und ihre Freundin Hellami, die Schwester der Entführten, stammten aus einem kleinen Dorf, und dieser Vater wäre ein mächtiger Mann in der Gemeinde, und niemand traute sich, etwas gegen ihn zu unternehmen. Sie sagte, es wäre ihr schließlich gelungen, ein paar Freunde und Freundinnen um sich zu scharen, und sie hätten beschlossen, in das Hurenhaus einzudringen und ihre Freundinnen zu befreien. Aber da gäbe es ein paar gefährliche Kerle – es wäre schließlich in der Savalgorer Hafengegend –, und sie suche nach ein paar guten Waffen, denn einige ihrer Freunde hätten Erfahrung im Kampf. Zuletzt erzählte sie noch, der böse Mann habe ihr einmal zugeraunt, wenn sie nicht Ruhe gäbe, wäre sie als Nächste dran.

Als sie fertig war, hielt sie ihre Geschichte für den blödesten, unglaubwürdigsten Quatsch, den je ein junges Mädchen einer älteren Frau erzählt hätte, aber Hilda schien ihr zu glauben. Leandra konnte es beinahe nicht fassen, doch es schien, als hätte sie mit ihrer eigenen Geschichte im Hinterkopf dieses Märchen so inbrünstig und leidenschaftlich vorgetragen, dass ihr Hilda alles abgenommen hatte. Die pummelige Frau saß mit offenem Mund da, und das erste, was sie tat, war Leandra tröstend über den Am zu fahren.

»Ist das denn wahr!«, sagte sie entrüstet. »Gibt es wirklich solche Väter?«

Leandra wusste, dass es solche Väter tatsächlich gab, und nickte betrübt.

»Und ihr wollt in das Hurenhaus eindringen?«

Leandra nickte.

Hilda stand auf und blickte sie ernst an. »Also gut, du sollst die Waffen sehen. Obwohl, Kindchen, ich fürchte, du wirst dir keine davon leisten können ...«

Leandra hob unschuldig die Schultern. »Ich hab ein bisschen Geld!«

Hilda schenkte ihr einen zweifelnden Blick. Sie winkte ihr und ging in den rückwärtigen Teil des Wagens. Dort befand sich eine riesige doppelflüglige Schranktür, die über die ganze Breite des Wagens ging. Hilda kramte einen Schlüssel aus ihrer Rocktasche und öffnete das Schloss. Dann zog sie eine Öllampe heran und drehte das Rad ganz auf, sodass die Lampe einen hellen Schein verbreitete. Schließlich öffnete sie beide Türen.

Was sich dahinter befand, war wirklich sehenswert.

Der rötlich-metallische Schimmer strahlte ihr von jeder einzelnen Waffe entgegen. Die meisten davon waren ungewöhnlich leicht und filigran gearbeitet. Es waren rund ein Dutzend: Degen, Säbel, Rapiere und Schwerter. Ein großer Zweihänder war auch darunter.

»Unglaublich!«, sagte Leandra ehrfurchtsvoll und trat näher.

»Gib acht, Kindchen, und schneide dich nicht. Die sind alle höllisch scharf!«

»Was kostet so was?«, fragte sie und deutete auf einen zierlichen Degen.

»Zweihundertachtzig Folint«, sagte Hilda bedauernd.

»Aber es ist einer der teureren. Dieser da«, sie deutete auf einen Degen von schlichter Form, »kostet nur einhundertneunzig.« Sie seufzte. »Immer noch der Verdienst eines halben Jahres.«

In diesem Moment aber zog etwas anderes Leandras Blicke auf sich. »Was ist das?«, fragte sie und deutete auf ein hell im Licht strahlendes Objekt, das an der Seite hing.

»Ein Kettenhemd«, erklärte Hilda. »Ein wahres Kunstwerk. Es besteht aus über dreitausend einzelnen Gliedern – jedes nur so groß wie ein kleines Kupferstück und nur ein Zehntel so leicht. Bester Tharuler Stahl.«

Leandra streckte fasziniert die Hand danach aus. Das Material war beinahe so leicht wie ein schwerer Wollstoff und hatte auf eine seltsame Weise die Geschmeidigkeit eines seidenen Hemdes. Sie stöhnte leise auf.

Hilda betrachtete sie seit einer Weile. »Gefällt es dir?«, fragte sie.

Leandra nickte eifrig.

Plötzlich fing Hilda an zu strahlen. »Gib acht, Kindchen!«, rief sie aus und drehte sich um. Sie wandte sich einer großen Truhe zu, öffnete sie und begann darin herumzuwühlen. »Ich hab da ein Stück, das wäre ... ja, das wäre wirklich eine Sache ...!«

Sie richtete sich wieder auf und hielt ein weiteres Kettenhemd hoch. Es schien leicht zu sein wie ein gewöhnliches Hemd. »Schau mal. Wie gefällt dir das?«

Leandra betrachtete es, konnte sich aber die Form nicht recht vorstellen.

Hilda verzog das Gesicht. »Nicht, dass ich es dir verkaufen wollte, nein, es wäre viel zu teuer und ... ach was! Möchtest du mir einen Gefallen tun, Mädchen?«

Leandra hob lächelnd die Schultern.

»Das ist eine Rüstung, die mal einer besonderen Dame gehört hat. Es ist ein wirklich unglaubliches Stück. Ich habe mir immer gewünscht, es mal tragen zu können, aber ...« Sie hob lächelnd die Arme und klatschte sich dann auf die prallen Hüften. »Aber du hast eine gute Figur! Willst du es mal anziehen, nur für mich? Ich möchte so gern mal sehen, wie es aussieht!«

Leandra lachte leise. »Ja, warum nicht?«

Sie begann ihren neu erstandenen Lederwams zu öffnen und schob sich mit der Hacke den einen Stiefel davon.

»Schämst du dich, dich vor mir auszuziehen?«, fragte Hilda. »Es ist nämlich so, man trägt es auf der nackten Haut. Du wirst es vielleicht nicht glauben, Kindchen, aber dieses Material ist geradezu magisch!«

Hilda hatte einen schwärmerischen Ausdruck in den Augen und betrachtete glücklich das Kettenhemd. »Ja, ich glaube, du hast genau die richtige Figur dafür!«

Leandra hatte ihre Scheu, sich unbekleidet vor anderen Frauen zu zeigen, vor drei Tagen abgelegt. Sie kletterte aus ihren Kleidern und stand gleich darauf nackt vor Hilda.

Die Frau seufzte schwärmerisch. »So eine Figur …«, sagte sie leise, »… ach, wenn ich die nur mal einen Tag meines Lebens gehabt hätte!« Dann wurde sie wieder geschäftig. »Hier, schau mal. Es ist wie ein Höschen und ein Hemd in einem einzigen Teil. Steig mal hinein ….«

Sie half Leandra, die beide Beine durch die dafür vorgesehenen Öffnungen streckte, dann streifte sie es über den Bauch und die Brust bis hinauf zum Hals. Im ersten Augenblick war es sehr kühl, nahm aber in wenigen Sekunden die Temperatur ihres Körpers an. Hilda machte sich an den Schulterverschlüssen zu schaffen.

»Warte mal, hier kann man es ein wenig einstellen …« Sie klemmte geschäftig die Zunge in den Mundwinkel und hatte es dann schon geschafft. Sie trat drei Schritte zurück und stöhnte wohlig auf.

»Unglaublich, Kindchen!«, rief sie entzückt und schlug die Hände zusammen.

Sie eilte davon, zog hinter einer Wandverkleidung einen großen Spiegel hervor, nahm dann die Öllampe und stellte sich neben den Spiegel. »Na, komm schon!«, rief sie begeistert. »Und halte die Luft an!«

Leandra war mitgerissen von Hildas Begeisterung und eilte zum Spiegel. Als sie davorstand, schluckte sie.

Sie hatte sich noch nie in einem so großen Spiegel betrachtet – jedenfalls nicht in den letzten Jahren. Plötzlich verstand sie, was Hellami gemeint hatte, als sie behauptete, sie hätte einen sehr aufregenden Körper. Ganz entgegen ihrer Gewohnheiten gefiel sie sich in diesem Augenblick wirklich. Sie hatte schlanke lange Beine, schmale Hüften, eine nicht zu enge Taille, einen kräftigen Brustkorb und hohe Schultern. Das Kettenhemd saß, als wäre es eigens für sie gemacht. Sie strich mit der Hand über ihren Bauch und die Brüste und wünschte sich, Hellami könnte sie so sehen. Die winzigen Metallplättchen waren warm geworden und fühlten sich sehr weich an. Sie konnte es kaum glauben, aber es fühlte sich bequemer an als alles, was sie je getragen hatte. Der Halsausschnitt war eng, und die Schulteransätze reichten ein kleines Stück über die Oberarme. Sie konnte sich vorstellen, dass es ein ausgezeichneter Schutz für den gesamten Oberkörper war. Es saß ihr wie eine zweite Haut. In diesem Moment wusste sie, dass sie verloren war. Sie würde noch heute jeden Geldverleiher überfallen, um es zu bekommen.

»Was kostet es?«, fragte sie tonlos.

»Ooh … Kindchen!«, jammerte Hilda. »Ich hätte es wissen müssen! Wenn du es einmal trägst, wirst du es nicht mehr ablegen wollen!«

Leandra drehte sich zur Seite und fuhr mit den Fingerspitzen den rechten Oberschenkel hinauf. Für eine wirklich perfekte Rüstung war es an dieser Stelle wohl ein wenig zu hoch ausgeschnitten – dafür aber sah es unerhört aufregend aus. »Verdammt!«, sagte sie leise, und ein Lächeln stahl sich in ihre Züge. »Nun sag schon, was kostet es?«

Hilda verzog verzweifelt das Gesicht. »Beim Felsenhimmel, wie krieg ich dich nur wieder raus aus dem Ding?«

Leandra verschränkte die Arme vor der Brust und sah Hilda ungeduldig an. »Wirst du mir jetzt endlich sagen, was es kostet?«

»Aber das kannst du dir unmöglich leisten!«, jammerte Hilda. »Es gehört noch metalldurchwirkte Überkleidung aus Leder dazu, ein Wetterumhang und Stiefel …«

»Wie viel?«, schnauzte Leandra.

Hilda schniefte. »Also, wir haben einmal achthundert Folint dafür bezahlt …«

Leandra stöhnte auf – es war wohl das hilfloseste Stöhnen, das je eine junge Frau im Angesicht einer solchen Verführung ausgestoßen hatte. »Nein!«, ächzte sie verzweifelt.

Hilda legte ihr tröstend den Arm über die Schulter. »Ach, Mädchen«, sagte sie. »Ich verstehe Dich. Glaub mir, wenn ich die Figur dazu hätte, würde ich es Tag und Nacht tragen.«

Leandra seufzte. Sie hatte gehofft, es mit Verhandlungsgeschick für ihre dreihundertsoundsoviel Folint zu bekommen. Aber dieser Traum war dahin. Selbst wenn sie Munuel noch um ein- oder zweihundert anhauen konnte – doch das war ein dummer Gedanke. Ihrer Eitelkeit so viel Geld zu opfern würde er niemals tun. Sie setzte sich und machte sich verzweifelt an den Schulterverschlüssen zu schaffen.

»Warte mal, Mädchen«, sagte Hilda.

»Hm?«

»Nun mal ehrlich. Was hast du – außer deiner Eitelkeit – nun wirklich für einen Grund, eine so teure Rüstung tragen zu wollen?«

Ein ominöser Hoffnungsschimmer flackerte in ihr auf. Sie beschloss, aufs Ganze zu gehen. »Bist du eine Tratschtante?«, fragte sie kühl.

Hilda verzog das Gesicht. »Die schlimmste, die es gibt!«, sagte sie.

Dieses Bekenntnis hatte Leandra nicht erwartet. Plötzlich keimte in ihr das Vertrauen, Hilda die Wahrheit sagen zu können – oder zumindest einen Teil davon. Sie blickte sich um und sah eine erloschene Kerze.

»Schau mal«, sagte sie und deutete auf die Kerze. Hilda sah hin. Mit einem Schnippen brannte sie plötzlich.

»Aha!«, sagte die Frau ernst und nickte. »So etwas dachte ich mir schon. Du bist eine Magierin!«

»Eine Adeptin«, korrigierte Leandra. »Kannst du auch was für dich behalten, Tratschtante?«

Hilda nickte. »Es wird mir schwer fallen, aber ich verspreche es.«

Leandra atmete auf. »Also gut. Ich bin mit meinem Meister hier. Wir kommen aus Savalgor und gehen nach … Nun, das möchte ich lieber nicht sagen. Glaub mir, es ist eine heikle Sache. Du lebst nicht sicherer, wenn du es weißt.«

»Und? Was macht ihr da?«, fragte sie neugierig.

Leandra wusste, dass sie nun Grenzen überschritt, wovon niemand erfahren durfte, ja nicht einmal Hellami. »Wir suchen einen wichtigen magischen Gegenstand. Es wird eine Reise in die Hölle, fürchte ich. Die Sache mit dem bösen Vater ist übrigens wahr, wenn auch in einem anderen Zusammenhang. Es betrifft meine beste Freundin. Und das hängt wieder mit unserem Auftrag zusammen.«

Hilda nickte ernst.

»Das ist die Wahrheit, wirklich. Aber ich kann dir unmöglich alles erzählen. Glaubst du mir?«

Hilda stand auf und klopfte ihr auf die nackte Schulter. »Du hast ein ehrliches Gesicht, mein Kind. Ich denke, ich glaube dir wirklich. Was hast du da in diesem Tuch?«

»Ein Schwert.«

»So?«

»Ja, ein Schwert. Es ist kein gewöhnliches Schwert.

Wenn du mich verrätst, bin ich tot und mein Meister dazu.«

Hilda lachte und schüttelte den Kopf. »Wir Frauen sind schon ein eigenes Volk!«, sagte sie heiter. »Was tun wir nicht alles für unsere Schönheit, was? Wir verraten Land und Leute!«

Leandra schluckte, als ihr klar wurde, dass Hilda verdammt Recht hatte.

Hilda bemerkte ihren Gesichtsausdruck. »Nein, Kindchen, so war das Wort *Verrat* nicht gemeint! Ich meinte eher vertratschen! Haha!«

Das tröstete Leandra nur unwesentlich.

Hilda beugte sich verschwörerisch herbei. »Aber wir beide zählen zu den klugen Frauen!«, erklärte sie mit Bestimmtheit. »Wir sagen Geheimnisse nur dann weiter, wenn sie wirklich sicher aufgehoben sind!« Sie richtete sich feierlich auf. »Du kannst dich auf mich verlassen. Ich sage keiner lebenden Seele etwas. Nicht Bert, nicht meiner besten Freundin und nicht mal dem Shabib, wenn er persönlich hier erschiene!«

Leandra atmete ein wenig auf und nickte dankbar für dieses Bekenntnis. »Und nun?«

»Nun?« Hilda lief unruhig hin und her, dann warf sie in hilfloser Geste die Arme in die Luft. »Nun … nun … schenke ich dir das verdammte Ding!«

Leandra schoss in die Höhe. *»Waaas?«*

Hilda blieb stehen und musterte sie mit in die Hüften gestemmten Fäusten. »Ja, du hast richtig gehört! Und nimm es lieber an, bevor ich es mir anders überlege!«

Leandra war völlig verdattert und ließ sich auf den Stuhl sinken. »Aber Hilda! Das sind achthundert Folint ….«

»*Meine* achthundert Folint!«, rief sie mit erhobenem Finger. »Mir gehört die Hälfte von allem hier, und diese achthundert habe ich damals von *meinem* Geld bezahlt, hörst du?« Sie winkte ab. »Eine verdammte Schwäche – Bert hat mich oft genug dafür gescholten. Eitelkeit, du verstehst schon. Ha! Stell dir vor, ich habe tatsächlich geglaubt, ich könnte mit meinen zweiundfünfzig Jährchen noch mal so viel abspecken, dass mir das Ding passt!«

Leandra lächelte verkniffen.

Hilda betrachtete sie. »Bei deiner schönen Figur wäre es ein Jammer, wenn es nicht von dir getragen würde. Es würde sonst nur in meiner Truhe verstauben.« Sie winkte ab. »Es könnte sich ohnehin niemand leisten! Und dir könnte es tatsächlich einmal gute Dienste leisten, wenn das stimmt, was du mir erzählt hast!« Ihr Blick war streng geworden.

Leandra wagte nicht, einen Ton zu sagen.

»So, und nun nimm Haltung an, Kind. Du sitzt da wie ein Häufchen Unglück! Zeig deine Figur und erweise dich dieses Schmuckstücks würdig!«

Leandra musste auflachen. Die alte Frau war ihr so sympathisch, dass sie auf sie zuging und sie in die Arme nahm. »Danke, Hilda!«, sagte sie. »Das ist das schönste Geschenk, das ich je bekommen habe, wirklich!«

Sie hob den Kopf. »Tatsächlich?«

Leandra wusste, was sie meinte. Das schönste ... materielle Geschenk natürlich. Sie dachte an ihre Stunden mit Hellami – da würden alle Tharuler Kettenhemden, die es auf der Welt gab, nie heranreichen. »Vor kurzem erst habe ich ein noch schöneres bekommen, aber das erzähle ich dir jetzt nicht.«

Hilda grinste. »Ist auch nicht nötig, ich kann es mir ohnehin denken!«

Dann wandte sie sich um und machte sich an der Truhe zu schaffen. Sie förderte weitere Sachen zutage.

»Du willst mir auch noch die Lederkleidung geben?«, rief Leandra.

»Natürlich, die brauchst du! Das Kettenhemd fühlt sich jetzt warm an, aber bei kaltem Wind wirst du dich wundern! Außerdem ist die Kleidung, wie ich schon sagte, metalldurchwirkt. Sie schützt deine Arme und

Beine, den Hals und die Füße. Nur ein Helm gehört nicht dazu.«

Leandra probierte die Sachen an und fand sie von außergewöhnlicher Qualität. Das Leder war weich und haltbar mit metallischen Fäden unter der Oberfläche. An im Kampf empfindlichen Stellen wie den Schultern, Oberarmen, Schenkeln und Knien glänzten stärker metalldurchwirkte Stellen leicht hervor. Als sie zuletzt den ledernen Wams darüberzog, fand sie sich in fast schlichter Kleidung wieder. Nichts Besonderes deutete darauf hin, was die Rüstung tatsächlich barg.

Ein näherer Blick würde natürlich jedem, der auch nur ein wenig von Kleidern verstand, sofort sagen, dass die Sachen von erlesener Qualität waren. Die Nähte und Säume waren mit metallischen Fäden gefasst, das Leder an jeder Stelle von hervorragender Beschaffenheit. Dann fielen ihr Hellamis Worte ein. Wenn es irgendwo in dieser Welt eine Festung gab, die man anziehen konnte, dann war es diese Rüstung.

Hilda betrachtete sie eingehend. »Warte mal, Kindchen. Ich habe da eine Idee.«

Sie eilte davon, kramte in einer Schublade und kam dann gleich herbei. Sie drückte Leandra auf einen Schemel, den sie mit dem Fuß vor den großen Spiegel gezogen hatte, und begann sich an Leandras Haar zu schaffen zu machen. Leandra verfolgte erstaunt im Spiegel, was Hilda tat.

»Du brauchst eine hübsche Frisur, Mädchen«, sagte Hilda, während sie nestelte. »Wollen doch mal sehen, ob wir aus dir nicht eine kleine Prinzessin machen können, was?«

Leandra verkrampfte das Kinn, als sie daran dachte, was Munuel, der sie so gern als Prinzessin betitelte, sagen würde, wenn sie ihm so unter die Augen kam. Hilda knüpfte ihr kleine helle Perlen in dünne Zöpfchen, die sie rechts und links ihres Gesichtes flocht. »Das sieht gut aus!«, stieß Leandra hervor. »Wirklich, das gefällt mir!«

Hilda nestelte in Höchstgeschwindigkeit weiter. Sie war sehr geschickt und hatte schon nach wenigen Minuten vier Zöpfchen fertig, die Leandra bis über die Schultern herabfielen, und an denen je zehn oder zwölf winzige, grün- und weißschimmernde Perlen aufgereiht waren. »Sogar meine Augenfarbe hast du getroffen«, stellte sie kopfschüttelnd fest und strich an einem der Zöpfchen entlang. Hilda ließ nicht nach, bis sie zwei weitere gefertigt hatte. Dann richtete sie sich auf. »Nicht zu viele, das ist das Geheimnis!«

Sie hatte sich hinter Leandra niedergebeugt und strahlte neben ihrem Gesicht in den Spiegel. »So, und nun das i-Tüpfelchen!« Sie eilte wieder fort und kramte in einer Kommode herum. Leandra sah schon, dass sie dort an kleinen Fläschchen schnüffelte, und war gespannt, was sie bringen würde.

»Hier!«, rief Hilda aus. »Das ist genau das Richtige!«

Sie eilte zurück und tupfte etwas aus einem winzigen Fläschchen auf ihre Fingerspitze. Dann betupfte sie Leandras Hals rechts und links kurz damit.

Ein herb-süßlicher Duft breitete sich aus. Leandra schnüffelte neugierig. So etwas hatte sie noch nie gerochen. Es war fremd, exotisch und interessant. »Was ist das?«, fragte sie.

»Es nennt sich Taschmali«, erklärte Hilda. »Kommt aus Chjant. Das Wichtige an einem Parfüm ist, dass es interessant sein muss, verstehst du, Kindchen? Es darf nicht einfach nur gut riechen, nein, es muss etwas Ungewöhnliches sein. Es ist eigentlich sehr herb und würzig, nur wenig süß – aber ich finde, es passt fabelhaft zu dir!«

Hilda war das personifizierte Entzücken. Leandra wurde langsam klar, dass sie eigentlich eine Art Opfer war – sie stellte für Hilda das dar, was die Frau niemals selber hatte sein können. Das beschämte sie ein wenig.

Sie stand auf. »Hilda, das ist zu viel des Guten!«

Die Frau maß sie mit strengem Blick. »Nun lass mir doch meinen Spaß!«, sagte sie. »Mein dummer Traum verwandelt sich heute ganz unverhofft in Wirklichkeit! Verdirb mir das nicht, bitte!«

Leandra gab sich geschlagen. Sie wandte sich um und blickte in den Spiegel. Sie schenkte sich selbst ein Lächeln, als ihr klar wurde, dass sie sich bis ins letzte Detail gefiel. Die Perlen im Haar waren winzig und beinahe unauffällig, aber es sah einfach fabelhaft aus. Und der Duft gefiel ihr immer mehr. Aus irgendeinem Grund verstärkte sich der Gedanke, dass sie das eigentlich Hellami zu verdanken hatte. Sie wandte sich wieder Hilda zu.

»Ich habe dreihundert Folint«, sagte Leandra. »Ein bisschen mehr sogar. Es ist bei weitem nicht genug, aber ich möchte, dass du sie nimmst!«

Hilda winkte ärgerlich ab. »Das würde mein Geschenk zunichte machen, Kindchen. Nein, das will ich nicht!«

»Bitte!«, sagte Leandra. »Ich muss das Geld loswerden! Es hat eine bestimmte Bedeutung, glaub mir! Es hängt mit der ganzen Geschichte zusammen und mit meiner Freundin. Sei so gut. Sie wollte, dass ich mir für dieses Geld eine Rüstung kaufe, und es soll wenigstens ein bisschen *ihr* Verdienst sein. Es ist wichtig!«

Hilda sah sie erstaunt an. Schließlich nickte sie. »Also gut. Wenn es so ist, nehme ich das Geld.«

Leandra kramte die Münzen aus der Tasche ihrer alten Kleidung und legte sie auf den Tisch. »Danke, Hilda! Du hast ein Herz aus Gold!«

Hilda herzte sie und sagte: »Ich würde mich freuen, dich wiederzusehen. Wie heißt du eigentlich?«

»Leandra.«

»Leandra? Wirklich? Das erinnert mich an eine Schwertkämpferin ...«

Leandra lachte laut auf. »Ich muss jetzt gehen, Hilda. Mein Meister wird schon nach mir suchen. Wenn ich irgendwo einmal höre, dass ihr vorbeigekommen seid, dann kann mich nichts daran hindern, dich zu besuchen! Ich verspreche es!«

Hilda nickte, sie hatte eine Träne im Auge. »Ich werde mein Versprechen auch halten, Kindchen, und …«

»Was?«

»Zeig dich keinem Mann in diesem Kettenhemd! Der würde verrückt werden …!«

Leandra lachte. »Keine Sorge, das ist nicht nötig!«

Sie verließ den Wagen und ließ die pummelige Frau mit einem Fragezeichen im Gesicht zurück.

*

Als sie Munuel am Rand des Marktplatzes wiedertraf, begrüßte er sie mit einem erstaunten Gesichtsausdruck. Sie hatte gehofft, ihm würde nicht gleich auffallen, was sie da trug, aber das war ein naiver Gedanke. Allein die Perlen im Haar wiesen auf manches hin.

Er nickte anerkennend. »Das ist ein ziemlich teures Stück, mein Kind!«

Sie hielt ihr altes Kleiderbündel und die Jambala vor die Brust erhoben und wollte sich seinen Blicken entziehen. Aber er ließ sich nicht beirren und nahm ihr das Bündel ab. Dann trat er einen Schritt zurück und betrachtete sie. Er fuhr mit der Hand den Saum ihres Lederwamses entlang.

»Was ist das an deinem Hals? Ein Kettenhemd?« Er nahm es sich heraus, den Wams ein Stück zur Seite zu ziehen, und pfiff leise durch die Zähne. »Hast du einen Verehrer gefunden? Einen reichen Prinzen vielleicht?«

»Ich …? Nein, äh …«

»Das ist eine Tharuler Rüstung. Nun, sechshundert, schätze ich. Mindestens. Wo hast du das bloß her?«

Leandra sah, dass es keinen Sinn hatte, ihm etwas vormachen zu wollen. »Von Hilda«, sagte sie.

»Hilda?«, fragte Munuel gedehnt. »Noch eine Freundin?«

Leandra lächelte und nickte. »Ja, stimmt. Hilda hatte

einen langgehegten Traum und ...« Sie lachte leise auf. »Und eine leider viel zu füllige Hüfte.«

»Und?«

»Nun, ich wurde ihr Püppchen.«

Munuel nickte. »Du siehst wirklich sehr hübsch aus«, stellte er fest und ließ es großzügig bei Leandras Andeutungen bewenden. »Hübscher, als ich mich je erinnern könnte. Und du duftest.«

Leandra seufzte. Munuel war ein Mann von Welt. Sie wollte ihn umarmen, aber sie unterdrückte den Impuls. Sie standen noch immer am Rand des Marktplatzes. Sie fragte sich, welch seltsame Fügung es doch war, die ihr inmitten von so viel Leid, Trauer und Gefahr gleichsam so viel Erhebendes bescherte. Nie zuvor hatte sie eine Zeit von solcher Intensität erlebt, ein unerhörtes Wechselbad von Gefühlen. Im Guten wie im Schlechten.

Sie seufzte und hakte sich bei Munuel unter, wie sie es zuvor bei Bert getan hatte. »Lass uns aufbrechen, großer Magier«, sagte sie. »Sonst fange ich noch zu heulen an.«

Sie wandten sich um und begannen über den Marktplatz zu schlendern. Als Leandra mitbekam, dass einige Männer sie anstarrten, wünschte sie sich, vielleicht doch ein wenig unauffälliger auszusehen.

Munuel hatte Vorräte und Ausrüstungsgegenstände gekauft, und als er sah, dass Leandra kein Geld mehr hatte, machten sie noch einen Rundgang und kauften alles Notwendige. Kochgeschirr, einen kleinen Essensvorrat für ein paar Tage, einen Packsack für das Pferd und ein wenig einfache Wäsche. Sie stellte keinerlei Ansprüche, denn ihr war klar, dass sie für diesen einen Tag hundertfach mehr bekommen hatte, als ihr zustand. Als sie den Markt verlassen wollten, hörten sie hinter sich Leandras Namen rufen.

Sie drehten sich beide um und sahen Hilda heraneilen.

Die ältere Frau war gleich heran und blieb schnaufend stehen. »Guten Tag, Herr Magier!«, sagte sie mit respektvollem Senken des Blicks und schlug sich dann gleich erschrocken die Hand vor den Mund.

Munuel warf Leandra einen missbilligenden Blick zu.

Hilda blickte Leandra betroffen an, und Leandra sah mit gleichem Gesichtsausdruck zu Munuel. Sie zuckte entschuldigend die Achseln. »Es tut mir Leid, Munuel. Wir haben ein wenig geplaudert, und da ist mir herausgerutscht, dass wir Gildenmitglieder sind ...«

Munuel nickte streng. »Schon gut«, sagte er und wandte sich wieder Hilda zu. Sein Gesichtsausdruck blieb bei gehöriger Strenge. »Du bist also Hilda, junge Dame!«, sagte er, und Hilda, sehr geschmeichelt, schenkte ihm ein strahlendes Lächeln. »Ja, Herr Magier. Zusammen mit meinem Bruder Bert biete ich Waffen aus Tharul feil.«

Munuel nickte verstehend. »Weiß dein Bruder etwa auch, dass wir Magier sind?«

Hilda machte entsetzte Augen. »Nein, bei den Kräften! Als Leandra das herausgerutscht war, hat sie mich verpflichtet, kein Wort weiterzusagen ....«

Leandra beobachtete Munuel und wurde sich immer klarer darüber, dass man ihm nichts vormachen konnte. Seine Blicke huschten zwischen ihr und Hilda hin und her. »Wir haben ja gesehen, wie gut du das kannst, Hilda! Also, ab jetzt herrscht *wirkliches* Schweigen, hast du verstanden? Ich stelle dich hiermit unter den Eid der Gilde!«

Sie erschauerte. »Aber ja, aber ja, Herr Magier! Es tut mir so Leid ...«

Munuel runzelte die Stirn. »Also, was gibt es denn noch?«

Hilda sah sich verstohlen um, zupfte Munuel am Ärmel und zog ihn an einen Platz zwischen einem großen Baum und der Seitenwand einer Verkaufsbude. Leandra folgte ihnen. »Also ...«, sagte sie dann und begann in ihrer Rocktasche zu kramen. Sie förderte eine kleine steife Lederhülle zutage, in der eine Pergamentrolle steckte.

»Nachdem Leandra weg war, ist mir noch etwas eingefallen.« Sie gab Munuel die Rolle. Er öffnete sie neugierig und betrachtete einen kurzen verschnörkelten Text auf einem altersbraunen, ledrigen Pergament.

»Die Dame«, sagte Hilda, »der einmal diese Sachen gehörten, gab mir diese Rolle, als ich die Rüstung von ihr kaufte. Sie sagte, sie gehöre dazu. Was das Pergament für einen Sinn hat, wusste ich nicht. Sie sagte auch nichts dazu. Heute allerdings kam mir ein Gedanke. Es gab früher einige Tharuler Waffen und Rüstungen, deren Stahl über einem Feuer geschmiedet worden war, in denen sich glühende Wolodit-Steine befanden. Kennt Ihr Wolodit, Herr Magier?«

Munuel nickte, während er den Text eingehend studierte.

»Es heißt«, fuhr Hilda fort, »dass dieser Stahl magische Eigenschaften besessen haben soll. Ich habe nie einen solchen Stahl gesehen, und mancher sagt auch, es wäre eine Sage, denn kein Feuer wäre heiß genug, Wolodit zum Glühen zu bringen.«

Munuel nickte abermals, nahm die Augen aber nicht von dem Text, den er las. Sein Gesichtsausdruck verriet neugierige Faszination.

»Ich weiß nicht, ob es nur ein Hirngespinst von mir ist«, sagte Hilda. »Aber es könnte ja sein, dass diese Rolle … nun, Ihr versteht sicher, was ich meine, Herr Magier!«

Munuel nickte und faltete die Rolle wieder zusammen. Er zog seinen Geldbeutel hervor. »Was bekommst du dafür?«

Hilda trat einen Schritt zurück und hob abwehrend die Hände. »Aber nein – nichts, natürlich! Was soll ich denn mit dieser Rolle?« Sie begann wieder zu grinsen und drückte sich kurz an Leandra. »Passt mir nur gut auf unsere kleine Prinzessin auf. Der schönste Lohn wäre, wenn der Inhalt dieses Pergaments ihr eines Tages einen wirklichen Nutzen bringen würde! Also, ich meine natürlich …«

»Du bist eine gute Frau, Hilda!«, sagte Munuel. Er verstrahlte wieder einmal eine ungeheure Autorität, fand Leandra. Hilda verbeugte sich fast bis zum Boden. »Wir müssen nun aufbrechen«, fuhr Munuel fort und sah gen Himmel. »Es ist Nachmittag, wir werden noch einige Stunden reiten können. Also, leb wohl, junge Frau. Und denk an deinen Eid!«

Munuel nahm Leandra beim Arm, winkte Hilda zum Abschied und führte Leandra vom Marktplatz fort. Leandra spürte schon, dass sich etwas zusammenbraute. Aber noch war es nicht soweit.

Sie marschierten zum Stallmeister und lösten die Pferde aus. Dann verschnürten sie ihre Bündel, saßen auf und verließen Waldenbruch in Richtung Westen.

*

Nach einer halben Stunde in flotter Gangart verlangsamten sie ihren Ritt und trabten in gemäßigtem Tempo weiter.

»Ich muss mit dir reden, Leandra!«, sagte er.

Sie presste ihren Atem zwischen zusammengekniffenen Lippen hervor. Es war nur eine Frage der Zeit gewesen, bis das Donnerwetter kam. »Ja?«

»Ich will dir zugute halten, dass du unsere Geheimnisse wenigstens nicht einer Person erzählt hast, die des Vertrauens nicht würdig ist, aber trotzdem: So etwas kannst du nicht tun! Auch nicht, wenn es sich um so ein kostbares Stück handelt, wie du es nun trägst.«

Leandra wollte ihm widersprechen, denn kaum ein Preis erschien ihr für diese außergewöhnliche Kleidung zu hoch. Zumal es da offenbar noch ein Geheimnis gab, das in dieser Pergamentrolle enthalten war …

»Was hast du ihr erzählt?«, fragte Munuel und sah sie direkt an.

Seine Laune würde keinen Schwindel dulden, das wusste sie. »Ich … ich habe ihr Andeutungen gemacht«, gab sie kleinlaut zu. »Dass wir zwei in einer geheimen und gefährlichen Sache unterwegs sind. Und dass mein Schwert kein gewöhnliches ist.«

»Sonst nichts?«

Sie dachte nach, kam aber auf nichts Wesentliches. »Nein, ich glaube nicht.«

»Nichts über Hegmafor? Die Bruderschaft von Yoor?«

Sie schüttelte entsetzt den Kopf. »Nein, nein! Wirklich nicht!«

»Über Unifar, Bor Akramoria oder die Stygischen Artefakte?«

Wieder schüttelte sie den Kopf. »Nein, Munuel. Keine Silbe!«

Er atmete auf. »Das ist gut.« Er sah sie wieder an. »Aber trotzdem schlimm genug. Du solltest dir darüber im Klaren sein, dass diese Geheimnisse nicht nur die Gilde betreffen! Erst werden *wir* sterben – *danach* trifft es die Gilde! Verstehst du? Es geht hier um dein Leben, mein Kind.«

»Ja«, sagte sie leise.

»Ab jetzt herrscht Schweigen – und zwar vollkommenes. Und kein Wort über die Fähigkeiten der Jambala. Sind wir uns einig?«

»Ja, Munuel!« Sie hatte es sich schlimmer vorgestellt. Ihr Glück war wohl gewesen, dass sie Hilda tatsächlich sehr wenig anvertraut hatte. Hilda würde niemandem erzählen können, wer sie waren, wohin sie wollten oder mit welcher Absicht sie sich trugen. Abgesehen davon würde Hilda nichts sagen, da war sie sicher. Sie hatte ihr nicht diese Rüstung geschenkt, um sie nachher darin abschlachten zu lassen.

»Kann ich dich etwas fragen, Munuel?«

Er brummte so etwas wie ein Ja.

»Diese Pergamentrolle. Was hat es damit auf sich?«

Er spitzte die Lippen und dachte eine Weile nach. »Es sieht so aus, als enthielte sie eine uralte Iterationsformel.«

»Tatsächlich?«, fragte Leandra. »Und was ist das für eine Iteration?«

»Ich bin nicht sicher. Es scheint etwas mit dem Metall zu tun zu haben. Eine Erdmagie offenbar, Stabilität, Schutz, Verstärkung, irgendso ein Gemisch. Ich muss mir das erst genauer ansehen.«

Leandra war ganz aufgeregt. »Könnte das ... ich meine, würde es vielleicht die Rüstung noch verstärken?«

»Ja, möglich. Wie gesagt, ich muss es mir noch genauer ansehen. Es scheint eine ziemlich alte Formel zu sein, Intonationen, die aus einer uralten Lehre stammen. Ich habe so etwas jahrelang nicht mehr zu Gesicht bekommen. Allein deswegen ist es schon sehr interessant.«

»Meinst du, ich könnte diese Formel anwenden und die Intonationen aussprechen?«

Er sah sie an wie ein böses Kind, das sich nun das Anrecht auf den Nachtisch vollständig verwirkt hatte. Sie schlug die Augen nieder.

»Es ist eine sechste Iteration, Leandra, ein wenig zu hoch für dich. Ich fürchte, du wirst noch ein paar Jahre lernen müssen, bis du so etwas bewältigen kannst.«

Leandra hielt den Blick gesenkt und nahm die demütige Rolle ein, in der Munuel sie jetzt sehen wollte. Insgeheim aber echote *Sechste Iteration* in ihrem Geist wie der Freudenschrei über einen kolossalen Gewinn.

Eine sechste Stufe in der Elementarmagie – unglaublich! War der Spruch über eine Festung zum Anziehen bislang nur eine kleine, wohlmeinende Übertreibung gewesen, so rückte er jetzt in den Bereich der Realität. Eine sechste Iteration war eine mächtige Magie – der Theorie nach besaß eine sechste Iteration das zweiunddreißigfache Potenzial einer ersten! Gut, das stimmte nicht ganz. Die Magie hielt sich nicht an mathematische Ausdrücke, und es gab noch viele Faktoren, die mit hineinspielten. Eine saubere dritte Stufe konnte mehr bewirken als eine schlecht ausgeführte fünfte. Aber dennoch: Hier handelte es sich um wirklich mächtige Magie, und sie wagte sich gar nicht vorzustellen, welche Eigenschaften ihre Kleidung annehmen würde, sollte sie eines Tages diese Erdmagie wirken können! Es war gut möglich, dass sie dann so gut wie unangreifbar wurde!

Noch lange gab sie sich heldenhaften Träumen hin. Das Wetter blieb schön, und der Tag hatte sich wirklich gut entwickelt. Leandras Laune hatte sich vollständig erholt. Schade nur, dass Hellami so weit weg war.

Das Sonnenlicht nahm langsam ab, und es wurde Zeit, sich einen Lagerplatz zu suchen. Sie fanden eine geeignete Stelle abseits der Straße in einer Klamm, die aber schon seit langer Zeit trocken lag. Dort gab es einen Platz, den vor ihnen schon andere Wanderer benutzt hatten, denn eine Feuerstelle und sogar ein Rest Holz waren vorhanden. Sie richteten sich ein und stellten die Pferde am Beginn der Klamm unter.

Später, nachdem sie gegessen hatten und sich auf die Nachtruhe vorbereiteten, dachte sie, dass ihr Munuel wieder gewogen war. »Du wolltest mir noch etwas über die Stygischen Artefakte erzählen«, sagte sie. »Was sind sie? Wo kommen sie her?«

Munuel schüttelte seine Blechtasse aus, stellte sie weg und lehnte sich dann entspannt an einen Felsen. »Die Artefakte? Nun, das weiß keiner so genau. Aber wie so oft gibt es eine alte Legende darüber. Demnach gab es vor zweitausend Jahren einen großen Magier namens Darios. Er war es, der eine Waffe erschuf, mit der es zuletzt gelang, gegen die Bruderschaft von Yoor zu obsiegen.« Munuel seufzte. »Leider jedoch gelang es nicht, alle bösen Kräfte auszumerzen. Irgendeiner von ihnen haben wir es zu verdanken, dass damals das Trivocum völlig niedergerissen wurde.«

»Moment mal ...«, sagte Leandra. »Diese Waffe ... waren das die *Drei Stygischen Artefakte?*«

Munuel nickte. »Ja, du knüpfst die richtigen Verbindungen. Einer geheimen Überlieferung nach benötigte Darios drei Gegenstände von ganz besonderer Art. Es heißt, er habe sie stehlen müssen, da es keinen anderen Weg gab, an sie zu gelangen. Dann verlieh er ihnen mittels Magie ihre Macht. Das müssen die Jambala, der Yhalmudt und die Canimbra gewesen sein.«

Sie tastete mit der Rechten nach dem Schwert, das in ein Tuch neben ihr eingewickelt war. »Das ist ja unglaublich ...«

»Es gibt noch einen weiteren Verbindungspunkt. Ich hatte dir doch von dem Direktor der Großen Stygischen Schule erzählt, der bei uns im Dorf gestorben war.«

»Ja. Der große Lothsé. Welcher Novize kennt seinen Namen nicht?«

Munuel nickte. »Ich fand bei ihm dieses Büchlein, von dem ich erzählte. Lange rätselte ich daran herum, woher es stammen könnte. Als eines Tages ein Magier in Angadoor zu Gast war, der sich auf alte Geheimschriften verstand, bekam ich den Namen des Verfassers heraus, der im Einband des Büchleins verzeichnet war. Damals sagte er mir noch nichts.«

»Lass mich raten«, sagte sie. »Ich schätze, es war ebenfalls dieser Darios!«

»Ha! Du bist wirklich klug, Prinzessin!«, rief Munuel gut gelaunt aus. »Du hast Recht. Es war wirklich Darios!«

»Ein zweitausend Jahre altes Buch!«, sagte sie. »Müsste es nicht längst zu Staub zerfallen sein?«

»Nicht, wenn es mit ein paar magischen Tricks haltbar gemacht wurde. Das ist nicht weiter schwer.«

»Ein unglaubliches Vermächtnis!«, sagte Leandra und tastete nach der Jambala. »Und ich stehe mittendrin! Abgesehen von all den Gefahren und dem Tod, die an jeder Ecke auf uns lauern werden, könnten wir in die Geschichtsbücher eingehen, nicht wahr?«

Munuel hatte eine ernste Erwiderung auf der Zunge, schluckte sie jedoch herunter. Es war ein Glück, dass Leandra sich auf ihre Rolle einzulassen schien, und er wollte es nicht verderben. »Ja, du hast Recht«, sagte er.

»Diese Canimbra«, sagte Leandra. »Was ist das nun für ein Gegenstand?«

»Das weiß niemand. Wie gesagt, das letzte Mal, dass sie zum Einsatz kam, war vor zweitausend Jahren. Seither ist sie verschollen.«

»Und dieses … wie hieß der Ort?«

»Bor Akramoria?«

Sie nickte. »Ja, genau. Was ist das für eine Stadt?«

Munuel schüttelte den Kopf. »Das ist keine Stadt. Nein, es muss so etwas wie eine kleine Festung sein oder eine Burg. Möglicherweise eine Abtei. Das weiß man nicht genau. Das war der Ort, an dem der letzte der Bruderschaft von Yoor damals besiegt wurde – jedenfalls glaubt man das. Die drei Stygischen Artefakte kamen dort zum Einsatz. Der Sage nach wurde in Bor Akramoria ein mächtiger Dämon besiegt, bevor man das Oberhaupt der Bruderschaft von Yoor dort stellte und tötete.«

»So? Und wer war das?«

»Sein Name war Sardin.«

»Sardin? Hab ich noch nie gehört.«

Munuel machte eine ausholende Geste. »Tja, woher auch. Das sind Dinge, mit denen beschäftigt sich heute niemand mehr.«

»Niemand außer dir!«

»Stimmt. Als wir damals den Dämon von Hegmafor besiegt hatten, waren wir überzeugt, alle Gefahren aus der Welt verbannt zu haben. Dann aber begann es erneut. Vereinzelt nur und auch nicht sehr spektakulär. Hier einmal eine seltsame Sache, dann im Jahr darauf an einem anderen Ort irgendein Phänomen. So etwas passiert, weißt du?«

Leandra lauschte ihm fasziniert. Solche Geschichten konnte sie dutzendweise hören. Dann wurde ihr aber klar, dass es heute mehr als nur Geschichten waren. Diese Dinge begannen um sich zu greifen, und eine kalte Hand hatte sie bereits gepackt und riss sie in den Strudel der dunklen Geschehnisse mit hinein.

»Ich hatte inzwischen den Yhalmudt und begann mich um diese Vorkommnisse zu kümmern«, fuhr Munuel fort. »Es war nicht allzu viel Arbeit, wenn ich das mal so sagen darf. Der Yhalmudt ist ein mächtiges Artefakt. Wenn ich von seltsamen Begebenheiten hörte, dann begab ich mich dorthin und sah mir an, was es war.«

»Und? Was fandest du?«

»Tja, das ist schwer zu beschreiben. Einmal gab es einen Flussabschnitt, den kein Wesen lebend durchqueren konnte. Alle Fische starben, die dort hindurch schwammen, sogar Enten und einmal auch eine kleine Mullooherde, die ein Bauer hindurchgetrieben hatte. Sie wurden unter Wasser gezogen und tauchten erst nach einer Meile grässlich verstümmelt wieder auf.«

»Puuh! War das ein Dämon?«

Er nickte. »Ja, ein ganz übler sogar. Er hatte keine wahrnehmbare Gestalt, er war sozusagen das Wasser selber. Eine äußert komplizierte Verknüpfung stygischer Strukturen, sozusagen. Weißt du überhaupt, was ein Dämon eigentlich ist?«

Sie hob die Achseln. »Ich wusste gar nicht, dass man sie beschreiben kann.«

»Doch, das kann man. Ein Dämon ist im Prinzip ein Knotenpunkt stygischer Energien. So wie wir Menschen gewissermaßen Knotenpunkte diesseitiger Energien sind. In uns treffen sich Kräfte der Ordnung, und zwar auf sehr komplizierte Weise, und erschaffen komplexe Systeme. Im Stygium funktioniert das anders, denn das Prinzip des Stygiums ist es, Systeme der Ordnung auszulöschen. So ist es eigentlich unmöglich, dass sich dort etwas formt; es widerspräche dem Prinzip der Unordnung.«

»Und wie geht es dennoch?«

»Nun, das ist ein Lehrsatz aus dem Prinzip der Kräfte. Ordnung und Unordnung durchdringen sich gegenseitig. Ein System, das aus purer Ordnung besteht, gibt es nicht, denn es würde stillstehen. Es könnte niemals bis zu seinem Status gelangt sein, denn Bewegung entsteht nur an den Reibungskanten der beiden Kräfte, also am Trivocum. Ein höchst komplexes System der Ordnung enthält immer auch einen Teil Unordnung, also ein Element, das es aufzulösen versucht. So ist es auch umgekehrt. Die Prinzipien der Unordnung enthalten auch immer ein wenig Ordnung, denn die perfekte Unordnung kann es nicht geben – es wäre das Nichts, es würde stillstehen. Aus diesem Lehrsatz ergibt sich das Phänomen der Dämonen. In ihnen verketten sich unterschiedliche Kräfte der Unordnung, sie stellen Knotenpunkte von teilweise unerhörter Komplexität dar. Je verschlungener der Knoten, desto mächtiger. Er ist sozusagen die geballte Auflösungskraft.«

»Unglaublich!«, stieß Leandra hervor. »Dann ist ein Dämon also nichts weiter als ein Bündel stygischer Energien? Wie kann er dann ein Aussehen annehmen wie dieser Dämon, den wir töteten?«

»Genau so, wie *wir* ein Aussehen angenommen haben.«

»Das verstehe ich nicht.«

Munuel streckte seine Hände vor. »Schau doch mal. Das hier sind Werkzeuge von unerhörter Vielseitigkeit. Sie haben sich entwickelt und sehen letztlich nun *so* aus, weil dies die sinnreichste und wirkungsvollste Form ist. Was, würdest du sagen, wäre die sinnreichste und wirkungsvollste Form für ein Bündel von Energien, dessen einzige Aufgabe die Zerstörung ist?«

Munuel hatte die Frage so gestellt, dass die Antwort beinahe lustig war. »Er sollte am besten zehn nadelspitze Hörner haben, ein Gebiss wie ein Drachenmurgo, hundert giftige Tentakel – und er sollte dreißig Ellen hoch sein!«, antwortete Leandra.

Munuel lächelte, aber er war nicht froh. »Ganz genau, mein Kind. Aber das ist noch nicht alles. Unsere Wahrnehmungsgewohnheiten und unser Verstand spielen auch mit hinein. Selbst der Schrecken, den wir empfinden, ist ein Werkzeug eines Dämonen. Schrecken ist Chaos und letztlich Unordnung.« Er winkte ab. »Es gibt vermutlich tausend Wege, einen Dämon beschreiben zu wollen, und doch ist keiner davon der richtige.«

»Das klingt alles sehr wissenschaftlich«, sagte sie. »So, als könnte man einen Dämon messen, wiegen und sein Alter bestimmen. Vor so einem Dämon müsste man gar keine Angst mehr haben. Sicher ließen sich auch einfache Wege finden, ihn zu beseitigen, meinst du nicht?«

Munuel lachte hart und bitter auf. »Ha, da sagst du vielleicht etwas! Genau das sind die Bilder, mit denen Leute wie ich seit Jahren gegen die Gelehrten der Gilde ankämpfen. Sie forschen in den Kellern irgendwelcher Bibliotheken über die Natur der Dinge und denken, auf wissenschaftlichem Wege ließe sich jedem Problem beikommen. Bis dann mal einer von ihnen vor einem leibhaftigen Dämon steht. Dann versagt alles Wissen und alle Theorie.« Er hob einen mahnenden Finger. »Ich sage dir was, Mädchen! Glaube nie, dass du die Welt begreifen kannst! Sie ist zu vielfältig und zu unberechenbar. Das gilt in besonderem Maße für das Stygium. Du tust gut daran, immer auf das Undenkbare vorbereitet zu sein!«

Leandra nickte. Ohne Zweifel hatte er Recht. Wenn ihr jemand vor zwei Wochen prophezeit hätte, was geschehen würde, hätte sie ihn als einen Spinner abgetan. Das alles ließ Schlüsse zu auf das, was noch passieren mochte, bis sie letztlich die Canimbra gefunden hatten. Wenn es ihnen jemals gelang.

16 ♦ Das Gasthaus an der Morneschlucht

Am frühen Morgen brachen sie wieder auf und nahmen die Straße nach Westen Richtung Usmar. Hinter den Südakranischen Hügeln gedachten sie nach Nordwesten in Richtung Mittelweg weiterzuziehen und dann am Südramakorum entlang nordwärts bis hin nach Tharul. Dahinter begann der riesenhafte Mogellwald. Aber bis sie dort erst einmal anlangten, würden wohl noch zwei Wochen vergehen.

»Was ist, wenn der Shabib bis dahin stirbt?«, fragte Leandra.

»Ich glaube nicht, dass er so schnell stirbt«, erwiderte Munuel.

Dabei beließ er es, und Leandra hakte auch nicht nach. Die Gildenmagier würden ihnen die Zeit verschaffen, die Canimbra zu finden, selbst wenn es bedeutete, den Kodex der Gilde über das erträgliche Maß hinaus zu beugen. Die Gefahren, die im Moment drohten, waren einfach zu groß. Das bedeutete ganz sicher auch, dass die Gilde, wenn das Unheil erst einmal ausgestanden war, eine Reformation erfahren musste. Aber das war nun mal der Preis.

Ein einzelnes Fuhrwerk kam ihnen entgegen. Es wurde von zwei Mulloohs gezogen, die mit ihren kurzen Beinen auf der staubigen Straße entlangstampften. Heute würde es wieder heiß werden. Sie trugen auf ihren schildkrötenartigen Rückenpanzern zusätzliches Gepäck, und auf dem Wagen türmte sich eine riesige Ladung Holz.

Munuel und Leandra wichen beiseite, um dem Mann,

der auf dem Kutschbock saß, mit seinem Gefährt ein besseres Durchkommen zu ermöglichen.

»Sei gegrüßt Fuhrmann!«, rief Munuel, als der Wagen vorbeifuhr. »Wie weit ist es noch bis zum Gasthaus an der Morneschlucht?«

Der Mann sah sie für einen Moment erstaunt an, dann brachte er mit einem lauten »Hoo-heee!«, seinen Karren zum Halten. Er wandte sich auf dem Kutschbock um. »Zum Gasthaus? Ihr wisst es noch nicht?«

»Nein. Was denn?«

»Nun, das ist vor zwei Nächten abgebrannt. Ein Riesenfeuer!«

Munuel und Leandra blickten sich an.

»Vor zwei Nächten, sagst du? Wie ist das denn passiert?«

»Das weiß keiner. Es hatte schon längst geschlossen – die Schankstube meine ich. Es muss nachts um zwei auf einen Schlag lichterloh in Flammen gestanden haben.«

»Aber was ist mit den Gästen und den Wirtsleuten!«

Der Mann winkte ab. »So gut wie alle tot. Nur so ein Kerl hat's überlebt. Aber der ist dabei offenbar durchgedreht. Erzählt dauernd, irgendeine schwarze Horde wär dagewesen und hätte alle Leute umgebracht und das Haus angezündet. Aber vor drei Tagen hatte es geregnet, und man fand nicht die kleinste Spur im Boden. Wenn ihr mich fragt, hat's der Kerl selber angezündet!«

Die Nachricht passte gut zu dem, was sie selbst erlebt hatten. Sie dankten dem Mann für die Auskunft, verabschiedeten sich und ritten weiter. »Die Kräfte mögen uns beistehen«, murmelte Munuel. »Ich hoffe nur, dass es nicht noch mehr solcher Totenzüge gibt!«

Dann beschleunigten sie ihren Ritt. Sie hatten beide eine Vorahnung, dass dieser Brand eine bestimmte Bedeutung hatte. Und sie wollten so schnell wie möglich wissen, worin sie bestand. Eine Stunde später hatten sie die Morneschlucht erreicht.

In der Tiefe strömte der Fluss dahin, der sich von Norden entlang der Steppen und an Angadoor vorbei bis fast zur Savalgorer Tiefebene schlängelte, dann einen scharfen Knick machte, um kurz darauf in einem Felsenkessel in der Tiefe zu verschwinden. Fünfzig Meilen weiter tauchte er in der Morne-Schlucht wieder auf, strömte bald darauf durch eine Auenlandschaft ostwärts, an den Ortschaften Tulanbaar und Lakkamor vorbei, bis hinunter ans Meer nach Usmar, das von der Morneschlucht noch fünf Tagesreisen entfernt lag – etwa einhundertfünfzig Meilen.

Auf einem steilen Felsvorsprung über der Schlucht lag das Gasthaus – oder besser gesagt das, was von ihm noch übrig war. Munuel und Leandra näherten sich einem Dutzend Leuten, die mit Aufräumungsarbeiten beschäftigt waren. Dort angekommen, ließen sie sich noch einmal beschreiben, was vorgefallen war. Die Männer zeigten sich einigermaßen gesprächsbereit.

»Der Wirt hat Glück gehabt«, sagte einer der Männer. »Er war an diesem Tag nicht da – hatte Geschäfte in Lakkamor zu erledigen. Aber man kann nicht sagen, dass es für ihn wirklich ein Glück war. Seine Frau, seine beiden Kinder und all die Gäste kamen um, und sein gesamter Besitz ist zerstört. Und die Reisenden auf der Straße nach Savalgor können hier keine Rast mehr machen. Ach, was für ein Unglück.«

»Weiß man, wer sonst noch alles umkam?«

Der Mann wies auf die verkohlten Trümmer, die überall zu sehen waren. »Seht Euch hier um! Da ist kein Stein auf dem anderen geblieben. Wir haben ein paar Leichen geborgen, aber niemand kann mehr sagen, um wen es sich dabei gehandelt hat.«

»Und die Pferde? Sind denn keine Pferde eingefangen worden? Vielleicht kann man anhand der Sättel und dem Gepäck …«

Der Mann schüttelte energisch den Kopf und zeigte auf einen verkohlten Bretterhaufen in der Nähe. »Der Stall ist auch abgebrannt. Sieben Pferdeleichen und keine Spuren im Boden, dass Tiere entkommen wären. Ich fürchte, dass man hier nicht mehr viel herausfinden kann. Seid Ihr von der Gilde? Untersucht Ihr den Fall?«

»Äh, ja«, sagte Munuel. »Man hat uns mit der Aufklärung der Umstände betraut. Sagt, Meister – wir haben gehört, ein Mann hätte überlebt.«

Der Mann winkte ab. »Dieser seltsame Bursche, was? Ja, man glaubt, er hätte das Feuer gelegt. Es weiß zwar keiner, warum, aber man hat ihn festgenommen und nach Tulanbaar in die Festung gebracht. Morgen oder übermorgen wird ihm der Prozess gemacht. Ich denke, er ist verrückt. Erzählt dauernd wirres Zeug von dunklen Horden und einem Zug von Schattenwesen. Ha, damit wird er nicht durchkommen.«

Leandra mischte sich ein. »Was könnte er für einen Beweggrund gehabt haben, einen Gasthof niederzubrennen?«

»Wer weiß das schon? Eifersucht? Geldgier? Rache? Die Leute haben die seltsamsten Gründe.«

»Ja, aber irgendwas wird man ihm doch vorwerfen müssen!«, meinte Leandra. »Man kann ihn doch nicht einfach verurteilen, weil er zufällig das Feuer überlebt hat.«

»Ihr wisst doch, wie das ist, junge Dame. Man braucht irgendwen, den man an den Galgen hängen kann. Danach baut man den Gasthof wieder auf, und in zehn Jahren ist das alles nur noch eine alte Geschichte, die niemand mehr hören will.«

Leandra schwang sich aus dem Sattel und trat zu dem Mann hin. Er war ein stämmiger Kerl um die fünfzig mit flacher Stirn und tiefen Tränensäcken unter den Augen.

»Verzeiht mir, Meister«, begann sie, »dass ich Euch von der Arbeit abhalte, aber wir müssen Genaueres über den Fall in Erfahrung bringen. Wir sind, äh, auf der Suche nach einem abtrünnigen Magier, der dies alles verursacht haben könnte. Ihr müsst uns alles erzählen, was ihr wisst.«

Der Mann hob seine breiten Schultern. »Ich hab Euch schon alles erzählt, junge Dame. Was wollt Ihr denn noch wissen?«

Munuel hatte sich ebenfalls aus dem Sattel geschwungen und trat nun neben Leandra. Er wusste nicht, warum sie plötzlich so neugierig geworden war, aber es gab auch keinen Grund, sie in ihrem Vorhaben zu unterbrechen.

»Etwas über diesen Kerl. Wer ist er? Woher stammt er?«

Der Mann zuckte die Schultern. Dann sah er sich um, fand die Person, die er suchte, und rief mit lauter Stimme nach einem jungen Mann, der mit zwei anderen damit beschäftigt war, verkohlte Balken auseinander zu stemmen und in die Schlucht zu werfen.

»Joh, was is denn?«, meldete sich der Angesprochene und stapfte herbei. Man sah gleich, dass er seines Vaters Sohn war. Die Stirn genauso flach, die Schultern noch breiter und im Gang so graziös wie ein Mulloohbulle.

»Du kennst doch diesen Victor, oder? Den Kerl, den man verhaftet hat.«

»Den Victor? Joh. Warum?«

»Nun, hier sind zwei Herrschaften von der Magiergilde, die den Fall untersuchen. Erzähl ihnen was über den Kerl.«

»Über den Victor? Na, was soll man da schon sagen? 'n komischer Kauz. Kam vor 'n paar Jahrn hier in die Gegend. Is so was wie 'n Künstler, glaub ich. Schreibt Gedichte, macht Musik, malt Bilder ... und geht den Leuten auf die Nerven.«

»So?«

Der Bauernbursche grinste. Ihm fehlten beide Schneidezähne. »Der erzählt dauernd so wirres Zeug. Über Filosofie oder wie der das nennt. Will den Leuten weismachen, dass alles nur Einbildung is. Das ganze Leben, haha.«

»Und was hat er im Wirtshaus gemacht?«

»Och, er hat manchmal Lieder gesungen. Konnte er

ganz gut. Und hat sein Tand verkauft – Bilder und sein Schreibkrams. Es gab tatsächlich manchmal 'n paar Verrückte, die ham's ihm abgekauft.«

»Was könnte der denn für einen Grund gehabt haben, das Wirtshaus niederzubrennen?«, fragte Munuel.

Der Bauernbursche hob die Achseln. »Eigentlich keinen. Er wär ja schön verrückt gewesen. Die Wirtin hat ihn im Winter immer im Haus helfen lassen. Dafür hatte er 'ne Kammer neben dem Stall. Und er kriegte einmal am Tag 'n warmes Essen. Wenn er gesungen und musiziert hat, dann gab's auch mal 'n paar Kupferstücke von den Leuten.«

»Und jetzt ist er in Tulanbaar, im Gefängnis?«

»Jau. Der wird wohl baumeln, bevor die Woche um is, haha.«

Leandra war entsetzt. »Hast du denn gar kein Mitleid? Er ist doch bestimmt unschuldig!«

Der Kerl zuckte wieder die Schultern. »Was geht's mich an? Ich hab jetzt Arbeit. Bis das Gasthaus wieder steht, isses noch 'n Weilchen hin. Der Rest ist mir wurscht.«

Damit stampfte der Bursche davon. Leandra war verärgert. Sie stemmte die Fäuste in die Hüften und blickte ihm kopfschüttelnd hinterher.

»Nehmt es nicht so ernst, junge Dame«, sagte der Vater. »Die heutige Jugend kennt eben keine Werte mehr.« Er hob die Handflächen entschuldigend nach oben. »Was will man da schon machen?« Damit wandte auch er sich wieder seiner Arbeit zu.

Bald darauf saßen sie auf den Pferden und ritten weiter Richtung Usmar.

Die Straße führte zwischen einer Menge Stützpfeiler hindurch stetig talwärts. Je tiefer sie kamen, desto wärmer wurde es, und als sie am Nachmittag flaches Land erreichten, war es richtig heiß geworden. Leandra legte ihre gesamte Lederrüstung ab und gestattete sich, nur mit ihrem Kettenhemd bekleidet weiterzureiten.

»Was hat es eigentlich mit diesem Mogellwald auf sich?«, fragte sie dann.

Munuel blickte sie an. »Wie kommst du denn jetzt auf den Mogellwald?«

Sie zuckte die Schultern. »Ich will einfach mehr wissen. Vielleicht haben die Dinge einen noch größeren Zusammenhang. Schließlich reiten wir ja dort hin, oder?«

Munuel sah wieder geradeaus. Die Pferde trotteten ohne Eile den Weg hinaus in die freie Ebene. »Nun ja, er liegt weit im Nordwesten, unterhalb des Zentral-Ramakorums, südlich und östlich des riesigen Sees. Dort liegen auch die Ishmar-Wasserfälle.«

»Die Ishmar-Wasserfälle? Entspringt die Ishmar dem Mogellsee?«

Munuel winkte ab. »Noch viel weiter nördlich, tief im Ramakorum. Sie stürzt über die Ishmar-Fälle in den Mogellsee hinein und fließt auf der anderen Seite wieder heraus – bis zu uns herunter, nach Akrania. Die Ishmar-Fälle sollen gewaltig sein, habe ich mal gehört.« Er machte eine Pause. »Aber wer weiß das schon genau? Das liegt jenseits des Mogellwaldes. Aus dieser Gegend dringen alle hundert Jahre einmal ein paar Gerüchte bis zu uns.«

»Und was ist mit diesem Wald? Ich habe noch nie von ihm gehört. Nach allem, was ihr erzählt habt, klang es fast, als wäre er verflucht …«

»Ja, Leandra. Es ist ein menschenvergessenes Land. Die Stadt Tharul ist so ziemlich das letzte besiedelte Fleckchen, bevor diese Wildnis beginnt. Dahinter liegt wohl das größte geschlossene Waldgebiet des ganzen Kontinents. Das Gebiet ist zusammen mit dem See wohl ein Fünftel so groß wie ganz Akrania. Dorthin verirrt sich so leicht niemand. Keine Seele lebt nördlich von Tharul, außer vielleicht ein paar einsamen Fallenstellern und Jägern, aber sie gehen wohl auch nicht mehr als ein paar Meilen an den Wald heran. Es gibt allerlei dunkle Geschichten, die man sich über den Mogellwald erzählt.«

»Das klingt nicht gerade sehr beruhigend«, meinte Leandra.

»Ist es auch nicht«, gab Munuel offen zu. »Vor langer Zeit soll das Gebiet sehr besiedelt gewesen sein. Eine waldreiche Gegend, in deren Schutz viele Städte und Dörfer lagen, sagt man. Aber das alles würde darauf hindeuten, dass vor soundso viel Jahrhunderten dort noch alles in Ordnung gewesen wäre. Aber das glaube ich nicht.«

»Ja, deine Theorie über den Mogellwald habe ich gehört.«

»Wenn man so will, bestätigen die Legenden meine Theorie. Man müsste nur den Zeitpunkt, von dem sie sprechen, um etwa tausend Jahre zurückverlegen und dann noch das Dunkle Zeitalter mit einbeziehen und den Kampf gegen die Bruderschaft von Yoor. Nachdem das Dunkle Zeitalter über den Wald gekommen war, ist er immer so geblieben. Voller stygischer Kräfte.«

»Aber wie wollen dann *wir* diesen Wald durchqueren?«

Munuel schwieg eine Weile. »Ich habe da einen Trick im Sinn, meine Liebe. Aber lass uns abwarten, bis wir dort sind. Dann werden wir feststellen, ob er funktioniert.«

»Du willst es nicht sagen?«

»Hab noch ein wenig Geduld.«

Leandra hob die Achseln und beschloss, es dabei zu belassen. Wenn Munuel nicht reden wollte, dann tat er es nicht.

Sie ritten jetzt in eine weite, völlig flache Graslandschaft hinein. Hier stand alles in voller Sommerblüte. Es duftete nach Blumen, Gräsern und Wald, und die Ebene war von gelbem Licht durchflutet, da über ihnen ein gewaltiges, nach Westen hin gestrecktes Sonnenfenster lag. Die Straße führte leicht nach Nordwesten in Richtung einer Stafette von knorrigen Stützpfeilern, in deren Vordergrund sich ein Fluss dahinschlängelte. Das musste die

Morne sein, die irgendwann einmal Usmar erreichte. Sie gelangten bald zu einer Holzbrücke, die über die Morne hinwegführte. Kurz hinter dem Fluss gabelte sich der Weg. Ein Schild verkündete, dass es nach Nordwesten in Richtung der Stadt Mittelweg ging, die Straße nach Norden hingegen führte nach Tulanbaar und Lakkamor.

»Dieser Victor geht mir nicht aus dem Kopf«, sagte sie dann.

»So? Du meinst, weil er etwas von diesen Dunkelwesen erzählte?«

Leandra nickte. »Ja. Ich versuche, die Zusammenhänge zu erkennen.«

»Tja«, sagte Munuel, »ich denke, wir wissen noch zu wenig. Vielleicht erfahren wir in den nächsten Tagen mehr.«

Leandra hielt ihr Pferd an. »Ist das ein großer Umweg, wenn wir über Tulanbaar reiten?«, fragte sie.

Munuel runzelte die Stirn. »Nein, nicht besonders. Was willst du denn in Tulanbaar?«

Sie kratzte sich an der Nase. »Na ja, es ist nur so eine Idee. In der Festung von Tulanbaar ist doch dieser Victor eingekerkert, nicht wahr?«

Munuel überlegte. »Ja, stimmt. Was versprichst du dir davon?«

»Hm. Erstens mal stört es mich, dass man ihn hängen wird. Wir wissen beide, dass er unschuldig ist.«

»Daran habe ich auch schon gedacht, aber wir haben keine Möglichkeit, ihn davor zu bewahren. Die Leute wollen jemanden hängen sehen, und genau das wird passieren. Wir können nichts dagegen tun.«

Diese Antwort befriedigte Leandra sichtlich nicht, aber sie fuhr mit etwas anderem fort. »Mir kam vorhin ein Gedanke. Wäre es möglich, dass dieser Totenzug nicht ganz zufällig hier durchs Land zog?«

Munuel sah sie erstaunt an. »Was meinst du damit?«

Leandras Pferd begann zu tänzeln, und sie zog die Zügel an, um es zu beruhigen.

»Nehmen wir mal an«, sagte sie, »diese Schattenwesen würden einfach jede Nacht durch die Lande ziehen. Hier einen Bauernhof niederbrennen, dort ein Wirtshaus – würde das irgendeinen Sinn ergeben?«

»Na ja, ich denke, das ist wohl die Eigenart eines solchen Zuges, meinst du nicht?«

»Möglich, aber was würdet *ihr* vom Cambrischen Ordenshaus tun?«

»Du meinst, wenn wir davon erführen?«

»Na, das kann ja normalerweise nicht allzu lange dauern. In unserem Fall ist es schon geschehen, und der Dämon ist vernichtet. Viel Sinn ergibt das nicht, finde ich.«

»Du meinst, der Zug hatte eine bestimmte Aufgabe?«

Leandra nickte. »Besonders, weil dieser Mönch auftauchte. Zwei Erklärungen wüsste ich schon. Erstens: Der Zug sollte uns wieder einfangen. Das würde Aufschluss geben, warum wir nicht einfach getötet wurden.«

»Und zweitens?«

»Hm. Könnte sein, er hatte es zuvor speziell auf diesen Gasthof abgesehen. Sozusagen seine eigentliche Aufgabe. Und dann, als sie erfüllt war, wurde er auf uns gelenkt, weil er sich sozusagen zufällig in der Gegend befand.«

»Tatsächlich?«, sagte Munuel. »Hm, das ist ein interessanter Gedanke. Aber was könnten sie in dem Wirtshaus gesucht haben?«

»Das könnten wir vielleicht herausfinden, wenn wir wüssten, was sich dort genau zugetragen hat. Oder wer sich dort aufhielt.«

»Aha. Jetzt kommt Licht in die Sache. Dieser Victor könnte einiges wissen.« Munuel nickte. »Du hast mich überzeugt. Auf geht's, nach Tulanbaar.«

Sie wendeten die Pferde und nahmen die Straße nach Norden.

Der Nachmittag war schon fortgeschritten, und Leandra hielt es für besser, vor der Dunkelheit noch die

Stadt zu erreichen, um dort Quartier zu nehmen. Ihr Bedarf an Übernachtungen im Freien war für die nächste Zeit gedeckt. Sie ritten in gutem Tempo weiter, und bald kündete ein Schild davon, dass es nur noch zehn Meilen waren.

17 ♦ Die Festung

Es war schon dunkel, als sie Tulanbaar endlich erreichten. Es war einer jener kleinen Marktflecken, die sich wie rettende Inseln der Zivilisation über das hier nur sehr dünn und dörflich besiedelte Südakrania verteilten.

In der Ortsmitte waren die Straßen nachts sogar von ein paar kleinen Laternen beleuchtet, und die Hauptstraße war mit soliden Kopfsteinen gepflastert. Es schien, als wollte die Hitze des Nachts überhaupt nicht mehr abkühlen, denn von Südosten her wehte ein sehr warmer Wind stetig über das Land. Auf schaurig schöne Weise wurde die große Tulanbaarer Festung, die nördlich der Stadt an der Flanke eines aufsteigenden Stützpfeilers thronte, von den Strahlen des über dem Sonnenfenster aufgehenden Mondes erhellt.

Leandra war müde und hielt nach einem Gasthaus Ausschau.

»Ich frage mich, ob wir nicht jetzt gleich in die Festung hinaufreiten sollten«, überlegte Munuel. »Wenn wir die Masche weiterspielen wollen, dass wir Abgesandte der Gilde sind, dann könnten wir dort Kost und Logis beanspruchen. Das würde unseren Auftritt noch gewichtiger machen, und in einer großen Festung gibt es meistens riesige, weiche Betten!«

Leandra pfiff leise. »Ist das nicht gefährlich? Ich meine, wenn sie rauskriegen, dass wir gar nicht von der Gilde kommen?«

»Nun hör mal – stimmt das etwa nicht? Ich bin der persönliche Freund des Primas …«

»Na ja, eigentlich hast du Recht …«

»Jedenfalls dürfte ihnen ein Gegenbeweis ziemlich schwer fallen«, sagte Munuel entschlossen. »Warum sollten sie auch Verdacht schöpfen? Eine solche Untersuchung wäre nichts Ungewöhnliches.«

Leandra blickte hinauf zu der Feste. »Und du meinst, die lassen uns einfach dort hineinspazieren?«

»*Wie* sie uns hineinlassen, ist mir egal«, sagte Munuel. »Hauptsache, sie tun's. Komm, lass uns losreiten.«

Es war noch einmal ein halbstündiger Ritt.

Während sie näher kamen, wurde der massige Bau vor ihren Augen immer größer und höher. Die meisten Festungen von Akrania waren an den Flanken von Stützpfeilern errichtet, da sie dort bestmöglich gegen Angriffe von Feinden geschützt waren. Wegen dieser bevorzugten Lage hatte die Bauweise der Festungen im Laufe ihrer langen Entwicklungsgeschichte ein besonders trutziges Aussehen angenommen. Sie waren teilweise in den Fels der Pfeiler hineingehauen und nutzten gerade zur Verfügung stehende natürliche Gegebenheiten. So auch diese Festung.

Die Festung Tulanbaar, nach der man später erst das Dorf benannt hatte, war von geradezu martialischem Aussehen. Sie hockte wie eine riesige, steinerne Kröte in einer Art Bucht der aufsteigenden Südflanke des Pfeilers. Die Türme wirkten plump, und die Außenmauern hatten Bäuche wie fette Männer. Der nördliche Teil der Festung schien sich im Inneren des Pfeilers zu befinden, nach Süden hin fiel der Fels unterhalb der Mauern steil in die Tiefe hinab. Lichter funkelten aus Dutzenden kleiner Fensteröffnungen und zeugten von regem Leben innerhalb der Mauern. Munuel, der kein Freund feudaler Herrschaft war, dachte bitter, dass sich die feinen Leute in einer solchen Festung leicht jedes Bauernaufstandes erwehren konnten. So etwas hatte so gut wie jede Festung des Landes in der Vergangenheit schon erlebt. Aber glücklicherweise gab es ja die Gilde. Da sich die Magier der Ordenshäuser ohnehin nicht auf die Seite der Reichen und Mächtigen schlagen durften, lag es auf der Hand, dass sie einige Male schon die Rechte der einfachen Leute zu erkämpfen versucht hatten. Magie war die einzige Möglichkeit, in Festungen wie diese eindringen zu können.

Dann begann der Burgweg, und die Pferde kamen noch einmal ins Schwitzen, denn er war sehr steil und führte in Dutzenden von Windungen und Spitzkehren bis hinauf zum Burgtor hoch über dem Tal. Als sie endlich ankamen, fiel Leandra vor Müdigkeit beinahe vom Pferd.

Im riesigen Burgtor öffnete sich rechts unten eine kleine Tür, und ein Gardist kam heraus. Er trug einen roten Waffenrock, einen Helm und ein Schwert. Sein Schnurrbart war so trutzig wie die Burg selbst, er schien gar zur Bewaffnung des Mannes zu gehören. Er stellte sich breitbeinig auf die Zugbrücke und hakte keck die Daumen in seinen Gürtel.

Dann streckte er eine Hand vor und rief: »Im Namen des Burgherrn, bleibt stehn …«

»He!«, fuhr Munuel ihn an, während er sich in die Steigbügel stellte und sich im Sattel hoch aufrichtete. »Was sind denn das für Manieren, Soldat? Hat dir dein Hauptmann etwa beigebracht, dass du *so* Reisende begrüßen sollst – in einer Haltung wie eine Straßendirne?«

Der Gardist fuhr zusammen.

»Was ist nun? Willst du uns kontrollieren oder nicht?«

»Äh … ja, natürlich.« Er warf sich in die Brust. »Halt, im Namen des Kommandanten! Wer seid Ihr und was wollt Ihr?«

Munuel nickte gütig. »So ist's besser, Soldat.« Dann sagte er mit herrischer, lauter Stimme: »Mein Name ist Munuel und das ist meine Adeptin Leandra. Wir sind Gesandte des Cambrischen Ordens von Savalgor und führen eine Untersuchung durch. Wir ersuchen um Gastfreundschaft und wollen den Kommandanten sprechen.«

»Äh … eine Untersuchung?«

»Ja, mein Sohn. Es geht um den rätselhaften Brand des Gasthauses an der Morneschlucht. Ein Verdächtiger, der für den Tod von mindestens sieben Personen verantwortlich sein könnte, befindet sich nach unserem Wissen in den Kerkern der Festung!«

Der Soldat murmelte etwas, nickte dann geschäftig und sagte: »Ja … äh, Euer Gnaden. Ich habe davon gehört. Wartet bitte hier einen Moment. Ich bin gleich zurück.«

Er wandte sich um und spurtete davon.

»Euer Gnaden?«, flüsterte Leandra.

Munuel spähte hinauf zu den Zinnen und den Soldaten, die unbewegt dort oben standen und sie musterten. »Ja. Manche wissen noch, was sich gehört.«

Leandra schüttelte den Kopf und starrte zum Felsenhimmel hinauf. Der Mond stand riesengroß und buttergelb jenseits des Sonnenfensters. Seine runde Form war heute einwandfrei zu erkennen – was nicht immer so war. Manchmal wurde der Mond auch durch die unterschiedlich dicke Kristallmasse oder Struktur zu einem grotesken Tropfen, einem Ei oder gar einem Doppelbild verzerrt. Die Beschaffenheit des Fensters vergrößerte die Aureole um ein Vielfaches und ließ warmes Licht in die Höhlenwelt fluten. Zu gern hätte Leandra gewusst, wie es dort oben aussah – jenseits der Höhlen, an der Oberfläche der Welt. Niemand wusste etwas Genaueres darüber, es war kein Weg bekannt, über den man hinauf an die Oberfläche hätte steigen können. Manche Forscher behaupteten, dort oben läge die *Alte Welt* – begraben unter Staub, Ruinen und einem Leichentuch giftiger Luft.

Die *Alte Welt.* Leandra überkam beim Klang dieses Namens wieder jene Sehnsucht nach den Büchern, die in den alten Bibliotheken dieser Welt schlummern mochten und große Geheimnisse für einen mutigen Entdecker bereithielten. Wie viele dieser Bibliotheken mochten schon seit zweitausend Jahren nicht mehr betreten worden sein, weil sie mit dem Dunklen Zeitalter untergegangen und vergessen worden waren? Begraben tief unter dem Sand der Zeit. In wie vielen davon mochten all die Bücher überhaupt noch existieren – waren nicht längst zu Staub zerfallen? Aber das wäre nicht schlimm gewesen. Leandra wusste, dass es Magien zur Wiederherstellung von Papier gab, selbst von völlig zerfallenem Papier. Und die gedachte sie zu erlernen …

Der Soldat kam wieder zurück und riss Leandra aus ihren Gedanken.

Er baute sich neben Munuels Pferd auf und salutierte dienstbeflissen. »Der Kommandant erwartet Euch, Euer Gnaden. Wenn Ihr mir bitte folgen wollt …«

Munuel und Leandra saßen ab und übergaben die Pferde zwei Soldaten, die herbeigeeilt waren.

Wenig später standen sie auf einem imposanten Innenhof. Hier war einiges an militärischer Macht versammelt, und es sah alles sehr manierlich aus. Nirgends waren Schmutz oder Misthaufen zu entdecken, die Festung war gut bewacht, und überall wehten Wimpel und Fähnchen mit den Wahrzeichen von Tulanbaar.

Trotzdem hatte Leandra das Gefühl, dass es hier noch etwas anderes gab, das den maroden Geruch von Verfall und Missgunst an sich trug. Ihre Blicke schweiften unschlüssig umher.

Der Gardist geleitete sie über breite Stufen hinauf zum Haupthaus, wo an der Schwelle des Eingangs ein großer Mann in teurem Gewand wartete. Sie gingen hinauf, und Leandra war ein bisschen mulmig zumute.

»Munuel!«, rief eine sonore, kräftige Stimme herab. »Was für eine Freude!« Der Mann kam mit ausgebreiteten Armen ein paar Stufen herab und blieb dann stehen. Er stand im Gegenlicht der hellen Beleuchtung, die aus der Empfangshalle drang. Sein Gesicht war nicht zu erkennen.

Munuel ging ein wenig zögernd hinauf. Die Stimme

kannte er, aber er wusste im Moment nicht, wer ihr Besitzer war.

Dann war er nahe genug, und er erkannte den Mann.

»Lorin!«, rief er erstaunt. »Lorin von Jacklor!«

»Ja, natürlich! Wer, dachtest du, käme sonst hier herab? Lass dich in die Arme nehmen, alter Haudegen!«

Munuel näherte sich zögernd, dann umarmte ihn der Mann. Leandra dachte, dass es ungefähr so aussehen musste, wenn eine fette, grinsende Katze nach einer Maus schnappte.

»Oh, wen hast du denn hier dabei?« Er wandte sich Leandra zu, nahm ihre Hand und hielt sie einen Augenblick hoch. Dann drehte er sich Munuel zu. »Nun sag mal – seit wann habt ihr denn so hübsche Magierinnen in der Gilde? Ich staune!« Er wandte sich Leandra wieder zu und machte eine galante Verbeugung vor ihr. Den Handkuss schloss er mit einer überaus gekonnten Geste gleich mit an.

Er hob die Arme, Leandras Hand dabei immer noch haltend, und rief über den Hof: »Ich überlegte schon den ganzen Nachmittag, welche Gelegenheit es heute wohl für ein kleines Fest geben könnte. Nun, das wohlmeinende Schicksal hat mir soeben eine beschert! Los, ihr Leute! Holt das Küchenpersonal aus den Federn! Die Offiziere in den besten Staat! Der Kellermeister soll aus seinem hintersten Winkel ein Fässchen Wein hervorrollen!«

Lorin von Jacklor geleitete seine beiden Gäste in die Vorhalle des Haupthauses. Dort brannte trotz der Hitze ein Feuer in einem Kamin, der ungefähr so groß war wie ein Badezimmer. Hier in dieser riesigen steinernen Halle war es nicht so warm wie draußen.

Leandra konnte den Mann erst jetzt richtig in Augenschein nehmen. Er war ein sehr großer, dunkler Typ mit platter Nase und ebensolchem Hinterkopf. Sein Gesicht war breit und von Lachfältchen durchzogen. Seine schwarzen Augen glühten vor Tatendrang und sie zweifelte nicht daran, dass er kleine Kinder zum Frühstück verzehrte. Lorin von Jacklor füllte seinen samtenen Wams energisch aus. Seine Beine waren hingegen kurios dünn, und in seinen Ärmeln gab es offenbar mehr Speck als Muskelschmalz. Mit seinem groben Körperbau wirkte er fast ein wenig grotesk in seinen feinen samtenen Stoffen. Auf seinen polierten Lackschuhen thronten goldene Schnallen wie fette Schmetterlinge.

»*Du* bist der Kommandant von Tulanbaar?«, fragte Munuel ungläubig.

»Aber ja, mein Freund. Seit über einem Jahr schon.« Er hob einen riesigen, fleischigen Finger. »Durch weisen Ratschluss der Hierokratie! Wusstest du das etwa nicht?«

Der Magier zog die Stirn kraus. »Wie hast du *das* denn geschafft, du Ganove?«, fragte er.

»Oho!«, machte der Kommandant und drohte Munuel dieses Mal mit dem anderen Finger. »Nicht so keck, alter Mann! Ich wurde von höchster Stelle eingesetzt, also keine Anspielungen bitte!«

Munuel winkte missmutig ab. »Sparen wir uns das. Wir wissen beide, dass deine Weste deswegen so tiefrot ist, damit man all die Flecken und das Blut darauf nicht sieht!« Er ließ von Jacklor stehen und marschierte zu einer der Wände, um ein riesiges Gemälde zu betrachten.

Leandra trat zu ihm. Das Bild schien von einem wirklichen Künstler zu stammen. Es zeigte einen stillen See, der in einer tiefen und engen Schlucht vor sich hin träumte; zu beiden Seiten stiegen gewaltige Felswände senkrecht auf und endeten nicht einmal oben, wo der Rahmen die Szene begrenzte. Die Schlucht setzte sich in die Ferne fort, strebte vom Betrachter hinweg und vermischte sich geheimnisvoll mit der blendenden Helligkeit, die von weit hinten nach vorn drang. Im Mittelgrund, dort wo der See endete, lag ein kleiner, anheimelnder Flecken Land, in hellen, gesunden Grüntönen. Büsche und Bäume umsäumten eine Wiese. Dieser Ort wirkte, als wäre er noch nie von etwas Bösem berührt worden. Leandra konnte sich Waldböcke vorstellen, die dort friedlich grasten, und Kaninchen und Vögel, die in der Ruhe dieses Ortes miteinander spielten. In der Höhe überspannte der kleine, steinerne Bogen einer Brücke die Felswände der Schlucht und wies darauf hin, dass hier auch Menschen anwesend waren.

Aber die zauberhafte Unberührtheit dieses Ortes war gleichsam auch Ausdruck dafür, dass die Menschen, die hier verkehrten, nichts von ihrem Zank, Hader und ihren Streitigkeiten mitbrachten. Unten in der Ecke, neben der Signatur ›HWS‹, fand Leandra den Titel des Bildes: *Fluchtpunkt.* Im ersten Moment klang dieses Wort befremdlich, aber sie verstand bald: Nicht die vordergründige Bedeutung dieses Wortes war maßgeblich, das gewöhnlich mit Kampf und Streit in Verbindung stand, sondern der Friede, der hier herrschte, in den man fliehen konnte, wenn einem der Tag allzu viel Verdruss beschert hatte. Vorgestern noch, nach dem Kampf gegen den Dämon, wäre eine gute Gelegenheit gewesen, hierher zu fliehen. Sie seufzte leise.

Lorin von Jacklor stand hinter ihnen. Leandra spürte förmlich seine Blicke in ihrem Nacken. Irgendwie passte ein solch Ruhe und Frieden verbreitendes Bild nicht zu diesem Kerl.

Sie wandte sich um, und er sah sie mit schiefgelegtem Kopf und heruntergezogenen Mundwinkeln an und hob dabei die Schultern und die Handflächen unschuldig nach oben. Dann baute er sich neben Munuel auf und machte eine allumfassende Geste. »Lass uns die alten Geschichten vergessen, großer Magier. Ich würde ein munteres kleines Fest für heute Abend vorziehen. Darf ich euch beiden vorschlagen, euch für kurze Zeit in eure Gemächer zurückzuziehen, um euch frischzumachen? Ich bin sicher, in unseren unerschöpflichen Kleiderschränken findet sich das eine oder andere, um euch bequeme Kleidung für den Abend zu bieten.«

Er klatschte in die Hände, und eine Armee von Pagen strömte herbei. »Husch-husch, meine Lieben!«, rief er und scheuchte sie gleich wieder davon. »Kümmert euch um meine Gäste. Bereitet heißes Wasser für die Bäder, und holt die Maniküren! Es soll an nichts mangeln!«

*

Leandra fand sich in einem Saal von einem Zimmer wieder. So etwas kannte sie bestenfalls aus Sagen oder Märchen. Die Decke war so hoch, dass man jedes Angadoorer Haus hätte darunterstellen können – und geräumig genug war das Zimmer dazu auch. In einem Kamin brannte ein prasselndes Feuer; die Wände waren mit Wandteppichen, Brokatvorhängen, antiken Waffen und Gemälden behängt. Auf dem Boden lag ein Teppich, in dem sie hätte versinken können, und die Sitzmöbel schienen für Riesen gebaut zu sein. Das gewaltigste aber war das Bett. Leandra hätte darin ihre gesamte Familie unterbringen können, ohne dass jemand den anderen berührt hätte.

Staunend lief sie durch den Raum, inspizierte Kommoden, Truhen, Vasen, Sessel und Tische. Vor einer großen Tür in der Wand machte sie Halt. Irgendwer hatte ihr einmal gesagt, dass man in Burgen und Schlössern keine Schränke besaß, sondern dass es eigene Räume gab, in denen die Kleider hingen. Leandra öffnete die Tür.

Ein Ausruf des Entzückens entfuhr ihr, als sie die Kleiderpracht dahinter entdeckte. Es gab Gewänder, Roben und Ballkleider in allen Farben und Größen, und das geringste davon war dreimal teurer und schöner als ihr Zeremoniengewand, das sie am Tage ihrer Gildenaufnahme getragen hatte. Plötzlich war ihre Müdigkeit wie weggeblasen.

Es klopfte, und eine Schar lächelnder, junger Hofdamen kam herein. Sie wurde ins Badezimmer geführt, wo in einer riesigen steinernen Wanne heißes Wasser dampfte. Flaschen und Phiolen mit Düften und Seifen standen zu Dutzenden auf einer kleinen Galerie. Riesige Spiegel luden zu Schönheitspflege und Maniküre ein, und mehrere Mädchen standen mit Handtüchern und anderen Dingen bereit. Leandra beschloss, sich heute Abend herauszuputzen wie noch nie zuvor. Nicht nur der Kommandant sollte staunen, sondern auch der gute, alte Munuel.

Sie schälte sich aus ihrer Lederrüstung und dem Kettenhemd, das die Hofdamen mit Erstaunen musterten. Dann ließ sie sich in die Wanne gleiten. Was für ein Luxus! Erst einmal hatte sie sich in einem höheren Haus aufgehalten, und das war vor einem halben Leben gewesen. Kein Vergleich zu diesem hier! Wie konnte man nur so viel Geld und Reichtum besitzen, um sich dies alles leisten zu können!

Sie badete ausgiebig, ließ sich sanft abtrocknen und massieren und probierte dann ein halbes Dutzend Düfte. Zuletzt entschied sie sich aber doch für das Taschmali, das ihr die gute Hilda gegeben hatte. Man reichte ihr seidene Unterwäsche und pflegte ihre Finger- und Fußnägel. Sie wurde mit Jojanta-Öl eingerieben, und ihre Hände tauchte man in warme Mullooh-Milch. Ein weiteres Mädchen kümmerte sich um ihre Haare.

Dann suchte sie sich mit den Mädchen ein Kleid heraus. Sie entschloss sich auf vielfaches Anraten für ein lavendelfarbenes Ballkleid mit tiefem Rückenausschnitt und samtenen Borten. Es passte, als wäre es eigens für sie geschneidert worden. Dann legte man letzte Hand an ihre inzwischen trockenen Haare. Ihr rotbrauner Schopf wurde in vortrefflicher Weise zu einer turmhohen Frisur zusammengesteckt, und kecke Haarkringel fielen ihr über Ohren und Schultern. Die Perlen in ihrem Haar wurden vortrefflich in die Frisur eingewirkt. Nach nicht einmal zwei Stunden war sie soweit. Sie schwebte die Treppe hinab in den Wappensaal der Festung.

*

Munuel schloss leise die Eingangstür der Bibliothek hinter sich. Er hatte sich eine geschlagene Viertelstunde in der schmalen Nische zwischen einem Bücherregal und einer Zwischenwand verstecken müssen, denn zwei Männer hatten die Bibliothek betreten, die ihn nicht sehen sollten.

So war er im letzten Augenblick in den schmalen Spalt gehuscht und hatte versucht, sich so still wie möglich zu verhalten. Zum Glück bemerkten sie ihn nicht. Die beiden Männer hatten eine höchst wichtige Affäre eines Ratsmitgliedes mit irgendeiner Konkubine zu erörtern. Munuel hatte schon befürchtet, sie würden überhaupt nicht mehr aufhören zu tratschen. Schließlich war die Weinflasche leer, die sie mitgebracht hatten, und sie verzogen sich wieder aus der Bibliothek.

Munuel folgte ihnen ein paar Schritte und vergewisserte sich, dass niemand in der Nähe war. Dann ging er zurück und verschloss die Bibliothekstür von innen. Wenn nun noch einmal jemand kam, würde er wieder gehen müssen, um sich einen Schlüssel zu besorgen, oder um jemanden zu fragen, warum die Bibliothek verschlossen sei. Dass der Hausherr selber zufällig vorbeikam, war nicht zu befürchten. Munuel kannte Lorin von Jacklor – die Gefahr war nicht allzu groß, dass dieser Kerl sich so etwas wie Bildung antun würde.

Munuel hatte diese Bibliothek vor Jahren schon einmal aufgesucht, als er nach historischen Dokumenten suchte – speziell nach Legenden über die Stadt Unifar. Damals hatte hier noch ein anderer Kommandant geherrscht, ein strenger, misstrauischer Mann namens Falber. Er stand in dem Ruf, alles, was mit Magie zu tun hatte, zu verachten und zu behindern, und Munuel hatte nur auf Bitten des Primas hin für zwei Stunden Zugang zur Bibliothek erhalten.

Als er nun die Festung abermals betreten hatte, war ihm eingefallen, dass er sich hier noch einmal umsehen könnte. Seinerzeit hatte er etliche interessante Bücher gar nicht durchblättern können – es waren einfach zu viele gewesen.

Nun stöberte er abermals eine Stunde in den Regalen herum, in denen Tausende von Bänden standen. Einmal rüttelte jemand an der Türklinke, aber danach blieb es ruhig. Munuel versuchte während dieser Zeit, so viel wie möglich durchzustöbern. Er hatte vor, gegebenenfalls zwei oder drei Bücher zu stehlen, wenn sie interessant genug waren. Das war auch der Grund dafür, dass er Lorin von Jacklor nicht einfach gefragt hatte, ob er in die Bibliothek dürfe. Von Jacklor hätte ihm mit Sicherheit einen Aufpasser mitgegeben.

Nach einer Weile fand er die richtigen Regale – solche, in denen Bücher über akranische Geschichte und alte Legenden standen. Er entdeckte sogar ein paar Raritäten – Bücher, die über die Zeit nach dem Dunklen Zeitalter berichteten, und andere über die Chjanter Kriege, die vor etwa zwölfhundert Jahren den Kontinent in einen blutigen Abgrund gestürzt hatten. Über viele Ereignisse dieser Art gab es nur noch sehr unvollständige Aufzeichnungen. Schließlich entdeckte Munuel einen Band, in dem er genau das fand, wonach er gesucht hatte. Es war eine uralte Historie über das Altakranische Reich, das den gesamten Kontinent umfasste und dessen Hauptstadt das alte Unifar gewesen war.

Das Problem mit dieser sagenhaften versunkenen Stadt bestand darin, dass wahrscheinlich jeder Fluss, jeder See und jeder Landstrich vor Anbruch des Dunklen Zeitalters einen anderen Namen getragen hatte. So hatte Munuel bis heute keinen eindeutigen Hinweis auf die Lage dieser Stadt aufspüren können. Nur einmal hatte er aus einem Text eine Andeutung auf einen großen

Wasserfall in der Nähe herauslesen können – große Wasserfälle gab es jedoch etliche in Akrania. Und zu allem Unglück hatte das Land während des Dunklen Zeitalters auch noch sein Gesicht völlig verändert. Das Altakranische Reich war groß gewesen. Theoretisch könnte Unifar in den Ostgemarkungen gelegen haben, viertausendfünfhundert Meilen von hier, oder am nördlichen Rand des Ramakorums, wo es Dutzende von Seen und Wasserfälle gab.

Dennoch war Munuel nach wie vor der festen Überzeugung, dass es der Mogellwald war, wo er suchen musste. Er blätterte das Buch auf und überflog die Kapitel und Seiten. Der Text war in uraltem Akranisch verfasst, aber Munuel hatte schon häufiger Texte dieser Art entziffern müssen. Inzwischen fiel es ihm einigermaßen leicht. Dann entdeckte er eine interessante Stelle und begann zu lesen.

»… in dieser Zeydt war Solmontar die Hauptstatt des Reyches von dennen Akraniern, unt Seyne Fuerstlichkeydt Hochherzok Guerdos nahm sich zur Fru die Tochter des Hochmagiers vom Weyßthurm. Vonn Stundt und Tage an gings aber dann darnider mit dem Reyche. Nach Sued und Nort verschwandt die Magiern unt die Zauberleut von Solmontar unt keyner wollt mer thun seyn Werck und Pflicht – sodenn die Fru des Hochherzoks zugegen war. Die Rede ging, dass sie gewest sey eyne Dunkelhex auss Ulan, unt keyner konnt mehr wircken seyn Magie unt Zauber im Umkreys von hundert Meil um Solmontar.

Da spruch der Hochherzok, dass er verstoss seyn Fru unt Weyb, und ging daselbst hinfurt von seynes Reyches Statt. Mit seyne Leut unt Hof er zog nach Unifar am See und liess erbaun desorten eyn neue Burg unt in der Burg eyn Palasst, so wie sich's ziemt fuer eynen Fuerst vom Lande der Akranier.

Dass Weyb indes wart bass erbost und schwur zum nehm gar forchtbar Rach unt Zeter. In Unifar wurd denn vernummen, dass sie verbuendt sich mit dennen Bruedern welch da hiess vom Yorer Orden. Niemandt in dero Zeydt hatt sie gesehn fuer lange Jahr, unt mancher brave Mann hatt schon geglaubt, dass alles waer forbey unt guth. Doch dann begab sich's, dass die Magiern kam in Streydt unt Hader mit den Bruedern, wie's fiel geschriben steht in alle Buecher dero Zeydt. Unt dann geschah's dass Zauberleut vom Hof entdeckt eyn schrecklich finster Katakomb just unterhalb der Statt von Unifar, unt innendrin eyn Hort von Schwartzmagie und boesem Kulth.

Hernach die Magiern stiegen hinab, zu finden jenne schlimmen Brueder um sie zu jagen auss der Statt. Doch graesslich Ding unt Kulth sie findt daselbst unt alle Sach von eyner Schwartz Magie sodass sie kriegten Angst unt Forcht und liefen um ihr Seel unt Leben. Doch eyner blieb – es war der tapfre Marinos. Er fandt eyn Brieff mit Sigel in welchem dieses stant: Der Yorer Brueder Orden haett verkaufft die Weltt an eyne Duenkle Eidechs, die schon schlieff seyt tusend Jahr im Herz der Weltt, fuer eynen ....«

In diesem Augenblick hämmerte es an die Tür, und Munuel klappte vor Schreck das Buch zu.

»Heeee ....!«, rief eine Stimme. »Wer ist da drin? Der Kommandant mag es gar nicht, wenn irgendein Lüstling seine Liebeleien in der Bibliothek abhält! Komm gefälligst raus da, ja?«

Der Rufer war zweifellos nicht mehr ganz nüchtern – aber deswegen vielleicht umso gefährlicher. Er war möglicherweise dazu imstande, über die Maßen Lärm zu schlagen, und das musste Munuel um jeden Preis vermeiden. Er lief eilig zur Tür und legte das Ohr daran. Draußen war im Augenblick nichts zu hören. Er wagte eine kurze Iteration der ersten Stufe zu wirken, um damit herauszufinden, ob sich der Unruhestifter noch immer in unmittelbarer Nähe der Tür befand.

Verschwommen nahm Munuel die Szene draußen im Korridor wahr – der Mann, der an die Tür gehämmert hatte, stand nun mit dem Rücken zur Bibliothek ein paar Schritt entfernt im Gang und starrte irgendeiner Person nach, die weiter vorn gerade die Treppenflucht hinunterging.

Munuel warf einen Blick zurück in die kerzenerleuchtete Bibliothek, in der das Buch, das er gerade gelesen hatte, auf einem kleinen Beistelltisch lag. Nein, er musste jetzt hinaus, solange der Kerl noch abgelenkt war. Aber er würde wiederkommen.

Lautlos drehte er den Schlüssel herum, öffnete die Tür und schlüpfte hinaus.

Wenige Schritte vor ihm stand der Mann, ein wenig schwankend auf seinen krummen Beinen, einen Weinkelch in der Hand, und grummelte etwas vor sich hin. Es gelang Munuel, just in dem Augenblick an ihm vorbeizuschlüpfen, als sich der Kerl über die ihm abgewandte Schulter wieder umwandte und brabbelnd zurück auf die Bibliothekstüre zustapfte. Als Munuel der Treppenflucht entgegenstrebte, sah er eine festlich gekleidete Frau die Treppe hinabschreiten.

18 ♦ Auftritte

Vor Staunen offene Münder begleiteten ihren Auftritt. Munuel, der kurz nach ihr am Fuß der Treppe anlangte, kullerten beinahe die Augäpfel aus den Höhlen. Im Blick des Kommandanten, der am Fuß der Treppe aufgetaucht war, spürte sie gieriges Verlangen. Da waren aber noch mehr Herrschaften: Offiziere, Hauptleute und Männer in ziviler Kleidung. Fast jeder von ihnen glotzte sie mit offenem Mund an. Einem fiel sogar, ob man es glauben mag oder nicht, ein Glas aus der Hand. Leandra jauchzte innerlich. Von einer kleinen Orchesterbühne herab trällerte ein grauenvolles Musikantenquartett auf verstimmten Instrumenten irgendeine banale Weise.

Der Kommandant glitt herbei und verneigte sich vor ihrer Schönheit bis in den Staub. »O Holde!«, hauchte er, wohl in der irrigen Hoffnung, durch Galanterie ihr Herz gewinnen zu können. »Ihr seid wie das Licht eines Sonnenfensters am Morgen nach einer kalten Winternacht!«

Sie ließ ihn stehen, tänzelte zu Munuel und bot ihm die Hand zum Kuss. Der alte Magier war sichtlich aus der Fassung. »Leandra ...«, krächzte er, und sie hätte ihren rechten Arm dafür gegeben, wäre jetzt ein Künstler bereit gestanden, seinen Gesichtsausdruck in Öl zu bannen.

»Du siehst umwerfend aus«, sagte sie zu ihm und hauchte ihm einen Kuss auf die Wange. Die schläfrigen Musiker waren erwacht und versuchten mit lobenswerter, aber vergeblicher Anstrengung, der Situation den angemessenen Pathos zu verleihen. Dann hagelte es Tanzaufforderungen. Zackige Offiziere, harsche Hauptmänner und geschniegelte Höflinge rissen sich um ein paar Schritte mit ihr. Langsam fragte sie sich, ob sie dies alles träumte oder ob es Wirklichkeit war.

Dann erblickte sie in einer Ecke, als einer ihrer Tanzpartner sie herumwirbelte, für einen kurzen Moment eine seltsame Gestalt, und für eine Sekunde setzte ihr Herzschlag aus. Dann aber war sie schon vorbei, und beim nächsten Schwung konnte Leandra diese Gestalt nicht mehr ausmachen. Mit pochendem Herzen fragte sie sich, ob sie da eben jene Erscheinung tatsächlich gesehen hatte oder nicht – einen großen hageren Mann, gekleidet in eine dunkelgraue Mönchskutte.

Leandra fröstelte – besonders, weil sie glaubte, dass sie für Momente ein unheimlicher Blick getroffen hatte. Schließlich schüttelte sie den Gedanken ab. Die Gestalt war nirgends mehr zu erblicken, und sie hätte wirklich nicht sagen können, ob sie sich in diesem kurzen Moment nicht von einer ständigen inneren Frucht hatte täuschen lassen. Sie widmete sich wieder den Tänzern, die sich gegenseitig mit versteckter Aggressivität bekriegten, um sie für einen Tanz zu gewinnen.

Schließlich war der erste Überraschungseffekt ihres Auftritts verflogen. Die bewundernden Blicke rissen nicht ab, aber langsam kehrte das Fest zur Tagesordnung zurück. Auch Munuel hatte sich wieder gefangen, und man stand gemeinsam am Feuer und schlürfte erlesene Getränke aus kristallenen Kelchen.

Lorin von Jacklor erging sich seit geraumer Zeit in zotigen Scherzen, erzielte damit aber keinen Erfolg bei ihr. Schließlich gab er es auf und wandte sich mit der Frage an Munuel, was ihn und seine bezaubernde Begleitung in die Festung von Tulanbaar führte.

Munuel besann sich wieder auf ihre eigentliche Absicht. »Wir führen eine Untersuchung im Auftrag des Cambrischen Ordenshauses durch«, erklärte er mit autoritärer Stimme. »Hier in der Festung soll ein Verdächtiger eingesperrt sein.«

»Ach, der Ärmste!«, stieß von Jacklor hervor. »Eine verwirrte Seele und gewiss so unschuldig wie ein Lamm. Was ihn aber leider nicht vor dem Tode bewahren wird. Welch ein Jammer.«

»Warum soll er sterben, wenn er nichts getan hat?«, fragte Leandra.

»Die Seele des Volkes schreit nach Blut, meine Liebe«, erläuterte der Kommandant. »Es kamen viele Menschen in dem Feuer um, und um die Autorität dieser Institution zu wahren, bin ich gezwungen, ein Opfer zu bringen. Leider.«

»Die Autorität dieser Institution?«

»Aber ja! Die Festung von Tulanbaar stellt die höchste gesetzliche Autorität nördlich von Usmar und Savalgor dar! In meiner Eigenschaft als Kommandant der Festung bin ich zugleich höchster Richter, Landvermesser, Brunnenmeister, Steuereintreiber, Lehnsherr und Feldmarschall von Südwest-Akrania. Bei all den Tributen, die ich im Namen der Hierokratie dem gemeinen Volk abverlangen muss, hat es einen unwiderruflichen Anspruch auf Vergeltung bei Verbrechen gegen die Allgemeinheit. Würde ich lange säumen, könnte es zu Unzufriedenheit, Unruhe, Aufbegehren und anderen Umtrieben kommen. Das könnte gar Menschenleben kosten! Soll ich so etwas zulassen? Nein! Ihr würdet mir gewiss beipflichten, denn ich habe sogleich bemerkt, dass Ihr, mit Verlaub gesagt, eine junge Dame von Bildung und scharfem Verstand seid. Das Volk hat ein schweres Los zu tragen. Steuern, Abgaben, den Zehnten und so weiter und so weiter. Da kann man es nicht im Stich lassen.«

»Steuern, Abgaben, den Zehnten ... damit Ihr Euch hier schmücken könnt wie die Mulloohs zum Erntefest, nicht wahr?«, erwiderte Leandra, deren Laune sich plötzlich sehr abgekühlt hatte.

»Ich darf Euch darauf aufmerksam machen, meine Liebe«, erwiderte der Kommandant süßlich, »dass Ihr soeben, in diesem Moment, selbst in all dem Luxus schwelgt! Wer aus der herrschenden Klasse würde denn freiwillig so viel Verantwortung tragen wollen, wenn es als Lohn dafür nicht diese kleinen Annehmlichkeiten des Lebens gäbe?«

Leandra war nicht dumm. Sie wusste, dass sie gegen diese vorgefertigten Sprüche niemals ankommen konnte. Nicht hier, an diesem Ort. Sie maß den Kommandanten mit einem abschätzigen Blick und wandte sich ab.

»Wir müssen diesen Mann zuerst verhören«, forderte Munuel mit Bestimmtheit.

»Verhören? Wozu soll das gut sein? Er wird so oder so sterben!«

»Was Ihr mit Euren Gefangenen macht, geht mich nichts an«, erwiderte Munuel. »Aber das Recht auf ein Verhör könnt Ihr uns nicht nehmen. Wir haben einen Fall zu untersuchen!«

Der Kommandant winkte ab. »Dafür wird kaum noch Zeit bleiben. Morgen früh beim ersten Licht der Sonnenfenster wartet der Henker auf ihn.«

»Wie?« Munuel war bass erstaunt. »Ohne einen Prozess? Nun ist es aber genug, Lorin von Jacklor! Du wirst dich gefälligst an das offizielle Protokoll halten! Wo kämen wir hin, wenn es nicht einmal eine Aburteilung mehr gäbe? Willst du dich etwa jetzt als Tyrann aufspielen?«

»Mäßige deine Worte, alter Mann! Der Prozess hat bereits stattgefunden. Ich habe ihn in meiner Eigenschaft als höchster Richter selbst abgehalten. Der Mann ist zum Tode verurteilt und damit basta!«

Munuel und Leandra blickten sich schweigend an. Sie las in seinen Augen eine aufkommende Verbitterung über den sich hier anbahnenden Untergang jeglichen menschlichen Anstands. Die verachtenswerte Ära der Feudalherrschaft, die das Land vor kaum hundert Jahren schon einmal heimgesucht hatte, schien sich aufs Neue erheben zu wollen.

Munuel fuhr herum. »Dann müssen wir ihn gleich verhören! Jetzt, auf der Stelle!«

Lorin von Jacklor zeigte sich ignorant. »Was, zum Teufel, soll das? Du hast mir hier gar nichts zu befehlen, Herr Magier! Weißt du nicht, wer vor dir steht? Sei still, oder ich lasse dich in den Kerker werfen!«

Es war einer der seltenen Momente, da Leandra in ihrem alten Meister höchsten Zorn aufkommen sah. Der Kommandant wurde plötzlich ganz steif, als hätte ihn ein unsichtbarer Riese gepackt. Munuel trat auf ihn zu, und Lorin von Jacklor wich zurück, und ging rückwärts zu einer nahen Tür. Leandra merkte, dass Munuel Magie angewandt hatte.

Ihr wurde heiß und kalt zugleich. Einen Vertreter der herrschenden Klasse mit Magie anzugreifen – darauf standen allerhöchste Strafen, bis hin zum Tod. Munuel drängte den Kommandanten, der immer blasser wurde und dem kein Laut aus der Kehle drang, durch die offene Tür. Leandra folgte den beiden.

Als sie herauskam, stand Munuel vor von Jacklor, der wie ein kleines Kind in eine Ecke gedrängt war. »Du verdammter, kleiner Mistkäfer!«, knirschte Munuel hasserfüllt. »Du willst mir drohen? Vor kaum zwei Jahren hast du im Dreck der Gosse gehockt, und der einzige, der dich nicht ausschließlich mit Schmutz beworfen hat, war ich! Weißt du nicht, was passieren würde, wenn du mich hier einsperren wolltest? Glaubst du etwa, du könntest ein Ratsmitglied des Cambrischen Ordenshauses in dein dreckiges Kellerloch sperren?«

Der Kommandant war sichtlich verdattert. »Lass mich los, Munuel!«, quengelte er. »Lass mich endlich los! Ist ja gut – ich hab doch nur Spaß gemacht!«

Der eiserne Griff um Lorin von Jacklor löste sich. Leandra erwog, Munuel darum zu bitten, ihn doch wieder zu packen. Der Kerl hatte dann wenigstens nicht eine so schlaffe Haltung.

Der Kommandant schnaufte verstört und zog sich seine Kleidung zurecht. »Du hast mich mit Magie angegriffen«, sagte er unsicher. »Darauf stehen hohe Strafen!«

»Pass lieber auf, dass ich dich nicht *richtig* packe, du widerlicher Kerl!«

Der Kommandant winkte nervös ab. »Wir machen einen Handel, ja? Du lässt mich in Ruhe, und ich vergesse die Sache! Einverstanden?«

»Was ist mit dem Verhör?«

»Um Himmels willen! Was soll denn dieses blöde Verhör? Der Mann ist verurteilt – nichts und niemand kann das rückgängig machen! Ich weiß selber, dass er unschuldig ist, aber du kennst ja den Pöbel! Die Leute wollen einfach Blut sehen!«

Munuel starrte ihn wütend an. Leider wusste er nur allzu gut, dass er Recht hatte.

»Wenn ihr verdammten Feudalherrn das Volk nicht so erbarmungslos schröpfen würdet, dann hätte es kein so schreckliches Verlangen nach solchen Opfern! Möchtest du vielleicht in der Haut dieses armen Teufels stecken? Vor zwei Jahren hätte dir das jeden Tag selbst passieren können!«

Der Kommandant lächelte schwach und hob die Achseln.

»Also los, wir wollen ihn jetzt sehen!«, mischte sich Leandra ein. »Es geht um den Gasthof. Eine wichtige Persönlichkeit könnte dort umgekommen sein!«

»Ach so!«, sagte Lorin von Jacklor. »Warum habt ihr das nicht gleich gesagt?«

Leandra seufzte. So einfach war das.

*

Dieser Victor war ein recht junger Mann um die fünfundzwanzig, vielleicht sogar noch ein wenig jünger. Er war ein kräftiger Typ, groß und breit gebaut, aber das war schon alles, was ihm äußerlich zur Ehre gereichte. Seine Haare hingen in Strähnen ins Gesicht, und er sah vollkommen verwahrlost aus. Er roch nicht besonders gut und trug einen mehrtägigen Bart. Seine Kleider waren kaum noch Lumpen zu nennen, und er saß verbittert in einer Ecke seiner winzigen, kalten Kerkerzelle auf einem Haufen altem Stroh. Als Leandra und Munuel die Zelle betraten, blickte er kurz auf, maß sie mit toten Blicken und sah dann wieder weg.

Leandra drehte sich zu dem Gardisten um. »Ihr könnt uns eine Weile allein lassen«, sagte sie zu ihm.

Der Mann war unschlüssig. »Das darf ich nicht. Der Kerl ist gefährlich. Er könnte Euch etwas antun!«

»Wir sind Magier«, sagte sie leise zu ihm und schob ihn hinaus. »Wir können uns verteidigen. Warte draußen, ja?«

Der Soldat widersprach nicht. Es war möglicherweise das erste Mal, dass er einer Dame im Festgewand gegenüberstand.

Munuel hockte sich gegenüber dem Mann auf die Fersen.

»Hallo«, sagte er.

Der Mann erwiderte nichts, wandte den Kopf noch mehr zur Seite.

»Wir wollen dir nichts tun …«, begann Munuel, aber er wurde schroff unterbrochen.

»Was könnt Ihr mir schon noch tun? In ein paar Stunden bin ich tot!«, krächzte der Mann.

Munuel blickte zu Leandra auf, wusste nicht recht, wie er fortfahren sollte.

»Es tut mir Leid, dass man dich verurteilt hat«, sagte Munuel unschlüssig – wohl mehr von dem Impuls getrieben, dem Mann sein Bedauern auszudrücken.

»Ha! Das klingt ja, als wüsstet Ihr, dass ich an dem verfluchten Brand vollkommen unschuldig bin!«

»Ja, wir wissen das«, sagte Munuel sanft, »aber das Urteil ist gesprochen. Vielleicht kannst du uns noch etwas mitteilen …«

»Ihr wisst das?«, schrie der Mann und rappelte sich

hoch. Er stürzte sich auf Munuel und packte ihn am Kragen. »Dann *tut* verdammt noch mal was für mich! Ihr blöden Lackaffen!« Er schüttelte Munuel aus Leibeskräften. »Ihr kommt hier rein«, rief er, »und wollt noch irgendeinen Scheiß von mir wissen, damit ich das schöne Gefühl habe, noch wem geholfen zu haben, bevor diese Schweine mich umbringen!«

Der Gardist kam im nächsten Moment hereingestürzt, aber Munuel hatte sich schon befreit. »Ist schon gut, Soldat. Es ist nichts passiert!«

Der Gardist brummte, zögerte noch einige Augenblicke, ließ sich dann aber von Leandra hinausschieben.

»Hör mich an …«, begann Munuel aufs Neue, aber Leandra unterbrach ihn.

Der Kerl stank und war nicht gerade die Freundlichkeit in Person, aber sie verspürte unsägliches Mitleid mit ihm. »Warte, Munuel!«, sagte sie und zog in beiseite.

»Wir müssen ihm irgendeine Aussicht bieten«, flüsterte sie ihm ins Ohr. »Er hat allen Grund, von dieser miesen Welt zu gehen und jedes verdammte Wort, das er weiß, mit ins Grab zu nehmen!«

»Aber was sollen wir ihm bieten?«, fragte Munuel leise. »Jeder hier im Raum, einschließlich der Ratten und Spinnen, weiß, dass er sterben wird! Wir können ihn nicht mehr retten, und wenn er zehnmal unschuldig ist!«

»Dann wird es verdammt noch mal Zeit«, zischte sie wütend, »dass wir diese Welt auf den Kopf stellen!«

»He!«

Sie wandten sich beide um und sahen in ein verbittertes Gesicht. Er saß wieder am Boden, blickte nun aber geradewegs zu ihnen auf. Leandra musterte ihn. Die Augen des Mannes waren wach und klug, sein Gesicht war nicht einmal hässlich. Unter all dem Dreck mochte vielleicht ein anständiger Kerl stecken. Plötzlich kam sie sich ziemlich blöd vor. Sie trug noch immer das Ballkleid. Hier wie eine Prinzessin in dieser Todeszelle zu stehen ärgerte sie maßlos.

»Was wollt Ihr von mir wissen?«, flüsterte er. Seine Stimme war plötzlich klar und kühl geworden.

Leandra beugte sich zu ihm nieder. »Wir wissen von dem Totenzug«, sagte sie in einem plötzlichen Bedürfnis, grundehrlich zu sein. Man musste einen Mann, der an der Stelle des Todes stand, nicht auch noch anlügen. »Ich habe ihn selber gesehen, ich war sogar … ach, vergessen wir das. Aber wir glauben, dass der Gasthof mit einer ganz speziellen Absicht niedergebrannt wurde. Wir müssen wissen, wer sich in dieser Nacht dort aufhielt. Vielleicht war ein besonderer Gast da, jemand, der auf der Flucht war und vielleicht nichts von einer Verfolgung durch diese Wesen wusste.«

Der Mann musterte sie. »Ihr seid Magier?«

Leandra nickte eifrig. »Ich bin nur eine Adeptin, aber Munuel ist ein großer Meister! Du hättest ihn gestern erleben sollen! Er hat mit zwei Freunden den ganzen Zug dieser Schattenwesen in die Hölle zurückgejagt!«

»Ihr wisst also von den finsteren Monstern!«, flüsterte er.

»Ja«, sagte Leandra. »Sag – ist dir jemand Besonderes aufgefallen, der in dieser Nacht in dem Gasthof war?«

»Wenn Ihr Magier seid, warum fragt Ihr nicht das Trivocum? Oder die Überreste des Gasthofs? Könnt Ihr nicht aus den Leichen etwas herauslesen?«

»Du weißt etwas vom Trivocum?«, fragte Leandra erstaunt.

»Ja, ich weiß so manches. Ich bin Dichter. Ich habe viel gelesen.«

Munuel kniete sich hinzu. »Das Feuer ist eine Elementargewalt«, erklärte er. »Was vom Feuer vernichtet wurde, ist für uns Magier so tot wie ein Stein. Es besitzt keine Aura mehr.«

»Ja, das stimmt. Ihr seid also tatsächlich Magier.«

»Was ist nun, ist dir jemand aufgefallen?«

»Und ob mir jemand aufgefallen ist! Tief in der Nacht kamen drei Reiter. Ich habe ihre Pferde in den Stall gebracht und die Wirtin geweckt. Ich hab sie genau gesehen und mit ihnen gesprochen!«

»Und? Weißt du, wer sie waren?«

Victor schwieg eine Weile, starrte sie dabei mit immer härter werdendem Blick an. »Ihr habt eine einzige Möglichkeit, das zu erfahren«, zischte er. »Eine einzige! Holt mich hier raus – und ich erzähle Euch jede Winzigkeit!«

Munuel fuhr hoch. »Wie sollen wir das tun? Du bist ja verrückt!«

Der Mann fuhr hoch. »Verrückt? *Wenn ich um mein Leben kämpfe?* Du dämlicher Hund! Das ist die einzige Chance, die ich noch habe – wenn es überhaupt eine ist!«

»Sag es uns, und wir wollen sehen, was wir tun können«, versprach Leandra.

Er schüttelte kalt lächelnd den Kopf. »Nein, Euer Hochwohlgeboren. Ich will verdammt sein, wenn ich das tue! Ich biete Euch diese einzige Chance. Eine für Euch, eine für mich. Ihr seid Magier – Ihr hättet die Macht! Holt mich hier raus, und ich werde Euch für den Rest Eures Lebens die Stiefel küssen. Tut Ihr es nicht – dann leckt mich am Arsch!«

Das war deutlich. Leandra erhob sich. Sie sah Munuel ratlos an. Der Magier wandte sich um und verließ wortlos die Zelle. Leandra sah noch einmal zu dem Gefangenen, zuckte die Schultern und folgte dann Munuel.

19 ♦ Kodex

Verdammt!«, fluchte Munuel. »Ich bin doch nicht verrückt und hole diesen Drecksack aus seiner Zelle! Du meine Güte! Man würde uns jagen wie die Hasen! Das wäre ein Verbrechen! Von Jacklor würde sofort wissen, wer das war!«

Sie saßen zusammen in Leandras Gemach auf dem breiten Bett. Im Kamin prasselte ein Feuer. Sie sah ihn nur an.

»Du brauchst gar nichts zu sagen!« Abwehrend hob er die Hände. »Ich brauche nur in deine Augen zu sehen und weiß, was du von mit erwartest. Vergiss es!«

Sie sagte immer noch nichts.

»Was, beim Stygium, findest du an diesem verlausten Kerl?«

»Was ich an ihm finde? Gar nichts! Aber es stinkt mir, dass er einfach so umgebracht werden soll. Für nichts! Das stinkt mir gewaltig! Er ist unschuldig! Das sollte eigentlich auch *dir* etwas ausmachen!«

Munuel erhob sich und fuchtelte mit den Armen in der Luft herum. »Ja doch! Es macht mir was aus! Aber was soll ich tun? Ich wäre ein Vogelfreier, wenn ich ihn befreien würde – und du auch! Er ist ein rechtmäßig zum Tode Verurteilter.«

»Rechtmäßig nennst du das? Ich nenne es einen Verrat! Ein Verbrechen!«

Munuel stöhnte. »Ihr Frauen denkt immer mit dem Bauch, nie mit dem Kopf! Hast du dir überlegt, wie schön ein Leben auf der Flucht wäre? Irgendwann würden sie uns kriegen und ihn mit Sicherheit auch. Außerdem verstößt eine solche Tat gegen unseren Ehrenkodex. Nein, nein. Da ist nichts zu machen!«

Leandra wandte sich wütend ab. »Ein schöner Ehrenkodex ist das! Vielen Dank, da verzichte ich lieber auf die Ehre, Mitglied in der Gilde zu sein!« Plötzlich fuhr sie herum und sah ihn scharf an. »Wenn du's nicht machst, dann tue *ich* es!«

»*Waas?*«

Leandra war ziemlich in Fahrt. Sie sprang auf. »Du hast richtig gehört, Tattergreis! Geh doch nach Hause zu deinem Ordenshaus! Ich werde den armen Teufel aus seiner Zelle holen!«

»Ha! Du Früchtchen! So viel Macht hast du gar nicht!«

Leandra langte unter die Matratze, wo sie die Jambala versteckt hatte. Sie zog das Bündel heraus, entrollte mit einem Schwung das Leintuch, in das die Schwertscheide gewickelt war, hüpfte aufs Bett und zog klirrend die Klinge hervor. Sie hielt sie hoch über den Kopf.

Die Jambala blitzte heiß im Licht des Feuers auf, und in diesem Moment empfand auch Munuel das überwältigende Gefühl, dass dieses Schwert lebte.

»Ich bin ganz sicher, dass dies eine ehrenvolle Tat ist und sie mich nicht im Stich lassen würde! Nein, das würde sie nicht! Sie hat eine edle Seele, diese Waffe – und sie wüsste, dass ich gegen ein großes Unrecht kämpfen würde!«

»Leandra! Bist du von Sinnen? Steck dieses Schwert weg!«

Sie baute sich drohend vor ihm auf. »Was erwartest du von mir?«, rief sie ihm entgegen. »Dass ich mit dir und diesem Schwert das Land retten soll – *dieses* Land? Und dabei all die hässlichen Dinge übersehe wie zum Beispiel ein paar arme Hunde, die hier und da mal eben sterben müssen? Ist es das, was du von mir erwartest?«

Munuel fühlte sich plötzlich, als hätte ihn jemand mit einem Knüppel windelweich geschlagen. Er ließ sich kraftlos aufs Bett sinken. Leandra hatte Recht. Sie war ein Kind und empfand den Lauf der Welt aus dessen einfacher Sicht. Auge um Auge, Zahn um Zahn. Aber hatte sie damit nicht Recht? Waren große Taten etwas wert, wenn sie eine Welt mühevoll zusammenhielten, dabei aber überall Menschen über die Kante ins Nichts stürzten?

»Was ist nun, Magier?«, fragte sie höhnisch.

»Unterlass' bitte diesen herablassenden Ton!«, zischte er sie an. Dann blickte er zu Boden und dachte nach.

Leandra stand eine Weile in ihrer lächerlichen Pose da, im Abendkleid auf dem Bett stehend, die mächtige Jambala in der Rechten. Aber sie stand in dem klaren Bewusstsein, richtig gehandelt zu haben. Dann kletterte sie vom Bett herunter und stellte sich vor Munuel. Sie sah ihm an, dass er bereit war, seine Meinung zu ändern.

Als sie die Jambala in die Scheide stecken wollte, zögerte sie kurz und sah das Schwert einige Sekunden lang unschlüssig an. Dann jedoch steckte sie es zurück und warf es aufs Bett.

»Was ist mit diesem Lorin von Jacklor?«, fragte sie.

»Was meinst du?«

»Du scheinst viel über ihn zu wissen. Ich denke, wir sollten ihm einen kleinen Besuch abstatten und ihm ein bisschen Dampf machen!«

Das brachte Munuel auf einen ganz neuen Gedanken. Er war davon ausgegangen, Leandra wolle von ihm verlangen, diesen Victor mit einem Großaufgebot an Magie aus seiner Zelle herauszuschlagen. Nein, so hätte das gewiss keinen Sinn gehabt. Aber Lorin unter Druck zu setzen – ja, das war vielleicht ein Ausweg! Munuel wusste genug über diesen niederträchtigen Halunken, um ihm gehörig Angst zu machen. Vielleicht gelang es ihnen auf diese Weise, diesen armen Hund von Victor freizupressen.

Munuel erhob sich. »Also gut, Leandra. Ich will es versuchen. Aber dafür habe ich etwas gut bei dir, hörst du?«

»Bei *mir?* Ich würde vorschlagen, du hältst dich an diesen armen Teufel! *Der* ist dir zu Dank verpflichtet, wenn du es schaffst – nicht ich!«

»Doch, du auch!«, beharrte Munuel. »Ich tue es allein dir zuliebe. Ich habe nicht die Zeit, mich um die Belange der ganzen Welt zu kümmern! Du weißt, dass wir nach Norden zum Mogellwald wollen. Also, was ist?«

Leandra seufzte. »Na gut. Was willst du also?«

Munuel stemmte die Fäuste in die Hüften. »Erstens: Dieses Schwert bleibt ab sofort in seiner Scheide. Niemand darf wissen, dass du es bei dir hast. Würde das bis zu unseren Gegnern vordringen, dann würden sich unsere Probleme vervielfachen. Dein Eintreten für diesen armen Kerl ist sehr ehrenhaft, aber du musst endlich lernen, dass die Jambala eine Waffe für höhere Aufgaben ist, verstanden?«

Leandra dachte einen Moment nach, dann zuckte sie seufzend die Schultern. »Gut. Ich verspreche es.«

»Zweitens: Bis wir zum Mogellwald kommen, will ich dich jeden Tag deine Formeln und Iterationen büffeln sehen. Du musst in der Lage sein, dich wenigstens verteidigen zu können. Die Jambala kann dich nicht vor Angriffen durch Magie schützen, oder jedenfalls nur sehr bedingt. Da du als Trägerin dieses Schwertes zwangsläufig in die Auseinandersetzungen mit einbezogen sein wirst, ist niemandem damit gedient, wenn du dich gleich bei deinem ersten Kampf von dieser Welt verabschiedest.«

Leandra sah ihn erstaunt an.

»Was ist?«

»Ich … äh …«

Munuel machte einen raschen Sprung, warf sie aufs Bett, zog sein kleines Messer und setzte es ihr an den Hals. »Was jetzt?«, fragte er kalt. »Was tust du jetzt?«

Leandra bäumte sich auf, versuchte ihn abzuschütteln, aber er hielt sie ohne größere Anstrengung nieder. Die Jambala lag zwar in Griffweite, aber sie wusste, dass sie im Ernstfall längst tot gewesen wäre.

Als Nächstes schloss sie die Augen, und Munuel spürte, dass sie eine Iteration versuchte. Elementarmagie, irgendetwas in der zweiten Iteration. Eine schwache mechanische Kraft baute sich gegen ihn auf. Er lächelte kalt. Mit Leichtigkeit wirkte er gegen sie an, erlaubte sich sogar, Leandra mit *seiner* Magie noch ein bisschen stärker aufs Bett zu drücken. Nach einer Weile stöhnte sie und gab auf.

Er ließ sie los, stand auf und steckte sein Messer weg. Er spürte eine gewisse Befriedigung, dass er trotz seiner sechzig noch über eine gewisse Schnelligkeit und Kraft verfügte. Leandra rappelte sich hoch. Sie hüstelte und beschäftigte sich verlegen mit ihrem Kleid.

Er fasste sie scharf ins Auge, aber sie war so peinlich berührt, dass sie es vermied, seinen Blicken zu begegnen. Er legte den Kopf schief. »Du hast gedacht, du wärest plötzlich unsterblich, nicht wahr?«

Sie hob die Schultern. »Na ja …«

Munuel nickte streng. Nach ihrem derben Auftritt schien es an der Zeit, ihr eine Lektion zu erteilen. Nicht, dass sie im Unrecht gewesen wäre – aber er hatte sich vorgenommen, auf sie zu achten. Im Geiste schrieb er ein paar Punkte Jockum, seinem alten Freund und Gefährten, zu. Er hatte vollkommen Recht gehabt, als er sagte, ihm wäre nicht ganz wohl bei dem Gedanken, dass Leandra diese Waffe führte. Er hatte Recht gehabt. Sie *war* in der Tat noch zu jung.

Noch immer nestelte sie verlegen an ihrem Kleid.

Sie war wunderschön, so derangiert sie im Moment auch aussah – und für Augenblicke spürte Munuel in sich eine überwältigende Woge der Zuneigung aufsteigen. Sie würde noch viel Zeit benötigen, so ruhig und abgeklärt zu werden, dass sie eine wirklich große Magierin sein konnte, aber die Voraussetzungen dafür besaß sie im Übermaß.

Sie hatte eine starke Persönlichkeit und auch ein starkes Gefühl für Gerechtigkeit. Letzteres gefiel ihm besonders – trotz dieser verfahrenen Situation. Er vertrieb diese Gedanken und konzentrierte sich wieder auf seine

Aufgabe. Sie bestand momentan darin, dieses heißblütige Geschöpf zu bändigen.

Langsam wagte sie es wieder, zu ihm aufzublicken. Er atmete innerlich auf, als er sah, dass aus ihren Augen jener wilde Ausdruck des Widerstandes gewichen war. Sie war wieder ganz das junge Mädchen, die reuige Schülerin, die er gekannt hatte, bevor diese Geschichte ihren Anfang nahm.

»Ich muss *noch* etwas von dir verlangen!«, sagte er streng.

Sie blickte wieder zu Boden.

»Du musst mir versprechen, dass du dich ab jetzt meinen Anordnungen fügst! Du hast eine starke Persönlichkeit, aber du hast nur wenig Ahnung von dem, was auf dich zukommen wird. Wir könnten in Situationen geraten, in denen ich von dir verlangen muss, dich ganz anders zu verhalten, als es dir dein Gefühl und dein Verstand vorgeben würden. Aber du musst Vertrauen zu mir haben und zu dem, was ich anordne! Wir werden sehr wahrscheinlich Leute treffen, die ganz andere Vorstellungen von Gerechtigkeit und Menschenwürde haben als du. Denk nur an diesen von Jacklor. Mit Stolz und Ehre brauchst du solchen Leuten nicht zu kommen. Sie machen dir mit Leidenschaft den Hof und schleichen sich keine Stunde später in dein Zimmer, um dir im Schlaf einen Dolch in den Leib zu stoßen. Dabei kommen sie sich auch noch großartig vor.«

Sie nickte, sah dabei immer noch nicht auf.

Er entschied, dass es genug war. Er wollte sie nicht erniedrigen. »Nun mach dich ein wenig zurecht, mein Kind. Wir wollen dem Kommandanten einen Besuch abstatten!«

*

Lorin von Jacklor war schon reichlich angetrunken. Er lungerte noch immer im Wappensaal herum, in dem sich einschlägige Gäste an den Weinfässern und auf den

Sesseln und Sofas eingerichtet hatten und das späte Fest auf weniger kultivierte Art und Weise fortführten.

Munuel verabscheute solche niederen Verhaltensweisen. Verschiedene Männer hatten sich inzwischen Hosen und Westen aufgeknöpft, um Platz für ihre Völlerei zu schaffen, und einige Frauen empfanden keinerlei Hemmungen, ihre Brüste und Beine zu zeigen und sich kichernd und gackernd mit Wein vollträufeln und mit Delikatessen vollstopfen zu lassen. Der Kommandant saß mit aufgeknöpftem Hemd und wirrer Frisur mitten auf einem breitem Sofa, von einigen Höflingen und brünstigen Weibern umgeben, und grapschte nach jeder Handbreit weiblichen Fleisches, das in seiner Reichweite lag. Dabei kicherte er wie von Sinnen, balancierte ein kristallenes Weinglas und erging sich in zotigen Sprüchen.

Auch Leandra empfand Abscheu. Kaum auszumalen, dass dieser Mann am nächsten Morgen, wahrscheinlich noch halb betrunken und mit einem Weinglas in der Hand, der Exekution eines unschuldigen Menschen beiwohnen würde. Eines Menschen, der in diesem Moment schluchzend in einem Kerker saß und seiner Hinrichtung entgegensah. Sie wünschte sich, die Macht zu besitzen, die Rollen der beiden vertauschen zu können.

»Ah! Das Glanzlicht unseres Festes!«, lallte von Jacklor, als er Munuel und Leandra nahen sah. Sie hielt sich im Hintergrund, als sich Munuel lächelnd neben dem Kommandanten auf das Sofa fallen ließ.

»Meister Munuel!«, rief von Jacklor und breitete die Arme aus. Roter Wein schwappte aus seinem Glas auf seinen Arm, aber das bemerkte er nicht einmal. »Welche Ehre wird mir zu dieser späten Stunde zuteil! Lasst uns zusammen trinken.«

»Knöpf dir deine Hose zu, und komm mit«, hörte sie Munuel dem Mann zuzischen. »Wir haben miteinander zu reden!«

»He, he!«, machte von Jacklor. »Was sind das für Töne? Lasst uns feiern, die Nacht ist noch jung!«

Munuel beugte sich zu ihm herab und zischte ihm etwas ins Ohr.

Der Kommandant erstarrte. Er glotzte Munuel ungläubig an und murmelte etwas.

Munuel erhob sich und wartete, dass ihm von Jacklor folgte, was dieser dann auch eilig tat. Man verließ den Wappensaal und fand sich in genau der Ecke wieder ein, in der Munuel sich schon zuvor den Burschen zur Brust genommen hatte.

»Du wirst jetzt diesen Victor aus seiner Zelle holen lassen!«, sagte Munuel mit aller Schärfe. »Er bekommt ein paar Kleider und ein Pferd, und verlässt dann mit uns die Festung. Und zwar jetzt gleich!«

Von Jacklor machte riesige Augen. Sein Mund hatte sich zu einem großen ›O‹ verformt. In seiner jetzigen Verfassung sah er absolut lächerlich aus. Leandra hätte zu gern gewusst, was ihm Munuel zuvor ins Ohr geflüstert hatte.

»Aber … das ist unmöglich! Das Urteil ist gesprochen! Morgen bei Sonnenaufgang *muss* die Hinrichtung stattfinden!«

»Erzähl mir nichts!«, fuhr Munuel ihn an. »Du bist der Kommandant. Du besitzt die Macht, ihn freizulassen!«

Von Jacklor versuchte sich mit Widerstand. »Was ist denn zum Teufel so Wichtiges an diesem Kerl?«

»Das geht dich gar nichts an! Aber ich will es dir trotzdem sagen. Er ist ein wichtiger Zeuge. Er muss vor dem Cambrischen Ordenshaus aussagen. Genügt das?«

»Aber … wen soll ich denn *dann* hinrichten lassen? Das Volk wird im Morgengrauen aus der Stadt zur Burg herauf pilgern! Es werden Hunderte sein! Sie wollen seinen Kopf rollen sehen!«

»Seinen Kopf? Sag bloß, ihr seid hierzulande zu dieser bestialischen Hinrichtungsmethode zurückgekehrt?«

»Nun … hm, es war meine Idee. Den Leuten gefällt das.«

Munuel schüttelte den Kopf. »Du bist ein Monstrum,

Lorin von Jacklor! Genauso wie damals schon. Ich hätte dich in der Gosse verkommen lassen sollen! Wie bist du eigentlich an diesen Titel gekommen?«

Er hob die Schultern und zeigte ein schiefes Lächeln. Es sagte mehr als viele Worte.

Munuel nickte. »Lass' mich raten. Einer wie du schafft so etwas nur durch Verrat oder noch besser, durch verräterische Verleumdung! Wie geht es eigentlich deinem Vormund?«

»Mein … äh, Vormund? Ich … ich habe keinen Vormund. Nicht mehr. Er wurde damals …«

Munuel nickte. »Ja, ich weiß. Ich habe es gehört. Freiherr von Jacklor, dessen Namen du ungerechterweise immer tragen durftest, wurde des Hochverrats angeklagt und in den Kerker geworfen, wo er bald starb. Ich erinnere mich. Ich fragte mich immer, was dieser würdige alte Herr jemals getan haben konnte. Jetzt wird es mir klar! Das hat er dir zu verdanken! Du Dreckstück!«

Von Jacklor hob abwehrend die Hände. »Nein, nein, das verstehst du falsch! Ich wurde nur verhört …«

»Ja, ja! Das kann ich mir vorstellen! So viel Niedertracht hätte ich nicht einmal dir zugetraut! Nach dem Tod deiner Eltern hat er dich aufgenommen, und du hast immer nur seinen Namen in den Schmutz getreten. Mit deinen Ausschweifungen und deinen miesen Kumpanen aus der Savalgorer Unterwelt!«

Munuel trat einen Schritt zurück. Sein Blick war voller Ekel und Abscheu vor diesem Mann. »Du stinkst! Man darf dir nicht zu nahe treten, sonst nimmt man auch noch diesen Gestank des Abschaums an, von dem du umgeben bist!«

»Aber Munuel! Du wirst doch nicht …«

»Worauf du wetten kannst, du Widerling!« Er starrte den Kommandanten hasserfüllt an. »Ich gebe dir noch eine Chance! Lass diesen Gefangenen frei! Und sieh danach zu, dass du dein Lehen an einen würdigen Mann abgibst! Wenn ich das nächste Mal nach Tulanbaar komme und du noch immer hier das Sagen hast, werde ich dich vor den Hierokratischen Rat bringen! Und dann wirst *du* derjenige sein, dem man den Kopf abschlägt! Hast du das *verstanden?*«

Lorin von Jacklor war völlig verdattert. »Aber ... wie soll ich den Leuten das erklären? Ich kann doch nicht sagen, dass er geflohen wäre! Dies ist die Festung von Tulanbaar – aus ihren Kerkern ist noch nie jemand entkommen!«

Leandra mischte sich ein. »Du kannst ja behaupten, er hätte sich in der Nacht in seiner Zelle umgebracht. Irgendetwas wird dir schon einfallen.« Sie ließ den Kommandanten ebenfalls ihre Abscheu spüren; sie verwendete das respektlose »Du«, um dem Mann klarzumachen, dass er weniger als Luft für sie war.

Von Jacklors Augen begannen plötzlich hasserfüllt zu funkeln. »Ich ...«

»Los jetzt!«, fuhr Munuel ihn an. »Wir werden uns umziehen und dann auf unsere Pferde steigen. Unten im Tal warten wir am Burgweg. Wenn der Bursche nicht in einer Stunde bei uns ist, werden wir direkt nach Savalgor zum Palast reiten – und dann kannst du nur noch beten!«

Munuel machte auf dem Absatz kehrt, nahm Leandra beim Handgelenk und führte sie mit sich. Als sie die Treppen hinaufstiegen, fragte sie: »Glaubst du, er spielt mit?«

»Ich hoffe es. Ich weiß nicht, was mit ihm ist. So wie eben habe ich ihn noch nie erlebt. Früher war er ein harter Kerl, nicht so ein Häufchen Elend. Aber vielleicht verrottet sogar sein mieser Charakter auch noch.«

Sie blickte sich beunruhigt um. Unten in der Halle standen bewaffnete Wachleute. »Vielleicht wird er versuchen, uns aus dem Weg zu räumen. Wenn er schnell handelt ...«

Munuel lächelte sardonisch. »Dazu kennt er mich zu gut. Er weiß, dass ihm das nicht gelingen kann. Dazu müsste er schon seine ganze Wachgarde aufbringen. Meinst du nicht?«

Leandra maß ihn, während sie weiter hinaufliefen, von oben bis unten mit Blicken. Sie wusste, dass er auf den Kampf gegen den Dämon und seine Schattenwesen anspielte. Nein – eine Wachgarde allein würde nicht genügen. Sicher nicht.

20 ♦ Victor

Eine Dreiviertelstunde später warteten sie, auf ihren Pferden sitzend, am Fuße des Burgweges. Das Sonnenfenster über Tulanbaar glitzerte schwach im Nachtlicht, der Mond war längst schon verschwunden. Es war immer noch sehr warm. Sie standen nun vor dem Problem, für die Nacht eine Bleibe zu finden. Mitsamt diesem Victor – vorausgesetzt, der Kommandant ließ ihn tatsächlich frei – würden sie sich schlecht in Tulanbaar im Wirtshaus einmieten können. Sie konnten ihn allerdings auch ausfragen, um ihn gleich darauf ziehen lassen. Diese Möglichkeit würde Munuel bevorzugen. Er hatte keine Lust – Magie hin oder her – heute Nacht im Freien zu übernachten.

Die Stunde war fast um, als oben auf dem Weg Reiter erschienen.

Ein Lächeln glitt über Leandras Züge. Sie war tatsächlich die Siegerin des Abends, einmal abgesehen davon, dass der Bursche mit seinem Leben davon gekommen war.

Dann waren die Reiter heran. Es waren drei – zwei Gardisten und zwischen ihnen ein Mann auf einem Pferd, der in eine dunkle Kutte mit Kapuze gekleidet war. Sie hielten kurz vor Munuel und Leandra an, lösten dem Mann die Handfesseln, drehten wortlos um und ritten davon.

Leandra hüpfte aus dem Sattel und eilte begeistert zu dem Mann auf seinem Pferd. Sie klopfte ihm aufs Bein und rief: »He! Was sagst du? Wir haben dich tatsächlich befreit!«

Keine Antwort. Der Mann saß da, die Kapuze über

den gesenkten Kopf gezogen, und schwieg. Dann hörte Munuel ihn schluchzen. Er lenkte sein Pferd neben das des Ankömmlings. Er hatte zwar genug von den Verwicklungen dieser Nacht, aber er verspürte ebenfalls Mitleid. Dieser Mann hatte noch vor einer halben Stunde dem Tod entgegengesehen.

»Komm, Junge, steig erstmal ab!«, sagte er väterlich.

Er gab ihm einen kameradschaftlichen Klaps auf die Schulter. Victor rutschte wie ein nasser Sack vom Pferd und fiel in den Dreck. Leandra schrie auf – beinahe hätte er sie mit zu Boden gerissen. Munuel sprang aus dem Sattel und half dem Mann auf. Er strich die Kapuze zurück und sah in ein tränenüberströmtes Gesicht.

»Tut mir Leid …«, murmelte Munuel leise. »Du bist wohl …«

Der Mann blickte auf und sah Munuel an. Der alte Magier schrak zurück. Seine Augen waren wahrhaftig vom Tod gezeichnet. Auch Leandra sah es, und auf einmal konnten sie sich beide deutlicher als je zuvor ausmalen, wie es war, in der Gewissheit des Todes die letzte Nacht seines Lebens in der Todeszelle – zu verbringen.

Munuel half Victor auf die Beine. Trotz seiner robusten körperlichen Konstitution war er sehr schwach. Möglicherweise hatte man ihn in den Tagen zuvor geprügelt und gefoltert, ihm nichts zu essen gegeben oder ihm noch schlimmere Dinge angetan.

»Los«, ächzte Munuel, während er versuchte, Victor zurück auf sein Pferd zu hieven. »Wir müssen uns einen Platz zum Übernachten suchen.«

Sie ritten los und fanden nach einer Weile eine einsame Scheune.

Sie hatten den Weg nach Lakkamor eingeschlagen, das noch ein Stück weiter von der Morneschlucht entfernt lag als Tulanbaar. Dort würde man Victor nicht erkennen, da er hier nach seiner Verhaftung nicht durchgekommen war.

Die Scheune lag abseits jeglicher Behausung, etwa

einen Steinwurf vom Weg entfernt an einem Waldrand. Munuel entschied, dass dies wohl der beste Platz wäre, den sie heute Nacht noch finden konnten. Zum Glück war die Scheune randvoll mit Stroh.

Sie waren alle sehr müde. Victor war schon halb bewusstlos, eine Stunde des Ritts hatte seine geringen Kräfte völlig erschöpft. Er sank ins Stroh und schlief sofort ein. Sie deckten ihn mit einer Lage Stroh zu und überließen ihn dem Schlaf. Munuel wandte eine kurze Iteration an, um herauszufinden, ob sein Zustand kritisch war. Nein, stellte er fest, er würde sich wieder erholen. Morgen brauchte er dringend etwas zu essen, aber die Nacht würde er überstehen.

Für sich selber entschied er, eine Weile mit der Zauberei auszusetzen. In der gesamten letzten Woche – angefangen mit der Beobachtung des Palastes, über den Gewaltritt und den Kampf gegen den Dämon, bis hin zu diesem Augenblick, da sie in dieser Scheune angekommen waren – hatte er seine magischen Fähigkeiten beinahe überstrapaziert. Er fühlte sich geistig und körperlich ausgelaugt, trug ein ständiges hohles Loch im Kopf mit sich herum. Früher, vor zwanzig oder dreißig Jahren, da hatte er dauernd so gelebt. Aber die Magie forderte ihren Tribut.

Er legte sich ächzend ins Stroh und schloss die Augen.

Wohl eine halbe Stunde lag er da, konnte aber, obwohl er todmüde war, nicht einschlafen. Dann merkte er, dass auch Leandra noch nicht schlief.

Sie schob sich an ihn heran. »Sag mal, was ist mit diesem Kommandanten? Was hattest du gegen ihn in der Hand, dass er plötzlich so gefügig wurde?«

Munuel seufzte. »Lorin von Jacklor – tja, das ist so ein Fall. Ein klarer Beweis für meine größte Schwäche, wenn du so willst. Seine Eltern starben früh, bei einer großen Überschwemmung, wenn ich mich recht erinnere. Sie waren Hofverwalter beim Freiherrn von Jacklor, einem Mann aus dem Hochadel, der aber nicht besonders reich war. Der Freiherr nahm nach dem Tod der Eltern Lorin an Kindes Statt an, da er selber nie Kinder hatte. Er gab ihm sogar seinen Namen. Der Bursche aber entwickelte sich anders, als man es hätte erwarten können. Er trieb sich in schlechter Gesellschaft herum, entwickelte kriminelle Neigungen und schlug sich mit finsteren Geschäften durchs Leben. Die Möglichkeiten, die ihm der Freiherr bot, verschmähte er.«

»Und wie hast du ihn kennen gelernt?«

»Nun, das war letztes, nein, vorletztes Jahr in Savalgor. Ich kannte ihn schon von früher her, denn er verdiente sich manchmal ein paar Folint, indem er dem Cambrischen Ordenshaus Meldungen über den Verbleib gewisser Personen verschaffte – wenn du weißt, was ich meine.«

Leandra nickte.

»Im Herbst vorletzten Jahres«, fuhr er fort, »war ich für ein paar Wochen in der Hauptstadt. Ich vertrat Jockum, der nach Veldoor gereist war. Dann gab es ziemlich viel Aufregung, weil ins Zunfthaus der Schiffsbauer eingebrochen worden war. Bücher und Aufzeichnungen über Rumpfkonstruktionen waren gestohlen worden. Weißt du, was das bedeutet?«

»Hm, nein.«

»Nun, das sind streng gehütete Geheimnisse. Spezielle Arbeitsweisen wie zum Beispiel dauerhafte Holzverspleißungen und wichtige Berechnungsmethoden sind dort verzeichnet – Dinge, wofür die Schiffsbauer von Savalgor berühmt sind. Diese Bücher sind nicht nur ein Vermögen wert, es würde auch die Schiffsbauer von Savalgor empfindlich schädigen, wenn man sie an die Zunft einer anderen mächtigen Hafenstadt verkaufte. Es ist das Wissen, das man in Jahrhunderten zusammengetragen hat.«

»Und von Jacklor hatte diese Bücher gestohlen?«

»Ich weiß es nicht. Er kam schon ganz zu Anfang zu mir und beschwor mich, ihn zu beschützen. Er behauptete, in falschen Verdacht geraten zu sein. Er erinnerte mich an die Zeiten, da wir gut zusammengearbeitet hatten – wenn man seine Arbeit je als ehrenvoll bezeichnen konnte –, und flehte um den Schutz des Cambrischen Ordenshauses.«

»Ja, ich verstehe. Du hast ihm den Schutz gewährt, und alle anderen haben dir abgeraten, nicht wahr?«

»Genau so war es. Ich hatte irgendwie Mitleid mit dem Kerl.«

»Ist es das – deine größte Schwäche, die du anfangs erwähnt hast? Dass du zu gutmütig bist?«

Munuel schwieg einen Moment, dann sagte er: »Ja, so könnte man es nennen. Ich bringe mich damit immer wieder in Schwierigkeiten. Wäre ich ein wenig härter, hätte ich mir so manches Problem ersparen können. Und nicht nur mir.«

Leandra hinterfragte die letzte Andeutung nicht. Es klang nach einem längeren Geständnis, und sie wollte es ihm überlassen, wann er es ablegte. Möglicherweise hatte er sich deswegen so sehr dagegen gesperrt, Victor zu befreien.

»Was geschah danach?«, fragte Leandra.

»Nun, es wurden ein paar Burschen festgenommen. Einem konnte man etwas nachweisen, und er wurde zum Tode verurteilt. Die anderen musste man laufen lassen.«

»Und die Bücher? Waren sie verschwunden?«

»Ja. Sie sind angeblich bis heute nicht wieder aufgetaucht. Man munkelt, die Zunft habe sie damals aus dunklen Kreisen für eine gewaltige Summe zurückgekauft.«

»Und was denkst du heute? Dass er daran beteiligt war?«

Munuel schien dieses Thema Unbehagen zu bereiten. Seine Antwort war ausweichend. »Wahrscheinlich. Ich denke, er hat auch seinen Ziehvater, den Freiherrn von Jacklor, ans Messer geliefert. Später ist es ihm offenbar gelungen, an die Lehnsherrschaft von Tulanbaar zu kommen. Es ist mir ein Rätsel, wie er das geschafft hat.«

»Vielleicht mit Geld? Wenn er der Drahtzieher bei dem Raub war, dann hat er möglicherweise über enorme Mittel verfügt. War denn Tulanbaar früher das Lehen dieses Freiherrn?«

»Nein, nein. So reich war der nie. Es muss da irgendwelche Ränke gegeben haben.« Munuel schüttelte missmutig den Kopf. »Wenn unsere Hierokratie tatsächlich schon so verrottet ist, dass solche Kerle wie dieser Jacklor bis ganz nach oben gelangen können, dann haben Kräfte wie diese Bruderschaft von Yoor freilich einen wunderbaren Nährboden.«

Leandra erwiderte nichts.

»Nun, die Politik ist ein verzwicktes Gebiet«, fuhr Munuel fort. »Ich kann dir nicht sagen, wie er es geschafft hat, in Tulanbaar Einzug zu halten. Zweifellos aber mit Hinterlist und Verrat.«

»Wie mächtig könnte er denn werden«, wollte Leandra wissen, »wenn er sich dort einnisten würde? Ich meine, mit Gewalt. Wenn er von dort aus ein eigenes, sagen wir, kleines Reich aufbauen wollte?«

Munuel wandte den Kopf, obwohl er sie in der Dunkelheit nicht sehen konnte. »Wie meinst du das?«

»Na ja. Ich denke nur nach, was passieren würde, wenn er sich nicht deiner Drohung fügen würde. Du hast ja verlangt, dass er abdankt und von dort verschwindet.«

»Ha! Eines ist gewiss: Wenn wir erst wieder zurück sind, werde ich zum Ordenshaus gehen und die Ältesten über seine Umtriebe in Kenntnis setzen. Es dürfte sehr übel für ihn werden. Dann kann er sich gratulieren, wenn er sich bis dahin noch schnell aus dem Staub gemacht hat.«

»Und was hast du gegen ihn in der Hand?«

»Hm ... ich ...«

Leandra dämmerte plötzlich, was es war. Oder jedenfalls, womit es zu tun hatte. Und damit schloss sich der Kreis. Munuel schien ein mächtiges Problem zu haben.

Er seufzte tief und erschöpft. »Ich muss es dir wohl sagen. Du bist mir fast ein bisschen zu schlau, mein Kind. So, wie du mich ausfragst, kann ich kein Geheimnis vor dir bewahren!«

Leandra hatte keinen Grund, in Munuels Leben herumzuschnüffeln. Es gab da nur eine Spur, die sie verfolgte, und deshalb wollte sie ein paar Informationen über von Jacklor zusammentragen.

»Ich habe vor einiger Zeit einen Hinweis erhalten«, sagte Munuel, »dass tatsächlich von Jacklor derjenige gewesen sein könnte, der hinter diesem Raub stand.«

Damit war klar, dass Munuel es versäumt hatte, höhere Stellen davon in Kenntnis zu setzen, wie es seine Pflicht gewesen wäre. Leandra konnte nicht beurteilen, ob Munuels Neigung, sich unangenehme Dinge vom Leib zu halten, dafür verantwortlich war, oder ob er fürchtete, damit bloßgestellt zu werden, da er Lorin von Jacklor damals den Schutz des Ordenshauses gewährt hatte. Sie fragte sich, was es da für eine seltsame Sache in Munuels Leben gab. Sie war sich nie darüber bewusst gewesen, dass sich Munuel von Schwierigkeiten absichtlich fern hielt. Aber das war wohl ein eigenes Thema.

»Du hast meine Frage noch nicht beantwortet«, sagte sie. »Könnte von Jacklor sich dort in der Festung einigeln und von dort aus die Umgegend terrorisieren und beherrschen?«

»Na, du hast ja Ideen! Wie kommst du denn darauf?«

»Nun sag schon – könnte er das?«

»Hm. Vielleicht. Die Festung ist eine alte Trutzburg. Sie wurde, soweit ich weiß, vor Jahrhunderten mehrfach belagert, doch sie hat sich immer als nahezu uneinnehmbar erwiesen. Aber nun sag – worauf willst du hinaus?«

»Es gibt da einige Dinge, die mir aufgefallen sind.

Zum ersten: Als ich die Jambala wieder in ihre Scheide stecken wollte – da oben in meinem Gemach, nachdem wir uns gestritten hatten, weißt du noch? Da wollte sie nicht.«

»Sie *wollte* nicht …?«

»Nicht weggesteckt werden. Sie setzte mir Widerstand entgegen, als ich sie in die Scheide stecken wollte. Merkwürdig, findest du nicht?«

»Hm. Das kann ich schlecht beurteilen. Denkst du, du hast sie in der kurzen Zeit schon so gut kennen gelernt? Und was hat es zu bedeuten?«

»Ich weiß nicht recht. Irgendetwas stimmt mit dieser Festung nicht. Ist dir nicht dieser seltsame Geruch im Innenhof aufgefallen? Alles sah geputzt und sauber aus, aber dieser Hof stank nach Verwesung und Verfall.«

Munuel nickte in der Dunkelheit. »Jetzt, wo du es sagst, kommt es mir auch so vor. Du hast sehr feine Sinne, meine Liebe. Hm – manchmal komme ich mir vor wie blinder Ochse. Du scheinst an jeder Ecke etwas zu bemerken, wovon ich noch lange nichts mitbekomme.«

»Na ja, du bist ja auch schon ein alter Knacker«, meinte sie wohlwollend.

Munuel grinste in der Dunkelheit in sich hinein. Aber er verzichtete darauf, sich mit ihr jetzt ein Duell zu liefern. Dazu war er zu müde.

»Nun sag schon, worauf willst du hinaus? Dass sich von Jacklor zum Gewaltherrscher über diese Gegend aufschwingen könnte? Das würde ihm nicht gelingen. Dazu müsste seine Garde bedingungslos hinter ihm stehen, und das glaube ich nicht so ganz. Soldaten bekennen sich meistens zu ihren direkten Vorgesetzten, also den Hauptleuten. Jedenfalls dann, wenn ihr oberster Herr so ein Waschlappen wie dieser Kommandant ist.«

»Da hast du bestimmt Recht. Was aber, wenn er sie zum Gehorsam zwingt? Oder besser gesagt: Wenn er sie dazu verführt?«

Munuel stöhnte auf. »Mädchen, ich glaube, du denkst

ein Stockwerk zu hoch für mich. Worauf, zum Teufel, willst du hinaus?«

»Ich weiß nicht«, sagte sie. »Ich bin nicht sicher, aber ich glaube, ich habe wieder so einen Mönch gesehen. Er stand im Wappensaal, in einer dunklen Ecke, und war gleich wieder verschwunden.«

Munuel richtete sich auf und suchte in der Dunkelheit ihr Gesicht. »Ein Mönch? Bist du sicher?«

Er hörte das Stroh rascheln – sie schüttelte den Kopf. »Nein, bin ich nicht.«

Er ließ sich zurücksinken. Ja, überlegte er, irgendwie hatte er auch eine solche Gestalt kurz erblickt – sie war aber nicht weiter in sein Bewusstsein vorgedrungen. Dunkle Gedanken kreisten in seinem Kopf.

Sie holte tief Luft. »Und dann, als wir die Feste verließen, waren wir doch bei den Ställen, weißt du?«

»Jaja, ich weiß!«

»Und dann hat uns dieser Stallbursche die Pferde gebracht.«

Munuel grunzte ungehalten.

»Also, da war ein Stück weiter hinten so ein Verschlag, in dem noch mehr Pferde standen. Hast du sie dir angesehen?«

»Nein, hab ich nicht. Was war mit ihnen?«

»Ich bin nicht sicher, aber ... ich glaube, das waren solche Pferde wie ... in der Nacht, bei dem Totenzug!«

*

Munuel hatte den Rest der Nacht unruhig verbracht. Leandras Entdeckung war, sofern sie zutraf, mehr als alarmierend. Konnte es sein, dass Lorin von Jacklor auf der Seite der Bruderschaft von Yoor stand? Zuzutrauen wäre es ihm. Er kannte keine Moral und keine Ehrhaftigkeit.

Leandra hatte gefragt, woher dieser Geisterzug wohl ursprünglich gekommen war. Wenn man ihn mit Magie herbeigerufen hatte, dann musste dies an irgendeinem Ort stattgefunden haben, an dem man sicher vor Störenfrieden und Beobachtern war. Wahrscheinlich hatte man zuerst den Dämon ins Diesseits gerufen, und das allein, das konnte Munuel bestens beurteilen, musste ein gewaltiger Akt gewesen sein. So etwas konnte man nicht eben mal an der nächsten Wegabzweigung, unter den drei Liebeslinden abhalten. Das Echo im Trivocum würde über weite Strecken für jeden Magier deutlich zu vernehmen sein. Nein, sie hatte vollkommen Recht – die Gemäuer einer stark befestigten Burg waren der ideale Ort dafür. Man konnte während der Herbeirufung andere Magier dafür sorgen, dass die Erschütterungen sich in Grenzen hielten, und es gab auch keine unliebsamen Zaungäste.

Dass die Jambala nicht in ihre Scheide zurückwollte, legte Leandra als ein beunruhigendes Zeichen aus. Das wiederum konnte Munuel nur unvollkommen beurteilen, aber in diesem Punkt traute er Leandras Gefühl.

Nun kam es darauf an, was Victor zu sagen hatte. Mochte sein, dass er die Geschichte mit den drei Reitern nur erfunden hatte, um ihn und Leandra dazu zu bringen, ihn aus dem Kerker zu befreien. Aber es war auch möglich, dass er dazu beitragen konnte, das Bild zu vervollständigen. Und in diesem Fall hätten sich die Dinge schon viel weiter entwickelt, als Munuel es für möglich gehalten hätte.

War am Ende Lorin von Jacklor in diesem Spiel eine Schlüsselfigur? Wieder einmal traf Munuel auf eine Sache, die er vor Zeiten schon hätte aus der Welt schaffen können. Vielleicht hätte er den Yhalmudt damals doch lieber Ötzli überlassen sollen. Er stolperte nun zunehmend über die Überbleibsel seiner eigenen Unzulänglichkeit. Nachdem der letzte Dämon vertrieben war, hatte er sich nach Angadoor zurückgezogen – in der irrigen Hoffnung, dass alle Probleme damit aus der Welt geschafft waren. Er hatte auch die Sache mit von Jacklor nicht weiterverfolgt – teils aus Scham, teils deswegen, weil ein viel turbulenteres Leben hinter ihm lag, als er es sich jemals gewünscht hatte. Er wollte seine Ruhe haben nicht mehr als ein guter Dorfmagier sein.

Nun musste er die Dinge wieder in Ordnung bringen. Deswegen wollte er auch die Canimbra unbedingt wiederfinden. Er hatte eine Schuld zu begleichen, die er nur mithilfe einer wirklich mächtigen Waffe aus der Welt schaffen konnte. Nur hatte er fatalerweise seinen Gegner gewaltig heranwachsen lassen. Und nun nahm er auch noch dieses Kind mit in den Kampf. Wenn ihr etwas geschehen würde, dann trug er allein die Verantwortung dafür. Es gab Gründe genug, in dieser Nacht schlecht zu schlafen.

Erst gegen Morgen schlief er tief und erschöpft ein. Als Leandra ihn weckte und die Helligkeit schon kräftig durch die Ritzen zwischen den Brettern der Scheunenwände glitzerte, fühlte er sich kaum ausgeruhter als am Abend zuvor.

Die Scheunentür war geöffnet. Draußen saß Victor in Decken gehüllt auf dem hellgrünen Gras und schlürfte aus Leandras Blechtasse irgendein dampfendes Getränk, das sie bereitet hatte. Munuel schnaufte. Sie waren wirklich ein netter Verein. Eine frühreife Jungmagierin, ein völlig erschöpfter Sträfling und ein alter Mann, der mehr Schuld mit sich herumtrug, als er je wieder gut machen konnte.

Er rappelte sich hoch und stapfte durch das Stroh hinaus. Die Sonne blendete ihn, und er überschattete die Augen. Wenigstens schien heute ein schöner Tag anbrechen zu wollen.

»Was ist mit dir, Munuel?«, fragte Leandra. »Du siehst schrecklich aus!«

»Danke, mein Herz. Ich fühle mich auch so. Ich habe kaum geschlafen.« Er hätte beinahe gesagt, dass er am liebsten zurück in Angadoor gewesen wäre, aber sein Gewissen sandte ihm rechtzeitig eine Warnung zu.

Er ließ sich gegenüber Victor ins Gras fallen. Leandra reichte ihm die zweite Blechtasse. Zwischen ihnen brannte ein kleines Feuer, beißender Rauch stieg davon auf.

Munuel wedelte den fast unsichtbaren Qualm davon. »Na, wie geht es dir?«, fragte er den jungen Mann.

»Danke, schon besser«, antwortete Victor.

Sein Blick war wieder klarer, er schien aber noch immer sehr schwach zu sein.

Vor Munuels geistigem Auge entstand eine Karte von Akrania und der angrenzenden Westreiche. Gedanklich maß er ihren jetzigen Standort und fuhr dann mit einem geistigen Finger nach Nordwesten, über Lakkamor, Mittelweg und Tharul hinweg bis zur weiten Tharuler Senke und dem dahinter beginnenden riesigen Mogellwald. Dahinter lag der große Mogellsee und an seinem nordwestlichen Ende die Ishmar-Fälle.

»Wir werden zuerst nach Lakkamor reiten und von dort nach Mittelweg. Willst du ein Stück mitkommen? Du könntest in Lakkamor in einem Wirtshaus ein Zimmer mieten und dir ein Bad genehmigen.«

Victor hob die Achseln. »Warum nicht? Ich habe ohnehin keine Bleibe mehr. Aber Geld habe ich auch nicht.«

»Woher auch?«, stellte Munuel fest. »Du kannst jedoch deine Dankbarkeit erweisen, indem du uns alles über die drei Reiter erzählst – falls du das nicht erfunden hast.« Er winkte ab, heute der Welt gegenüber milde eingestellt ob seiner eigenen Fehlerhaftigkeit.

Victor versuchte ein klägliches Lächeln. Munuel studierte sein Gesicht, das noch immer von den Anstrengungen und der Angst der letzten Tage gezeichnet war. »Ich habe ein wenig übertrieben«, sagte Victor dann. »Es war nur *ein* Reiter. Aber vielleicht ist er trotzdem für euch interessant.«

Leandra setzte sich neugierig hinzu.

»Das Wirtshaus war in dieser Nacht lange geöffnet«,

erklärte Victor zögerlich. »Es waren einige Reisende da, etwa sieben oder acht. Dazu noch einige Leute aus der Umgegend.« Er machte eine Pause, bevor er fortfuhr. »Jemand hatte Geburtstag. Ich habe ein wenig gespielt und gesungen und die Stimmung war gut. Deswegen hatten wir so lange geöffnet. Erst spät nach Mitternacht gingen die letzten Leute.«

Mit zittrigen Händen nahm er einen weiteren Schluck aus seiner Tasse. Leandra stand auf und holte den Topf vom Feuer, in dem heißer Tee brodelte, und füllte Victors und Munuels Tasse auf. Dann stellte sie den Topf zurück und setzte sich wieder.

»Ich hatte seitlich der Scheune eine kleine Kammer«, fuhr Victor fort, »in einem Holzverschlag. Nicht viel später hörte ich draußen einen Reiter. Ich ging hinaus und sah, dass er und sein Pferd sehr erschöpft waren. Es war ein älterer Mann mit einem rötlichen Bart. Er fragte, ob er für diese Nacht noch bei uns unterkommen könnte, er wäre die ganze Nacht hindurch geritten und sehr müde. Ich sagte, ich wolle sehen, was ich tun kann, notfalls könnte er auf dem Heuboden der Scheune schlafen. Dann ging ich hinein und weckte die Wirtin. Sie war ein bisschen kratzbürstig, ließ den Mann dann aber herein.«

Munuel hatte einen sehr ernsten Gesichtsausdruck aufgesetzt. »Kannte sie ihn?«

Victor schüttelte den Kopf. »Nein. Die Wirtstochter war auch aufgestanden und machte noch etwas zum Essen warm. Der Mann bestand darauf, mir einen Wein zu spendieren, weil ich die Wirtin noch geweckt hatte. Ich setzte mich zu ihm und wollte ein wenig mit ihm plaudern. Ich glaube … er war von der Gilde.«

»Was? Du meinst, von der Magiersgilde?«

»Ja. Er trug einen gestickten Wams unter seiner Robe, so wie du ihn auch hast, Magier. Ich … ich weiß nicht einmal Eure Namen.«

»Oh, das ist Leandra, meine … Schülerin. Und ich heiße Munuel.«

Victor zog die Stirn kraus. »Bist du nicht aus diesem Dorf in Mittel-Akrania, im Tal des Iser-Flusses …?«

»Ja, stimmt. Wir sind aus Angadoor. Du hast schon von mir gehört?«

»Ich war einmal dort. Ich glaube, vor fünf oder sechs Jahren. Nur für einen Tag. Ich hab dich gesehen.« Er sah Leandra an. »Dich aber …«

Sie winkte lächelnd ab. »Da war ich noch eine kleine Göre. Ich wäre dir kaum aufgefallen. Eins von den lärmenden Kindern im Dorf.«

Munuel versuchte sich mit einem Scherz. »Na, davon bist du heut wohl immer noch nicht allzu weit entfernt.«

Leandra gab ihm einen Rippenstoß, dass der heiße Tee aus der Blechtasse über seine Hand schwappte. Er fuhr hoch, und als er die Hitze des Tees spürte, wirkte er instinktiv eine Iteration, die seine Haut vor der Verbrühung schützte.

»Du klappriger Greis!«, fuhr sie ihn gut gelaunt an. Das war eines ihrer Lieblingsschimpfwörter. »Pass nur auf, dass ich nicht von *deinen* Kindereien erzähle!«

Munuel lachte und setzte sich wieder. Ungerührt, aber immer noch lächelnd, fuhr er fort, seinen Tee zu trinken. Er studierte Victors Gesicht, fand darin aber nur sture Ernsthaftigkeit und verdrängtes Leid.

Er maß Munuel mit Blicken. »Du bist ein sehr guter Magier«, stellte er fest.

»Tatsächlich? Wie kommst du darauf?«

»Ich habe gesehen, wie du schnell deine Hand vor dem heißen Tee geschützt hast.«

Munuel zog die Brauen hoch. »Du kennst dich mit Magie aus? Ich staune. Beherrschst Du … denn selber etwas?«

Victor schüttelte traurig den Kopf. »Nein. Ich wäre immer gern in die Schule eines guten Magiers gegangen, aber …«

Munuel sagte nichts, studierte nur das Gesicht seines Gegenübers.

Victor sah auf. »Ich bin eine Halbwaise. Da meine Mutter mich nicht haben wollte, bin ich schon mit zwölf Jahren von zu Hause weggelaufen. Ich hatte nie etwas und war ... nun ja, meistens ziemlich heruntergekommen. Ich habe nie gewagt, einen Magier zu fragen, ob er mich ausbilden wollte.«

Munuel seufzte innerlich. Irgendwie verspürte er plötzlich das überwältigende Bedürfnis, einmal wieder eine erfreuliche Nachricht zu vernehmen.

»Ich habe aber viel gelesen«, sagte Victor. »Viel über Magie. Das hat mich interessiert. Aber auch Dichtung, Philosophie, Geschichte – alles eben, was ich in die Hände bekam.«

Munuel nickte. Victor merkte, dass man ihm aus Höflichkeit zuhörte und der Bericht über den nächtlichen Reisenden im Gasthaus an der Morneschlucht viel mehr Interesse finden würde. In diesem Moment jedenfalls. So wechselte er das Thema.

»Also, ich erzählte von diesem Magier – wenn er einer war. Nun, er schien aus der Richtung von Usmar heraufgekommen zu sein. Woher genau, sagte er nicht. Er meinte, er müsse früh weiter, nach Savalgor, aber er würde gern ein paar Stunden schlafen. Dann bat er uns noch, später niemandem zu sagen, dass er hier gewesen sei. Er gab jedem von uns einen Goldfolint dafür.«

Munuel pfiff durch die Zähne. »Einen ganzen Goldfolint! Das ist eine Menge Geld!«

Victor nickte verdrossen. »Ja. Meinen hat mir ein Soldat abgenommen.«

Munuel musterte ihn, dann zog er seinen Geldbeutel hervor.

Victor hob abwehrend die Hände. »Nein, nicht doch. So habe ich das nicht gemeint. Ihr habt mir bereits mehr gegeben, als mir sonst jemand geben könnte.« Er machte eine kurze Pause. »Mein Leben. Ich habe mich noch gar nicht bei euch bedankt.«

Munuel wies seufzend auf Leandra. »Bedanke dich

bei ihr. Sie hat mich so lange weichgeklopft, bis ich mich auf diese … nun, nicht ganz ungefährliche Sache eingelassen habe.«

Victor blickte auf, und Leandra senkte verschämt ihren Blick zu Boden; Munuel glaubte sogar, ein wenig Röte in ihrem Gesicht zu erkennen.

Victor blickte kurz zu Munuel und studierte dann Leandras Gesicht. »Ist es wahr, dass du den Geisterzug auch gesehen hast?«, fragte er sie.

»Eine Nacht später. Ich war sogar … hm, das wirst du mir nicht glauben.«

Victor hob die Schultern. »Warum solltest du mich anlügen?«

Leandra musterte ihn. Er war ein ganz netter Kerl, wie es schien, und ihr war plötzlich danach, ihn ein bisschen zu beeindrucken. Sie sagte leise: »Wir waren auf der Flucht, ich und ein paar Mädchen. Eine schlimme Sache in Savalgor. In der Nacht dann spürte ich, dass uns etwas sehr Seltsames entgegenkam. Dann sahen wir diesen Totenzug. Lauter finstere Gestalten. Ich dachte, dass ich Munuel davon berichten sollte, und wollte den Zug auskundschaften.«

Dann erzählte sie ihm die Geschehnisse bis zu dem Punkt, da Munuel sie befreite und von Munuels Freunden aus der Gilde, die sie anschließend getroffen hatten. Den Kampf der Magier gegen den Dämon hatte sie bereits erwähnt, aber vom Tod Bamtoris und der Jambala sagte sie nichts. Sie wollte nicht gleich die erste Regel, nichts von dem Schwert zu erwähnen, brechen.

Victor indes war auch so beeindruckt. »Du hast Glück gehabt, dass dich diese Monstren nicht sofort umbrachten. Beim Wirtshaus haben sie nicht gezögert, alle Menschen auf einen Schlag zu töten.«

»Nun erzähl endlich mal«, sagte Munuel ungeduldig.

»Es war vielleicht eine Stunde nachdem der Reiter gekommen war«, berichtete Victor. »Ich lag noch wach und komponierte an einer Melodie, die mir eingefallen war. Da hörte ich Knirschen draußen auf dem Kiesweg und die Schritte von sehr vielen Leuten. Ich zog meine Jacke an und ging nach draußen. Als ich um die Ecke an der Scheune bog, sah ich sofort, dass da etwas nicht stimmte. Das Nachtlicht war in dieser Nacht hell, und ich konnte die Gestalten gut sehen. Sie waren alle schwarz vermummt und hatten nicht das kleinste Licht an den Wagen. Ich konnte keine Dampfwolken an den Nüstern der Pferde oder den Mündern der Leute sehen – obwohl es in dieser Nacht sehr kalt war. Dann sah ich, wie die ganze Horde langsam auf das Wirtshaus zustapfte. Der Rest war …«

»Erzähl genau, was geschah!«, forderte Munuel.

»Sie drangen in das Haus ein. Kurz darauf hörte ich Schreie. Einige Leute wurden einfach aus den Fenstern im ersten Stockwerk geworfen. Unten machten sich dann die anderen Gestalten über sie her. Sie brachten alle um.«

Leandra verzog angewidert das Gesicht. »Und du?«

Die Erinnerung an diese Nacht schien Victor ziemliches Unwohlsein zu bereiten. »Ich … hatte Glück. Mich sah keiner. Als einige der Gestalten in den Stall eindrangen, zog ich mich an den Rand der Schlucht zurück. An dem Schreien erkannte ich, dass sie sogar die Pferde umbrachten.«

Leandra stöhnte auf.

Victor sprach jetzt schnell. »Dann trugen sie alle Getöteten zurück in den Gasthof. Zuletzt war es ganz still. Ich hoffte, dass sie jemanden übersehen hatten, vielleicht die alte Emmy, die Schankhilfe, die in einer winzigen Kammer im Keller schlief. Aber dann stand plötzlich der ganze Gasthof und die Scheune in Flammen. Lichterloh. Von einer Sekunde auf die andere.«

»Grauenvoll!«, sagte Leandra, und Munuel murmelte nur: »Magie.«

Victor nickte. »Dann zogen sie davon. Wenige Minuten später war der ganze Zug verschwunden.«

»Und dann kamen Leute?«

»Ja, von den umliegenden Höfen. Sie hatten das riesige Feuer gesehen. Ich kam aus meinem Versteck und wollte ihnen erklären, was passiert war. Aber ich hatte das Pech, dass als Erste die Jacher-Brüder da waren, die mich hassen und mich immer schon als Herumtreiber und Taugenichts bezeichneten. Sie schrien herum, dass ich den Hof angesteckt hätte. Sie schlugen mich zusammen, und ich verlor das Bewusstsein. Als ich wieder aufwachte, war man dabei, mich in Ketten zu legen. Dann schleiften sie mich hinter den Pferden her bis nach Tulanbaar.«

Munuel fragte: »Hast du den Reiter noch einmal gesehen? Kam er bei dem Überfall um?«

»Ja, ganz sicher. Er war der erste, der oben aus einem der Fenster geworfen wurde. Unten machten sich ein Dutzend dieser Schattenwesen über ihn her. Er hat noch etwas gerufen, bevor sie ihn töteten.«

»Tatsächlich? Und was war das?«

»Hm. Ich weiß nicht genau. Der Name einer Frau vielleicht. Marie, Kharin oder etwas in der Art.«

»Kharin?«

»Ja, könnte sein. Ich bin wirklich nicht sicher. Kennst du eine Frau, die so heißt?«

Munuel schüttelte nachdenklich den Kopf. »Nein.«

In Victors Gesicht waren Schmerzen zu erkennen. Munuel überlegte, ob er versuchen sollte, die Stimmung des jungen Mannes mit seinen magischen Sinnen zu ergründen. Aber er entschied sich dagegen. Er hielt es für eine der verachtenswertesten Magien, das Denken anderer Menschen zu durchforsten. Meistens führte es zu sehr zweifelhaften Ergebnissen, und es war schlimmer, als würde man sie in aller Öffentlichkeit nackt ausziehen. Außerdem verspürte derjenige, dem das widerfuhr, meist etwas davon. Dieser Victor, der ein wenig von Magie zu verstehen schien, wenigstens theoretisch, würde jedenfalls gewiss etwas spüren. Munuel hatte den Eindruck, dass er im Moment etwas apathisch war.

Trotzdem fragte Victor: »Hinter was seid ihr eigentlich her? Hinter diesen Schattenwesen?«

Munuel schüttelte den Kopf. »Du hast uns sehr geholfen, Victor, aber es ist besser, wir begraben das Thema jetzt. Und du musst uns versprechen, mit niemandem darüber zu reden. Das bist du uns schuldig! Einverstanden?«

Victor nickte langsam.

21 ♦ Lakkamor

Bald darauf brachen sie auf. Sie räumten ihre Sachen zusammen, sattelten die Pferde und wandten sich nach Nordwesten. Lakkamor war nicht mehr weit, und Victor sagte, er kenne dort jemanden, bei dem er einige Tage verbringen wolle.

Sie ritten den Vormittag durch ein friedvoll wirkendes, bewaldetes Gebiet, das von hellem Licht durchflutet war. Glücklicherweise war der Wind ein wenig abgekühlt, und es schien nicht mehr ganz so heiß werden zu wollen wie an den Tagen zuvor. In letzterem Fall wäre es in der Lederrüstung kaum auszuhalten gewesen, und Leandra hätte es vorgezogen, wieder in ihrem Kettenhemd zu reiten. Aber sie hätte Hemmungen gehabt, sich Victor so zu zeigen. Trotz der Tage in Guldors Hurenhaus und auch dem sehr gewagten intimen Erlebnis mit Hellami war sie, so sagte sie sich, immer noch ein anständiges Mädchen.

Victor ging es zunehmend besser. Leandra meinte fast mitverfolgen zu können, wie der freundliche Sonnenschein, der vom Felsenhimmel herabdrang, die schrecklichen Eindrücke aus seinen Gedanken vertrieb. Er schien jeden einzelnen Sonnenstrahl zu genießen und auskosten zu wollen. Sie versuchte sich vorzustellen, wie es war, wenn man tagelang in ein lichtloses Kellerloch eingesperrt war und nichts anderes tun konnte, als seinem eigenen Tod entgegenzublicken. Die Vorstellung war beklemmend, wenngleich sie auch spürte, dass sie es nie vollkommen würde nachfühlen können. Nicht, solange sie so etwas nicht selbst erleben musste – wovor sie die Kräfte beschützen mochten.

Als sie über die Kuppe eines flachen Hügels hinweggeritten waren, sahen sie über einem Wäldchen den Rauch von Schornsteinen aufsteigen. Nach einer kurzen Weile erreichten sie eine Wegabzweigung, an der ein Schild die Ortschaft Lakkamor ankündigte.

Bald ritten sie in das friedliche Städtchen ein, in dem nichts, aber auch gar nichts davon kündete, dass sich im Lande immer mehr dunkle Kräfte zusammenzogen. Leandra wünschte Lakkamor, es möge hier so bleiben.

Es war eines jener kleinen Städtchen, die es mit Mühe und Not zu einem Wirtshaus, einem Krämerladen und einem Kesselflicker gebracht hatten. Alles, was an menschlichen Ansiedlungen noch weiter von den großen Städten wie Usmar, Savalgor oder Mittelweg entfernt lag, zählte hoffnungslos zum Hinterland, wo man Lebensmittel, Gebrauchsgegenstände oder Unterkunft nur bei Leuten bekam, die man kannte. Richtige Läden gab es dort nicht mehr.

Am Stadtrand verabschiedeten sie sich von Victor.

Er drückte ihnen nochmals seinen Dank aus und fragte, ob er sie vielleicht noch ein Stück begleiten sollte. Munuel lehnte ab. Er sagte, was ihnen bevorstand, könnte sich als nicht sehr erfreulich erweisen. Er verlangte Victor noch einmal das Versprechen ab, keine Silbe über sie zu erzählen. Victor versicherte ihnen, dass jedes Wort, das er vernommen hatte, vollkommen sicher bei ihm war. Er konnte das Pferd behalten, was einen nicht unbeträchtlichen Gewinn darstellte. Wenn er es verkaufte, dann könnte er sich leicht für den Erlös all das wieder anschaffen, was er durch den Brand verloren hatte. Munuel riet ihm jedoch, er solle das Pferd erst einmal behalten. Vielleicht konnte er sich damit ein Zubrot erwerben.

Leandra und Munuel beschlossen, sich trotz ihrer knapp bemessenen Zeit für diesen Tag auszuruhen und erst morgen weiterzureiten. Sie mieteten sich im Wirtshaus ein und gönnten sich ein ausgiebiges Bad. Am frühen Abend saßen sie dann in der Wirtsstube zum Abendbrot beisammen. Wie in ländlichen Gegenden üblich, gab es deftige und wohlschmeckende Kost: Butter, Brot, Speck, Käse und Eier. Leandra hielt sich an warme Ziegenmilch, während sich Munuel Tee bringen ließ.

Der Wirt hatte zwei Söhne, die ihren Tisch mit großer Aufmerksamkeit bedachten. Die beiden überschlugen sich förmlich vor Höflichkeit und Zuvorkommnis. Leandra tauschte mit Munuel belustigte Blicke.

»Wie gehen denn die Geschäfte?«, fragte sie einen der Burschen.

»Die … äh … Geschäfte?«

Er war ein stämmiger Kerl um die zwanzig mit hübschem Gesicht und ordentlichen Manieren. Sein Bruder war weniger nach ihrem Geschmack – ein dürrer Junge, der scharfzüngig und flink aus dem Hintergrund heraus agierte, dabei die offene, unverkrampfte Art seines Bruders in unerfreulicher Weise als Deckung ausnutzend.

»Ja«, sagte Leandra und machte eine umfassende Geste, »die Geschäfte hier in Lakkamor. Das Städtchen liegt ein wenig abgelegen, nicht wahr? Und ich habe gehört, die Abgaben an den Lehnsherrn sind hierzulande nicht gerade gering!«

Der junge Bursche warf sich das Küchenhandtuch, das er in Händen hielt, lässig über die Schulter. Er lehnte sich mit der Hüfte an einen Tisch und verschränkte die Arme vor der breiten Brust. »Das hat eher abgenommen«, berichtete er. »Früher waren die Steuereintreiber alle vier Wochen hier und schlugen einem fast die Türen ein – was, Pitter?« Er sah sich nach seinem Bruder um, der sich einen Schritt schräg hinter ihm platziert hatte.

»Jaja, Florim. Ich denke, sie schätzen uns Lakkamorer nicht besonders. Wir sind stolz und lassen uns nicht alles gefallen.« Leandra musterte ihn. Der Kerl schien aus jedem Satz etwas herausschinden zu müssen.

»Und wie lange ist das schon so? Ich meine, dieser

neue Festungskommandant ist doch erst seit einem Jahr im Amt, nicht wahr?«

»Ihr interessiert Euch für Politik?«, antwortete Pitter, der Dünne, obwohl Leandra seinen Bruder angesprochen hatte. »Ja, ungefähr seit dieser Zeit hat das nachgelassen. Der Mann scheint keinen besonderen Mumm zu haben.«

»Woher wisst Ihr von diesem Kommandanten?«, wollte Florim wissen. »Ihr seid doch gar nicht aus der Gegend?«

Munuel griff ein. »Du hast Recht, junger Mann«, sagte er barsch. »Wir sind nicht von hier. Kein Grund, sich nicht für die lokalen Gegebenheiten zu interessieren, meinst du nicht?«

»Seid Ihr aus Usmar?«, fragte Pitter. »Oder gar aus Savalgor?«

Munuel und Leandra tauschten abermals Blicke. Plötzlich wurde beiden klar, dass der dünne Kerl die wesentlich bessere Informationsquelle abgeben dürfte. Er hatte etwas von einem Verleumder an sich. Seine Frage beinhaltete, dass er wissen wollte, ob sie vielleicht von einer Behörde gesandt waren, um irgendwelche Nachforschungen anzustellen. Er drängte sich einen Schritt nach vorn.

Munuel entschied sich für die geheimnisvolle Masche. »Das tut nichts zur Sache«, antwortete er mit kalter Stimme. Er warf eine Kupfermünze auf den Tisch. »Bring uns noch Tee«, verlangte er.

Wortlos wandte sich Florim um und überlies seinem Bruder das Feld.

»Es ist schon wahr«, sagte Pitter und trat ganz nah an den Tisch heran. »Seit der neue Kommandant da ist, hat sich manches geändert.«

»Ja, das haben wir auch festgestellt«, sagte Leandra. »Seit Monaten wird uns berichtet, dass sich hier die Sitten ziemlich geändert hätten!«

»Ha! Das kann man wohl sagen! Niemand kümmert

sich mehr um die Fuhrwege, die Brücken oder die Forste! Das Räuberunwesen nimmt wieder zu. Langsam bekommen die Banditen mit, dass hier im Bezirk kaum mal eine Wachpatrouille anzutreffen ist. Auf der Straße nach Usmar sind in den letzten Wochen mehrere Reisende überfallen worden!«

»So so«, sagte Munuel.

Pitter beugte sich über den Tisch. »Und diese Reiter!«, sagte er.

Leandra nickte ernst. »Ja, diese Reiter! Hast du mal einen aus der Nähe gesehen?«

Munuel staunte über Leandras Abgebrühtheit. Von irgendwelchen Reitern vernahmen sie jetzt zum ersten Mal. Zweifellos aber waren die Dunklen Reiter gemeint. Munuel spitzte die Ohren.

Pitter richtete sich wieder auf und winkte ab. »Die sieht keiner. Sind nur bei Nacht und Nebel unterwegs und in gestrecktem Galopp.«

Munuel richtete sich auf. »Bestimmte Stellen würden sehr gern in Erfahrung bringen«, sagte er, »wohin diese Reiter unterwegs sind. Hast du mal etwas gehört?«

»Das wisst Ihr nicht? Sie sind zwischen den Burgen unterwegs! Also – einigen bestimmten Burgen. Und einem Kloster.«

»Burgen? Und einem Kloster?«

»Ja doch! Man weiß, dass sie zwischen der Festung von Janadoor und Tulanbaar hin und her reiten. Neulich habe ich gehört, dass man sie auch in der Nähe von Hegmafor gesehen hat. Jemand behauptete, er hätte mitbekommen, wie eines Nachts mehrere dunkle Kerle aus der Abtei kamen.« Er verzog ein wenig das Gesicht. »Hegmafor«, sagte er und wackelte in zweifelnder Geste mit der Hand, »da soll es vor langer Zeit einmal eine schreckliche Sache gegeben haben.«

Munuel fühlte einen heißen Schauer im Nacken. Wenn sich bereits Gerüchte über Hegmafor in der Bevölkerung verbreiteten, dann war darauf zu wetten, dass all die Vermutungen, die er und seine Brüder angestellt hatten, zutrafen. Victors Bericht hatte sich ebenso in das Bild eingefügt wie Leandras Beobachtungen in Tulanbaar. Und da war noch die Sache mit dem Reiter, dem angeblichen Magier, der Victors Erzählung zufolge beim Brand des Gasthauses umgekommen war. Munuel war sich sicher, dass er ihn gekannt hatte. Die Beschreibung des Mannes war allzu deutlich gewesen, und das Wort, das er zuletzt ausgerufen haben sollte, war der letzte Beweis in dieser Kette. Der geheimnisvolle Magier, der von den Dunklen Horden beim Gasthaus an der Morneschlucht umgebracht worden war, musste ein Gildenmitglied gewesen sein, jemand, der weit oben in der Rangordnung gestanden hatte. Rothaarig, mit einem Bart und einer gestickten Weste, so wie Munuel. Dieser Mann war ohne Zweifel Lakorta gewesen.

»Munuel! Was ist mit dir?«

Er blickte erschrocken auf. »Oh, nichts, nichts. Ich war nur ein wenig in Gedanken. Hegmafor …«

Pitter spitzte die Ohren, aber Leandra schickte ihn fort, noch mehr Brot zu holen.

Sie wandte sich ihm wieder zu. »Diese Abtei schon wieder, nicht wahr? Alles scheint sich zuzuspitzen.«

»Ich fürchte, so ist es.«

Florim kam mit dem Tee zurück, gefolgt von seinem Bruder, der Brot brachte.

»Wie lange seid Ihr noch hier?«, fragte Florim munter und warf einen appetitvollen Blick auf Leandra.

»Nicht mehr lange genug«, erwiderte sie keck. »Gibt es eine direkte Straße nach Usmar?«

»Nach Usmar?«, fragte Pitter. Man sah ihm förmlich an, wie es in seinem Kopf tickerte. »Ja. Die dürfte allerdings im Moment ziemlich unsicher sein. Räuberbanden, wisst ihr? Besser wäre es, ihr reitet über Tulanbaar und von dort über die Mornebrücke auf die Handelsstraße zwischen Savalgor und Usmar. Das geht schneller und ist auch sicherer.«

Munuel blickte zu Leandra auf. Ein geschickter Zug, dachte er. Die Burschen würden schwören, sie wären so etwas wie Inspektoren der Gilde, stammten aus Savalgor und wären auf dem Weg nach Usmar. Niemand durfte wissen, dass sie nordwärts in Richtung des Mogellwaldes unterwegs waren.

Eines aber machte ihm nun zunehmend Sorgen. Die Gefahr, die von der Bruderschaft von Yoor ausging, schien sich immer schneller auszubreiten. Er fragte sich, ob sie überhaupt noch genügend Zeit hatten, nach der Canimbra zu suchen. Das mochte Wochen dauern, auch wenn sich alles glücklich fügte. Wenn der Shabib in Bälde starb, würde sich Limlora möglicherweise innerhalb von nur wenigen Tagen zur Beherrscherin von Savalgor aufschwingen. Wenn sich bis zu diesem Zeitpunkt die Macht der Bruderschaft von Yoor genug gefestigt hatte – und das war zweifellos *schon jetzt* so weit – dann würde man Akrania und die Westreiche, die wohl kaum auf eine solche Sache vorbereitet waren, binnen kürzester Zeit unter die Gewalt einer bösen Macht zwingen können. Sie mussten sich beeilen.

*

Er gönnte sich drei Stunden Schlaf und beugte dabei einer nervösen Schlaflosigkeit durch einen kleinen Trank vor, den er mithilfe einiger Kräuter, die er in Waldenbruch erstanden hatte, zubereitete. So etwas gehörte stets zu dem Gepäck, das er bei sich hatte. Dann zog er noch die Dienste von Pitter heran. Pitter tat ihm den Gefallen gern – für einen Silberfolint und eine haarsträubende Geschichte als Erklärung. Das Schweigen, das ihm Munuel dafür abverlangt hatte, beflügelte den Burschen nur umso mehr, und als Geheimnisträger unter der disziplinarischen Gewalt der Magiergilde kam er sich nur umso wichtiger vor.

Munuel schrieb einen kleinen Zettel für Leandra, den

er leise auf dem Boden vor ihrem Bett platzierte. Darauf stand in Gildenschrift, dass er sich am nächsten Tag gegen Mittag mit ihr bei der Schmiede am Marschenforst treffen wollte, die hinter der Brücke über die Rote Ishmar lag. Das musste genügen.

Nachdem er auf Zehenspitzen ihr Zimmer verlassen hatte, schlich er leise durch den Korridor zur Schankstube, öffnete die Tür einen Spalt und nickte dem wartenden Pitter zu. Der nickte zurück und verschwand. Munuel wartete einige Minuten, ging dann weiter geradeaus und öffnete am Ende des Korridors die Hintertüre, die hinaus auf den Hof hinter dem Wirtshaus führte. Pitter wartete dort schon mit Munuels Pferd.

»Gebt mir doch einen kleinen Hinweis, Herr Magier«, bat Pitter, als Munuel aufs Pferd stieg. »Ich meine, Eure Adeptin könnte doch aufwachen und fragen, wo Ihr seid …«

Munuel schüttelte energisch den Kopf. »Die Adeptin weiß Bescheid. Ich bin in einer wichtigen Angelegenheit unterwegs und kann dir nur so viel sagen: Ich muss eine wichtige Persönlichkeit westlich von hier aufsuchen und ich werde nicht hierher zurückkehren. Bezahlt habe ich bereits, und ich werde mich mit meiner Adeptin später wieder treffen! Das ist eine Geheimsache, hast du kapiert?«

Pitter nickte ehrfürchtig.

»Das geht nur die Gilde, das Ordenshaus und den Geheimen Cambischen Rat etwas an, verstehst du? Wenn mir zu Ohren kommt, dass du auch nur ein Sterbenswörtchen verraten hast, werde ich die Geheime Cambrische Garde hierher schicken, und du kannst dir sicher vorstellen, was das heißt!«

Pitter erschauerte. »Ja, Herr Magier. Mein Mund ist vollkommen verschlossen.«

»Gut«, sagte Munuel und dachte, dass so etwas wie eine ›Geheime Cambrische Garde‹, sofern es sie gäbe, manchmal sicher eine gute Sache wäre. »Dann gute Nacht!«

Er wendete sein Pferd und verließ den Hof durch eine schmale Gasse. Er zweifelte nicht daran, dass dieser Pitter ihm folgen würde, jedenfalls soweit er sich getraute, dem Pferd hinterherzurennen. Deswegen schlug Munuel sofort eine scharfe Gangart an und lenkte Bamtoris schwarzbraunen Wallach, den er seit dem Kampf in der Schlucht ritt, tatsächlich westwärts aus Lakkamor hinaus.

Schon kurz hinter der Stadt aber änderte er die Richtung. In einem kleinen Bogen umrundete er Lakkamor nach Osten hin, traf wieder auf die Straße, die sie am Nachmittag gekommen waren, und trieb das Pferd zu gestrecktem Galopp an. Das Tier reagierte bereitwillig auf seinen Wunsch. Munuel war ein gutes Stück leichter als der kräftige Bamtori, und es schien ihm fast, als spüre es seinen Reiter kaum. Der Wallach schien nur darauf gewartet zu haben, einmal wieder so richtig ausgreifen zu können. Sie flogen nur so über das flache Land – zwar nicht so schnell wie bei dem Gewaltritt, den Munuel vor wenigen Tagen mit der Stute Bushka absolviert hatte, aber dennoch in gehöriger Geschwindigkeit. Er kannte den Namen des Pferdes nicht, und wahrscheinlich würde er ihn auch nicht mehr erfahren. Deswegen beschloss er, ihm einen neuen zu geben.

Nach kurzem Nachdenken kam er auf *Marlo.*

Das war der Name eines zahmen kleinen Baumdrachens, mit dem seine Schwester Mira als Kind gespielt hatte. Baumdrachen waren geheimnisvolle Tiere. Sie waren großartige Flugkünstler, kaum vier Ellen lang, und sie wirkten schmal und zerbrechlich, obwohl sie eine große Zähigkeit besaßen. Sie flogen nicht allein mithilfe ihrer Schwingen, nein, sie benutzten auch magische Kräfte dazu. Mancher hatte schon vermutet, dass sie in Wahrheit ebenso intelligent waren wie die Menschen. Kinder hatten gelegentlich das Glück, einen Baumdrachen für ein Jahr oder zwei als ihren Spielgefährten bezeichnen zu dürfen. Diese Tiere lebten dann in der Nähe der Dörfer irgendwo in einem Wäldchen in den Baumkronen. Warum sie das taten, wusste niemand. Geheimnisvolle Legenden besagten, dass sich Baumdrachen nur jungen Mädchen anschlossen und dass in jedem von ihnen ein verzauberter Prinz stecke. Romantische Geschichten. Seine Schwester hatte ihm als Kind jedoch geschworen, sie habe einmal mit Marlo den legendären Drachentanz vollführt. Munuel lächelte.

Irgendwann verschwanden die Baumdrachen dann wieder, und so war auch Marlo damals verschwunden. Marlo hatte tiefe, unergründlich schwarze Augen besessen, in denen sich Munuel manchmal regelrecht verloren hatte. Er war sehr traurig gewesen, als Marlo sie damals verlassen hatte. Mit ihm hatte auch seine Schwester Mira das Glück verlassen. Monate später war sie an einer heimtückischen Krankheit gestorben.

Munuel klopfte dem Wallach auf den Hals und rief: »Du heißt jetzt *Marlo,* mein Bester. Gefällt dir der Name?«

Der Wallach, der sich in vollem Galopp befand, richtete kurz die angelegten Ohren auf und wurde für einen Lidschlag langsamer, zog dann aber wieder an. Munuel hatte das Gefühl, dass das Tier seinen neuen Namen tatsächlich verstanden hatte. Der schnelle Ritt ging weiter.

Munuel blickte auf und betrachtete das Sonnenfenster weit oben am Felsenhimmel. An seinem äußersten westlichen Rand glomm es noch kaum wahrnehmbar in tiefem Rot – es waren noch etwa zwei Stunden bis Mitternacht. Zu dieser Zeit würde nur noch das schwach weißlich funkelnde Nachtlicht der Sterne in die Höhlenwelt herabstrahlen. Weitere drei Stunden später würde es dann an seinem östlichen Rand wieder schwach orange zu leuchten beginnen, wenn sich der nächste Tag ankündigte. Bis dahin musste er sein Ziel erreichen. Aber das würde er bei seiner jetzigen Geschwindigkeit mit Leichtigkeit schaffen.

Da er den Weg vom Nachmittag her noch gut kannte, kam er schnell voran. Nur einmal erspürten seine magischen Sinne einen seltsamen Impuls, der ihm geradewegs entgegenkam. Er lenkte Marlo vom Weg weg in ein Wäldchen und wartete. Kaum eine Minute später flogen zwei dunkle Reiter an ihm vorbei – schwärzer als die Nacht noch, kaum dass dabei ein Geräusch zu vernehmen gewesen wäre. Es war also keine Sage – tatsächlich jagten dunkle Reiter durch die Nacht. Ihrer Richtung nach zu urteilen, waren sie vielleicht nach Hegmafor unterwegs.

Munuel durfte keine Zeit mehr verlieren. Er ritt zurück auf den Weg und ließ Marlo in Trab fallen. Nach kurzer Zeit wurde das flache Land ein wenig welliger und felsiger. Rechts stieg ein knorriger Felspfeiler empor, der sich offenbar noch viele Meilen in die Tiefe nach Süden erstreckte. Munuel erinnerte sich an ihn – jetzt musste er etwa den halben Weg geschafft haben. Er blickte in die Höhe. Der rötliche Schimmer war nun vollends verschwunden. Die Mitternachtsstunde war angebrochen.

Weitere zwei Stunden später kam sein Ziel in Sicht.

Abgesehen vom Nachtlicht war es am Himmel noch immer völlig dunkel, und an der Südflanke des Felspfeilers vor ihm lag wie ein dunkler, drohender Schatten die Festung von Tulanbaar.

*

An der Wache vorbei ins Innere der Festung zu gelangen war nicht allzu schwierig gewesen. Munuel hatte den vier oder fünf Wachleuten, die das Burgtor bewachten, eine Illusion eines vorbeifliegenden Sonnendrachens vorgespielt. Als die Soldaten mit offenem Mund zum Himmel hinaufstarrten und den gewaltigen Schatten betrachteten, der über sie hinwegzog, schlüpfte er, in eine schwache, magische Aura der Unauffälligkeit gehüllt, durch das offene, von nur einem Soldaten bewachte Seitentor hinein.

Das war aber auch das Äußerste gewesen, was sich Munuel in diesem Moment erlauben durfte, ohne aufzufallen. Eine Illusion zu erzeugen bedurfte zum Glück keiner allzu hohen Iterationsstufe, und die Erschütterung des Trivocums, die er dabei ausgelöst hatte, würde sich durch die vermeintliche Anwesenheit des riesigen Drachengeschöpfes erklären. Alle Drachenarten verfügten über ein gewisses magisches Potenzial.

Als er durch die Schatten in den Innenhof der Festung huschte, bekam er selbst noch die letzten Momente seiner Illusion mit. Die Silhouette, die in etwa zweihundert Schritten Höhe vor dem Nachtlicht des Sonnenfensters vorbeizog, wirkte täuschend echt. Munuel gab sich einen Augenblick der Faszination des eigenen Zaubers hin. Ein Sonnendrache war eines der großartigsten Wesen, das man sich nur vorstellen konnte.

Aber im Gegensatz zur landläufigen Meinung, dass Sonnendrachen über einen so heißen Odem verfügten, dass sie damit Bäume in Brand stecken konnten, verhielt es sich in Wahrheit so, dass sich das magische Potenzial einzelner Drachen, wenn sie in Zorn gerieten, in ein magisches Muster verwob, das der Iteration zur Herbeirufung von Feuer sehr ähnlich war. Tatsächlich hatten verletzte oder wütende Drachen schon Feuer verursacht, aber das war eine zufällige und höchst seltene Sache und nicht allein den Sonnendrachen vorbehalten. Drachen konnten ihre magischen Potenziale nicht intelligent einsetzen. Sie waren einfach nur Tiere. Jedenfalls, solange man von all den Rätseln und Geheimnissen absah, die diese Art heute noch immer umgaben.

Dann verblasste die Illusion am Himmel. Munuel wandte sich um und eilte durch die tiefen Schatten des Innenhofes. Er war sehr aufmerksam, und sein Inneres Auge befand sich in stetigem Kontakt zum Trivocum.

Dann stockte er und blieb stehen. Wenn er sich sehr

konzentrierte, konnte er die Anwesenheit eines weiteren magischen Potenzials erspüren. Es war machtvoll – und fremd. Mit Schaudern erinnerte er sich an gewisse Auren, die er vor vielen Jahren schon einmal erspürt hatte. Sie waren dieser hier nicht unähnlich, und jedes Mal, wenn es ihm später widerfahren war, einen ihrer Träger zu erblicken, hatte er eine noch grauenvollere, noch scheußlichere Dimension höllischen Abgrunds entdeckt.

Es war tief in der Nacht, aber offenbar herrschte noch immer eine gewisse Geschäftigkeit. Nicht weit entfernt von ihm strebten die breiten Treppenstufen hinauf zum Hauptgebäude. Ein schläfriger Hellebardier stand vor dem doppelflügligen Holztor, das einen Spalt geöffnet war. Eine helle Lichtbahn drang heraus.

Munuel maß den Soldaten und den Eingang. Dies war wohl nicht der geeignete Weg, ins Gebäude zu gelangen. Selbst wenn es ihm gelang, den Mann abzulenken, war es nur allzu wahrscheinlich, dass er in der großen Vorhalle gesehen würde oder auf seinem Weg die Treppen hinauf. Sein Ziel war die Bibliothek.

Er schlich weiter durch die Schatten. Auf dem Weg um das Hauptgebäude herum erkundete er die Möglichkeiten, durch ein Fenster einsteigen zu können. Aber da war nichts. Kunststück, dachte er bei sich. Burgen und Festungen waren zumeist nicht zu dem Zwecke errichtet, nächtlichen Eindringlingen den Weg ins Innere zu erleichtern.

Dann sah er am Ostflügel im dritten Stockwerk ein Fenster, das geöffnet war. Das Gitter des Fensters war kaputt oder verrostet, genau konnte Munuel es nicht erkennen. Unterhalb des Fensters zog sich ein schmaler Sims um den turmartigen Oberbau des Gebäudes. Jedenfalls schien ein Zugang zum Gebäude durch dieses Fenster möglich zu sein – vorausgesetzt, er kam dort hinauf. Aus dem geöffneten Spalt drang ein schwach flackernder Lichtschein, so als würde im Raum ein Kaminfeuer brennen.

Nicht weit entfernt von diesem Fenster grenzte der Dachgiebel eines Seitengebäudes an. Von dort waren es noch etwa drei Schritt bis hinauf zum Fenstersims. Für einen geübten Fassadenkletterer machbar, aber für einen alten Mann wie Munuel ebenso unersteigbar wie ein Felspfeiler bis hinauf zum Felsenhimmel. Egal, wie gesund und kräftig er für sein Alter noch sein mochte.

Aber da war ja noch die Magie.

Er legte einen Finger an das Trivocum und lauschte. Nichts war zu spüren. Die fremde Aura war nicht mehr zu bemerken. Damit bot sich die Gelegenheit, noch einmal genauer nachzuforschen, wer sich in der Nähe aufhielt. Wenn er bei einfachem Lauschen nichts verspürte, dann konnte sich der andere Magier, der sich hier aufhalten mochte, nicht in direktem Kontakt zum Trivocum befinden. Er passte also nicht speziell auf etwas auf.

Munuel zog sich in einen tiefen Schatten zurück, lehnte sich gegen eine Wand und zog seinen Norikelstein hervor. Dann konzentrierte er sich aufs Äußerste. Das Trivocum lag als ein rötlicher Schleier vor seinem Inneren Auge und bewegte sich sanft – wie die Wellen eines Teiches, wenn ein sanfter Wind über seine Oberfläche hinweghaucht. Er wandte alle seine Willensstärke auf, um die Bewegung noch weiter herabzumildern. Es gelang ihm, den Wellenschlag fast vollständig zu beruhigen, jedenfalls, was seine unmittelbare Umgebung anging. Dann setzte er äußerst behutsam ein Aurikel der dritten Iterationsstufe ins Trivocum – ein Zauber, der seine magische Wahrnehmung verstärken sollte.

Für eine volle Minute hielt er sein Inneres Auge geschlossen, beruhigte mit seiner Willensstärke das Trivocum und versuchte zu erspüren, ob irgendjemand aufmerksam geworden war. Von fern konnte er die Anwesenheit seines Widersachers spüren – aber er war nicht aktiv. Nichts tat sich. Langsam öffnete Munuel das Innere Auge. Mit Befriedigung erkannte er, dass reinweiße Energien strömten und nichts darunter war, was das Trivocum in Bewegung versetzen konnte.

Munuel sog die Energien in sich auf, ließ sie durch sich hindurchströmen und leitete sie wieder ins Trivocum zurück. Der Norikelstein in seiner rechten Hand blieb kalt. Es gab so gut wie keine unreinen Energien, die abzuleiten waren. Als er das Innere Auge vollständig geöffnet hatte, drangen die schwachen Echos ungezählter magischer Ereignisse auf ihn ein. Überall in der Welt schien in diesem Moment Magie gewirkt zu werden. Munuel nahm das charakteristische Echo eines Bannzaubers wahr, die sanften Schwingungen einer Windherbeirufung und den kantigen Schlag einer ins Trivocum gestoßenen, dringenden Nachricht – weit entfernt jedoch, viel zu weit, um sie zu verstehen. Das Ganze mochte in Veldoor geschehen sein oder gar im Inselreich von Chjant. Seine Sinne schweiften weiter, und plötzlich erkannte er sogar den Nachhall des Moments, in dem Bamtori gestorben war oder in dem Leandra den Dämon getötet hatte. Aber dies alles waren nicht die Dinge, für die er sich im Moment interessierte. Er zog den Kreis enger und versuchte, disharmonische Schwingungen zu erspüren, die einer Magie entstammten, die keine Aurikel zu setzen pflegte, sondern die skrupellos die bösartigsten Kräfte entfesselte und sich nicht im Geringsten um das Gleichgewicht der Kräfte scherte. Nach einer Minute aufmerksamen Suchens fand er es.

Es war eine Aura dunkelster Ausstrahlung, und als Munuel sie erspürte, kroch ein eiskalter Schauder abgründiger Furcht sein Rückgrat herauf. Er spürte eine tiefe Verderbtheit in dieser Aura – etwas Verrottendes und Fauliges, wie der heiße Atem eines bösen, lauernden Tieres. Aber beinahe am schlimmsten war für ihn das Fehlen jeder Vorstellung, woher so etwas stammen könnte – wie es einem lebenden Wesen möglich sei, sich so sehr mit Leib und Seele der Zerstörung und dem Hass zu verschreiben. Wie konnte es sein, dass jemand mit einer solchen inneren Haltung überhaupt einen einzigen Tag überstand, ohne sich vor sich selbst zu Tode zu ekeln?

Munuel zog sich erschrocken wieder zurück. Für Momente fehlte ihm der Mut, angesichts der Gegenwart dieses Monstrums überhaupt weiterzumachen. Dann aber kam der kühle Verstand wieder durch, der ihm sagte, dass er durchaus eine gute Chance hatte. Der Magier oder was immer es auch sein mochte war weit vom Trivocum entfernt, schlief vermutlich sogar und würde ihn nur mit geringer Wahrscheinlichkeit entdecken, selbst wenn er das Trivocum in eine gewisse Bewegung versetzte.

Munuel setzte das Norikel und leistete sich einen tiefen Atemzug. Für einen Moment dachte er, dass er am besten nie mit dieser Dämonenjagd angefangen hätte, denn wenn er selbst nach so langer Zeit noch so sehr erschrak wie gerade eben, dann besaß er eigentlich nicht die Nerven für diese Sache. Ja, vielleicht hätte es tatsächlich Ötzli machen sollen. Möglicherweise würden sie dann heute nicht mehr diesem gewaltigen Gegner gegenüberstehen.

Er versuchte sich zu lockern und lenkte seine Gedanken auf die Sache, die er nun vorhatte. Er wollte sich mit einem Levitationszauber auf den Sims hinaufkatapultieren, der mehr als fünf Mannslängen über seinem Kopf an der Wand unter dem Fenster entlang verlief. Er trat von der Mauer weg und blickte nach oben. Es würde eine mächtige Iteration werden – die siebte Stufe wahrscheinlich –, und er würde keine Zeit haben, den Energiefluss gemächlich zu steuern. Er musste dort hinauf, und das möglichst innerhalb einer Sekunde. Entweder gelang es ihm, das Aurikel sauber zu setzen, oder es würde Störungen geben. Hinauf würde er auf jeden Fall kommen, es fragte sich nur, wie viele Magier im Umkreis von hundert Meilen er dabei aus dem Schlaf riss. Am besten natürlich gar keinen. Und schon gar nicht denjenigen, der sich irgendwo in der Feste aufhielt.

Wie es Munuels Art war, überkam ihn der Entschluss sehr plötzlich, den Zauber zu wirken, und schon eine Sekunde später befand er sich in luftiger Höhe, mit den Füßen fest auf dem Sims, in herabgebückter Haltung die Hände an den Fenstersims gekrallt. Mit größter Sanftheit setzte er das Norikel und lauschte sofort am Trivocum, was geschehen war. Das Echo seiner Iteration war lange nicht so stark, wie er befürchtet hatte. Obwohl es keinen vernünftigen Grund dafür gab, wagte er kaum zu atmen, rührte sich nicht und hielt sogar seine Gedanken an – so als könnte dies im Nachhinein das Echo herabmildern.

Nein, offenbar hatte er tatsächlich niemanden aufgestört. Alles um ihn herum blieb ruhig. Endlich entschloss er sich dazu, sich dem eigentlichen Vorhaben zu widmen. Er stemmte sich vorsichtig hoch und spähte durch das offene Fenster ins Zimmer. Wie er erwartet hatte, glommen dort tatsächlich die Reste eines Kaminfeuers, und der Grund für das offene Fenster bestand eindeutig darin, dass der Raum überheizt gewesen war. Wahrscheinlich war jemand in diesem Zimmer, aber die Chancen standen gut, dass er schlief.

Er öffnete das Fenster weiter und zog sich hinauf, so leise er konnte. Diese Seite des Turms lag abseits des Burgtors, sodass keine Gefahr bestand, dass ihn die Wachen erblickten. Er beeilte sich trotzdem, denn es konnte Patrouillen geben.

Schließlich kniete er im offenen Fenster und konnte weiter in den Raum hineinsehen. Er war mittelgroß, nicht allzu hoch, und geradeaus vor ihm, an der gegenüberliegenden Wand, glühten die Reste eines Feuers im Kamin. Links daneben befand sich eine Tür, und rechts sah er eine kleine Speisetafel mit sechs hochlehnigen Stühlen. Dahinter stand eine Kommode, und über ihr hing ein Webteppich an der Wand. Die andere Seite des

Raums war jedoch interessanter. Dort war ein geräumiges Bett in eine Wandnische eingebaut. In dem Bett lag eine Frau, den nackten Rücken Munuel zugewandt. Sie schlief offenbar fest.

Obwohl nur wenig von ihr zu sehen war, erkannte Munuel mit Kennerblick, dass es sich um eine Schönheit handeln musste. Die Konturen unter der flachen Decke verrieten einen schönen Körper, und das weiche braune Haar, das sich über das Kopfkissen ergoss, verriet, dass sie sich pflegte und auf ihre Erscheinung achtete.

Munuel riss sich von dem Anblick los und schalt sich einen Narren. Jetzt war beileibe nicht die Zeit, sich am Anblick schöner Frauen zu erfreuen. Unterhalb des Fensters stand, wie von einem Engel bereitgestellt, ein Stuhl, den Munuel benutzen konnte, um ins Zimmer zu steigen. Lautlos erreichte er den Boden. Die junge Frau im Bett rührte sich nicht. Noch einmal leistete er sich einen Blick auf ihre wunderschöne, im Feuerschein schimmernde Haut, dann schlich er geradeaus weiter, in die Richtung, wo die Tür lag.

Als er auf halber Höhe im Raum stand, hielt er plötzlich inne. Ein heiß-kaltes Gefühl durchströmte ihn – es war eines der unangenehmsten Art, eines, das von der Wahrnehmung einer grässlichen Gefahr herrührte. Mit einer plötzlichen, tonnenschweren Last auf den Schultern wandte er sich nach dem Bett um – und sah, dass hinter der Frau eine weitere Person in dem Bett lag. Schlafend, zum Glück. Munuel wusste im gleichen Augenblick, dass dies sein Gegner war. Der Magier, der sich der dunklen Magieform bediente. Er konnte ihn nicht erkennen, er schlief im Schatten der Frau, nur die Kontur seines Körpers unter der Decke war zu erkennen. Und in diesem Moment regte er sich.

Mit einem schnellen Schritt war Munuel aus dem Sichtfeld in einen Schatten getreten. Er unterbrach seine ständige schwache Verbindung zum Trivocum, wie man ein Tau mit einer Axt kappt. Zitternd stand er an der

Wand, von dem fremden Magier abgewandt, und löste im Kopf Rechenaufgaben, um nicht zufällig einen Impuls seines magischen Potenzials an das Trivocum weiterzugeben.

Er hörte, wie jemand verschlafen etwas murmelte, dann knarrte das Bett und es herrschte wieder Ruhe. Noch für eine atemlose Minute blieb er stehen. Es war ein Wunder, dass der Magier bei seinem Levitationszauber nicht aufgewacht war. Entweder war er betrunken, oder er schlief so tief, dass man ihn mit Tritten aufwecken musste. Dann trat Munuel vorsichtig aus dem Schatten hervor.

Die Frau lag inzwischen auf dem Rücken, und ihre Brüste waren unbedeckt. Es war ein recht junges Mädchen, vielleicht zwanzig oder zweiundzwanzig Jahre alt, und es war wirklich eine Schönheit. Aber daran vermochte Munuel sich inzwischen nicht mehr zu erfreuen. Er verfluchte sich, dass er so viel Furcht verspürte, aber die Gegenwart dieses fremden Magiers brachte ihn beinahe aus der Fassung. Er wagte nicht, jetzt das Zimmer zu verlassen, eine Bodendiele mochte knarren oder die Tür in den Angeln quietschen. Wenn dieser Magier hier erwachte und ihn entdeckte, dann würde es zu einer Katastrophe kommen.

Dann sah Munuel erschrocken, dass ihm nicht mehr viel Zeit blieb. Er hatte das Fenster weit offen gelassen, und das Mädchen würde bald zu frösteln beginnen und aufstehen, um das Fenster zu schließen. Wenn der fremde Magier erst einmal wach war, dann würde er Munuels Gegenwart im Zimmer bemerken, auch wenn Munuel Millionenbeträge im Kopf quadrierte.

Er beobachtete mit klopfendem Herzen die sich hebende und senkende Brust des Mädchens, und die Gegensätze dieser grotesken Situation belasteten ihn beinahe noch mehr. In seinem Alter bekam man nicht mehr oft solche Schönheit zu Gesicht, aber eine Armeslänge von ihr entfernt lauerte eine grässliche Gefahr. Munuel atmete schwer. Er beobachtete unverwandt die junge Frau und konnte beinahe zusehen, wie ihr Schlaf langsam unruhiger wurde. Ihre Brustwarzen, das konnte er deutlich erkennen, waren hart geworden. Die Kühle im Zimmer. Er musste handeln. Langsam schlich er rückwärts, die Augen auf das Mädchen fixiert. Sie bewegte sich und drehte sich ein wenig, und eine Sekunde später spürte er die Tür in seinem Rücken. Er tastete mit der Hand nach dem Türgriff, fand ihn und drückte ihn mit aller Behutsamkeit herunter.

Dann plötzlich wälzte sich das Mädchen herum, und ihre Augenlider flatterten. Munuels Herz machte einen Satz. Die Tür hinter ihm war noch gänzlich geschlossen; sie zu öffnen und das Zimmer zu verlassen wäre ein großes Wagnis, denn er stand nicht mehr im Schatten. Wenn sie erwachte und in seine Richtung sah, würde sie ihn sehen. Er wagte nicht, sich zu bewegen.

Dann plötzlich stieß sie einen Laut aus, schlug die Augen auf und fuhr sich mit dem Unterarm über die Stirn. Sie stöhnte leise, wandte den Kopf im Kissen und sah nach dem Fenster. Munuel spürte, wie ihm der Magen in die Knie sank. Er hatte keine Angst vor dem Mädchen, aber wenn sie ihn sah, würde sie zu schreien beginnen – und dann würde der Magier erwachen.

Sie richtete sich mit einer Anmut auf, die Munuels Herz kurz aussetzen ließ. Dann schlug sie die Decke zurück, schwang die Beine aus dem Bett und stand auf. Als sie aufrecht vor dem Bett stand, vollkommen nackt und so schön wie ein junger Morgen im Frühling, erblickte sie ihn.

22 ♦ Nächtliche Begegnungen

Tief in der Nacht erwachte Leandra aus einem interessanten, aber wirren Traum. Doch schon Sekunden nach dem Erwachen hatte sie kaum mehr eine Erinnerung daran, was sie gerade geträumt hatte. Sie war mit einemmal seltsam wach und versuchte enttäuscht, noch einen Gedanken an das aufzuschnappen, was ihr gerade durch den Kopf gegangen war. Es hatte irgendetwas mit Feuer zu tun gehabt, einem Feuer, das aber nicht böse und zerstörend gewesen war, und mit einem Mann, aber sie hatte kein Bild von ihm mehr vor Augen ... Nein, da war einfach nichts mehr zu erhaschen. Seufzend richtete sie sich auf.

Dann fiel ihr Blick auf ein Blatt Papier, das vor dem Bett auf dem Fußboden lag. Eilig schlug sie die Decke zurück, schwang die Beine aus dem Bett und bückte sich, um das Papier aufzuheben. Es war eine Nachricht von Munuel, in der Gildenschrift verfasst.

Mist!

An der Beherrschung der Gildenschrift hatte sie sich während ihrer Novizenzeit erfolgreich vorbeigemogelt. Sie konnte ein wenig davon lesen, aber bei weitem nicht alles. Die Gildenschrift war uralt und höchst kompliziert, denn sie war einst dafür erfunden worden, dass Mitglieder der Ordenshäuser sich gegenseitig Nachrichten senden konnten, ohne dass ein Fremder in der Lage war, sie zu entziffern. Zur Entschlüsselung gehörte zusätzlich noch eine Iteration der ersten bis achten Stufe, je nachdem, wie geheim die Botschaft war. Die Iteration würde gewisse Teile der Schriftzeichen erst sichtbar machen. Aber Leandra machte sich keine Illusionen. Wenn dieser Text nicht in den allereinfachsten Worten verfasst war, dann standen ihre Chancen nicht allzu gut, ihn zu entziffern.

Sie setzte sich auf die Bettkante und schimpfte leise. Wenn sie den Text nicht lesen konnte, würde sie zu Munuel gehen und ihn fragen müssen. Welche Peinlichkeit! Ihr war nicht bekannt, ob es eine Möglichkeit gab, eine Adeptin wieder zu einer Novizin zu machen, aber sollte das der Fall sein, dann war sie jetzt nahe daran. Immerhin – an die Intonationen zur Entschlüsselung erinnerte sie sich. Sie nahm an, dass Munuel nicht über eine zweite Iteration hinausgegangen war. Sie konzentrierte sich und sprach die erste Intonation aus.

Ter-In-Sec.

Das bekannte wärmende Gefühl ihrer Verbindung zum Trivocum kam auf. Dann setzte sie den Schlüssel, *Jaas,* eine Erdmagie – aber das Prickeln durchströmte sie wie ein Bündel dorniger Ranken. Ihre Magie war von katastrophaler Rohheit – ein Wunder, dass sie überhaupt funktionierte. Sie fluchte verbissen und machte weiter, sprach die zweite Intonation aus. Das Aurikel entstand – und es war ein Witzbild. So eines hatte Munuel einmal als Beispiel einer total misslungenen Iteration auf seine Schiefertafel gemalt, und sie hatte sich damals darüber kaputtgelacht.

Trotzdem stand das Aurikel, und sie machte wütend weiter. Ihr Inneres Auge, mit dem sie das Pergament in ihren Händen fixierte, sagte ihr, dass sie richtig lag – die Verschlüsselung lag in der zweiten Stufe. In diesem Moment ärgerte sie sich maßlos, dass sie das Erlernen der Gildenschrift so vernachlässigt hatte. Warum hatte Munuel diese Nachricht überhaupt geschrieben? Wollte er sie etwa testen? Das sähe ihm eigentlich gar nicht ähnlich.

Sie schloss das Innere Auge ein wenig und versuchte, ihren Blick so gut wie möglich auf das Papier zu fokussieren. Aber auch das würde nichts helfen – wenn sie die Schriftzeichen nicht verstand, dann verstand sie sie eben nicht.

Sie begann die Zeichen zu studieren. Es waren einige neue Bögen, Unterlängen und Striche hinzugekommen, das konnte sie leicht erkennen. Aber als ihr klar wurde, dass sie nicht mal ihren eigenen Namen richtig lesen konnte – denn dort in der Überschrift, das musste er ja sein –, entfuhr ihr ein enttäuschter Seufzer. Sie machte sich daran, die Zeichen mit aller Sorgfalt zu studieren und sich aller Details der Gildenschrift zu entsinnen, die überhaupt noch irgendwo in den Winkeln ihrer Erinnerung herumspukten. Nach einer geraumen Weile glaubte sie, den groben Sinn erkannt zu haben. Der Inhalt schien zu bedeuten, dass Munuel gar nicht mehr hier war, denn er verabredete sich offenbar mit ihr. Nur wann und wo, das konnte sie beim besten Willen nicht herausfinden.

Vor lauter Wut über ihre verpatzte Iteration fing sie sich einen scharfen, heißen Stich ein, der durch ihren Körper zuckte, als sie das Norikel zornig ins Trivocum hieb. Wütend fuhr sie in die Höhe und war einen Moment lang versucht, ihrem Zorn durch einen lauten Fluch Luft zu machen. Im letzten Moment beherrschte sie sich jedoch. Dafür lenkte sie ihren Unmut auf Munuel, der schließlich der Verantwortliche für diesen Verdruss war.

Nur mit einem langen Nachthemd bekleidet, marschierte sie zur Tür, riss sie unsanft auf und polterte den Flur entlang. Sie öffnete die Tür zu Munuels Zimmer – und tatsächlich, ihr alter Lehrmeister war nicht da. Hätte er ihr nicht *sagen* können, was er vorhatte? Oder ihr eine in normaler Schrift verfasste Nachricht hinterlassen können? Was konnte es schon so Wichtiges geben, dass man es in dieser uralten Krakelei niederschreiben musste? Sie trat zu der kleinen Kommode und riss die Schubladen auf – sie waren leer. Munuel war offenbar nicht nur kurz weggegangen, sondern er hatte all seine Sachen mitgenommen. Und sie wusste nicht, wo und wann er sie treffen wollte. Eine schöne Bescherung!

*

Das Mädchen hatte vor Schreck die Hand vor den Mund gehoben und den anderen Arm vor den Körper gelegt, als könnte es sich dahinter verbergen. Aber entgegen Munuels Befürchtung gab sie keinen Laut von sich. Noch nicht.

Er stand wie versteinert da und rührte sich nicht vom Fleck. Fieberhaft überlegte er, was er jetzt tun sollte. Es wäre kein Problem gewesen, ihr eine Magie entgegenzuschleudern, die sie packte, sie lähmte, ihre Stimme versiegen ließ oder sie gar umbrachte. Für all dies hätte es jedoch einer vergleichsweise hohen Iteration bedurft, und damit hätte er gleich dem fremden Magier entgegenbrüllen können, dass er hier war.

Und irgendwie wollte er ihr nichts antun. Sie hatte etwas Unschuldiges an sich, etwas, das ihm geradezu hilflos vorkam – er vermochte es nicht zu beschreiben. Und außerdem ... sie war so schön und wirkte so verletzlich.

Dann tat er etwas, das ihm irgendwie absurd erschien, aber er tat es ganz automatisch und ohne nachzudenken. Er hob den Arm und legte den Finger an den Mund, in einer Geste, dass sie keinen Lärm machen, ihn nicht verraten sollte.

Sie ließ ihrerseits die Hand, die sie vor den Mund hielt, zögernd bis hinab vor ihre Brüste sinken, um sich noch mehr zu bedecken. Dann blickte sie über die Schulter, um nach dem Mann im Bett zu sehen. Jede ihrer Bewegungen erschien ihm so zart und so graziös, dass ihm beinahe schwindlig wurde. Er war trotz seiner sechzig noch in jeder Hinsicht ein Mann, und die Tage, die er mit Leandra verbracht hatte – besonders der Nachmittag, an dem sie nur in ihrem Kettenhemd geritten war – hatten nicht wenige Sehnsüchte in ihm geweckt. Leandra war ein bildschönes Mädchen mit einer wundervollen Figur. Aber gegen diese hier verblasste sie beinahe. Er wusste nicht, ob er jemals zuvor eine so schöne Frau gesehen hatte.

Sie wandte den Kopf wieder um und sah ihn an. Sie war ganz gewiss keine Konkubine oder Hure, dazu sah sie viel zu ... Munuel fiel kein Wort ein, ihre Erscheinung zu umschreiben. Sie stand nur etwa sieben oder acht Schritte von ihm entfernt. Ihr Körper war eine schlanke Silhouette in der schwachen Glut des Feuers, und in ihren Augen spiegelten sich winzige gelbrote Funken. Er hätte gern gewusst, welche Farbe sie besaßen. Sie tat nichts, als dazustehen – und in ihrer Haltung lag etwas seltsam Hilfloses, so als wäre sie eine Gefangene, die nicht ausbrechen konnte.

Munuel nahm seinen Finger wieder herunter. Obwohl ihm das Herz bis zum Hals schlug, standen sie sich noch viele Sekunden schweigend gegenüber. Er schalt sich dafür, dass er sich von ihrem Anblick nicht losreißen konnte. Beinahe hätte er den Mann vergessen, der in ihrem Bett lag – diesen Mann, der wahrscheinlich ein Monstrum war, das jeder Beschreibung spottete. Langsam kam ihm ein Verdacht, warum sie nicht um Hilfe gerufen hatte, als sie ihn, einen fremden Mann, in ihrem Zimmer erblickte.

Munuel musste etwas tun. Seine linke Hand ruhte noch immer auf dem heruntergedrückten Türgriff. Abermals bedeutete er ihr, still zu bleiben, auch um ihr zu zeigen, dass er ihr nichts tun wollte. Dann öffnete er vorsichtig die Tür hinter sich, blickte sich um und sah, dass draußen nur schwaches Licht herrschte. Er trat beiseite, öffnete die Tür ganz und schlüpfte hinaus. Er blickte vorsichtig den Gang hinab – niemand hielt dort Wache. Dann streckte er den Kopf wieder ins Zimmer und warf einen letzten Blick auf das Mädchen, das noch immer unbewegt dastand.

Im letzten Augenblick, als er irgendeinem seltsamen Impuls folgend die Hand hob, um ihr einen Abschiedsgruß zu bedeuten, hob sie ihrerseits, als würde sie nach Hilfe suchen, leicht den rechten Arm, so als hätte sie nichts lieber getan, als ihm zu folgen. Munuel war vollkommen verwirrt. Dann schloss er die Tür und war im Gang.

Er ging ein paar Schritte, blieb stehen, lehnte sich schnaufend gegen die Wand und fragte sich, ob er dies alles nur geträumt hatte. Was sollte er tun? Konnte er darauf vertrauen, dass das Mädchen keinen Alarm schlagen würde? Konnte er nun in die Bibliothek eindringen, dort das Buch stehlen, das er so dringend benötigte, und dann die Festung verlassen? Er schwankte zwischen dem Verlangen, diesem Ort so schnell wie möglich zu entfliehen, und dem Wunsch, zurück zu diesem Mädchen zu gehen, um sie mitzunehmen – was auch immer das mit sich bringen mochte.

Aber das war nicht möglich. Er musste sich auf sein Vorhaben konzentrieren. Es ging um wesentlich wichtigere Dinge als um irgendeine junge Frau, auch wenn sie noch so schön war. Er stieß sich von der Wand ab und lief leise den Gang hinab. Noch einmal blickte er über die Schulter, aber die Tür hinter ihm blieb geschlossen, und es war kein Geräusch zu vernehmen.

Es gab noch andere Türen in dem Gang, aber Munuel ignorierte sie. Er musste sich orientieren. Vor ihm war eine breite Wendeltreppe. Die Bibliothek lag im ersten Stock, musste sich also zwei Stockwerke unter ihm befinden. Soweit er sich erinnern konnte, befand sie sich in diesem Flügel des Gebäudes.

Vorsichtig schritt er die Treppenstufen hinab. Von weiter unten drang Licht herauf, das Treppenhaus selbst war nicht beleuchtet. Das beruhigte ihn ein wenig, obwohl ihn die Dunkelheit nicht vor seinem gefährlichsten Gegner schützen konnte – dem fremden Magier. Kurz darauf hatte er das nächst tiefere Stockwerk erreicht. Ein

Gang führte nach rechts hinweg. Er spähte um die Ecke, konnte aber keinen Wächter oder sonst jemanden entdecken. Nun vernahm er auch leise Geräusche von unten, zweifellos verursacht von den Personen, die sich noch unten im Wappensaal oder den umliegenden Räumen im untersten Stockwerk aufhielten. Der Gang indes, der hier begann, schien zu weiteren Schlafräumen zu führen. Es gab eine Holztäfelung und Wandbehänge an den Wänden, was auf die Gemächer hoch stehender Personen hindeutete.

Munuel wandte sich weiter die Treppe hinab. Noch immer kein Geräusch in seiner Nähe. Nach einer Umrundung des Treppenschachtes erreichte er einen Zwischenflur, von dem aus es nach Norden und Osten weiterging. Diesen Teil kannte er; hier war er erst kürzlich gewesen, als er die Bibliothek aufgesucht hatte. Beide Gänge waren nur schwach erleuchtet, hier schien es keine Schlafräume zu geben. Munuel huschte in den nördlichen Gang, und nach zwei Dutzend Schritten hatte er ungesehen die Bibliothekstüre erreicht. Er atmete auf.

Als er die Hand auf den Türgriff legte, dachte er an das Mädchen. Warum hatte sie keinen Alarm geschlagen? Er schloss die Augen und versuchte darauf zu kommen, warum er nicht wirklich beunruhigt war, dass sie den Magier wecken und ihn verraten könnte. Irgendetwas war mit ihr, das er sich nicht erklären konnte.

Er drückte den Türgriff nieder und befand sich gleich darauf in der Bibliothek.

Es war fast vollkommen dunkel, nur durch die großen Fenster fiel schwaches Nachtlicht herein. Er erinnerte sich an den Kerzenständer, kurz darauf hatte er sich eine Kerze genommen und sie mit einer winzigen Iteration der ersten Stufe in Brand gesetzt. Es war eigentlich überflüssig, anschließend ins Trivocum zu lauschen, denn eine Kerze zu entzünden fiel für einen erfahrenen Magier wie ihn kaum noch unter das Kapitel

›Magie anwenden‹. Eine Kerze besaß so gut wie überhaupt keinen magischen Widerstand gegen das Entzünden – es war ihre Natur. Trotzdem aber sah er nach dem Trivocum. Er spürte nichts. Der fremde Magier schlief offenbar noch immer. Munuel versuchte sich vorzustellen, was das Mädchen jetzt tat. Hatte sie sich wieder zu ihm gelegt und sich dabei bemüht, ihn nicht aufzuwecken? Umarmte sie ihn gar? Oder war sie dem Bett fern geblieben und hatte sich in ein anderes Zimmer begeben?

Er schüttelte diese Gedanken ab. Er trat zum Fenster, um zu überprüfen, ob von außen jemand seine Kerzenflamme hätte entdecken können. Nein, höchstens ein vorbeifliegender Drache. Die Fenster lagen hoch über einem Abgrund in der äußeren südlichen Burgmauer. Dann wandte er sich um und schritt zielstrebig die Gänge zwischen den Bücherregalen entlang. Nach kurzer Zeit hatte er den richtigen Platz wiedergefunden und gleich darauf auch das richtige Buch. Es war geschafft – nun konnte er sich daranmachen, die Feste wieder zu verlassen.

Da fiel sein Blick auf einige andere Bücher, die in derselben Reihe standen. Er beschloss, dass er leicht noch ein oder zwei weitere mitnehmen konnte, und hielt die Kerze tiefer, um ihre Titel zu entziffern. Plötzlich fiel ihm ein, dass er das Buch zuvor auf einem kleinen Beistelltisch hatte liegen lassen. Nun hatte es wieder im Regal gestanden, ein wenig hervorschauend, als hätte er es dort zurückgelassen.

Seltsam.

»Licht? Du brauchst mehr Licht?«

Einen Lidschlag später flammte eine Quelle von blendender Helligkeit direkt neben seinem Gesicht auf, dass er für eine Sekunde seine Augen zusammenkneifen musste. Zu Tode erschrocken fuhr er herum.

*

Leandra hatte auf das Morgengrauen getippt und darauf, dass der Treffpunkt außerhalb der Stadt, wahrscheinlich im Norden, Richtung Mogellwald liegen musste. Und an einem markanten Punkt. Vielleicht ein Gasthaus, eine Weggabelung oder etwas Ähnliches. Sie würde in diese Richtung reiten und bei dem ersten auffälligen Ort warten, auf den sie stieß. Etwas anderes blieb ihr nicht übrig.

Noch während der Dunkelheit brach sie auf. Sie hatte natürlich nicht mehr schlafen können vor lauter Wut, Schuldbewusstsein und der Angst, dass sie etwas Wichtiges versäumte, oder gar Munuel nicht mehr finden konnte.

Sie legte in ihrem Zimmer zwei Silberfolint auf die Kommode, das sollte mehr als genug für ihre Übernachtung sein. Dann nahm sie ihre Sachen, entzündete eine Kerze und schlich aus dem Haus. Sie hatte keine Schwierigkeiten, Bushka zu finden. Munuels Pferd war, wie sie erwartet hatte, nicht mehr da. Die Stute warf ihr erfreut den Kopf entgegen und schnaubte. Leandra fuhr Bushka liebevoll über den Hals.

Sie trat zurück und musterte den hohen Rücken des Pferdes. Gesattelt hatte es bisher Munuel, sie selbst hatte darin keine Erfahrung. Aber das machte ihr keinen Kummer, Sie wusste, dass eine Decke unter den Sattel kam und fand sie auch bald. Beim Sattel allerdings wurde es schwierig. Sie konnte ihn zwar heben, aber nur mit Mühe bis in Schulterhöhe. Sie half ein wenig mit einer mechanischen Kraft der zweiten Iterationsstufe nach. Es klappte überraschenderweise gut. Sie sagte sich, dass sie vielleicht doch ein gewisses Talent besaß. Jedenfalls, was Magie anging.

Nach einigen Minuten hatte sie das Gefühl, das sie es einigermaßen richtig gemacht hatte. Sie löschte die Kerze, führte Bushka aus dem Stall und stieg vorsichtig mithilfe des Steigbügels in den Sattel. Er hielt. Ihr Hintern und ihre Innenschenkel taten vom ungewohnten vielen

Reiten der letzten Tage noch ein bisschen weh, aber es war auszuhalten. Sie blickte zum Felsenhimmel auf und sah schon den ersten kräftigen rot-orangen Schimmer am östlichen Rand des Sonnenfensters. Noch zwei Stunden, und es würde hell werden. Sie lenkte Bushka vom Hof und auf die Straße. Es war vollkommen still in Lakkamor. Irgendwo war ein schwaches Licht hinter einem geschlossenen Fensterladen zu erkennen, aber das war auch alles. Sie orientierte sich an der Lage eines Stützpfeilers, den sie in der ersten aufkommenden Helligkeit erkennen konnte und von dem sie wusste, dass er nördlich der Stadt lag. Dann ritt sie los.

Als sie die letzten Häuser passierte, hatte sie das Gefühl, irgendwo in der Nähe das Schnauben eines Pferdes zu vernehmen. Erschrocken blickte sie sich um, aber da war niemand. Sie tadelte sich – was tat sie schon Verbotenes? Es war ganz allein ihre Sache, ob sie mitten in der Nacht die Stadt verließ.

Wenig später hatte sie Lakkamor verlassen und die Straße nach Nordwesten gefunden. Soweit sie wusste, führte sie über die Ishmar nach Mittelweg, das etwa vier Tagesreisen von hier lag. Dort musste sie irgendwo Munuel finden. Sie bezweifelte, dass sie die Möglichkeit hatte, ihm eine Botschaft über das Trivocum zuzusenden. Damals, als sie in die Gewalt der Schattenwesen geraten war, hatte sie offenbar nur mithilfe des Yhalmudt nach Munuel rufen können, bis ihr die schwarzen Wesen die kleine Muschel wegnahmen. Aber den Yhalmudt hatte sie jetzt nicht mehr, und die entsprechenden Iterationen, um Botschaften über das Trivocum zu senden, kannte sie nicht. Wenn sie Glück hatte und Munuel im Laufe des Vormittags finden konnte, ergab sich vielleicht eine Möglichkeit, ihr Missgeschick zu übertünchen. Sie nahm sich vor, bei nächster Gelegenheit die Gildenschrift zu büffeln, und zwar so intensiv, dass sie selbst eine Botschaft des alten Darios würde entziffern können.

Sie seufzte und schlang fröstelnd die Arme um den Leib. Es war noch kühl, aber der Tag würde gewiss wieder sehr warm werden. Sie nahm die Zügel auf, schnalzte und flüsterte Bushka zu, sie möge ein wenig zügiger ausschreiten. Die Stute folgte gehorsam und verfiel in leichten Trab.

23 ♦ Feinde und Freunde

Es war der schweigende Mönch, den Munuel bei seinem Besuch im Wappensaal flüchtig erblickt und auf den Leandra ihn später hingewiesen hatte. Er musste es sein. *Bruderschaftler* war der erste Gedanke, der Munuel durch den Kopf schoss. Der Kerl hatte das Mädchen bei sich; sie stand in einen dunkelroten seidenen Morgenmantel gehüllt neben ihm.

Munuel hatte sich aufgerichtet, während eine helle Feuerkugel zwischen ihnen im Raum schwebte. Seine Sinne verrieten ihm gleich, dass der Mönch keine Elementarmagie anwandte – es war eine fremde Magieform, effektiv, aber unsauber und roh. Er erspürte anstelle eines Aurikels einen groben Riss, der im Trivocum klaffte und durch den mächtige, aber sehr unreine Energien ins Diesseits strömten.

Er trat einen vorsichtigen Schritt nach links, um das Gesicht seines Gegenübers besser erkennen zu können. Der Mönch hatte seine Kapuze nicht übergestreift. Er hatte ein hohlwangiges, von bleicher Haut umspanntes Gesicht mit kurzen schwarzen Haaren, und glühende Augen von ebensolcher Farbe blickten ihm entgegen. Augen, in denen Gier, Hass, Niedertracht und Irrsinn funkelten – so, wie sich das Licht in einem dunklen Kukutz-Stein brach. Der Mann war hager und groß, beinahe schon ein wenig übergroß, sodass Munuel zu ihm aufblicken musste. Das Mädchen, das neben ihm stand, reichte ihm nur knapp bis zur Schulter.

Die Lippen des Mönchs waren zu einem sardonischen Lächeln verzerrt, eines, das kein Quentchen Freundlichkeit oder Sympathie verstrahlte – im Gegenteil. Es war ein Lächeln des Triumphes, der schwarzen Freude darüber, einen Gegner ertappt und in die Enge gedrängt zu haben.

»Sieh an!«, krächzte der Kerl mit ungesund klingender Stimme. »Du stiehlst Bücher!«

Mit schmerzender Wucht riss sich das Buch los, das Munuel unter seine Achsel geklemmt hatte, und flog auf den Mönch zu. Der Kerl fing es mit seiner knochigen Hand auf und drehte es so, dass er den Titel lesen konnte.

»Alte Legenden. Du bist auf der Suche nach uralten Geheimnissen, was?« Er stieß ein meckerndes Lachen aus und knallte das Buch auf den Boden. *»MU – NU – EL!«*, fügte er dann mit beschwörender Stimme hinzu, so als wäre es ein besonderer Triumph, den Namen seines Gegners zu kennen.

»Wer bist du?«, fragte Munuel, und er spürte, wie sich sein Innerstes zu höchster Konzentration zusammenkrampfte. Dieses Gefühl hatte er zum letzten Mal vor langen Jahren verspürt, als er mit dem Yhalmudt auf Dämonenjagd war – nicht einmal bei seinem Kampf gegen den Totenzug war es so deutlich gewesen.

»Wer ich *bin?*«, fragte der Kerl mit übertrieben pathetischer Satzmelodie. »Ich dachte, das wüsstest du längst! Man erzählte mir haarsträubende Geschichten über dein Talent und deine Macht. Aber ich sehe nur einen alten Tattergreis vor mir, der kaum über ein spürbares Potenzial verfügt und nicht einmal seine Hausaufgaben gemacht hat! Haha!«

Munuel ließ den Kerl nicht aus den Augen, erwiderte aber nichts.

»Man nennt mich Chast, und ich bin ein Mitglied der *Bruderschaft.* Kann es am Ende sein, dass du noch gar nichts von der *Bruderschaft* vernommen hast, alter Mann?«

Munuel zählte seine Vorteile im Kopf zusammen. Ein Mann wie dieser Chast, der mit roher Magie hantierte, schien kein sonderlich feines Gespür dafür zu besitzen, dass eine disziplinierte Form der Magie nicht sonderlich stark nach außen strahlte, jedenfalls dann nicht, wenn keine Iteration mit im Spiel war.

Zweitens ergötzte er sich an seiner eigenen Niedertracht und dem Gefühl seiner Überlegenheit, wobei er jedoch ganz vergaß, dass auch sein Gegner über eine gewisse Macht verfügen könnte. Und drittens ging er ziemlich sorglos mit seinem Potenzial um, hielt die Feuerkugel am Leuchten und wirkte ansatzlos irgendwelche Zauber, um Effekte zu erhaschen, womit er letztlich seine spontane Kraft minderte. Munuels Herz schlug ruhig und kräftig – die Furcht, die er noch eine Viertelstunde zuvor im Zimmer des Mönchs verspürt hatte, war wie weggeblasen.

»Es trifft sich gut, dass ich dich kennen lerne«, sagte Chast. »So kann ich persönlich dafür sorgen, dass einer unserer entschiedensten Gegner aus dem Weg geräumt wird. So etwas überlässt man nicht gern einem Jungbruder, das verstehst du doch sicher, nicht wahr?«

Munuel blickte das Mädchen an. Sie stand da wie versteinert, ihr Blick schien irgendwie vernebelt. Er konnte sich noch immer keinen Reim darauf machen, welche Rolle sie hier spielte.

»Bevor ich sterbe, wirst du mich doch bestimmt aufklären«, sagte Munuel kalt. »Was ist diese *Bruderschaft* – woher kommt sie und was hat sie vor?«

»Oho!« Chast lachte auf. »Du scheinst dir ja sehr sicher zu sein, dass du diesen Raum noch lebend verlässt! Na gut, dieses Risiko gehe ich ein, obwohl es eigentlich keines ist. Hätte es damals die Stygischen Artefakte nicht gegeben, hätte die Gilde keine auch noch so winzige Chance gegen die Bruderschaft gehabt.«

»Die Bruderschaft von Yoor, meinst du, nicht wahr?«

»Ha! Du bist ja doch nicht so dumm, wie ich dachte!«, stieß Chast hervor. »Ganz recht. Die Bruderschaft von Yoor! Aber wir ziehen den einfachen Namen *Bruder-*

schaft vor. Ja – es gibt uns noch immer, selbst nach dieser langen Zeit. Wir haben uns gut vorbereitet, und nun ist es nicht mehr weit, bis wir endlich unser Ziel erreicht haben.«

Munuel lächelte kalt. »Zweitausend Jahre! Das zeugt nicht gerade von einer gut geplanten Aktion. Ich würde eher sagen, dass ihr die Reste eures aufgeriebenen Häufleins mit Mühe nach vielen, vielen Jahrhunderten wieder zusammengerafft habt.«

Chasts Blick verfinsterte sich. »Du willst lieber gleich sterben, ja? Aber das sieht euch Ordensbrüdern ähnlich. Dumm oder schlau zu sterben, das ist euch egal. Habt ihr euch jemals für Magie interessiert? Ihr habt ja keine Vorstellung davon, was man aus dieser Welt hätte machen können mithilfe von echter Magie! Eure Sandkastenspiele mit Runensteinen oder Aurikelchen! Was ist das schon? Kinderkram! Ihr habt keine Ahnung von wirklicher Macht!«

»Du täuschst dich«, erwiderte Munuel. »Ich weiß durchaus, was man aus dieser Welt mit eurer Magie hätte machen können. Einen Trümmerhaufen! Ein Feld voller Leichen! Einen Tummelplatz für dämonische Gewalten! Ein Tollhaus! Nein danke – ich bin froh, dass wir immer bei unseren Sandkastenspielen geblieben sind!«

Funkelnde Wut stieg im Gesicht des Mönchs auf. »Ihr habt uns geächtet, weil wir anders waren! Es hätte Wege gegeben, sich zu einigen. Stattdessen habt ihr uns verfolgt, verurteilt und hingerichtet!«

»Was weißt *du* schon, was damals wirklich geschehen ist!«, rief Munuel wütend. Er deutete auf das Buch am Boden. »Lies das, wenn du überhaupt lesen kannst! Die Bruderschaft von Yoor war eine Gefahr für die Welt, und sie *wollte* ihre Magieform nicht kultivieren! Sie löste Katastrophen aus, die Tausenden das Leben kosteten!«

Chast schien zu bemerken, dass er sich mit seinem Hass und Zorn nur ablenkte. An Munuels unerschrockener Art schien er abzulesen, dass er doch seine Kräfte besser voll einsatzbereit halten sollte. Sein Gesicht entspannte sich, er richtete sich auf und grinste Munuel an.

»Du meinst, unsere Magie hätte Tausenden das Leben gekostet? Das ist nicht wahr. Die Bruderschafts-Magie ist in Wahrheit viel subtiler, als du glaubst. Hast du mein Potenzial etwa erspüren können, als du eindrangst? Ha – ich glaube kaum! Sonst wärest du nicht mitten in mein Zimmer gestolpert. Ich habe das Fenster extra für dich aufgelassen, alter Mann. Genau so, wie ich dich wieder hierher gelockt habe!« Seine Miene verfinsterte sich. »Deine Aura hingegen lief dir voraus wie eine heulende Meute von Hunden. Du bist ein Versager!«

Munuel entspannte sich und richtete sich auf. Er überlegte, weshalb er hierhergelockt worden sein sollte. »Das sind bloße Behauptungen. In Wahrheit hättest du mich nicht bemerkt, wenn nicht sie ...«, und damit deutete er auf das Mädchen, »... dich aufgeweckt hätte. Du schliefst wie ein Stein!«

Chast lachte auf, griff rüde nach dem Arm des Mädchens und schüttelte sie. Der vernebelte Blick fiel von ihren Augen ab und wurde im gleichen Moment von Furcht gepackt. Sie stöhnte auf und starrte erschrocken den Mönch und dann Munuel an. »Ha! Sie hat dich nicht verraten, dieses Miststück! Sie legte sich wieder ins Bett, als wäre nichts geschehen. Als hätte sie keinen Grund, mir dankbar zu sein!«

Er stieß sie von sich, und sie schrie leise auf.

Chast trat einen Schritt zur Seite, sodass er Munuel und das Mädchen gleichermaßen beobachten konnte. Die Feuerkugel schwebte noch immer mitten im Raum.

»Aber ihr wird nichts geschehen«, sagte er gefährlich leise. »Obwohl sie mich verraten hat. Sie hat noch eine *besondere* Aufgabe zu erfüllen!«

Munuel prallte zurück – ebenso wie das Mädchen. Allein mit seiner Wut setzte der Mönch das Trivocum in so starke Bewegung, dass man meinen mochte, er hätte eine fünfte Iteration gewirkt. Munuel wurde unsicher.

Dieser Chast schien tatsächlich über ein gewaltiges Potenzial zu verfügen. Wenn er hier lebend herauskommen wollte, dann musste er den Yhalmudt einsetzen. Aber genau das durfte er nicht tun!

»Lass sie leben!«, rief Munuel, nur um Zeit zu gewinnen. »Was kann sie dir schon tun?«

Chasts Gesicht fuhr herum. »Was sie mir tun kann? Ha!«

Munuel konnte nicht anders, als die Schultern zu zucken. Wer war sie? Welche Rolle spielte sie?

»Nein, du weißt wirklich nichts«, stellte Chast fest. »Als von Jacklor mir deinen Namen nannte und mir erzählte, dass es höchst beunruhigend wäre, dass du hier auftauchst, glaubte ich wirklich, du wüsstest längst Bescheid. Aber du bist offenbar tatsächlich nur hier hereingestolpert. Ich kann es fast nicht glauben! Munuel, die Legende aus Angadoor! Du widerst mich an! Ich hatte einen Gegner erwartet, aber du bist ja nur ein armseliger, klappriger Greis!«

Munuel war nahe daran, seinerseits vor Wut überzukochen. So hatte ihn selten jemand beleidigt. »So weit sind wir noch nicht!«, rief er aus. »Was ist nun? Muss ich dumm sterben, oder tust du mir die Ehre noch an, mir zu erklären, was dies alles hier soll?«

Es waren keine klugen Worte, die Munuel in den Sinn gekommen waren, aber er brauchte Zeit, um sich darüber klar zu werden, ob er sich es leisten konnte, den Yhalmudt einzusetzen. Wenn ja, dann würde er Chast damit töten müssen, denn es durfte nicht sein, dass der Mönch die Möglichkeit erhielt, seinen Brüdern davon zu berichten, dass ein Stygisches Artefakt mit im Spiel war. Aber ob ihm das gelingen würde, konnte er beim besten Willen nicht voraussagen. Chast schien sehr stark zu sein.

Plötzlich war eine massive unsichtbare Wand da. Chast hatte irgendeine Magie aufgebaut, die gegen Munuel drückte wie die Last eines halben Dutzends Mühlsteine. Der Kampf hatte begonnen.

Munuel wirkte intuitiv eine Iteration dagegen. Die Last der Wand wich zu einem Teil, und das war gerade genug, um das Gespräch noch weitergehen zu lassen, denn Munuel merkte, dass Chast unbedingt noch reden wollte. Das würde er nicht tun, wenn er damit beschäftigt war, sich zu wehren.

»Sie ist die Tochter von Falber!«, sagte Chast hasserfüllt. »Weißt du, wer das ist?«

Munuel nickte mühsam. Die Kraft quetschte ihm beinahe die Luft aus den Lungen. »Ja ...«, ächzte er, »der frühere Kommandant.«

»Genau«, zischte Chast. »Von Jacklor, dieser Idiot, hat ihn vor einem Jahr einfach ermordet. Zum Glück war ich da und konnte die Dinge einigermaßen beruhigen. Würde die Hierokratie vom Mord an Falber erfahren, hätten wir die Garde am Hals – und das können wir im Augenblick nicht gebrauchen, verstehst du?«

Munuel nickte.

»Genauso wenig wie dich!«, zischte Chast und verstärkte den Druck.

Munuel keuchte. Er schloss die Augen, zog alles an Konzentration zusammen, dessen er mächtig war, und setzte ein machtvolles Aurikel über den Riss, den Chast für seine Magie benutzte. Er stieß das Norikel ins Trivocum, und mit einem fast hörbaren stygischen Donnern krachte das Aurikel zu und verschloss den Riss. Chasts magische Kraft brach augenblicklich zusammen.

Der Mönch stand wie vom Blitz getroffen da.

»He!«, rief er freudig aus. »Du bist besser, als ich dachte!«

Munuel lächelte schief. »Man tut, was man kann«, sagte er verkniffen.

Chasts Gesicht verzerrte sich zu einer Fratze. »Aber kannst du auch *dagegen* etwas tun?« Er trat einen Schritt vor und hob beide Hände. Eine Welle von physischer Instabilität kam auf Munuel zugeschwappt, dass er dachte, er würde in Sekundenschnelle zu einem Häuflein formlosen Staubs zerfallen. Im letzten Augenblick setzte er eine stabilisierende Kraft dagegen, diesmal in einer achten Stufe, was ihm einen ungemein hohen Einsatz an Kraft und Konzentration abverlangte. Aber es gelang ihm, und er erstickte die Welle der Instabilität regelrecht, konnte sie sogar so mächtig gegen Chast lenken, dass sich der Körper des Mönchs zu versteinern begann.

Im nächsten Augenblick verspürte er schon den Gegendruck. Das Mädchen stieß einen Schrei aus und brachte sich aus der Gefahrenzone. Er wusste immer noch nicht, wie sie hieß, aber er musste sie irgendwie hier herausbringen.

Aber daran war nicht zu denken. In rasender Geschwindigkeit stieg Chasts Potenzial an, und Munuel musste seine Kraft bis in die neunte Stufe aufbauen, um standhalten zu können. Er spürte, dass er ohne den Yhalmudt gegen Chast unterliegen würde, und das wäre sein Tod. Mit der Faust packte er nach seinem Kragen, riss ihn herunter und hatte im nächsten Augenblick den Yhalmudt in der Hand. Er stieß ein weiteres Mal das Norikel ins Trivocum und rettete sich mit einem wilden Satz aus der Richtung der Kraft, die Chast aufbaute. Während er sich hinter ein Regal flüchtete, zerstieß die magische Woge Chasts mit einem scharfen Knall die komplette Fensterwand des Raumes. Eine Sekunde später klaffte ein zimmergroßes Loch, wo zuvor drei oder vier Fenster in einer dicken Steinwand gelegen hatten. Kühle Nachtluft wehte herein und verschaffte Munuel eine Atempause.

»Wo bist du?«, schrie Chast ihm hinterher.

Aber Munuel hatte die Zeit genutzt. Er war um das Regal herumgerannt und hatte das Mädchen an der Hand mit sich fortgezogen. Er eilte mit ihr zur Tür, riss sie auf und stürmte in den Gang hinaus.

Er kam ungefähr zehn Schritte weit.

Vor ihm bäumte sich der lange Teppich wie eine Welle aus Stein auf; er purzelte darüber, verlor die Hand des Mädchens und überschlug sich mehrfach, bis er endlich liegenblieb. Als er sich hochrappelte und umwandte, stand der finstere Mönch am anderen Ende des Ganges vor der Bibliothekstüre und hielt die Faust in die Höhe. Die steinerne Welle des Teppichs raste auf Munuel zu, und er konnte sich nur retten, indem er mithilfe einer instinktiven Levitation zwei Schritt in die Höhe sprang und kurz darauf wieder zu Boden stürzte. Abermals erhob er sich schwankend, stand dann gebückt im Gang und blickte zu Chast, der ein triumphierendes Lächeln zeigte. Die Feuerkugel hatte er offenbar ohne weitere Anstrengungen in den Gang mitgenommen, und das verriet Munuel, dass er ohne den Yhalmudt keine Chance gegen den Mönch hatte.

Das Mädchen lag mit tränenüberströmtem Gesicht am Boden und wimmerte.

Chast machte ein paar schnelle Schritte auf sie zu und riss sie in die Höhe wie ein Stück Papier. Sie schrie auf und hieb mit der Faust nach ihm. Er lachte höhnisch und stieß sie wieder von sich. Schräg hinter ihm taumelte sie gegen die Wand und blieb benommen stehen.

»Sieh an!«, rief er. »Du willst die Kleine haben, was? Ach ja, du hast sie nackt in meinem Zimmer gesehen, nicht wahr?«

Munuel beglückwünschte sich, dass Chast offenbar seinen Triumph noch ein wenig auskosten wollte, bevor er erneut angriff. Er hatte offenbar noch nicht den Yhalmudt bemerkt, den Munuel in der Faust hielt, und war sich sicher, seinen Gegner noch erniedrigen zu können, bevor er ihn auslöschte. Das verschaffte Munuel die Zeit, die er brauchte. Während Chast weitersprach, konzentrierte er sich darauf, den Yhalmudt mit einem rasend schnell gesetzten Aurikel der achten Stufe aufzuladen. Seine Hand wurde innerhalb von Sekunden brennend heiß.

»Ich muss zugeben, sie ist wirklich gut gebaut, alter Mann!«, höhnte Chast. »Aber für dich ist es in zweierlei Hinsicht zu spät. Erstens bist du viel zu alt, haha. Selbst wenn deine Manneskraft doppelt so hoch wäre wie deine magische Kraft, würde sie dich nur auslachen! Und zweitens: Du wirst jetzt sterben!«

Eine Sekunde bevor Chast seinen Satz zu Ende gesprochen hatte, streckte Munuel die Faust mit dem Yhalmudt aus und entfesselte einen gleißenden scharfen Strahl, der aus fast reinweißer Energie bestand. Fauchend fuhr die Energie auf Chast zu, traf ihn mitten in die Brust und hob ihn von den Füßen.

Munuel hätte zuvor wetten mögen, dass einer solchen Gewalt kein lebendes Wesen widerstehen konnte. Aber Chast hielt mitten in der Luft inne und sank langsam wieder zu Boden. Sein Gesicht war eine verzerrte Fratze. Obwohl Munuel den Yhalmudt mit einer ziemlich starken Kraft geladen hatte, gelang es Chast, sich zu fangen. Munuel nahm wahr, dass jenseits seiner Öffnung im Trivocum ein gewaltiger Riss klaffte, aus dem Chast seine Macht bezog. Er keuchte entsetzt.

Trotzdem ließ er nicht ab, den Strahl stygischer Energie auf Chast zu halten. Der Mönch setzte all seine Kraft ein, um den Energiestrahl abzuleiten. Munuel wünschte, er hätte ein paar Sekunden mehr Zeit gehabt. Nun musste er die Energien aus seinem Aurikel ständig weiter in den Yhalmudt leiten und konnte nicht viel tun. Chast wankte ein paar Schritte zur Seite und riss das Mädchen an sich und um die beiden herum strömten wabernde Finger purer magischer Energie vorbei und von dort ins Nichts.

Munuel drohte in Panik zu geraten. Er spürte, dass er Chast beherrschen konnte, aber er wusste nicht, ob er seine Kraft noch zu erhöhen vermochte.

Der Mönch stöhnte, aber er hielt stand. »Der *Yhalmudt!*«, murmelte er, und Entsetzen stand in seinem Gesicht.

»Ja!«, rief Munuel. »Der Yhalmudt! Du weißt viel, Mönch! Aber weißt du auch, dass du ihn nicht überwinden kannst!«

Ein verzerrtes, schmerzhaftes Grinsen stellte sich auf Chasts Gesicht ein. »Du wirst mich nicht töten!«, rief er mit zitternder Stimme. »Du würdest auch *sie* umbringen!«

Munuel fragte sich, ob Chast Recht hatte. Reinweiße Energien töteten normalerweise keine Wesen des Diesseits, aber das, was er momentan durch den Yhalmudt leitete, war nicht reinweiß. Die Energie des Yhalmudt diente ihm im Augenblick dazu, die Massen an roher, grauer Energie zu neutralisieren, die der Mönch aus dem Stygium schöpfte. Schwer vorstellbar aber, dass Chast die Prinzipien des Yhalmudt kannte. Munuel hielt weiterhin den Energiestrahl auf Chasts Schutzaura gerichtet. Vielleicht gelang es ihm, den Mönch so sehr zu erschöpfen, dass er irgendwann das Aurikel schließen, das Mädchen holen und dieses Monstrum mit seinem lächerlichen kleinen Messer ins Jenseits befördern konnte.

Chast baute noch einmal eine Gegenwehr auf. In seinem Gesicht stand der Ausdruck von Schmerz und äußerster Konzentration. Das Mädchen, das er mit dem rechten Arm an sich gedrückt hatte, zog wimmernd den Kopf ein und versuchte, sich so klein wie möglich zu machen.

»Wir sehen uns wieder!«, rief Chast plötzlich. »Ich weiß es sicher! Bald schon … wird sie *deine* Shaba sein!«

Und plötzlich war er verschwunden.

Munuels Beine gaben beinahe nach. Der Energiestrahl aus dem Yhalmudt verebbte, und beinahe hätte er versäumt, das Norikel zu setzen – was ihn zweifellos umgebracht hätte. Im letzten Augenblick gewann er die Beherrschung zurück und schloss das Aurikel. Ein scharfer Schmerz durchzuckte ihn – eine achte Iterationsstufe war unmöglich völlig erschütterungsfrei wieder zu schließen.

Schwer atmend stand er da.

Chast hatte sich mithilfe irgendeiner Magie an einen

anderen Ort versetzt und mit sich das Mädchen, die Tochter des alten Burggrafen Faber. Munuel schnaufte so heftig, dass er glaubte, das Herz müsste ihm gleich zerspringen. Was war das für eine Magie? Er kannte keine, mit deren Hilfe man sich einfach in Luft auflösen konnte! So etwas gab es einfach nicht! Und trotzdem war es geschehen. Ein unangenehmer Geschmack stellte sich auf seiner Zunge ein – mit der Bruderschaft von Yoor stand er einem Gegner gegenüber, der ungleich stärker war als alles, was er je erlebt hatte. Ohne den Yhalmudt hätte er diesen Kampf niemals überlebt.

Er wandte sich um und hörte, dass überall in der Burg Tumult ausgebrochen war. Oben auf den Stufen der Treppe standen zwei Männer in Nachthemden und starrten mit schreckensbleichen Gesichtern herab. Von unten her hörte er das Klappern von Männern in Rüstungen, die die Treppe heraufgestürmt kamen.

Munuel lehnte sich erschöpft gegen die Wand. Zwanzig Sekunden später war er von fünf Soldaten umringt, die Hellebarden auf ihn gerichtet hatten. Was hatte Chast da gesagt? Dass das Mädchen bald *seine* Shaba sein würde? Er konnte sich keinen Reim darauf machen.

Irgendein Soldat, der vor ihm stand, bellte ihm etwas entgegen. Munuel hob die Hand, um zu signalisieren, dass er noch einen Augenblick brauchte, um zu verschnaufen. Da er keine Anstalten machte, sich zu wehren, ließ man ihm die Zeit. Inzwischen waren viele Leute erschienen. Im Gang stank es beißend nach Verbranntem, alle Gegenstände waren umgestürzt, und der lange, schwere Teppich war zerfetzt, als hätten ihn mehrere Leute stundenlang mit Messern bearbeitet. Ein Soldat in Offiziersuniform kam den Gang herauf und baute sich vor Munuel auf. »Was ist hier passiert?«, kläffte er.

Munuel schüttelte den Kopf. »Nichts, nichts. Ein Kampf … ich bin Gildenmagier …«

Der Offizier grunzte.

Munuel sah auf und seufzte. Nichts hätte er lieber getan, als sich jetzt einfach zu Boden sinken zu lassen und zwölf Stunden ungestört zu schlafen. Aber das war ihm nicht vergönnt. Er war hier schließlich nicht unter Freunden. Er musste aus der Burg hinaus, und das ging nur mit Gewalt. Er hoffte, dass er noch über genügend Reserven verfügte.

Als er Kontakt zum Trivocum aufnahm, sah er, dass Chasts Riss noch immer klaffte und unreine Energien herüberströmten. Er lächelte ein wenig, als ihm klar wurde, dass die Leute hier in der Festung von Tulanbaar ihren Spaß damit haben würden. Wahrscheinlich würde die Feste binnen weniger Stunden unbewohnbar sein – so lange, bis sich ein guter Magier fand, der diesen Riss wieder zu schließen vermochte.

Munuel dachte, dass es nicht nötig wäre, jetzt noch irgendwelche Leute zu töten, obwohl sie wahrscheinlich allesamt auf der falschen Seite standen. Er entschied sich für eine Zusammenballung von lokalem Druck in der vierten Stufe, das würde wohl genügen. Wenn er das Aurikel für fünf Minuten kontrollieren konnte, dann wäre er wohl heraus aus der Burg. Er blickte sich um und wunderte sich, dass sich Lorin von Jacklor nirgends zeigte. Aber der Kerl war zu schlau. Er hatte wahrscheinlich gehört, was geschehen war, und hielt sich vorsichtshalber fern.

Munuel atmete tief durch und sprach innerlich die erste Intonation und den Schlüssel aus. Als der Offizier ungeduldig wurde und ihm eine neuerliche Frage entgegenbellte, setzte er das Aurikel und hob den Mann in die Luft. Er segelte gegen die nächste Wand, und nach ihm erging es den fünf Soldaten ebenso. Ihre Waffen klirrten und polterten durch den Gang, und Munuel war viel zu müde, um Bedauern zu empfinden, als er sah, dass sich ein Soldat beim Sturz die Spitze seiner Hellebarde mitten durch den Oberschenkel stieß. Der Mann heulte auf, aber Munuel hatte sich schon in Bewegung gesetzt und marschierte auf die Treppe zu. Alle unbewaffneten Leute zogen sich eilends zurück. Bis er aus dem Hauptgebäude herauskam, wurde er nicht mehr belästigt.

Als er aus dem Portal auf den Hof trat, hätte er besser aufpassen sollen. Ein Pfeilhagel schlug ihm entgegen, und er wurde von einem davon schmerzhaft in den Oberarm getroffen, bevor er die anderen mithilfe seiner Magie zur Seite lenken konnte. Er stöhnte auf und zog den Pfeil heraus. Es blutete stark, aber der Pfeil hatte zum Glück nicht tief gesessen. Immerhin machte ihn das ein wenig wacher. Er wechselte in die fünfte Iterationsstufe und schob den zwanzig Soldaten, die draußen warteten, eine massive Wand aus stygischer Kraft entgegen, die sie durcheinander wirbelte wie einen Haufen von Stoffpuppen. Die meisten ergriffen die Flucht, ein paar blieben besinnungslos liegen. Mit energischen Schritten durchquerte Munuel den Hof und fegte jeden Soldaten beiseite, der sich ihm in den Weg stellte.

Abermals traf ihn ein Pfeil von hinten in den Oberschenkel. Er wusste, dass er nicht bei der Sache war, aber er hatte einfach keine Kraft mehr. Auch den zweiten Pfeil zog er mit einem Aufstöhnen heraus, dann hatte er das Tor erreicht, schob den letzten Soldaten beiseite und schlüpfte hinaus. Er stieß einen schrillen Pfiff aus und rief den Namen seines Wallachs. Er hoffte, dass das Tier sich losreißen würde und ihm entgegenkam. Aber das war ein frommer Wunsch. Er musste sich noch einmal zehn Minuten durch die Dunkelheit des Waldes am Burgberg schleppen, bis er Marlo endlich erreichte. Niemand folgte ihm.

Marlo war irgendwie ein dummer Gaul, oder Munuel erwartete von einem Pferd mehr, als es zu tun in der Lage war. Der Wallach mampfte ein Grasbüschel und sah ihn unschuldig an.

Als sich der erste orangefarbene Streifen im Sonnenfenster am Felsenhimmel zeigte, ritt Munuel davon.

*

Leandra war drei Stunden lang Richtung Mittelweg geritten, ohne an einem wirklich markanten Punkt vorbeizukommen. Das Sonnenfenster über ihr erstrahlte bereits in hellem Licht, als sie endlich eine Brücke erblickte. Sie seufzte schwermütig. Das musste die Ishmar sein, aber ob dies ausgerechnet der Punkt war, an dem Munuel sie treffen wollte, das konnte sie nur hoffen. Dann schoss ihr plötzlich durch den Kopf, dass sie mit ihren ganzen Überlegungen vollkommen falsch liegen musste.

Munuel hatte nicht davon ausgehen können, dass sie mitten in der Nacht von einem Traum erwachte. Also hätte sie die Nachricht erst morgens nach Sonnenaufgang gefunden. Dann hätte er ihr mindestens noch eine Stunde für das Frühstück und zum Packen eingeräumt. Niemals hätte er sie bei Sonnenaufgang hier an dieser Brücke treffen wollen. Leandra fluchte in sich hinein. Alles war gründlich schief gegangen. Was sollte sie nun tun?

Als sie die Brücke erreichte, sah sie sich um. Das Land war flach, die Ishmar strömte gemächlich dahin, und nirgends war jemand zu erblicken. Auf dieser Seite des Flusses gab es ein Wäldchen, bis zur anderen Seite hinüber waren es etwa vierhundert Schritt. Die Ishmar war ein gemächlich dahinfließender, aber sehr breiter Strom. Die hölzerne Brückenkonstruktion war mehrfach abgestützt.

Leandra saß ab und ließ Bushka frei laufen. Die Stute trottete an eine Stelle, von der sie aus dem Fluss trinken konnte, und suchte sich dann eine Wiese, wo das Gras hellgrün und saftig war. Leandra ließ sich ratlos auf einem großen Stein nieder und stützte verdrossen das

Kinn auf die Fäuste. Wenn alles so weiterlief, wie es sich langsam abzeichnete, dann könnte es tatsächlich sein, dass sie Munuel nicht wiederfand. Und das wäre so ziemlich das Schlimmste, was nur passieren könnte.

Dann hörte sie Geräusche.

Sie blickte auf, konnte aber nichts entdecken. Es hatte sich wie Hufgetrappel angehört, noch ein gutes Stück entfernt. Der Verlauf der Straße war von hier aus nicht überall einzusehen – sie führte über Bodenwellen und durch flache Senken hinweg und war von Buschwerk und kleinen Baumgruppen gesäumt.

Sie lief zu Bushka und führte sie schnell seitlich an das Wäldchen heran. Sie hatte keine Lust, jetzt jemandem aufzufallen, so, wie sich die Dinge entwickelten. Gerade als sie sich mit der Stute in den Schutz der Bäume begeben hatte, waren zwei Reiter heran und schickten sich an, die Brücke zu überqueren. Leandra fiel auf, dass sich beide ständig um sich blickten, so als suchten sie die Umgebung ab. Sie zog sich noch einige Schritte tiefer in den Schutz des Wäldchens zurück. Dann trommelten die Hufe der Pferde auf Holz, und die beiden Reiter galoppierten über die Brücke. Bald darauf war von ihnen nichts mehr zu sehen.

Irgendwie gefiel das Leandra nicht. Immerhin waren es keine dieser Dunklen Reiter gewesen, von denen sie nun schon so oft gehört hatte. Aber trotzdem glaubte sie zu spüren, dass etwas nicht geheuer war. Sie beschloss, für eine Weile im Schutz des Wäldchens zu bleiben.

Selbst Bushka schien ein wenig unruhig zu sein. Leandra suchte eine Stelle, an der die Bäume nicht allzu eng standen und wo ein wenig Gras wuchs. Sie redete der Stute gut zu, und es gelang ihr, sie zu beruhigen. Bushka senkte den Hals und begann zaghaft Gras auszurupfen. Leandra tastete nach der Jambala, die in ihr Tuch eingewickelt am Sattelknauf hing. Die Gegenwart des Schwerts beruhigte sie ein wenig, obgleich sie keine Ahnung hatte, wie sie sich in einem Schwertkampf verhalten sollte. Sie würde der Jambala vertrauen. Das Schwert hatte schon gezeigt, dass es in der Lage war, sie zu verteidigen, gegen einen Dämon jedenfalls. Wie es gegen einen Menschen aussah, wusste sie nicht.

Leandra ließ Bushka stehen und ging zum anderen Ende des Wäldchens, von wo aus sie einen Teil der Straße, die von Lakkamor herführte, überblicken konnte. Sie hätte eine Menge dafür gegeben, wenn Munuel jetzt aufgetaucht wäre. Wo er wohl steckte? Irgendetwas Wichtiges musste er vorgehabt haben. Aber hätte er sie nicht trotzdem informieren können? Die Ungewissheit machte sie nervös.

Für eine gute halbe Stunde behielt sie die Straße im Auge, aber es tat sich nichts. Kein Reiter kam, nicht einmal ein Händler oder Bauer mit seinem Fuhrwerk. Sie fand aber, dass dieser Platz nicht unbedingt der schlechteste war. Er lag von Lakkamor aus gesehen in der Richtung, die sie einschlagen wollten, und sie hoffte, dass sie Munuel im Laufe der nächsten Zeit hier vorbeikommen würde. Sie sah durch das Blätterdach hinauf zum Sonnenfenster, es waren noch zwei oder drei Stunden bis zur Mittagszeit. So lange wollte sie auf jeden Fall noch warten.

Dann plötzlich räusperte sich jemand hinter ihr.

*

Nach einer halben Stunde Ritt hatte Munuel den Wallach anhalten müssen. Er war mehr von seinem Rücken heruntergefallen als abgestiegen. Der Kampf mit Chast hatte ihn über die Maßen erschöpft, und sein anschließender Ausbruch aus der Festung und die beiden Pfeilwunden hatten ihm den Rest gegeben.

Er hatte kaum noch die Kraft gehabt, die Blutungen mithilfe einer schwachen Iteration zu stillen. Marlo schien den Ernst der Situation irgendwie zu begreifen und hatte ihn von Tulanbaar weggebracht, mitten durch den Wald hindurch, ohne eine Straße zu benutzen, so als hätte er geahnt, dass man sie verfolgte. Aber eine spezielle Richtung hatte der Wallach dabei nicht eingeschlagen, er war nur einfach weiter und immer weiter gelaufen. Munuel hatte zuletzt keine Ahnung mehr, wo sie sich befanden.

Schließlich waren all seine Kräfte erschöpft, und er hatte Marlo angehalten. Nun lag er gegen einen Baumstamm gelehnt irgendwo mitten im Wald, war zum Sterben müde und fror in der kühlen Nachtluft. Seine Schlafdecke hatte er irgendwo unterwegs verloren. Jetzt konnte er sich nur noch mithilfe von Magie weiterhelfen. Aber eine Iteration anzuwenden, und wäre sie auch noch so schwach, war ihm so zuwider, als hätte man von ihm verlangt, an einem Wettbewerb im Sackhüpfen teilzunehmen.

Trotzdem musste er sich dazu zwingen.

Er rappelte sich mit schmerzverzerrtem Gesicht hoch, löste die Riemen von Marlos Sattel und stieß ihn nach der anderen Seite herab. Er zog die Pferdedecke vom Rücken des Pferdes. Sie stank und war schweißdurchtränkt. Munuel verzog das Gesicht, konzentrierte sich kurz und wirkte ein einfaches Muster der Wassermagie, das in der Lage war, Feuchtigkeit aufzuzehren. Er lenkte die Kraft auf die Decke, und wenige Sekunden später war sie so trocken wie Stroh. Der Geruch hatte sich nur wenig verbessert, aber das würde er aushalten müssen. Er hätte zwar auch eine Iteration gewusst, mit deren Hilfe er aus den umliegenden Blumen, Gräsern und Sträuchern einen Duft hätte hervorlocken können, um ihn in die stinkende Decke zu leiten, was seiner Bequemlichkeit sicher wesentlich gedient hätte. Aber ein solcher Zauber war kompliziert, und er fühlte sich außerstande, ihn jetzt aufbauen zu können. Er murmelte dem Pferd ein paar beruhigende Worte zu, ließ sich zu Boden sinken und wickelte sich in die Decke ein. Zwei oder drei Stunden Schlaf würden ihn sicher wieder einigermaßen auf die Beine bringen. Dann konnte er überlegen, was er als Nächstes tun sollte. Er dachte noch kurz an Leandra, die jetzt bald aufwachen, seine Nachricht lesen und dann zur Schmiede am Marschenforst aufbrechen würde. Er hoffte, er würde sie nicht allzu lange dort warten lassen müssen.

*

Leandra wandte sich erschrocken um und blickte einem fremden Mann ins Gesicht. Sie stieß ein Keuchen aus und wich einige Schritte zurück. Gleich darauf sah sie einen zweiten kleineren Mann, der kurz hinter dem ersten stand. Beide grinsten sie hämisch an. Es mussten die beiden Reiter sein, die vor einer halben Stunde die Brücke überquert hatten.

In fieberhafter Eile suchte sie nach einer Iteration, die sie zu ihrer Verteidigung anwenden konnte; ein anderer Gedanke galt der Jambala, aber da sah sie, dass der zweite Mann die Zügel von Bushka hielt. Der erste hob eine kleine Armbrust und zielte genau auf ihren Bauch. Sie saß in der Falle.

»Du bist das Mädchen – diese Adeptin, was?«, stellte er fest.

Leandra dachte, sie könnte das vielleicht noch leugnen. »Ich … äh … nein, ich bin keine …«

»Spar dir das«, sagte der Mann und wischte ihre Erwiderung mit einer Handbewegung weg. »Ich hab dich selber gesehen. Gestern, auf der Festung. So 'ne scharfe Braut wie dich«, und damit stieß er ein hölzernes Kichern aus, »so eine übersehe ich nicht. Kapiert?«

Der Bursche war widerlich. Er war hässlich und dumm, und er stank aus dem Mund. Leandra fühlte Hass in sich aufsteigen. Sie wünschte sich die Jambala herbei. Mit ihr hätte sie diese beiden Mistkerle in zwei Häufchen Hackfleisch zerlegt und an die Möwen verfüttert. Bei den Kräften, dazu wäre sie jetzt imstande gewesen!

»Du kommst jetzt mit uns«, sagte der Kerl.

»Ich …? Wohin?«

»Dreimal darfst du raten, Mädchen. Los, komm schon!«

Er griff mit seiner freien Hand nach ihr, packte sie mit schraubstockhartem Griff am Oberarm und zog sie mit sich. Leandra schrie auf.

»Du tust mir weh!«, kreischte sie ihn an.

Er blieb stehen und sah sie dümmlich an. »Niemand hat uns gesagt, wir sollen dir nicht weh tun, blödes Weibsstück. Du sollst nur zurück auf die Festung. Wo ist eigentlich dieser alte Knacker? Warum ist er nicht hier?«

»Verdammter Mistkerl!«, zischte sie ihn an. »Du kannst darauf wetten, dass du keine Meile weit mit mir kommst! Munuel wird dich in Stücke reißen! Dich und deinen dreckigen Freund!«

Beide Männer lachten auf. »Wir ham keine Angst vor euch Pack!«, rief der andere fröhlich. »Du kannst dir mit deiner Magie ja nicht mal selber helfen! Was soll dieser Greis dann ausrichten, hä?«

Damit zogen sie Leandra mit sich. Kurz darauf hatten sie das Wäldchen verlassen. Sie fesselten Leandra an den Handgelenken, und sie wurde zu dem kleineren der beiden aufs Pferd gehievt. Bushka nahmen sie an ein Seil und führten sie mit. Bald trotteten sie die Straße, die sie hergekommen waren, wieder zurück.

Die Kerle waren dumm, brutal und widerwärtig. Der eine hatte ihre Brüste begrapscht, erging sich in abgrundtief ordinären Sprüchen und schien nicht den Hauch eines entfernt menschlichen Anstands in sich zu tragen. Der andere war kaum besser. Sie waren beide von der Sorte, denen man befehlen konnte, ein Dutzend kleiner Kinder umzubringen. Sie würden es tun und hernach zum Kartenspielen gehen. Leandra wusste im Moment nicht mehr, welchem Gefühl sie nachgeben sollte. Dem Hass auf diese Monstren in Menschengestalt oder der Angst vor dem, was auf sie zukam.

Sie ritten die Straße hinab, die durch den südlichen Marschenforst Richtung Lakkamor führte. Leandra saß nun, an den Händen gefesselt, zuvorderst auf dem Pferd des Großen und hatte es wenigstens geschafft, nicht mehr unablässig befingert zu werden. Solange sie mit dem anderen Kerl geritten war, hatte sich dieser keinerlei Zwänge angetan, sie ständig von oben bis unten zu betasten und zu kneten. Er hatte das in einer so widerlich beiläufigen Art getan, dass Leandra sich keinen Reim darauf machen konnte, warum er das überhaupt tat. Es schien ihm nicht das Geringste zu bedeuten, trotzdem tat er es.

Sie hatte sich gewehrt und zu schreien begonnen; es hatte damit geendet, dass sie bei dem Versuch, ihn zu beißen, vom Pferd gestürzt war. Der Große hatte dann dem Spiel ein Ende bereitet, indem er erst dem anderen, dann ihr eine kräftige Ohrfeige gab und sie dann auf sein Pferd holte.

Leandra hatte das Gefühl, sein widerliches Gesicht schon einmal gesehen zu haben. Sie hatte versucht, aus den Kerlen herauszuholen, was mit ihr geschehen sollte, wenn sie zurück in der Festung von Tulanbaar waren, aber keiner der beiden antwortete ihr. Aber sie konnte es sich ohnehin denken. Lorin von Jacklor würde sie zu seiner Gespielin machen wollen. Und da diese Burg in Zusammenhang mit der Bruderschaft stand, führte ihr Weg unmittelbar in den tiefsten Abgrund hinein, den sie sich nur vorstellen konnte.

Ihre Zähne knackten, als sie sie vor Wut zusammenbiss. Warum nur musste sie ständig in irgendwelche verdammten Schwierigkeiten stolpern? Ihre eigentliche Aufgabe, die Suche nach der Canimbra, stand noch aus, und die allein mochte schwierig genug sein.

Im Moment war sie auch hinsichtlich ihrer magischen Fähigkeiten völlig ratlos. Außer ihrem Lichtblitz zum Blenden von Personen und ein paar schwachen, mechanischen Kräften kannte sie keinen Zauber, mit dem sie gegen die beiden Männer hätte ankämpfen können. Sie hätte etwas sehr Wirkungsvolles benötigt, denn diese Kerle waren zweifellos in der Lage, sehr schnell und brutal zu reagieren.

Leandra starrte niedergeschlagen den Weg hinab. Hier war sie nun, die Dämonentöterin, hilflos zwei Männern ausgeliefert und so ziemlich allem beraubt, was ihr das Leben an Zukunft zu bieten hatte. Wo Munuel war, wusste sie nicht, vielleicht war ihm gar etwas zugestoßen.

»Wir sollten uns noch ein bisschen mit ihr vergnügen, bevor wir da sind«, schlug der andere Kerl dem Großen vor.

»Bist du blöde, Okmar?«, grunzte der zurück. »Was meinst du, was der Alte mit uns anstellt, wenn sie ihm erzählt, dass wir sie betatscht haben? Halt endlich dein Maul!«

»Ist doch eh schon zu spät«, meinte Okmar fröhlich. »Ich hab sie doch schon abgefingert. Das wird sie ihm sicher erzählen.«

»Darauf könnt ihr Gift nehmen, ihr Dreckskerle!«, zischte Leandra.

»Ha, da siehst du's! Hat einen netten Unterbau, die Kleine. Wir sollten sie auf den Dorn nehmen und dann in den nächsten Fluss schmeißen. Wir sagen einfach, sie hätte sich gewehrt und wär in die Ishmar gefallen. Was will er dann machen? Wenn sie tot ist, dann kann sie ihm auch keinen Mist erzählen.«

Leandra wurde schlecht. Dass diese Kerle dazu imstande waren, dessen war sie sicher. Fieberhaft überlegte sie, was sie ihnen für einen Handel vorschlagen könnte.

»Da kommt ein Reiter«, sagte Okmar und deutete die Straße hinab.

Aus der Richtung von Lakkamor kam ein einzelner Mann zu Pferde den Waldweg heraufgeritten. Das Pferd ging im Trott, ebenso wie ihre eigenen Pferde. Leandra überlegte, ob sie versuchen sollte, dem Mann ein Zeichen zu geben.

»Wenn du schreist, Mädchen«, sagte der Große, »bringen wir erst ihn um, danach dich. Wenn du aber den Rest der Reise schön das Maul hältst, überlegen wir uns noch mal, ob wir dich nicht vielleicht doch leben lassen. Verstanden?«

Leandra nickte elend.

Doch der Reiter bog ein Stück vor ihnen seitlich in einen Waldweg ab. Er kam nicht nah genug heran, als dass sie ihm ein Zeichen hätte geben können. Und selbst wenn – was hätte schon ein einfacher Bauer unternommen, wenn er zwei Soldaten begegnete, die offensichtlich eine Gefangene bei sich hatten? Als sie den Waldweg passierten, war der Mann schon außer Sicht.

Sie ritten weiter, und Leandra versteinerte sich innerlich immer mehr. Es gab nichts, was sie hätte tun können. Sie versuchte es zuerst mit Schöntuerei, dann mit Drohung und zuletzt mit Argumenten und Verlockungen, aber die Kerle waren durch nichts zu beeindrucken. Und immer wieder fielen Andeutungen, dass sie nicht abgeneigt waren, sich an ihr zu vergreifen.

Am Nachmittag ritten sie an Lakkamor vorbei, am Abend trennten sie noch immer einige Meilen von Tulanbaar. Je näher die Abendstunde rückte, desto flauer wurde ihr. Sollten sich die beiden dazu entschließen, irgendwo zu lagern, würde sie die Nacht nicht überleben. Zwei Männer dieses Schlages würden sich überlegen, wie sie sich den Abend vertreiben konnten – und das bedeutete mit Sicherheit ihr Ende. Sie konnte nur hoffen, dass sie die wenigen Meilen nach Tulanbaar noch in der Dunkelheit zurücklegten. War sie erst einmal in der Festung, dann stand sie gewiss unter dem Schutz des Kommandanten.

Doch es kam anders.

»Da drüben ist eine Scheune«, sagte Okmar und deutete zum Wegesrand. »Da können wir heut Nacht bleiben.«

Er und sein Kumpan grinsten sich an. Sie waren von der Sorte, die dreißig Tage Dunkelhaft oder fünfzig Peitschenhiebe wie nichts wegstecken würden, falls ihnen so etwas blühen sollte, wenn sie ohne Leandra auf die Feste zurückkehrten. So eine Strafe war ihnen mit Sicherheit das Vergnügen wert. Leandra überlegte verzweifelt, ob sie mit einer Iteration etwas erreichen könnte, wenn sie sich genug darauf vorbereitete. Wenn sie die beiden angreifen wollte, müsste sie mindestens in die fünfte Stufe gehen – und die beherrschte sie nicht.

Während die Männer ihre Pferde durch das letzte Tageslicht zu der Scheune lenkten, versuchte Leandra verzweifelt, sich eine Iteration der fünften Stufe auszudenken. Sie hatte eine gewisse Vorstellung von den Intonationen einer Luftmagie, die einen hohen Druck erzeugen konnten. Die Schlüssel für den Zirkel der Urgewalten fehlten ihr völlig, ebenso das Norikel.

»Wollen wir denn nicht noch bis zur Zwingfeste weiterreiten?«, fragte sie. »Das ist doch nicht mehr weit.«

Der Große, dessen Namen sie noch immer nicht vernommen hatte, schüttelte den Kopf. »Nein, es ist dunkel. Wir reiten nicht mehr weiter.«

»Wir fürchten uns, weißt du?«, sagte Okmar, und beide kicherten. »Vor Räubern und Gespenstern. Huhu!« Er machte eine Geste, und beide grölten von Lachen.

»Ich müsste aber mal … Ihr wisst schon!«

»Is mir wurscht, was du musst«, grunzte der Große. »Wir bleiben hier und Schluss.«

Leandra schloss die Augen und atmete tief ein und aus.

»Ja«, fügte der andere noch hinzu. »Dir wird schon nicht langweilig werden, haha.«

Leandras Herz pochte wild. Was würden sie tun? Wenn es zu einer Vergewaltigung kam, war sie gleichermaßen tot. Sie konnten sie nicht am Leben lassen. Sie musste versuchen, einen Handel mit ihnen abzuschließen – aber was hatte sie zu bieten?

Dann kam ihr etwas in den Sinn. Die Jambala! Wenn sie die Kerle auf das magische Schwert neugierig machen könnte, dann würde es einer vielleicht ziehen – und hoffentlich getötet werden! Dann war sie zwar noch immer nicht frei, aber einer allein würde ihr möglicherweise keine Gewalt mehr antun!

Sie erreichten die Scheune und saßen ab. Okmar öffnete das Scheunentor, ging hinein und befand den Ort für gut. Sie führten die Pferde hinein und schlossen das Tor, nachdem Okmar eine Laterne entzündet hatte. In der Mitte gab es einen ummauerten Feuerplatz. Hier in Akrania waren viele Bauern dazu übergegangen, die Scheunen für Übernachtungen irgendwelcher Reisender vorzubereiten. Dass in ihren Scheunen jemand sein Nachtlager aufschlug, konnten sie ohnehin nicht verhindern. Und so bereiteten sie lieber gleich eine Feuerstelle vor, als das Risiko einzugehen, dass ein Reisender auf eigene Faust ein Feuer entfachte und dabei die ganze Scheune niederbrannte.

Okmar war geübt und hatte nach wenigen Minuten ein ansehnliches Feuer entfacht. Die beiden Soldaten beschäftigten sich anschließend mit der Zubereitung eines Abendmahls, für das sie alles im Gepäck ihrer Pferde hatten. Leandra verhielt sich ganz still. Sie gab keinen Mucks von sich, um ihnen keinen Anlass zu geben, mit dem zu beginnen, was sie befürchtete.

»Ich könnte euch etwas geben ...«, begann sie dann, »... wenn ihr mir nichts tut.«

Wie auf ein Kommando begannen beide zu lachen. »Ha! Du wirst uns ganz bestimmt was geben«, sagte der Große. »Wollen wir wetten ...?«

Leandra schluckte einen gewaltigen Kloß herunter. »Ich meine, etwas Besonderes«, keuchte sie. »Ich weiß, wo ein magisches Schwert versteckt ist!«

»Ein magisches Schwert? Na, wo ist es denn?«

»Ich sag es euch, wenn ihr mich auf die Burg bringt. Jetzt gleich.«

Okmar lachte. »Was sollen wir schon mit einem magischen Schwert? Ich weiß was viel Besseres. Haha.«

»Der Kommandant wird euch sicher reich belohnen, wenn ihr es ihm bringt! Es ist sehr kostbar!«

Die beiden schüttelten nur die Köpfe.

Als sie dann nichts von dem Abendessen abbekam, war ihr plötzlich klar, dass ihr das Allerschlimmste bevorstand. Die Kerle waren so eiskalt, sich das Abendessen für ihr Opfer zu sparen; mit vollem oder leerem Bauch zu sterben – wo war da der Unterschied? Ihr Herz pochte immer wilder, und verzweifelt überlegte sie, ob sie den Schlüssel für ihre Iteration noch finden konnte. Eine gewisse Idee war ihr schon gekommen, sie war sich sogar sicher, dass sie damit *irgendwas* erzeugen konnte, das Druck und Härte erzeugte und das sie den beiden entgegenschleudern konnte. Wenn sie sich nur konzentrieren könnte! Ihre Hände waren noch immer gefesselt.

Schließlich sprach sie im Geiste die erste Intonation aus. *Ter-In-Pent.* Sie spürte die Macht, eine Erschütterung lief wie ein Wellenschlag durch die Luft.

»He, was machst du da?«

»Ich … nichts …?!«

Okmar grinste. »Das wird sich sehr bald ändern, Mädchen.« Dann biss er in sein Brot und schlürfte dazu Tee.

»Sie könnte sich ja schon mal ausziehen«, meinte der Große zu Okmar und wies mit schiefem Kopf auf Leandra. »Ich hasse das, den Weibern immer diesen ganzen Kleiderkram runterzuzerren …«

Dann setzte sie ihren *Hoffentlich*-Schlüssel. *Xeo-Jaar.*

Es war, als hätte ihr jemand einen Knüppelschlag in den Rücken verpasst. Sie kippte nach vorn. Nur nicht nachlassen, sagte sie sich. Sie tastete nach dem Trivocum, es leuchtete in allen Farben und schlug Wellen, als hätte jemand eine Axt hineingehauen. Sie wusste, dass es aus mit ihr war, wenn sie jetzt das Aurikel setzte. Diese Energien konnte sie nicht beherrschen.

Irgendetwas geschah, sie konnte nicht sagen, was es war. Es war ein Gefühl bevorstehender Vernichtung, als würde sie mit einem kleinen Stock nach einem großen wilden Drachenmurgo schlagen. Irgendjemand rief: »He! Was ist das?«

Egal, sagte sich Leandra. Lieber so sterben als durch die Hand dieser beiden Dreckskerle. In ihrem Kopf drehte sich alles. Irgendeine Macht versuchte, ihr das Gehirn aus dem Schädel zu quetschen. Mit letzter Kraft konzentrierte sie sich auf die zweite Intonation.

»Ha! Sieh an! Unsere kleine Magierin zaubert. Ist ja niedlich!«

Als sie die zweite Intonation aussprach, entstand irgendwo eine gewaltige, unsichtbare Wand, bereit, jedes Lebewesen zu zerschmettern und zu zerdrücken – aber sie rührte sich nicht. Leandra empfand wahnsinnige Kopfschmerzen. Irgendwo klaffte die Karikatur eines Aurikels im Trivocum, und tiefgraue Energien stürzten herüber. Dann spürte sie einen beißenden Schmerz auf der linken Wange, dann auf der rechten; die Männer machten sich über sie her und begannen sie zu schlagen.

»Kleines Dreckstück!«, schrie eine Stimme. »Glaubst du vielleicht, du kannst uns damit austricksen?«

Irgendetwas traf sie in den Magen, und sie musste das Trivocum loslassen. Das Aurikel schnappte zu, und ein Echo wie aus tausend Trompeten raste auf sie zu. Für einen Moment öffnete sie die Augen und sah einen der Männer über sich, der nach ihren Kleidern griff und versuchte, sie ihr vom Leib zu reißen. Dann war das Echo da und krachte wie ein Donnerschlag über ihr zusammen. Gnädig verlor sie das Bewusstsein.

*

Als der Große damit begann, sich die Hose zu öffnen, während Okmar über Leandra kniete und sich an ihren Kleidern zu schaffen machte, riss Victor die Scheunentür auf. Er kam in dem Moment hinzu, als sich Okmar die Hose herunterzog und ihm den nackten Hintern zeigte.

Victor sah in diesem Moment, dass der Mann das nicht überleben würde. Das Schicksal hatte ihm eine mächtige Waffe zugespielt – eine Heugabel, die an einer Leiter lehnte, nur zwei Schritte von seinem Weg durch die Scheune entfernt.

Er griff danach, während der andere Kerl, der an Leandras Wams herumriss, mit großen Augen zu ihm aufblickte und ein überraschtes Stöhnen ausstieß. Der Große, der ihm den Rücken und den nackten Hintern zuwandte, blickte zu seinem Kumpel hinab, folgte dessen Blick und drehte sich überrascht um.

In dem Moment, da er in Victors hasserfüllte Augen blickte, wurde er schräg von hinten von drei je fünf Handbreit langen Dornen durchbohrt. Er stieß einen ungläubiges Ächzen aus, wandte sich zur Seite und starrte seinen Kumpel mit vor Entsetzen geweiteten Augen an. Dann sank er zur Seite und keuchte nur noch ein paar Mal.

Der andere reagierte schneller. Sein Kumpan war noch nicht ins Heu gesunken, da rollte er sich behände nach vorn, war mit zwei schnellen Überschlägen an der Feuerstelle und zog aus einem Bündel von Kleidern ein großes Schwert hervor. Eine Sekunde später stand er angriffsbereit und in gebückter Haltung fünf Schritte von Victor entfernt.

Victor hörte Leandra stöhnen. Es würde entweder noch *einen* Toten geben oder noch *zwei.* Entweder er und Leandra – oder dieser Kerl. Victor war dafür, dass es dieser Kerl sein sollte. Er sah sich um. Vor seinen Füßen lag ein anderes Bündel, und der Knauf eines Schwertes sah ihm entgegen. Eine Sekunde später war auch er bewaffnet.

Die beiden Gegner umkreisten sich.

Victor wog das Schwert in der Hand. Keine schlechte Waffe. Es war viele Jahre her, dass er zuletzt mit einem

Schwert geübt hatte, aber damals war er kein schlechter Kämpfer gewesen. Jetzt konnte er zeigen, ob er noch etwas behalten hatte.

Der Kerl machte einen Ausfall auf ihn zu, und Victor sprang zur Seite. Er versuchte den Streich zu parieren, hieb aber ins Leere. Er wünschte sich einen Schild herbei, denn er hatte nie den ungeschützten Schwertkampf geübt. Wieder probierte der Kerl einen Angriff, eher ungeschickt, und zog das Schwert in einem weiten Bogen von der Seite her auf Victors Hals zu. Victor hob die Waffe, schlug kraftvoll das heransausende Schwert beiseite und sprang schnell an den Kerl heran. Er hieb ihm machtvoll die linke Faust gegen die Brust, und der Bursche taumelte ein paar Schritte zurück.

Dabei kam er gefährlich nahe in die Richtung von Leandra. Victor überlegte nicht lange und stürmte auf ihn los. Der andere parierte den Streich und hieb Victor das Schwert an den linken Bizeps – zum Glück mit der flachen Seite. Victor heulte auf und schlug mit dem Schwertarm wild um sich. Es gelang ihm, trotz des mächtigen Schlags seinen Gegner von Leandra wegzutreiben. Er musste den Kerl von ihr fern halten. Wenn es ihm gelang, sich ihrer zu bemächtigen, konnte er Victor zur Aufgabe zwingen. Dann würden sie beide sterben.

Der andere, der von der Heugabel durchbohrt am Boden lag, stieß noch ein Stöhnen aus. Er lag nahe bei Leandra und streckte den kraftlosen Arm nach ihr aus, konnte damit aber nichts mehr ausrichten. Victor bohrte ihm mit einem wütenden Grunzen das Schwert in den Rücken.

Diese Aktion kostete ihn beinahe das Leben. Im letzten Moment konnte er den Kopf einziehen, ein paar Haare büßte er dennoch dabei ein. Jetzt wurde es Zeit, zu gewinnen oder zu verlieren. Der andere hatte sein Schwert machtvoll durchgezogen, dabei jedoch seinen festen Stand verloren. Jetzt taumelte er für einen Moment ein, zwei Schritte zur Seite. Ohne viel zu überlegen, setzte Victor nach. Er erwischte seinen Gegner nicht mit dem Schwert, sondern mit der Masse seines Körpers. Victor war schwerer als der andere, und beide stürzten zu Boden.

Im nächsten Moment hatte Victor den Gegner unter sich, sein eigenes Schwert war zwischen ihnen. Für Momente lagen sie still, der andere sah, dass er keine Chance mehr hatte. Victor hätte nur durchziehen müssen, um ihm den Kopf vom Hals zu trennen.

Victor überlegte, ob er das tun sollte. Alle finsteren, brutalen Gedanken der letzten Tage waren plötzlich von ihm gewichen, und er spürte plötzlich seine Seele wieder. Der Mann war wehrlos, und ihn in dieser Situation zu töten war ein dreckiges Geschäft.

Der Mann unter ihm stöhnte. Er rührte sich nicht. Sein Schwertarm lag weit von ihm gestreckt – bis er es erhoben und herangeführt hätte, wäre es Victor ein leichtes gewesen, ihm das Licht auszupusten. Irgendwie wünschte er sich, dass der andere es versuchen würde. Er würde einen Grund brauchen, um ihn zu töten. Einfach so konnte er es nicht tun.

»Was nun?«, keuchte er dem anderen entgegen.

»Ich … ich hab verloren«, sagte der Mann.

»Genau«, sagte Victor. »Du hast verloren.«

Victor überlegte, ob er ihn entwaffnen und hinaus in den Wald schicken sollte. Aber bis zur Feste war es nicht weit. Er würde innerhalb einer Stunde zweihundert Mann auf dem Hals haben. Leandra war offenbar völlig außer Gefecht – er würde nicht einmal die Zeit zur Flucht nutzen können.

Victor setzte sein Schwert an den Hals des Mannes.

»Wirf dein Schwert weg«, sagte er.

Der andere gehorchte. Mit einem Schubs beförderte er es außer Reichweite seiner Hand.

»Was ist mit dem Magier?«, fragte Victor.

»Weiß ich nicht«, sagte der andere.

»Tot?«

»Keine Ahnung. Er war heut Nacht in der Feste. Es gab einen Kampf.«

Victor stieß einen Fluch aus. Er blickte zu Leandra. Sie lag keuchend und schweißüberströmt im Stroh, ihre Brust hob und senkte sich in einem krampfhaft schnellen Rhythmus. Er hatte einmal einen Jungmagier gesehen, der ein Aurikel nicht hatte schließen können. Dem war es ähnlich gegangen. Jemand musste sich dringend um sie kümmern.

Als er den Kopf wieder seinem Gegner zuwandte, sah er dessen Faust heranfliegen. Das Nächste war ein scharfer Schmerz an der Schläfe, ein dumpfer Blitz im Kopf und danach Dunkelheit.

24 ♦ Die Gefährten

Als Leandra zu sich kam, war es dunkel. Ihr erster Gedanke war, dass sich ihr Hirn verflüssigt hätte. Mit jeder winzigen Bewegung schien es in ihrem Kopf hin und her zu schwappen und bereitete ihr dabei furchtbare Schmerzen. Aber das war nicht alles. Die Erinnerung an das, was vorgefallen war, stellte sich schon nach ungnädig kurzer Zeit ein. Die Kerle waren über sie hergefallen, nachdem sie das Trivocum hatte loslassen müssen. Es erschien ihr unerklärlich, dass sie noch lebte.

Ohne sich mehr als unbedingt nötig zu bewegen, versuchte sie ihre Umgebung zu erfassen. Mühevoll zwang sie die Augenlider auseinander. Um sie herum herrschte Dunkelheit. Nur sehr schwache Schemen waren zu erkennen; sie konnte nicht sagen, wo sie sich befand. Sie tastete vorsichtig mit den Händen ein wenig umher und stellte fest, dass sie auf strohgedecktem Boden lag. Stroh – das war die übliche Bettstatt einer Gefängniszelle. Oder hatten sie die Kerle einfach in der Scheune zurückgelassen? Hatten sie vielleicht gedacht, sie wäre tot?

Leandra fühlte sich außerstande, eine Bewegung auszuführen. Immerhin, sie lebte. Sie beschied sich darauf zu warten – sie wollte noch schlafen. Vielleicht würde sich ihr Zustand bis zum nächsten Erwachen ein wenig bessern. Ob sie dann etwas Erfreuliches erblicken würde, war dahingestellt. Aber immerhin, sie lebte.

Dann trudelten ihre Sinne wieder davon.

Als sie das nächste Mal zu sich kam, empfand sie Helligkeit durch die noch geschlossenen Augenlider. Vorsichtig begann sie damit, sie zu öffnen. Das erste, was sie sah, war ein Gesicht, das über ihr schwebte. Sie nahm es wie durch einen Schleier wahr. Dann spürte sie etwas Feuchtes auf ihrer Stirn. Ein warmes Gefühl durchströmte sie. Irgendjemand schien sich um sie zu kümmern.

Dann versuchte sie, ihren Blick zu fokussieren, aber es gelang nicht. Sie schloss die Augen und wartete. Munuel hatte ihr einmal gesagt, dass tiefes und gleichmäßiges Atmen immer gut sei, wenn etwas mit einem nicht stimmte. Das tat sie nun.

Nach einigen Minuten machte sie einen neuen Versuch, die Augen zu öffnen. Ihr dämmerte, dass sie sich das mit einer misslungenen fünften Iteration eingehandelt hatte. Sie hatte gar nicht gewusst, dass Aurikel regelrecht zuschnappten, wenn man sie losließ. Das Trivocum schien viele Eigenarten zu besitzen, von denen sie nichts ahnte. Sie sah noch die Welle von stygischer Energie auf sich zubranden, die innerhalb des Diesseits zwischen dem Trivocum und ihr eingeschlossen war. Alles war durch sie selbst absorbiert worden, und genau darin bestand die Gefahr. Ein Norikel hätte die Energien abgezogen und sie in ihr angestammtes Refugium zurückgelenkt. Eine danebengegangene sechste Iteration musste wohl den Tod bedeuten. Sie hatte offenbar unsägliches Glück gehabt. Jedenfalls, was *das* anging.

Jetzt wurde ihr Blick ein wenig schärfer. Das Gesicht über ihr war verschwunden, dafür gab es verhaltene Helligkeit; sie befand sich in irgendeinem Gebäude. Vorsichtig kippte sie den Kopf ein wenig hin und her. Das Gefühl des verflüssigten Hirns war nach wie vor vorhanden, allerdings war es diesmal ein wenig erträglicher. Nicht gut, aber erträglicher. Ihr Schädel dröhnte gewaltig bei jeder Bewegung, aber der Schmerz war nicht mehr so stechend.

»Leandra?«

Sie schloss schnell die Augen, versuchte sich an die Stimme zu erinnern. Munuel?

Nein, das war nicht seine Stimme. Munuel war ihr einziger Freund im Umkreis von dreihundert Meilen. Also musste sie sich in der Gewalt der Bruderschaft von Yoor befinden. In diesem Augenblick schlug alles Leid und alles Unglück über ihr zusammen. Sie begann zu schluchzen.

»Ist schon gut«, sagte die Stimme. »Du bist in Sicherheit.«

Es gelang ihr dann doch, die Augen zu öffnen. Der Tränenschleier schien ihr den Blick zu klären, denn plötzlich konnte sie erkennen, wer sich über sie gebeugt hatte. Es war das Gesicht von Victor.

Ein neuer Schub von Gefühlen durchströmte sie. Victor? Was hatte das zu bedeuten? Wo war Munuel? War sie in Sicherheit – oder eine Gefangene? Die Kräfte drohten sie zu verlassen.

*

Es vergingen abermals viele Stunden, bis sie die Kraft aufbringen konnte, sich aufzusetzen.

Sie befand sich noch immer in der Scheune, in die sie entführt worden war. In einer Ecke stand Bushka und schnaubte leise, ansonsten war nur noch Victor da. Sonst niemand. Und er, an den sie so ziemlich als letzten gedacht hätte, hatte sie gerettet.

Seine Geschichte war ebenso unglaublich wie zugleich eine Fügung des Himmels. Er erzählte ihr alles. Nachdem sie ihn vor dem Henker gerettet hatten, ihn, den mittellosen, von aller Welt geächteten Herumtreiber, war er – gezeichnet von der Todeszelle – nicht mehr fähig gewesen, seinen Rettern gegenüber irgendwie auszudrücken, welche Dankbarkeit er empfand. Kaum hatte er sich jedoch von ihnen getrennt, hatte ihn das überwältigende Verlangen gepackt, irgendetwas für sie tun zu wollen – so hatte er sich jedenfalls ausgedrückt. Aber als er dann am Abend der Ankunft in Lakkamor zwei der Dunklen Reiter draußen vor der Stadt vorbeijagen sah, hatte sich eine Ahnung bei ihm eingestellt. Er wusste ja, dass sie diesen Reitern und den Untoten auf der Spur waren. Vielleicht könnte er sich irgendwie erkenntlich zeigen, wenn er ihnen unbemerkt folgte.

Dass sich die Dinge so entwickeln würden, hatte er nicht ahnen können.

Umso glücklicher war er jetzt, dass seine Eingebung Leandra das Leben gerettet hatte. Er war derjenige gewesen, den Leandra nachts beim Verlassen von Lakkamoor gehört hatte, und auch derjenige, der in den Waldweg abgebogen war, als sie in Gefangenschaft der beiden Soldaten die Straße heruntergekommen war.

Die beiden Soldaten waren tot. Den einen hatte Victor mit einer Heugabel umgebracht, der andere war das Opfer eines grotesken wie schicksalhaften Unfalls geworden. Er hatte sich gegen Victors Umklammerung in einem Moment gewehrt, da er ein Schwert am Hals sitzen hatte. Dabei hatte er sich eine so tiefe Schnittwunde zugezogen, dass er offenbar innerhalb von Minuten verblutet war. Als Victor aus seiner Bewusstlosigkeit aufwachte, war der Mann schon tot. Victor hatte die beiden Leichen in den Wald gezerrt und unter Blätterhaufen verscharrt. Die Pferde hatte er abgesattelt, tief in den Wald geführt und davongejagt.

Dann berichtete Victor von etlichen Reitern, die nachts draußen auf der Straße mit großer Eile vorbeigaloppiert waren. Dunkle Gestalten, die ihn an den schauerlichen Totenzug erinnert hatten. Er wusste nicht, ob sie auf der Suche nach einem von ihnen waren oder ob sie andere Ziele verfolgten.

»Wie lange … bin ich schon hier?«, fragte sie mit kraftloser Stimme. »Ich meine, wie lange war ich bewusstlos?«

»Eine Nacht, einen Tag und wieder eine Nacht«, sagte Victor. »Es ist jetzt der zweite Tag nach dem Überfall. Früher Vormittag.«

Leandra stöhnte. Wo mochte Munuel jetzt sein? Und fast zwei Tage Bewusstlosigkeit? Das war ein hoher Preis für eine misslungene Iteration! Sie fragte sich, ob sie jemals wieder Magie würde anwenden können. Ihr Kopf fühlte sich an, als würde er beim geringsten Versuch einer Iteration in tausend Stücke zerspringen. Sie war dankbar, dass Victor schon die ganze Zeit über so anschaulich sprach. Das ersparte ihr das Nachfragen, denn das war schmerzhaft und kostete Mühe.

»Jetzt sind wir quitt«, sagte sie leise.

»Quitt?«

»Ja.« Leandra kniff vor Schmerzen die Lider zusammen und wartete, bis der Anfall vorbei war. »Einmal habe ich dich gerettet«, sagte sie, »und nun hast du mich gerettet. Jetzt sind wir quitt.«

Er lachte leise auf. »Soll das heißen, dass ich jetzt gehen kann? Schlag dir das aus dem Kopf. Du bist ja mehr tot als lebendig.«

»So habe ich es nicht gemeint«, sagte sie matt und atmete ein paarmal tief ein. »Ich hätte wohl besser … einfach *danke* sagen sollen.«

Er winkte ab. »Vergiss es. Wo ist dein Meister Munuel?«

»Munuel?« Sie stöhnte. »Ich weiß es nicht.«

»Ich habe ihn nachts aus Lakkamor fortreiten sehen«, sagte Victor.

»Du hast … wirklich? Ist das wahr? Wohin ist er geritten?«

»Soweit ich das beurteilen kann, Richtung Tulanbaar. Ich bin ihm nicht gefolgt.«

Sie sah ihn an, forschte in seinem Gesicht. »Warum bist du eigentlich nicht *ihm* gefolgt, sondern mir?«

Victor wirkte etwas verlegen. »Na ja. Ich weiß nicht … er ist ein großer Magier, nicht wahr? Was hätte ich ihm schon helfen können? In erster Linie habe ich es dir zu verdanken, dass ich noch lebe.«

Sie sah ihn an, als würde sie ihn zum ersten Mal richtig ansehen. Victor war ein großer, kräftiger Bursche, hatte ein kantiges Gesicht und braune Augen. Man hätte ihn fast einen hübschen Kerl nennen können, wenn er ein bisschen gepflegter ausgesehen hätte. Aber immerhin, er hatte eine harte Zeit hinter sich. Er trug einen einwöchigen Bart, seine Kleider waren schmutzig, und er roch nicht sehr gut. Aber er hatte freundliche warme Augen, und er hatte sie gerettet. Hätte er nicht den hartnäckigen Willen besessen, ihr wirklich helfen zu wollen, dann wäre sie jetzt tot.

In dankbarer Zuneigung fuhr sie ihm mit der Hand über die stoppelbärtige Wange. »Danke«, sagte sie noch mal. »Ohne dich wäre es jetzt aus mit mir.«

Er lächelte sie freundlich an.

»Ich … muss dich um einen weiteren Gefallen bitten.«

»Ja?«

»Du musst Munuel suchen. Er wollte mich irgendwo treffen, aber ich weiß nicht, wo.«

Er runzelte die Stirn. »Du weißt nicht, wo? Aber hat er es dir denn nicht gesagt?«

Sie setzte an, den Kopf zu schütteln, unterließ es aber im Ansatz schon wieder. Es tat zu weh. »Nein«, ächzte sie. »Er hat mir in der Gildenschrift eine Nachricht aufgeschrieben. Das ist eine Geheimschrift der Gildenmagier. Leider war sie zu schwer für mich. Ich konnte sie nicht richtig lesen.«

Er spitzte die Lippen. »Hm. Na ja, also … wie soll ich es sagen … hast du die Botschaft noch? Kann ich sie mir einmal anschauen?«

Sie sah ihn erstaunt an.

Er erkannte die stumme Frage in ihrem Blick, und es war ihm offensichtlich peinlich zu antworten. Dann sagte er: »Ich habe viel gelesen, weißt Du? Ich bin ja so eine Art Dichter, wenn du so willst. Wer viel schreibt, liest auch viel. Also habe ich …«

»Das ist Gildenwissen!«, sagte sie ungläubig. »Und es gehört eine magische Iteration dazu, die Botschaften zu vervollständigen! Niemand, der nicht Magier und Mitglied der Gilde ist, könnte so etwas jemals lesen!«

Er verzog das Gesicht ein wenig und hob abwehrend die Hand, so als würde er ihre Aussage unerlaubterweise anzweifeln wollen. »Also, das stimmt vielleicht nicht ganz«, meinte er. »Eine Geheimschrift ist, was sie ist. Wenn man ihre Muster und typischen Wendungen genau studiert, dann ...«

Leandra rappelte sich auf. Sie fühlte sich irgendwie alarmiert, als erdreiste sich ein unbefugter Frechling, in einen heiligen Tempelbezirk einzudringen. »Also hör mal ...!«

Victor verzog das Gesicht, als hätte er längst erwartet, einmal mit dieser Sache irgendwo anzuecken. Er hob in abwehrend und gleichzeitig entschuldigender Geste die Hände. »Ich mache dir einen Vorschlag, einverstanden? Ich werde dir ein andermal Rede und Antwort stehen. Das würde sicher eine längere Diskussion werden. Du bist jetzt einfach zu schwach, und ich schätze, es ist im Moment wichtiger, dass wir deinen Meister finden. Ich sagte ja nicht, dass ich die Botschaft ohne weiteres lesen kann, aber vielleicht finden wir gemeinsam heraus, was dein Meister geschrieben hat. Was hältst du davon?«

Leandra wollte in dem Moment aufbegehren, da er sie für zu schwach bezeichnete, aber im nächsten Augenblick erkannte sie, dass er Recht hatte. Wenn er ihr jetzt helfen konnte, Munuels Botschaft zu entschlüsseln, dann musste sie einwilligen, um ihren Meister zu finden. Es waren fast zwei Tage vergangen, und Munuel machte sich gewiss furchtbare Sorgen um sie.

Leandra seufzte, nickte dann und tastete nach ihrem Rucksack. Victor half ihr. Als die das Papier mit der Botschaft gefunden hatte, zeigte sie es ihm.

Er begann es mit ernster Miene zu studieren. Minutenlang starrte er auf die verschlungenen Zeichen und Symbole, dann fragte er, ob sie wisse, auf welche Iterationsstufe die Nachricht abziele. Mit verwunderten Blicken sagte sie es ihm.

»Soweit ich sehen kann, wollte Munuel dich, äh, vorgestern um die Mittagszeit bei einer Schmiede treffen ... hm ... offenbar am jenseitigen Ufer der Ishmar, an einem Waldrand. Der Name des Schmieds steht hier, aber ich kann ihn nicht lesen.«

Leandra grummelte. Unglaublich! Victor war ihr eine Erklärung schuldig.

Er studierte unsicher ihr Gesicht, als erwarte er ein Donnerwetter. Aber er sah, dass er Recht behalten würde. Sie war noch viel zu schwach, um sich auf eine längere Debatte einzulassen.

»Die Ishmar«, sagte er, »liegt etwa dreißig Meilen westlich von hier. Die Schmiede kenne ich auch – jedenfalls wenn sie jene ist, an die ich mich erinnere. Ein kleiner, alter Steinturm, in dem sich irgendwann mal ein Schmied niedergelassen hat. Wenn ich mich beeile, kann ich vielleicht bis heute Nacht zurück sein. Mein Pferd hat sich zwei Tage lang keine Elle bewegt. Es wird froh sein, mal wieder richtig rennen zu dürfen.«

»Willst du das wirklich tun? Ich hoffe, du findest Munuel auch. Bist du sicher, dass du die Botschaft richtig verstanden hast?«

Er nickte. »Die Gildenschrift ist alt, weißt du? Damals war die Ehrfurcht vor der Magie so groß, dass allein eine Handvoll solcher Zeichen genügten, um die Leute vor Angst erstarren zu lassen. Niemand hätte gewagt, sie auch noch entziffern zu wollen. Vielleicht ist deswegen niemandem aufgefallen, dass sie gar nicht so schwer zu verstehen ist, jedenfalls nicht in den niedrigen Iterationsstufen. Man müsste sie mal neu verfassen – überarbeiten, verstehst du?«

Leandra schüttelte ungläubig den Kopf, und Victor winkte gleich ab. »Lass uns ein andermal darüber reden, ja? Glaubst du, ich kann dich einen ganzen Tag lang hier alleine lassen?«

Leandra hob den Blick und musterte das Innere der Scheune. Sie lag zwar nicht weitab von einer Straße, dafür aber in der Nähe von Tulanbaar und der Festung. Wer ein Lager suchte, würde es bequemer haben, noch bis in die Stadt oder zur Festung zu reiten. Sie sah Victor wieder an und nickte. »Ja, das schaffe ich schon. Wenn du Munuel nicht triffst, musst du ihn suchen! Ich komme schon allein zurecht.«

Victor nickte und erhob sich. Er packte ein kleines Bündel zusammen, offenbar ein paar Habseligkeiten, die er sich inzwischen hatte zulegen können, und winkte ihr zum Abschied. Er versprach wiederzukehren, so schnell er konnte. Mit Munuel.

*

Als Victor weg war, versuchte sie sich zu orientieren.

Sie trug nur noch ihr Kettenhemd, und ihre Beine und ihr Bauch waren von zwei Wolldecken bedeckt. Sie konnte nicht sagen, ob Victor ihr die Lederrüstung ausgezogen hatte oder ob sie ihr die beiden Kerle vom Leib gezerrt hatten. Dann erblickte sie ihre Kleidung gleich neben sich, sie war säuberlich zusammengelegt. Es sah nach Victor aus.

Er schien auch sonst Ordnung geschaffen zu haben. Die Spuren der beiden Soldaten waren völlig getilgt. Bushka stand zwischen der Scheunenwand und einem hohen Turm aus Heuballen und mampfte friedlich. Sie war ordentlich abgesattelt und unweit von ihr lag der Sattel und …

Ein Wort hallte in ihrem Geist wider, und mit einem plötzlichen, schmerzhaften Blitz in ihrem Gehirn richtete sie sich auf.

»Die Jambala!«, keuchte sie.

Bushka sah sie fragend an.

Mühevoll rappelte sie sich auf und schleppte sich in die Mitte der Scheune. Ihr Kopf dröhnte wie eine riesige

Bronzeglocke, die jemand mit einem Klöppel angeschlagen hatte. Dann aber sah sie, dass unter ihrem Sattel, halb im Heu vergraben, das weiße Leintuchbündel hervorragte. Sie stöhnte auf, stolperte hinüber und sank vor dem Sattel auf die Knie. Mit pochendem Herzen tastete sie das Bündel ab. Ja, da war etwas ....

»Bei den Kräften ...«, stöhnte sie und zerrte das Bündel hervor.

Sie entrollte es – und da lag die Jambala vor ihr. Völlig unberührt und in ihrer Scheide steckend. Leandra ließ sich erleichtert zu Boden fallen. Was für ein Glück! Das Schwert war noch da.

Sie zog die Jambala aus der Scheide.

Schon im gleichen Moment spürte sie eine Kraft in ihre Glieder strömen. Sie stöhnte auf und hatte schon begriffen, dass die Jambala noch allerlei Überraschungen bereithalten mochte. Sie ließ sich zurücksinken und nahm Kräfte in sich auf.

Nach einiger Zeit, als es ihr schon spürbar besser ging und sie den Griff des magischen Schwertes in der Hand spürte, kam ihr in den Sinn, dass sie sich noch nie die Zeit genommen hatte, die Jambala einmal genau zu betrachten.

Sie hob das Schwert und untersuchte es.

Es war etwas mehr als zwei Ellen lang, und das Metall war von goldener Färbung. Der Griff war von einem Faustschutz überspannt, der fast so groß wie der eines Säbels war, obwohl die Jambala von anderer Machart war. Die Klinge besaß einen unerhört kunstvollen Linienschwung, verbreiterte sich vorn ein wenig und endete in einer ziemlich scharfen Spitze. Nur das vordere Drittel der Rückseite des Blattes war ebenfalls angeschliffen, die hinteren zwei Drittel besaßen keine Schneide. Leandra wusste, dass man solche Schwerter im Bedarfsfall auch zweihändig führen konnte. Der Griff war mit feinem Golddraht umwunden, und alle blanken Teile des Schwertes waren poliert und teilweise mit filigranen Gravuren überzogen. Leandra konnte keine Bilder darin entdecken, es schien sich ausschließlich um Ornamente zu handeln. Als sie die Jambala wieder wegstecken wollte, sah sie noch etwas. Sie nahm die Klinge näher vor die Augen und fuhr mit einem Finger sacht über die Schneide. Dort war eine Spur getrockneten Blutes, wenn sie das richtig erkennen konnte. Unschlüssig schob sie die Jambala in die Scheide zurück.

Leandra wickelte das Schwert wieder ein, schleppte sich zu ihrem Lager und legte sich dorthin, wo sie zuvor gelegen hatte. Sie breitete die Decken über ihre Beine und lehnte sich zurück. Es ging ihr nun schon besser. Die Kopfschmerzen waren nicht mehr so schlimm, und ihre Muskeln waren ein bisschen zu Kräften gekommen. Sie genoß das Gefühl, auf diesem Lagerplatz zu liegen, neben sich ihre Kleider und der Rest um sie herum in säuberlicher Ordnung. Victor hatte sich hingebungsvoll um sie gekümmert – und das war fast ein wenig wie zu Hause.

Jetzt kam es nur noch darauf an, dass er Munuel fand. Würde das auch noch klappen, dann war fast alles wieder in Ordnung. Sie schob den Gedanken von sich, was passiert wäre, hätte sich Victor nicht dazu entschlossen, ihr zu folgen. Nun glaubte sie, eine Vorstellung davon erlangt zu haben, wie es ihm in der Todeszelle ergangen war. Sie hatte nun selbst einige Stunden in echter Todesangst verbracht. Eine Sache, die keinem zu wünschen war. Außer vielleicht seinen schlimmsten Feinden, dachte sie grimmig. Es gab durchaus Leute auf dieser Welt, denen man nur das Allerschlechteste wünschen konnte – selbst wenn man im Grunde seines Herzens ein friedlicher Mensch war.

25 ♦ Die Schmiede am Marschenforst

Munuel hatte zwei äußerst anstrengende Tage hinter sich. Er war nach seiner Flucht aus der Festung von den Häschern des Kommandanten verfolgt worden – zweifellos aus dessen Hoffnung heraus, seine geheimen Machenschaften weiterhin geheim halten zu können. Aber von Jacklor konnte die Verfolgung nicht wirklich ernst gemeint haben. Er musste wissen, dass er mit seinem ungewaschenen Haufen dümmlicher Söldner einem Magier wie Munuel nichts anhaben konnte. Viele von ihnen hatten Munuels Ausbruch aus der Festung am eigenen Leib miterlebt, und sie waren gewiss glücklich darüber, dass ihnen nichts Schlimmeres zugestoßen war. Der Magier hatte sozusagen Milde walten lassen. Ihn jetzt stellen zu wollen hieße, seine Gnade zu sehr zu strapazieren. Und das würde für manchen von ihnen tödlich ausgehen.

So hatte sich Munuels Flucht mehr lästig als gefährlich gestaltet. Die Soldaten waren mit viel Getöse durch den Wald gestapft und hatten laut miteinander geredet und sich Befehle zugebrüllt – zweifellos, um ihm damit die Gelegenheit zu geben, sich zu verbergen und seine Flucht fortzusetzen. Munuel war sicher, dass so mancher von ihnen nach dieser grotesken Treibjagd gar nicht nach Tulanbaar zurückkehren würde. So viel Geld, um geradewegs in den Tod zu gehen, konnte ihnen von Jacklor gar nicht bezahlen. Das war sein Pech und wiederum Munuels Glück mit diesen Söldnern: Niemand konnte sich auf solche Kerle verlassen.

Immerhin, völlig gefahrlos war die Verfolgung nicht.

Munuel konnte in den Hinterhalt eines Übereifrigen geraten oder er konnte gar einen Suchtrupp übersehen und in einen Pfeilhagel hineinlaufen, ohne dass er Gelegenheit hatte, eine Iteration zu seinem Schutz aufzubauen. Deshalb verhielt er sich vorsichtig und stapfte mit Marlo immer tiefer in die Wälder hinein. Er hoffte nur, dass Leandra an der Schmiede so lange warten würde, bis er endlich da war. Er fühlte sich schlecht und ausgelaugt, und trotz der Heilkräuter, die er aß, und der Magie, die er angewandt hatte, um seine Wunden zu heilen, litt er Schmerzen. Er war eben nicht mehr der Jüngste.

Als die zweite Nacht anbrach, hatte er nicht das Gefühl, sich der Schmiede auch nur um einen Schritt genähert zu haben. Den ganzen Tag war er damit beschäftigt gewesen, den Häschern aus Tulanbaar aus dem Wege zu gehen, und war dabei immer weiter nach Norden in die Wälder hinein geraten. Als er sich schließlich ein Nachtlager zwischen ein paar Findlingen suchte, hatte er seit drei Stunden nichts mehr von seinen Verfolgern vernommen. Die letzte Stunde hatte er damit verbracht, auf magischem Wege ein Dutzend falscher Fährten zu legen, die nach irgendwohin ins Nichts führten. Die Nacht war gefährlich. Er war so müde und erschöpft, dass er es wahrscheinlich nicht rechtzeitig bemerken würde, wenn man ihn entdeckte und umzingelte. Zweifellos lautete der Auftrag der Soldaten, ihn zu töten. Lebendig war er immer eine Gefahr, und nach dem, was er mit Chast angestellt hatte, war die einzige sinnvolle Lösung für seine Gegner, ihn aus der Welt zu schaffen.

Er mühte sich noch für eine Stunde ab, wach zu bleiben, und lauschte in den Wald hinaus. Aber da war nichts zu hören. Schließlich verkroch er sich unter einen Felsvorsprung und wickelte sich in Marlos Decke. Er nahm sich vor, eine Stunde später wieder aufzuwachen und wenigstens eine Viertelstunde lang in den Wald zu lauschen. Aber daraus wurde nichts. Er schlief tief ein – und hätte er hören können, wie laut er schnarchte, hätte er gewiss nicht gewagt, in dieser Nacht auch nur noch eine Minute länger zu schlafen. Aber er hatte Glück und wurde nicht behelligt.

Dafür hatte er einen aufwühlenden Traum.

Das Mädchen kam darin vor. Er wusste ihren Namen nicht, aber während er träumte, nannte er sie irgendwie – nur später konnte er sich nicht mehr daran erinnern. In dem Traum war sie ständig nackt, und ihre Schönheit raubte ihm fast den Verstand. Sie war in der Gewalt seines finsteren Widersachers Chast, und Munuel träumte von einer wilden Verfolgungsjagd, die ihn zu Dutzenden von skurrilen Schauplätzen führte. Er verfolgte Chast über sturmumtoste Berggipfel und Gletscher, jagte ihn durch dampfende Urwälder und stinkende Sümpfe und hetzte ihn durch glühende Wüsten und Felslandschaften. Immerzu war das Mädchen da, hob hilfesuchend die zarte Hand nach ihm, und ihre schimmernde, nackte Haut war eine einzige Verheißung. Und in gleichem Maße verhöhnte ihn Chast, warf ihm grobe Schmähungen und abfällige Bemerkungen entgegen, bis er dann jedes Mal kichernd in einem grellen Lichtblitz verschwand – und den ratlosen Munuel allein zurückließ. Und immer wieder echote der Satz in Munuels Kopf, dass das Mädchen bald *seine Shaba* sein würde. Munuel wurde immer wütender, weil er nicht verstand, was Chast damit meinte. Er schleuderte ihm sengende Blitze aus dem Yhalmudt entgegen, und einmal war auch Leandra da, die dem finsteren Mönch mit der Jambala zu Leibe rückte, aber jedes Mal riss er das weinende Mädchen an sich und löste sich mit grässlichem Gelächter vor Munuels Blicken in Luft auf. Irgendwann, als schon kräftige Lichtstrahlen durch das Sonnenfenster über ihm fielen, erwachte er und merkte, dass sein Körper von kaltem Schweiß bedeckt war.

Erschreckt setzte er sich auf, aber nur Marlo stand da

und blickte ihn kauend aus seinen treuen Augen an. Niemand sonst war da, kein Häscher, kein Chast und kein Mädchen. Ächzend stand Munuel auf. Er stellte fest, dass ihn der lange und feste Schlaf trotz des wilden Traumes ein wenig erholt hatte. Seufzend sattelte er Marlo und machte sich wieder auf den Weg.

Von seinen Verfolgern war keine Spur zu finden und auch nichts zu hören. Er orientierte sich am Sonnenfenster und den umliegenden Felspfeilern, um die Richtung zu bestimmen. Bis zum Einbruch der Nacht konnte er es vielleicht bis zur Ishmar und der Schmiede schaffen. Den Fluss zu überqueren war ein gewisses Risiko, denn es gab in dieser Gegend nur eine Brücke, die sich in Höhe des südwestlichen Endes des Marschenforsts befand. Wenn seine Verfolger nicht vollkommen aufgegeben hatten, würde dort sicher eine Gruppe aufpassen. Aber Munuel wusste, dass die Ishmar in ihrem Mittellauf sehr flach war, und mit Glück würde er eine Furt finden.

Nachdem er in der nächsten Stunde immer noch nichts von seinen Verfolgern vernommen hatte, kletterte er auf Marlos Rücken und ritt zunächst vorsichtig, dann immer schneller werdend in einem flachen Bogen Richtung Südwesten. Er befand sich mindestens dreißig Meilen nördlich der Straße zwischen Lakkamor und Mittelweg, und wenn er Glück hatte, würde er den ganzen Tag lang niemandem begegnen.

Bei Einbruch der Dämmerung erreichte er endlich die Schmiede.

Er hatte tatsächlich eine Furt ausfindig gemacht und die Ishmar zehn Meilen nördlich der Brücke durchquert. Er hatte zwar nasse Füße bekommen, aber das war leicht in Kauf zu nehmen. Er kannte den Schmied von früher her – er hieß Zarkos –, und Munuel hoffte, ihn noch immer dort anzutreffen.

Als er sich der Schmiede näherte, sah er durch die winzigen Fenster Feuerschein. Er gratulierte sich, dass er es glücklich bis an einen sicheren Ort geschafft hatte. Als er in einer kleinen Koppel zwei Pferde in der Abenddämmerung grasen sah, machte sein Herz einen Satz. Leandra schien tatsächlich hier zu sein und auf ihn gewartet zu haben. Er saß ab und führte Marlo leise an die Koppel heran, dann aber erkannte er plötzlich, dass keines der beiden Pferde Leandras Stute war. Eines davon mochte Zarkos' Pferd sein, aber das andere kannte er nicht. Unschlüssig blieb er stehen. Was, wenn hier Soldaten auf ihn warteten?

Er band Marlo an einem Strauch fest und schlich an die Schmiede heran.

*

Victor war es langsam leid, das Schwert erhoben zu halten. Die Situation war auch allzu grotesk: Weil er nicht wusste, wie er sein Gegenüber fesseln sollte, ohne das Schwert aus der Hand zu legen, saß er hier, dem riesigen Kerl gegenüber, und hielt ihn seit zwei Stunden mit dem Schwert in Schach.

Er hatte schon mal miterlebt, wie man jemanden dazu zwingen konnte, sich selbst zu fesseln, wenigstens ansatzweise, um dann die letzten Handgriffe selbst zu erledigen. Aber bei diesem riesigen Kerl, der ihm da gegenüber saß, war das schlechterdings unmöglich. Er hätte Victor mit einem Muskelzucken zu Mus zerquetscht, wäre er ihm auch nur auf drei Schritte nahe gekommen. Allein das Schwert war es, das ihm den entscheidenden Vorteil verschaffte. Victor war selbst muskulös gebaut, und mit einem Schwert in der Hand mochte er gar gefährlich wirken. Das war wohl der Grund, warum er überhaupt noch am Leben war. Das und sein Reaktionsvermögen.

»Willst du deinen Kinderspieß nicht langsam weglegen und mir sagen, was du überhaupt von mir willst?«, grunzte der Mann missgelaunt.

»Damit du mir dann in aller Ruhe den Hals umdrehst? Ha!« Victor lachte spöttisch auf. »Halt mich nicht für so dumm. Das beleidigt mich.«

»Wie kann man einen Kerl wie dich noch beleidigen?«, erwiderte der andere. »Einen, der friedliche Leute überfällt und sie mit einem Schwert bedroht?«

»Wie?«, rief Victor aufgebracht. »Ich habe nicht *dich* überfallen, sondern du mich!«

Der riesige Mann machte eine wegwerfende Handbewegung. »Das hier ist mein Heim! Wenn mir hier jemand verdächtig erscheint, dann ist es meine Sache, ihn zu packen und wieder vor die Tür zu setzen!«

»Ha!«, rief Victor aus. »Verdächtig! Wie, beim Felsenhimmel, kommst du auf die Idee, dass ich *verdächtig* wäre? Wenn *ich* dir verdächtig erscheine, dann habe wiederum ich einen heißen Verdacht, auf welcher Seite du stehst, Muskelprotz! Und das ist Grund genug, dich in Schach zu halten!«

Der Mann erhob sich wütend und breitete die Arme aus. »Und worauf warten wir jetzt?«, rief er. »Auf bessere Zeiten?«

Victor dachte eine Zeit lang über eine sinnvolle Antwort nach. Aber das erübrigte sich bald. Mit einem lauten Krachen flog die Tür auf.

Beide Männer fuhren herum und starrten erschrocken zur Tür. Dort stand inmitten einer beeindruckenden Wolke weißlichen Rauches die Gestalt eines Mannes – zweifellos eines Magiers, denn er hatte die Tür nicht mit körperlicher Gewalt geöffnet, sondern mit Zauberei.

»Munuel!«, entfuhr es beiden Männern.

Im nächsten Augenblick fühlte sich Victor von den Füßen gehoben und erlebte für ein knappe halbe Sekunde das befreiende Gefühl schwerelosen Fluges. Dann krachte er, zum Glück mit der Schulterpartie voran, rücklings gegen eine Holzwand. Sämtliche Luft wurde ihm aus den Lungen gepresst. Den Bruchteil einer Sekunde später knallte sein Kopf auch noch gegen die Wand, und ihm wurde schwarz vor Augen. Das Schwert hatte er schon ganz zu Anfang verloren. Dort blieb er dann einige Sekunden hängen, von schierer magischer Kraft gehalten, und als man sich andernorts davon überzeugt hatte, dass er jetzt ungefährlich war, ließ die magische Kraft nach; er rutschte an der Wand herab und fiel zu Boden.

Was in den folgenden Minuten geschah, bekam er nicht recht mit. Als er wieder einigermaßen zu sich kam, saß er auf einem breiten Holzstuhl mit Lehnen, und das Seil, das er zuvor so gern benutzt hätte, um den Schmied zu fesseln, war jetzt um seinen Leib gewickelt.

Im nächsten Moment kam ein eiskalter Wasserschwall daher, und das brachte ihn vollends wieder zu sich. Vor ihm standen zwei Männer – der eine war der Magier Munuel und der andere der riesige, muskelbepackte Schmied.

»Woher kennst du den Kerl?«, hörte Victor den Schmied brummen.

Munuel stand mit verschränkten Armen da und musterte Victor. »Wir haben ihn aus dem Kerker der Festung von Tulanbaar herausgeholt. Ein zum Tode Verurteilter. Hätte nicht gedacht, dass der Bursche nur ein gewöhnlicher Räuber ist. Erzählte uns irgendwas, er wäre ein Dichter.«

»Du sprichst dauernd von ›wir‹. Hast du noch jemanden dabei?«

Munuel nickte. »Ja, eine Adeptin. Sie heißt Leandra.«

»So? Und wo ist sie?«

Anstatt eine Antwort zu geben, beugte sich Munuel herab, stützte die Hände auf die Oberschenkel und musterte Victor, der eben so weit den Überblick zurückgewonnen hatte, dass er etwas sagen wollte. »Schade, dass wir uns unter solchen Umständen wiedersehen. Wir hätten dich in der Burg lassen sollen!« Bedauern schwang in seiner Stimme mit.

Victor schüttelte heftig den Kopf. »Nein, Munuel, du irrst dich! Ich … ich wollte den Schmied nicht überfallen. Ich wollte hier nur auf dich warten!«

»Auf mich warten? Was für ein Quatsch! Woher willst du denn wissen, ob ich hier jemals vorbeikomme? Sag lieber, was du von Zarkos wolltest. Eine wirklich blöde Idee, einen Schmied zu überfallen, der doppelt so stark ist wie du und dabei nicht einmal etwas besitzt, was für dich von Wert sein könnte.«

Victor war völlig verdattert. Dass Munuel ihn für einen gewöhnlichen Räuber hielt, verwirrte ihn völlig. Er musste ihm von Leandra berichten, von dem Überfall und dass er sie gerettet hatte.

»Ich weiß, wo Leandra ist«, sagte Victor und hoffte, dass seine Worte den angemessenen Umschwung in den Verlauf des Gespräches bringen würden.

Munuels Miene verfinsterte sich. »Du weißt … Was soll das *heißen?* Was ist mit Leandra? Hast du sie gesehen?«

»Ja! Zwei Soldaten von der Festung haben sie gefangen …«

Munuel stürzte vor, packte Victor am Kragen und zog ihn hoch. *»Waaas?«*, rief er. »Was meinst du damit? Wo ist sie? Wo ist Leandra jetzt?«

Victor keuchte, er bekam kaum noch Luft. Munuel wog vielleicht nur zwei Drittel von ihm, aber die Sorge um seine Schülerin schien seine Kräfte verdoppelt zu haben.

»Sie ist … in einer Scheune …«

Munuel zerrte nur noch stärker. »In einer *Scheune …? Wo, zum Henker?«*

Victor wünschte sich, er hätte Bewegungsfreiheit gehabt um sich von Munuel losreißen zu können. Das aufkommende Missverständnis schien sich fatal entwickeln zu wollen.

»Lass mich los!«, krächzte er. »Du verstehst mich vollkommen falsch! Lass mich doch erst einmal los!«

Munuels Griff lockerte sich ein wenig.

Victor beeilte sich mit seinen Worten. »Ich hab sie nicht entführt! Ich habe ihr das Leben gerettet. Sie ist verletzt und wartet in einer Scheune an der Straße nach Tulanbaar …«

»Eine Falle!«, raunte der Schmied.

Munuel sah ihn verwirrt an, dann blickte er wieder zu Victor.

»Was ist das für eine verdammte Geschichte, die du mir da auftischst?«

Victor verspürte einen unangenehmen Geschmack auf der Zunge. »Es ist die Wahrheit!«, sagte er dann. »Sie lief zwei Häschern des Kommandanten in die Arme. Ich hab sie, den Kräften sei Dank, verfolgt, und als sie ihr dann …« Er stockte. »Nun, sie wollten ihr etwas antun. Sie hatten in dieser Scheune bei Einbruch der Nacht Halt gemacht. Ich hatte sie verfolgt, und als ich merkte, dass die beiden Kerle ihr …«

Munuel sah abwechselnd zu dem Schmied und zu ihm. Er schien mehr als verwirrt zu sein. »Du hast Leandra verfolgt? Warum denn das?«

Victor suchte verzweifelt nach Worten. »Na ja … ihr habt mir das Leben gerettet. Ich wollte etwas für euch tun … und da bin ich euch hinterhergeritten.«

Munuel schüttelte verständnislos den Kopf. »Da ist was faul an deiner Geschichte«, sagte er dann. »Hast du etwa …« Der alte Magier studierte lange Zeit Victors Gesicht.

»Das ist eine Falle!«, beharrte der Schmied.

Munuel schüttelte ungläubig den Kopf. Victor meinte hören zu können, wie das Räderwerk im Kopf des Magiers tickerte. »Chast!«, rief er dann. »Das muss ein verdammter Trick dieses üblen Bruderschaftlers sein!« Er trat wieder zu Victor und packte ihn abermals am Kragen. Wütend rief er: »Du erzählst mir jetzt die Wahrheit, oder ich zerquetsche dich wie einen Wurm! Dieser Chast hat dich in der Mangel gehabt, bevor von Jacklor dich gehen ließ. Stimmt's nicht? Ihr habt Leandra, und nun wollt ihr auch noch mich!«

»Nein, bei den Kräften, das stimmt nicht! Leandra ist

verletzt! Ich kam hierher, um dich zu holen! Woher sollte ich wohl sonst wissen, dass du hierher kommen wolltest? Ich kenne den Inhalt deiner Botschaft!«

Munuels Griff lockerte sich wieder ein wenig. »Chasts Leute hätten das auch aus ihr herausquetschen können«, sagte Munuel, diesmal aber mit weniger Überzeugung in der Stimme.

»Ich weiß nicht, wer dieser Chast sein soll. Ich kann dir nur sagen, dass ihr eine fünfte Iteration misslungen ist. Sie liegt halbtot in dieser Scheune und braucht deine Hilfe!«

Der Schmied brummte wieder – ein Zeichen absoluten Misstrauens.

»Warum hast du dann Zarkos überfallen?«, fragte Munuel ungehalten. »Was macht das für einen Sinn? Das Ganze sieht mir nach einem Hinterhalt aus! Du hättest hier auf mich gewartet, nachdem du Zarkos beseitigt hattest, und mir dann einfach dein Schwert zwischen die Rippen gejagt! Ist es nicht so?«

Victor stöhnte. »Aber nein! Der Schmied hat mit all dem nichts zu tun. Ich kam heute am frühen Abend, bat darum, hier auf jemanden warten zu dürfen, und irgendwann griff er mich dann an, weil ich ihm *verdächtig* vorkam, verstehst du? Ich hielt ihn dann nur in Schach!«

Munuel und der Schmied verzogen beide das Gesicht. Sie sahen sich an.

»Das ist aber eine ganz andere Geschichte, als Zarkos sie mir vorhin erzählte!«

Victor blickte verwirrt den Schmied an. »So? Und welche erzählte er?«

Abermals blickte Munuel zu Zarkos. »Er sagte, du wärest schon seit heut Nachmittag hier, und aus deinen Bemerkungen hätte er geschlossen, dass du hier nur auf irgendwelche finsteren Gesellen warten willst. Und du hättest etwas von einer Entführung gesagt.«

Victor schüttelte ungläubig den Kopf und starrte Zarkos an. Wie kam der Schmied dazu, so etwas zu behaupten? Das stimmte gar nicht! Welchen Grund hatte dieser Kerl, eine solche hanebüchene Geschichte zu erfinden? Victor schnaufte und sah Munuel wieder an. Es hatte wahrscheinlich keinen Zweck, Munuel davon überzeugen zu wollen, dass der Schmied seltsame Sachen erzählte. Irgendetwas stimmte mit dem Kerl nicht. Aber das jetzt Munuel klarmachen zu wollen war hoffnungslos. Viel besser wäre es, ihm die Geschichte mit Leandra glaubhaft zu machen.

»Ich habe dich nachts wegreiten sehen«, begann Victor von Neuem. »Ich bin euch gefolgt, seit wir uns vor vier Tagen getrennt haben! Das ist die Wahrheit! Du bist zwei Stunden vor Mitternacht aufgebrochen und Richtung Tulanbaar geritten. Leandra ist dann vier Stunden später aufgebrochen. Sie ritt ziellos durch die Gegend, weil sie deine Botschaft nicht lesen konnte.«

Munuel verzog das Gesicht. »Was sagst du da?«

»Ja, du hast richtig gehört. Tut mir Leid für Leandra, dass ich das jetzt sagen muss, aber wir müssen die Sache richtig stellen. Ich hab ihr heute Morgen geholfen, deine Botschaft zu entschlüsseln. Du wolltest dich vorgestern Mittag hier an der Schmiede mit ihr treffen – stimmt's etwa nicht?«

Munuel war nur noch mehr verwirrt und blickte nun unsicher zwischen Zarkos und Victor hin und her. »Wie willst denn *du* eine Botschaft in der Gildenschrift lesen können, wenn nicht einmal Leandra das kann?«, fragte er kopfschüttelnd.

»Eure Gildenschrift ist Kinderkram – jedenfalls solange sie nicht oberhalb der vierten Iteration verfasst ist. Willst du mich prüfen? Schreib mir was auf, und ich werde dir beweisen, dass ich es lesen kann!«

Munuel schien langsam ein wenig aus der Fassung zu geraten. Er ließ sich auf eine Bank fallen. In den Zügen seines Gesichts glaubte Victor die zunehmende Sorge um Leandra ablesen zu können. »Und nun? Leandra ist verletzt, sagst du?«

Victor nickte. »Ja. Es geht ihr schon ein bisschen besser, aber sie ist noch sehr schwach. Die beiden Kerle wollten ihr Gewalt antun, und sie hat versucht, sich mit einer hohen Iteration zur Wehr zu setzen. Das ist ihr misslungen, aber zum Glück kam ich in diesem Moment dazu. Ich hab diese beiden Kerle abgemurkst.«

Munuel sah hilfesuchend zu Zarkos. Der schüttelte nach wie vor den Kopf und sagte: »Ich trau dem Burschen nicht. Ich glaube immer noch, dass das eine Falle ist!«

»Wenn ihr noch lange zögert«, sagte Victor herausfordernd, »dann könnte es ihr wieder schlechter gehen. Sie ist ganz allein in dieser Scheune und kann sich kaum rühren. Vielleicht wird sie dort von den Leuten aus Tulanbaar sogar gefunden! Wir müssen sofort aufbrechen und ihr helfen!«

Zarkos stand auf, trat zu Victor und deutete mit dem Zeigefinger seiner enormen Pranke anklagend auf dessen Nasenspitze. »Nein! Das stinkt geradezu, was du da erzählst! Du willst Munuel in die Falle locken! Das lasse ich nicht zu!«

Munuel stand auf und legte dem Schmied beruhigend die Hand auf die Schulter. »Lass nur, Zarkos. Ich kann auf mich aufpassen!« Dann musterte er Victor abermals. »Außerdem hat er ein paar Dinge gesagt, die er nicht wissen würde, hätte er Leandra nur ausgequetscht.«

Die Schmied wirkte aufgewühlt. »Du wirst doch nicht mit ihm dorthin gehen? Das ist ein Hinterhalt!«

Munuel schwieg eine Weile nachdenklich. »Nein, ich werde allein gehen. Jetzt, da ich gewarnt bin, werde ich eine Falle, sofern da eine ist, aufspüren. Ich muss mich einfach um Leandra kümmern, falls sie wirklich verletzt in der Scheune liegt, verstehst du? Ich schlage vor, du behältst ihn hier und wartest auf meine Rückkehr. Ich bin in weniger als einem Tag wieder hier. Wenn nicht, dann kannst du ihn in deiner Schmiede verheizen. Was meinst du?«

Zarkos wirkte unzufrieden, aber schließlich nickte er. »Gut, ich werde auf ihn aufpassen. Aber beeil dich! Ich warte nicht länger als bis morgen Abend, ehe ich ihn auseinander nehme!«

Victor war mulmig zumute. Mit diesem Schmied stimmte etwas nicht. Aber er konnte das jetzt wohl kaum mit Munuel erörtern – nicht, solange dieser Verdacht auf ihm selbst lastete. Er konnte nur hoffen, dass diese Sache gut ausging.

*

Im Laufe der Nacht wurde Victor nur noch mulmiger zumute. Der Schmied redete kein Wort mit ihm und antwortete auch nicht auf die Fragen, die Victor ihm wütend bezüglich seiner Lügengeschichte stellte. Hatte er nur vor Munuel die Dinge dramatisieren wollen, um genügend Rechtfertigung für seinen Angriff auf Victor zu haben? Oder steckte mehr dahinter?

Zarkos hielt ihn gefesselt auf dem Stuhl, und als er dann schlafen ging, zog er die Fesseln so hart an, dass Victor kaum mehr Luft bekam. Victor sagte sich verbissen, dass sich alles gewiss aufklären würde, wenn Munuel mit Leandra zurückkehrte. Er hoffte inständig, dass alles glatt ging und der Magier seine Adeptin wohlbehalten wiederfand.

Die Nacht war wegen der eng einschnürenden Fesseln anstrengend; Victor hoffte, dass er nirgendwo einen Blutstau bekommen würde. Es gelang ihm trotzdem, die eine oder andere Stunde zu schlafen, obgleich ihn die Seile schmerzten. Am Morgen stand der Schmied grimmig auf, enthielt seinem Gefangenen das Frühstück vor und machte sich daran, den gestern von Munuel beschädigten Türriegel zu reparieren. Dann stampfte er in die Schmiede, um seinem Tagewerk nachzugehen. Jede Stunde schaute er einmal herein, um nachzusehen, ob Victor noch ordentlich gefesselt war, und ignorierte seine wütenden Flüche, Beteuerungen und flehentlichen Bitten, die Fesseln etwas zu lockern, da er sich ganz bestimmt nicht zu befreien versuchen würde.

Am späten Vormittag war Victor dann soweit, dem verdammten Zarkos den Schädel zu spalten und ihm die Haut in kleinen Streifen abziehen zu wollen, wenn er nur eine Sekunde Gelegenheit dazu erhalten würde. Er hasste seinen Peiniger von ganzem Herzen und drohte ihm damit, dass Munuel ihm das Fell über die Ohren ziehen würde. Von Folter war keine Rede gewesen. Während aller Lamentos, die Victor über den Schmied ausschüttete, erwiderte dieser jedoch kein einziges Wort.

Kurz vor der Mittagszeit zog sich dann Zarkos einen Lederwams an, überprüfte noch einmal die Fesseln und verschwand gleich darauf, begleitet von einer wütenden Fluchkaskade Victors. Dieser dachte zuerst, Zarkos wolle nur hinab zum Fluss, um Wasser zu holen, aber der Schmied blieb den ganzen Nachmittag verschwunden. Nicht nur, dass draußen schönstes Sommerwetter zu sein schien – nein, Victor hätte seinen rechten Arm dafür gegeben, jetzt hinaus zu können. Die Stunden hier in dieser muffigen Bude erinnerten ihn allzu sehr an seine Gefangenschaft in den Kellern der Burg. Wenn er nur wüsste, was mit diesem Kerl nicht stimmte!

Spät am Nachmittag kam Zarkos wieder. Er war mindestens vier, wenn nicht fünf Stunden fort gewesen. Victor hatte inzwischen seine Wut verbraucht und hing nur noch geschlagen in seinem Stuhl. Zarkos beachtete ihn gar nicht und schaute nur mürrisch drein. Victor konnte nur hoffen, dass Munuel bald kam, denn dieser Mistkerl würde ihn in diesem Stuhl zweifellos ungerührt verfaulen lassen. Eine Mahlzeit hatte er nicht zu erwarten, und inzwischen quälte ihn schon großer Durst.

Dann endlich klopfte es an die Tür.

Draußen herrschte bereits Dämmerlicht, und Victor sandte ein Stoßgebet zu den Kräften, dass es Munuel und Leandra sein mochten.

»Hast du nicht gehört, du blöder Muskelhaufen?«, schrie Victor. »Es hat geklopft!«

Zarkos grunzte etwas. Er öffnete eine Schublade, nahm einen Dolch heraus und ging zum Fenster. Er starrte hinaus, als suche er etwas.

»An der Tür, du Blödian, nicht am Fenster!«

Zarkos erwiderte auch diesmal nichts und ging dann zur Tür, um sie zu öffnen. Draußen standen Munuel und Leandra.

26 ♦ Stygische Kräfte

Victor atmete erleichtert auf, als Munuel und Leandra eintraten. Zarkos war erwartungsvoll einen Schritt zurückgetreten, die Hand mit dem Dolch hing herab. Mit kalten Blicken fasste er Leandra ins Auge – die er noch nie zuvor gesehen hatte.

Auch Victor sah Leandra an. Abgesehen von der Überraschung, dass ihr von ihrem gestrigen üblen Zustand kaum noch etwas anzumerken war, kam sie ihm insgesamt sehr verändert vor. Sie trug ein Schwert an der Seite – jenes, das er gefunden, und später unter ihrem Sattel im Heu verstaut hatte. Sie trug es, als würde sie es seit Jahren tun. Sie wirkte frisch und ausgeruht, ihr Blick war scharf und klar, und sie sah nach seinem Geschmack ziemlich gut aus.

Er hatte ihr in der Scheune die Kleider ausgezogen, damit sie bequem schlafen konnte; das erstaunliche Kettenhemd, von dem er ziemlich überrascht war, hatte er natürlich nicht angerührt. Sie hatte eine ausnehmend gute Figur. Genauer gesagt gehörte sie wohl zu den hübschesten Mädchen, die er je gesehen hatte.

Er musterte sie angstvoll und sandte ein Stoßgebet zu den Kräften. Es würde ihn mehr schmerzen, als wenn er sterben müsste, wenn sie sich nun gegen ihn richtete.

Leandra schenkte Zarkos ein kurzes Lächeln der Begrüßung und ließ sich von Munuel vorstellen. Victor hingegen maß sie nur mit einem kalten Blick. Er fühlte einen furchtbaren Kloß in der Kehle.

»Munuel!«, rief Victor. »Was ist? Hab ich nicht die Wahrheit gesagt? Du musst Leandra doch so vorgefunden haben, wie ich sagte!«

Die Antwort war ein weiterer kalter Blick, diesmal von Munuel und Leandra zugleich. Victor war völlig verwirrt. Munuel nahm Zarkos beiseite und tuschelte etwas mit ihm. Der riesige Schmied nickte.

Leandra baute sich mit leicht gespreizten Beinen vor Victor auf. Sein Herz schlug ihm plötzlich bis zum Hals. Beim Felsenhimmel – sie sah so gut aus, dieses Mädchen, aber was sie da tat, das versetzte ihn langsam in Panik.

»Leandra ...« stammelte er verzweifelt.

Langsam zog sie das Schwert aus der Scheide.

Victors Herzschlag setzte aus. Das Schwert leuchtete hellgolden im Licht des Kaminfeuers, und Victor wusste, dass sie ihm damit innerhalb einer Sekunde den Kopf abgetrennt haben würde.

»Leandra!«, keuchte er. »Was ist los? Hast du vergessen, was ich für dich getan habe?«

Hilfesuchend blickte er zu Munuel, der neben Zarkos stand und zusammen mit dem Schmied herüberblickte. In seinen Augen stand eisige Kälte geschrieben. Victor verstand die Welt nicht mehr.

»Du bist nicht Victor!«, sagte Leandra und hob das Schwert leicht. »Victor ist tot. Du bist ein Dämon, der seinen Platz eingenommen hat, um uns zu täuschen!«

»Ich?«, rief Victor fassungslos und hielt es zuerst für einen schlechten Witz, was sie da sagte. »Ein *Dämon?* Das ... das ist wirklich zu viel der Ehre!«

Die Belustigung, die er beinahe empfunden hatte, verwandelte sich in Panik. Leandra erwiderte nichts, das Schwert jedoch hob sich Handbreit um Handbreit.

»Warte ...!«, schrie Victor verzweifelt und zerrte an seinen Fesseln. »Wenn ich ein Dämon wäre, dann ... dann säße ich doch nicht hier, oder? Gefesselt und euch ausgeliefert! Da könnte ich doch ausbrechen ... oder nicht?«

»Du hättest es gekonnt«, sagte Munuel aus dem Hintergrund. »Aber dann wäre dein Plan fehlgeschlagen. Und jetzt kannst du es nicht mehr. Wegen der *Jambala!*«

Victor stockte der Atem. Die *Jambala!* Das legendäre Schwert aus der Zeit der Bruderschaftskriege! Das erste der drei Stygischen Artefakte! Victor starrte das Schwert in Leandras Händen fasziniert an. Die *Jambala* existierte also noch. Und er hatte … Doch wie konnte das sein? Leandra war … ihre Trägerin?

»Aber …«, rief er, »ihr macht einen schrecklichen Fehler! Ich bin kein Dämon! Bei den Kräften! Ich bin es *wirklich* nicht!«

Leandra hatte die *Jambala* nun hoch über den Kopf erhoben. »Es ist zu spät«, sagte sie kalt. »Du hast Munuel unterschätzt, Dämon! Er kann den stygischen Abschaum förmlich riechen! Er hat es schon gestern Abend bemerkt. Und ich spüre es nun auch. Hier im Raum ist es ganz deutlich! Und da *sonst* niemand infrage kommt …!«

Irgendetwas in diesem Satz sagte Victor, dass er *nicht* sterben würde. Was es war, begriff er erst später. Er bekam nur noch mit, dass Munuel einschränkend und fragend das Wort *außer* aussprach, und sah dann das Schwert auf sich herabfahren.

Aber bevor die Klinge seine schutzlose Stirn traf, glitt sie pfeifend zur Seite weg, und im nächsten Augenblick war auch Leandra nicht mehr da. Victor fuhr herum und sah nur noch, wie das helle Gold der Klinge fauchend in den Körper des Schmieds eindrang und dass dieser ein rasselndes, überraschtes Grunzen von sich gab, ein Geräusch, das eher zu einem großen wilden Tier gepasst hätte als zu einem Menschen.

Anstatt eines Schwalls von Blut schossen violette Lichtstrahlen aus der Wunde, und in Sekundenschnelle breitete sich beißender Qualm im Raum aus. Munuel war weit zurückgetreten und überließ Leandra den Kampfplatz.

Der Schmied quoll plötzlich auseinander, und eine Unzahl hässlicher roter Fäden und Haare drangen aus seinem Inneren. Der gewaltige Riss, den das Schwert geschlagen hatte, klaffte auf, und das grausige, violette Licht drang heraus. Leandra hatte indes das Schwert schon wieder herausgezogen, es in einem Bogen unter der Achsel hinweg und über den Kopf geschwungen und ließ es nun ein weiteres Mal niedersausen – wiederum nicht auf ihn, Victor, sondern auf das, was eigentlich ein Schmied namens Zarkos sein sollte. Endlich dämmerte es Victor, dass alles eine Finte gewesen sein musste – seit gestern Abend bis zu diesem Augenblick. Zarkos war der Dämon, und Munuel hatte es gewusst. Oder zumindest geahnt. Nachdem er Leandra gefunden hatte, war alles weitere nur noch die Vollendung des Plans gewesen.

Wieder fuhr die Jambala fauchend nieder, und der Schmied, der nur noch ein Zerrbild eines Menschen war, brüllte unirdisch auf und versuchte, Leandra mit furchtbaren Pranken zu erwischen, in die sich seine Hände verwandelt hatten. Victor japste und versuchte auf seinem Stuhl aus der Gefahrenzone zu ruckeln. Munuel umrundete hustend und mit schützend erhobenem Arm die Kampfszene, stellte sich schützend schräg vor ihn und wachte über den Kampf, offenbar bereit, jederzeit einzugreifen.

Doch Leandra schien keine Hilfe zu benötigen. Sie schnaufte, während sie ein ums andere Mal auf das um sich schlagende Monstrum einhieb und wieder davonsprang, um sich aus seiner Reichweite zu entfernen. Aber sie schien den Kampf vollkommen unter Kontrolle zu haben. Infernalisches Gebrüll dröhnte durch die Schmiede, und der Gestank nahm langsam erstickende Ausmaße an. Victor war niemals einem Dämon begegnet, er wusste nur, dass diese Ausgeburten stygischer Energie eine ungeheure Macht besaßen. Doch das, was dort jetzt als vermeintlicher Zarkos stand, hatte keine Chance gegen Leandra und die Jambala.

Nun verstand Victor auch das seltsame Verhalten von Zarkos, der gar kein Mensch gewesen war. Leandra wirbelte um das grölende und zuckende Etwas herum, und immer wieder fuhr die Jambala nieder, um dem Dämon einen nächsten violett-blutenden Schnitt beizubringen. Victor beobachtete das Mädchen mit offenstehendem Mund. Sie wirkte trotz ihres angestrengten Schnaufens unerhört sicher, und er verspürte keinen Moment Furcht, dass ihr etwas zustoßen könnte. Während noch Leandra der widerlichen stygischen Kreatur den letzten Stoß versetzte, schnitt Munuel Victors Fesseln durch und befreite ihn von seinem Stuhl.

Victor erhob sich, und das Blut, das durch seine gepeinigten Adern schoss, tat ihm mehr weh als die Fesseln, die zuvor in sein Fleisch geschnitten hatten. In diesem Augenblick zog Leandra zum letzten Mal mit einer heftigen Bewegung ihre Klinge aus dem in sich zusammengesackten hässlichen Haufen, der einmal ein Dämon gewesen war, und trat dann keuchend zurück.

Einen Moment später verspürte Victor zum ersten und einzigen Mal richtige Angst während dieser Schlachtszene, denn anders konnte man es nicht nennen. Es war der Moment, als sich der vernichtete Dämon ins Stygium zurückzog. Das violette Licht strahlte in einem heftigen Aufblenden aus dem immateriellen Haufen, und Victor fühlte, wie sich plötzlich ein Tor zur anderen Seite auftat, ein schwarzes Loch, ein ungeheurer Abgrund, der alles verschlucken konnte, und wäre es selbst so groß wie der ganze Turm gewesen, in dem sich die Schmiede befand. Mit einem grollenden Geräusch, das wie aus den Abgründen der Hölle heraufdrang, verschluckte das Loch die stygische Energie oder besser das, was davon übrig geblieben war, und schloss sich wie der Rachen eines Mörderwurms, der zurück in seine Höhle fährt, um dort sein Opfer zu verspeisen. Victor wich voller Panik so weit zurück, wie er nur konnte. Dann war es schlagartig vorbei.

Munuel stieß einen erleichterten Seufzer aus und legte dann die Hand auf Victors Schulter. »Es tut mir Leid, wenn wir dich erschreckt haben«, sagte er. »Er war zwar nur von niederer Ordnung, aber mit einem Dämon ist nicht zu spaßen. Wir mussten ihn überraschen!«

Leandra stand eine Weile schnaufend und erschöpft da. Der Kampf schien sie doch mehr Kraft gekostet zu haben, als es den Anschein gehabt hatte. Im Feuerschein sah Victor einige Schweißperlen, die an ihrer Wange herabliefen. Dann schien sie sich wieder ein wenig gefangen zu haben. Sie wandte den Kopf, sah ihn an, und aus der Kälte ihres Gesichts, mit der sie auch den Kampf durchgestanden hatte, schälte sich ein wärmerer und freundlicherer Ausdruck, den er kannte. Er atmete auf.

Leandra schob mit einer raschen Bewegung das Schwert in die Scheide und kam auf ihn zu. So als wären sie alte Freunde, legte sie die Arme um seinen Hals und schmiegte sich an ihn.

»Ach, Victor«, sagte sie leise und mit einem Seufzer. »Was bin ich froh, dass das vorbei ist. Du hast uns alle gerettet!«

Er lachte leise auf. Wie sie das gemeint hatte, wusste er nicht, aber er war froh, dass sie es so sah. Er legte zögernd die Arme um ihren Rücken und hielt die Luft an – nichts geschah. Sie blieb bei ihm. Im nächsten Moment musste er sich von ihr lösen – wenigstens teilweise, denn er spürte, wie ihn eine heftige Reaktion in der unteren Körperhälfte überkam. Die Vorstellung, die sie gerade eben geliefert hatte, war bestürzend und faszinierend zugleich gewesen. Er verspürte eine leidenschaftliche Lust, sich von dieser unglaublichen Kraft, die sie zu besitzen schien, beherrschen zu lassen. Ihr Körper fühlte sich so warm und weich an, wie er zuvor unbändig stark und unüberwindbar gewirkt hatte – während des Kampfes mit dem Dämon. Peinlicherweise schien sie etwas von seiner körperlichen Regung bemerkt zu haben.

»Wie … äh, kommt es, dass du so frisch und munter bist?«, fragte er schnell.

Leandra sah ihn an, einen kurzen Moment Verwirrung im Blick, dann berührte sie die Schwertscheide. »Es ist die Jambala. Sie hat vielerlei Kräfte, wie es scheint. Ich beginne sie erst zu entdecken.«

Victor nickte und sah zu Munuel.

»Ich ahnte schon bald«, erklärte der Magier, »dass in Zarkos ein Dämon steckte. Er muss den armen Schmied getötet haben und dann in seine Hülle geschlüpft sein. Aber Dämonen niederer Ordnung sind meistens sehr dumm. Einen aufmerksamen Magier können sie nicht täuschen. Ich musste leider erst dieses Schauspiel spielen und Leandra holen. Ich konnte nicht völlig sicher sein, weil ihr *beide* in diesem Raum wart. Die Jambala hingegen kann einen Dämon sehr genau erkennen. Jedenfalls in Leandras Hand.«

Victor nickte und hob die Achseln. »Na ja, es ist ja alles in Ordnung«, sagte er matt. »Außer meinen Handgelenken vielleicht.«

»Lass mal sehen ...«, sagte Munuel, und Victor reichte ihm die Hände.

Munuel nahm sie und betrachtete die geröteten und teilweise aufgeriebenen Handgelenke. Dann schloss er die Augen. Victor spürte, wie sich seine Nackenhaare aufstellten. Irgendeine starke, fast schmerzende Energie strömte durch seine Hände in ihn hinein. Es dauerte eine ganze Minute, er ächzte, Tränen stiegen ihm in die Augen, ließ es aber über sich ergehen. Dann ließ der Schmerz nach, und er betrachtete verblüfft seine Handgelenke. Die wunden Stellen waren verschorft, die Rötungen hatten abgenommen und die Schmerzen deutlich nachgelassen. Er hatte das Gefühl, dass nach einer Woche nichts mehr von diesen Verletzungen zu sehen wäre. Probehalber krempelte er seine Hosenbeine hoch und fand das gleiche Ergebnis bei seinen Fußgelenken vor.

»Magie ...«, seufzte er. »Wenn ich *das* nur beherrschte ...«

»Ein bisschen was kannst du ja schon«, stellte Munuel fest. »Botschaften, die in der Gildenschrift verfasst sind, entschlüsseln! Leandra hat mir davon berichtet. Du hast nicht gelogen!«

Victor zuckte unschuldig die Achseln. »Nun ja, richtige Magie ist das nicht. Aber ich habe viel darüber gelesen. Über Magie, meine ich. Vor einigen Jahren hatte ich mich einmal darauf spezialisiert, alte Bücher über Magie aufzustöbern, sie ein wenig zu restaurieren und sie während meiner Reisen an Jungmagier, Adepten und Novizen zu verkaufen. Ich hab sie alle gelesen!«

Munuel drohte ihm wohlwollend mit dem Finger. »Das hättest du gar nicht gedurft! Solche Bücher sind den Gildenmitgliedern vorbehalten!«

Victor wechselte das Thema. »Sag mal …«, fragte er, »dieser Dämon … das war ja eine verrückte Kreatur! Ich dachte, im Stygium gibt es gar keine Wesen, sondern nur Energien!«

Munuel blickte zu der Stelle, an der nur noch eine schwärzliche Färbung am Boden daran erinnerte, was sich im Raum abgespielt hatte. »Es sind nicht in unserem Sinne Wesen. Es sind Knotenpunkte stygischer Energien.« Er machte eine Pause, und Victor sah ihn neugierig an. »Dämonen müssen sich im Diesseits irgendwie ernähren«, fuhr Munuel fort. »Das tun sie, indem sie die diesseitigen Strukturen der Ordnung verzehren. Mit anderen Worten: Sie zerstören alles. Am liebsten Dinge, die lebendig sind.«

Victor sah ihn nur ratlos an.

»Dämonen besitzen eine gewisse Intelligenz«, erklärte Munuel. »Das erwächst aus den komplexen, verwobenen Strukturen, aus denen sie entstanden sind. Lebendige Wesen sind ebenfalls komplex. Dämonen können erspüren, wie sie am meisten Schaden anrichten können. Einfache Engergieflüsse zum Versiegen zu bringen, ist leicht. Aber einen Dämon zu verjagen, dazu braucht es große Macht.«

»So, wie sie in der *Jambala* schlummert?«

»Ja, zum Beispiel. Die Jambala kann die komplizierten stygischen Muster zerstören.«

Leandra stand noch immer an Victors Seite, und er konnte ihre Gegenwart kaum verdrängen. Er spürte eine ziemliche Hitze in sich. Dann fiel ihm etwas ein.

»Sagtest du nicht, es wäre ein Dämon niederer Ordnung gewesen?«, fragte er Munuel.

Der Magier nickte. »Ja. Wäre er von mittlerer oder gar höherer Ordnung gewesen, hätten wir es ganz bestimmt gemerkt. Sie sind nicht unbedingt wesentlich stärker, jedenfalls nicht um ein Vielfaches. Aber sie sind wesentlich gerissener. Ein Gegner wird meistens nicht mit steigender Kraft gefährlicher, sondern mit steigender Intelligenz.«

»Das hieße, dass dieser hier ziemlich dumm gewesen sein müsste. Wie du schon sagtest. Aber dass er Zarkos tötete und in seinen Körper schlüpfte, das klingt nach einem ziemlich gerissenen Plan. Findest du nicht?«

Munuel wurde nachdenklich. Er hob die Hand an den Mund und starrte zu Boden. »Du hast Recht. Das Schauspiel mit dieser Verkleidung kann eigentlich nicht allein das Werk dieses niederen Dämons gewesen sein. Aber oft werden sie von einer höheren Intelligenz geleitet ...«

Victor schluckte. »Dieser Zarkos ist heute Nachmittag für etliche Stunden weg gewesen. Kann es sein, dass er ...«

Munuel war blass geworden, und Leandra löste sich von Victor.

»Was sagst du da? Er ist *für Stunden* fort gewesen?«

Victor nickte.

Leandra sprach ihrer aller Vermutung aus. »Das kann nur bedeuten, dass er Kontakt aufgenommen hat!«

Der alte Magier nickte. »Wir sollten von hier verschwinden. So schnell es nur geht!«

*

Sie hatten eilig ein paar nützliche Dinge zusammengerafft, darunter auch einige Waffen, die sie in der Schmiede fanden. Victor hatte sich mit einem halbwegs brauchbaren Schwert und einer altersschwachen Armbrust ausgestattet. Als sie den Turm verließen, war es draußen schon fast dunkel. Sie beeilten sich, die Pferde zu satteln, und verließen kurz darauf die Schmiede.

Sie strebten, so lautlos wie es ging, am Ufer der Ishmar entlang nach Norden. Nach einer Viertelmeile kam ein großer Schatten von Nordosten her durch die Luft gesegelt und verdunkelte für einen Augenblick das noch schwach leuchtende Sonnenfenster über ihren Köpfen. Sie saßen sofort ab und flüchteten in den Schatten eines einzeln stehenden Baumes am Flussufer. Zum Glück war es schon so dunkel, dass sie nicht gesehen wurden. Das Wesen, das da herangeflogen kam, war eindeutig keiner lebenden Gattung dieser Welt zuzurechnen. Munuel, Victor und Leandra drängten sich in den Schatten des Baumes und starrten furchtsam zum Himmel hinauf.

Das Wesen hatte vier Flügel, war aber kein Kreuzdrache, denn Kreuzdrachen besaßen eine ganz andere Silhouette. Sein Körper war kurz und breit, und es schien mehrere Köpfe zu besitzen, genau konnte man das nicht erkennen. Es war so groß wie ein Felsdrache, bis zur Schwanzspitze etwa zwanzig Ellen lang und mit einer Spannweite von etwa fünfundzwanzig Ellen. Kurz darauf kam von Nordwesten ein zweites dieser Geschöpfe heran, während das erste am Ufer des Flusses, kaum zweihundert Schritte von der Schmiede entfernt, mit lautlosem Flügelschlag landete.

Im nächsten Moment lösten sich aus dem Wald hinter der Schmiede mehrere große Schatten und strebten auf den Landeplatz des fliegenden Geschöpfes zu. Aus südlicher Richtung schienen sich noch andere, dunkle Gestalten zu nähern. Wenigstens kam kein Wesen aus der Richtung, wo sie nun standen. Aber es sah ganz so aus, als wollte sich dort an der Schmiede eine ganze Streitmacht formieren.

Atemlos, fast unfähig sich zu bewegen, beobachteten sie das Schauspiel.

»Woher konnte der Dämon wissen, dass ihr euch hier treffen wolltet?«, fragte Victor leise, während das zweite Flugwesen zur Landung ansetzte.

»Ich weiß es nicht«, flüsterte Munuel. »Ich weiß es einfach nicht. Wir haben einen ungeheuer starken Gegner, ich habe es Leandra bereits erzählt. Es ist dieser Chast, der dunkle Mönch, der in der Festung von Tulanbaar war. Ich bin ihm vorgestern dort begegnet, und ich habe ihn Dinge anstellen sehen, die ich nicht für möglich gehalten hätte. Ich fürchte, dieser Kerl hat noch so manche Überraschung auf Lager. Wenn wir uns nicht beeilen, wird er uns bald einen Schritt voraus sein. Und dann steht es schlecht um uns.«

Munuel hatte in Rätseln gesprochen. »Was werden wir jetzt tun?«, wollte Victor wissen.

Er hatte das ›wir‹ in einer Art ausgesprochen, welche die Frage gleich mit beantwortete, ob er bei ihnen zu bleiben gedachte oder nicht. Munuel forschte einige Sekunden in seinem Gesicht, obwohl es schon fast Nacht war. Dann sah er zu Leandra, als wolle er aus ihrem Gesicht herauslesen, wie sie darüber dachte.

»Du willst wirklich mit uns gehen?«, fragte Munuel leise.

Victor nickte. »Ich habe gerade nichts anderes vor. Warum sollte ich zur Abwechslung nicht mein Leben riskieren?«

Munuel ging nicht auf diesen Versuch eines Scherzes ein. Er blickte abwechselnd zwischen Leandra und Victor hin und her. »Wir haben uns schon ein paarmal gegenseitig das Leben gerettet«, meinte er. »Das heißt aber nicht, dass das immer klappt. Um ehrlich zu sein, unsere Chancen stehen nicht sonderlich gut.« Er blickte in Richtung der Schattenwesen, die sich immer zahlreicher am

Flussufer zusammenscharten. Irgendetwas Seltsames geschah dort mit ihnen.

»Ich bin zwar kein Magier,« wandte Victor ein, »aber ich verstehe trotzdem zu kämpfen. Einen, der Wache halten oder ein Schwert schwingen kann, könnt ihr doch sicher noch gebrauchen, oder?«

Munuel nickte. »Mag schon sein, aber wir kämpfen hier nicht gegen ein paar Gassenschläger. Seit einer Woche«, und damit deutete er den Fluss hinab, »muss ich täglich meine Meinung darüber revidieren, wie stark unser Gegner tatsächlich ist. Seht euch das nur an!«

Victor starrte in die angegebene Richtung und nickte dann grimmig. »Ich weiß. Da entsteht ein Totenzug.«

»Die Bruderschaft von Yoor«, sagte Munuel leise. »Sie besitzt eine schier unglaubliche Macht! Wir sind nur wie Mäuse, die versuchen, sich unbemerkt ein paar Vorteile zu verschaffen – bis es zum großen Kampf kommt.«

Es waren seltsame Wagen wie jene hinzugekommen, die sie alle drei schon früher gesehen hatten. Und die Gestalten, die sich dort versammelten, waren nichts anderes als jene höllischen Dunklen Wesen; sie bewegten sich vollkommen lautlos und warteten geduldig, bis der Wagenzug vollständig war. Doch dieser entstehende Totenzug war stärker, *viel* stärker als jener, der das Gasthaus überfallen und später Leandra entführt hatte. Die beiden Flugwesen saßen am Ufer, und drei oder vier seltsam bucklige Monstrositäten hockten zwischen den Schattenwesen und warteten, während noch immer weitere Gestalten hinzukamen. Manchmal schien es, als würden sie einfach dem Boden entsteigen; andere kamen aus dem Wald hinter der Schmiede oder von Süden her, am Ufer der Ishmar herauf.

Victor sah sich um, aber irgendein Schutzengel sorgte dafür, dass von Norden her, wo sie sich versteckt hatten, keines der Schattenwesen hinzukam. Leandra deutete hinunter zum Fluss, dem in diesem Augenblick zwei vor Nässe triefende Kreaturen entstiegen, entfernt an

Mulloohs erinnernd, aber mit kurzen Stummelschwänzen, flachen Köpfen und einem Zackenkamm auf dem Rücken. Die Streitmacht, die sich dort versammelte, war gewaltig. Sie war böse und erschreckend in ihrer albtraumhaften Art.

Victor wurde nun doch ein wenig flau im Magen. Leandra hatte mit ihrem Schwert fast unüberwindlich gewirkt, und er zweifelte auch nicht daran, dass Munuel über gewaltige Kräfte verfügte. Aber angesichts *dieser* Übermacht dürften ihre Fähigkeiten kaum ausreichen. »Wird Zeit, dass wir von hier verschwinden ...«, flüsterte er. »Oder mein Gastspiel bei euch wird ziemlich kurz sein.«

Munuel schärfte seinen Blick. »Sie glauben, wir seien noch in der Schmiede!« Er sah zu Leandra. »Berühre nicht die Jambala! Und keine Iterationen, hörst du? Wenn wir nicht magisch aktiv werden, dann haben wir eine Chance, unentdeckt zu bleiben!« Er drehte sich wieder um und beobachtete den Totenzug.

Die Größe dieser Schattenarmee war geradezu grotesk. Hier wollte jemand sicher gehen, seinen Feind auf jeden Fall zu vernichten. Munuel war überzeugt, dass der Zug von mindestens einem Dämonen mittlerer, wenn nicht gar höherer Ordnung angetrieben wurde. Würden sie entdeckt, dann hatten sie keine Chance. Nicht gegen diese Masse der Schattenwesen. Vielleicht konnten sie fliehen, wenn ihre Pferde schnell genug waren, aber ein Kampf gegen diese Übermacht war aussichtslos.

Es mussten an die zweihundert Kreaturen sein, und viele davon waren größer und sicher auch stärker als die ›normalen‹ Untoten. Munuel wusste plötzlich, dass es von unendlicher Wichtigkeit war, dass er mit seiner Vermutung über die Lage von Unifar Recht behalten würde und dass sie dort die Canimbra finden konnten. Ohne das Zusammenwirken aller drei Stygischen Artefakte waren sie einfach zu schwach. Chast hatte mit seiner Macht den Beweis geliefert, wie groß die Kräfte der Bruderschaft von Yoor tatsächlich waren. Und er war sicher nicht der einzige, der über ein solches Potenzial verfügte.

»Wenn sie die Schmiede angreifen, verschwinden wir«, sagte Munuel. »Dann wird niemand auf uns achten. Bis sie gemerkt haben, dass die Schmiede verlassen ist, sind wir mit reichlich Glück schon so weit weg, dass sie uns nicht mehr aufspüren können!«

»Aufspüren? Wie meinst du das?«

Munuel sah Victor an, als wolle er ihm sagen, dass es ohnehin schon zu spät war, sich dafür zu entscheiden, lieber doch alleine weiterzuwandern. »Sie haben einen *Sucher* dabei. Ich habe ihn noch nicht gesehen, aber ich kann ihn spüren.«

»Einen *Sucher?*«, flüsterte Leandra. »Was ist das?«

Munuel antwortete nicht gleich. Keine seiner Botschaften bot Anlass zur Fröhlichkeit. »Ein Sucher ist ein Dämon mittlerer Ordnung«, antwortete er. »Er ist dumm, aber gnadenlos wie ein verletzter Drachenmurgo. Er kann alles aufspüren, wenn er nur weiß, was er finden soll. Wenn wir aber weit genug weg sind, kann er sich kein Bild mehr von uns machen und verliert die Witterung. Wenn sie also den Überfall beginnen, dann müssen wir reiten wie noch nie in unserem Leben!«

Victor deutete zum Flussufer, wo sich der Totenzug offenbar vervollständigt hatte. »Und diese fliegenden Biester?«

Munuels Gesicht war nur noch eine steinerne Maske. Er zuckte die Schultern. »Wir werden sehen.«

Sie wandten sich wieder der gespenstischen Szenerie zu und warteten. Aber es dauerte nicht mehr lange. Irgendwo innerhalb der Gruppe der Schattenwesen pulste plötzlich ein violettes Licht auf, und Victor wusste sofort, welche Bedeutung es hatte. Lautlos huschten die Schattenwesen auf die Schmiede zu und umringten sie von allen Seiten. Dann lösten sich mehrere große Gestalten aus ihren Reihen und stampften auf das kleine Steinhaus los.

Die ersten Geräusche drangen zu ihnen herüber, als die großen Gestalten mit gewaltigen Pranken auf die Hauswände einzuschlagen begannen und von irgendwoher ein blauroter Lichtblitz krachend in die Eingangstür fuhr. Victor wünschte, sie hätten das Haus verriegelt und verrammelt, damit sie jetzt mehr Zeit gewinnen konnten.

»Los jetzt!«, zischte Munuel.

Die Deckung des Baumes ausnutzend, führte er sein Pferd rasch ein Stück nordwärts und kletterte auf seinen Rücken. »Nutzt jeden Schatten und jede Deckung, die ihr finden könnt!«, sagte er und knallte seinem Wallach die Fersen in die Seite. Das Pferd machte einen Satz und begann in gestrecktem Galopp davonzujagen.

Leandra war die nächste und Victor folgte als letzter. Er hatte seinem Fuchs den Namen Till gegeben und redete ihm gut zu, jetzt alles zu geben, was er konnte. Till gehorchte. Jetzt, da sie zum ersten Mal in hoher Geschwindigkeit zu dritt ritten, sah Victor, dass er der geübteste Reiter von ihnen war. Till konnte ebenfalls leicht mit dem Wallach und der Stute mithalten. Er fragte sich, warum man ihm auf der Zwingfeste ein so gutes Pferd gegeben hatte. Aber wahrscheinlich kannten sich diese finsteren Gesellen mit Pferden nicht weiter aus. Till war jung und feurig, obwohl ein wenig nervös und widerborstig. Nicht zu gebrauchen für den Einsatz in einer Reiterei, wo Pferd und Reiter immer wieder wechselten. Jedenfalls nicht, wenn die Reiter von Pferden lediglich verstanden, wie man sich im Sattel hält und dem Tier die Sporen gibt. Victor hingegen hatte mit Till bald Freundschaft geschlossen. Er sprach mit ihm, beruhigte sein aufbrausendes Temperament und gab seinen jugendlichen Verspieltheiten nach. Den Lohn dafür erhielt er jetzt, denn mit Till unter dem Hintern konnte er mühelos die Nachhut bilden, behielt Leandra im

Auge und war sicher, ziemlich schnell vorwärts zu kommen.

Er blickte öfter über die Schulter, aber er konnte von dem Getümmel an der Schmiede nichts mehr erkennen. Zu Beginn ihrer Flucht waren sie in den Schatten des Waldrands geritten, der sich an der Ishmar nach Norden entlangzog. Aber so, wie er Munuel verstanden hatte, lag das Problem nicht darin, dass man sie *sehen* könnte. Waren sie erst einmal aus dem Blickfeld verschwunden, ging die Hauptgefahr vom Sucher aus.

Vor ihm jagte der Schatten von Leandra über die Wiese am Waldrand entlang, und er fragte sich, wie er dazu kam, sich für sie verantwortlich zu fühlen und sie beschützen zu wollen. Möglicherweise war sie die gefährlichste Frau der ganzen Welt. Mit ihrem Schwert würde sie stärkere Gegner bezwingen können, als er sich vorstellen könnte. Trotzdem fühlte er, dass da etwas war, wofür sie ihn brauchte. Er seufzte innerlich. Von einem Mädchen wie Leandra hatte er, der abgerissene und mittellose Vagabund, bisher nie zu träumen gewagt.

Ein Schatten über ihnen verfinsterte das Nachtlicht des Sonnenfensters. Erschrocken blickte Victor hinauf. Ein gellender Schrei fuhr herab, und einen Augenblick lang dachte er, einem seiner Gefährten wäre etwas zugestoßen. Aber dann wurde ihm klar, dass der Schrei von dem fliegenden Wesen stammte. Es war eines der beiden, die sie bereits gesehen hatten. Es flog etwa zehn Mannslängen über ihnen, und drei Köpfe an langen Hälsen beugten sich herab, um die Reiter zu attackieren. Victor sah mit Entsetzen, dass lange, krumme Vogelschnäbel an den knochigen Schädeln saßen und dass sich einer davon auf Leandra zubewegte.

Ohne nachzudenken hob er die Armbrust, die an seinem Sattelknauf hing, legte im Ritt auf das Monstrum an und zog den Auslöser. Ein heftiges Schnalzen verriet ihm, dass der Bolzen abgegangen war, und kurz darauf sah er zu seiner grenzenlosen Überraschung, wie im linken vorderen Flügel des Wesens ein riesiges Loch entstand. Das dreiköpfige Vogelmonster quittierte den Treffer mit einem kreischenden Aufschrei und fiel sofort zurück.

»Schneller!«, brüllte Victor nach vorn.

Mehr die Pferde als die Reiter verstanden seinen Ruf, und im nächsten Augenblick waren sie nochmals um ein Viertel schneller als zuvor. Victor blickte zurück. Das getroffene Vogelmonster war schon weit zurückgefallen, aber es schien sich eben zu fangen und wieder Geschwindigkeit zu gewinnen. Gleichzeitig aber wurde es von dem zweiten Tier überholt, und dieses schloss rasch zu ihnen auf.

Victor langte in seinen Lederbeutel und fummelte einen zweiten Bolzen hervor. Insgesamt besaß er nur fünf. Er befestigte den Bolzen in der Schiene und musste dabei für einige Momente die Zügel loslassen. Es war ein Glück, dass Till in diesem Augenblick nicht über irgendeine Bodenunebenheit galoppierte, sonst hätte er sich vielleicht nicht halten können. Mit einer momentanen Kraftanstrengung spannte er die Armbrust, nahm den herabhängenden Zügel wieder auf und sah sich um.

Es war gerade noch rechtzeitig.

27 ♦ Feuerglut

Victor sah keine andere Möglichkeit mehr, als sich aus dem Sattel rutschen zu lassen. Diese Entscheidung fällte er innerhalb einer halben Sekunde, dann war er schon nicht mehr da. Till galoppierte alleine weiter.

Dort, wo Victor sich noch eine Sekunde zuvor befunden hatte, sauste ein gewaltiger Vogelschnabel vorbei und hätte ihn sicher in zwei Teile zertrennt, wäre er nicht abgesprungen. Till hatte ebenfalls Glück. Das harte Leder des Sattels ließ die Schnabelspitze abprallen, andernfalls wäre es wohl aus mit ihm gewesen.

Victor purzelte ins Gras und war im nächsten Augenblick schon wieder auf den Beinen. Munuel und Leandra galoppierten davon, ohne von seinem Abstieg etwas bemerkt zu haben. Till floh instinktiv seitlich in den Wald, um dem fliegenden Monster zu entkommen. Das Untier indes besaß noch eine Eigenart, die Victor im ersten Augenblick gar nicht deuten konnte. Dann aber sah er, dass noch ein anderes Wesen auf seinem Rücken saß. Das musste der von Munuel erwähnte *Sucher* sein.

Ein kreischender Schrei ließ ihn herumfahren. Das andere Vogelmonster, das er bereits verletzt hatte, befand sich im Angriffsflug. Victor sah seine Armbrust im Gras liegen und stürzte sich auf sie. Mit zehn schnellen Schritten hatte er die Bäume des beginnenden Waldes erreicht und war vorläufig in Sicherheit. Das Untier raste heran, drehte ab und fing sich mit Mühe wieder, um Höhe zu gewinnen. Ein weiterer Schrei ertönte. Victor konnte deutlich das große Loch im Flügel sehen. Möglicherweise war es deswegen so groß, weil die Flügel mit einer ledrigen Haut bespannt waren und … ach was! Victor schalt sich einen Narren. Der Grund war ganz einfach: All diese Wesen waren Ausgeburten des Reiches der Schatten und der Toten – dem Reich, wo Verwesung, Verfall und Fäulnis herrschte. Es wäre geradezu grotesk, gäbe es dort so etwas wie gesunde elastische Haut oder gar eine vitale Fähigkeit, die Wunden verheilen ließe. Nein, all das musste marode, verfallen und vom Niedergang gekennzeichnet sein. Das war der Grund für dieses riesige Loch! Victor beglückwünschte sich zu dieser Erkenntnis. Sie würde ihm noch von Nutzen sein.

Er beobachtete das Vogelmonster, das aufgeregt vor dem Waldrand kreiste und immer wieder Schreie ausstieß. Was sollte er nun tun? Munuel und Leandra mussten schon eine Viertelmeile entfernt sein; er hoffte, dass sie bald sein Fehlen bemerkten. Aber würden sie dann umkehren, oder wollte er das überhaupt? Sie würden riskieren, dem Feind geradewegs in die Arme zu laufen. Das brachte Victor darauf, dass er hier noch lange nicht in Sicherheit war, auch wenn das Vogelmonster ihn zwischen den Bäumen nicht so leicht angreifen konnte. Seine Schreie stieß es mit Sicherheit deswegen aus, um seine Kampfesgenossen hierher zu rufen.

Victor trat einen Schritt zwischen den Bäumen hervor und starrte in die Dunkelheit zum Flussufer. Wie weit mochten sie sich bereits von der Schmiede entfernt haben? Eineinhalb Meilen? Eindreiviertel vielleicht?

Dann sah er im Laufschritt zehn bis fünfzehn dunkle Gestalten herannahen, die meisten so groß wie Männer, aber auch zwei oder drei, die deutlich größer waren. Er hob die Armbrust und zielte sorgfältig auf das Vogelmonster. Der Bolzen schwirrte los, und er vernahm ein Aufklatschen und einen klagenden Schrei. Die Kreatur sackte ein Stück ab, fing sich aber wieder. Die Flügel, dachte er, die Flügel. Vogelmonster ohne Flügel sind so harmlos wie kleine Küken. Innerhalb einer halben Minute sandte er noch zwei weitere Bolzen auf die Reise.

Einer davon musste einen Kopf getroffen haben, denn Victor sah, wie aus einem der hässlichen Schädel etwas absplitterte und dann der Kopf mitsamt dem Hals nach unten fiel und wie ein totes Stück Tau herabhing. Der Schrei des Wesens war markdurchdringend. Der zweite Bolzen traf abermals einen Flügel, der nach dem Treffer regelrecht abknickte. Sekunden später klatschte das Wesen in den Fluss. Victor warf die Armbrust weg, zog sein Schwert und rannte grimmig entschlossen in schneller, aber steter Gangart in den Wald hinein Richtung Norden.

*

Leandras Aufschrei ließ Munuel herumfahren. Sie schlug mit der Jambala nach einem herabfahrenden Vogelschnabel von der Größe eines kleinen Bierfasses. Sie verfehlte das Monstrum, das für einen Moment zurückfiel, dann aber heftig mit den Flügeln schlagend wieder Raum gewann. Indessen war sie schon an Munuel herangekommen.

»Victor ist fort!«, rief sie.

Munuel blickte erschrocken zurück. Sie hatte Recht.

Es war nicht mehr die Zeit, zu entscheiden, ob man sich um ihn kümmern sollte oder nicht. Der Junge war mutig, und er hatte mehr als verdient, dass man ihm half – komme, was da wolle. Aber in dem Augenblick, da Munuel sein Pferd herumreißen wollte, sah er etwas, das seinen Herzschlag für Sekunden aussetzen ließ.

Er deutete in die Luft hinauf. »Da, Leandra! Auf dem Rücken des Monstrums! Der *Sucher!*«

Leandra fuhr herum. Wie zur Bestätigung hörte sie ein meckerndes Lachen herabhallen, und ein rot-violettes Licht waberte für einen Moment wie ein magischer Wellenstoß durch die Luft.

Sie hielten die Pferde an, denn fortreiten konnten sie nun nicht mehr. Jedenfalls nicht, wenn sie für Victor etwas tun wollten. Sonst hätten sie vielleicht in den Wald fliehen können. Sie standen nah beisammen und blickten betroffen zum Himmel hinauf. Das Vogelmonster kam in einem Bogen aus kaum einem Steinwurf Entfernung herangesegelt, und die Gestalt, die auf seinem Rücken saß, hätte ein großer hagerer Mann in einem dunklen Umhang sein können.

Der Sucher sah aus wie ein ganz gewöhnlicher Mensch. Jedenfalls, soweit sich das von hier aus beurteilen ließ. Das einzig Erschreckende an ihm war, dass aus jeder seiner Körperöffnungen dumpfes, violettes Licht zu dringen schien, aus den Nasenhöhlen, den Augen, dem Mund und selbst den Ohrlöchern – so als wäre das gesamte Wesen ausgehöhlt und von stygischem Licht erfüllt.

Leandra hob entschlossen die Jambala. »Geh du und suche Victor!«, knirschte sie Munuel zu. »Ich werde mit diesem Dreckstück schon fertig!«

Munuel schüttelte den Kopf. »Du kommst nicht an ihn heran, wenn er auf dem Rücken dieses Monstrums bleibt. *Du* wirst nach Victor sehen, und ich kümmere mich um den Sucher! Geh schon!«

»Aber Munuel! Er ist doch ein Dämon, oder nicht? Wie willst du denn …?«

Er schenkte ihr einen kalten Blick. Dann zog er den Yhalmudt unter dem Kragen hervor und starrte sie grimmig an. »Glaubst du etwa, du kleine Göre, dass du die Einzige auf der Welt bist, die über Macht verfügt? Los, verschwinde schon, bevor ich dir Beine mache!«

Munuels plötzliche Kampfeslaune und sein Zynismus gaben ihr einen Schub. Sie grinste ebenso grimmig zurück, riss dann an den Zügeln und ließ Bushka davonschießen.

Wenige Sekunden später war sie im Wald. Sie ritt nicht weit hinein, sondern hielt sich am Rand. Wenn Victor sich dorthin gerettet hatte, dann würde er sicher dort bleiben. Dass ihm etwas Ernsthaftes zugestoßen war, daran mochte sie nicht denken. Sie war fest entschlossen, nicht mehr auf ihn zu verzichten, bis diese Sache durchgestanden war. Und wenn alle Höllenmächte ihm auf den Fersen sein sollten – sie würde ihn da herausschlagen.

Einige Sekunden später wünschte sie sich, sie hätte es weniger dramatisch formuliert, denn wenn es ihre Vorstellung war, welche die folgende Szene herbeibeschworen hatte, dann hatte sie sich selber eine Falle gestellt.

Von irgendwoher hörte sie Victors Keuchen, und der Raum zwischen den Bäumen war von dumpfen Lichtblitzen und Funken erfüllt. Irgendwas hob sie aus dem Sattel, aber sie war auf alles vorbereitet und rollte sich über die Schulter ab, ehe sie sogleich wieder auf den Beinen stand. Sie spürte, wie die Jambala nur so vor Energie sprühte, und den Schatten, der sich in diesem Augenblick wie ein riesiger Bär vor ihr erhob, zerteilte sie mit einem schnellen, heftigen Streich in zwei Hälften, wobei sie einen wütenden Fluch ausstieß.

»Victor!«, schrie sie. »Wo bist du?«

Sie hörte ein Gurgeln, das irgendwie menschlich klang, und dann ein Geräusch, als würde Metall in einen Baum hacken. Danach ertönte ein Klirren, und sie hörte ein ersticktes: »Leandra!« von rechts. Sie wandte sich um und rannte in diese Richtung.

Kurz entschlossen wirkte sie eine Iteration dritten Grades, um ein Licht herbeizurufen. Es klappte auf Anhieb. Das Waldstück wurde von einem kleinen hellen Licht erleuchtet, das zwei Ellen über ihrem Kopf schwebend ihr durch die Bäume folgte. Sie nickte befriedigt, dass sie die eineinhalb Tage in der Scheune genutzt hatte, sich mit der Jambala und einigen wichtigen Iterationen zu beschäftigen.

Dann sah sie Victor. Vier oder fünf Schattenwesen drangen auf ihn ein, zwei davon mit rostigen Krummsäbeln bewaffnet, die andern mit bloßen Händen oder Klauen.

Höchste Zeit, zischte sie sich selber zu. Sie ballte kurz

die Faust, in der sie die Jambala hielt, und der engste nur denkbare Kontakt kam zwischen ihr und dem Schwert zustande. Während sie nach vorn weiterstürmen wollte, zog die Jambala sie nach rechts, und da sah sie schon den Grund: Ein Wurm, ein ekliges, riesiges Ding von der doppelten Größe einer Würgeschlange schoss mit beängstigender Geschwindigkeit zwischen den Bäumen hervor und auf sie zu. Sie stieß ein Japsen aus, aber dann blitzte die Jambala auf und führte ihren Arm mit sanfter Gewalt zu einem ausholenden Schwung, der den schwierigen Schlag auf einen schmalen, sich frontal nähernden Gegner möglich machte.

Helle Funken und ein weißlicher Blitz stoben auf, als die Jambala den Wurm seitlich traf und das abtrennte, was der Kopf sein mochte. Neben sich hörte sie Schwertergeklirr und einen wütenden Ausruf von Victor, dessen Klinge eben irgendetwas traf und dabei ein Geräusch erzeugte, als würde er einen gigantischen Blätterteigkuchen zerteilen. Sie fuhr herum und sah, wie eines der Schattenwesen zusammensackte. Victors Schwert aber stak in der Rinde eines Baumes, und während er wütend versuchte, es freizuzerren, versetzte er einem weiteren Gegner einen kräftigen Tritt in die Brustgegend, sodass dieser zurückstrauchelte.

Einen Augenblick später türmte sich hinter Victor ein gewaltig großer Schatten auf. Er war ähnlich dem ersten, den sie bekämpft hatte, und sie sah, wie sich das faulige Gebiss eines riesigen Höllenwesens über seinen Kopf senkte – zweifellos, um ihn abzubeißen.

»Kopf runter!«, schrie sie, und im nächsten Moment verließ die Jambala ihre Hand und zischte auf das Untier los. Victor reagierte, aber nicht schnell genug. Den Fingerbreit, der noch fehlte, glich die Jambala aus, und sie pfiff mit einem scharfen Geräusch über seine Haare hinweg und nahm wohl ein paar davon mit.

Sie mag ihn leiden, dachte Leandra, als sie zusah, wie das Schwert mitten in den heißen Rachen des Monstrums eindrang. Das Brüllen des Untiers war ohrenbetäubend. Die Jambala indes schickte, so schien es, ein gutes Stück ihres magischen Zorns in das Monster hinein – es krachte und faltete sich zusammen wie ein Stück Pergament, das unsichtbare Hände zu einem kleinen Kügelchen zusammenknüllen.

Leandra war von der Macht dieses Schwertes fasziniert. Es war schwer, sich in diesen Momenten vor Augen zu halten, dass man letztlich *doch* sterblich war. Der Stoß, den Leandra im nächsten Augenblick gegen die Schulter erhielt, erinnerte sie daran.

Sie klatschte auf den Boden und wusste sofort, dass sie unbedingt die Jambala wiederhaben musste. Ihre Schulter schmerzte, aber sie ignorierte es. Sie blieb am Boden und kugelte sich mit ein paar Überschlägen in die Richtung, in die ihr Schwert geflogen war. Gerade noch rechtzeitig, denn ein greller Feuerball flammte an dem Ort auf, an dem sie eben noch gelegen hatte. Während sie sich bewegte, versuchte sie zu erkunden, wie es Victor ging. Sie hörte neben sich Kampfgeräusche – also weilte er noch unter den Lebenden und wehrte sich. Aber der arme Bursche verfügte über keinerlei magische Hilfen und musste sich ganz allein gegen diese Streitmacht von Höllenwesen wehren.

Dann spürte sie Metall unter sich, und ein spontanes Gefühl sagte ihr, dass es sich nur um die Jambala handeln konnte. Sie sprang auf, nahm das Schwert an sich und sah sofort einen Ort, an dem sie sich wieder ins Kampfgetümmel stürzen konnte. Victor war in arger Bedrängnis. Ein weiterer dieser Würmer hatte sich um sein Bein geschlungen und biss ihn in den Oberschenkel, sodass er aufheulte. Leandra musste unter Victors ziellosem Schwertstreich hinwegtauchen, einen weiteren wehrte die Jambala ab. Eigentlich hätte Victors Schwert dabei in kleine Stücke zerspringen müssen, aber wundersamesweise blieb es heil und flammte sogar im Moment der Berührung auf, so als hätte die

Jambala einen Teil ihrer Energie Victors Waffe eingehaucht.

Doch Leandra hatte keine Zeit zu beobachten, was mit Victors Schwert geschah. Sie musste mehrere Schwertstreiche zweier Dunkelwesen abwehren, bevor sie Zeit fand, auf das Schwanzende des Wurmes einzuschlagen, der Victor biss. Sie konnte in der Hitze des Gefechtes nicht sagen, was den Wurm dazu gebracht hatte, Victor loszulassen, ob es ihre Schwerthiebe gewesen waren oder ob Victor sich seinerseits des Wurmes hatte erwehren können. Das Ergebnis jedoch war, dass das Monstrum in sich zusammensackte und reglos liegenblieb, während ein beißender, bläulicher Qualm seinem Körper entströmte. Leandra fehlte jede Vorstellung davon, woraus diese Wesen bestanden.

Wieder drangen die zwei Schattenwesen auf sie ein, und jetzt erst merkte sie, dass sie zu der größeren Sorte gehörten, über sechs Ellen messend und breit wie eine Eiche. Ihre Krummschwerter pfiffen durch die Luft, und obwohl sie mit der Jambala die Schläge gut parieren konnte, wurden diese Schwerter nicht sofort bei der Berührung mit der Jambala zerstört. Leandra spürte, wie sie müder wurde.

Immerhin konnte sie nun Victor besser wahrnehmen, der irgendwo hinter ihr stand und mit angestrengtem Keuchen eines der Wesen mit seinem Schwert angriff. Offenbar hatte er Erfolg. Seine Schläge brachen ab, und sie spürte plötzlich seinen Rücken an ihrem. Im Moment hatte sich eine winzige Kampfpause ergeben, und sie suchte nach seiner Hand. Keiner von beiden sagte etwas, es war nur so etwas wie ein gegenseitiges Kraftspenden. Ein kurzer Blick zeigte ihr, dass noch drei Gegner übrig waren – soweit sich das hier im dunklen Wald beurteilen ließ. Das Licht schwebte noch immer über ihr, aber es hatte auch den Nachteil, dass man sie jederzeit bestens ausmachen konnte.

Vor Leandra kauerten zwei dieser übergroßen Schattenwesen, und Victor hatte ebenfalls eines vor sich. Wie es schien, waren die Würmer tot und auch die gewöhnlichen Schattenwesen – die stärksten Gegner hatten sie noch vor sich.

Im nächsten Augenblick erstrahlte nördlich von ihnen ein greller, grünlicher Blitz und ein knatternder Schlag schallte herüber. Das musste Munuel sein, und Leandra dachte, dass sie froh sein konnte, sich hier mit Victor *nur* gegen diese Schattenwesen wehren zu müssen. Was ein Dämon mittlerer Ordnung zu bewerkstelligen imstande wäre, wollte sie gar nicht wissen.

»Bist du verletzt?«, flüsterte sie.

»Nicht der Rede wert«, lautete die Antwort. Leandra hörte an Victors Schnaufen, dass er schon ziemlich erschöpft war. Er mochte sich schon minutenlang gegen die Monstren verteidigt haben, als sie endlich eintraf.

Jede weitere Überlegung wurde ihnen abgenommen, denn die drei Schattenwesen griffen alle zugleich an. Leandra hätte nicht sagen können, ob sie von alleine die Kraft besessen hätte, den Schwertarm zu heben. Aber kaum regte sich der Gegner, flutete wieder neue Energie durch die Jambala. Und weil sie dachte, sie könnte vielleicht Victor etwas davon abgeben, hielt sie seine Hand fest, solange es ging.

Einen der beiden erwischte sie ziemlich schnell. Sie traf sein Schwert in einem günstigen Augenblick, und die Jambala hatte solchen Schwung, dass es mit einem unnatürlich hellen Klingen und einem heftigen grellen Funken in drei Teile zersprang. Sie nutzte den Vorteil und drang mit aller Heftigkeit auf das Monstrum ein, versetzte ihm innerhalb kürzester Zeit so viele Treffer, dass es in seiner Kraft merklich nachließ. Das war der Moment, in dem die Jambala mit einem gewaltigen Streich direkt von oben in den Schädel der Bestie eindrang und sie von oben bis unten spaltete.

Den nächsten Treffer musste sie selbst einstecken. Es war ihre linke Schulter, die im gleichen Augenblick von dem Säbel des zweiten Monstrums getroffen wurde. Sie dachte erst, ihr würde der ganze linke Arm abfallen. Aber das Schwert prallte an ihrem Kettenhemd ab. Sie heulte auf und befreite sich mit einem Überschlag aus der Reichweite ihres Gegners. Das Entsetzen über den Treffer drohte sie für einen Moment zu lähmen. Sie blickte zur ihrer Schulter und sah, dass unter ihrem Kettenhemd Blut hervorpulste. Ihr wurde schwindlig. Sie dachte, das sei das Ende. Sie war müde, ihr linker Arm war völlig unbrauchbar, und sie stand einem Gegner gegenüber, der riesig und stark war.

Sie blickte auf, und das Schwert des Monstrums schwebte über ihrem Kopf. Sie wusste nicht, was sie tun sollte. Plötzlich war alle Kraft aus ihr heraus, und sie starrte nur das tödliche Schwert mit tauben Blicken an. Dann hing plötzlich Victor dem Monstrum im Gesicht. Mit einem Schrei war er herangesprungen, hatte sich an der Schulter des Wesens festgeklammert und trieb ihm nun eins ums andere Mal das Heft seines gebrochenen Schwertes in den Totenschädel.

Irgendwie reichte das noch nicht, und Leandra wusste, dass dies ihre letzte Chance war, dem Tod noch einmal zu entrinnen. Sie stürzte vor und trieb dem Untier die Jambala bis zum Heft in den Bauch, zog sie hervor, stieß erneut zu und tat dies solange, bis sie kraftlos zu Boden sackte und ohnmächtig wurde.

*

Es konnte nicht lange danach gewesen sein, als sie wieder zu sich kam.

Victor und Munuel knieten bei ihr, sie sahen beide einigermaßen unversehrt aus. Sogar alle drei Pferde waren da. Mühevoll atmete sie auf.

Offenbar hatten sie diesen Wahnsinn heil überstanden.

Sie blickte zu Munuel auf und sah seine wild zerzausten Haare. Für einen Moment hatte sie den Eindruck, als stiege ein winziges Rauchwölkchen daraus auf. Sie stieß einen Laut aus und schloss für Momente die Augen. Einmal drei oder vier Tage Verschnaufpause in diesem Höllenspektakel wären wirklich ein Geschenk gewesen. Irgendetwas schien sie ständig beschäftigt halten zu wollen.

Sie öffnete die Augen wieder. Munuel machte einen abgekämpften Eindruck. Victor trug überall Schrammen und Wunden, aber körperlich war er der kräftigste von allen, und so hatte er den Kampf auch am besten überstanden. Dass er allerdings frisch und gesund aussah, davon konnte keine Rede sein.

Leandra sah zu seinem rechten Oberschenkel und konnte dort seine Hose in Fetzen hängen sehen. Der Gebissabdruck des Wurms war wunderschön nachgezeichnet. Die Wunden allerdings waren schon verschorft, zweifellos Munuels Werk. Als sie nach ihrer linken Schulter sah, erwartete sie ähnliches – und so war es auch. Munuel hatte die Schulterverschlüsse ihres Kettenhemds geöffnet und ihre linke Brust entblößt. Der Gedanke schoss ihr durchs Hirn, dass Victor dieser Anblick nicht eben entsetzen würde – sie hatte seine körperliche Reaktion durchaus verspürt, als sie ihn in der Schmiede umarmt hatte.

Die Quittung für ihre grotesken Gedanken kam sofort. Sie stöhnte auf, als Munuel damit begann, ihr einen Verband um die Schulter zu legen. Die Blutung war gestillt, und auch an ihrer Schulter saß schon trockener Schorf. Sie ließ es jammernd über sich ergehen. Sie ertrug das schmerzhafte Anlegen des Verbands und blieb dann mit geschlossenen Augen an Victor gelehnt sitzen, der neben ihr kniete.

Schließlich öffnete sie die Augen wieder und ließ ein erschöpftes Stöhnen hören. Munuel sah sie besorgt an. Daraufhin versuchte sie mit der linken Hand eine Faust zu machen. Es gelang – wenn auch unter Schmerzen.

Munuel schien ein wenig aufzuatmen. »Ein paar Wochen, und du bist wie neu«, meinte er zuversichtlich.

Sie lächelte. Eigentlich keine schlechte Aussicht, aber jetzt, in dieser Situation, eine schlimme Nachricht. Sie blickte zu Victor auf.

»Du bist mir um eins voraus, Prinzessin«, sagte er. »Jetzt muss ich wieder *dir* das Leben retten!«

Sie atmete lang und tief ein. »Wo hast du das mit der *Prinzessin* her?«, fragte sie mit matter Stimme.

Er nickte in Richtung Munuel. »Hab ich ihm abgeguckt. Aber es passt – du bist wirklich eine Prinzessin. Ohne dich wäre ich jetzt im Jenseits.«

Sie keuchte, streckte den gesunden Arm nach ihm aus und hielt sich für eine Minute lang an ihm fest. Sie wusste nicht recht, warum sie das tat; sie empfand keine Liebe für ihn. Trotzdem – da war etwas. Er besaß etwas, wonach sie sich sehnte, wenn sie einen solch harten Kampf ausgefochten hatte. Menschliche Wärme, vermutlich.

Dann ließ sie sich wieder zurücksinken und schloss die Augen. Der Kampf glitt noch einmal vor ihrem geistigen Auge vorbei. Er hatte nur wenige Minuten gedauert, aber sie fühlte sich, als hätte sie stundenlang gefochten.

»Was nun?«, fragte sie erschöpft.

»Wir müssen weiter«, sagte Munuel. »Wir sind noch nah an der Schmiede. Ich weiß nicht, wie viele dieser Schattenwesen es dort noch gibt!«

»Du glaubst …? Ich meine … Was ist mit dem *Sucher?* Du musst ihn erledigt haben. Sonst wärest du nicht hier!«

Munuel lächelte wieder auf die Weise, wie er es vor dem Kampf getan hatte. Er sah im Moment wahrlich aus wie einer, der Tod und Teufel getrotzt hatte – mit Klugheit, Mut und einer gehörigen Portion Angriffslust. »Der Yhalmudt ist wahrhaftig ein widerliches Ding«, sagte er mit schiefem Grinsen. »Jedenfalls für Dämonen. Ich hatte schon fast vergessen, was alles in ihm steckt. Eine ordentliche, saubere Iteration, um ihn aufzuladen, und dann – wumm!« Er verzog das Gesicht zu einer Grimasse.

Leandra deutete zu Victor. »Er ist wahrscheinlich der mutigste Kämpfer von uns allen«, stellte sie fest. »Er hatte nur ein Schwert und sonst nichts. Keine Magie, keine magische Waffe, nichts.«

Munuel klopfte Victor anerkennend auf die Schulter. »Du hast eines dieser Vogelmonster fertiggemacht, oder? Ich wüsste nicht, wer es sonst gewesen sein sollte!«

Victor ließ sich auf den Hintern fallen. Matt, aber gut gelaunt, zählte er auf: »Ein Vogelmonster, zwei Ekelwürmer, einen Stinkbär, vier oder fünf von diesen Schattenheinis und eineinhalb große Dunkelmonster! Nicht schlecht für ein Würstchen wie mich, was?«

Das Lächeln auf ihren Gesichtern wirkte vielleicht entspannender, als es zwei Stunden Schlaf vermocht hätten.

»Der *Sucher* ist erledigt«, erklärte Munuel, »aber ich glaube, dass mindestens noch ein Dämon in dem Totenzug ist. Es hilft nichts. Wir müssen weiter, und zwar gleich.«

Mühsam rappelten sie sich auf und halfen sich gegenseitig auf die Pferde. Victor stieg zuletzt auf und sah sich dann um. Kein Verfolger war zu sehen. »Wo geht es nun hin?«, fragte er.

»Nordwärts«, sagte Munuel.

»Nach Unifar«, ergänzte Leandra.

Victor machte große Augen. »Nach Unifar? Tatsächlich?«

28 ♦ Jacko

Sie ritten sechs Tage lang nordwärts, immer am Ufer der Roten Ishmar entlang. Es war fast unglaublich, dass sie niemand verfolgte, aber irgendwie kamen sie ohne Unterbrechung voran. Sie hatten diese Kampfpause auch dringend nötig. Vielleicht war der Grund für ihren ungestörten Ritt ein Fehler, den ihr Gegner begangen hatte: Er hatte nicht damit gerechnet, dass der *Sucher,* kaum dass er im Diesseits war, schon wieder vernichtet werden könnte.

Munuel kannte sich mit den Methoden der Bruderschaftsmagie nicht aus, aber er vermutete, dass es selbst einer Gruppe von Magiern mit den Fähigkeiten eines Chast nicht so ohne weiteres möglich war, einen *Sucher* herbeizurufen. So gesehen war es ein wichtiger Erfolg, dass er diesen Dämon so schnell hatte besiegen können.

Das Wetter war in diesen Tagen wechselhaft, mal gab es kurze Regengüsse, vor denen sie sich in Sicherheit brachten, mal brannte die Sonne durch die kleinen, aber zahlreichen Sonnenfenster von Mittalkrania nieder. Meistens war es schwülwarm, und Leandra ritt häufig nur in ihrem Unterhemd – was ihr wieder einmal eine Menge Seitenblicke einbrachte. In diesem Fall jedoch weniger von Munuel als von Victor.

Irgendwie begann ihr das langsam Spaß zu machen – all die bewundernden Blicke von ihm. Sie empfand einen gewissen Stolz dabei. Ihr war immer klar gewesen, dass sie ganz nett aussah, hatte dem jedoch nie eine besondere Bedeutung beigemessen. In Angadoor waren eigentlich alle Mädchen hübsch, jedenfalls mehr oder weniger. Jede hatte ihre Verehrer gehabt, und Leandra hatte nie verstanden, warum Mädchen wie Floris oder Janina so ungeheuer viel Wert darauf legten, sich ständig herauszuputzen. Ihnen wären auch so eine Menge junge Männer hinterhergelaufen. Leandras Eitelkeiten hatten stets auf anderen Gebieten gelegen – sie wollte die klügste, die schlagfertigste und die gebildetste von allen sein, was ihr meist auch gelungen war. Aber das war in einem Dorf wie Angadoor nicht sonderlich schwierig. Sie war die einzige Novizin der Magie aus ihrem Dorf gewesen, und mit einem Lehrer wie Munuel stellte es keinerlei Schwierigkeit dar, den anderen stets ein paar Schritte voraus zu sein. Sie hatte in den letzten Jahren wohl ein paar Liebesaffären gehabt; sie waren ihr meist jedoch nach kurzer Zeit ein wenig lästig geworden. Sie wollte die Magie, die Wissenschaft und die Geheimnisse der Vergangenheit ergründen. Und da passten all die jungen Kerle, die von ihr etwas wollten, nur schlecht ins Konzept. Manchmal hatten ihr andere Mädchen hinterhergespöttelt, sie habe kein Interesse an Jungs und der Liebe – aber das war ihr egal gewesen. Im Gegenteil – sie hatte mitbekommen, dass sie das bei den meisten jungen Burschen nur umso begehrter machte. Aber seit diesem Erlebnis bei Hilda – oder war es die Begegnung mit Hellami gewesen? – hatte sich etwas geändert. Schon bei dem Fest in Tulanbaar war ihr die Eitelkeit des Körpers zu Kopfe gestiegen, und jetzt, da Victor sie ständig von der Seite her beobachtete, glaubte sie zum ersten Mal verstehen zu können, was Floris und Janina empfanden, wenn ihnen alle Männer im Dorf hinterhersahen – egal ob jung oder alt. Es war blanker Stolz, dass sie gut aussah. Sie empfand nichts Besonderes für Victor – abgesehen davon, dass sie ihn mochte –, aber sie hatte sich dabei ertappt, sich morgens nach dem Aufstehen gründlicher zu pflegen, als sie es sonst tat, sich mehrmals täglich die Haare zu bürsten und sich ihm immer aus einem besonders günstigen Blickwinkel zu präsentieren. Sie trug sich mit keiner speziellen Absicht, aber seine bewundernden Blicke taten ihr insgeheim gut. Sie hatte sich überlegt, ob sie ihn vielleicht verführen sollte, doch sie bezweifelte, dass er überhaupt ihr Typ war.

So ritten sie weiter nach Norden, während sie sich langsam von den Strapazen und den Verletzungen des letzten Kampfes erholten. Leandra trug noch immer einen Verband über der Schulter, was ihr auch das Tragen des Kettenhemdes unmöglich machte. Außerdem wäre sie damit wohl anderen Reisenden aufgefallen, was sie lieber vermeiden wollte. Der Ritt selbst war anstrengend, denn sie bewegten sich in zügigem Tempo vorwärts über eine Straße, die nach Norden führte. Sie war recht gut befahren, und für einige Zeit waren sie unschlüssig, ob ihnen das einen Vorteil verschaffte oder das genaue Gegenteil davon. Da sie jedoch nicht in Schwierigkeiten gerieten, blieben sie auf der Straße. Ein Ritt mitten durch die Wildnis hätte sie zu viel Zeit und Mühe gekostet.

Dann aber, ab dem dritten oder vierten Tag, wurde ihnen immer deutlicher, dass die Leute ihnen mit einer gewissen unerklärbaren Voreingenommenheit begegneten. Es waren nicht alle so, die sie unterwegs sahen, aber die neugierigen und erstaunten Blicke und das leise Geflüster, das sie immer wieder bemerkten, wollten nicht abreißen. Zuerst fragten sie sich, ob es ihre Kleider waren, die in dieser Gegend so auffällig wirkten, aber sie kamen zu keinem Ergebnis. Dann dachten sie an die Pferde oder an irgendwelche Gerüchte, die man sich über sie erzählten mochte.

Mit dieser letzten Vermutung lagen sie, wie sie schließlich feststellten, richtig. Als Leandra einmal wütend einen Mann auf einem Wagen anblaffte, der ihnen schon seit einer ganzen Weile hinterher holperte – was er denn dauernd zu gaffen und mit seinem Kumpel zu flüstern hätte –, erfuhren sie die Wahrheit.

»Ihr seid Magier, nicht wahr?«, hieß es.

Leandra starrte erstaunt zu Munuel.

»Wie, beim Felsenhimmel, kommst du auf so was?«, rief sie hinüber.

Der Mann, ein linkisch wirkender, hagerer Kerl mit abstehenden Ohren, zog einen Nasenflügel hoch. »Das Spektakel an der Ishmar, das ihr vor ein paar Nächten veranstaltet habt. Ha, das hat sich längst herumgesprochen!«

»Ein ... Spektakel?«, versuchte Leandra abzuwiegeln. Sie setzte einen höchst erstaunten Gesichtsausdruck auf. »Was für ein *Spektakel* meinst du denn?«

Der Mann kicherte. »Das Spektakel«, sagte er, »das ein alter und zwei junge Magier, von letzteren einer eine Frau, auf drei braunen Pferden und unbekannt im Tharuler Land, vor drei Nächten unten am Marschenforst veranstaltet haben. Das mit den Lichtblitzen, Schwertergeklirr, Dämonengeheul und Donnerschlägen, das man nur zwei Dutzend Meilen weit hören konnte, verstehst du? *Das* Spektakel meine ich! Aber jetzt, da ich euch mit der Beschreibung vergleiche, könnt ihr es unmöglich gewesen sein!« Er lachte meckernd, und sein Kumpel tat es ebenso.

Leandra, Munuel und Victor hielten wie auf ein Kommando ihre Pferde an und ließen den Wagen passieren.

»Ärgerlich«, sagte Munuel nach einer Weile.

Victor und Leandra nickten. »Denkst du, das könnte uns schaden?«

Er hob die Achseln. »Kann ich nicht sagen. Verfolgt werden wir offenbar nicht, wenn man einmal von diesen Gerüchten absieht, die uns vorauszueilen scheinen.«

Sie beschlossen, sich so unauffällig wie möglich zu verhalten. Einen Erfolg konnten sie dabei kaum feststellen, denn die Leute tuschelten weiterhin über sie. So versuchten sie wenigstens, sich einigermaßen zu erholen. Munuel hatte schon seit Beginn ihrer Reise nach Norden alle Register seiner Heilkünste gezogen, zu denen auch das Zubereiten bestimmter Arzneien aus Heilkräutern,

Wurzeln und seltenen Erden zählte. Magie setzte er so sparsam ein, wie es eben nur ging, um seine Kräfte zu schonen. Nur bei Leandra machte er eine Ausnahme. Ihre Schulterwunde musste heilen.

Täglich setzte er sich morgens, mittags und abends eine Viertelstunde mit ihr zusammen an einen ruhigen Ort und wirkte eine ganz spezielle Iteration. Er sagte niemandem, dass es sich dabei um einen Zauber der Stygischen Magie handelte – jener durch den Kodex nicht gebilligten Form, die er aus Darios' Büchlein gelernt hatte. Sie war nicht leicht auszuführen, aber er fand einen Weg, auf einen Dämon zu verzichten, den er im Stygium als Medium herbeizwingen musste. Er lag einfach darin, diesen Zauber in einer sehr geringen Iterationsstufe zu halten. So fesselte er nur einen *Knotenpunkt* stygischer Kräfte auf der anderen Seite, der wohl stark genug, aber nicht so komplex war, um die Wesenheit eines Dämonen zu formen. Dass dies funktionierte, erfreute Munuel gleichermaßen, wie es ihn auch bedrückte. Er hatte nun eine Grenze überschritten und befand sich in diesem Moment den Praktiken der verachtungswürdigen Bruderschaft näher, als es ihm lieb gewesen wäre.

Trotz der geringen Iterationsstufe waren die Heilkräfte, die er damit aufzubringen vermochte, bemerkenswert. Er benutze meist einen Pflanzenschössling oder eine Babbuknolle; etwas jedenfalls, das sehr viel vitale Kraft in sich vereinte. Er lenkte ihre Kraft durch ein sehr stabiles Aurikel ins Stygium zu dem Knotenpunkt jenseitiger Energien und erzeugte dort ein massives Defizit an stygischen Energien. Starke vitale Kräfte wirkten auf das Stygium ebenso wie ein starkes Gift auf einen gesunden Körper. Um dieses Defizit auszugleichen, strömten stygische Kräfte, die sich durch das Trivocum im Diesseits ausgebreitet hatten, wieder zurück in ihre angestammte Sphäre. Die kleine Aura im Diesseits, die Munuel auf diese Weise fast vollkommen von stygischen Kräften reinigen konnte, konzentrierte er auf ihre

Wunde. Jede Arznei, die in diesen Momenten auf Leandras Schulter aufgetragen wurde, wirkte wahre Wunder. Man konnte den Heilungsprozess beinahe mit den Augen verfolgen. Leandra genoss diese Minuten, denn sie taten ihr unglaublich wohl. Sie profitierte indes auch von ihrer Jugend und erholte sich erfreulich schnell. Nach drei Tagen hatte sich die Wunde vollständig verschlossen, neues Gewebe hatte sich gebildet und die geprellten und verletzten Sehnen und Muskelfasern waren zusammengewachsen. Sie begann so früh wie möglich mit leichten Schulterübungen, um ein Vernarben und Verknorpeln der verletzten Stelle zu verhindern.

Munuel kostete dies einiges seiner Kräfte. Er zwang sich dazu, die stygischen Energien in eisernem Griff zu halten, um nicht das geringste Risiko einzugehen. Nach wenigen Tagen schon war seine Übung darin so groß geworden, dass es ihm selbst nicht mehr ganz geheuer war. Trotzdem nahmen seine Kräfte ab, und als Leandras Wunde sich deutlich verbessert hatte, erklärte er ihr, dass sie jetzt mit den Heilzaubern aufhören müssten, sie würden zu sehr an seine Kräfte gehen. Sie schöpfte keinen Verdacht – ebensowenig, wie sie das komplizierte Geheimnis seiner Magie zu durchschauen vermochte.

Victor war schon nach wenigen Tagen wieder gut in Form und hatte seinen Blessuren überwunden. So genossen sie das Glück, vor ihrer nächsten großen Aufgabe ihre Kräfte zu sammeln.

Sie diskutierten über das Phänomen, dass die Jambala tatsächlich etwas von ihrer Kraft auf Victors Schwert übertragen hatte. Victor bestätigte, sein Schwert habe während des Kampfes für einige Minuten eine unerhörte Durchschlagskraft besessen, – mit der es ihm schließlich gelungen war, das dritte große Schattenwesen sogar mit seinem zerbrochenen Schwert zu besiegen. Nach dem Kampf war der Rest seines Schwertes bloß wieder ein kaltes Stück Metall gewesen – die Kräfte der Jambala in ihm waren versiegt.

Wann immer Victor Zeit fand, übte er mit dem zweiten Schwert, das er aus Zarkos' Schmiede mitgenommen hatte, wenngleich kaum mehr als ein Stück Schrott. Eine uralte, halb verrostete Waffe, die darauf hindeutete, dass der lebende Zarkos leider kein besonders guter Schmied gewesen war.

Auch Leandra übte ab und zu mit Jambala, wenn es ihre Schulter gestattete. Ein seltsames Phänomen bestand jedoch darin, dass sie nach jedem Gebrauch der Jambala sichtlich erschöpft war. Es zog sie danach immer wieder zu Victor hin, und einmal schlief sie sogar in seinen Armen ein.

Munuel zog sich oft zurück und sinnierte über die seltsame Begegnung mit Chast. Hinter dem rätselhaften Mädchen steckte ein großes Geheimnis. Er ahnte, dass sie wieder auftauchen würde. Gegenüber seinen Gefährten erwähnte er sie nicht. Der Hinweis Chasts, dass sie *seine* Shaba sein würde, war ihm nicht geheuer. Er wollte erst mehr über sie in Erfahrung bringen – wenn ihm das irgendwie gelang.

Am sechsten Tag rief Munuel Leandra und Victor zu sich.

»Ich muss mit euch reden, Kinder«, sagte er väterlich, und allein das veranlasste Leandra schon wieder, unbewusst die Arme nach Victor auszustrecken, so als wären sie Schwesterlein und Brüderlein, die sich gegenseitig festhielten, wenn der gestrenge Papa zu ihnen sprach. Von einem plötzlichen Impuls getrieben, zog sie sich wieder zurück. Victor reagierte verwundert.

»Ich möchte, dass wir uns für einen Tag trennen«, eröffnete er ihnen. »Wir sind jetzt bald in Tharul, und ich kenne hier in der Gegend einen alten Kampfesgenossen, den ich aufsuchen möchte. Er heißt Hennor. Ich möchte ihn fragen, ob er mit uns kommen will. Ich glaube, es wäre gut, wenn wir noch einen Gefährten hätten, denn die Gefahren werden zu groß. Wir haben schon gesehen, wie wichtig du, Victor, für uns wurdest – ohne dich hätten wir diesen Ort hier nicht erreicht. Ein weiterer Magier in unserer Gruppe würde mich sehr beruhigen.«

»Und was sollen wir tun?«, fragte Leandra. »Sollen wir hier warten?«

Munuel schüttelte den Kopf und zog seinen Geldbeutel hervor. »Nein. Ihr geht nach Tharul und kauft Ausrüstung.« Er deutete auf Victors zerfetzte Kleidung und seine minderwertige Waffe. »Wir brauchen einiges an Sachen, wenn wir durch den Mogellwald wollen. Und Victor soll sich ein gutes Schwert besorgen. Danach versucht ihr herauszufinden, ob es in Tharul einen vertrauenswürdigen Gildenmagier oder gar ein Ordenshaus gibt. Wenn ich mich recht entsinne, sind die Phygrier hier in der Gegend zuständig, ein alter Zweig der Cambrischen Gilde. Aber sie haben ganz andere Strukturen, und möglicherweise braucht es einen Tag, herauszubringen, wer der richtige Mann für uns ist und ob wir ihm trauen können. Ich möchte, dass ihr vorsichtig seid. Gebt keine Informationen preis – geht am besten gar nicht zu den Phygriern hin, sondern kundschaftet nur aus. Ich denke, ihr könnt morgen in Tharul sein, am folgenden Tag werde ich zu euch stoßen. Sagen wir, im größten Wirtshaus der Stadt. Die Kräfte mögen geben, dass ich Hennor überzeugen kann, uns zu begleiten. Ich wäre sehr erleichtert. Er ist ein unerhört fähiger Magier.«

Leandra und Victor nickten.

Munuel war ein wenig unbehaglich zumute. Der Grund, sich von ihnen vorübergehend zu trennen, war ihm selbst sehr fadenscheinig vorgekommen, aber Leandra und Victor schienen keinen Verdacht zu hegen. Hennor war ein Magier, der seinerseits im Verborgenen über die *Stygische Magie* geforscht hatte – nachdem sie sich vor vielen Jahren einmal in Savalgor getroffen hatten. Munuel waren irgendwelche Bemerkungen herausgerutscht, die Hennor richtig gedeutet hatte, woraufhin es zu seinem Interesse für diese verbotene Magieform gekommen war. Munuel hatte zuerst große Skrupel empfunden, war dann aber froh gewesen, endlich einmal mit einem Menschen über diese Magie Gedanken austauschen zu können. Angesichts der Macht der Bruderschaft von Yoor wollte sich Munuel nun rüsten, so sehr es nur ging. Hennor würde eine große Hilfe sein.

Am späten Nachmittag trennten sie sich. Munuel ritt Richtung Westen davon, zu einem kleinen Dorf, in dem Hennor, soweit er sich erinnerte, ansässig war. Er war selbst noch nie dort gewesen und hoffte, seinen Bruder überhaupt finden zu können.

*

Den ganzen Nachmittag lang ritten sie in verhaltenem Tempo.

Sie wurden öfter von Leuten überholt, die es eiliger hatten, und immer noch waren welche darunter, die sie misstrauisch beäugten. Victor und Leandra hatten gehofft, dass die Gerüchte mit der Entfernung vom Ort des Geschehens abnehmen würde, aber dem war nicht so. Gegen Abend fanden sie ein Gasthaus an der Straße. Das war ein Segen, denn ihnen stand beiden der Sinn nach einem Bad und einer Nacht in frischer Bettwäsche, bevor sie Tharul erreichten.

Ein Knecht nahm ihre Pferde in Empfang, und Leandra zählte ihr Bargeld. Munuel hatte ihr einhundert Folint gegeben. Das würde leider für ein Schwert aus Tharuler Stahl nicht genügen, das sie Victor wirklich gönnte. Sie nahm sich vor, den Kauf des Schwertes so lange hinauszuschieben, bis sie Munuel trafen. Vielleicht war er zu überzeugen, noch etwas zuzuschießen. Dass Victors Schwert im Kampf zerbrochen war, sollte eigentlich Grund genug sein.

Victor hingegen zeigte sich erfinderisch. Als sie das wohlgefüllte Gasthaus betraten, erspähte er eine Leier, die an der Wand hing, und nahm sie kurz entschlossen an sich. Es war ein altersschwaches Instrument, aber es gelang ihm, sie zu stimmen. Als der Wirt ihre Bestellung aufnahm, fragte Victor, ob er etwas dagegen hätte, wenn er ein wenig spiele. Leandra starrte ihn neugierig an. Der Wirt musterte Victor mit strengen Blicken, nickte ihm dann aber zu.

Victor erhob sich, kletterte auf eine Kiste und rief: »Wollt ihr ein Lied hören, Leute?«

Zwei Dutzend Gesichter wandten sich ihm zu, dann rief eine Stimme: »Wenn du singen kannst, Fremder, dann leg los! Wenn du's nicht kannst, wirst du schon sehen, was du davon hast!«

Die Leute lachten. Leandra blickte sich um und bekam plötzlich eine düstere Vorahnung. Die meisten Gäste schienen keine Bauern oder einfache Dorfbewohner aus der Umgebung zu sein. Überall sah sie Waffen, und die Gesichter mancher Kerle erinnerten sie an die finsteren Burschen im Hurenhaus von Savalgor.

»Was wollt ihr hören?«, rief Victor munter zurück. »Ein Liebeslied? Eine Ode an einen Drachenjäger? Oder eine Ballade über … einen finsteren Räuberhauptmann?«

Der Lärm in der Gaststube erstarb. Leandra fühlte, wie ihr das Herz in die Hose rutschte. Eine Weile sagte niemand etwas. Dann erhob sich eine Bassstimme aus einer dunklen Ecke. »Die Ballade«, sagte der Mann. »Sing die Ballade!«

Leandra spähte hinüber.

Halb im Schatten unter einer Stiege saß ein großer Mann in dunkler Kleidung. Ein mächtiger Zweihänder lehnte neben ihm an der Wand. Der Kerl war so wenig ein Bauer, wie sie eine Milchkuh war.

Victor zeigte sich unbeeindruckt. Er verbeugte sich tief in Richtung des Mannes. »Wie Ihr befehlt, Euer Gnaden! Die Ballade heißt ›Des Räuberhauptmanns Braut‹!« Dann ließ er seine Finger über die Saiten der Leier gleiten und entlockte dem Instrument eine Reihe von überraschend wohlklingenden Tönen. Victor begann zu singen.

Im Marschenforst, tief unter einer großen Tanne,
man weiß nicht wo, es ist auch wurscht,
da lebte einst ein Klotz von einem Manne,
der hatte auf Weiber 'nen Riesendurscht.

Irgendwoher erklang Gekicher, doch es erstarb sofort wieder. Während Victor ein paar Töne spielte, legte sich wieder Schweigen über den Raum.

Der Kerl war meist von grimm'ger Laune,
dort unter der Tanne, tief im Forst.
Es gab im Wald schon manches Geraune,
dass er verlorn hätt seinen ... Dorst!

Wieder war leises Gekicher zu hören. Victor besaß eine schöne Stimme, aber er sang mit übertriebenem Tremolo, und seine Verse waren holprig genug. Leandra merkte, dass er das Lied in diesem Moment erfand – möglicherweise aus Bruchstücken, die er als Sänger parat hatte.

Da dacht er bei sich, der grimmige Mann,
So geht's nicht weiter, jetzt ist Schluss!
Ein strammes Weib muss hurtig ran,
sonst gibt's hier bald 'ne Menge Verdruss!

Diesmal kein Gelächter. Leandra schwante Übles. Sie wunderte sich über Victors Selbstvertrauen. Es schien ihr immer offensichtlicher, dass hier ein paar sehr ungewisse Leute verkehrten.

Wer der Kerl in der Ecke war, konnte sie nicht sagen. Wenn er am Ende tatsächlich ein Räuberhauptmann war, dann war Victor so gut wie tot. Sie wäre am liebsten aufgesprungen und hätte ihn dort von seiner Kiste gezerrt. Aber nun war es leider viel zu spät. Victor zeigte indessen nicht die Spur von Angst. Er sang munter weiter.

So ging er los, der Klotz von Mann,
doch noch zur Zeit er sich besann,
dass Weibsleut es ganz gerne hatten,
zu küssen auf 'ne richtig glatte,
und wohlrasierte Kinnpartie,
so sucht er auf, einen Barbier.

Dann dacht er auch noch sein Erscheinen,
zu kleiden in ein fein'res Leinen,
zuletzt kauft er sich noch 'nen Hut,
sah in den Spiegel und fand's gut.

Die Leute lauschten gespannt, und Leandra hoffte verzweifelt, dass Victor es vielleicht noch schaffte, seine Knüttelverse soweit herumzureißen, dass sich der große Mann unter der Stiege nicht beleidigt fühlen würde. Was Victor dann aber sang, raubte ihr jeglichen Hoffnungsfunken.

Dann ging der Mann ins Wirtshaus rein,
er setzte sich, bestellte Wein,
dann kam auch schon ein strammes Weib,
und fragt ihn, was er hier so treib.

Sie hatte dicke, runde Brüste,
doch weckten sie nicht seine Lüste.
Dann sah er mit gehör'gem Bangen,
die Hitze schon auf ihren Wangen.

Dem Riesenkerl wurd plötzlich flau,
ganz angst und bang vor dieser Frau.
Sie setzt sich zu ihm und er sah,
Dass ihre Brüst so riesig warn!

Eisiges Schweigen breitete sich im Raum aus. Jeder der Gäste schien zu wissen, dass Victor gerade dabei war, seine Haut in kleinen Streifen zu verspielen. Manche schielten mit verkniffenen Gesichtern zur Stiege, wo noch immer schweigend der große Mann im Schatten saß. Leandra hätte viel darum gegeben, wenigstens seinen Gesichtsausdruck erkennen zu können. Sie machte sich darauf gefasst, Victor in Kürze mit ihrem Schwert zur Seite stehen zu müssen. Die Frage war nur, ob die Jambala sich in einem solchen Fall zuständig fühlte.

Victor indes warf sich in die Brust und sang völlig furchtlos und voller Inbrunst weiter.

Da schrie er auf und zog den Säbel –
weich von mir, Weib – ich wollt ein Mädel!
Nicht so 'ne riesendralle Kuh,
und so viel Plüsch und Pomp dazu!

Da kam ein zartes Ding daher,
und schmiegt sich an den großen Bär.
Sie sagte zu der drallen Dame,
ob sie sich denn nicht furchtbar schame,
Melonen unterm Hemd zu tragen,
und sich an Männer ranzuwagen.

Sie sollt die Schmink sich runtertun,
der Opa würd so lang schon ruhn.
Es wär ja schließlich schon so spät,
und sie – die Oma – sollt nun rasch ins Bett.

Mit einem Schlag löste sich die angespannte Stimmung. Einige Männer begannen zu kichern, dann zu lachen, und plötzlich platzte es aus allen heraus. Niemand schien sich mehr zu sorgen, dass der große Mann nun Victor zu Dauerwurst verarbeiten könnte, nein, alles schien in Ordnung zu sein. Leandra atmete erleichtert auf. Sie ließ sich sogar zu einem Lächeln hinreißen, nicht, weil sie Victors Ballade so geistreich gefunden hatte, sondern weil sie einfach über seine Dreistigkeit lachen musste.

Ein Hut war herumgegangen, und man warf Münzen für den Künstler hinein. Kurz darauf kam Victor mit breitem Grinsen an den Tisch, in der Rechten den Hut, und setzte sich gut gelaunt auf seinen Stuhl. Der Wirt hatte inzwischen Kartoffeln, Gemüse und Bier gebracht.

Victor forschte in ihrem Gesicht.

»Bist du von allen guten Geistern verlassen?«, zischte sie ihm zu, konnte sich aber ein Lächeln nicht verbeißen. »So etwas zu singen – hier, in dieser Gegend? Die Hälfte der Leute hier dürften zu einer Räuberbande gehören!«

»Genau deswegen!«, sagte er leise. »Auch Wegelagerer haben eine Seele, weißt du? Es ist ein mieses Leben – immer draußen im Wald zu leben und täglich mit dem Gefühl eines Stricks um den Hals einzuschlafen. Die Anführer solcher Banden sind zumeist knallharte Burschen. Da tut es einem einfachen Dieb verdammt gut, mal jemand über seinen Anführer spötteln zu hören!«

»Du redest ja, als wärst du selbst mal in so einer Bande gewesen!«

»Na ja, nicht direkt. Aber irgendwie schon. Es war eine verrückte Zeit!«

Sie legte erstaunt die Stirn in Falten.

»Nun hab dich nicht so!«, zischte er. »Glaubst du, die Welt ist voller Engel?«

Er wurde vom Wirt unterbrochen. Der brachte zwei Krüge Bier, stellte sie auf den Tisch und gab zu verstehen, dass sie von dem dunklen Mann unter der Stiege spendiert worden waren. Victor warf Leandra einen gespielt angstvollen Blick zu. Er nahm einen der Krüge, wandte sich dem Mann zu und erhob seinen Krug.

Der Mann tat das Gleiche mit seinem Krug und trank. Leandra aber ließ ihren Krug demonstrativ stehen.

Als sie wieder abgesetzt hatten, winkte sie der große Kerl herbei. Victor sah zu Leandra. Sie hatte das Zeichen auch gesehen, rührte sich aber keinen Fingerbreit. Er zuckte die Achseln, erhob sich und ging mit seinem Krug zu dem anderen Tisch.

Sie blieb sitzen und spielte die edle Dame. Nach einer Weile kam Victor wieder und sagte, der Mann bäte in aller Höflichkeit darum, dass sie ihm die Ehre an seinem Tisch gäbe. Er würde es vorziehen, dort sitzen zu bleiben, da er sehr lichtempfindliche Augen hätte und es unter der Stiege dunkler wäre. Leandra murmelte, sie könne sich gut vorstellen, dass nicht nur seine Augen lichtempfindlich wären. Dann folgte sie Victor widerwillig. Ihren Krug ließ sie stehen.

*

Der Mann war groß, sehr groß. Wenn er stand, mochte er gute vier Ellen messen, wenn nicht sogar mehr. Er trug eine Lederrüstung, Leandras Kleidung nicht unähnlich. Sein Zweihänder-Schwert, das an der Wand lehnte, war von gewaltigen Ausmaßen. Jetzt, da sie ihm näher war, konnte sie trotz des Schattens unter der Stiege seine Gesichtszüge erkennen.

Er war ein unerhört schöner Mann. Nicht mehr ganz jung, Ende der dreißig oder Anfang vierzig, schätzte sie. Sein sorgfältig rasiertes Gesicht besaß ausdrucksstarke Züge, und seine Haut war wettergegerbt. Seine Augen verrieten Humor, wenn sein Gesicht auch streng und hart wirkte. Er besaß eine Menge Grübchen und Falten von der Sorte, wie sie nur ein echter Charakterkopf trug. Jeder Bildhauer wäre entzückt gewesen, zumal der Mann den Eindruck erweckte, durchtrainiert und bärenstark zu sein. Leandra merkte, wie ihre Vorbehalte gegen den Kerl zerbröckelten wie eine trockene Sandburg unter der heißen Sommersonne. Mochte er ein Schurke der schlimmsten Sorte sein – er sah einfach traumhaft aus.

Seine Anrede war entwaffnend. »Ihr seid noch schöner, als meine Leute mir berichtet haben«, erklärte er und verzog dabei keine Miene. Sein Mund war breit, seine Lippen schmal und seine Zähne gepflegt.

»Danke«, sagte sie und blickte ihn ebenso unverwandt an. »Wenn Ihr *Leute* habt, dann seid Ihr gewiss ihr Anführer. Doch nicht etwa einer Räuberbande?«

Victor schnappte nach Luft, und der Mann verzog seine Mundwinkel zu einem winzigen Lächeln. »Ihr seid sehr mutig, junge Dame. Um nicht zu sagen, keck!«

Leandra ignorierte die Anspielung. Ihre Stimme war herausfordernd geworden, und es kam Victor fast so vor, als wolle sie damit etwas überspielen. »Wie ist Euer Name?«, fragte sie leichthin.

Der Mann studierte sie aufmerksam. Dann sagte er: »Ich heiße Jacko. Wie ist Euer werter Name?«

Sie zuckte mit dem Mundwinkel, so als würde sie sich es gehörig überlegen wollen, dem fremden Mann ihren Namen zu nennen. »Leandra«, sagte sie dann. Victor gab ebenfalls seinen Namen bekannt.

Jacko nickte Leandra zu. »Der Name ist ebenso wohlklingend, wie dein Gesicht von klassisch schönem Schnitt ist, Fräulein Leandra. Was hast du da für ein interessantes Schwert dabei? Ist es das, mit dem du die Dunkelwesen erschlagen hast? Im Wald an der Ishmar?«

Leandra schluckte, dann verfinsterte sich ihr Gesicht. Sie verschränkte die Arme vor der Brust und wich der Antwort geschickt aus. »Dunkelwesen? Für sowas brauche ich gewöhnlich kein Schwert«, behauptete sie kühl. »Was sind das übrigens für Leute«, verlangte sie zu wissen, »… *deine* Leute, von denen du zuvor sprachst? Räuber oder gar … *Dunkelwesen?*«

Diesmal lachte Jacko auf. Es war ein sympathisches Lachen.

»Kleines Fräulein, du gefällst mir«, sagte er, diesmal mit einem breiten Grinsen im Gesicht. »Du hast Mut, eine scharfe Zunge, bist klug und zu allem Überfluss auch noch schön. Was kann sich ein Mann mehr wünschen?«

»Ein Mann? Meinst du vielleicht *dich* damit?«

Er hob abwehrend die Hände. »Bewahre! Nein, ich meinte eigentlich deinen tapferen Freund hier. Er hat nicht weniger Mut und eine scharfe Zunge als du, nicht wahr?«

Leandra zeigte sich versöhnlich und gewährte ihm einen gnädigen Gesichtsausdruck.

»Ihr seid also nicht aus der Gegend«, stellte Jacko fest. »Das erklärt manches. Zum Beispiel den Mut deines Freundes hier, eine so scharfzüngige Ballade über einen Räuberhauptmann zu singen.«

»Hat sie dir nicht gefallen?«, fragte Victor.

»Doch, durchaus«, erwiderte Jacko.

»Was ist nun mit deinen Leuten?«, fragte Leandra herausfordernd. »Wer hat mich gesehen und dir berichtet, dass ich so *schön* sei?« Sie betonte das Wort *schön* auf eine Weise, als wäre es ein Makel.

Er studierte ihr Gesicht eine Zeit lang, als versuche er daraus zu lesen, welche Absichten sie in ihrem Kopf mit sich herumtrug. »Wenn so ein hübsches Fräulein wie du hier in der Gegend unterwegs ist, dann spricht sich das herum«, sagte er freundlich.

Victor merkte, dass ihre anfängliche Arroganz dem Mann gegenüber eine reine Masche gewesen war. Dann aber wechselte sie plötzlich die Taktik. Sie sah Victor an. »Ich werde mich jetzt um ein Zimmer kümmern. Du kannst ja hier bei deinem *Freund* sitzen bleiben und noch ein bisschen weitertratschen!«

Victor starrte sie an. Mit einem sehenswert arroganten Ausdruck in ihrem sonst so freundlichen Gesicht erhob sie sich und stapfte wortlos davon. Sie ging zum Tresen und ließ sich vom Wirt ein Zimmer zuweisen. Kurz darauf war sie verschwunden.

Victor blieb sitzen und stieß ein Seufzen aus. Er fragte sich, was in Leandra gefahren war. Dann sah er Jacko an und hob abermals die Schultern. »Sei ihr nicht böse, Jacko. Sie hat eine ziemlich schwere Zeit hinter sich. Man hat uns überfallen, und wir sind nur mit Mühe davongekommen.« Es war mehr, als er eigentlich hatte sagen wollen.

Jacko spitzte die Lippen. »Was seid ihr für Leute, dass man euch überfällt und nach dem Leben trachtet?«

Victor verzog nachdenklich das Gesicht. »Ich kann nur sagen, dass sie mir das Leben gerettet hat«, sagte er ausweichend. »Ich war unschuldig verurteilt. Seitdem versuche ich ihr zu helfen.«

Jacko hob die Schultern und widmete sich wieder seinem Bierkrug. »Das kann ich verstehen. Wer würde einem so schönen Mädchen nicht helfen wollen?«

Victor musterte misstrauisch sein Gegenüber. Leandras Blicke, die förmlich an Jackos Gesicht geklebt hatten, waren ihm nicht entgangen. Eine kleine Nadel der Eifersucht piekste ihn. Er grunzte irgendwas und lehnte sich zurück.

Jacko lehnte sich vor und lachte ihn an. »Du bist in sie verliebt, was? Haha!«

Nun war es an Victor, säuerlich zu reagieren. Er verzog das Gesicht. »Verliebt? Nein. Ich traue den Weibern nicht. Je besser sie aussehen, desto schlimmer sind sie.«

So ganz war das nicht Victors Meinung, aber er hatte keine Lust, mit diesem Fremden über seine Gefühle zu diskutieren.

Jacko reagierte milde. »Nun, deine Ballade war wirklich erheiternd«, sagte er und nickte ihm aufmunternd zu. Dann erhob er sich und griff nach seinem riesigen Schwert. »Gib gut Acht auf deine kleine Freundin!«, sagte er und hob einen mahnenden Finger. »Und achte auch auf deine Zunge, wenn du singst, mein Freund. Ich muss jetzt gehen. Vielleicht sehen wir uns einmal wieder.«

Er hob die Hand zu einem Gruß, wandte sich um und hatte gleich darauf das Gasthaus verlassen.

*

Victor saß noch lange an seinem Tisch und überlegte, was er tun sollte. Der Abend hatte recht vielversprechend begonnen, aber jetzt war er verpatzt. Vielleicht sollte er Leandra fragen, was das für eine seltsame Vorstellung mit Jacko gewesen war. Das hätte er doch zu gerne gewusst. Womöglich war es tatsächlich nur die Masche eines jungen Mädchens, einen erfahrenen Mann wie Jacko auf sich aufmerksam machen zu wollen.

Dann forderten ihn einige Leute auf, noch mehr zu singen, und plötzlich verspürte er wieder Lust dazu – das würde ihn davon ablenken, dauernd an sie zu denken. Er nahm die Leier und setzte sich wieder auf die Kiste. Mehrere Leute verlangten, er solle die Ballade vom Räuberhauptmann noch einmal singen, aber Victor weigerte sich; er sagte, er habe den Text aus dem Stegreif gesungen und wüsste nun nicht mehr, wie er ginge. Dann nahm er das Heft selbst in die Hand und begann seine *Ode an den Drachentöter,* ein sehr melancholisches Lied, das die Zuhörer immer sehr angerührt hatte. Innerhalb der nächsten Stunde holte er so manches aus seinem alten Repertoire hervor und freute sich selber daran, dass er wieder Spaß am Singen hatte. In den Tagen nach seiner Gefangenschaft in Tulanbaar hätte er schwören mögen, dass er nie wieder ein Instrument in die Hand nehmen würde.

Mehrfach ging der Hut herum, und später hatte sich ein hübsches Sümmchen angesammelt. Es waren mehr als vierzehn Folint, ein deutlicher Hinweis darauf, dass die Leute hier nicht zu den Ärmsten zählten. Schade, dass Leandra seinen Erfolg nicht miterlebte und auch die Tatsache, dass sie Recht behalten hatte – mindestens die Hälfte der Gäste gehörte zu irgendeiner Bande. Niemand sonst hätte ihn so reichlich für seine Sangeskünste entlohnen können.

Dann saß Victor alleine an seinem Tisch und trank das vierte oder fünfte Bier, das ihm spendiert worden war. Er spürte den Alkohol schon gut, war aber noch einigermaßen klar im Kopf. Er blickte hinüber in die dunkle Ecke, in der Jacko gesessen hatte und die den Rest des

Abends leer geblieben war, obwohl man den Sitzplatz sicher hätte gebrauchen können. Der Mann war ein Kämpfer gewesen, das hatte man schon an seinem Schwert erkennen können. Ein Kämpfer und Anführer.

»Na, alter Bänkelsänger?«, sagte jemand.

Victor drehte sich um, und einer von den Männern, die schon den ganzen Abend da waren, stand neben ihm. »Was dagegen, wenn ich mich setze?«

Victor schüttelte den Kopf. »Im Gegenteil, Nachbar. Setz dich nur!«

Er war ein älterer Mann, ein altgedienter Haudegen mit allerlei Narben im Gesicht und einem rotbraunen Haarschopf. Seine freundliche, aber schwere Stimme besaß den Bass eines Nebelhorns. Victor dachte, dass der erste Maat eines Piratenschiffes ungefähr so aussehen musste.

Er setzte sich mit einem Ächzen auf Leandras Stuhl. »Ein verdammt hübsches Mädchen, das du dabei hast«, sagte er.

Victor lachte auf. »Ich habe sie nicht dabei. Sie hat *mich* dabei!«

Der alte Pirat ließ ein Lachen hören, das klang, als dringe es aus einer tiefen dunklen Schlucht herauf. Er lachte noch ein bisschen und winkte ab. »Mach dir nichts draus, Kamerad. Mit den Weibern ist es immer das Gleiche. Man denkt, man hat sie im Sack, und die Wahrheit ist, dass man plötzlich nichts mehr zu melden hat.«

Victor nickte vielsagend. Er nahm seinen Krug und trank einen tiefen Schluck. So wie sich Leandra vorhin gezeigt hatte, lag sein Gesprächspartner nicht einmal sehr daneben. Er seufzte, setzte seinen Krug ab und sah dem Mann nachdenklich in die Augen. »Sag mal, Kumpel …«

»Harro! Nenn mich Harro!«, meinte der Alte.

»Also gut … Harro! Wer war dieser Bursche, der dort drüben an diesem Tisch saß?«

Harros Gesichtsausdruck wurde ein wenig starr. »Du meinst Jacko? Du hast doch mit ihm geredet!«

»Natürlich. Hat ja jeder gesehen. Aber ich kann mir keinen Reim auf ihn machen. Ist er euer Anführer? Warum hat sich den ganzen Abend niemand an diesen Platz gesetzt? Es gab genug Leute, die stehen mussten.«

»Vergiss es, Junge. Über Jacko redet man nicht.«

»So? Und was ist, wenn ich doch über ihn reden will?«

Harro senkte den Kopf ein wenig und blickte ihn finster an. »Dann kriegst du Ärger, Junge. Also vergiss es, verstanden?«

Victor erschauerte innerlich, bemühte sich aber, es seinem Gegenüber zu verbergen.

»Also gut«, sagte er. »Reden wir über was anderes.«

Harros Gesichtsausdruck entspannte sich wieder. Er winkte den Wirt herbei und bestellte sich ein Bier. »Wo waren wir stehen geblieben?«, fragte er freundlich. »Bei den Weibern, nicht wahr? Wo stammt ihr her? So hübsche Mädels gibt's hier nur wenige.«

»Ich bin von überall her. Eine Art Wandersmann. Fahrender Sänger, könnte man sagen. Leandra ist aus dem Nordosten, glaube ich.«

»Sie ist eine Magierin, nicht wahr?«

Victor, der gerade seinen Bierkrug angesetzt hatte, verschluckte sich fast. Er setzte ab, während ihn der andere anfeixte. »Wie kommst du denn *darauf?*«

»Na, es spricht sich manches herum, verstehst du? Das ist das reinste Hinterland hier droben bei Tharul. Da kennt jeder jeden, auch wenn man Meilen auseinander wohnt.«

Victor musterte den Mann. »Du scheinst dich für sie zu interessieren. Warum?«

Harro räusperte sich. »Hm. Wir haben hier was gegen Magier. Bei so einem hübschen Ding fällt's einem schwer, aber trotzdem. Sie sollte sich besser aus allem raushalten.«

Victor hörte ein Glöckchen läuten. »Sie ist nur eine

Adeptin auf der Wanderschaft. Sie wird bestimmt niemandem etwas antun.«

Der Wirt kam und brachte Harros Bier. Der alte Kämpe trank einen tiefen Schluck. »Adeptin? Mit so einem Schwert?«

Victor stöhnte innerlich auf. Er hatte es geahnt, dass ihnen diese blöden Gerüchte noch Schwierigkeiten bereiten würden. Er musterte Harros Mine und versuchte zu ermessen, ob er irgendetwas vorhatte.

»Darf ich wissen, woher eure Abneigung gegen Magier kommt?«

»Darfst du, mein Junge«, sagte Harro nach einem weiteren Schluck. Er wischte sich mit dem Ärmel über den Bart. »Wir haben keine guten Erfahrungen gemacht. Es hat immer nur Verdruss gegeben, wenn Magie mit im Spiel war. Wir haben in den letzten zehn Jahren bestimmt mit vier oder fünf unsauberen Magiern kurzen Prozess gemacht. Es würde mir Leid tun um deine kleine Freundin.«

Victor nickte bedächtig. »Ich verspreche dir, auf sie aufzupassen. Einverstanden?«

Harro grunzte und nahm noch einen Schluck. Dann beugte er sich vor. »Was hat das mit diesem Schwert auf sich? Die Leute erzählen sich die übelsten Geschichten!«

»Das Schwert?« Victor wurde es ein wenig flau. Niemand durfte etwas von der wahren Natur der Jambala erfahren! »Nun … es ist …«

»Was?«

Eine geschickte Ausrede tat not. Ein Gedanke formte sich in seinem Kopf, aber er brauchte noch Zeit, ihn zu Ende zu denken.

»Hm«, machte er nachdenklich. »Es ist so: Ich darf eigentlich nicht darüber reden. Kann ich dir vertrauen?«

»Ha!« Harro lachte auf und knallte seinen Krug auf den Tisch. »Du bist richtig witzig, weißt du das? Was ist das für eine blöde Frage? Willst du dich auf diese Art durchs Leben schlagen? Na, dann gute Nacht!«

Victor kniff die Augenlider zusammen. Vielleicht hatte er doch schon ein wenig zu viel getrunken. »Nun ja, es ist ein sehr wertvolles Schwert, verstehst du? Sehr alt, so eine Art Antiquität. Sie hat es geerbt.«

Harros Züge ließen keine große Zufriedenheit durchblicken. »Es ist ein magisches Schwert«, sagte er tonlos. »Gib es doch zu!«

Victor versuchte, den völlig Überraschten zu spielen. »Ein *magisches* Schwert? Aber … nein! Das wüsste ich! Ganz sicher nicht!«

Harros Gesicht hatte sich versteinert. Er erhob sich. »Komm mit!«, sagte er mit einem Tonfall, der nahe an einen Befehl grenzte.

29 ♦ Streitmächte

Sie hatten die Pferde bestiegen und tief in der Nacht den Gasthof verlassen. Harro hatte sechs seiner Kumpane mitgenommen. Nun ritten sie in zügigem Tempo eine Straße entlang, die nach Süden führte. Niemand redete mit Victor; seit den letzten Worten, die er in der Gastwirtschaft mit Harro gewechselt hatte, blickten ihn nur versteinerte Gesichter an.

Sie ritten eine gute halbe Stunde lang südwärts – weiter, als Victor in dieser Nacht noch zu reiten bereit gewesen wäre, hätte man ihn vorher gefragt. Immerhin – die kühle Nachtluft brachte ihn wieder zu sich. Es war eine klare Nacht, und helles Sternenlicht fiel durch die Sonnenfenster in die Welt. Das Gelände wurde stark hügelig, und einzelne Felsen ragten aus den Wäldern auf, die sich links und rechts des Weges erstreckten. Die Landschaft erinnerte Victor an die Gegend um die Morneschlucht, wo er das letzte Jahr verbracht hatte.

Dann bogen sie auf einen versteckten Pfad ein, der mitten in den Wald zu führen schien. Victor begann zu ahnen, wohin die Reise führte. Er war sicher, in Kürze Jacko wiederzusehen.

Nach kurzer Zeit ritten sie bergan. Die Pferde stapften mühselig über den Pfad, der einen steilen Hügelrücken hinauf führte. Nach weiteren zehn Minuten hatten sie den Gipfel des Hügels erreicht. Rechts und links erhoben sich Stützpfeiler, und vor ihnen ging es steil in ein Tal hinab. Dahinter breiteten sich dunkle Wälder bis zum Horizont aus. Das Licht der Sterne, das durch ein großes Sonnenfenster hereinfiel, war hell genug, um die Landschaft überblicken zu können.

Harro deutete ins Tal hinab und Victor folgte mit Blicken seinem ausgestreckten Arm.

Zunächst sah er nichts Besonderes, doch dann begannen sich Umrisse aus den Schatten des Tals zu schälen. Auf einem Waldstück, das sich einen steilen Abhang hinabschwang und das weiter unten, offensichtlich an einem Bach oder schmalen Fluss endete, waren einzelne dunkle Flecken zu erkennen, die auf eine Wiese hinausragten. Die Formen waren zu eckig für einen Wald, und Victor überkam eine dunkle Ahnung. So würden die Wagen eines Totenzuges von oben aussehen, wenn er sich nachts irgendwo versteckt hätte.

Er sah Harro betroffen an. »Wann habt ihr das entdeckt?«, fragte er leise.

»Du hast so was schon mal gesehen?«

Victor suchte nach einer guten Ausrede, aber ihm fiel keine ein. »Ja«, sagte er. »Einmal.«

»Es gibt noch mehr davon«, sagte Harro. »Wir wissen noch von zwei anderen Orten, an denen solche Dinger stehen. Es ist nie jemand dort zu sehen. Wir haben uns vor zwei Tagen einmal dort hinunter gewagt. Es ist widerlich und verrottet und hat mit dunkler Magie zu tun. Das ist nicht nett – was meinst du?«

Unter anderen Umständen hätte Victor vielleicht über Harros Formulierung gelächelt, im Moment war ihm jedoch ganz anders zumute. »Ist euch sonst noch etwas an diesen Wagenzügen aufgefallen?«

»Bei jedem von ihnen gibt es einen großen Planwagen«, berichtete Harro. »Näher als fünfzig Schritt wagt sich keiner von uns an sie heran. Das Gefühl dabei ist der reinste Irrsinn!«

Victor nickte. »Ja, so einen Wagen habe ich damals auch gesehen.«

Harro wendete sein Pferd und winkte Victor und den anderen, ihm zu folgen. Sie entfernten sich ein gutes Stück und ritten wieder hinab bis zur Straße, ehe Harro wieder zu sprechen begann. Er blickte Victor aus Augen an, die beißend kalt waren. »Was wisst ihr über diese seltsamen Wagen? Und was hat es mit diesem magischen Schwert auf sich?«

Victor gab sich ärgerlich. »Ich höre immer nur von einem *magischen* Schwert! Das ist Unfug, verstehst du? Wir haben kein magisches Schwert!«

Die Unruhe der Gruppe schien sich auf die Pferde zu übertragen. Die Tiere begannen unruhig hin und her zu stampfen. Harro raunte seinen Männern ein paar Worte zu, dann wandte er sich wieder zu Victor. »Du bist ein netter Kerl, Victor«, sagte er. »Aber wir werden jetzt zusammen zum Gasthof zurückreiten und deine Freundin wecken; dann will ich alles erfahren, was ihr über diese seltsamen Wagen wisst. Und ich will mir das Schwert ansehen. Ich hoffe, du machst uns keine Schwierigkeiten!«

»Aber …«

Trotz der Dunkelheit glaubte Victor ein gefährliches Funkeln in den Augen des Alten zu erkennen. Es ließ ihn verstummen. Die Zeit des Ritts zurück zur Gastwirtschaft würde er brauchen, um sich eine gute Taktik zu überlegen. Eine verdammt gute. Er hob ratlos die Achseln und wendete sein Pferd.

Eine weitere halbe Stunde später hatten sie den Gasthof erreicht.

Aus den Fenstern der Gaststube drang noch immer Licht, Harros Gefährten waren offenbar trinkfeste Männer. Victor saß ab, und zwei der Männer nahmen sich der Pferde an. Sie betraten den Gasthof, durchmaßen unter den fragenden Blicken einiger Anwesender die Wirtsstube und wandten sich die Stiege hinauf. Zwei der Leute nahmen Kerzenleuchter aus der Wirtsstube mit.

»Lasst mich zuerst hineingehen«, bat Victor. »Sie ist zur Zeit etwas übellaunig, denn sie hat eine schwere Zeit hinter sich. Ich will versuchen, ihr beizubringen, was ihr von uns wollt. Sonst gibt es nur unnötig Ärger.«

Harro schüttelte kalt den Kopf. »Nein. Ich geb dir keine Gelegenheit, dich mit ihr zu besprechen. Wenn ihr sauber seid, habt ihr nichts zu befürchten.«

Victor schluckte. Das würde ihm nun nicht mehr die geringste Chance lassen. Er hoffte, es kam nun nicht zum Äußersten.

Er klopfte leise an.

Natürlich schlief sie und meldete sich nicht gleich. Er versuchte die Tür zu öffnen, aber sie hatte von innen verriegelt. Victor klopfte lauter und rief ihren Namen. Endlich hörte er einen Laut. Sie öffnete verschlafen die Tür und spähte hinaus ins Licht des Ganges.

»Was ist denn?«, fragte sie und blinzelte nach all den Leuten, die sie durch den Türspalt erkennen konnte.

Sie trug nur ein wollenes Unterhemd, unter dem ihre nackten Beine hervorschauten. Sicher würde sie diese Sache nicht sonderlich erheitern.

»Leandra, ich ...«, begann Victor.

Harro wartete nicht mehr, sondern drückte die Tür auf. Leandra wich erschrocken zurück.

Wenige Sekunden später befanden sich neben Victor und Leandra noch sechs der Männer im Zimmer. Zwei Kerzenleuchter verbreiteten helles Licht. Leandra hatte die Arme vor der Brust verschränkt und ließ sich gezwungenermaßen auf der Bettkante niedersinken. Victor stellte sich schräg vor sie, entschlossen, sie zu verteidigen, auch wenn seine Chancen mehr als gering waren. Leandra wirkte eingeschüchtert und zog sich ihr Wollhemd über die Oberschenkel hinab, so weit es ging.

»Was hat es mit diesen seltsamen Wagen auf sich?«, verlangte Harro zu wissen. Er stand breitbeinig im Raum, gab sich nicht direkt grob, aber sein Tonfall war eindeutig fordernd.

Leandra blickte fragend zu Victor.

»Es gibt solche Wagenzüge auch hier in der Gegend«, raunte er ihr zu. »Solche, von denen ich dir erzählt hatte, du weißt schon.«

Für einen Moment sah er einen Schreck in ihrem Blick, dann glätteten sich ihre Züge. Sie schien zu verstehen und nickte Harro dann angstvoll zu.

Victor war unschlüssig, ob sie wirklich so viel Angst vor den Männern hatte. So wie er sie kannte, wahrscheinlich nicht. Sie spielte geistesgegenwärtig das verschreckte Mädchen, und das war gut so. Als sie zuvor verschwunden war, hatte sie noch eine ganz andere Masche draufgehabt. Leandra schien eine Menge Talente zu besitzen.

»Wie ich schon sagte«, übernahm Victor das Wort, »ich habe einmal einen solchen Wagenzug gesehen.«

Harro maß ihn mit einem abweisenden Blick. »Ich habe *sie* gefragt!« Dann wandte er sich wieder an Leandra. »Was ist nun, Mädchen? Dein Freund hier sagte, du wärst nur eine Adeptin. Aber was man sich über euch erzählt, lässt anderes vermuten. Was ist mit dem Schwert? Und wo ist der Alte, der bei euch war?«

Sie starrte mit furchtsamen Blicken zu Victor auf, dann wieder zu Harro. »Mein Meister wird mich windelweich hauen, wenn ich euch etwas verrate!«, sagte sie mit Schrecken im Gesicht. Sie verhielt sich wirklich geschickt.

Harro blickte sie kalt an. »Ist nicht mein Problem. Also raus damit!«

Plötzlich sah Victor, dass die Jambala keine Armeslänge von Harro entfernt an einem Nagel hing. Das Leintuch, in das sie gewöhnlich eingewickelt war, hing herab, und der goldene Griff des Schwertes blinkte im Licht der Kerzen.

Er wusste nicht, ob dies Leandra im Augenblick klar war. Wenn jemand das Schwert anfasste, dann würde es zu einer Katastrophe kommen. Leandra schlug die Augen nieder. »Mein ... Meister ist im Auftrag der Gilde unterwegs, wegen der ... Totenzüge.«

Harro zeigte sich nur wenig überrascht. »So was dachte ich mir schon.« Er wandte sich um und nahm die Jambala vom Nagel herunter. Er hielt das Schwert, das noch in der Scheide steckte, ihr entgegen. »Und das hier? Ist das eine magische Waffe?«

Victor dachte, er würde gleich in Panik ausbrechen. Leandra starrte entsetzt zu Harro. »Nicht!«, sagte sie und hob abwehrend die Hände. »Es ist das Schwert meines Meisters …«

In diesem Moment flog die Tür auf.

Alle fuhren erschrocken herum und erkannten den großen Mann, der draußen stand.

Es war Jacko.

Mit zwei Schritten war er im Raum, fasste Harro mit eisernem Griff beim Handgelenk und drehte es herum. Harro heulte auf.

»Was ist hier los?«, fragte er mit schneidender Stimme.

Harro stieß mit verzerrtem Gesicht einen Schmerzenslaut aus. »Verdammt, lass mich los!«

»Ich höre noch immer nichts«, zischte Jacko.

Leandra versuchte, die Situation zu nutzen. Sie stand rasch auf und machte einen Schritt auf Jacko zu. »Nichts, lass ihn los. Er wollte nur ein paar Dinge von uns wissen.«

»Dinge? Worüber?« Noch immer hielt er Harros Handgelenk in einem schraubstockartigen Griff.

»Über diese … Wagenzüge«, presste Harro zwischen den Zähnen hervor. »Und über das hier!« Mit diesen Worten hielt er die Jambala hoch.

Victor hatte das Gefühl, hinzustürzen zu müssen, um ihm die Jambala zu entreißen, aber das hätte zu Missverständnissen geführt. Sein Puls raste, und er spürte, dass auch Leandra kurz davor war, aufzuspringen. Er drückte sie mit sanfter Gewalt nieder, immer noch in der Hoffnung, die Sache würde sich lösen lassen, ohne dass jemand etwas über die Natur dieses Schwertes erfuhr.

»Seit wann ist es an *dir,* solche Fragen zu stellen? Hast du vergessen, wer hier zu entscheiden hat?«

»Nein, verdammt!«, ächzte Harro. »Lass endlich los. Du warst ja nicht da!«

Jacko ließ den Alten los. Harro stöhnte und begann sich das schmerzende Handgelenk zu reiben. Von seiner Statur her wirkte er durchaus nicht so, als hätte er sich gegen einen solchen Griff nicht wehren können – obwohl Jacko bestimmt ein gutes Stück stärker war. Aber er hatte es nicht getan, was einen klaren Hinweis darauf gab, wer hier das Sagen hatte.

Jacko riss Harro das Schwert aus der Hand. »Raus mit euch!«, herrschte er die Männer an. »Und lasst euch so etwas nicht mehr einfallen, verstanden? Ihr Lumpenpack!«

Harro baute sich vor Jacko auf. Er war groß, aber trotzdem mehr als einen halben Kopf kleiner als sein Anführer. »Ich weiß nicht, warum du immer gleich so grob wirst, zum Teufel!«, knirschte er. »Was ist denn schon passiert?«

»Was *passiert* ist?«, zischte Jacko. »Du bist nachts in das Zimmer einer Dame eingedrungen, du ungehobelter Bock! Seit Jahren versuche ich euch ein wenig Anstand beizubringen! Aber ich glaube, bei euch ist jede Mühe vergebens. Ihr werdet zeitlebens ein rüdes Pack von Wegelagerern bleiben!«

Harro grunzte etwas, dann wandte er sich um und befahl seinen Männern, das Zimmer zu verlassen. Dem letzten trat er noch ärgerlich in den Hintern. Jacko riss einem den Kerzenleuchter aus der Hand. »Und dass mir keiner von euch auch nur eine Silbe herumerzählt, verstanden?«, rief Jacko den Männern hinterher. Dann knallte die Tür zu, und sie waren allein.

*

»Entschuldigt das Benehmen dieser Kerle. Ich fürchte, es ist hoffnungslos mit ihnen. Haben sie euch wehgetan?«

Leandra schüttelte den Kopf. Sie fühlte sich durch Jackos Auftritt ein wenig geschmeichelt. »Nicht so schlimm«, sagte sie versöhnlich. »Woher wusstest du, dass sie hier waren?«

Jacko winkte ab und stellte den Leuchter auf den Boden. Dann zog er mit dem Fuß einen Schemel herbei und nahm darauf Platz. Er lehnte sich locker gegen den Stützbalken, schlug die Beine übereinander und begann das Schwert auf seinem Knie zu balancieren. Das Tuch war inzwischen heruntergefallen, und die kunstvollen Gravuren auf dem goldschimmernden Heft glänzten im Kerzenlicht.

»Ich erfahre so ziemlich alles, was hier passiert«, sagte Jacko, der sich nicht sonderlich um die Jambala kümmerte. Sie schaukelte auf seinem Knie und mochte herunterrutschen, wenn er nicht achtgab. Victor schnaufte.

»Und meistens auch ziemlich schnell«, fügte Jacko hinzu. »Harro ist eigentlich in Ordnung, ich vertraue ihm voll und ganz. Er ist nur ein ungehobelter Klotz. Verzeih seinen Auftritt.«

»Ist schon gut«, meinte Leandra und warf ihm ein unsicheres Lächeln zu.

Leandra und Victor standen noch immer, während es sich Jacko auf seinem Schemel und an den Stützbalken gelehnt bequem gemacht hatte. Er studierte Leandra. Ihm schien zu gefallen, was er sah. »Allerdings ...«, begann er, »würde es mich auch interessieren, weshalb ihr nun wirklich hier seid. Natürlich nur, wenn ihr es mir sagen wollt. Ihr wisst etwas über diese seltsamen Wagen?«

Leandra und Victor standen stumm und unschlüssig da.

»Leandra war die Gefangene eines solchen Zuges«, sagte Victor schnell. Einen Augenblick später entschloss er sich, noch mehr preiszugeben. »Ich wurde zum Tode verurteilt, weil man mich für den Schuldigen an einem Brand hielt, den diese dunklen Gestalten gelegt hatten.«

Leandra blickte zu ihm auf, doch ihre Augen zeigten nicht mehr als ein wenig Überraschung, dass er plötzlich so offen war. Sie schien zu verstehen, dass sie nun wenigstens *irgendetwas* sagen mussten, das Jacko einigermaßen zufrieden stellen würde. Sonst würden sie durch seinen unverhofften Auftritt nichts gewinnen.

»Du warst gefangen?«, fragte Jacko erstaunt und hob die Brauen. »Tatsächlich? Von einem solchen Zug?«

Leandra verzog das Gesicht. »Jetzt, da es heraus ist, hat es wohl keinen Zweck mehr zu leugnen. Ja, sie nahmen mich nachts gefangen, mich und ein paar Freundinnen.«

Jacko spitzte die Lippen und studierte nachdenklich die Jambala auf seinem Knie.

»Und dieses Schwert hier ...« Er nahm es in die Hand und umfasste den Griff, um es aus der Scheide zu ziehen.

Victor stöhnte auf. Leandra hob beide Hände und schrie: »*Nicht!*«

Jacko hielt überrascht inne. Seine Hand umschloss immer noch den Schwertgriff. Er blickte sie erstaunt an.

»Nein«, sagte Leandra mit einem Stöhnen. »Zieh es nicht heraus! Bitte!«

Jacko runzelte die Stirn, betrachtete dann das Schwert und ließ es los. »So? Das klingt, als wäre es gefährlich!«

Leandra nickte niedergeschlagen. »Ja, das ist es.«

Jacko nickte ebenfalls. Er ließ sich nach vorne sinken, reichte Leandra die Jambala und lehnte sich dann wieder zurück. »Also tatsächlich magisch«, stellte er sachlich fest. »Genau wie die Leute erzählen. Hätte ich nicht gedacht. Wirklich.«

Leandra stand mit hängenden Schultern da.

Jacko betrachtete interessiert ihre Beine, aber das merkte sie nicht einmal. Sie setzte sich wieder auf die Bettkante.

Jacko sah wieder auf. »Nun, ich könnte jetzt einfach gehen und euch in Ruhe lassen. Wie wäre das?«

Victor, die Arme vor der Brust verschränkt, nickte entschlossen. »Ja. Das wär vielleicht das beste …«

Dann spürte er Leandras Hand, die sich an seinen Oberschenkel legte. Sie blickte zu ihm auf und schüttelte knapp den Kopf. Victor registrierte mit Überraschung, dass sich innerhalb von Sekunden ihr Gesichtsausdruck vollkommen wandelte. Eben noch Verschrecktheit in den Zügen widerspiegelnd, zeigte sie plötzlich einen herausfordernden Ausdruck von wilder Entschlossenheit. Er war gespannt, was nun passieren würde.

Dann sah Leandra zu Jacko.

»Du bist ein Kämpfer, nicht wahr?«

Jacko hob unschuldig die Schultern. »Nun ja …«

»Dann kommst du mit uns«, sagte sie.

Victor schnappte nach Luft. Jacko lachte leise auf und starrte sie ungläubig an.

Sie nickte entschlossen und verschränkte die Arme vor der Brust. »Ja! Du wirst mit uns kommen!«

Jacko nickte in Anerkennung ihres gebieterischen Gehabes. »Nun ja … wenn du mich *so* nett bittest …? Allerdings, darf ich erfahren, warum? Und wohin es geht? Und was ich zu tun habe?«

Leandra ignorierte seinen belustigten Ton. »Ich befehle es dir …«, sagte sie fest, »im Namen der Gilde … und des Cambrischen Ordenshauses!«

Wäre die Situation nicht so verdammt ernst gewesen, hätte Victor vielleicht erwogen, sich jetzt kaputtzulachen. Diesem Riesenkerl einen Befehl im Namen der Gilde zu erteilen war ebenso, als hätte sie einem Felspfeiler befohlen, aus ihrem Blickwinkel zu weichen.

»Aha!«, stellte Jacko fest. »Die Gilde steckt also dahinter!«

Victor holte Luft. »Leandra!«, zischte er ärgerlich. »Bist du von Sinnen? Du repräsentierst doch nicht die Gilde! Und du kannst gewöhnlichen Leuten keine Befehle erteilen!«

Leandra richtete sich auf. »Ich weiß sehr wohl, dass

ich das nicht kann. Trotzdem tue ich es!« Sie deutete auf Jacko. »Ich erkläre dir, worum es hier geht. Du kennst unser wichtigstes Geheimnis. Du weißt, dass wir nach den Totenzügen forschen, dass wir Magier sind und … dass noch jemand zu uns gehört.«

»Na ja …« sagte Jacko gedehnt. »Ich könnte das schon für mich behalten …«

»Das glaube ich dir sogar!«, sagte Leandra und stand auf. Sie trat einen Schritt auf Jacko zu und tat damit etwas ungeheuer Machtvolles. In ihrem Hemdchen sah sie nicht sehr ehrfurchtgebietend aus, aber auf eine geheimnisvolle Weise machte sie ihre weibliche Verletzbarkeit zur Waffe. Ihre Brustwarzen zeichneten sich durch das Wollhemd ab, und ihr zartes Gesicht und ihre schönen schlanken Beine ließen keinen Zweifel daran, dass sie ein unerhört schützenswertes Wesen war. Ihre Unerschrockenheit indessen, die sie trotz ihrer momentanen Wehrlosigkeit zeigte, erfüllte den Raum mit ihrer Ausstrahlung.

Victor wurde beinahe ein bisschen schwindlig, und auch der abgebrühte, zweifellos welterfahrene Jacko konnte sich ihrer Persönlichkeit nicht entziehen. Er starrte sie an und war sichtlich beeindruckt.

Leandra hatte sich vor ihm aufgebaut und deutete mit dem Zeigefinger ihrer zarten Hand mitten in sein kerniges Männergesicht. »Du könntest uns sehr viel mehr helfen, wenn du mit uns kämest!«, sagte sie. »Du bist ein harter Kerl, das sehe ich dir an … Verdammt, wenn unser Land jemals harte Kerle gebraucht hat, dann jetzt!«

Jacko studierte sie, seine Blicke glitten ebenso über ihr Gesicht wie auch über ihren Körper. Dann nickte er bedächtig.

»Gut«, sagte er und lächelte unschuldig.

Victor ächzte und schüttelte ungläubig den Kopf. Niemand achtete auf ihn. Ein Strudel der Gefühle schüttelte ihn innerlich. Leandras Auftritt war faszinierend genug gewesen, aber jetzt hatten sie offenbar einen Gefährten gewonnen – nein, regelrecht rekrutiert sogar – der tatsächlich der Anführer einer Bande sein mochte. Ob Munuel von ihm begeistert sein würde, war dahingestellt. Aber was Victor am meisten störte, war die Tatsache, dass ihn plötzlich Eifersucht überkam. Ganz entgegen seiner markigen Rede unten am Tisch in der Wirtsstube gefiel ihm Leandra verdammt gut, und er hatte sie schon sicher in seiner Hand geglaubt. Nun hatte er einen Nebenbuhler mit verflucht besseren Chancen. So wie Leandra diesen Kerl anhimmelte, war nur allzu klar, was ihr nächster Schritt sein würde.

Er schoss einen giftigen Blick auf sie ab, wandte sich abrupt um und stampfte hinaus. Gleich darauf knallte die Tür hinter ihm zu. Die verblüfften Blicke der beiden hinter sich sah er gar nicht mehr.

30 ♦ Tharul

Als Munuel Tharul erreichte, stand es mit seiner Laune nicht gerade zum Besten. Als er dann Victor und Leandra wie verabredet im Wirtshaus traf und sie diesen seltsamen großen Kerl dabei hatten, sackte sie noch weiter nach unten.

»Das ist Jacko«, eröffnete ihm Leandra. »Er wird uns begleiten.«

Munuel setzte sich an den Tisch und musterte den Mann. An einem anderen Tag hätte er ihn vielleicht einigermaßen sympathisch gefunden, heute aber war er nicht in Stimmung dazu. Der Lärm in dem übervollen Wirtshaus ging ihm schon jetzt auf die Nerven.

»So?«, sagte er unfreundlich und musterte erst Leandra, dann den Mann.

Der hob abwehrend beide Hände, als er Munuels Gesichtsausdruck sah, und sagte: »Ich kann auch wieder gehen, wenn es dir lieber ist, Magier!«

Munuel starrte Leandra ärgerlich an.

Sie stand auf, umrundete den Tisch, hakte sich bei ihm unter und zog ihn hoch. Sie schleppte ihn in den Gang zum Hinterhof, wo es ein wenig ruhiger war. »Ich sehe schon, deine Laune ist ziemlich mies«, stellte sie fest. In ihrer Stimme schwang keinerlei Unsicherheit mit. »Aber beruhige dich, bei den Kräften! Wir waren in einer verzwickten Lage, ohne dass wir etwas dafür konnten. Jacko hat uns da herausgeholt, aber dann gab es keinen Weg mehr, ihm was vorzumachen. Und weil er so ein großer starker Kerl ist, habe ich ihn aufgefordert mitzukommen.«

Munuel starrte sie missmutig an und sah dann zu

dem Durchgang, der ins Wirtshaus führte. »Eine ungewöhnliche Art, Leute für unsere Sache zu gewinnen«, sagte er kühl.

Leandra spürte große Lust, sich mit ihm anzulegen. Sie hatte gehofft, eine faire Chance zu bekommen, ihm alles zu erklären. Die Situation war ohnehin gespannt genug. Victor benahm sich seit heute Morgen, als hätte ihm jemand sein Lieblingsspielzeug geklaut, und nun war auch noch Munuel schlecht gelaunt. Aber sie sah, dass sie ein Streit nicht weiterbringen würde. Sie versuchte es mit Anteilnahme. »Was ist? Wollte dieser Hennor nicht mitkommen?«

Munuel seufzte. »Ich konnte ihn nicht finden. Und die Leute in diesem verdammten Kaff hätten mich fast aufgehängt. Ich weiß gar nicht, was in dieser Gegend eigentlich los ist!«

»Es sind Totenzüge hier«, sagte Leandra. Munuel zog die Augenbrauen hoch. »Gleich mehrere«, fügte sie hinzu. »Und die Leute haben etwas gegen Magier.«

Er seufzte. »Ja, das kam mir auch so vor. Jetzt wird mir manches klar.« Er sah auf. »Was ist nun mit diesem Kerl?«

Leandra legte beide Hände auf seine Brust. »Munuel!«, sagte sie bittend. »Vertraue mir und hör auf, so ein Gesicht zu machen! Ich weiß schon gar nicht mehr, was ich tun soll! Ich komme mir langsam blöd vor, weil ich Jacko noch immer kaum etwas gesagt habe. Das wollte ich dir überlassen. Und Victor …«

Er sah sie fragend an.

Sie seufzte. »Der Dummkopf ist eifersüchtig wie ein junger Ziegenbock.«

Munuel stieß einen überraschten Lacher aus. »Wirklich? Auf diesen Jacko?«

Sie nickte.

»Und?«

Sie starrte ihn an. »Was … *und?*«

»Na, hat er einen … *Grund* dazu?«

Leandra stöhnte entnervt auf. Dann fasste sie ihn scharf ins Auge. »Das geht dich einen feuchten Kehricht an, verstanden? Was ist nun? Was werden wir jetzt tun?«

Munuels Laune hatte sich durch dieses Kuriosum wieder ein wenig gebessert. Er war gespannt, wie sich Leandra verhalten würde angesichts dieses Hahnenkampfes, der sich da abzeichnete.

»Also gut, Mädchen«, seufzte er. »Was ist mit dem Ordenshaus? Gibt es hier eins?«

Sie nickte, noch immer stand Wut in ihrem hübschen Gesicht. »Ja. Phygrier, wie du sagtest. Wir waren noch nicht dort. Der Gildenmeister heißt Tharlas.«

Munuel zog die Brauen hoch. »Tharlas?« Er nickte befriedigt. »Ja, Tharlas ist ein Mann von gutem Ruf. Ich habe schon von ihm gehört.«

»Gut. Gehen wir jetzt dorthin?«

»Gleich. Zuvor noch eine Frage.«

Sie nickte ihm aufmunternd zu.

»Du hältst diesen Jacko für vertrauenswürdig?«

Sie überlegte einen Moment. »Er ist etwas geheimnisvoll«, gab sie zu. »Aber nicht in dem Sinne, dass er auf der *anderen Seite* stehen könnte, verstehst du? Ich weiß nicht, was er tut. Könnte sein, er ist so etwas wie ein ... Schurke.«

»Ein Schurke?«

Sie wackelte mit dem Kopf. »Ja, so einer von der edlen Sorte. Beschützer der Armen und Schwachen. Schrecken der Mächtigen und Reichen, du weißt schon. So wirkt er jedenfalls auf mich.«

»Tatsächlich?« Er sah wieder zum Durchgang hinüber. »Klingt eher nach einem romantischen Märchen für junge Mädchen.«

Sie maß ihn mit einem giftigen Blick. »Könntest du bitte deinen Spott unterlassen, ja?«

Er hob abwehrend die Hände und lächelte sie väterlich an. »Entschuldige, kleine Prinzessin. Also, wenn du denkst ...«

»Ja, denke ich!«, sagte sie, schon wieder etwas milder gestimmt. Die Anrede hatte seine Wirkung getan, bemerkte Munuel.

»Ich bin sicher, er ist ein ziemlich guter Schwertkämpfer«, sagte sie. »Er hat einen Zweihänder dabei, gegen den wirkt die Jambala wie ein Kartoffelmesser!«

Munuel nickte anerkennend.

»Na ja, so schlimm ist es auch wieder nicht. Aber es ist ein ziemlich großes Schwert. So ein Ding schleppt keiner mit sich herum, um Radieschen zu schälen. Jedenfalls nicht so einer wie Jacko. Und ich habe das Gefühl, er hat Erfahrung ... also, ich meine ...«

»Du meinst, er wäre vielleicht ein guter Stratege?«

»Ja, genau. Das wollte ich sagen.«

Munuel nickte. »Ja, das könnte ich mir sogar auch vorstellen. Aus welchen Gründen hat er zugesagt, mit uns kommen zu wollen?«

Leandra blickte ihn an und überlegte, ob sie ihm das irgendwie beschreiben könnte. »Ich habe ihm keine andere Möglichkeit gelassen«, sagte sie und ihre Augen verrieten Munuel, dass er sich weitere Fragen besser sparte.

Er stieß einen tiefen Seufzer aus. »Also gut«, sagte er. »Ich will das Wagnis eingehen. Zu viert sind unsere Chancen, durch den Mogellwald zu kommen, deutlich besser. Ich werde jetzt das Ordenshaus aufsuchen und mich erkundigen, ob wir von Tharlas noch Unterstützung bekommen. Du wirst inzwischen mit Victor diesen Jacko über unser Ziel aufklären. Wenn er dann immer noch mitkommen will, soll es mir recht sein.«

»Soll ich ihm wirklich alles sagen?«

»Nein, nicht alles. Dafür ist noch Zeit genug, wenn wir unterwegs sind, und mehr Vertrauen zu ihm gefasst haben.«

»Und wir gehen jetzt wirklich in diesen Mogellwald hinein? Hattest du nicht einmal einen Trick erwähnt?«

Munuel kratzte sich an der Nasenspitze. »Das will ich

jetzt versuchen herauszufinden. Lass mir noch etwas Zeit. Es ist eine haarige Geschichte, weißt du?«

Leandra nickte. »Also gut, dann treffen wir uns später wieder hier?«

»Ja. In etwa zwei Stunden.«

*

Die Phygrier waren ein alter Magierorden, die dem Cambrischen Orden schon immer sehr nahe standen. Während sich die Cambrier hauptsächlich auf die Beherrschung der Wasser- und Erdmagien konzentrierten, war es bei den Phygriern die Eismagie. Sie verfügten über mächtige Kampfzauber, und aus den Reihen der Phygrier gingen schon seit alters die Regulatoren hervor – jene Magier, die sich im Auftrag der Gilde um abtrünnige, ehrlose und geächtete Magier kümmerten, die mit dem Kodex gebrochen hatten und nur noch zum eigenen Vorteil handelten. Ein weiterer Unterschied bestand darin, dass es im Einflussgebiet der Phygrier keine richtigen Dorfmagier gab. Die hier ansässigen Magier lebten als Einsiedler an Waldrändern, Wegscheiden oder Berghängen, und man suchte sie dort auf, wenn man sie um ihre Dienste bitten wollte. Wie Munuel nun allerdings erfahren hatte, gab es offenbar nicht einmal das mehr.

Das Ordenshaus war ein schmucker kleiner Steinbau mit einem ummauerten Innenhof. Ein Bettler, der allerdings ziemlich wohlgenährt und gut gekleidet aussah, berichtete Munuel nach einer milden Gabe, dass es im Ordenshaus nur acht Brüder gab, unter ihnen drei Novizen, zwei Adpeten, zwei Magier und den Gildenmeister, der zugleich auch der Primas des Phygrischen Ordens war. Munuel nahm letzteres erstaunt zur Kenntnis – es war Tharlas, wie Leandra gesagt hatte; Munuel hatte seinen Namen schon vor über dreißig Jahren zum ersten Mal gehört, ihn aber noch nie persönlich getroffen.

Als Munuel das Ordenshaus betrat, wurde er höflich

von einem der Adepten begrüßt und nach seinen Wünschen befragt. Er stellte sich vor und bat darum, dass ihn der Primas empfangen möge. Der Adept eilte hinaus und war kurz darauf wieder zurück, um Munuel in das Schreibzimmer seines Meisters zu führen.

Als er dort eintrat, sah er einen Mann, der vom Aussehen und vom persönlichen Stil her sein Bruder hätte sein können.

»Ah, Bruder Munuel vom Cambrischen Ordenshaus«, sagte Tharlas mit sonorer Stimme, als Munuel eintrat. Er erhob sich, umrundete seinen Schreibtisch und verbeugte sich mit der phygrischen Variante des Magiergrußes. »Ich habe schon früher Euren Namen gehört, Bruder Munuel.«

Munuel erwiderte den Gruß. »Das ehrt mich, Bruder Tharlas. Ich hoffe sehr, in gutem Zusammenhang.«

Tharlas erwiderte überraschenderweise gar nichts, ging wieder zu seinem Stuhl und setzte sich. Munuel war etwas verwundert ob der fehlenden Erwiderung. Er maß unsicher sein Gegenüber, der mit einer Mischung aus Neugier und Vorsicht zu ihm aufblickte. Tharlas mochte ebenfalls Anfang sechzig sein; er war hager und von unverwüstlichem Körperbau, mit grauweißem Haar und einem für Magier typischen, kurz geschorenen Bart. Der Blick seiner braunen Augen war klar und klug; seine Gesichtszüge verrieten große Erfahrung als Magier und Mensch. Er trug eine gestickte Weste und Hosen aus weichem Leder. Wegen ihrer Ähnlichkeit hätte Munuel eher freundliches Interesse erwartet, dass Tharlas ihm jedoch so abwartend und offenbar mit Misstrauen begegnete, irritierte ihn.

»Was kann ich für Euch tun, Bruder Munuel?«, fragte der Primas, und seine Frage klang, als gedenke er sich gründlich zu überlegen, ob er Hilfe gewähren würde oder nicht. Munuel entschied sich für einen offenen Vorstoß. Er zog sich einen Stuhl heran und setzte sich.

»Wenn ich raten dürfte, Bruder Tharlas, dann würde

ich sagen, Ihr habt in letzter Zeit irgendetwas Unschönes gehört, das Euch so misstrauisch macht. Irgendetwas, das den Cambrischen Orden betrifft.«

Tharlas lehnte sich zurück. Er forschte in Munuels Gesicht, sagte aber nichts.

»Langsam werde ich etwas unruhig«, gestand Munuel. »Es sieht ganz so aus, als wäre etwas passiert.«

Tharlas spitzte die Lippen. »Wo kommt Ihr her?«, fragte er.

»Ihr meint, jetzt gerade?«

Tharlas nickte.

»Aus der Gegend von Tulanbaar. Wir waren sechs oder sieben Tage unterwegs und haben kaum Möglichkeiten gehabt, Neuigkeiten zu erfahren.«

Tharlas nickte verstehend. »Nun, Ihr habt Recht, Bruder Munuel. Es ist etwas geschehen. Die Spatzen pfeifen es von den Dächern.«

Munuel spürte ein ungutes Rumoren im Bauch. Er rechnete damit, eine wirklich schlechte Nachricht zu erhalten. »Und? Wollt Ihr es mir nicht sagen?«

Tharlas schwieg eine Weile, dann sagte er: »Was führt Euch hierher, Bruder Munuel? Euch und Eure ... Begleitung?«

Munuel forschte in Tharlas' Gesicht. Er wusste also bereits, dass Leandra, Victor und Jacko hier waren. Doch der Primas wirkte nicht unbedingt, als wolle er Munuel eine Falle stellen. Munuel entschied sich ein weiteres Mal für offene Karten.

»Bruder Tharlas«, sagte er förmlich. »Ich appelliere an Euren Eid der Magiergilde gegenüber und an Eure Verpflichtung, dem Land und den Menschen zu dienen und sie zu beschützen. Meine Gefährten und ich sind in einer sehr heiklen Angelegenheit unterwegs. Wir sind auf dem Weg nach Nordwesten und wollten hier in Tharul um Euren Beistand bitten. Es droht eine schreckliche Gefahr, auf die wir uns vorbereiten müssen.« Er sah Tharlas erwartungsvoll an.

Tharlas spitzte abermals nachdenklich die Lippen. »Ihr wollt nach Nordwesten? Dort liegt nur die Tharuler Senke. Und dahinter … der Mogellwald.«

Munuel nickte. »Richtig, dorthin wollen wir.«

»In den Mogellwald? Aber …«

»Bruder Tharlas! Ich möchte nun endlich erfahren, was geschehen ist! Wollt Ihr es mir nicht sagen?«

Tharlas atmete tief ein. »Nun gut, Bruder Munuel. Gestern hat uns eine erschreckende Nachricht erreicht. Sie war so wichtig, dass man sie den Ordenshäusern offen über das Trivocum zuleitete. So etwas gab es schon seit vielen Jahren nicht mehr. Ich weiß nicht recht, ob ich sie wirklich glauben soll.«

»Und?«

»Die Herrscherfamilie ist tot.«

Munuel verzog das Gesicht zu einer Grimasse. »*Was* sagt Ihr da …?«

Tharlas nickte. »Ja, Ihr habt richtig gehört. Die Familie des Shabib gibt es nicht mehr. Der Shabib selbst, seine Gattin, seine Kinder und sogar alle Enkelkinder sind tot. Neun Personen. Sie wurden vor nicht ganz einer Woche ermordet.«

Munuels Herzschlag setzte für einen Moment aus. »*Wie?* Die ganze Herrscherfamilie …? *Ermordet?* Aber … das ist doch völlig unmöglich!« Munuel rang um Fassung. »Der Palast von Savalgor ist der bestbewachte Ort von ganz Akrania! Wie will eine Mörderbande neun Personen umbringen, die von Dutzenden von Leibgardisten bewacht sind? Wie sollte sie an der Palastgarde vorbeikommen?«

»Magische Kräfte«, sagte Tharlas kalt.

Munuel fühlte, wie ihm eine eiskalte Klaue das Rückgrat heraufkroch. »Magie?«, fragte er fassungslos. »Das bedeutet ja …«

Tharlas nickte. »Ja. Es gab ein gewaltiges Gemetzel im Palast. Die halbe Palastgarde soll dabei umgekommen sein.«

Munuel verkrampfte sich. Er fragte sich, ob Tharlas ihn angreifen würde. Wenn er sich recht erinnerte, genoss der Gildenmeister der Phygrier einen beachtlichen Ruf als Magier.

»Hört mich an, Tharlas! Das kann nicht die Wahrheit sein …«

Ein spöttischer Ausdruck erschien in Tharlas' Gesicht. »Das Cambrische Ordenshaus soll hinter dem Überfall stecken«, sagte er mit scharfer Stimme. »Niemand sonst in ganz Akrania könnte so viel Macht aufbringen!«

Munuel fühlte sich, als habe ihm jemand alles Blut aus den Adern gepresst. Verzweifelte Gedanken schossen durch sein Hirn. Wie konnte er Tharlas den Wahnwitz dieses Verdachts ausreden – dieser Tat, die zweifellos ein Werk der Bruderschaft von Yoor war!

Tharlas erhob sich und deutete mit einem anklagenden Zeigefinger auf Munuel. »Und Ihr, Bruder Munuel, seid der Drahtzieher und Anführer! Mehrere Augenzeugen haben Euch gesehen, als Ihr den Shabib umbrachtet!«

Munuel versteifte sich, als würde er den Schlag des Henkerbeils erwarten.

Als dann aber der spöttische Ausdruck aus Tharlas' Gesicht nicht wich, als er keine Anklage darin zu lesen vermochte – nur Spott, der offenbar nicht einmal gegen ihn gerichtet war –, begriff er langsam, was Tharlas meinte.

»Ich …«, stammelte er unsicher, »also … vor etwa *einer* Woche? Dann könnte ich ja … nun, ich könnte heute unmöglich *hier* sein, nicht wahr? Es sind, nun, etwa vierzehn Tage von hier nach Savalgor, oder?«

Tharlas nickte knapp, ließ sich auf seinem Stuhl nieder und blieb aufrecht und mit auf der Tischplatte geballten Fäusten sitzen.

Munuel entspannte sich, wenn auch nicht völlig. Er war ganz offensichtlich entlastet, aber die Meldung über diesen ungeheuerlichen Mord an der Herrscherfamilie schwebte nach wie vor wie ein gewaltiges, drohendes Schwert über ihnen im Zimmer. Wenn dies wirklich der Wahrheit entsprach, und Munuel zweifelte nicht mehr daran, dann blieb nicht mehr viel Zeit, etwas zu unternehmen.

»Dann glaubt Ihr also nicht …«, fragte er zögernd, »dass das Cambrische Ordenshaus dahintersteckt …?«

Tharlas schüttelte energisch den Kopf. »Hätte ich das wirklich jemals glauben können«, sagte er entschlossen, »dann hätte ich Euch zusammen mit ein paar Magiern hier empfangen und Euch auf der Stelle durch ein Aurikel so klein wie ein Nadelöhr ins Stygium gequetscht!«

Munuel schenkte ihm ein schiefes Grinsen. Sie wussten beide, dass so etwas nicht möglich war. Aber es drückte Tharlas' Entschlossenheit aus, oder besser, seinen Unglauben, dass die Cambrier hinter diesem unfassbaren Meuchelmord stecken könnten.

»Als mir der Adept Ulric Euren Namen nannte und sagte, Ihr stündet vor unserer Tür«, erläuterte Tharlas, »war es nur noch die Frage, mich davon zu überzeugen, dass Ihr tatsächlich Munuel seid, um diese irrwitzige Anschuldigung über Bord werfen zu können. Die Cambrier als Meuchelmörder der Shabibfamilie? Das ist aberwitzig!«

»Seid Ihr sicher, dass die gesamte Familie der Shabibs tot ist? Ich meine … kein einziger Überlebender?«

Tharlas schüttelte den Kopf. »Soweit ich weiß, nicht!«

Munuel schnaufte. Was hatte das zu bedeuten? Eigentlich konnte es nicht sein, dass Limlora ebenfalls umgekommen war.

Tharlas beugte sich vor. »Ich habe den unbestimmbaren Verdacht, Bruder Munuel, dass Eure Ankunft hier in Tharul und Eure weiteren Absichten in irgendeinem Zusammenhang mit diesen Ereignissen stehen. Wollt Ihr mir nicht verraten, was es damit auf sich hat?«

Munuels Herz klopfte noch immer gehörig. Er holte ein paar Mal tief Luft und dachte währenddessen nach.

Tharlas war sicher vertrauenswürdig, und Munuel wollte ja versuchen, von ihm Hilfe zu bekommen. Aber es war allzu viel zu berichten, und er wusste nicht recht, womit er beginnen sollte, um all die seltsamen Vorkommnisse und vor allem das Wiedererscheinen der Bruderschaft von Yoor in einem vernünftigen Zusammenhang erklären zu können.

»Es ist eine lange Geschichte, Bruder Tharlas«, sagte Munuel. »Eine verdammt lange. Wenn Ihr sie also wirklich hören wollt ...?«

Tharlas wandte den Kopf zur Tür. »Ulric!«, rief er.

Die Tür öffnete sich, und das junge Gesicht des Adepten blickte herein.

»Bitte bring uns Tee«, sagte er. »Und rufe Meister Hennor, er möge zu mir kommen. Möglichst sofort!«

Der Adept nickte, und die Tür klappte zu.

»Hennor ist hier?«, fragte Munuel.

Tharlas nickte. »Ja, kennt Ihr ihn?«

Munuel nickte eifrig. »Ja, allerdings. Ich habe ihn zu finden versucht, aber ...«

Tharlas winkte ab. »Ja ja, ich weiß, die Leute. Seit diese Dunklen Reiter aufgetaucht sind, bekommen sie immer mehr Angst vor der Magie. Selbst vor unserer! Hennor ist schon vor über einem Jahr zu uns gekommen und lebt seither im Ordenshaus. Draußen in den Dörfern ist es zu schwierig geworden.«

Munuel atmete erleichtert auf. Nun durfte er damit rechnen, dass sie wichtige Unterstützung erhielten.

Kurz darauf klopfte es, und die Tür öffnete sich.

Munuel stand auf und blickte dem großen Mann entgegen, der eintrat. Hennor musste den Kopf einziehen, als er die Tür passierte, dann aber war er drinnen, und sein Blick war für Momente sehr erstaunt.

»Hennor!«, sagte Munuel.

Der Magier schien für Momente zwischen Freude und Unschlüssigkeit zu schwanken.

»Vergiss die Gerüchte, Hennor!«, sagte Tharlas mit

lauter Stimme. »Es ist, wie wir gedacht haben. Der Orden kann nichts mit dem Mord zu tun haben!«

Ein Lächeln ging in Hennors Gesicht auf. »Ja, das ist leicht zu erkennen. Wie sollte er heute schon hier sein, wenn er vor einer Woche den Shabib getötet hätte?«

Sie traten aufeinander zu und begrüßten sich herzlich.

Munuel wandte sich zu Tharlas. »Aber wie ist es mit dem Volk? Glauben die Leute denn, dass es das Cambrische Ordenhaus war?«

Tharlas setzte einen schwermütigen Gesichtsausdruck auf und setzte sich. »Nun, die meisten Leute wissen noch nichts davon. Die Meldung ist zu neu, und da es hier nicht allzu viele Magier gibt, wird es eine Weile dauern, bis sich das herumgesprochen hat. Aber danach, fürchte ich, wird es Ausschreitungen geben. Wir Magier wissen untereinander von unserer Loyalität dem Herrscher gegenüber und von der absoluten Verbindlichkeit unseres Kodex. Aber das gemeine Volk hat von Natur aus eine misstrauische Haltung höheren Kreisen gegenüber – und zu denen müssen wir uns wohl oder übel rechnen. Die Leute werden bald nach Vergeltung schreien.«

Munuel nickte. Er dachte an Victor, der trotz seiner offensichtlichen Unschuld beinahe auf dem Richtblock des Henkers gelandet wäre. »Ja, Bruder Tharlas, da habt Ihr gewiss Recht. Obwohl wir Magier seit Urzeiten nichts anderes tun, als den Menschen zu dienen. Es ist unfassbar, dass man nun glaubt, wir könnten wirklich in der Lage sein, die gesamte Herrscherfamilie umzubringen. Und zu welchem Zweck …?«

»… nicht die gesamte!«, warf Hennor kopfschüttelnd ein.

Munuel und Tharlas blickten ihn erstaunt an.

»Ihr wisst es nicht?«, fragte Hennor überrascht. »Nun, es hat eine Person gegeben, die überlebte, denn sie war zum Zeitpunkt des Überfalls nicht im Palast ….«

»Lass mich raten!«, fuhr Munuel dazwischen und hob

den Zeigefinger. »Es ist Limlora, nicht wahr? Die einzige Tochter des Shabibs!«

Hennor nickte anerkennend. »Ja, in der Tat. Du hast ein gutes Gespür, Bruder Munuel. Darf ich fragen, wie du …«

Munuel winkte ab. »Kein Gespür!«, sagte er. »Harte Tatsachen. Limlora steckt hinter alledem. Sie ist eine Verbündete der …«

Er unterbrach sich und sah beide Männer unschlüssig an. Dann sagte er: »Also gut. Ich werde Euch jetzt alles und wirklich *alles* erzählen. Und ich sage Euch gleich, dass es wahrlich brennt und dass ich unterwegs in den Mogellwald bin, um dort etwas Wichtiges zu suchen.« Er maß erst Tharlas, dann Hennor mit Blicken. »Ich muss Euch gleich jetzt mit allem Nachdruck um Eure Hilfe bitten, meine Brüder!«

Die beiden schnauften, teils aus zurückgehaltener Neugier, teils aus Anspannung, denn Munuels Besuch schien sich zu einem bedeutungsvollen Ereignis auszuwachsen.

»Was gibt es denn im Mogellwald so Wichtiges?«, fragte Tharlas ein wenig ungeduldig. »Es ist eine unwirtliche, ja, gefährliche und menschenverlassene Gegend, um die sich seit alters seltsame Legenden ranken. Niemand geht freiwillig in diesen Wald hinein!«

»Ich suche dort … nach Unifar!«, verändete Munuel.

»Nach *Unifar?*«, riefen beide Magier im Chor.

*

Munuel erzählte beiden seine Geschichte. Es dauerte viel länger, als ihm lieb war, und er hatte das Gefühl, dass ihm die Zeit mit Riesenschritten davonlief. Aber es war nun mal ein notwendiges Übel, denn er konnte nicht auf die Hilfe seiner phygrischen Brüder hoffen, wenn er ihnen nicht das ganze Ausmaß der Bedrohung deutlich machte.

Tharlas hatte ihm das unter verbrüderten Magiern übliche ›Du‹ angeboten, und Munuel hatte es dankbar angenommen. Er begann seine Geschichte damit, dass er ihnen die Vorfälle vor dreißig Jahren in Hegmafor ins Gedächtnis rief, und Tharlas konnte sich bestens daran erinnern, denn er hatte an der großen Schlacht selber teilgenommen, ohne allerdings Munuel dabei getroffen zu haben. Dann berichtete Munuel davon, wie er an den Yhalmudt gekommen war und dass er danach viele Jahre lang immer wieder gegen die stygischen Kräfte gekämpft hatte. Tharlas gab sich etwas ungläubig, bis Munuel schließlich den Yhalmudt vorzeigte und es Tharlas gestattete, ihn in die Hand zu nehmen, um seine Kräfte zu erspüren. Das erschrockene, ehrfurchtsvolle Gesicht, das der Gildenmeister daraufhin zeigte, war Munuel eine Genugtuung. Dass Hennor den Yhalmudt bereits kannte, ließ er mit einem Seitenblick zu seinem alten Kameraden unerwähnt. Nach Tharlas' Experiment war seine Glaubwürdigkeit um etliche Grade gestiegen.

Er berichtete weiter und erzählte von Leandra, dem Totenzug und dem Kampf gegen den Dämon; von dem Moment, da Leandra zur Trägerin der Jambala geworden war, und der Befreiung Victors. Als er das magische Schwert erwähnte, hatte er das Gefühl, dass er seinen beiden Brüdern noch stundenlang hätte berichten können, so überraschend schienen seine Neuigkeiten zu wirken. In dieser abgelegenen Provinz, in der so gut wie nie etwas Aufsehenerregendes geschah, mussten seine Worte ungeheuerlich wirken. Tharlas und Hennor klebten förmlich an seinen Lippen, und es stand in ihren Gesichtern geschrieben, dass sie begierig waren, Leandra mit ihrem unglaublichen Schwert kennen zu lernen.

Er erzählte von Chast, der seinen Verdacht über das Wiederauftauchen der Bruderschaft von Yoor letztlich erhärtet hatte, und von dem furchtbaren Kampf, der zwischen ihm und dem Dunklen Mönch stattgefunden hatte. Danach kam die Flucht aus der Festung von Tulanbaar, Leandras gefährliche Begegnung mit den Häschern des Kommandanten und die heldenhafte Befreiung durch Victor. Er berichtete von den Vorfällen an der Schmiede und dem Sieg über den *Sucher* – was den beiden ein entsetztes Aufstöhnen abrang. Immer wieder machte er ihnen klar, dass sich während der letzten Wochen die Ereignisse immer weiter zugespitzt hatten und dass der vorläufige Höhepunkt in der Ermordung der Shabibfamilie lag.

»Und …«, fragte Tharlas schließlich, »… warum suchst du nun nach Unifar?«

»Es geht um den dritten Teil der Stygischen Artefakte«, antwortete Munuel. »Die Canimbra. Der Legende nach muss sie in Bor Akramoria sein. Und das muss in unmittelbarer Nähe zu Unifar liegen. Nur wenn wir sie finden, haben wir eine Möglichkeit gegen die Bruderschaft von Yoor zu bestehen!«

Beide Brüder schwiegen für lange Zeit; es fiel ihnen sichtlich schwer, all diese Informationen zu verdauen. Ihr Dasein hier im abgelegenen Tharul war immer friedlich und beschaulich gewesen.

Nach einiger Zeit stillen Nachdenkens ergriff Tharlas das Wort.

»Es ist wahr, hier in der Gegend hat der eine oder andere Magier tatsächlich die Vermutung geäußert, dass Unifar im Mogellwald gelegen haben könnte.« Er blickte auf. »Aber niemals hat jemand eine ernsthafte Expedition dorthin gewagt – dazu steht der Mogellwald in viel zu dunklem Ruf. Er ist auch viel zu groß, als dass man ihn selbst mit fünfhundert Leuten auch nur einigermaßen sinnvoll erforschen könnte!«

»Man darf natürlich den Wald nicht blind durchkämmen«, sagte Munuel. »Man muss mit Klugheit zu Werke gehen. Es gibt nur etwa zehn Orte, an denen es Sinn gemacht hätte, eine große Stadt ansiedeln zu wollen. Und unter diesen zehn sind nur drei oder vier, an denen sich eine Stadt zu einer solchen Größe hätte ausbreiten können, wie Unifar sie einmal gewesen sein muss. Und letztlich ist ein großer Fluss für eine große Stadt ein unverzichtbarer Handelsweg – und da bleiben eigentlich nur zwei Stellen übrig, an denen Unifar tatsächlich gelegen haben kann. Entweder im Flussdelta der Blauen Ishmar oder dem der Roten Ishmar. Beide liegen, wie ihr wisst, am südlichen Ende des Mogellsees!«

Hennor nickte. »Angenommen«, sagte er dann, »Unifar lag wirklich irgendwo dort. Wir könnten trotzdem Monate brauchen, bis wir auch nur eine einzige Ruine finden!«

»So lange darf es eben nicht dauern!«, sagte Munuel fest. »Und nun kommen wir zu einem weiteren Thema, über das ich mir schon lange Gedanken mache. Vielleicht kann es uns gelingen ... einen Drachen herbeizurufen!«

»Einen Drachen?«, rief Tharlas. »Beim Felsenhimmel, da bist du nicht der erste, der davon träumt. Aber ich habe noch nie davon gehört, dass einer freiwillig auf den Ruf eines Menschen hin gekommen wäre.«

»Ich ...«, begann Munuel, wartete dann aber noch einen Moment. »Also, so seltsam das in euren Ohren auch klingen mag, ich bin selbst schon mal auf einem geflogen! Auf einem *wilden* Flugdrachen.«

»Was?«, riefen beide Brüder im Chor.

»Ja, es ist wahr. Es war eine seltsame Sache, vor etwa fünfundzwanzig Jahren. Ich war damals mit dem Yhalmudt einer schlimmen Sache nachgegangen. Im Westramakorum, dort, wo die Grenze zum Salmland liegt. Irgendetwas vergiftete das Tiefenwasser in weitem Umkreis und alle Brunnen waren verseucht. Ich fand schließlich eine unterirdische Kaverne am Fuß eines Felspfeilers und stöberte dort einen Dämon auf. Er war nicht übermäßig stark, aber trotzdem wurde ich böse verletzt. Ich hatte während des Kampfes ein Norikel nicht schließen können, und mir dröhnte der Schädel, dass ich nicht einmal eine erste Iteration mehr hätte wirken können. Es gelang mir zwar, die Kaverne zu verlassen, aber dann hatte ich keine Kraft mehr. Ich lag zwischen Felsen am Fuß des Stützpfeilers. Zwei Tage kreisten Drachen über mir, dann landete einer von ihnen – es war ein großer Onyxdrache. Er saß einfach da und wartete.«

Tharlas und Hennor lauschten gebannt. »Und dann?«

»Nun, er schien tatsächlich auf mich zu warten. Vielleicht hatte er den Kampf zwischen mir und dem Dämon mitbekommen. Nach einer Stunde dachte ich, dass er mir vielleicht helfen wollte. Ich kroch zu ihm, und er ließ eine Schwinge herabsinken. Ich kroch auf seinen Rücken, hielt mich an seinem Zackenkamm fest und dann … nun, er flog los. Ich stürzte beinahe von seinem Rücken. Er brachte mich nicht weit, nur zu einer Straße. Es war abends, und ich lag da bis zum nächsten Morgen. Dann fanden mich Leute und brachten mich nach Maraskaan.«

Tharlas pfiff durch die Zähne. »Kaum zu glauben! Und du meinst, man könnte tatsächlich einen wilden Drachen herbeirufen?«

Munuel nickte. »Dass der Onyxdrache hoch magiebegabt war, konnte ich deutlich spüren. Ich habe seitdem nie mehr die Hoffnung aufgegeben, dass an den alten Legenden *doch* etwas dran ist. Demnach konnten die Drachenmeister vor langer Zeit über das Trivocum mit den Drachen sprechen. Wenn es uns tatsächlich gelingt, einen Drachen herbeizurufen, dann könnten wir aus der Luft nach den Ruinen der Stadt suchen. Ich denke, das würde unsere Aussichten, Unifar zu finden, ums Hundertfache erhöhen.« Er machte eine Pause. »Ehrlich gesagt, ich hoffe fest darauf, dass es gelingt. Es ist unsere einzige Chance.«

»Aber warum sollten die Drachen sich für so etwas hergeben?«, fragte Hennor seufzend. »Sie halten sich von den Menschen fern. Die Legenden sagen den Drachen nach, dass sie sich aus Stolz von den Menschen abgewandt hätten.«

Tharlas seufzte und winkte ab. »Selbst wenn es uns gelingen sollte, kann ich mir nicht vorstellen, dass man da noch etwas entdecken kann. Nach zweitausend Jahren! Weißt du überhaupt, was der Mogellwald für eine Art Wald ist?«

Munuel nickte niedergeschlagen.

Tharlas schüttelte den Kopf. »Ich meine nicht die Legenden über böse Wesen oder dergleichen. Nein, den Wald an sich! In der Tharuler Senke ist es immer ein bisschen wärmer als im übrigen nördlichen Akrania. Das liegt an den riesigen Sonnenfenstern. Und weil es so warm ist, ist der Mogellwald ein wuchernder Urwald. Nicht so nett und freundlich wie der Marschenforst oder der Mornewald. Dort wuchert alles an Gewächsen, was du dir nur vorstellen kannst – und zwar mit Macht! Und das seit zweitausend Jahren, wenn Unifar tatsächlich dort gelegen hat.«

Munuel hob einfach nur die Schultern zum Zeichen, dass alles nichts half. »Wir haben nur diese Chance. Ich weiß nicht, wie wir sonst gegen die Bruderschaft von Yoor bestehen können!«

»Was ist eigentlich diese Canimbra?«, wollte Hennor wissen. »Ist sie wirklich so machtvoll? Ich kann mir nicht denken, dass das Cambrische Ordenshaus nicht genug Kräfte vereinen könnte, um einem Haufen wild gewordener Magier Einhalt zu gebieten!«

Munuel schüttelte den Kopf. »Bei allem Respekt, meine Brüder. Man sagt mir nach, ich wäre ein Magier von hohen Künsten. Aber gegen diesen Chast, von dem ich euch erzählt habe, bin ich ein Nichts! Ohne die Hilfe des Yhalmudt säße ich jetzt nicht vor euch. Glaubt mir!«

*

Leandra nahm sich die Zeit, die Dinge, die sie Jacko erklären wollte, in aller Ausführlichkeit zu beschreiben. Sie sagte ihm ganz offen, dass sie ihm über manche Begebenheiten und Geheimnisse erst später berichten dürfe, und ließ die entsprechenden Lücken in ihrer Beschreibung.

Jacko hörte ihr aufmerksam zu. Seine Augen verrieten kaum einmal Überraschung, auch nicht, als sie ihm eröffnete, dass sie nun in den Mogellwald gehen müssten, um dort ein geheimnisvolles magisches Artefakt zu suchen. Welches das war, verriet sie allerdings nicht.

Victor äußerte sich kaum. Er schaute ständig misstrauisch zu Jacko und Leandra herüber, und manchmal hatte sie das Gefühl, dass er kurz davor stand, Jacko anzufallen. Irgendwie war es ein wenig schmeichelhaft für sie, dass er so unverblümt zeigte, wie sehr er sie mochte. Ja, zweifellos war er mächtig verliebt in sie. Auf der anderen Seite wurde es ihr auch lästig. Jacko war ein faszinierender Mann, das stimmte schon, aber ihrer Ansicht nach war das kein ausreichender Grund für Victor, sich aufzuführen wie ein wütender Gockel. Sie gehörte keinem von beiden und hatte im Moment alles andere im Sinn, als sich auf irgendwelche Liebschaften einzulassen.

Jacko gab sich angenehm kühl. Trotz Victors unmöglichem Benehmen behandelte er ihn freundlich und ließ sich nicht aus der Ruhe bringen. Dann, als Leandra alles erklärt hatte, saß Jacko eine Zeit lang nachdenklich da und massierte sein kantiges Kinn. Seine Augen verrieten Klugheit und Erfahrung.

»Wo stammst du her? Hier aus der Gegend?«, wollte Leandra wissen.

Er schüttelte den Kopf. »Nein, aus dem Süden«, sagte er unbestimmt. »Ich hatte hier ein paar Geschäfte zu erledigen. Mit diesem … naja, du weißt schon, Harro und seinen Leuten.«

Sie lehnte sich zurück und studierte sein Gesicht. »Was sagst du zu der Geschichte?«

»Sie klingt ernst«, stellte er fest.

»Wirst du uns begleiten?«

Er lächelte leicht. »Hab ich denn noch eine andre Möglichkeit? Du hast mich doch schon zwangsverpflichtet.«

Victor beugte sich vor. Er starrte Jacko mit scharfen Blicken an. »Ich will nicht, dass du wegen ihrer schönen Augen mitkommst, kapiert? Auf so was können wir verzichten. Es geht hier wirklich um etwas Wichtiges.«

Leandra und Jacko tauschten belustigte Blicke. Victor grunzte ärgerlich.

Jacko sah ihn geradeheraus an und legte ihm kameradschaftlich die Hand auf die Schulter. Leandra sah jedoch, dass er Victors Schulter mit seiner mächtigen Pranke ziemlich derb zusammendrückte. Victor bemühte sich verbissen, keinen Schmerz zu zeigen.

»Ich möchte gern mit dir reden, Victor«, sagte er. »Unter vier Augen!« Er blickte zu Leandra. »Ist dir das recht?«

Leandra hob unschuldig die Achseln. Ihr Blick verriet zwar, dass sie ihre Großmutter verkauft hätte, um mitzubekommen, was Jacko Victor zu sagen hatte, aber sie erhob sich nur. »Ich werde nach Munuel sehen. Wir treffen uns dann auf dem Markt.«

Damit ging sie davon.

Victor sah Jacko finster an und wischte ärgerlich seine Hand davon. »Was ist?«, knirschte er.

Jacko lehnte sich zurück und lachte ihn offen an. »Ich hatte auch einmal so ein Mädchen«, sagte Jacko gut gelaunt. »Vor langer Zeit.«

»Ich *hab* sie nicht!«, sagte Victor wütend.

Jacko nickte. »Ja, das sehe ich. Darf ich dir einen Rat geben?«

Victor erwiderte nichts, starrte ihn nur finster an.

Jacko beugte sich vor. »Ich habe längst verstanden, dass es hier um etwas sehr Wichtiges geht. Ich habe gerade nichts vor und werde euch tatsächlich begleiten. Aber ich habe keine Lust, mich täglich mit dir herumzustreiten, verstehst du? Wenn du sie kriegen willst, dann ist das deine Sache, aber ich würde es mit ein wenig mehr Zartgefühl versuchen.«

»Was weißt *du* schon?«, sagte Victor wütend, lehnte sich zurück und verschränkte die Arme vor der Brust.

Jacko hob einen erklärenden Finger. »Du wirst sie nie bekommen, Mann, wenn du ihr das Gefühl gibst, etwas herbeizwingen zu wollen.« Seine Stimme wurde schärfer. »Ich bin nicht dein Rivale, aber wenn du nicht aufhörst, so ein Theater zu machen, dann überlege ich es mir noch. Ich bin alt genug, um ein paar Tricks zu kennen, wie ich sie dir in weniger als fünf Minuten ausspannen könnte! Jedenfalls dann, wenn du damit fortfährst, dich so dämlich zu benehmen!«

Victor erwiderte immer noch nichts.

Jackos Miene wurde wieder entspannter. »Sie ist wie ein kleiner Schmetterling, weißt du?«, sagte er freundlich. »Man muss sie freilassen. Wenn sie zu dir zurückkehrt, dann hast du gewonnen. Tut sie es nicht, dann hat sie dir ohnehin nie gehört!«

Irgendwie schien das Victor zu beruhigen. Jacko glaubte ihm anzumerken, dass ein wenig Schamgefühl in ihm hochkam. Er schlug ihm noch einmal die Hand auf die Schulter. »Also los, streitbarer Krieger!«, sagte er aufmunternd und erhob sich. »Wir wollen sie suchen gehen. Und du solltest dir ein vernünftiges Schwert zulegen. Mit diesem rostigen Dolch kannst du kein Eichhörnchen mehr erschrecken!«

Sie verließen das Gasthaus, und Victor dachte missmutig, dass er selber schuld war, dass er jetzt wie ein Idiot dastand. Wie peinlich, dass jetzt sogar Leandra klar sein musste, dass er etwas von ihr wollte. Verbissen sagte er sich, dass er sein Gesicht wahren musste. Er beschloss, sie sich aus dem Kopf zu schlagen. Sollte sie mit Jacko glücklich werden, wenn sie wollte. Er hatte keine Lust, in diesem Spiel der Hampelmann zu sein.

Dann fanden sie Leandra, die bester Laune zu sein schien. Sie hatte sich auf dem Markt ein buntes Hemd gekauft und trug es bereits unter ihrem Lederwams. »Na, wie gefalle ich euch?«, rief sie aus.

Jacko hielt sich zurück und überließ Victor das Kompliment. Victor brauchte alle Kraft, seine schlechte Laune zu bezähmen. »Nett«, sagte er. »Noch eine Hose in der Farbe, und wir könnten zusammen auftreten ...«

Leandra lachte fröhlich und hakte sich bei ihm unter. »Komm!«, sagte sie. »Da vorn ist ein Waffenhändler. Vielleicht finden wir dort eine hübsche Spatzenschleuder für dich!«

Victor musste leise lachen, obwohl ihm gar nicht danach war. In seinem herben Gemisch aus Freude und Verbitterung schlichen sich ein paar unwillkürliche Tränen in seine Augenwinkel, und er fragte sich, ob er überhaupt die Kraft besaß, sich von Leandra abzuwenden. Sie war einfach überwältigend. Er täuschte vor, irgendein Insekt wäre ihm ins Auge geflogen, und schaffte es, seinen Stimmungstaumel zu übertünchen. Sollte sich Leandra tatsächlich für Jacko entscheiden, wusste er nicht, ob er das würde schlucken können. Und er glaubte nicht, dass Jacko sie zurückweisen würde. Er glaubte nicht, dass *irgendein* Mann auf der Welt sie zurückweisen könnte.

Sie erreichten den Waffenstand, und Victor, der inzwischen eine Vorstellung davon erlangt hatte, wie ein gutes Schwert aussehen musste, widmete sich sogleich dankbar den fabelhaften Waffen, die er dort erblickte. Mit einem der angebotenen Schwerter, einem klassischen ›Tharuler‹, freundete er sich sofort an. Es war ein schlankes, gut ausbalanciertes Langschwert.

Jacko nahm den Waffenhändler beiseite und übernahm die Verhandlungen. Ohne dass Victor je mitbekam, wie viel das Schwert kostete, fand er sich plötzlich als der Besitzer dieser hervorragenden Waffe. Leandra hatte bezahlt und da Victor wusste, dass das Geld von Munuel stammte, war die Sache für ihn in Ordnung.

Spät am Nachmittag trafen sie dann Munuel wieder.

Munuel gab sich erstaunt über Victors Schwert, Leandra indes erklärte ihm flüsternd etwas über Jackos Verhandlungsgeschick. Victor bekam das nicht recht mit, es interessierte ihn auch nicht sonderlich. Jacko war ihm etwas schuldig gewesen – so empfand er jedenfalls.

Trotz allem Verdruss ging Victor Jackos Satz über den Schmetterling nicht aus dem Sinn. Leandra als Schmetterling zu sehen gefiel ihm. Er nahm sich trotz seines Misstrauens vor, Jackos Rat zu beherzigen. Seine Laune besserte sich langsam. Als Munuel ihn dann zu dem Schwert beglückwünschte, lächelte er wieder.

Zwei Stunden saßen sie in einem Gasthaus beim Abendessen, und Munuel berichtete ihnen von den schrecklichen Nachrichten aus Savalgor. Sie brauchten eine Weile, bis sie das verdaut hatten.

»Und wer herrscht jetzt in Savalgor?«, fragte Victor.

»Das ist noch unklar«, sagte Munuel. »Bruder Hennor versucht im Moment, über das Trivocum mit anderen Gildenhäusern in Kontakt zu treten, um Weiteres zu erfahren. Ich fürchte aber, dass sich Limlora binnen Kurzem auf den Thron setzen wird – wenn sie es nicht schon getan hat. Es ist dann nur noch eine Frage der Zeit, bis der Konflikt zwischen der Hierokratie und dem Cambrischen Ordenshaus entbrennt. Die Cambrier werden als Urheber des Mordes an der Shabibfamilie angeprangert.«

»Und dann kommt die Bruderschaft von Yoor ins Spiel«, sagte Leandra düster.

Munuel nickte. »Ja. Ich nehme an, die Bruderschaft wird versuchen, die Magiergilde zu zersprengen. Dann haben sie freie Bahn. Gelingt ihnen das, sind sie innerhalb kürzester Zeit die Machthaber im Land. Und dann werden schlimme Zeiten anbrechen.«

»Aber wird es ihnen gelingen?«, fragte Victor, »den Cambrischen Orden einfach im Handstreich zu besiegen?«

Munuel nickte schwer. »Mit dieser Anschuldigung?

Es steht zu befürchten. Ich kann nur hoffen, dass Jockum und Ötzli verhindern können, dass der Orden von innen aufgerieben wird. Wir vermuten einige Verräter in unseren Reihen. Mit ihrer Hilfe, so könnte ich es mir vorstellen, ist es der Bruderschaft auch gelungen, die Magiergilde als den Urheber des Mordes hinzustellen.«

Leandra richtete sich auf. »Dann haben wir nicht mehr viel Zeit!«, sagte sie. »Wir müssen die Canimbra finden, so schnell es geht!«

Munuel blickte zu Jacko. Der große Mann lauschte immerzu aufmerksam ihren Worten, äußerte sich aber nur selten.

»Weißt du, was die Canimbra ist, Jacko?«, fragte Munuel.

»Ich nehme an, dieses Ding, das ihr zu suchen gedenkt. Es wird wohl von der Art sein ... nun, wie das Schwert, das Leandra trägt.«

Munuel nickte zufrieden. Jacko musste man nicht viel erklären. Der Mann war zweifellos scharfsinnig, und Munuel konnte langsam eine Vorstellung davon entwickeln, dass er tatsächlich ihre kleine Gruppe verstärken würde. Sie waren nun zu sechst. Hennor und Tharlas würden ebenfalls mitkommen. Wenn es ihnen nun noch gelang, tatsächlich einen Drachen herbeizurufen, dann hatten sich ihre Aussichten auf eine erfolgreiche Suche vervielfacht. Allerdings standen diese Aussichten selbst dann noch immer nicht allzu gut.

31 ♦ Meakeiok

Am Abend fand sich in Tharlas' Schreibzimmer die Gruppe derer zusammen, die sich auf die Suche nach Unifar und der Canimbra begeben wollten. Eine gewisse Beruhigung und Entschlossenheit breitete sich unter ihnen aus, als sie feststellten, dass sie nun eine schlagkräftige kleine Truppe darstellten.

Man war inzwischen zu dem vorläufigen Entschluss gelangt, dass man den Versuch wagen wollte, tatsächlich einen Drachen herbeizurufen. Die Schwierigkeit bestand darin, dass man unauffällig bleiben musste, denn sie würden nur dann einen Vorteil haben, wenn es ihnen gelang, die drei Stygischen Artefakte unbemerkt in die Hand zu bekommen. Einen Drachen zu rufen bedeutete indes, das Trivocum deutlich zu erschüttern – und das konnte bemerkt werden. Aber die Zeit drängte sehr, denn Hennor hatte alarmierende Dinge in Erfahrung gebracht.

Demnach befand sich die Hauptstadt Savalgor in höchster Unruhe, und schwere Vorwürfe wurden gegen das Cambrische Ordenshaus erhoben. Vom Hierokratischen Rat war der Ausnahmezustand und eine nächtliche Ausgangssperre verhängt worden. Die Ratsmitglieder debattierten seit zwei Tagen darüber, ob man das Ordenshaus und die Cambrische Basilika durch die Palastgarde besetzen und die cambrischen Altmeister und den Primas von Savalgor inhaftieren lassen sollte. Es ging groteskerweise die Rede, dass eine Forderung über die Auslieferung von Munuel vorlag. Über all diese Maßnahmen hatte sich der Rat in zwei Lager gespalten, nämlich in die Gruppe derer, die nicht an der Loyalität des Cambrischen Ordenshauses zweifelten, und eine andere, die den Aussagen der angeblichen Augenzeugen unbedingten Glauben schenkten. Das Ordenshaus selber hatte alle Vorwürfe entschieden zurückgewiesen und eine genaue Untersuchung des Tatortes durch Gildenmagier verlangt. Angesichts dieser Verhältnisse schien die augenblickliche Situation ein Patt zu ergeben.

Möglicherweise hätte dies zu einer Entspannung der Lage geführt. Die alarmierende Meldung allerdings war die, dass große Teile der Bevölkerung von Savalgor verlangten, Limlora, die überlebende Tochter des Shabib, sollte zur Shaba ernannt werden. Es schien, als würden die Mitglieder des Rates, die an eine Schuld der Cambrier glaubten, diese Forderung unterstützen, denn wenn erst eine neue Shaba da war, dann würde gewiss sehr schnell eine Entscheidung fallen.

Hennor hatte dies aus dem Savalgorer Ordenshaus erfahren, wo etliche Magier damit beschäftigt waren, die Neuigkeiten über das Trivocum zu ihren Brüdern in den anderen Städten des Landes zu übermitteln. Sicherlich erwartete man, auf diesem Weg auch Munuel zu erreichen, denn die Hochmeister des Ordenshauses wussten, dass er und Leandra die letzte Hoffnung waren, der furchtbaren Drohung zu begegnen. Aber sie konnten unmöglich antworten. Niemand von der Bruderschaft von Yoor durfte erfahren, wo sich Munuel und Leandra aufhielten und was sie vorhatten. Dies war vorläufig der einzige Trumpf, den sie im Ärmel hatten.

War Limlora erst Shaba, würde sie mit Sicherheit die Besetzung des Ordenshauses befehlen, und dann stellte sich nur noch die Frage, wie viel Zeit die Gilde überhaupt noch hatte. Erwehrte sie sich dieses Übergriffs, dann würde Limlora mit Sicherheit die Bruderschaft von Yoor auf den Plan rufen – mit welchen Reden auch immer sie es dem Volk gegenüber begründete. Kam es tatsächlich zu einem Kampf, dann würde Savalgor zu einem Trümmerfeld werden. Ergaben sich hingegen die Gildenmagier, dann hatte die Bruderschaft von Yoor gewonnen.

»Schön ausgedacht!«, kommentierte Hennor bitter, nachdem sie diese Tatsachen erörtert hatten. »Wer auch immer hinter diesem Plan steckt – er ist verdammt gerissen. Wir haben nicht nur große Hindernisse zu überwinden, sondern wir haben es auch mit einen Gegner zu tun, der unsere möglichen Schritte vorausbedacht hat!«

»Also rufen wir einen Drachen – einen Sonnendrachen!«, stellte Hennor mit Nachdruck fest. »Es gibt Sonnendrachen in Diensten der Menschen, also dürften wir mit einem von ihnen die größten Chancen haben. Es leben welche in den Vorbergen des Ramakorums, nördlich von hier. Das weiß ich.«

»Und wenn es in Tharul Mitglieder der Bruderschaft gibt?«, fragte Jacko mit gerunzelter Stirn. »Ich kann mir nicht vorstellen, dass sie die Macht in den Westreichen übernehmen wollen, ohne das ganze Land mit ihren Leuten durchsetzt zu haben – selbst in einer so abgelegenen Stadt wie Tharul. Wenn hier ein Drache landet, um mit einem halben Dutzend Leuten davonzufliegen, dann weiß mit Sicherheit keine Stunde später die Bruderschaft davon.«

Leandra, die zusammen mit Victor in aller Bescheidenheit in einer Ecke des Schreibzimmers Platz genommen hatte, meldete sich zu Wort. »Wie wäre es, wenn wir eine halbe Tagesreise in die Tharuler Senke hineinritten, bis wir ein gutes Stück von der Stadt entfernt sind. Dort könnten wir dann einen Drachen herbeirufen.«

»Keine schlechte Idee«, sagte Tharlas, »aber leider besteht das Problem nicht so sehr darin, gesehen zu werden, als in der Tatsache, dass man einen Drachen über das Trivocum herbeirufen muss. So etwas wäre weithin zu vernehmen, verstehst du?«

Victor meldete sich. »Und wenn wir keinen Sonnendrachen aus den Bergen herbeiriefen«, fragte er, »sondern nur ein paar Felsdrachen? Die gibt es überall – an jedem Felspfeiler lebt eine Sippe. Das könnte man, soweit ich weiß, mit einem kleinen Aurikel machen, in der zweiten oder dritten Iteration …«

»Was weißt *du* denn von Magie?«, fragte Tharlas mit Erstaunen.

»Victor ist unser wandelndes Nachschlagewerk!«, sagte Munuel wohlmeinend, winkte ab und erhob sich. »Ein Dichter und Schreiberling. Und wohl auch ein verhinderter Magier, was?«

Victor hob unschuldig die Schultern.

Munuel wandte sich an Tharlas. »Der Junge hat Recht. Warum eigentlich ein Sonnendrache? Ich habe in alten Schriften schon oft über Felsdrachen gelesen – sie sollen, soweit ich weiß, auch magiebegabt sein. Sie sind wesentlich zahlreicher als Sonnendrachen, und wenn wir uns in ihre Nähe begeben, dann brauchen wir keinen so mächtigen Ruf abzusenden. Einen Sonnendrachen müssten wir über eine weite Strecke herbeirufen, und dazu bräuchte es eine ziemliche Kraft.«

Tharlas hob die Schultern. »Über Felsdrachen und ihre Bereitschaft, Personen zu befördern, ist nichts weiter bekannt. Jedenfalls *mir* nicht. Bei einem Sonnendrachen wäre es immerhin noch vorstellbar. In den Büchern habe ich aber noch nie etwas darüber gelesen, dass Drachenmeister mit Felsdrachen Kontakt hatten. Ich habe keine Ahnung, wie das gehen könnte …«

»Das ist ganz leicht …«, stieß Victor hervor und schoss mit erhobenem Finger in die Höhe. »Man muss nur …«, fuhr er fort, verstummte dann aber, als er sah, dass sich alle Blicke auf ihn gerichtet hatten.

»Sprich nur weiter, du Nachschlagewerk!«, sagte Tharlas laut und winkte auffordernd. Dabei aber hatte er einen ziemlich ungehaltenen Gesichtsausdruck aufgesetzt. Offenbar war er gar nicht damit einverstanden, dass ein junger Mann, der nicht einmal einen Tag Novizenschaft vorzuweisen hatte, drei altgediente Magier mit Gildenwissen belehrte.

»Na ja, also … ich hatte da mal ein sehr altes Buch … ich meine, ich habe es restauriert, und da kommt man nicht daran vorbei, den Text zu lesen, Meister Tharlas …«

»Schon gut, Junge. Was stand da nun?«

»Also, wenn ich mich recht entsinne, hieß es da, dass man früher mit Felsdrachen mittels der Symbolik der Sonnendrachen in Verbindung zu treten versuchte. Das klappte nicht, weil Felsdrachen von der elementaren Ebene aus gesehen in einem anderen Medium leben. Der Verfasser schrieb, dass er gewisse Erfolge erzielt hätte, als er eine Kontaktaufnahme mithilfe einer Erdmagie, nämlich *Nexa,* die er ins Trivocum leitete, erreichte. Die Felsdrachen leben in Höhlen weit oben an den Felspfeilern, sie sind also erdverbunden, und *Nexa* ist …«

»Wir wissen, was *Nexa* ist«, sagte Tharlas streng. »Was hältst du davon, Munuel?«

Der alte Magier aus Angadoor unterdrückte ein Grinsen. »Fabelhaft«, sagte er und breitete die Arme aus. »Ich will mit dem Jungen zusammen fliegen! Ich weigere mich, auch nur noch eine Sekunde lang auf seinen Wissensschatz zu verzichten!«

Das brachte ihm einen tadelnden Blick von Tharlas ein, aber Munuel schien sich nicht darum zu kümmern. Er war der Älteste, und seine Stellung in der Gilde machte ihn inoffiziell zum Oberhaupt dieser Gruppe, obwohl Tharlas hier der Primas war. Munuel hatte also alle Freiheiten, und seine Verbundenheit gegenüber Victor war so groß, dass er wiederum ihm alle Freiheiten gewähren wollte. Er nahm sich vor, Tharlas dies bei passender Gelegenheit einmal zu erklären.

Sie beschlossen, so zu verfahren, wie es nun besprochen war.

Die Nachtruhe war kurz, und sie brachen am nächsten Morgen noch während der Dunkelheit auf. Ungesehen verließen sie die Stadt in Richtung der Tharuler Senke. Am späten Vormittag hatten sie schon ein gutes Stück zwischen sich und die Stadt gebracht.

*

Wenn das Wetter an diesem Morgen ein Omen war, dann standen ihre Chancen gut. Es wehte ein sehr warmer Wind von Osten her, und der feine Dunst über der weiten grasbewachsenen Ebene erstrahlte im hellen Gelb des Lichts der Sonnenfenster. Sie hatten für den Beginn der Reise den Adepten Ulric mitgenommen, der die Pferde zurück nach Tharul bringen sollte, sofern sie Erfolg mit den Drachen hatten. Aber sie waren zuversichtlich. Victor hatte noch einiges erzählt, was er in irgendwelchen ominösen Büchern gelesen haben wollte, und obwohl von Victors unerlaubtem Wissen befremdet, waren sie einigermaßen zuversichtlich, Drachen auf sich aufmerksam machen zu können. Es war nur die Frage, ob es ihnen gelang, sich verständlich zu machen. Und wenn das gelang, dann war nur zu hoffen, dass die Tiere tatsächlich so intelligent waren, wie die Legenden behaupteten, und dass man sie von der Dringlichkeit ihrer Sache überzeugen konnte.

Gegen Mittag deutete Jacko auf eine Gruppe von drei eng beieinander stehenden Felspfeilern, die etwa eine halbe Wegstunde nordwestlich von ihnen lag. »Dort oben!«, rief er. »Sind das nicht Felsdrachen?«

Leandra war schon den ganzen Vormittag aufgeregt, weil eine Herbeirufung dieser faszinierenden Tiere bevorstand. Einen Felsdrachen sah man selten aus der Nähe, denn sie waren sehr scheu und flogen sofort davon, wenn sich ihnen Menschen näherten. Leandra hatte als Kind einmal einen von ihnen beobachten können, der am Iser gelandet war, um dort seinen Durst zu stillen. Sie war auf zweihundert Schritt an ihn herangekommen und hatte sich vor Angst beinahe in die Hose gemacht.

Der Drache war groß und graugrün gewesen, mit ledriger Haut und klugen Augen in seinem schlanken, langgestreckten Kopf. Die Anmut seiner Bewegungen hatte Leandra fasziniert, und die Erinnerung an dieses Tier hatte sie lange mit sich herumgetragen. Sie hatte sich immer gewünscht, wieder einmal einem Felsdrachen zu begegnen. Aber dass sie jetzt sogar auf einem von ihnen fliegen sollte, machte sie sehr nervös, mehr sogar, als dass sie sich darüber hätte freuen können.

»Bist du schon mal auf einem Drachen geflogen?«, flüsterte sie Munuel zu, der neben ihr ritt.

»Einmal«, sagte der Magier. »Das ist lange her. Aber es macht Spaß!«

»Bist du sicher?«, fragte sie ängstlich.

Er lächelte sie an. »Ja, glaub mir. Drachen sind sehr gefühlvolle Wesen, weißt du? Sie passen auf, dass man nicht von ihrem Rücken herunterfällt. Jedenfalls ... na ja, ich glaube es wenigstens!«

Leandra stieß ein würgendes Geräusch aus, das ihre Angst beschrieb. Tharlas und Hennor waren inzwischen abgesessen und ein paar Schritte vorausgegangen. Sie blickten zu dem Felspfeiler empor, und es schien, als würden sie sich darauf vorbereiten, die Herbeirufung zu beginnen.

Tharlas drehte sich um. »Was denkst du, welche Iterationsstufe wir brauchen werden, Munuel?«, rief er.

Munuel wandte sich an Victor. »Stand da etwas in deinem Buch?«

»Ja ... die zweite oder dritte. Aber warum das weiß ich auch nicht.«

Munuel saß ebenfalls ab, und die anderen taten es ihm nach. Sie gesellten sich zu den beiden phygrischen Magiern und blickten zu den Felspfeilern hinauf. Es schien ein ganzes Drachenvolk zu sein, das dort oben wohnte. Immer wieder lösten sich einzelne Tiere, die von hier aus gesehen kaum größer als kleine Pünktchen waren, aus dem Fels der großen Pfeiler und kreisten mit wilden

Eskapaden und halsbrecherischen Flugmanövern um die Pfeiler herum.

»Es sieht so aus, als spielten sie miteinander«, sagte Leandra leise.

Einige ihrer Begleiter nickten zustimmend, während sie hinaufstarrten.

»Ich werde jetzt mit *Nexa* in der dritten ... nein, lieber in der zweiten Iteration einen Ruf zu ihnen senden«, sagte Tharlas.

Leandra konzentrierte sich instinktiv auf das Trivocum und verfolgte Tharlas' Tun.

Sie stellte erstaunt fest, dass der Primas des Phygrischen Ordens ein ganz eigentümliches Aurikel setzte – ganz anders, als Munuel es getan hätte. Er hatte einen völlig anderen Stil – weich und kraftvoll zugleich, nicht so energisch, aber dafür auch etwas reiner als Munuels Aurikel. Dann vernahm sie das Echo eines ihr unbekannten symbolischen Bildes, das durch das Trivocum flog – und mit ihren Augen nahm sie einen Augenblick später wahr, wie die Drachen, viele Meilen über ihren Köpfen, plötzlich in heller Aufregung durcheinander wirbelten. Kurz darauf formierten sie sich zu einer Gruppe und zogen eine große Schleife.

Abermals spürte sie das Echo eines Symbols. Aus seiner Art ließ sich schließen, dass es so etwas wie eine freundschaftliche Bitte beinhaltete.

Wieder stoben die Drachen auseinander, fanden dann zusammen und zogen einen weiteren Kreis weit oben in der Höhe. Ganz offensichtlich kam die Botschaft bei ihnen an. Tharlas sandte keine weitere hinauf, aber er hielt das Aurikel offen. Leandra starrte fasziniert in die Höhe.

Nach einer Weile löste sich ein einzelner Drache aus dem Verband. Der Rest der Gruppe, die aus ungefähr zwölf Tieren bestand, zog weiterhin seine Kreise. Der eine Drache aber legte die Flügel an und schoss in halsbrecherischer Geschwindigkeit nach unten. Sekundenlang raste er die senkrechte Wand entlang des Felspfeilers herab, breitete dann endlich die Schwingen aus und fing sich in einem eleganten Bogen. Innerhalb weniger Sekunden hatte er die Distanz zwischen dem Fuß des Felspfeilers und der Gruppe der Menschen überbrückt und beschrieb dann etwa eine halbe Meile über ihren Köpfen eine große Acht. Dabei schien er sie aufmerksam in Augenschein zu nehmen.

Nach einer weiteren Acht stieß er einen hohen Schrei aus und begann mit kräftigen Flügelschlägen wieder zu steigen; mit erstaunlicher Geschwindigkeit gewann er dabei an Höhe. Seine Flugtechnik war wirklich beeindruckend. Schon nach wenigen Minuten war er wieder ganz oben, in etwa vier Meilen Höhe, und hatte sich zu seinen Artgenossen gesellt.

Tharlas entschied sich abermals für einige Signale. Durch sein geöffnetes Aurikel schickte er sie ins Trivocum. Schließlich kam eine Antwort, ein Symbol, das Leandra nicht verstand und eine völlig fremdartige Handschrift trug.

Aber Tharlas schien zu verstehen, was diese Botschaft bedeutete. Er sandte wieder einige Symbole zu den Drachen. Dann, nach einigen Minuten hoffnungsvollen Wartens, sah Leandra, wie sich das gesamte Drachenvolk in einen kräftigen Sinkflug begab und innerhalb von nur zwei oder drei Minuten bis ganz hinab in die Ebene gekommen war. Abermals in einer Höhe von etwa einer halben Meile, begannen sie einen großen Kreis zu beschreiben. Die einzelnen Tiere tobten innerhalb der formierten Gruppe temperamentvoll durcheinander und stießen aufgeregte Schreie aus.

Leandra spürte, dass das Trivocum in heftiger Bewegung war. Aber diese Art von Bewegung konnte, so hoffte sie jedenfalls, eigentlich niemandem auffallen, denn sie war von den Drachen ausgelöst und somit nicht menschlichen Ursprungs. Dann spürte sie, wie die Drachen auf magischem Wege versuchten, die Gruppe der Menschen zu erforschen.

Es war ein wirklich unheimliches Gefühl; hier waren ganz andere Kräfte zugange als jene, die von menschlichen Magiern benutzt wurden. Sie merkte, dass sich auch Munuel und Hennor in die ungewöhnliche Kommunikation einschalteten, und schließlich öffnete auch sie zaghaft ein Nexa-Aurikel der zweiten Iteration und sandte einfach ihr Gefühl der Freundschaft und Verbundenheit hindurch.

Nach einigen Minuten schienen die Drachen zufrieden zu sein. Sie veranstalteten ein Höllenspektakel in der Luft über ihnen, und Leandra hoffte inständig, dass sie wirklich unbeobachtet waren – ein solcher Aufruhr wäre sicher jedem aufgefallen, der sich im Umkreis von zehn Meilen aufhielt.

Unvermittelt entschlossen sich die Drachen zur Landung. In einer wilden Jagd schossen sie herab, fingen sich kurz über dem Boden, beharkten sich dabei gegenseitig – offenbar aus lauter Temperament und Spiellust – mit Klauen, Flügeln und ihren spitzen Mäulern und veranstalteten dabei ein solches Spektakel, dass die Menschen ihre Pferde mit aller Kraft beruhigen mussten. Kurz darauf war alles wieder ruhig. In etwa fünfzig Schritt Entfernung saß ein glattes Dutzend großer grauer Felsdrachen vor der Gruppe der Menschen. So etwas hatte es gewiss seit Jahrhunderten nicht mehr gegeben.

Leandra zählte genau zwölf Drachen. Ihre Ängstlichkeit war maßlosem Staunen und unendlicher Neugier gewichen. Der erste Eindruck, der sich in ihrem Kopf unauslöschlich einbrannte, war die Schönheit dieser wilden Tiere. Bis auf zwei offenbar ältere Drachen, die ruhig im Vordergrund auf dem kargen Grasland der Steppe saßen, befleißigten sich die anderen eines ausgelassenen Herumtollens. Sie neckten und ärgerten sich gegenseitig, flatterten auf und stießen sich an, gurrten und kreischten und stießen ab und zu nach vorn, um die Menschen mit neugierigen Blicken zu beäugen. Sie hielten eine gewisse Disziplin, indem sie beieinander blieben, aber innerhalb der Gruppe herrschte ausgelassenes Treiben.

Die meisten der Drachen besaßen eine Spannweite zwischen fünfzehn und zwanzig Schritt; vom Kopf bis zur Schwanzspitze verhielt es sich ebenso. Ihre ledrige Haut war grau mit einer bräunlichen Schattierung darin, die über den Rücken hinweg heller wurde und ebenso auf dem Kopf und den Schwingen stärker durchschien. Der Bauch war meist dunkelgrau; bei manchen Drachen ging er bis ins Schwarz hinein. Die Tiere waren unglaublich muskulös und geschmeidig, dabei wirkten sie trotz ihrer Größe auf unerklärliche Weise filigran. Ihre Köpfe waren schmal und denen der Pferde ganz entfernt ähnlich. Ihre Mäuler hingegen schienen aus blanken Knochen zu bestehen, die von der ledrigen Haut überzogen waren. Tiefschwarze Augen mit einem kaum wahrnehmbaren, hellgrünen Schlitz darin blickten zu den Menschen herüber. Ihre Hälse waren lang und beweglich und s-förmig gebogen, die Leiber schlank, und die zwei Beine sehr muskulös und mit gewaltigen, rötlich schimmernden Klauen versehen. Drei davon zeigten nach vorn, die kräftigste jedoch nach hinten. Sie waren stark verkratzt und verknorpelt, da sich die Tiere damit am blanken Felsen festkrallten. Am beeindruckendsten empfand Leandra ihre Augen. Wenn eines der Tiere in ihre Richtung blickte, dann hatte sie das Gefühl, von ihm bis aufs Mark durchschaut zu werden. Ganz ohne Zweifel besaßen sie eine hohe Intelligenz. Sie wirkten friedvoll und gefährlich zugleich, voller Temperament und doch sanftmütig.

Die beiden älteren Drachen im Vordergrund beobachteten schon die ganze Zeit über aufmerksam die Menschengruppe. Tharlas war ein Stück vorgetreten und wandte sich nun um, um ihnen allen zu bedeuten, dass sie sich setzen sollten, am besten auf die eigenen Fersen, so wie er es ihnen nun vormachte. Leandra folgte der Aufforderung.

Rasch kehrte Ruhe ein. Die verspielten jüngeren Drachen ließen voneinander ab und wandten die schlanken Hälse in Richtung der Menschen. Selbst die Pferde verharrten in gespannter Aufmerksamkeit. Erstaunlicherweise schienen sie die mächtigen Drachen nicht mehr zu fürchten, allein der Tumult, den sie zuvor verursacht hatten, schien die Pferde unruhig gemacht zu haben. Ein junger Drache war darunter, der immer wieder neugierig in Leandras Richtung blickte, ein kräftiges Jungtier, das ihr besonders gefiel.

Was sie dann erlebte, raubte ihr beinahe die Fassung. Es war eine Stimme, die sie in ihrem Kopf vernahm, und sie kam durch das Trivocum.

Es ist lange her, dass sich Menschen für uns Drachen interessierten.

Betroffen blickte sie sich um, suchte in den Gesichtern ihrer Gefährten nach Bestätigung und fand sie auch. Sie vernahm mehrstimmiges, verblüfftes Gestammel – es kam offenbar von Munuel, Hennor und Tharlas, die völlig verwirrt auf das zu reagieren versuchten, was eben geschehen war. Sie blickte hinüber zu Ulric und sah, dass auch der Adept die erstaunliche Stimme gehört hatte. Doch offenbar war sie nur bei denen angekommen, die der Magie mächtig waren, Victor und Jacko schienen nichts vernommen zu haben.

Im nächsten Moment erhoben sich mehrere Versuche der Artikulation, aber nirgends entstanden verstehbare Worte, so wie sie ihnen der Drache hatte zukommen lassen.

Ihr habt sie verlernt, hörte sie erneut die Stimme des Drachen. *Ihr habt die gemeinsame Sprache der Drachen und Menschen verlernt. Das stimmt mich traurig.*

Irgendwo schälten sich einige halbwegs verständliche Signale heraus. Es schien die Stimme von Munuel zu sein. Sie schallte wie die gebrochene Stimme eines Fremdländers aus einem tiefen Brunnen herauf, und es war peinlich, wenn man sie mit der klaren wohlklingenden Stimme des Drachen verglich. Munuel stammelte irgendetwas von Freundschaft und Dankbarkeit und Vergebung. Es war wirklich peinlich.

Ganz plötzlich aber fühlte sich Leandra aufgerufen, etwas zu sagen, denn sie hatte das unbestreitbare Gefühl, dass sie mit dem Drachen ebenso klar reden könnte, wie ihr seine Stimme entgegenschallte.

Danke, dass ihr gekommen seid, sagte sie. *Wir brauchen eure Hilfe.*

Nun fuhren alle Köpfe herum, und erstaunte Augen starrten sie an. Auch die Köpfe der Drachen wandten sich, allen voran derjenige des rechten vordersten Tieres, und sie wusste nun, mit wem sie redete.

Eine ist unter euch, die unsere Sprache noch beherrscht, sagte der Drache. *Ich freue mich, dass die alte Freundschaft zwischen Menschen und Drachen noch nicht ganz in Vergessenheit geraten ist.*

Trotz der verblüfften und teilweise wohl auch ein wenig eifersüchtigen Blicke machte Leandra weiter.

Ich bin nur eine Adeptin der Magie, sagte sie und hoffte dadurch, die Gemüter der alten Meister ein wenig zu besänftigen – wie auch dem Drachen durch Bescheidenheit wohlgefällig zu sein. *Ich kann leider nicht erklären, warum ich die alte Sprache beherrsche. Nichtsdestotrotz bin ich sehr froh darüber. Mein Name ist Leandra und ich grüße den Ältesten der Sippe und auch die Jüngeren, die Mütter und ihre Kinder und auch die ehrwürdigen Väter.*

Aus unerfindlichen Gründen schien sie der alten Grußformeln mächtig zu sein, denn sie sprudelten aus ihr heraus, als hätte sie sie schon hundertmal aufgesagt.

Ich grüße dich ebenfalls, Adeptin der Magie Leandra, hieß es. *Und mit dir deine Begleiter und die ehrwürdigen Magier. Mein Name ist Meakeiok, und ich bin der Älteste der Grauhaut-Sippe, die hier an diesem Ort, den ihr Menschen die Große Senke von Tharul nennt, seit vielen Jahrhunderten lebt. Ihr habt uns gerufen, und wir sind gekommen.*

Leandra sah nach ihren Begleitern, die stumm dem

Gespräch gelauscht hatten. Natürlich konnte sie jetzt nicht eigenmächtig fortfahren, denn sie wusste nicht, wie die älteren Magier vorzugehen beschlossen hatten.

Als sie Munuels Blick suchte, durchzuckte sie ein kleiner Schreck. Sie merkte, dass sie mit der rechten Hand aus irgendeinem Impuls heraus den Griff der Jambala umschlossen hielt, und im gleichen Moment wusste sie, aus welcher Quelle ihre Fähigkeit stammte, mit dem Drachen sprechen zu können.

»Munuel!«, rief sie mit Flüsterstimme. »Die Jambala! *Sie* ist es!«

»Was?«, zischte er zurück.

»Nimm den Yhalmudt in die Hand!«, sagte sie leise. »Dann kannst du auch mit den Drachen sprechen!«

Munuel fummelte erregt den Yhalmudt aus seinem Kragen und umschloss ihn mit der rechten Hand. Er zögerte einen Augenblick, dann vernahm Leandra seine Stimme.

Ehrwürdiger Meakeiok … ich, äh … mein Name ist Munuel und ich bin ein Altmeister der Magiergilde. Ich bitte um dein Gehör.

Der Kopf des alten Drachen wandte sich Munuel zu. *Ah,* hieß es, *da erinnert sich noch einer der Menschen an unsere alte Sprache. Das erfreut mein Herz. Ich höre dir zu, Altmeister Munuel.*

Munuels metaphysische Stimme klang verlegen. *Um ehrlich zu sein, ehrwürdiger Meakeiok, es sind … äh, leider nicht wir Menschen, die sich an die alte Sprache erinnern. Die Adeptin Leandra und ich besitzen zwei uralte Artefakte, die uns, wie es scheint, die Fähigkeit verleihen, mit dir zu sprechen. Ich bedaure sehr, dass uns jenes alte Wissen über die gemeinsame Sprache der Menschen und Drachen verloren gegangen ist. Schon in diesem Augenblick erkenne ich, wie wichtig und gut diese Sprache ist.*

Meakeiok, der Drache, blickte Munuel eine Zeit lang an und musterte dann die anderen Mitglieder der Gruppe. Es schien fast, als wäre dieses Eingeständnis Munuels nicht gerade zu ihrem Vorteil ausgefallen, aber trotzdem: Unehrlichkeit wäre sicher der schlechteste denkbare Beginn für einen Neubeginn dieser alten Freundschaft gewesen.

Die Antwort Meakeioks fiel dann auch entsprechend versöhnlich aus: *Es betrübt mich zu hören*, sagte er, *dass ihr in Wahrheit die alte Sprache vergessen habt. Aber ich vernehme in deinen Worten Bedauern und Aufrichtigkeit, Altmeister Munuel.*

Munuel erwies sich als guter Diplomat. *Ich kann nicht für alle Menschen der Höhlenwelt sprechen, ehrwürdiger Meakeiok, wohl aber für diese Gruppe und für meine Magierbrüder aus dem Cambrischen Ordenshaus. Wenn ihr uns die Möglichkeit dafür einräumt, wollen wir uns bemühen, diese Sprache zu erlernen.*

Eine Welle der Zustimmung war zu verspüren, die von allen magiebegabten Mitgliedern dieser Gruppe kam, und das schien Meakeiok versöhnlich zu stimmen. *Darüber würden wir uns freuen*, sagte er. *Doch lasst uns jetzt über den Grund eures Rufes an uns reden, denn ich spüre in euren Herzen Furcht und Bedrängnis.*

Munuel begann mit einem knappen Bericht, der alle wesentlichen Ereignisse der letzten Wochen zusammenfasste, und schloss mit der Feststellung, dass große Gefahren bevorstünden, die womöglich sogar die Drachen beträfen.

Dein Bericht erinnert mich an eine lange vergangene Zeit, sagte Meakeiok mit dumpf klingender Stimme, *von der mir mein Urgroßvater noch erzählte. Eine dunkle Zeit, die, wie mir jetzt klar wird, mit dem Zeitpunkt zusammenfällt, da die Menschen und die Drachen zum letzten Mal miteinander sprachen.*

Munuel bejahte. *Wir kennen sie als das Dunkle Zeitalter, das sich damals aus dem Streit zweier verfeindeter Gruppen von Magiern heraufbeschwor. Es sind heute dieselben beiden Gruppen, zwischen denen sich wieder dieser Streit erhebt, und – die Kräfte mögen es verhüten – es droht abermals ein Dunkles Zeitalter!*

Meakeiok zeigte mit seinem massigen Drachenschädel ein sehr menschliches, bedächtiges Nicken. *Ja, wir Drachen haben das auch schon verspürt. Eine Gefahr überzieht das Land, und sie bedient sich einer Magie, die roh und gefährlich ist. Und es sind … fremde Wesen hier. Wesen aus einer anderen Welt, die der unseren nicht gut tun.*

Wesen aus einer anderen Welt?, fragten Munuel und Leandra und viele andere undeutliche Stimmen zugleich.

Ja, sagte Meakeiok. *Keiner von uns hat sie je gesehen – wir können sie nur spüren. Es sind böse Wesen, und es wäre besser, sie gingen wieder fort.*

Für Momente herrschte betroffenes Schweigen, denn mit dieser Nachricht schien eine weitere zur Fülle der schlechten Nachrichten hinzuzukommen – die kaum erfreulicher sein konnte als das Auftreten der Bruderschaft von Yoor selbst.

»Fremde Wesen«, murmelte Munuel für Leandra gut verstehbar. Er wandte sich ihr zu. »Ich habe schon einmal einen rätselhaften Hinweis auf seltsame Kreaturen gefunden, die mit der Bruderschaft zu tun haben sollen. In einem Buch in von Jacklors Bibliothek.«

Leandra zuckte unschlüssig die Schultern. Munuel wandte sich Meakeiok wieder zu.

Umso wichtiger erscheint es mir nun, sagte er, *dass ihr uns eure Hilfe gewährt. Wir müssen die sagenumwobene Hauptstadt der alten Westreiche finden, das legendäre Unifar. Ich vermute, dass sie an den Ufern des großen Mogellsees lag, im Bereich des großen Flussdeltas, aus dem die Rote und die Blaue Ishmar entspringen. Heute muss es ganz und gar von wildem Urwald überwuchert sein. Von dieser Stadt ausgehend hoffen wir den Ort zu finden, an dem das dritte der magischen Artefakte verborgen liegt, das zu den beiden gehört, die die Adeptin Leandra und ich tragen. Alle drei zusammen ergeben eine mächtige magische Waffe, mit der es uns gelingen kann, die Bedrohung durch die Bruderschaft von Yoor zu brechen.*

Wir kennen die Stadt, die Ihr meint, Altmeister Munuel,

sagte Meakeiok spontan. *In der Sprache der Drachen heißt sie Uunjaon, aber sie liegt nicht an den Flüssen, sondern ganz im Norden des Großen Sees, nahe bei den riesigen Wasserfällen des Ikoran, den ihr die Ishmar nennt, der aus den Bergen herabströmt.*

Tatsächlich?, rief Munuel aus. *Ist es eine große Stadt, eine sehr große?*

Ja, antwortete Meakeiok, *sie ist um ein vielfaches größer als die Stadt, die südöstlich von hier liegt und aus der ihr gekommen seid. Sie ist vom Wald überwuchert und schon so alt, dass nicht einmal mehr mein Urgroßvater ihren Bau miterlebte.*

Munuel wandte sich zu seinen Gefährten um. Sein Gesicht strahlte. »Was für ein Glück!«, rief er. »Es scheint, als hätten wir Unifar schon gefunden!« Einige freudige Ausrufe schallten ihm entgegen.

Wir wissen auch den Ort, an dem sich jenes dritte Artefakt befindet, sagte Meakeiok, *aber es ist nicht Uunjaon.*

Munuel starrte Meakeiok überrascht an. *Ja, das ist uns bekannt. Wir glauben, dass sich das Artefakt an einem Ort namens Bor Akramoria befindet. Aber woher wisst ihr Drachen von diesem Ort?*

Meakeiok zögerte. Dann sagte er: *Es ist ein Ort, an dem vor langer Zeit etwas … geschah. Etwas sehr Trauriges für das Geschlecht aller Drachen. Der Ort heißt in unserer Sprache Coar Maneit, und er ist verflucht. Wir können dort nicht hin. In Coar Maneit wurde vor langer Zeit der große Felsdrache Ulfa getötet. Ulfa war der letzte direkte Nachkomme des Großen Drachen, des Urvaters aller Drachen. Ulfa hätte viele Nachkommen haben sollen, aber er war jung, als er getötet wurde. Manche der Älteren glauben, dass Menschen und Drachen damals begannen sich zu meiden, denn es waren Menschen, die Ulfa getötet hatten.*

Munuel und seine Gefährten waren betroffen. Sie hatten nichts von der gemeinsamen Sprache und der ehemaligen Freundschaft zwischen Menschen und Drachen geahnt, und ebenso unvorbereitet trafen sie jetzt diese schweren Vorwürfe.

Ehrwürdiger Meakeiok, sagte Munuel leise, *wir, die wir hier anwesend sind, entstammen einer anderen Generation, und ich fürchte, wir wissen von all diesen Dingen nichts. Wir bedauern, was damals geschah, aber leider können wir dir ebensowenig sinnvolle Erklärungen auf eure Fragen geben.*

Du hast mich auf eine Dummheit aufmerksam gemacht, Altmeister Munuel, antwortete Meakeiok. *Ihr Menschen habt eine vergleichsweise kurze Lebensspanne im Gegensatz zu uns Drachen. Natürlich könnt ihr von diesen Geschehnissen heute nichts mehr wissen. Wiewohl es auch bedauerlich ist, dass eure Geschichtsschreiber diese Dinge nicht bewahrt haben, um euch zu lehren, welche Fehler damals begangen wurden. Aber jetzt wollen wir nicht mehr darüber sprechen.*

Munuel wartete kurz, bevor er weitersprach. *Du sagtest, ehrwürdiger Meakeiok, dass ihr uns nicht nach Coar Maneit bringen könntet?*

Altmeister Munuel, du scheinst davon ausgegangen zu sein, dass wir euch auf unseren Rücken an einen anderen Ort tragen könnten, sagte Meakeiok. *So etwas ist seit langer Zeit nicht mehr vorgekommen und wäre ganz gewiss eine höchst besondere Gefälligkeit, die wir Drachen eigentlich niemandem erweisen.*

Munuel war sichtlich verdattert, das konnte man ihm ansehen. Offenbar hatte er eine geradezu unverschämte Äußerung getan. *Ich bitte um Vergebung, ehrwürdiger Meakeiok*, stammelte er verschämt.

Die wenigen Drachen, die euch zu Diensten sind, erklärte Meakeiok streng, *zählen zu den Drachengeschlechtern, die schon seit Urzeiten bei den Menschen leben. Es sind besonders die Großen Sonnendrachen, die es aus alter Verbundenheit den Menschen gegenüber tun. Ihr habt längst verlernt, das wahre Wesen der Drachen zu erkennen, und wir lächeln nur über eure Drachenmeister, die glauben, mit den Sonnendrachen sprechen zu können. Ihr solltet niemals glauben, ihr könntet euch einen Drachen gegen seinen Willen gefügig machen oder gar etwas von ihm* fordern!

Weiterhin herrschte betroffenes Schweigen.

Aber auch darüber sollten wir ein anders Mal reden, fuhr Meakeiok fort. *Ihr seid wie Kinder, die den Begriff des Respekts noch nicht erlernt haben.*

Das sind harte Worte, dachte Leandra, aber Meakeiok hatte trotz allem Recht. Ohne Zweifel gab es die Drachen schon sehr viel länger in dieser Welt als die Menschen. Die Menschen verfielen immer wieder in den alten Fehler, sich als die Krone der Schöpfung zu sehen.

Es kehrte eine Minute des Schweigens ein, in der die Drachen auf unhörbare Weise miteinander kommunizierten. Dann wandte Meakeiok wieder seinen Kopf.

Altmeister Munuel, hieß es dann. *Meine Sippe schalt mich, dass ich zu streng mit euch sei. Womöglich haben sie Recht. Ich habe deswegen beschlossen, dass wir euch trotz aller Vorbehalte auf unseren Rücken nach Coar Maneit bringen werden, denn ihr könntet diesen Ort ohne unsere Hilfe niemals erreichen. Es ist offensichtlich, dass ihr ohne Hilfe den drohenden Gefahren nicht mehr rechtzeitig begegnen könnt – und dass mag auch uns Drachen schaden.*

Das wollt ihr wirklich tun? lautete die verlegene Antwort von Munuel.

Ja, antwortete Meakeiok. *Aber eure Reittiere – die Pferde, wie ihr sie nennt – können wir nicht mitnehmen.*

Sie werden mit dem Adepten Ulric in die Stadt zurückkehren, sagte Munuel schnell.

Gut, sagte Meakeiok und seine Stimme hatte etwas sehr Erhabenes. *Dann sollten wir aufbrechen.*

32 ♦ Drachenflug

Es war das vielleicht spektakulärste Erlebnis in Leandras bisherigem Leben. Allein der Moment, da sie sich dem Drachen näherte, der sie auf den Rücken nehmen sollte, kostete sie all ihre Beherrschung. Dazu schien es ihr, als hätten sich auf geheimnisvolle Weise schon während des Gesprächs mit Meakeiok die Paare ergeben, die miteinander fliegen würden, denn sie steuerte mit einer unerklärlichen Gewissheit auf den jungen Drachen zu, der sie die ganze Zeit über schon neugierig beäugt hatte.

Dem Tier dann Angesicht in Angesicht gegenüberzustehen ging beinahe über ihre Kräfte. Allein der schlanke, langgestreckte Schädel des Drachen war so groß wie sie, und die schwarzen Augen starrten sie in einer Weise an, dass sie sich so hilflos fühlte wie ein neugeborenes Baby.

Der Drache roch sehr intensiv, und sie konnte zunächst nicht einordnen, woher sie diesen Geruch kannte. Dann wurde ihr klar, dass sie in der Angadoorer Schmiede schon einmal so etwas vernommen hatte – es war wie heißes Metall, womöglich Kupfer. Es war ein elektrisierender Geruch, er rief den Eindruck von unbändiger Energie hervor, von urzeitlicher Kraft und gewaltiger Vitalität. Nach einiger Zeit kam es ihr sogar logisch vor, dass Drachen *so riechen mussten,* kein anderer Duft hätte ihre Wesensart so widerspiegeln können.

Der Kopf ragte vor ihr auf, und hätte der Drache seinen Hals nach oben gestreckt, dann hätte er wohl an die drei Mannslängen Höhe erreicht. Sie betrachtete ehrfürchtig die gewaltigen Muskeln am Brustkasten des

Tiers, die in mindestens der fünffachen Dicke eines starken Männeroberschenkels in die Schwingen hinausliefen. Der Drache hatte beide Schwingen an seinen Flanken zusammengefaltet; ihre Vorderkanten wiesen nach etwa zwei Dritteln der Flügelspannweite eine kleine, verkümmerte Krallenhand auf. An der Art, wie der Drache herumtänzelte, sah sie, dass er wohl innerhalb eines Wimpernschlages jeden seiner Flügel zur vollen Spannweite hervorschnellen konnte. Die unbändige Kraft, die allein darin lag, machte ihr Angst.

Die Augen des Tiers durchdrangen sie eine halbe Minute lang, dann spürte sie eine mentale Aufforderung, auf seinen Rücken zu steigen. Doch sie zögerte. Dann fuhr der Kopf herab, und die Spitze des Mauls stieß sie bemerkenswert sanft vor die Brust. Diese sehr menschlich wirkende Geste durchbrach schließlich ihre Beklemmung. Der linke Flügel sackte ein Stück herab, und sie begriff, dass sie über ihn auf den Rücken klettern sollte.

Zögernd streckte sie die Hand aus, und das seltsame Gefühl überkam sie, dass die Haut des Drachen heiß sein könnte und sie sich verbrennen würde. Sie kämpfte alle Gefühle nieder und kletterte auf die gewaltige Schwinge. Leandra war im Vergleich zu dem Tier nicht viel größer als ein Hase zu einem Menschen.

Die ledrige Haut fühlte sich erstaunlicherweise weich und tatsächlich ziemlich warm an. Sie wusste, dass die meisten Drachenarten am liebsten Golaanüsse fraßen, Baumfrüchte, die so groß wie Kinderbälle waren und einen harzigen, herben Geschmack aufwiesen. Auch Menschen aßen manchmal Golaanüsse, allerdings nur solche, die überreif, weich und ein wenig süß waren. Sie galten als besonders nahrhaft und dazu geeignet, einem in kürzester Zeit zu erheblichem Übergewicht zu verhelfen. Kein Wunder, dachte sie, dass die Drachen so etwas fressen. Sie mussten einen gewaltigen Energiebedarf haben.

Schließlich saß sie mit weit gespreizten Beinen auf

dem breiten Rücken des Tiers zwischen zwei stumpfen Auswüchsen, die Teil eines verkümmerten Hornkammes waren. Er begann im Nacken des Drachen und zog sich bis zur Schwanzspitze hin.

Sie winkelte die Knie ganz an, um bequemer und sicherer zu sitzen. Der Drache wandte den Kopf nach hinten und schien sich überzeugen zu wollen, dass sie gut saß und Möglichkeiten gefunden hatte, sich festzuklammern. Leandra untersuchte die Stellen, an denen sie Halt finden konnte, und war einigermaßen beruhigt, dass es genügend gute Griffmöglichkeiten gab. Der Hornzacken, der vor ihr aufragte, reichte ihr fast bis in Brusthöhe.

Dann sah sie sich um. Gleich neben ihr saß Victor auf dem breiten Rücken eines weiteren jungen Tiers und zeigte ihr ein angstvolles, verkniffenes Grinsen. Tharlas schien nicht weniger Angst zu haben, ebenso wie Jacko und Hennor. Allein Munuel gab sich den Anschein einer gewissen Gelassenheit und warf ihr ein aufmunterndes Lächeln zu.

»Ihr müsst euch besonders beim Start gut festhalten«, rief er in die Runde. »Klammert euch mit beiden Armen an den Hornkamm vor euch! Während des Fluges ist es dann leichter! Und holt eure Jacken heraus! Es wird ziemlich frisch werden!«

Leandra beeilte sich, seiner Empfehlung zu folgen.

Danach hatte sie kaum noch Zeit, sich auf den Flug vorzubereiten.

Meakeiok, auf dessen Rücken Munuel saß, sandte ihnen allen eine Botschaft zu, dass sie nun losfliegen würden, und eine Sekunde später breitete er seine Schwingen weit aus, streckte sie fast senkrecht in die Höhe und warf sich mit einem gewaltigen Sprung schräg seitlich aufwärts in die Luft. Als Leandra sah, dass der riesige Drache aus dem Stand zwölf oder fünfzehn Schritte hoch springen konnte, wurde ihr beinahe schlecht.

Als dann auch ihr Drache die Schwingen hervorschnellte, stieß sie einen Schrei aus, klammerte sich mit aller Kraft an dem Hornzacken fest und kniff die Augen zu.

Ein gewaltiger Ruck fuhr durch den Drachenrücken und schüttelte sie heftig durch; für einen panischen Moment dachte sie, die aufkommenden Kräfte würden sie in zwei Stücke zerreißen. Aber einen Augenblick später waren sie schon in der Luft, und das tosende Rauschen der kraftvollen, schnellen Flügelschläge hüllte sie in eine enorme Geräuschkulisse.

Mutig öffnete sie die Augen.

Zuerst sah sie nur Himmel über sich, dann wagte sie einen Blick in die Tiefe. Fassungslos erkannte sie dort unten Ulric und die sieben Pferde. Sie waren bereits klein wie Ameisen.

*

Leandra jauchzte. Viel hätte nicht gefehlt, und sie hätte vor Begeisterung auf dem Rücken des Drachen tanzen mögen. Neben ihr pfiff Victor auf dem Rücken seines Drachen durch die Luft und schrie ihr, mit einem Arm wild winkend, seine Begeisterung herüber.

Die Drachen hatten sich zu einer schnittigen Gruppe formiert und schossen an der kolossalen grauen Steilwand ihres heimatlichen Felspfeilers vorbei. Leandra hatte das Gefühl, zum ersten Mal in ihrem Leben die wahre Dimension eines Felspfeilers zu erfassen. Diese gewaltigen Wände aus hellgrauem blanken Stein, breit wie die Flanke eines gewaltigen Berges und von menschlicher Anwesenheit seit Anbeginn der Zeiten unberührt, hatten etwas Ehrfurchtgebietendes. Der Blick in die Tiefe bereitete ihr ein mulmiges Gefühl im Bauch, erzeugte jedoch eine Faszination, die ihr durch nichts, aber auch gar nichts auf der Welt beschreibbar erschien. Sie mussten sich bereits in drei oder vier Meilen Höhe befinden, und alles dort unten war absolut winzig. Ulric hatte sie schon nach weniger als einer Minute nicht mehr erkennen können.

»Das ist gi – gan – tisch!«, brüllte Victor herüber und hob die Faust wie ein Krieger aus höheren Sphären, der gekommen ist, sich die Welt untertan zu machen.

Leandra krallte sich noch immer angstvoll fest und suchte nun nach den anderen. Schräg über ihr flog ein sehr junger Drache, der niemanden trug; er schaute neugierig zu Victor hinüber. Die Tiere lagen wunderschön langgestreckt in der Luft, und die Geschwindigkeit, mit der der Felspfeiler rechts vorbeischoss, war beängstigend. Weit voraus flog Meakeiok mit Munuel, und gleich hinter ihm Tharlas und rechts davon Hennor. Dann kamen ein paar unbemannte Drachen, danach Jacko und schließlich sie und Victor.

Die Flügelschläge der Drachen waren nun sanft und gleichmäßig; zum Glück war die Luft hier oben nicht so kalt, wie sie zuerst befürchtet hatte. Der Wind zerrte mit Gewalt an ihren Kleidern, aber in weiser Voraussicht war sie warm genug angezogen. Die Lederkleidung, die sie über Hildas Kettenhemd trug, erwies sich auch dieser Situation angemessen. Sie hielt den Wind fast vollständig ab.

Dann waren sie an dem Pfeiler vorbei und kamen über die offene Ebene. Es war ein seltsames Gefühl, in jeder denkbaren Richtung um sich herum mehrere Meilen weit nichts zu haben – rein gar nichts, außer dem Wind und der Luft.

Leandra umarmte den stumpfen Hornzacken vor sich und gab sich der Aussicht hin. Im näheren Umkreis gab es keine Wolken, nördlich, in ein, zwei Dutzend Meilen Entfernung, hingen jedoch einige hoch aufgetürmte weiße Watteberge zwischen einigen Stützpfeilern. Das Land unter ihnen war schattig, ihre Oberseite hingegen erstrahlte in blendend hellem Weiß. Zweieinhalb oder drei Meilen über ihr zog sich geheimnisvoll das blanke Gestein des Felsenhimmels dahin. Es lag immer im

Schatten und war vom Erdboden aus kaum auszumachen. Nun sah sie hier und da vereinzelte Strukturen, nichts weiter – aber damit gehörte sie schon zu den wenigen lebenden Menschen, die je einen genaueren Blick auf den Felsenhimmel hatten werfen dürfen. Sie dachte plötzlich an Hellami und wünschte sich, sie wäre jetzt hier und könnte dies alles miterleben. Und Jasmin, die arme Jasmin. Ja, das hätte sie auch erleben sollen.

Leandra blickte voraus und schätzte, dass sie mindestens fünf- oder sechsmal so schnell waren wie ein mit äußerster Kraft galoppierendes Pferd, wenn nicht sogar noch schneller. Sie würden ihr Ziel sicher heute noch erreichen.

Die Zeit verging buchstäblich wie im Flug. Einmal schossen die Drachen aus purem Übermut durch ein riesiges ovales Loch hoch oben in einem verästelten Stützpfeiler, ein anderes Mal gingen sie weit hinab und flogen wie Perlen an einer Schnur aufgereiht durch ein langes Tal mit steilen Felswänden. Dabei hatte Leandra niemals das Gefühl, dass die Drachen dies den Menschen zu Gefallen taten, sondern nur für sich selbst, aus reiner Freude am Fliegen. Wenn sie noch einmal auf die Welt kommen würde, dann wollte sie ein Drache sein.

Ein anderes Mal sahen sie in der Ferne zwei riesige Sonnendrachen fliegen, und einige weitere Male kamen andere Felsdrachen neugierig heran und beäugten die Grauhaut-Sippe mit ihrer seltsamen Fracht. Sogar einen der seltenen vierflügligen Kreuzdrachen bekam Leandra zu Gesicht. Aber die Felsdrachen schienen sich zu beeilen, Distanz zwischen sich und ihren gewaltigen grünschimmernden Verwandten zu bringen. Kreuzdrachen galten als sehr ungemütliche Zeitgenossen, aber Menschen kamen höchst selten mit ihnen in Berührung.

Nach vier Stunden pfeilschnellen Fluges über das flache Land der Tharuler Senke zeigte sich am Horizont eine dunkle Linie. Victor, dessen Drache sich immer in der Nähe aufhielt, deutete nach vorn. »Der Mogellwald!«, rief er herüber.

Leandra sah nach vorn und beobachtete, wie sich die Linie näherte. Sie versuchte zu erkennen, was sich dahinter befand. Es war nichts zu sehen als eine endlose Fläche dunklen Grüns, hier und da von den silbrigen Bändern schmaler und breiter Wasserläufe durchzogen. Nach wenigen Minuten überquerten sie schon die Linie des Waldrands. Sie erschrak ein wenig, als ihr klar wurde, wie sehr sie die Größe dieses Waldes unterschätzt hatte. Wenn er allein nur so groß war, wie sie ihn jetzt überblicken konnte, dann würde es Tage dauern, ihn mit einem Pferd zu durchqueren. Ohne Zweifel aber war er noch um ein Vielfaches größer.

Der Flug ging unermüdlich weiter. Erst jetzt begann sich ein erster Gewöhnungseffekt einzustellen – ans Fliegen, an die gewaltige Perspektive und an das erstaunliche Tier, auf dem sie saß. Nachdem eine weitere Stunde vergangen war, wünschte sie sich schließlich doch, sie würden eine Pause machen, denn ihre Glieder wurden langsam steif, und das unablässige Zerren des Windes war auch nicht angenehm. Zum Glück fror sie kaum, denn ihre Kleidung hielt dicht, und über dem Wald war es spürbar wärmer geworden. Leandra vermutete, dass hier niemals Schnee fiel. Die Haut des Drachen war sehr warm, beinahe heiß. Trotz des vorbeipfeifenden Windes nahm sie ständig den metallisch-heißen Geruch wahr.

Vor ihr flog Jacko, und sie betrachtete den großen Mann, der auf eine seltsame Art den Eindruck erweckte, als hätte er schon immer auf dem Rücken eines solchen Tieres sitzen sollen statt auf einem Pferd. Jackos Gegenwart gab ihr ein beruhigendes Gefühl – soweit das überhaupt möglich war. Auf seine Art wirkte er stärker als irgendein anderer der Gruppe.

Dann sah sie am Horizont zwischen einigen Stützpfeilern eine Bergkette auftauchen. Es war inzwischen später

Nachmittag geworden; die Strahlen der Sonne fielen schon schräg durch die Sonnenfenster. Das Grün des Waldes, das sich die Berghänge hinaufzog, nahm einen leuchtenden hellen Ton an, der von Linien tiefer Schatten durchschnitten war; die höchsten Gipfel lugten mit kalkhellen Felsgipfeln aus dem Grün hervor. Leandra hatte plötzlich das Gefühl, dass ein jedes Ding aus dieser Perspektive eine ganz eigene Dimension erhielt. Es war schade, dass Menschen so selten Gelegenheit hatten, auf den Rücken dieser herrlichen Geschöpfe fliegen zu dürfen.

Plötzlich vernahm sie Meakeioks Stimme in ihrem Kopf, dass sie bei den Berggipfeln landen und heute Nacht rasten würden. Es würde zweifellos noch ein weiter Weg sein, ihre Sprache ohne die Jambala sprechen zu lernen – aber sie nahm sich fest vor, nicht nachzulassen, bis ihr das gelungen war.

Die Rast war ihr willkommen, aber es bedeutete auch, dass sie heute ihr Ziel nicht mehr erreichen würden. Es war noch hell, sie hätten notfalls noch zwei Stunden fliegen können. Wenn in dieser Zeit das Ziel nicht mehr zu erreichen war, dann würde man morgen bestimmt noch den halben Tag fliegen müssen – wenn nicht sogar länger. Dieser Wald musste einfach gewaltig sein! Was für ein Glück, dass sie die Drachen gefunden hatten. Sie mochte gar nicht daran denken, welche Strapazen ein so langer Ritt bedeutet hätte. Sie schätzte, dass sie von Tharul aus wohl eine ganze Woche bis hierher benötigt hätten. Ganz zu schweigen davon, dass sie zuerst einmal in der völlig falschen Richtung gesucht hätten.

Die Bergkette kam rasch näher, und die Drachen stiegen ein Stück auf. Sie zogen eine Schleife über dem Hauptkamm und umkreisten einen Pfeiler, um nach einem günstigen Landeplatz Ausschau zu halten. Einmal, als sie sehr hoch waren, hatte Leandra den Eindruck, als hätte sie weit hinten am Horizont eine silberne Linie erblickt. Das mochte der Mogellsee sein – wenn sie tatsächlich schon so weit gekommen waren.

Dann hatte Meakeiok offenbar eine günstige Landestelle erspäht – sie lag mitten auf einem kleinen Tafelberg, der neben dem höchsten Gipfel der Bergkette aufragte. Sein Plateau lag im goldenen Schein der schrägen Sonnenstrahlen und wirkte sehr einladend. Wenn sie allerdings am Abend dort ein Feuer anzünden wollten, würde man es wohl bis Savalgor sehen können.

Die Landung war kein Vergleich zum Start. Ihr Drache glitt sanft hinab, verlangsamte, bis er über dem Landepunkt nahezu in der Luft stand, und sackte dann nur noch einen knappen Schritt senkrecht herab, um weich aufzufedern.

Leandra glitt vom Rücken des Tieres herab, berührte den Griff ihrer Jambala und sandte ihm eine zögernde Botschaft zu: *Ich danke dir, Drache, dass du mich bis hierher gebracht hast.*

Der Kopf des Drachen wandte sich ihr zu. *Mein Name ist Tirao.*

Leandra stand bloß da und sah den Drachen an. Sie wusste nicht, ob sie jemals einem Lebewesen gegenübergestanden hatte, mit dem sie allein durch Blicke eine so starke Verbindung aufnehmen konnte. Seine schwarzen Augen waren so durchdringend und intensiv, dass sie meinte, der Drache würde jede Absicht, die sie haben könnte, sei sie gut oder böse, sofort durchschauen.

Tirao warf den Kopf herum, als Meakeiok über seinen mentalen Weg den Menschen kundtat, dass die Drachen bis zur Abenddämmerung davonflögen, um sich Nahrung zu suchen. Kurz darauf stieg die Drachensippe wie auf ein Kommando auf, und der heftige Windstoß, der dabei für Momente auf dem Gipfelplateau umherwirbelte, warf Leandra, Victor, Hennor und Tharlas um. Nur Munuel und Jacko, die etwas abseits standen, konnten sich auf den Beinen halten. Lachend blickten sie den Tieren hinterher, die sich in alle Richtungen zerstreuten, um nach Futter zu suchen.

Victor kam herbei, um ihr auf die Beine zu helfen. »Na, wie hat es dir gefallen?« Er schien darauf zu warten, dass sie seine Begeisterung teilte.

»Es war phantastisch!«, sagte sie gut gelaunt. »Ich hoffe, wir fliegen noch ein Dutzend Tage mit diesen Drachen!«

Munuel kam herbei. »Ich hab es euch ja gesagt!«, verkündete er mit erhobenem Finger. »Ist man erst einmal oben, dann ist es mit nichts zu vergleichen!«

»Wie weit sind wir denn gekommen?«, fragte Victor. »Ist der Weg noch weit?«

Munuel wandte sich um und deutete nach Westen. »Ich habe das Wasser schon gesehen«, sagte er. »Der Mogellsee liegt dort drüben, aber man hätte ihn wohl besser ›Mogellmeer‹ nennen sollen. Wir müssen hinauf bis zum Nordufer, wenn ich Meakeiok richtig verstanden habe. Ich schätze, wir werden morgen noch den ganzen Tag unterwegs sein.«

Victor pfiff durch die Zähne. »Ohne die Drachen wäre es aussichtslos gewesen«, sagte er.

Munuel nickte. »Ja, da hast du wohl Recht. Ein Riesenglück für uns. Auch dass wir diesen Tafelberg gefunden haben. Meakeiok hat mir unterwegs ein paar alte Legenden erzählt. Demnach sollen die Verhältnisse in manchen Gegenden dieses Waldes noch immer denen während des Dunklen Zeitalters ähnlich sein. Ganz so, wie ich es vermutete.«

Victor entrollte eine Decke aus seinem Rucksack und platzierte sie an einer ebenen Stelle neben einem Felsbuckel. Leandra und Munuel folgten seinem Beispiel und holten ihren Proviant hervor. Sie ließen sich nieder, während unweit von ihnen Tharlas, Hennor und Jacko das Gleiche taten. Sie schienen etwas zu besprechen zu haben. Victor ließ eine Feldflasche herumgehen.

»Heißt das, hier gibt es tatsächlich stygische Kräfte?«, fragte Leandra.

Munuel hob die Schultern. »Berühre doch mal das Trivocum!«

Leandra konzentrierte sich kurz und nahm dann den hellroten Schleier des Trivocums wahr. Im ersten Moment erschien ihr daran nichts Besonderes zu sein. Dann aber wurde ihr klar, dass sie nur das Trivocum in ihrer unmittelbaren Umgebung betrachtete. Sie lenkte den Blick ihres Inneren Auges in eine andere Richtung, von dem erhobenen Punkt des Tafelberges weg hinab in die Tiefe, in das Refugium des Waldes.

Auch dort konnte sie zunächst nichts Ungewöhnliches ausmachen, dann aber spürte sie plötzlich das typische Echo sich bewegender, stygischer Energien. Sie folgte ihnen und kam zu einem Ort, an dem sich das Trivocum bis ins Dunkelrote verfärbt hatte. Dort schien es ungewöhnlich durchlässig zu sein. Sie versuchte, die Umgegend zu erfassen, was ihr naturgemäß nur sehr unvollkommen gelang. Aber viel brauchte es ohnehin nicht. Sie sah, dass um diesen Punkt herum eine Sphäre der Unordnung herrschte – um es gemäßigt auszudrücken. Sie verspürte die bedrückenden Ausstrahlungen von Krankheit, Verfall und Verwesung sowie einige, die deutlich bösartiger Natur waren. Sie schienen von Lebewesen auszugehen, die unter dem Einfluss dieser Energien standen. Leandra hatte schon davon gehört, dass ein gewöhnlicher Hase, ein Reh oder gar ein Mensch zu einer gefährlichen Kreatur werden konnte, wenn sie unter dem dauerhaften Einfluss gewisser stygischer Kräfte standen. Gesehen aber hatte sie ein solches Wesen noch nie. Im Moment jedoch waren einige Auren zu verspüren, die sehr unangenehme Ausstrahlungen besaßen. Sie schauderte, als sie sich ausmalte, dass beispielsweise ein Bär oder ein Murgo unter dem Einfluss solcher Kräfte stehen mochte.

Sie löste sich von diesem Ort und streifte weiter. Nach kurzer Zeit schon hatte sie eine Stelle ausgemacht, wo sich das Trivocum ins Tiefblaue verfärbt hatte. Ganz unwillkürlich verlangsamte sie ihren Streifzug, denn diese Verfärbung reichte schon nahe ans Violette heran – was bei ihr sofort Alarm auslöste. Dann war sie heran und erkannte eine offene Stelle im Trivocum, die in der Tat violett verfärbte Ränder besaß. Und dann spürte sie es: Eine gewaltige böse Kraft war hier, und im nächsten Moment sah sie eine ekelhafte schwarze Klaue heranfliegen. Mit einem Aufschrei schloss sie das Innere Auge, floh davon und löste sich aus dem Trivocum.

Als sie die Augen öffnete, sah sie Munuel, der bestätigend nickte, und Victor, der die Arme nach ihr ausgestreckt hatte. Sie hatte sich in ihrem Schreck verkrampft und die Arme abwehrend gehoben.

Munuel, der ihren Ausflug offenbar mitverfolgt hatte, nickte. »Da hast du gleich etwas aufgestöbert, nicht wahr? Ja, solche Auren habe ich auch schon bemerkt.«

»Beim Felsenhimmel!«, stöhnte Leandra. »Das muss ja ein richtiger Dämon gewesen sein!«

Munuel nickte und schluckte einen Bissen herunter. »Ja. Es scheint so, als wäre das Trivocum im Mogellwald noch immer so unstabil, dass von Zeit zu Zeit starke Kräfte herüberschlüpfen können. Ich habe schon mehrere solcher Knoten entdeckt. Eine Reise durch den Wald wäre wahrscheinlich noch um einiges unangenehmer geworden, als wir es uns ausgemalt hatten.«

Leandra, die nach diesem unvorbereiteten Kontakt mit der anderen Seite einen schwachen Anflug jener seelischen Erschöpfung fühlte, gab sich wieder dem Impuls hin, sich an Victor zu schmiegen, der einen Arm noch immer in ihre Richtung ausgestreckt hielt. Sie verdrängte den Gedanken, Victor könne falsche Schlüsse daraus ziehen. Unwillkürlich suchte sie in diesem Augenblick nach Jacko. Er saß ein Stück entfernt neben Hennor und sprach angeregt mit Tharlas.

Sie schnaufte und suchte dann verwirrt nach Worten. »Aber ... *Dämonen!* Hier, mitten im Wald! Ist das nicht gefährlich?«

Munuel lächelte ob ihrer unschuldigen Bemerkung und schüttelte den Kopf. »Nein, nicht wirklich. Es verhält sich wie bei allen anderen Dämonen, die gewissermaßen auf *natürlichem* Weg ins Diesseits kommen. Sie sind fast immer an den Ort gebunden, an dem sie erschienen sind, denn nur dort fließen die Energien, die sie brauchen, um am Leben zu bleiben. Es sind in den allermeisten Fällen auch nur Dämonen allerniederster Ordnung – wenig komplexe Erscheinungsformen und nur gefährlich, wenn man ihnen zu nahe kommt.«

»Und andere Dämonen?«, fragte Victor. »So wie der, den wir in der Schmiede trafen? Wie können sich *solche* dann bewegen?«

»Sie wurden herbeigerufen«, erklärte Munuel. »Willentlich und durch Magier, die sich die erforderlichen Fähigkeiten angeeignet haben, um einen solchen Knoten im Diesseits zu stablilisieren. Solche Dämonen sind mit stygischen Energien aufgeladen, deshalb können sie sich auch bewegen. Sie verzehren sich gewissermaßen selbst. Nach einer Weile haben sie keine Kraft mehr und verschwinden wieder.«

Leandra löste sich von Victor, der sie offenbar nur ungern losließ.

»Und wie lange dauert es, bis ein Dämon seine Energie aufgezehrt hat?«, fragte Victor.

»Nun, das kann schnell gehen«, sagte Munuel. »Ein, zwei Stunden manchmal, andere können für Tage stabil bleiben. Es kommt ganz auf die Methode der Herbeirufung an.«

»Aber dann können sie eigentlich gar nicht so gefährlich sein, oder? Wenn sie so schnell wieder verschwinden?«

»Ha!«, rief Munuel und hob eine Hand. »Da vergisst du das Wesentliche! Mancher Dämon hat sich für Monate im Diesseits gehalten! Ihr Verlangen nach Energie ist es ja, was sie so gefährlich macht! Während sie sich im Diesseits aufhalten, kennen sie keinen größeren Trieb, als zu vernichten und zu zerstören! Mit jedem Stückchen Diesseits, das sie ankratzen können, setzen sie stygische Energien frei, die sie begierig in sich aufsaugen. Gerade in einem solchen Wald«, und damit wies er mit einer weiten Geste über das Meer der Baumwipfel unter ihnen, »könnte sich ein Dämon womöglich jahrelang halten! Ein Wald ist voller Leben, Ordnung und natürlich gewachsener Strukturen. Er fände pausenlos etwas, das er zerstören könnte. Und ständig wächst etwas nach!« Er machte eine nachdenkliche Pause und blickte hinab. »Das ist auch der Grund dafür«, sagte er dann, »warum der Mogellwald noch immer unter dem Einfluss des Bösen steht. Er bietet zu viel Nahrung.«

Leandra und Victor blickten ebenfalls hinab, und ein seltsames Gefühl der Trauer überkam Leandra. Für sie war ein Wald nie etwas anderes als ein beschützender Ort mit der urwüchsigen Kraft der Natur gewesen – dass er zu einem Hort des Bösen werden konnte betrübte sie.

Kurz bevor das Sonnenlicht völlig erlosch, kehrten die Drachen zurück.

Sie kamen einer nach dem anderen aus unterschiedlichen Richtungen und kreisten über dem Tafelberg. Offenbar waren sie dem Ruf ihres Ältesten gefolgt. Zwischen der Ankunft des ersten und des letzten Drachen lag nur wenig mehr als eine Minute. Die Drachensippe schien sehr diszipliniert zu sein, offenbar lag das in der Natur der Tiere. Dann sank einer der Drachen herab – es war Meakeiok – und landete.

Leandra war nicht schlecht erstaunt, als sie sah, dass die schwarzen Augen des Drachen in der Dunkelheit leicht grünlich glühten. Munuel erklärte ihr, dass Drachen in der Nacht ziemlich gut sehen konnten und dass der Schimmer ihrer Augen nach Auffassung der Gildenmagier damit zusammenhing. Meakeiok teilte Munuel mit, sie würden sich für die Nacht von ihnen trennen, da sie an den Felspfeilern zu schlafen pflegten. Dann breitete er seine gewaltigen Schwingen aus und flog davon. Er gesellte sich zu seinen Artgenossen und gemeinsam steuerten sie auf die senkrechte Felswand eines nahen Pfeilers zu, dessen Flanke in den letzten rötlichen Sonnenstrahlen lag.

Es war das erste Mal, dass Leandra etwas von der erstaunlichen Art und Weise mitbekam, wie Drachen – oder jedenfalls Felsdrachen – zu schlafen pflegten. Zuerst sah sie es gar nicht richtig, denn das Hauptmerkmal des Drachenschlafs lag wohl darin, unsichtbar zu sein. Dann, als die Tiere, die in einer halben Meile Entfernung vor der Steilwand kreisten, immer weniger zu werden schienen, kletterte sie auf einen höher gelegenen Punkt und blickte zu den Drachen hinüber. Sie erkannte mit Mühe einige Tiere, die sich im senkrechten Fels festgeklammert hatten, ihre Schwingen ausbreiteten und kurz darauf schon beinahe völlig verschwunden waren. Die Drachen schienen sich vollkommen an den blanken Felsen des Stützpfeilers zu schmiegen; sie drückten ihre Leiber und die Schwingen so eng an den Felsen heran, dass sie nach kurzer Zeit schon mit ihm zu einer grauen Fläche verschmolzen. Es war beinahe, als hätten sie sich dort festgesaugt.

Dann war der letzte Rest des Tageslichts verschwunden, und langsam fiel das spärliche Licht der Sterne durch die Sonnenfenster herein. Die Drachen jedoch waren gänzlich unsichtbar geworden.

Man unterhielt sich leise flüsternd über dieses seltsame Phänomen und über die erstaunlichen Erlebnisse des Tages. Sie waren sich einig, dass die Reise auf den Rücken der Drachen zu den Höhepunkten im Leben jedes Einzelnen von ihnen zählte. Und diese Reise war wohl auch so etwas wie ein historisches Ereignis, denn sicher hatte so etwas seit sehr, sehr langer Zeit nicht mehr stattgefunden. Womöglich war dies der Beginn einer neuen Ära in der Beziehung zwischen den Drachen und den Menschen der Höhlenwelt.

In einer Vertiefung hatten sie ein winziges Feuer entzündet, das Tharlas mit einem schwachen lokalen Zauber belegte, sodass es aus einer Entfernung von einigen Dutzend Schritten kaum noch auszumachen war. Dann wickelten sie sich in ihre Decken. Es war recht kühl geworden, und ein leichter Wind wehte, der ihnen aber nichts mehr ausmachte, denn sie waren den ganzen Tag über einem wesentlich stärkeren Wind ausgesetzt gewesen.

33 ♦ Wasserwelt

Der Morgen kam mit einem leichten Regen, dem sie auf dem Plateau schutzlos ausgesetzt waren. Es blieb kühl, und die Aussicht auf den schneidenden Wind des Fluges in feuchter Kleidung hielt die Laune der sechs Menschen in Grenzen.

Den Drachen machte das Wetter erwartungsgemäß überhaupt nichts aus. Als es langsam hell wurde, lösten sich die ersten von ihnen aus ihren Nachtlagern und schwebten in die Ebene hinab, zweifellos abermals zur Futtersuche. Es war das erste Mal, dass die Drachensippe eine Tätigkeit nicht in großer Gemeinsamkeit erledigte. Einige Tiere blieben auf ihrem Schlafplatz, bis es vollständig hell geworden war, und Leandra bemerkte, dass sich die ältesten Drachen zuletzt auf Futtersuche begaben. Vielleicht war das lange Schlafen ihr besonderes Privileg.

Selbst bei Helligkeit waren ihre an die Felsen geschmiegten Körper nur schwer zu erkennen; die meisten waren überhaupt nicht auszumachen. Schließlich waren aber alle Drachen in der Luft oder bereits irgendwo in den Wäldern verschwunden. Zuerst sorgte sich Leandra, dass sie vielleicht in die Fänge irgendeines bösen Wesens geraten könnten, dann aber machte sie sich klar, dass die Drachen selbst magiebegabt waren und sicher jede Gefahr von weitem erspüren konnten. Außerdem waren es große, starke Tiere, die sicher keine Probleme mit einem wild gewordenen Murgo oder einem Bären haben würden.

Sie fröstelte, als Munuel und Victor zu ihr traten.

Victor hatte eine Decke dabei, die er ihr um die Schultern legte, und sie nickte ihm dankbar zu. Zurück blieb ein leicht mulmiges Gefühl, dass sich in seinem Kopf wohl gerade irgendetwas zusammenbraute. Sie hingegen war dabei, sich innerlich auf den Kampf vorzubereiten, den Kampf gegen alles, was die Bruderschaft von Yoor gegen sie und ihre Gefährten ins Feld führen mochte – und das war mit ziemlicher Sicherheit viel.

Sie tastete nach ihrer Schulterwunde, die eigentlich schon gar nicht mehr vorhanden war. Manchmal meldete sich die Stelle noch mit einem leichten Ziehen, aber mehr war nicht mehr zu verspüren. Ihre Sitzungen mit Munuel hatten wahrhaftig Wunder gewirkt.

»Sind wir bald da?«, fragte sie.

»Hoffentlich«, sagte Munuel. »Ich kann es kaum erwarten. Bor Akramoria! Dort ist seit zweitausend Jahren keine Menschenseele mehr gewesen! Ein sagenumwobener Ort! Ich bin gespannt, wie es dort aussieht!«

»Und du bist sicher, dass wir diese Canimbra dort finden?«

Munuel hob die Schultern. »Meakeiok ist es, der sich sicher ist. Er hat mir erklärt, dass er die Schwingungen des Yhalmudt und der Jambala spüren kann. Und er sagt, dass von Bor Akramoria eine ebensolche Schwingung ausgeht. Seit Urzeiten schon – alle Drachen scheinen das zu wissen. Wenn die Canimbra überhaupt irgendwo zu finden ist, dann sicher dort!«

»Was hat es überhaupt mit diesem Bor Akramoria auf sich?«

Munuel hob die Schultern. »Von Bor Akramoria erzählen nur Legenden. Es ist der Ort, an dem damals angeblich der letzte Kampf mit der Bruderschaft von Yoor stattfand – woraufhin das Trivocum zusammenbrach. Unifar war zu dieser Zeit schon zerstört.«

»Wirklich? Erzähl doch weiter!«

Munuel schenkte ihr einen tadelnden Blick – für den es eigentlich keinen Grund gab. So war es nun mal: Sie waren beide aus Leidenschaft neugierig – er indes hatte den Wissensvorsprung, der aus seinem Lebensalter resultierte.

»Unifar war damals die Herrscherstadt«, begann er dann gütig, »in der Guerdos über das Land Akrania regierte. Er war ein Fürst, und alles Land hier war einzig nur Akrania. Die Westreiche und die Hierokratie bildeten sich erst später – lange nach dem Dunklen Zeitalter. Man hatte den Sitz des Herrschers Jahre zuvor von der ehemaligen Hauptstadt Solmontar nach Unifar verlegt. Es hing damit zusammen, dass Guerdos sich von seiner Frau getrennt hatte, da die Gerüchte nicht verstummen wollten, dass sie eine Hexe aus einem dunklen Geheimkult wäre. Als dann Unifar der Mittelpunkt des akranischen Reiches wurde, blühte das Land auf, und alles wendete sich zum Guten. Aber dann, nach einigen Jahren, kam der Tempel von Yoor mit ins Spiel.« Munuel machte eine dramatische Pause und blickte die beiden jungen Leute an.

»Der Tempel von *Yoor?*«, fragte Victor.

Munuel nickte. »Ja, du kannst dir sicher leicht vorstellen, wessen Sitz das war.«

»Ja«, sagte Victor. »Natürlich.«

»Stimmt«, sagte Munuel. »So lautet die Überlieferung. Der entscheidende Moment war der, dass man ein weit verzweigtes Katakombensystem unterhalb von Unifar entdeckte – direkt unterhalb des Herrscherpalastes und des Stadtviertels der Händler, Handwerker und Geldverleiher. Von Yoor hatte man bislang immer nur den Namen vernommen – es sollte der furchtbare Ort sein, an dem eine geheime Magiergruppe ihre entsetzlichen Rituale abhielt und die Artefakte aufbewahrte, aus denen sie ihre Macht bezog.«

Leandra hatte unwillkürlich die rechte Hand auf den Griff der Jambala gelegt. Allein die Erwähnung von Einzelheiten wie diesen versetzte sie in eine innere Aufregung, dass sie sich fragte, ob es nicht die Jambala war, die die eigentliche Aufregung verspürte – und sie dabei nur mitriss. Was Munuel gerade erzählte, war interessant, vielleicht auch bewegend, aber es war keinesfalls eine Sache, von der man sogleich Herzklopfen bekommen musste. Aber genau das verspürte sie jetzt. Und sie empfand auch wieder das Bedürfnis, sich in Victors Nähe zu begeben, sich an ihn zu drängen, seinen Schutz zu suchen. Aber sie unterdrückte es.

Verstohlen blickte sie ihn von der Seite her an. Er bemerkte es nicht. Warum suchte sie bei der geringsten Aufregung seine Nähe? Wirklich beschützen konnte er sie nicht, sie war ihm in kämpferischer Hinsicht weit überlegen. War es seine Ruhe oder einfach nur, dass er ein Mann war? Sie blickte zu Munuel. Die Vorstellung, den gleichen Schutz und die Nähe bei Munuel zu suchen, war nicht abwegig, aber ein unbestimmbarer Impuls drängte sie stärker in die Nähe von Victor.

Als hätte er ihre Gedanken erahnt, sah er sie plötzlich an. Sie machte zwei Schritte auf Victor zu, schmiegte sich an seine Seite und wandte sich Munuel zu, der seinen Bericht fortsetzte. Leandra atmete tief ein. Sie spürte, dass diese Sache sie in Schwierigkeiten bringen würde.

»Eine regelrechte Hysterie brach in Unifar aus«, fuhr Munuel fort und ignorierte einfach Leandras Verhalten. »Binnen weniger Stunden war das Stadtzentrum fast völlig entvölkert. Nur Guerdos, seine Garde und die Magier hielten im Palast aus. Einen Tag später beschloss man, mit aller Härte zuzuschlagen. Die Garde war mehrere tausend Mann stark und genoss einen Ruf, wie ihn heute die Palastgarde von Savalgor besitzt. Am Morgen des dritten Tages begann der Angriff. Die Garde besetzte sämtliche Zugänge in die Tiefe, die man gefunden oder aufgebrochen hatte. Mit den fähigsten Magiern an der Spitze drangen sie in die Katakomben ein.«

Leandra hörte ihm aufmerksam zu. »Und dann?«

Munuel schüttelte den Kopf. »Man weiß nicht, was dort unten geschah. Viele kamen nicht zurück. Und die wenigen, die es schafften, waren vom Wahnsinn gezeichnet. Sie redeten nicht, und viele verweigerten die Nahrungsaufnahme. Nach ein paar Tagen war noch mal die Hälfte der Überlebenden tot. Verdurstet, irrsinnig geworden oder von eigener Hand getötet.«

Leandra spürte, wie ein Schauer sie durchfuhr – der gleichermaßen Victor erschütterte. »Du scheinst sehr viel mehr über Unifar und das Dunkle Zeitalter zu wissen, als irgendjemand von uns ahnte«, sagte sie verwundert.

Munuel spitzte nur die Lippen und enthielt sich einer Antwort. Der Regen war schwächer geworden, aber es war weiterhin kühl und feucht. Sie drückte sich noch enger an Victor und seufzte innerlich, egal, ob das Probleme ergeben mochte oder nicht.

»Aus dieser Zeit stammen auch ein paar seltsame Berichte über fremde Wesen, die einen Handel mit der Magiersgruppe geschlossen hätten, die man nun die Bruderschaft von Yoor nannte.« fügte Munuel hinzu.

»Ja, davon habe ich auch gelesen«, bestätigte Victor. »Allerdings immer nur in Andeutungen. Es soll etwas mit Eidechsen zu tun haben, glaube ich.«

»Weißt du noch mehr darüber?«, fragte Munuel überrascht.

Victor schüttelte den Kopf. »Nein. Ich kann mich an nichts Wesentliches erinnern.«

»Wie ging es nun weiter?«, fragte Leandra.

Munuel fuhr fort. »Dann kam der berühmte Tag, an dem Darios ins Spiel kam. Darios war ein verhältnismäßig junger Magier, der aber ein überragendes Talent besaß. Ohne das Wissen seiner Brüder hatte er innerhalb kurzer Zeit eine gewisse Sache erforscht – man weiß bis heute nicht, was es wirklich war. Damit, sagte er, könne er mächtige Waffen herstellen, die man gegen die Bruderschaft von Yoor einsetzen konnte. Aber seine Brüder verwarfen seinen Plan, denn der Preis dafür schien ihnen zu hoch. So ist es jedenfalls in einigen alten Schriften überliefert.«

»Und?«, fragte Victor. »Kam es dann nicht zustande?«

Munuel machte eine bedauernde Geste. »Doch. Leider wissen wir heute nur sehr ungenau, was er wirklich tat. Es ist nur überliefert, dass er drei ganz besondere Gegenstände gestohlen habe, denen er mit seiner besonderen Magie dann jene Macht verlieh. Es waren die Jambala, der Yhalmudt und die Canimbra. Er selbst soll seine Tat nur um wenige Wochen überlebt haben. Als es ihm gelungen war, diesen drei Artefakten zu ihrer Macht zu verhelfen, gab er sie in die Hände seiner verblüfften Brüder. Er schrieb seine Erkenntnisse in ein kleines Büchlein, offenbar während er dahinsiechte. Dann starb er. Es heißt, er sah im Tode aus wie ein hundertjähriger Mann.«

»Und mit den Stygischen Artefakten gelang es dann, die Bruderschaft von Yoor zu besiegen!«, stellte Victor fest.

»Ja. Es gelang, die verbleibenden Magier der Bruderschaft zu vertreiben. Es kam zur letzten Auseinandersetzung in Bor Akramoria. Dabei soll die Canimbra verloren gegangen sein. Sie ist bis heute nie wieder aufgetaucht.«

»Und niemand weiß, was diese Canimbra überhaupt ist?«

»Nein. Das ist nicht überliefert. Ich kann nur hoffen, dass sie, sofern wir sie finden, nicht irgendeine spezielle Fähigkeit oder eine spezielle Person verlangt – so wie zum Beispiel die Jambala. Aber ich fürchte es fast.«

»So? Warum denn das?«, fragte Leandra.

»Nun, beim Yhalmudt und der Jambala ist es ebenso. Die Jambala scheint ein sehr eigensinniges Wesen zu sein. Welch ein Glück, dass sich jemand fand, den sie akzeptierte – nämlich dich, mein Kind. Und der Yhalmudt …«, er tastete nach der kleinen Muschel, die unter seinem Wams an dem Lederband um seinen Hals hing, »der Yhalmudt erfordert genaue Kenntnisse der …«

»Was?«

Munuel winkte ab. »Besser, ich rede nicht drüber. Es ist eine spezielle Form der Magie. Behaltet das für euch. Es ist nicht völlig konform mit dem Kodex, versteht ihr?« Seine Stimme war zuletzt leise geworden. Leandra und Victor nickten verstehend.

Tharlas trat hinzu. »Die Drachen sind alle wieder da«, sagte er und deutete in die Runde. »Wir können aufbrechen!«

*

Es wurde noch sehr warm an diesem Tag. Den Regen ließen sie bald hinter sich und erreichten den Mogellsee. Die Drachen flogen in nicht allzu großer Höhe über seine stille Oberfläche, von der warme Sonnenstrahlen reflektierten.

Der See war ungeheuer groß. Sie flogen mehrere Stunden, ohne in irgendeiner Richtung Land zu erblicken. Nur Stützpfeiler stiegen aus dem Wasser empor, und sie wirkten umso gewaltiger, weil sie sich unten nicht verbreiterten – was sie wohl erst unter Wasser, in der Tiefe des Sees taten. Sie ragten wie gewaltige sakrale Säulen aus den Dunklen Wassern in schwindelnde Höhen auf.

Während des Fluges bekamen sie zweimal Gesellschaft von anderen Felsdrachen-Sippen, die sich auf geheimnisvolle Weise mit der ihren unterhielten und die Menschen neugierig beäugten. In dem naiven Wunsch, etwas für die neue Freundschaft zwischen Menschen und Drachen zu tun, winkte Leandra den Neuankömmlingen freundlich zu und versuchte verschiedentlich mithilfe der Jambala eine Kontaktaufnahme. Doch die Drachen waren zurückhaltend. Die meisten antworteten nicht, nur zweimal wurde ihr Gruß knapp erwidert.

Am Nachmittag war Leandra plötzlich, als dränge sich ein unbekannter Laut in die Geräuschkulisse des Windes und der Flügelschläge. Sie waren weit nach Norden vorangekommen, und es war kühler geworden.

Zunächst konnte sie das Geräusch nicht einordnen, dann schließlich wurde sie immer sicherer, dass es wie ein fernes Grollen war, ein Donnern, das nicht abriss und stetig den Hintergrund erfüllte. Mit einem Gefühl der Beklemmung lauschte sie ins Trivocum, fürchtete, dass dies ein magisches Echo der uralten, von bösen Kräften beherrschten Stadt Unifar sein könnte. Aber das Trivocum war still.

Als das Donnern immer deutlicher wurde, vernahm sie einen Ruf von Victor. Sie blickte zu ihm und sah, dass er nach Nordwesten deutete. Es lag ungefähr in ihrer Flugrichtung. Sie blickte dorthin, sah aber zuerst nichts. Der Horizont erstrahlte in milchigem Weiß. Man konnte keine Horizontlinie erblicken, aber das Donnern schien aus dieser Richtung zu kommen.

Sie blickte weiter nach Norden und erkannte dort eine dunkle Färbung, die sich bis zum Himmel erstreckte. Ein Stützpfeiler, dachte sie, aber dann, innerhalb von drei Sekunden, erkannte sie mit Entsetzen, was da war. Sie sah, dass sie in nur wenigen Meilen Entfernung vor einer gewaltigen Wand aus Wasser vorüberkreuzten.

Die Wasserwand reichte bis zum Himmel und nach rechts und links so weit, dass sie jeweils den Kopf ganz herumdrehen musste, um in weiter Ferne schemenhaft die Ränder erkennen zu können.

Die Ishmarfälle!

Leandra keuchte, als ihr klar wurde, dass diese Wasserfälle so riesig waren, dass selbst ein Dutzend strammer Stützpfeiler davor bestenfalls wie eine Reihe schmaler Zaunlatten gewirkt hätte. Die Wasserwand war so gigantisch, dass sie mit einem Blick gar nicht zu erfassen war – und dabei waren sie mindestens noch zwei oder drei Meilen davon entfernt. Sie blickte zum Wasser hinab und schätzte ihre Flughöhe auf vielleicht eine oder eineinhalb Meilen. Dann sah sie hinauf und erkannte, weit oben, die Sturzkante des Wasserfalls. Das war einfach unglaublich! Die Fluten mussten mindestens drei

Meilen in die Tiefe stürzen und das auf einer Breite von vielleicht acht oder zehn Meilen!

Sie blickte in die Runde und sah, dass alle Mitglieder der Menschengruppe regungslos auf den Rücken der Drachen saßen und mit offenem Mund unverwandt zu diesem gewaltigen Naturschauspiel hinüberblickten. Es war unvorstellbar, woher all diese Wassermassen kamen.

Dann gewannen die Drachen an Höhe. Die Luft war immer stärker von feinem Nebel erfüllt, und das Donnern der Wassermassen war von beinahe mystischer Art: Es war nicht so laut, dass man nichts anderes mehr hätte verstehen können – dennoch beherrschte es alles Hörbare mit einem unablässigen dumpfen Grollen und Tosen.

Die Drachen begannen in enormer Schräglage eine Schleife zu ziehen, und als Leandra über die rechte Schulter blickte, sah sie tief unten die weite Fläche des Sees liegen. Ihr wurde ein wenig Angst, aber die Fliehkräfte hielten sie sicher auf ihrem Platz. Dann war die Schleife vollendet, und vor ihr tauchte die gewaltige Sturzkante der Ishmarfälle auf. Und dann wurde ihr plötzlich klar, warum Meakeiok gesagt hatte, dass sie Bor Akramoria ohne die Hilfe der Drachen niemals hätten erreichen können.

34 ♦ Bor Akramoria

Es war keine Burg, keine Festung und keine Abtei, nein, Bor Akramoria war einfach Bor Akramoria. Wahrscheinlich gab es auf der ganzen Welt keinen zweiten Ort wie diesen.

Es erhob sich auf einem steilen Felszinken, der mitten aus der Sturzkante der gewaltigen Wasserfälle aufragte. Der Felsen selbst erschien zuerst klein, aber Leandra erkannte bald, wie sehr hier die Größenverhältnisse täuschten. Je näher sie kamen, desto deutlicher wurde, dass der Felsen in Wahrheit Platz für eine kleine Stadt bot. Und so etwas Ähnliches war Bor Akramoria auch – eine in sich verschachtelte Tempelstadt mit den abenteuerlichsten Bauwerken, die man sich nur denken konnte. Sie reckten sich auf dem Felszinken noch so weit nach vorn und in die Höhe, dass man glauben mochte, den Erbauern wäre die Lage des Felsens noch nicht verwegen genug gewesen, und sie hätten versucht, mit den spitzen Türmen und Zinnen der Tempelbauten irgendeinen fernen Punkt im Himmel zu berühren.

Leandra war überwältigt von all diesen Eindrücken. Seit sie Tharul verlassen hatten, wurden ihr die Anzahl der Wunder beinahe zu viel. Dabei wäre es nur allzu schön gewesen, sie alle in ihrer ureigensten Art bestaunen zu können. Nein, die Wahrheit war, dass dies alles mit Drohung und Verderben einherging; der gewaltige Anblick dieser uralten Tempelstadt wurde ihr nur aus dem Grunde zuteil, weil die Westreiche und vielleicht die ganze Welt vor einem furchtbaren Abgrund standen.

Je näher sie kamen, desto größer erschien die Stadt. Schließlich konnte sie auch erkennen, dass die Gebäude ziemlich verfallen waren, wenngleich die meisten Türme und Gebäude noch immer zu stehen schienen. Wenn diese Tempelstadt tatsächlich vor über zweitausend Jahren erbaut worden war, dann musste sie aus reinem Granit oder noch härterem Gestein bestehen.

Schließlich waren sie ganz heran, und die Drachen flogen abermals eine Schleife. Leandra konnte den Oberlauf der Ishmar und die umliegende Landschaft in Augenschein nehmen. Ihr Heimatdorf Angadoor hätte auf dem Felsen von Bor Akramoria wohl leicht dreimal Platz gefunden. Er verlief von Osten nach Westen spitz, etwa eine dreiviertel Meile weit, in die Obere Ishmar hinein, die oberhalb der Fälle mit vielen scharfen, aus dem Wasser ragenden Felsen durchsetzt war. Noch viel weiter im Westen, zwischen gewaltig hohen, senkrechten Felswänden, steilen Bergflanken und mächtigen Stützpfeilern, lag ein riesiges, lang gezogenes und blendend helles Sonnenfenster, das sich den Oberlauf des Flusses mit hinaufzog, in Regionen des Ramakorums hinein, die vielleicht seit tausend Jahren kein menschlicher Fuß mehr betreten hatte – wenn dies überhaupt jemals geschehen war.

Die Felsenlandschaft dort oben erschien Leandra so unbändig wild und so weit ab von jeglicher Zivilisation, dass sie sich überhaupt nicht vorstellen konnte, welche Wesen dort leben mochten oder ob es dort überhaupt so etwas wie Bäume oder Gras gab. Von hier aus war jedenfalls nur eine steile Felslandschaft von ungeheurer Wildheit zu erblicken.

Bor Akramoria selbst bedeckte etwas mehr als die vorderen zwei Drittel des Felszinkens. Die Tempelanlage war von einer hohen Mauer umgeben, die hier und da in angrenzende Gebäude und Türme überging. Aller Stein, aus dem Bor Akramoria erbaut war, besaß eine dunkelgraue Färbung; er verstrahlte eine Aura, als habe er schon seit unvordenklichen Zeiten allen Gewalten der Natur und der Menschen getrotzt. Zum Oberlauf des

Flusses, nach Nordwesten hin, gab es etliche tempelartige Gebäude, die sich in der Mitte zu einem burgähnlichen Gebilde zusammendrängten. Der mittlere Turm ragte hoch auf, und die Dächer, Erker und Zinnen hatten befremdlich geschwungene Formen, die etwas Abweisendes an sich hatten.

Inmitten der Ruinen lag ein riesenhafter, unregelmäßig geformter Platz, der sich mit einigen flachen Stufen zur Ostseite hin anhob; er maß wohl eine Viertelmeile im Durchmesser und war mit großen steinernen Platten gepflastert. Viele von ihnen waren gebrochen und aufgestellt; unter ihnen hatten sich Gras, Bäume und Büsche hervorgehoben wie auch sonst überall in der Tempelstadt. Auf den Gebäuden wuchsen Ranken und wilder Wein, Wurzelgefecht hing an vielen Stellen herab, und etliche Mauern und Dächer waren eingestürzt.

Auf der Südostseite des großen Platzes, zum freien Himmel hin, der sich jenseits der Sturzkante der brausenden Wasserfälle öffnete, wurden die Gebäude wahrhaft gewaltig und kühn. Auch hier drängten sich die Gebäude zu einer burgähnlichen Gruppe zusammen, aber sie waren ungleich höher und trutziger als jene auf der Nordwestseite. Die Erker und Überbauten erinnerten Leandra ein wenig an den Baustil in Savalgor, obwohl hier sehr viel massiger und schwerer gebaut worden war als in der akranischen Hauptstadt. Jedem Gebäude, jeder Zinne und jeder Mauer haftete etwas Finsteres an, so als wollte die ganze Tempelstadt jedem Eindringling signalisieren, dass er besser schnell dahin wieder zurückkehre, wo er hergekommen war. Als die Drachen dann zur Landung ansetzten, wünschte sich Leandra, sie könnte dies in die Tat umsetzen. Bor Akramoria wirkte alles andere als einladend.

Die Drachen gingen ganz im Westen des großen Platzes nieder. Sie ließen so viel Platz wie möglich zwischen sich und den gewaltigen Bauwerken über dem Abgrund.

Leandra konnte erst jetzt, nachdem sie gelandet waren, die ganze Massigkeit der Stadt und das Ausmaß des Verfalls ermessen. Es schien ihr glaubhaft, dass seit zweitausend Jahren niemand mehr seinen Fuß auf die grauen Granitplatten dieses Platzes gesetzt hatte.

Sie glitt vom Rücken Tiraos herab. Als sie dann unten auf dem uralten Pflaster stand und zu den riesigen Ruinen aufblickte, überkam sie ein seltsames Gefühl.

Ihre Gefährten waren ebenfalls von den Drachen herabgeglitten und standen unbewegt auf dem Boden des legendenumwobenen Bor Akramoria. Selbst die Drachen regten sich kaum, schienen wie die Menschen unter dem Bann dieser Überreste einer längst vergangenen Epoche zu stehen. Leiser Wind regte sich, streifte zaghaft über den grauen Stein, so als wage selbst er nicht, sich mit diesem grimmigen Ort anzulegen. Auf dem Platz stand etwas, das vielleicht einmal ein Brunnen oder ein Wasserspiel gewesen sein mochte, genau war das nicht mehr zu bestimmen. Aus seinem Inneren ragte ein dicker Baum auf – und das sicher nicht in der ersten Generation. Die großen Steinplatten des Platzes waren von teils quadratischer, teils rechteckiger Form; sie lagen in gestaffelten Mustern und ergaben aus verschiedenen Blickwinkeln immer neue Reihen. Aber viele von ihnen waren geplatzt, aufgeworfen oder lagen verkantet; zwischen ihnen wucherten Grasbüschel, Wurzeln, Hecken und Sträucher hervor. Nach Westen hin stiegen die flachen Stufen zum Hauptkomplex hin an. Hier also sollte sich die sagenhafte Canimbra befinden.

Leandra fühlte bald eine seltsame Unruhe. Irgendetwas gab es hier, das ihre Ankunft bemerkt hatte. Sie drängte ihre aufkommende Furcht beiseite und versuchte sich zu orientieren. Es mochte wichtig sein, zu wissen, wie die örtlichen Gegebenheiten waren.

Nördlich und südlich ihres Landeplatzes waren die Ruinen flacher und stammten von weniger großen Gebäuden, die bald an der Mauer endeten, die drei oder vier Mannshöhen messen mochte.

Aber dann befahl ihr plötzlich eine innere Stimme, die Jambala hervorzuziehen.

Das leise Klirren des Metalls ließ die Köpfe der anderen herumfahren. Augenblicke später aber zogen auch Jacko und Victor ihre Schwerter, und eine leise Bewegung im Trivocum wies darauf hin, dass sich die magiebegabten Mitglieder der Gruppe ebenfalls innerlich wappneten. Einige Drachen flatterten nervös auf, landeten aber wieder. Unruhe machte sich breit.

Die Blicke richteten sich auf Munuel und Tharlas, selbst die der Drachen. Die beiden Altmeister standen unbewegt da, ihre Konzentration auf das Trivocum war fast spürbar.

»Da kommt etwas«, sagte Tharlas, und obwohl er sehr leise gesprochen hatte, konnte jeder seine Worte deutlich verstehen. Munuel nickte bestätigend.

Leandra blickte über die Schulter und sah, wie an einem steinernen Pier, der durch einen Mauerdruchbruch ins Wasser der Oberen Ishmar hineinragte, einige größere Wellen, kaum einen Steinwurf entfernt, gegen die grauen Steine schlugen, als hätten sie sich eigens dazu aufgebäumt. Das Wasser des Flusses, das hier sehr rasch, aber mit ruhiger Oberfläche dahinströmte, war in Unruhe geraten, und die Strahlen der Sonne, die durch das kristalline Fenster hoch droben am Felsenhimmel auf sie herabfielen, schienen an Leuchtkraft und Wärme verloren zu haben, als befände sich mit einem Mal eine dunkle Wolke oben am Himmel.

An den Gesichtern aller Anwesenden war abzulesen, dass sie sich auf irgendeine Bedrohung gefasst machten. Sie blickten unruhig umher, versuchten die Lage zu ermessen, ihren Standort und mögliche Deckungen einzuschätzen.

Dann hatte Leandra das Gefühl, der Boden befände sich in Bewegung. Sie erinnerte sich, wie sie einmal erstaunt festgestellt hatte, dass Menschen einen unerhört feinen Sinn dafür besitzen. Es war ein leichtes, kaum wahrnehmbares Beben gewesen, das man vor Jahren einmal in Angadoor hatte verspüren können. Die innere Beunruhigung, die sich bei einem solchen Ereignis einstellte, war dramatisch. Und die Erschütterungen, die nun hier in Bor Akramoria durch den Boden liefen, waren deutlich stärker.

Mit einem Aufstöhnen drängten sich die Menschen zusammen, und einige Drachen verloren vollends die Ruhe, warfen sich in die Luft und stiegen hoch hinauf. Nur Meakeiok und drei andere Tiere blieben ruhig am Boden.

Leandra blickte Munuel an, und die angstvolle Frage war in ihren Augen abzulesen: Was, beim Felsenhimmel, sind das für Kräfte, die diesen riesigen Felsen in Bewegung versetzen können?

Dann traf ein dicker Tropfen ihre Stirn, und sie blickte betroffen zum Himmel auf. Dunkle Wolken dräuten über ihnen, an den Rändern in hässlichem Ockergelb leuchtend. Kaum vorstellbar, wie sich so schnell eine Wetterfront hatte bilden können. Die Wolken wirkten so kompakt, als trügen sie eine wahre Sintflut in sich. Im nächsten Moment schon leuchteten sie von Blitzen auf, die in ihrem Inneren umherzuckten. Von allen Seiten her schien sich die Luft in rasendem Tempo zu verdichten, um der Wolkenfront neue Nahrung und neues Wachstum zu geben. Leandra war überzeugt, dass dieses sich anbahnende Unwetter nichts mit der Natur zu tun hatte, denn bisher war der Tag mild und warm gewesen. Diese Wetterfront konnte nur magischen Ursprungs sein. Ein Windstoß fuhr über den Platz und wirbelte Staub, Sand und Blätter auf.

»Bleibt ruhig, Kinder!«, sagte Munuel und machte eine beschwichtigende Geste. Er war einen Schritt vorgetreten, durch seine Haare wehte der Wind.

So bedrohlich sich die Stadt auch gab, Munuel wirkte

in diesem Moment wie ein Fels in der Brandung – und das war tröstlich. Was auch kommen mochte, sie waren nicht schutzlos.

Dann begannen schwere Tropfen zu fallen, aber nur einen Augenblick später hörten sie wieder auf, obwohl der Regen um sie herum immer stärker herabzuprasseln begann. Leandra sah auf und stellte fest, dass sie sich innerhalb einer schützenden Glocke befanden. Der Regen traf sie nicht, allein ihre Füße wurden von Bächen umspült. Leandra nahm das Trivocum in Augenschein und stellte fest, dass Hennor diesen Zauber wirkte. Keine große Sache eigentlich, eine Luftmagie in der dritten oder vierten Stufe. Sie war sehr froh, dass Hennor auf die Idee gekommen war, eine solche Iteration anzuwenden. Es hätte gewiss ihre Moral nicht verbessert, wären sie jetzt schutzlos diesem Unwetter ausgesetzt gewesen.

Ein heftiger Donner ließ sie zusammenzucken; es war, als würde sich die Erde unter seiner Gewalt aufbäumen. Immer mehr Blitze fuhren herab. Binnen kurzem wurden sie zu einem regelrechten Stakkato, das um sie herum in den Boden und aus dem Boden in den Himmel hinauf zuckte. Noch enger drängten sich die Menschen aneinander, und plötzlich wurde sich Leandra bewusst, dass die Drachen fort waren – allein Meakeiok, der Sippenälteste, war bei ihnen geblieben. Wie er mit hängenden Schwingen im Regen stand, wirkte er nicht annähernd mehr so stolz und wehrhaft wie sonst. Scheinbar harrte er aus einem ganz bestimmten Grund bei ihnen aus. Seine ureigenste Natur hätte ihn sonst wahrscheinlich längst aus dem Gebiet des Unwetters fortgetrieben.

Er stand als Einziger im Regen, die Sphäre von Hennors Zauber reichte nicht bis zu ihm. Leandra fragte sich, ob Hennor ihn einfach vergessen hatte oder ob er nicht wagte, den persönlichen Stolz des Drachen zu durchbrechen und ihm einen Schirm überzuhalten. Sie hatte das Gefühl, dass Meakeiok eines solchen Zaubers nicht mächtig war – eines typisch menschlichen Zaubers. Als Adeptin fühlte sie sich jedoch geradezu dazu berufen, ihm diese Gefälligkeit zu erweisen.

Sie verließ die Gruppe und stand schon einen Augenblick später im Strom der herabprasselnden Regenflut. Bewusst nahm sie in Kauf, durchnässt zu werden, und sie brauchte nicht lange zu warten – das Unwetter war so stark, dass sie schon nach Sekunden vor Wasser nur so triefte. Krachende Donnerschläge begleiteten die umherzuckenden Blitze. Dann hatte sie Meakeiok erreicht, trat nah zu ihm und legte die Hand auf seinen langen Hals. Das Drachengesicht wandte sich ihr zu, und die dunklen, geheimnisvollen Augen des Tieres forschten in ihrem Gesicht. Dann blickte Leandra nach vorn, hin zu dem gewaltigen Tempelbau, schloss die Augen und konzentrierte sich auf das Trivocum.

Es befand sich in heftigem Aufruhr. Helle Blitze unterschiedlichster Färbung schossen hierhin und dorthin, es gab eine Menge Öffnungen, und nur die wenigsten davon konnte man im weitesten Sinne als Aurikel bezeichnen. Intuitiv hatte sie beim Betrachten von Hennors Zauber eine Vorstellung davon erlangt, wie eine solche Wirkung zu erzielen war, und nach kurzer Konzentration setzte sie ein kräftiges Aurikel dritter Stufe.

Der Regen über ihr versiegte; sie öffnete die Augen, blickte sich um und lenkte den Energiefluss. Ihre Schutzglocke umfasste den Ort noch nicht vollständig, an dem sie und der Drache standen, dann aber hatte sie es geschafft. Erwartungsgemäß reagierte der Drache nicht auf ihre Tat. Er nahm es als eine Selbstverständlichkeit hin, und sie war froh darüber. Andernfalls hätte es vielleicht Beschämung in ihr ausgelöst.

Es ist sein Zorn, hörte sie stattdessen Meakeiok sagen. *Der Zorn von Ulfa.*

Sie war ein wenig verwirrt, erinnerte sich aber dann an den Namen *Ulfa.* Das war der Große Drache, der laut Meakeioks Erzählung einst hier in Bor Akramoria durch Menschenhand umgekommen war. Ulfa, der letzte direkte Nachfahre des Ur-Drachengeschlechts der Höhlenwelt.

Sein Zorn?, fragte Leandra. *Was meinst du damit?*

Meakeiok antwortete nicht, und plötzlich nahm Leandra den heiß-metallischen Geruch des Drachen war. Hier, in der regenfreien Sphäre ihres Zaubers, breitete sich der Geruch jetzt mit Macht aus. Leandra sah, dass die Flanken von Meakeiok zitterten. Sie trat erschrocken einen Schritt zurück. Meakeiok wirkte wie eine Stahlfeder, die unter höchster Spannung stand. Da sie um die explosiven Kräfte des Drachen wusste, war ihr in seiner Nähe nicht ganz wohl. Seine Schwingen hingen gar nicht herab, es schien viel eher, dass er sie mit Mühe an den Boden presste, so als wollte er verhindern, dass er dem dringenden Befehl seines Instinkts folgte und diesem Unwetter entfloh.

Die Geräuschkulisse des über sie hinwegbrandenden Donners und der Regenfluten waren beinahe ohrenbetäubend, und auch der Vorteil der trockenen Sphäre um sie herum vermochte nicht die bedrückende Atmosphäre zu verdrängen.

Wir ... sind nicht in Gefahr ... presste Meakeiok hervor, *... nicht wirklich ...*

Seine Worte waren nicht beruhigend, nein, sie klangen eher wie eine Warnung; ein alarmierendes Gefühl strömte durch ihren Körper, ihre Nackenhaare stellten sich auf. Sie fuhr herum – und dann sah sie es.

Im Osten, über und hinter den mächtigen Ruinen, die den riesigen Tempelbau markierten, hatte sich ein körperloser Schatten erhoben. Es war eine Aura der Dunkelheit, der absoluten Schwärze, die sich dort über den verfallenen Türmen gebildet hatte und wie eine gewaltige Drohung in der Luft schwebte.

Leandra hielt den Atem an. Sie wich entsetzt zurück, suchte dann aber den körperlichen Kontakt zu Meakeiok, der jedoch seinerseits zitterte wie von einer eiskalten Böe geschüttelt. Japsend schnappte sie nach Luft und atmete heftig durch.

Der Schatten über den Ruinen setzte sich trotz der Dunkelheit über der Stadt in aller Deutlichkeit ab. Er strahlte eine bedrohliche Macht aus, gegen die ihr der Lauerer damals am Totenzug vergleichsweise blass vorkam. Verzweifelt versuchte sie aus Meakeioks letzten Worten einen Sinn herauszulesen, etwas, das die furchtbare Angst, innerhalb der nächsten Sekunden einen grässlichen Tod zu sterben, von ihr nehmen konnte.

Plötzlich brach ein Sturm im Trivocum los, und es war, als würde sie von einer trampelnden Menschenmasse überrannt – sie musste ihre Iteration loslassen. Glücklicherweise gelang es ihr, das Norikel schnell noch zu setzen. Eine Sekunde später wurden Meakeiok und sie von Wassermassen überschüttet. Aber sie nahm sie kaum wahr, denn der Aufruhr im Trivocum hielt sie im Bann. Es war wie eine gewaltige, zornige Stimme, die ihnen eine furchtbare Drohung entgegenschleuderte. Sie vernahm auch die charakteristische Stimme von Meakeiok, die sich dagegen erhoben hatte, wie die eines Zwerges nur, aber doch voller Mut und Kraft; er versuchte sich einen Weg durch die Wucht des Zorns zu bahnen, der ihnen entgegenschlug.

Langsam kam in ihr eine Vorstellung auf, was da geschah. Der riesige Schatten über den Ruinen hatte sich zu einer Form zusammengezogen – es war die Form eines gewaltigen Drachen, der mit ausgebreiteten Schwingen in der Luft stand. *Der Zorn von Ulfa,* echote es in ihrem Geist, *wir sind nicht in Gefahr … nicht wirklich …*

Dann bemerkte sie, dass ihr im Schreck die Jambala entglitten war, und rasch bückte sie sich und hob das Schwert auf. Kaum aber hielt sie den Griff in Händen, schälten sich vernehmbare Worte aus der Flut des Trivocums, und sie vernahm eine Stimme, so tief und so gewaltig, als spräche ein lebendig gewordener Vulkan zu ihnen.

Die Stimme schleuderte ihnen die unmissverständliche Forderung entgegen, diesen Ort zu verlassen, sonst würden sie binnen kurzem einen qualvollen Tod erleiden ... aber dann drang Meakeioks Stimme durch, sie flehte um einen winzigen Moment der Schonung, der Gelegenheit, selbst ein paar Worte aussprechen zu dürfen.

Es ist tatsächlich der *Große Drache Ulfa,* dachte Leandra atemlos.

Der Urvater der Drachen, der durch eine heimtückische Tat hier umgekommen war – vor zweitausend Jahren. Sie versuchte krampfhaft, sich zu beruhigen. Aber dann überkam sie wieder dieses Gefühl, dass es nun *an ihr* war, etwas Bestimmtes zu tun – dass es in ihrer Macht lag, den Verlauf der Dinge zu ändern.

Hör mich an, großer Ulfa, sandte sie verzweifelt durchs Trivocum und hatte dabei das Gefühl, dass ihre Stimme hoch und kristallklar durch die Brandung von Ulfas Wut schnitt und das Ohr des riesigen Wesens erreichte. Einen Moment später herrschte Stille.

Sie atmete mühsam auf, die tonnenschwere Last von ihrer Brust wich jedoch keinen Deut.

Die Stimme eines Menschen, lautete die verblüffte Feststellung, die trotz des Stimmungsumschwungs der riesigen Erscheinung wie eine dunkle Woge über sie hinwegspülte.

Ja, erwiderte sie unter Aufbietung allen Mutes. Sie spürte, dass sie nun wirklich all ihre Kräfte zusammennehmen musste, um die Situation zu überstehen. Sie durfte dem Geist des Großen Drachen keine Feigheit zeigen. *Die Stimme eines Menschen, der deine Hilfe sucht, großer Ulfa!*

Die Erwiderung war ein spontanes Aufstöhnen in Ungläubigkeit und spöttischer Verblüffung. *Ein Mensch ersucht um meine Hilfe!* grollte es. *Wer bist du, du Wurm, dass du das wagst? Weißt du nicht, was das Geschlecht der Drachen durch die Menschen erlitten hat?*

Leandra wusste nicht, ob sie das durchstehen würde. Ihre Knie waren weich wie ein Schwamm. Sie hatte alles um sich herum vergessen – wozu auch, da gab es ohnehin niemanden mehr, der ihr hätte helfen können. Kein Munuel, kein Tharlas und auch keine Jambala oder ein Yhalmudt. Sie stand allein im Regen, und nichts außer ihrer eigenen Kraft konnte sie nun mehr retten. Und diese Kraft schwand zusehends.

Trotzdem brachte sie noch ein paar zaghafte Schritte zustande und trat vor. *Ich wollte …* begann sie, aber sie wurde grob unterbrochen.

Das donnernde *Was …?* des Drachen traf sie wie ein riesiger Knüppel. Sie war kurz davor zusammenzubrechen. Aber gleichermaßen wurde ihr klar, dass sie alle verloren waren, wenn sie jetzt aufgab. Dieser Geist des Ulfa war nicht wie Meakeiok, verständnisvoll trotz Ablehnung, nachsichtig trotz seines Stolzes. Nein, dieser Ulfa war der verkörperte Zorn einer vergangenen Epoche, und er würde *durchaus* eine Befriedigung verspüren, wenn er die Eindringlinge in die Hölle schickte.

Hier an diesem Ort gab es auch kein Argument mehr, mit dem sie um die Gnade des Großen Drachen flehen konnte – hier waren sie umgeben von dem Zeugnis des Untergangs, des Meuchelmords und des Verderbens, das die Menschen über die Welt gebracht hatten. Leandra spürte, wie sie kraftloser wurde, wie ihr der Mut immer mehr sank, wie sie verzweifelt nach Worten suchte, ihr aber immer weniger einfiel. Ein kurzer Hoffnungsschimmer kam auf, als sie an die Jambala in ihrer Hand dachte – dass sie ihr vielleicht neue Kraft verleihen würde, neuen Mut. Aber da war nichts. Selten zuvor hatte sich die Jambala so kalt angefühlt, so tot und kraftlos. Das Schwert entglitt ihrer Hand und klirrte zu Boden.

Noch immer benommen stand sie da und merkte zuerst gar nicht, wie sie langsam loslief. Nach einigen Schritten hob sie den Kopf und blickte zum Schatten des Ulfa auf. Er nahm beinahe den halben Himmel ein, und

Blitze zuckten in seinen körperlosen Leib hinein, als würden sie ihm neue vernichtende Energie verleihen. Dann verstummte alles um sie herum, und sie nahm das Rauschen des Regens nur noch wie durch einen Schleier wahr. Der peitschende Donner drang wie ein fernes Echo an ihr Ohr, und sie lief immer weiter – geradewegs auf den riesigen Schatten zu. Längst war sie bis auf die Haut durchnässt.

Ohne wirklich zu wissen, was sie tat, stapfte sie mühsam Schritt um Schritt voran. Das Wasser umspülte ihre aufgeweichten Stiefel knöchelhoch, und ihre triefende Lederkleidung hing wie ein tonnenschweres Gewicht an ihr. Ein einziges Wort in ihrem Kopf trieb sie voran: *Demut.*

Während sie weiterlief, knöpfte sie sich mit klammen, kalten Fingern den Wams auf, schob ihn unter Anstrengung von den Schultern und ließ ihn fallen. Sie stapfte weiter. Ein Blick in die Höhe sagte ihr, dass sie ihrem Schicksal hilflos ausgeliefert war. Sie streifte das wollene Hemd über den Kopf und ließ es fallen. Der Schatten über ihr verharrte nur, und sie vermeinte in ihm Konturen erkennen zu können. So schwarz die Erscheinung auch war, sie schien nicht nur ein Schatten zu sein, sondern auch Tiefe zu besitzen. Sie erkannte die typische Form des geschwungenen Halses, den mächtigen Leib und die riesigen Beine mit Klauen, so groß, dass sie ein Haus hätten zermalmen können. Schon längst verspürte sie keine innere Bewegung mehr – es war wie der Gang zum Richtblock, gefühllos, taub, dem Schicksal ausgeliefert. *Demut,* echote es in ihrem Hirn. Mehr fiel ihr nicht mehr ein. Ihre Kleidungsstücke blieben auf ihrem Weg zurück, eines nach dem anderen, bis sie zuletzt die Schulterverschlüsse ihres Kettenhemdes öffnete, das kostbare Stück in einem Rutsch zu Boden glitt und sie völlig nackt war; schutz- und wehrlos und selbst ihrer Würde, ihres Stolzes und ihres Schamgefühls beraubt. Den eiskalten Regen spürte sie kaum noch auf ihrer

Haut, und für einen Moment dachte sie, dass sie wahrscheinlich das Unwetter umbringen würde, wenn es der Drache nicht tat.

Dann hatte sie den Platz überquert und stieg einen weiten Weg von flachen Stufen hinauf, der auf das Zentrum der Stadt zuführte. Sie wusste nicht mehr, was sie vorantrieb, vielleicht nur noch die blanke Verzweiflung. Aber in den Resten der Gefühle, die sie noch tief in ihrem Inneren verspürte, war auch Trauer, Verbitterung und tiefe Niedergeschlagenheit darüber, was die Menschen einst hier in diesem Bor Akramoria getan hatten. Und ohne die ganze Geschichte zu kennen, ahnte sie, dass es nicht allein die Bruderschaft gewesen war, die hier unsägliches Unheil angerichtet hatte – nein, auch die Gildenmagier waren daran beteiligt gewesen. Und es hatte nicht nur die Menschen und die Drachen betroffen – nein, die ganze Welt wurde in den Abgrund gestoßen.

Nach einem endlos erscheinenden Weg hatte sie schließlich einen hoch gelegenen, weiteren Platz erreicht, der direkt unterhalb des riesigen, verfallenen Gebäudekomplexes lag. Über den Ruinen schwebte der Drache, und seine Größe war so überwältigend, dass Leandra ihn mit einem Blick gar nicht mehr erfassen konnte.

Ihre Wanderung zu diesem Punkt war in drückendem Schweigen verlaufen, nicht der Große Drache und auch kein Meakeiok, Munuel oder sonst jemand hatte ein vernehmbares Wort durch das Trivocum gesandt. Nun stand sie mitten auf dem riesigen Platz vor dem Palast, klein wie ein Floh, nackt und hilflos wie ein Baby. Über ihr schwebte der drohende Schatten des Drachen.

Sie fiel auf die Knie und beugte sich nieder, bis ihre Stirn das Wasser berührte, das über das Pflaster des Platzes strömte. Die Arme hatte sie vor der Brust verschränkt, und für diesen Moment war ihr Hirn so leer und hohl, dass sie keinen Gedanken und schon gar kein Wort zustande brachte.

Der riesige Schatten blickte drohend auf sie herab. Sie wusste, dass sie irgendetwas sagen sollte, aber es fielen ihr keine Worte ein, die dem Ausmaß der Schuld angemessen waren, die ihre Trauer und Verbitterung irgendwie ausdrücken konnten. Lange Zeit kniete sie da, und ihre Kräfte schwanden zusehends.

Bevor sie die Erschöpfung übermannte, kamen ein paar blasse Worte über ihre Lippen.

»Es tut mir Leid«, flüsterte sie.

Dann brach sie zusammen.

35 ♦ Nacht über den Tempeln

Als Leandra die Augen aufschlug, war es dunkel. Voller Anspannung erwartete sie die Wahrnehmung von Schmerzen und Erschöpfung. Sie wagte nicht, sich zu bewegen; ihr Blick klebte auf einer rauen, steinernen Decke, die wie eine dunkle Drohung über ihr hing.

Schon vom ersten Augenblick des Erwachens an erinnerte sie sich, was geschehen war – die Landung in Bor Akramoria, das Unwetter, das Auftauchen des riesigen Ulfa und anschließend ihr verzweifelter Gang zu dem Ungeheuer, wo sie zusammengebrochen sein musste. Aber sie lebte!

Sie starrte hinauf in die Dunkelheit und wartete. Nichts meldete sich, sie fühlte keine Blessuren, keine Schmerzen, nicht einmal einen steifen Hals. Dann begann sie kräftiger zu atmen und stellte mit Erstaunen fest, wie gut es ihr ging. Es war wohlig warm, und sie fühlte sich ausgeruht – keine Schmerzen, keine Krankheit, keine Verletzung. Aber sie wusste nicht, wo sie war. Um sie herum herrschte fast vollständige Dunkelheit.

Sie streckte sich ein wenig, bewegte ihre Arme und versuchte ihre Umgebung zu ertasten. Als Erstes ertastete sie sich selbst; ihre Hand fuhr ihren Bauch entlang bis hoch zu den Brüsten; sie war also noch immer nackt. Aber sie schien stramm in einen großen Haufen Decken eingewickelt zu sein. Ihre Haut fühlte sich sehr warm, fast heiß an, doch sie war nicht verschwitzt.

Sie atmete auf. Dass sie in Decken eingewickelt war, musste bedeuten, dass man sich um sie gekümmert hatte und dass auch den anderen nichts geschehen war. Für einen Moment dachte sie an ihre kostbare Rüstung – sicher hatte sie jemand gerettet. Sie wühlte ihre Arme aus dem Deckenberg und verschaffte sich an Hals und Kopf mehr Platz. Sie stemmte sich ein wenig hoch und blickte in einen dunklen Raum, in dem sie in einer Ecke lag.

In der Mitte glimmte der Rest eines Feuers, unter einem Loch in der steinernen Decke. Um das Feuer herum lagen mehrere Gestalten in Decken gewickelt und schlafend. Draußen, an einem Durchgang, der einen schmalen Blick hinaus gestattete, saß noch jemand, der offenbar Wache hielt. Dort schien der große Platz von Bor Akramoria zu liegen, und sie hatten sich alle in Sicherheit bringen können. Mit einem erleichterten Seufzer ließ sie sich zurücksinken und schloss die Augen.

Was inzwischen geschehen war, konnte sie nur vermuten, aber es konnte gut sein, dass ihre Tat sie vor dem Tod bewahrt hatte. Sie legte einen Finger an das Trivocum und fand es in relativer Ruhe; kein Ulfa, kein magisches Unwetter und auch sonst keine Bedrohung. Die Erleichterung war ungeheuer wohltuend. Sie war in Ordnung, fühlte sich sogar richtig wohl, und ihren Gefährten schien es ebenso zu ergehen. Erleichtert wühlte sie sich tiefer in die Decken hinein und genoss für einige lange Minuten das wohlige Gefühl der großen Wärme unter ihren Decken.

Verträumt dachte sie an Hellami – aber ihre Freundin war weit, weit entfernt. Dann kam ihr plötzlich Victor in den Sinn. Wo war er, der große Tollpatsch? Sie stemmte sich hoch und sah sich um. Ihre Haut prickelte, als sie sich ausmalte, jetzt einfach über ihn herzufallen, ganz egal, was er sagen mochte und in welche Nöte sie das nachher bringen würde. Sie setzte sich auf und forschte mit Blicken umher, konnte Victor aber nirgends ausmachen.

Eigentlich war ihr klar, dass sie ihn hier unmöglich unter ihre Decken ziehen konnte. Ihre Gefährten würden unweigerlich erwachen. Dann aber huschte ein grimmiges Lächeln über ihr Gesicht.

Und wenn schon? Was sollten diese alten Knöpfe sagen? Sie würden sich von Neid und unterdrücktem Verlangen geplagt umdrehen, fester in ihre Decken wickeln und zähneknirschend alles ignorieren, was sie da hören mochten.

Der Gedanke an einen Liebhaber erhitzte sie ungemein. Ihre Hände glitten in ihren Schoß und über ihre Brüste. Ein Schauer durchströmte sie. War der Gedanke an Victor zuerst nur flüchtig gewesen, so spürte sie plötzlich ein mächtiges Verlangen. Es übermannte sie mit einem Mal so sehr, dass sie fast bereit war, alles dafür zu wagen. Sie überlegte, dass sie mit Victor eine Zeit lang von hier verschwinden könnte …

Mit klopfendem Herzen richtete sie sich auf, entschlossen, ihn zu finden. Sie blickte auf die schlafenden Gestalten, aber er war in der Dunkelheit einfach nicht auszumachen. Es war fast völlig finster im Raum; die Umrisse der vier dort liegenden Männer glichen sich so sehr, dass sie zu jedem hätte hingehen und ihn umdrehen müssen, um schließlich Victor zu finden.

Sie seufzte schwer. Das lag jenseits dessen, was sie sich erlauben konnte. Schließlich hielt noch jemand Wache, und der würde sich wohl sehr verwundert fragen, was sie dort trieb. Die Vorstellung, ihm einfach zu sagen, dass sie jetzt dringend einen Mann brauchte, war zwar erheiternd, aber reichlich absurd.

Trotz aller Entschlossenheit sah sie, dass es nicht ging. Enttäuscht ließ sie sich zurücksinken. Sie war regelrecht wütend, dass sie keine Möglichkeit fand. Ihr Herz schlug schwer im Rhythmus ihrer Lust; regelrecht benebelt von der Dringlichkeit ihres Verlangens dachte sie über nichts anderes nach.

Doch da hörte sie ein Räuspern, und es war eindeutig *Victors* Räuspern!

Pochenden Herzens fuhr sie hoch und sah, wie sich

derjenige, der Wache hielt, vorn an der Tür bewegte. Und dann sah sie kurz seinen Schatten vor dem Durchgang auftauchen – ja, er war es!

Ihr Herz machte einen Satz, doch einen Augenblick später fühlte sie eine heftige Beklemmung. Sollte sie es wirklich tun? Jetzt war die Möglichkeit da. Für Sekunden saß sie unentschlossen da, aber dann meldete sich ihr Verlangen mit aller Macht, und ihr ganzer Körper kribbelte danach. Sie spürte jedes Quentchen ihrer Zuneigung zu Victor und die Vorstellung, ihm in der Art eines Überfalls genau das zu geben, was er sich im Geheimen ersehnte, verschaffte ihr eine diebische Vorfreude.

Sie verbat sich weiteres Nachgrübeln, wühlte sich aus ihren Decken, erhob sich und stand für Momente nackt da. Victor hatte etwas gehört und sah herein. Sie hoffte, dass er sie so sehen würde, das würde die Sache gewiss vereinfachen. Decken – sie brauchte jede Menge Decken! Sie würde sich mit ihm irgendwohin verkrümeln, nicht weit entfernt, weit genug aber, dass man sie nicht bemerken würde, und dann würde sie ihm die Nacht seiner Nächte bescheren!

In der Hoffnung, dass Victor sie beobachtete, nahm sie eine Decke nach der anderen auf, legte sie so aufeinander, dass sie einen dicken Umhang ergaben, und hievte sich das Bündel über die Schultern. Dann fasste sie den Ausgang ins Auge, tapste los und stieg vorsichtig über die anderen hinweg. Die Hitze durchwallte sie immer stärker, und das Herz schlug ihr vor Erregung bis zum Hals. Nichts, nicht einmal der große Ulfa, wäre jetzt noch in der Lage gewesen, sie davon abzubringen.

*

Er hatte eine Bewegung bemerkt und starrte neugierig hinein, um zu sehen, was dort los war. Zuerst sah er nur ein paar rötliche Lichtreflexe auf der Haut von irgendjemandem – da musste einer erwacht sein und seine Decken sortieren.

Er fragte sich, ob es Leandra war. Aber nein, sie konnte erst seit sieben oder acht Stunden schlafen, und das war sicher nicht genug trotz der mächtigen Magie, die Tharlas und Munuel angewandt hatten, um sie wieder auf die Beine zu bringen. Schließlich war sie halb tot und blau vor Kälte gewesen, als er sie auf dem Platz unterhalb des Tempels von Bor Akramoria im Regen gefunden hatte.

Kaum war der riesige Schattendrache verschwunden, hatte er sich aus der Gruppe gelöst und war mit Riesenschritten über den Platz gestürmt, in die Richtung, in der er sie vermutete. Sie war außer Sicht geraten; er hatte nicht gewagt, ihr gleich zu folgen. Die Drohung des Drachen war so furchtbar gewesen, dass er ohnehin nicht mehr damit gerechnet hatte, dass einer von ihnen Bor Akramoria lebend verlassen würde. Dann aber war irgendetwas auf der magischen Ebene geschehen, und der Schatten des riesigen Drachen hatte sich aufgelöst. Ihm war klar, dass dies Leandra bewirkt haben musste.

Nichts mehr hatte ihn halten können, in diesem Augenblick loszurennen, um nach ihr zu suchen. Meakeiok hatte ihm den Weg gewiesen – er war in die Lüfte aufgestiegen und nach vorn geschossen, obwohl der Regen noch immer machtvoll herabprasselte. Als Victor über den Platz nach Norden hastete, war ihm eine Flut von Gefühlen durch den Kopf geschossen – die furchtbare Sorge, dass ihr etwas passiert war, ebenso wie die Bewunderung für den unfassbaren Mut dieses Mädchens. Er war gerannt wie noch nie in seinem Leben; riesige Pfützen und herumliegende Brocken hatte er wie im Flug übersprungen, war dann die weiten, flachen Stufen hinaufgerast und hatte schließlich den Platz vor dem verfallenen Gebäudekomplex erreicht.

Meakeiok war schon auf der Mitte des Platzes gelandet – und dann sah er sie, so klein wie ein Punkt, zusammengesunken auf dem Pflaster, unendlich verloren inmitten dieser monströsen Architektur. Er rannte weiter, so schnell er konnte, und je näher er kam, desto größer wurde seine Verwunderung, denn er erkannte, dass sie völlig nackt war.

Als er sie erreichte, wurde ihm klar, dass sie sich vor dem gewaltigen Ulfa völlig entblößt hatte, um ihm ihre bedingungslose Unterwerfung zu zeigen. Wahrscheinlich hatte sie ihn um Vergebung gebeten – er konnte es nur vermuten. Einen anderen Grund für ihr Verhalten konnte er sich nicht vorstellen.

Er warf sich über sie, versuchte sie zu schützen und zu wärmen. Sie war besinnungslos, atmete aber noch flach. Ihre Haut, die in den gelegentlichen Blitzen aufleuchtete, war bleich und fahl, blau angelaufene Stellen deuteten auf Unterkühlung hin. Er weinte vor Angst, dass sie ihm unter den Händen sterben könnte, und schrie verzweifelt nach Munuel. Allein der Magier würde sie jetzt noch retten können.

Er zog seine nasse Jacke aus und breitete sie über sie, schrie wieder nach Munuel und dachte verzweifelt nach, was er tun könnte. Der Magier würde noch Minuten brauchen, bis er hier wäre; er war alt und konnte bei weitem nicht so schnell laufen wie er. Möglicherweise fand er sie gar nicht schnell genug.

»Hol den Magier, Drache!«, schrie Victor zu Meakeiok auf in der Hoffnung, das Tier könnte ihn verstehen.

Doch Meakeiok reagierte sofort. Mit einer einzigen Bewegung schnellte er in die Luft und rauschte mit gewaltigen Flügelschlägen davon.

Doch die Hilfe kam noch schneller, als Victor erwartet hatte. Gleich darauf war noch mehr Flügelrauschen zu vernehmen. Victor blickte durch den nachlassenden Regen zum Himmel auf und erkannte ein halbes Dutzend Drachen über sich. Von allen Seiten kamen noch mehr hinzu, und gleich darauf landete Leandras Drache Tirao in unmittelbarer Nähe, auf seinem Rücken Munuel und Tharlas.

Die beiden stürzten herbei, und während Munuel sich zu Leandra hinkniete, konzentrierte sich Tharlas bereits. Keine Sekunde später bemerkte Victor eine starke Aura der Wärme, die Leandra einzuhüllen begann. Er erkannte, dass er nun nichts mehr tun konnte – mächtige Magie war am Zuge, und Hoffnung keimte in ihm auf.

Als er auf sie herabblickte, wie sie nackt und schutzlos in den Regenbächen lag – die Haare durchweicht und schmutzig, die Haut bleich –, da empfand er sie wohl zum hundertsten Male als unbeschreiblich schön. Er war verwundert über diese Regung, denn in diesem Augenblick sah sie wahrlich mehr tot als lebendig aus. Er hätte seinen rechten Arm dafür gegeben, sie jetzt halten und wärmen zu dürfen. Aber es war klar, dass die magischen Kräfte von Tharlas und Munuel jetzt viel wichtiger waren.

Nachdem die Magier sagten, dass sie durchkommen würde, war er losgerannt und hatte schließlich an einem flachen Gebäude ein dunkles Quadrat entdeckt – ein Zugang zu einem dahinterliegenden Raum. Dort hatten sie Unterschlupf gefunden und ihre Ausrüstung und Decken mit magischer Hilfe getrocknet. Er hatte sich persönlich davon überzeugt, dass Leandra warm und trocken lag und alles hatte, um schnell wieder genesen zu können. Das war vor etwa sieben Stunden gewesen. Nun herrschte tiefe Nacht über den Tempeln von Bor Akramoria.

Seufzend wandte er sich um und blickte zu dem länglichen Sonnenfenster weit im Westen auf. Der Mond musste seitlich davon stehen, sein gelblicher Schein sickerte wie ein Trost zu ihm herab. Ihm war gar nicht nach Schlafen zumute. Leandra ging ihm nicht aus dem Kopf, und die Sorge um ihre Gesundheit.

Dann hörte er plötzlich ein Räuspern hinter sich.

*

»Leandra!«, stieß er hervor, als er erkannte, wer sich da hinter ihm angeschlichen hatte. Er fuhr in die Höhe. »Um Himmels willen! Du musst dich hinlegen! Du bist doch …!«

»Lass gut sein. Mir geht es prächtig!«, sagte sie leise und drückte ihn an der Schulter auf seinen Platz nieder. Dabei allerdings erhaschte er einen Blick unter die Decken, die sie sich übergeworfen hatte und mit einer Hand vor der Brust zusammenhielt. Er schluckte.

»Du bist wieder in Ordnung?«, fragte er. »Bist du sicher?«

Sie ging vor ihm in die Hocke. »Ja«, flüsterte sie. »Vollkommen. Wie lange hab ich denn geschlafen?«

Er blickte zum Himmel auf und taxierte den Mond hinter dem Sonnenfenster. »Ungefähr sieben Stunden«, sagte er. »Vielleicht acht …«

»Pssst!«, zischte sie und legte den Finger an den Mund. »Sei doch leise! Die anderen schlafen!«

»Ja«, erwiderte er verdattert. »Aber wir sollten Munuel wecken, damit er nach dir sieht …«

Sie verzog das Gesicht. »Nein, nein!« Sie schüttelte energisch den Kopf. »Nicht Munuel! Nein, ich …!«

»Was ist denn? Hast du Hunger? Oder Durst? Ich könnte …«

Die Art, wie sie nickte und ihn dabei ansah, ließ ihn stocken.

»Hunger oder Durst … na ja, so ähnlich könnte man sagen …«

Sie griff mit der freien Rechten nach dem Zipfel des Deckenberges über ihren Schultern, hob ihn dann rechts und links ein ganzes Stück an und rückte ihn über ihrer Schulter wieder zurecht. Für drei lange Sekunden gewährte sie ihm unverhohlenen Einblick in das, was darunterlag.

Victor erschauerte. Das warme Mondlicht hatte ihren Körper für Momente auf magische Weise in einer Art beleuchtet, die seinen Atem plötzlich stoßweise gehen ließ.

Er schluckte heftig und versuchte, seine Bestürzung zu verbergen.

Sie erhob sich.

»Es ist schön warm«, stellte sie mit sehr weich gewordener Stimme fest. Sie blickte sich um und sah in den Raum hinein, als wolle sie sich überzeugen, dass drinnen alles ruhig war.

Dann sah sie ihn an. Ihre Augen funkelten ein wenig und drückten so etwas wie kühne Entschlossenheit aus. Sie lächelte zaghaft. »Komm, wir gehen ein Stück spazieren!«

Sie nahm wieder beide Deckenzipfel in eine Hand, zog ihn mit der freien Hand hoch und hakte sich bei ihm unter. Das ging nicht, ohne dass sie dabei ihren Körper halb entblößte. Betroffen sah er zu Boden, ließ sich aber von ihr führen.

Sie schlenderten einige Schritte, und er bemerkte, dass sie nicht minder schwer atmete. Und überhaupt – wozu hatte sie dermaßen viele Decken dabei? Jetzt, nachdem des Unwetter vorbei war, hatte sich warme Luft über Unifar ausgebreitet; eine einzelne Decke hätte genügt.

»Leandra, ich …«, begann er stotternd.

Sie blieb stehen, sah ihn nicht gleich an, atmete tief ein und blickte dann zu ihm auf. »Ich schlage vor, du kommst jetzt einfach mit und hältst den Mund, ja?«, flüsterte sie mit rauer Stimme. Darin vermeinte er auch einen warnenden Tonfall vernommen zu haben, als habe er schlicht und einfach zu gehorchen.

Trotz seiner Beklemmung hielt er wirklich den Mund. Er verließ seinen Posten, was ein Vergehen war, er nahm Leandras Aussage hin, dass sie in Ordnung wäre, was Munuel gewiss zu Wutausbrüchen getrieben hätte, und er unterdrückte seine Angst, dass er vor lauter Aufregung vielleicht versagen könnte.

Er hielt einfach den Mund und ließ sich von ihr fortziehen.

Sie liefen eine Minute an einer hohen Mauer entlang,

und er blickte verlegen über die Schulter, ob er wenigstens den Zugang zu dem Raum im Blickwinkel behalten könnte. Aber selbst wenn der Zugang zwei Schritte vor seiner Nase gewesen wäre, hätte das wohl keinen Unterschied mehr gemacht. Leandra war sehr geschäftig – sie schien zu allem entschlossen zu sein. Sie erspähte einen großen Baum, der irgendwo an einer Mauer das Pflaster des Platzes durchbrochen hatte, und zog ihn dorthin. Dann standen sie darunter, und das Mondlicht strahlte mit ein paar winzigen Lichtspeeren durch das Blätterdach. Trotzdem konnte er fabelhaft sehen.

Sie wandte sich ihm zu, und die Decken glitten über ihre Schulter herab. Ihr Brustkorb hob und senkte sich in schwerem Rhythmus. Die wenigen Sekunden, die sie so verharrte, rangen ihm ein hilfloses Stöhnen ab.

»Ich brauch dich jetzt«, keuchte sie und schlang die Arme um seinen Hals.

Dann wurde seine Angst von einem heftigen Verlangen vertrieben. Er konnte die Hitze ihres Körpers durch seine Kleider spüren. Er umarmte sie und gab sich ihren Küssen hin. Sie war ein sehr schlankes Mädchen, aber die Kraft, die sie in diesem Augenblick entfaltete, war beängstigend.

Sie küsste ihn mit verlangender Heftigkeit und zerrte dabei an seinen Kleidern. Aber sie musste das Küssen bald wieder unterbrechen, um Luft zu holen. Ihm ging es nicht anders. Irgendwie war er dann seine Kleider losgeworden, und sie sanken zu Boden. Für den Moment ging ihm alles beinahe zu schnell, am liebsten hätte er sie jetzt einfach nur eine Weile betrachtet – so schön war sie in diesen wenigen Augenblicken im Mondlicht gewesen.

Aber sie ließ ihm keine Wahl, drängte sich ihm heftig entgegen. Er gab alle Vorstellung von einem zärtlichen Liebesspiel auf.

Sie verbrachten fast eine halbe Stunde in heftiger Umklammerung miteinander, und Victor konnte nachher gar nicht mehr sagen, was sie während dieser Zeit alles getan hatten. Schließlich war er völlig außer Atem und sank erschöpft zurück. Leandra zog die übrigen Decken heran, warf sie über sich und ihn und kuschelte sich eng an ihn. Er stieß einen glücklichen Seufzer aus und schloss die Augen. Eine Weile lagen sie vollkommen still da.

Seine Gedanken fingen wieder an zu arbeiten. Obwohl die Welt im Moment nicht schöner für ihn hätte sein können, keimten langsam leise Zweifel in ihm auf. Um die aufkommende Trübsinnigkeit nicht zuzulassen, klammerte er sich an sie. Er sehnte sich nach ihrer Wärme und Liebe, aber er spürte, dass es eigentlich nur um die Befriedigung ihrer Lust gegangen war. Das Erlebnis war aufregend genug gewesen, aber als sie in seinen Armen lag, stieg die Befürchtung in ihm auf, dass sie ihn wieder verstoßen könnte. Dann klammerten sich seine Gedanken daran fest, dass sie eigentlich Jacko hätte wählen müssen, wenn es nur um die pure Lust gegangen wäre. Mochte sie ihn, Victor, vielleicht doch mehr, als sie zugeben wollte …?

»Was ist, Victor?«, fragte sie leise.

»Es war schön«, antwortete er.

Sie erwiderte eine Weile nichts, dann sagte sie: »Kann ich dich etwas fragen?«

»Natürlich.«

»Liebst du mich?«

Seine Antwort auf diese Frage, das spürte er spontan, würde alles entscheiden. »Kein bisschen«, erwiderte er mit gespielter Gelassenheit und war schon in diesem Augenblick froh über seine Antwort. »Es ist nur …«

»Was denn?«

»Du bist so schön. Das bringt mich so durcheinander, weißt du?«

Sie ließ ein kleines Lachen hören und schmiegte sich fester an ihn.

36 ♦ Canimbra

Victor musste sich strecken, um die Fackel entgegenzunehmen, die ihm Jacko gerade heraufreichte. Er reichte sie weiter zu Munuel, der noch ein Stück höher stand, drehte sich dann wieder um und nahm die nächste entgegen.

Sie hatten sich dazu entschieden, kein magisches Licht zu machen, obwohl es hier sicher praktischer gewesen wäre. Aber sie verließen nun die relative Sicherheit der Tempelstadt und stiegen über ein System von geborstenen Treppen und Durchgängen in den Haupttrakt des Tempels hinauf. Niemand wusste, was sie dort erwarten mochte, und falls es etwas gab, das sich gegen sie stellte, wollten sie so lange wie möglich unbemerkt bleiben.

Victor blickte hinauf zu Leandra, die vorausgegangen war. Sie hatte den Yhalmudt bei sich und sollte versuchen, zusammen mit ihm und der Jambala die Canimbra aufzuspüren, die sich nach Munuels Überzeugung in unmittelbarer Nähe befinden musste. Wie von einer geheimnisvollen Kraft getrieben, stieß Leandra immer tiefer in das undurchschaubare Gewirr von eingestürzten Wänden, Mauern, Gängen und Treppenfluchten vor. Inzwischen glaubte auch Victor, dass es sie tatsächlich in eine bestimmte Richtung zog.

Sie stand dort oben, hielt die Rechte auf dem Griff der Jambala und in der anderen Hand den Yhalmudt. Sie wirkte sehr konzentriert, nahm keine Notiz von irgendetwas anderem. Schon gar nicht von ihm.

Ein schmerzliches Gefühl hielt ihn schon den ganzen Morgen in seinem kalten Griff. Es war genau so gekommen, wie er es befürchtet hatte: Sie waren letzte Nacht noch eng umschlungen zurück zu ihrem Lager gegangen, und er hatte einen letzten Kuss von ihr bekommen. Am Morgen war alles wie weggewischt. Sie war nicht unfreundlich gewesen, hatte ihn aber fast völlig ignoriert. Ihre Laune war bestens, sie hatte den anderen von ihrer Begegnung mit dem Drachen berichtet, hatte jedem versichert, dass es ihr wieder besser ging, mit den anderen Männern gescherzt – aber ihm hatte sie kaum einen Blick geschenkt.

Es tat weh, sie nicht umarmen zu dürfen, ihr nicht sagen zu können, wie sehr er sie liebte. Die anderen sprachen ihn an, was mit ihm wäre; er grunzte nur, war unfähig, den gut gelaunten, fröhlichen Victor zu spielen, der er sonst immer war. Eine schreckliche Situation. Er war heilfroh, als sie dann aufbrachen und sich einer anderen Sache zuwandten, auf die er sich konzentrieren konnte. Seine Wehmut hatte er in Verbissenheit umgemünzt, und nun war er grimmig entschlossen, jeden Widersacher, der sich ihnen in den Weg stellen wollte, mit seinem Tharuler Schwert in kleine Stücke zu hauen.

»Aufgepasst!«, erklang Jackos Stimme. Victor folgte rasch seinem deutenden Finger, und gleich darauf sah er es.

Es war irgendein Tier, so groß wie ein kleiner Hund, das hinter einem Trümmerblock hockte. Es war oben bei Leandra. Sie stand auf ebenem Boden in einer flachen Halle, die in die Ferne führte – wohin, das wusste niemand. Leise klirrend zog sie die Jambala und machte sich für einen Angriff bereit. Er wäre am liebsten zu ihr hinauf gestürzt, aber er wollte sich nicht lächerlich machen. Sie wirkte kühl und kaum beunruhigt; irgendeiner übergroßen Kakerlake mit ihrer Jambala den Garaus zu machen, dazu bedurfte es nicht seiner Hilfe.

Plötzlich aber waren noch ein paar andere dieser Tiere zu sehen – und insgeheim hieß er sie willkommen. Er befand sich nicht viel tiefer als Leandra, und die Augen der Biester funkelten aus der Dunkelheit zu ihm herab. Es waren genug, dass Leandra Hilfe brauchen konnte, falls sie angriffen – Jambala hin oder her. Er schwang sich zu Munuel hinauf, machte einen großen Satz und stand zwei Sekunden später bei ihr, das Schwert bereits gezogen.

Leandra warf ihm einen neugierigen Blick zu, wandte sich dann aber wieder den Tieren zu. Victor trug eine neue Fackel und hielt sie in die Höhe, um besser sehen zu können. Das wirkte Wunder. Ein halbes Dutzend dieser Wesen, die sich in der Nähe aufhielten, huschte davon, ein weiteres halbes Dutzend, das etwas entfernter lauerte, tat das Gleiche. Sie hatten etwas Rattenartiges an sich, mehr war nicht zu erkennen. Sekunden später waren sie in der Dunkelheit verschwunden.

Leandra richtete sich aus ihrer verteidigungsbereiten Haltung wieder auf und schenkte ihm einen Blick, der so ziemlich gar nichts ausdrückte, außer vielleicht einem Hauch von Bedauern. Sie schob die Jambala in die Scheide, machte einen Schritt auf ihn zu und gab ihm einen leichten Knuff in die Seite. Dann nahm sie ihm die Fackel aus der Hand und wandte sich nach links.

Victor schnaufte leise und sah ihr hinterher. Diese kleine Berührung, die sie ihm gerade geschenkt hatte, hätte er nicht für viel Geld wieder hergeben wollen. Er stieß einen leisen Seufzer aus.

»Was ist los mit dir?«, flüsterte Munuel ihm aus nächster Nähe zu und drückte ihm eine neue Fackel in die noch immer erhobene Hand. »Verliebt?«

Er schenkte Munuel einen säuerlichen Blick, sagte aber nichts. Der Magier setzte einen höchst belustigten Gesichtsausdruck auf und stieß ein leises Kichern hervor. Er hob den Zeigefinger. »Gib auf dich Acht, Junge. Dieses Mädchen kann einen um den Verstand bringen. Ich weiß, wovon ich rede!«

Damit marschierte er weiter, folgte Leandra in die

Dunkelheit. Ja, Munuel hatte wohl Recht. Aber immerhin – es wäre bestimmt die schönste Art, den Verstand zu verlieren.

*

Es dauerte nur noch kurze Zeit, dann waren sie am Ziel. Das Auffinden der Canimbra ging wesentlich undramatischer vonstatten, als er es sich vorgestellt hatte. Das Artefakt selbst aber gab dafür umso mehr Rätsel auf.

Zuerst erkannten sie es gar nicht. Nicht er und auch kein anderer der Gruppe.

Sie betraten eine große Halle, die eine Menge hoher Fenster besaß, die alle nach Osten wiesen. Man sah zuerst nur den Himmel, und Neugier packte jeden Einzelnen von ihnen. Schnell durchmaßen sie die Halle, um auf der anderen Seite einen Blick durch die Fenster zu werfen.

Als Victor dann in die Tiefe sah, dachte er, dass diese Fenster wohl einzigartig auf der ganzen Welt waren. Wo sonst konnte man schon über drei Meilen tief auf einen gewaltigen See hinabblicken, an dessen einem Ende eine nicht mehr vorstellbare Masse von Wasser herabdonnerte und eine meilenweite Aura von Wasserdunst aufwirbelte, in dem sich das einfallende Licht der verschiedenen Sonnenfenster zu vielen kleinen und großen Regenbögen brach, die in all ihren Farben heraufschillerten. Ein Ende des Sees war nicht zu erkennen, nur vereinzelte Felspfeiler von gewaltigen Ausmaßen schälten sich aus der milchigen Ferne. Für Minuten stand er da und bewunderte kopfschüttelnd das grandiose Schauspiel. Dann hörte er durch das entfernte Donnern der Wassermassen, das stetig heraufdrang, Leandras Stimme.

Sie hatte die Jambala gezogen und hielt sie vor sich in die Höhe, in der anderen Hand den Yhalmudt haltend. »Sie muss hier irgendwo sein«, sagte sie leise.

Victor wandte sich um und betrachtete die Halle. Sie

war so groß wie ein Thronsaal; hoch, weit und mit einem komplizierten System von Strebebögen unter der Decke. Es war hell, und man konnte so gut wie jede Einzelheit erkennen. Mobiliar gab es hier längst nicht mehr, aber an den fein bearbeiteten Steinen, aus denen die Mauern gefügt waren, ließ sich leicht erkennen, dass hier einst die höheren Schichten der Bevölkerung verkehrt hatten. Zu welchem Zweck Bor Akramoria einst errichtet worden war, konnte niemand von ihnen sagen; allein die exponierte Lage der Tempelstadt ließ darauf schließen, dass es ein ganz besonderer Ort gewesen sein musste.

Victor trat zu Leandra, dankbar dafür, einen Grund zu haben, sich ihr ein wenig nähern zu können. Es war warm, und sie trug ihre Kleidung offen; unter dem metalldurchwirkten Lederwams schimmerte ihr Kettenhemd hervor. Er starrte sehnsüchtig auf die weiche Kurve ihrer Brüste und den flachen Bauch. Er atmete heftig, woraufhin sie ihn prüfend anblickte.

»Sie ist hier?«, fragte er schnell. »Äh … wo denn?«

Belustigt schüttelte sie den Kopf. »Ich weiß nicht. Hier irgendwo.«

Victor sah sich mit ernsten Blicken um und kam sich unsagbar dämlich vor. Das einzig ungewöhnliche Merkmal in diesem Raum war ein sechseckiger Sockel in der Mitte, auf dem ein verstaubtes, mittelgroßes, fassähnliches Gebilde lag.

Munuel hatte sich dem Sockel bereits mit gerunzelter Stirn genähert, und Leandra schritt nun auch hin. Victor folgte ihnen. Der Sockel war etwa eineinhalb Ellen hoch und bestand aus grauem Stein. Auf jeder seiner sechs Flächen, die nach außen hin zeigten, war ein kompliziertes Symbol eingemeißelt, das Victor nicht zu deuten vermochte.

Munuel hatte die Symbole lange Zeit betrachtet, dann aber das Gebilde auf dem Sockel wieder in Augenschein genommen. »Ich weiß nicht recht …«, murmelte er und strich sich nachdenklich über das bärtige Kinn.

Leandra war nun bei ihm und beobachtete eine Weile die Jambala in ihrer Hand. »Das muss es sein«, sagte sie dann.

Tharlas trat hinzu. »Das?«, fragte er ungläubig.

Leandra nickte. »Ja. Ich spüre es durch die Jambala und den Yhalmudt.«

»Was soll das sein?«, fragte Jacko und betrachtete das Objekt.

Mehrere Mitglieder der Gruppe taten ihre Unschlüssigkeit durch Achselzucken und Grunzen kund.

»Blödsinn!«, stellte Jacko fest. »Das ist nur altes Gerümpel!«

Munuel hob die Hand. »Wartet! Vielleicht ist die Canimbra da drin! Das Ding hier ist offenbar aus Holz. Es müsste schon seit tausend Jahren verrottet sein!«

Victor hatte das Objekt bereits mehrere Male umkreist, und ihm war eine Vermutung gekommen. Er wollte sie aber noch nicht äußern. Das Ding lag auf der Seite, war rund, hatte tatsächlich die leicht bauchige Form eines Fasses und war dort, wo die Ober- und die Unterseite sein musste, offenbar mit Deckeln verschlossen. Es war tatsächlich aus Holz, nur woraus diese Deckel bestanden, das war ihm noch nicht klar.

»Die Canimbra muss so etwas wie eine Waffe sein!«, sagte Hennor nachdrücklich. »Nicht so ein … Bottich!«

»Woher weißt du das?«, fragte Munuel nachdenklich. »Schau nur, der Yhalmudt ist auch nur eine kleine Muschel!«

Victor trat hinzu und tippte mit einem Finger gegen einen der Deckel. Staub rieselte herab, und darunter kam eine kupferne Farbe zu Vorschein. Ein leiser, aber tiefer und tragender Ton war erklungen.

»Es ist eine Trommel«, sagte er.

»Eine … *Trommel?*«, ächzten Tharlas, Hennor und Jacko im Chor.

Victor richtete sich auf in der Gewissheit, Recht zu

haben. »Ja, eine Trommel. Ich tippe auf Drachenhaut. Seht euch die Farbe des Fells an. Und es riecht wie ein Drache, würde ich sagen. Versteht ihr?«

»Der Junge hat Recht!«, rief Munuel aus. »Habt ihr es nicht gemerkt? Das Trivocum? Es gab ein Echo!« Er beugte sich vor und schnippte mit dem Finger gegen die Stelle, die Victor zuvor berührt hatte. Wieder erklang der Ton, diesmal kräftiger. Den Gesichtern der vier anwesenden Magier war anzusehen, dass sie alle das Echo wahrnahmen. Victor hätte etwas darum gegeben, dieses geheimnisvolle Trivocum jetzt beobachten zu können.

»Du hast Recht!«, rief Tharlas aus und wiederholte seinerseits den Versuch.

Wieder stand in den Gesichtern der Magier das Erkennen geschrieben.

»Die Canimbra soll der Legende nach die Eigenschaft haben«, sagte Munuel mit erhobenem Finger, »das Trivocum zu stabilisieren! Achtet einmal auf die Färbung, wenn ich …«

Und damit schnippte er abermals das Trommelfell an, und nun ging das Verstehen in den Zügen der Magier auf wie der silberne Mond in einer lauen Sommernacht.

»Ja, es wird gelblich!«, rief Hennor aus. »Tatsächlich!«

Sie experimentierten noch eine Weile herum. Victor verzog das Gesicht aus Enttäuschung, an diesem Phänomen nicht teilhaben zu können. Die Magier waren regelrecht begeistert, auch Leandra beteiligte sich an den Versuchen. Dann nahmen sie vorsichtig die Canimbra vom Sockel herunter und begannen sie genauestens zu untersuchen.

»Für eine Trommel verwendet man gewöhnlich, äh … Schlagstöcke!«, sagte Victor irgendwann.

Fünf erstaunte Gesichter blickten ihn an, dann rief Tharlas: »Natürlich, der Junge hat Recht! Äh …« Tharlas betrachtete die Canimbra forschend, danach ihn. »Würdest du vielleicht nachsehen, ob du unten in der Tempelstadt irgendwelche … Holzstöcke finden kannst? Von Bäumen …? Du weißt schon!«

Victor seufzte.

»Na gut, ich will sehen, was ich finden kann.«

*

Leandra entschloss sich überraschend, ihn zu begleiten. Plötzlich war er gar nicht mehr so unglücklich, fortgeschickt worden zu sein. Ohne miteinander zu reden, kletterten sie über die zerstörten Treppen und durch halb eingestürzte Gänge hinab, und Victor überlegte, ob er jetzt die Gelegenheit nutzen sollte, mit ihr zu reden. Er erinnerte sich an die letzte Nacht und war sich mit einem Mal sicher, dass ein solches Erlebnis nicht so leicht wegzuwischen war. Es war einfach zu schön gewesen, um nicht wahr werden zu dürfen.

Dann erkannte er plötzlich, dass er die alte Weisheit zu seinen Gunsten verdreht hatte. Mit wachsender Beklemmung kletterte er weiter, bis sie schließlich den Platz vor dem Tempel erreicht hatten. Leandra kam zu ihm und hakte sich bei ihm unter. Das momentane Glücksgefühl verwandelte sich schon nach kurzer Zeit in einen unheilschwangeren Zwiespalt.

»Ich muss mit dir reden«, sagte sie.

Er erwiderte nichts, starrte nur auf den Boden vor sich, während sie langsam den Platz überquerten.

»Ich kann nicht mit dir zusammen sein«, sagte sie mit trauriger Stimme.

Ein furchtbarer Kloß entstand in seiner Kehle. »So?«, würgte er hervor.

Sie blickte zu ihm auf und studierte sein Gesicht. Er hatte das Gefühl, dass mit einem Schlag sein ganzes Leben seinen Sinn verloren hätte. Eine Träne rann seine Wange herab.

»Ach, Victor!«, hauchte sie, blieb stehen, zog ihn an sich heran und umarmte ihn.

Er war unfähig, irgendetwas zu tun oder zu sagen, und bewegte sich nicht. Er wagte nicht, ihre Umarmung zu erwidern; hatte Angst, mit auch nur der winzigsten Bewegung irgendetwas zu zerdrücken oder zu zerstören.

Sie schien aber auf irgendetwas von ihm zu warten, denn sie fuhr nicht fort. Damit war klar, dass seine nächsten Worte die Sache auflösen würden, egal, was er sagte.

»Ich liebe dich«, brachte er mühselig hervor – denn wenn schon alles vorbei war, wollte er ihr wenigstens das noch gesagt haben.

Sie löste sich von ihm. »Irgendwie liebe ich dich auch«, sagte sie und blickte zu Boden. »Aber …«

Victor wusste genau, was sie meinte, und er war plötzlich unendlich dankbar, dass sie das gesagt hatte. Es war ein liebevoller Dank für die wundervolle kurze Begegnung, die sie gehabt hatten, und es war ihm ein großer Trost. Dafür liebte er sie nur umso mehr, und er hatte das wohltuende Gefühl, dass sie alles wert war, was er ihr an Gefühlen entgegengebracht hatte. Einen Augenblick später kam ihm der Gedanke, dass er vielleicht doch noch einmal eine Chance haben könnte; irgendwann, vielleicht in hundert oder in tausend Jahren, und diese Chance wollte er sich unbedingt bewahren.

»Komm«, sagte er und zwang sich mit aller Macht, seine Gefühle zu beherrschen. »Die Magier da oben warten schon auf ihre Trommelstöcke!« Er zog sie am Unterarm mit sich, ließ sie aber gleich wieder los und marschierte zielstrebig auf einen abgestorbenen Busch zu, den er in der Nähe erspäht hatte. Kaum war er von ihr abgewandt, brach eine sekundenlange, heftige Tränenflut aus ihm hervor. Aber bis Leandra ihn wieder eingeholt hatte, war sie schon vorbei, und er wischte sich die Feuchtigkeit mit einem staubigen Handrücken aus dem Gesicht.

»Schau mal!«, rief sie munter und hüpfte auf einen

Haufen totes Holz zu, das am Boden lag. Er rang sich ein Lächeln ab.

Sie bückte sich, hob ein paar passende Holzstücke auf und wandte sich ihm zu. Für Momente stand sie vor ihm, studierte seine tränenfeuchten Wangen und sein Gesicht, das ein mühevolles, aber tapferes Lächeln zeigte, und drückte ihm dann das Holz in die Arme. Sie wischte ihm entschlossen mit beiden Händen die Tränen aus dem Gesicht, küsste ihn dann kräftig auf den Mund und schenkte ihm ein strahlendes Lächeln.

Obwohl jetzt alles vorbei war, war sich Victor sicher, dass es auf der ganzen Welt keine wundervollere Frau geben konnte als Leandra.

*

Zehn Minuten später waren sie zurück bei ihren Gefährten.

Leandra war froh, dass sie die Sache mit Victor hinter sich gebracht hatte, und sie war auch irgendwie traurig. Sie fragte sich, warum sie sich einer Beziehung mit ihm widersetzte. Victor war klug, gebildeter als die meisten anderen Männer, besaß Humor, Anstand und Höflichkeit und war gewiss ein sehr zärtlicher Liebhaber. Sie hätte nicht sagen können, dass ihr die Nacht mit ihm weniger Lust bereitet hätte als die Begegnung mit Hellami. Dennoch gab es irgendetwas, das ihr verbot, mit ihm eine Bindung einzugehen – und das machte sie ein wenig traurig. Wahrscheinlich lag es an ihr selber.

Sie seufzte. Das war leider keine sehr erbauliche Erkenntnis.

Dann verdrängte sie ihre Gedanken energisch und konzentrierte sich auf das, was jetzt wichtig war. Als sie in der Halle eintrafen, war das Studium der Canimbra schon fortgeschritten. Man hatte die Trommel vom Staub befreit und ausgiebig untersucht. Jetzt, da sie sauber war, sah man feine, im Holz eingelegte metallische Ziserlierungen. Die Canimbra hatte einen Durchmesser von etwa einer Elle und war ebenso tief – für ein Gerät, mit dem man in den Kampf ziehen wollte, also außerordentlich unhandlich. Immerhin besaß sie an der Seite mehrere Ösen, durch die man Lederbänder ziehen konnte, um sie besser tragen zu können. Die Felle mussten in der Tat aus Drachenhaut bestehen. Leandra hatte zwar noch nie welche gesehen, aber die Vermutung lag nahe. Die Haut besaß einen metallischen Schimmer in der Art von Kupfer, wenngleich ihr kein Geruch mehr anhaftete. Sie trat zu Munuel, der schon seit einer Weile schweigend abseits saß. Sie setzte sich zu ihm.

»Du bist sehr nachdenklich. Was ist?«

Munuel deutete zu dem Sockel, auf dem die Canimbra gelegen hatte. »Das Zeichen da!«, sagte er. »Es ist das Symbol von *Sardin*, und ich weiß nicht, was es hier zu suchen hat.«

»Sardin? Den Namen habe ich doch schon mal gehört! Was hat er zu bedeuten?«

»Sardin war das Oberhaupt der Bruderschaft von Yoor, damals vor zweitausend Jahren. Wir fanden das Symbol schon in Hegmafor vor dreißig Jahren. Nachdem ich es entschlüsselt hatte, hat es mich auf die Spur der Bruderschaft gebracht.«

»Und was ist an diesem Sardin so besonderes?«

Munuel spitzte nachdenklich die Lippen. »Es taucht mir zu oft auf, dieses Wort, verstehst du? Der Mann, der beim Gasthaus an der Morneschlucht von den Dunklen Wesen umgebracht wurde, rief es aus.«

Leandra gab sich erstaunt. »Wirklich?«

»Nun ja – Victor hörte es nicht richtig, weißt du? Er sagte, der Mann hätte vielleicht einen Frauennamen gerufen. Marie. Oder Charin!«

»Ah!«, machte Leandra gedehnt. »Sar-din, Cha-rin. Ja, das klingt ähnlich. Bist du eigentlich darauf gekommen, wer dieser Mann gewesen sein könnte?«

»Ich weiß es schon lange«, sagte Munuel. »Seit Victor ihn mir beschrieb.«

»Wirklich? Warum hast du nichts gesagt? Wer war es denn?«

»Lakorta.«

»Lakorta ...? Hm. Mir ist fast, als hätte ich den Namen schon mal gehört. Ist das nicht ein Gildenmagier gewesen?«

»Ganz recht, mein Kind. Lakorta müsste aber eigentlich im Turm der Stürme umgekommen sein, zwei Tage bevor wir damals Savalgor erreichten.«

Leandra verzog den Mund. Diese Dinge sagten ihr nicht viel.

»Lakorta war von Jockum ausgesandt worden, um vom Turm der Stürme aus den Palast zu beobachten. Ob sich dort jemand verbotener Magie bediente, verstehst du?«

Sie nickte.

»Dann wurde auf den Mann, der sich dort im Turm aufhielt, ein Dämon gehetzt. Er starb, wurde buchstäblich zerrissen. Aber es kann nicht Lakorta gewesen sein, denn ich bin sicher, dass es Lakorta war, den Victor am Gasthaus an der Morneschlucht sah.«

Leandra kratzte sich an der Nase. »Wenn Victor tatsächlich Lakorta gesehen hat«, folgerte sie, »dann muss er diesen Turm verlassen haben, ohne dass ihr es wusstet. Und wenn er dann auch noch von dem Totenzug gejagt wurde und das Wort ›Sardin‹ bei seinem Tod ausrief, dann ...«

Munuel nickte bestätigend. »Ja, da ist was faul. Sehr faul sogar. Ich habe mir das Zimmer im Turm der Stürme angesehen, wo Lakorta angeblich umkam. Aber es muss jemand anderes gewesen sein. Weißt du, was ich dort sah?«

Sie blickte ihn an, und er konnte fast hören, wie es in ihrem Gehirn tickerte. »Sardins Zeichen vielleicht?«, fragte sie.

Munuel schnaufte. Dieses Mädchen war ihm manchmal schon fast *zu* intelligent. »Du hast Recht, Prinzessin«, sagte er. »Der Sterbende muss es mit seiner blutigen Hand vor seinem Tod an die Wand geschmiert haben. Es war nicht allzu deutlich, aber ich habe es erkannt.«

Leandra schüttelte sich. »Das klingt *nicht* gut.«

»Ich fand auch in einem Buch aus von Jacklors Bibliothek Sardins Zeichen. Und nun hier.«

Leandra runzelte die Stirn. »Was schließt du daraus?«

Er kaute auf der Lippe. »Ich weiß nicht. Hier dürfte es schon seit zweitausend Jahren eingemeißelt sein. Aber an allen übrigen Orten, wo es auftauchte, war es eindeutig neueren Datums.«

Leandra lief ein Schauer über den Rücken. »Vielleicht ist es so etwas wie ein Siegel?«, fragte sie beunruhigt. »Ein Zeichen, mit dem sich die Mitglieder der Bruderschaft von Yoor verständigen.«

»Möglich, aber nicht wahrscheinlich«, entgegnete Munuel. »Der Tote im Turm und auch Lakorta dürften es kaum zur Verständigung benutzt haben. Es scheint mir eher eine Art … Hinweis zu sein.«

»Ein Hinweis? Worauf?«

Munuel stieß ein Geräusch aus, an dem Leandra seine Anspannung erkennen konnte. Sie versteifte sich unwillkürlich. »Du meinst … nein, das kann nicht sein! Dieser Kerl ist seit zweitausend Jahren tot!«

»Tja!«, sagte Munuel. »Kann man das wirklich wissen? Nach allem, was wir wissen, verfügt die Bruderschaft über ganz ungeheuerliche Mittel.«

Er stand auf und ließ sie in ihrer Bestürzung zurück.

»Ich habe mein geheimes Signal an Jockum über das Trivocum abgesandt«, erklärte er mit lauter Stimme, als er die Gefährten erreicht hatte, die sich um die Canimbra versammelt hatten. »Leandra und ich werden ihn in sieben Tagen in den Hügeln östlich von Hegmafor treffen. Ihn und … nun, seine Streitmacht. Wir können von

Glück sagen, dass wir die Drachen haben. Ohne sie könnten wir diesen Zeitplan niemals einhalten.«

Die Frage hing in der Luft, was es mit dieser Streitmacht auf sich hatte.

»Ihr dürft nicht vergessen«, sagte er, »dass die Verhältnisse in Savalgor schwierig sind. Die Gilde steht jetzt unter dem Verdacht, die Herrscherfamilie getötet zu haben. Ich weiß nicht, wie viele Männer Jockum noch zusammenbringen kann. Seine Streitmacht könnte unerfreulich klein sein.«

Tharlas nickte. »Ich werde dich begleiten«, sagte er. »Hennor ebenfalls – wir haben es bereits besprochen. Ich denke, ihr könnt jeden Mann gebrauchen, um gegen die Bruderschaft von Yoor anzukämpfen.«

Munuel verbeugte sich mit einem respektvollen Magiergruß vor ihm. »Ich danke dir, Tharlas. Und auch dir, Hennor. Ihr beide seid zweifellos eine wichtige Verstärkung für uns.«

Munuel wandte sich Jacko zu, der in seiner gewohnt lockeren Haltung dastand. »Es gibt nicht nur Aufgaben für Magier«, sagte er zu dem großen Krieger. »Wir brauchen auch Männer mit Mut und Geschick – und gute Strategen. In dieser Hinsicht bist du uns allen weit überlegen. Wirst du uns auch begleiten?«

Jacko schenkte Munuel sein großes Lächeln. »Wer könnte solchen Komplimenten widerstehen, Altmeister? Ja, ich denke, ich werde mitkommen – aber nur, wenn du versprichst, mich nachher wieder zusammenzuflicken.«

Nun war es an Munuel zu lächeln. »Ich glaube, das wird nicht nötig sein.«

Leandra fürchtete schon, Munuel würde Victor ganz vergessen. Aber das war weit gefehlt – er wandte sich mit einer ganz besonderen Geste an ihn. Er trat zu ihm und legte ihm die Hand auf die Schulter.

»Auf dich möchte ich am allerwenigsten verzichten, Victor«, sagte er. »Du hast uns mit deinem Mut und deiner Klugheit schon so oft vor dem Schlimmsten bewahrt, dass ich versucht bin, dich ...«, damit setzte er ein Lächeln auf, »... notfalls an den Haaren mitzuschleifen.«

Leandra sah, dass Victor diese Worte unendlich wohl taten. Er richtete sich auf und nickte. »Ja, natürlich komme ich mit!«

Munuel nickte befriedigt und wandte sich wieder der Gruppe zu.

»Gut. Ich bin zuversichtlich, dass uns die Drachen über den See und den Mogellwald hinweg nach Süden bringen werden. Wir könnten es sonst gar nicht schaffen. In diesem Fall gewinnen wir etwas Zeit, unser Weg nach Hegmafor wäre dann wohl in drei oder vier Tagen zu bewältigen. Es ist mir sehr recht, ein paar Tage vor Jockum dort zu sein. Wir können Hegmafor beobachten und uns einen Plan zurechtlegen.« Er machte eine nachdenkliche Pause. »Allerdings können wir die Beherrschung der Canimbra nicht erst dort erlernen. Ganz sicher würden unsere Feinde das bemerken. Deswegen ist hier ein guter Platz, Hunderte Meilen von Hegmafor entfernt.«

Er blickte in die Runde. »Ich schlage vor, dass du, Tharlas, dich mit der Canimbra beschäftigst. Ich hatte zwar dem Altmeister Ötzli, einem alten Kampfgenossen von mir, diese Rolle zugedacht, aber ich fürchte, gerade das wäre schlechterdings unmöglich. Wir würden ihn erst bei Hegmafor treffen.«

Tharlas nickte. »Gut, ich will es tun!«, sagte er.

Der alte Tharuler Magier setzte sich mit würdiger Geste auf eine Stufe, platzierte die Trommel zwischen seinen Beinen und betrachtete mit fachmännischen Blicken die beiden Holzstöcke. Dann schloss er die Augen, nahm das Trivocum in den Inneren Blick und schlug die Canimbra einmal an.

Leandra beeilte sich, selbst das Trivocum zu erspüren. Tharlas' Trommelschlag schickte eine Sphäre von Stabilität ins Trivocum. Außer den Rändern von Aurikeln gab es gewöhnlich keine Stellen in der magischen Grenzlinie, die einen helleren Farbton als hellrot annahmen – die Canimbra jedoch rief ganz eindeutig Sphären von gelblicher Verfärbung hervor. Niemand musste es Leandra erklären, sie spürte sofort, dass das Trivocum für Sekunden an diesen Stellen undurchlässig und stabil wurde.

»Das Besondere besteht darin«, erklärte Munuel mit höchst befriedigtem Gesichtausdruck, »dass die Canimbra offenbar unsere eigene Magie, die Elementarmagie, nicht gleichermaßen einschränkt. Wie ihr sicher gemerkt habt, ruft sie die gleiche gelbliche Verfärbung hervor, wie sie die Ränder unserer Aurikel besitzen. Sie ist also eine außerordentlich wirkungsvolle Verteidigungswaffe, die einen Angriff von unserer Seite her dennoch zulässt!«

»Das bedeutet aber doch«, warf Leandra ein, »dass sie nur gegen die rohen, bösen Magieformen wirksam ist, oder? Ich meine, wenn man uns mit Elementarmagie angreift, würde die Canimbra nicht allzu viel nützen.«

Munuel nickte. »Ganz recht, mein Kind. Aber dazu ist sie auch nicht gedacht. Ich bezweifle, dass uns die Bruderschaft mit Elementarmagie angreifen würde. Ich denke, wir wären ihnen da haushoch überlegen und würden gar keine Canimbra benötigen!«

Leandra nickte. Sie konzentrierte sich wieder auf das Trivocum.

Tharlas schlug nun mehrere schnelle Schläge, um dadurch, wie sie vermutete, eine dauerhafte Stabilisierung herbeizuführen. Je fester er schlug, desto größer wurde die Sphäre der Stabilität; schnell hatte sie sich über den sichtbaren Bereich des Trivocums ausgedehnt. Sie schätzte, dass bei einem kräftigen Trommelwirbel ein Bereich im weitem Umkreis zu stabilisieren wäre.

»Es geht nicht richtig«, sagte Tharlas nach einer Weile.

»Ja, ich sehe es«, sagte Munuel, der mit geschlossenen Augen dasaß. »Du musst gleichmäßiger schlagen, Tharlas!«

Der alte Tharuler Magier versuchte, Munuels Empfehlung zu folgen, aber nun sah es Leandra auch. Es war, als würde man nacheinander Steine in einen See werfen, und dort, wo sich die Wellenkreise trafen, entstanden Bereiche starker Verwerfungen.

»Warte!«, rief Munuel plötzlich und hob die Hand.

»Was denn?«

»Hast du es nicht gesehen? An den Überschneidungspunkten wird das Trivocum zunehmend instabil!«

Tharlas schlug weiter, leiser und langsamer, aber der Effekt blieb. Leandra erkannte bestürzt, dass sich dort Bereiche von tiefroter Farbe bildeten, und sie spürte förmlich die stygischen Kräfte, die dort herüberzuströmen begannen.

»Was ist das nur?«, fragte sie leise.

Munuel erwiderte nichts. Er saß in sich versunken da und dachte nach.

Hennor hatte sich zu Tharlas begeben und betrachtete nachdenklich das Trommelfell. »Vielleicht ist es die falsche Seite«, sagte er. »Du solltest sie drehen und es mit dem anderen Fell versuchen.«

Tharlas folgte der Empfehlung, aber das Ergebnis blieb gleich. Er schlug die Canimbra immer leiser an, um damit eine gefährliche Aufweichung des Trivocums an den Überschneidungspunkten zu vermeiden, aber schon nach kurzer Zeit zersetzte sich das Trivocum regelrecht an diesen Punkten.

Leandra schoss in die Höhe. »Hör auf, bei den Kräften!«, rief sie. »Siehst du es nicht?«

Tharlas stellte betroffen seine Bemühungen ein und schüttelte den Kopf. »Nein, Kind! Was meinst du denn nur?«

Leandras Herz hatte heftig zu klopfen begonnen. Sie überlegte, ob Tharlas vielleicht noch nie ein zerrissenes Stück Trivocum erblickt hatte – aber nein, das konnte eigentlich nicht sein. Vielleicht hatte er es tatsächlich nicht gesehen. Bei ihr jedenfalls schrillten die Alarmglocken in den höchsten Tönen, wenn sie Teile der Grenzlinie erblickte, die eine violette Färbung besaßen. Ohne nachzudenken, setzte sie ein Aurikel einer Erdmagie ins Trivocum, schob es über einen der aufgesprengten Risse und schloss es. Sie spürte, wie Munuel an anderen Stellen das Gleiche tat. Stygische Energien hatten zu fließen begonnen, aber zum Glück waren die Risse nur klein, und sie hatten sie bald wieder verschlossen.

»Es ... es tut mir Leid!«, stammelte Tharlas. »Ich hatte nicht auf die Ränder geachtet ... Ich war zu sehr mit den Sphären der Stabilisierung beschäftigt ...«

»Schon gut«, sagte Munuel und erhob sich. »Es ist ja nichts passiert.« Er schritt nachdenklich zu einem der Fenster und starrte hinaus. Einige der Drachen kreisten dort draußen und Leandra trat hinzu. »Denkst du, sie haben es bemerkt?«

»Darauf kannst du wetten. Die Drachen haben ein sehr feines Gespür. Sie wussten, dass sich die Canimbra hier befand – sie konnten sie sogar spüren, ohne dass sie angeschlagen wurde! Verdammt, was machen wir jetzt nur?«

»Denkst du, es geht nicht? Können wir sie nicht beherrschen?«

Munuel wandte sich ihr zu. »Du weißt genau, was ich glaube, oder?«

Leandra schlug die Augen nieder. »Ja. Die Canimbra lässt sich ebensowenig von *irgendjemandem* beherrschen wie die Jambala.«

Munuel nickte. »Mit dem Yhalmudt ist es ebenso. Was war ich für ein Narr, ihn damals dir zu geben. Er wäre für dich wertlos gewesen wie ein Stein. Zum Yhalmudt gehört das Büchlein des Darios und ein tiefes Verständnis für die Natur der stygischen Magie. Möglicherweise ist er nicht derart persönlich fixiert wie die Jambala, aber ... nun, ich denke, seine Beherrschung erfordert, wenn ich das mal so sagen darf, ein gewisses Maß an Reife.«

Er starrte zum Fenster hinaus, und Leandra beobachtete ihn von der Seite her. Sie wusste, dass er alles andere als eingebildet war – er hatte schlicht und einfach Recht. Reife bedeutete in diesem Fall mehr als nur Lebenserfahrung – eine gewisse Haltung dem Leben und der Welt gegenüber war ebenso wichtig. Toleranz vielleicht, Demut und die Fähigkeit, sich selbst immer wieder infrage zu stellen. Das waren Dinge, die Munuel auszeichneten. Durch den Besitz der Jambala hatte sie einiges über diese Dinge gelernt. Die Stygischen Artefakte waren nichts für Draufgänger und Ahnungslose, für blindwütige Weltverbesserer oder Machtbesessene. Und das war auch gut so. Leandra fühlte eine aufkommende Erleichterung darüber, dass diese mächtigen Relikte aus vergangener Zeit die Weigerung in sich trugen, sich von den falschen Personen benutzen zu lassen. So gesehen war es ein unerhörtes Kompliment für sie, dass sie nun die Trägerin der Jambala war.

Welche, so überlegte sie, konnten ihre *Qualitäten* sein, die die Jambala dazu bewogen hatten, sie als Trägerin zu akzeptieren? Bestimmt nicht, weil sie so hübsche Augen hatte. Sie wusste beim besten Willen keine Antwort, aber sie spürte die Gewissheit, dass ihr noch eine große Aufgabe bevorstand, sich in dieser Hinsicht selbst zu begreifen.

»Vielleicht sollte es Hennor einmal versuchen?«

Munuel blickte sie zweifelnd an. »Wir können es versuchen«, sagte er. »Aber ich verspreche mir nicht viel davon. Zu glauben, dass sich die erwählte Person ausgerechnet unter uns befinden sollte, ist schon sehr vermessen, findest du nicht?«

»Vielleicht ist es tatsächlich Ötzli?«

Munuel lachte spöttisch auf. Seine Verbitterung war unübersehbar. »Das halte ich für ausgeschlossen. Ich glaube, ich habe schon eine vage Vorstellung, *wie* diese Person sein müsste. Ötzli ist ein strenger, eitler Mann. Ein großer Magier und guter Freund, zweifellos, aber er ist ein Eiferer. Die Canimbra hingegen verlangt nach einem Menschen, der Harmonie, Bescheidenheit und Friedfertigkeit in sich vereint – verstehst du, was ich meine? Da wäre ja Victor noch besser geeignet als Ötzli!«

Leandra nickte niedergeschlagen. Es sah ganz so aus, als stünden sie vor einem unüberwindlichen Hindernis. Munuel hatte zum Angriff auf Hegmafor geblasen, und es mochte sein, dass innerhalb der nächsten zehn Jahre keine Person in dieser Welt zu finden war, die die Canimbra beherrschen konnte. Die falsche Person würde das Trivocum eher aufreißen als stabilisieren.

Leandra fluchte leise und wandte sich ab.

Munuel drehte sich um und seufzte schwer. Die Gefährten hatten sich mit Betroffenheit in den Gesichtern um Tharlas versammelt, der aufgestanden war. Die Canimbra lag zu seinen Füßen wie ein fremdes, gefährliches Objekt, das er nicht mehr zu berühren wagte.

»Meine Freunde, wir stehen vor einem riesigen Problem!«, sagte Munuel mit bebender Stimme. »Die Canimbra verlangt, wie auch die Jambala und der Yhalmudt, nach einer ganz speziellen Person. Es mag sein – nein, es ist sogar zu befürchten, dass wir diese Person in der Kürze der Zeit nicht mehr finden werden!«

Die Gefährten stöhnten auf.

»Ich habe sogar einen weiteren Verdacht. Der Umstand, dass die Canimbra hier seit zweitausend Jahren lag, scheint mir darauf hinzudeuten, dass es damals, als das Dunkle Zeitalter begann, keinen Träger gab. Ich habe das Gefühl, dass sie machtvoll genug gewesen wäre, den Zusammenbruch des Trivocums zu verhindern. Bislang habe ich den Fehler begangen, allein eine Vorstellung davon zu entwickeln, dass die *Summe* der Drei Stygischen Artefakte genug Macht ergäbe, um der Bruderschaft entgegenwirken zu können. Aber ich muss gestehen, dass mein Gedankengang sträflich dumm und unverantwortlich war. Es ist das *Zusammenwirken* der drei Artefakte, das die wirkliche Macht ergibt! Sie muss um ein Vielfaches höher sein als nur die Summe.«

Er begann langsam umherzuwandern und hatte dabei die Hände auf dem Rücken verschränkt.

»Jedes der drei Artefakte hat eine einzigartige Eigenschaft. Der Yhalmudt ist in der Lage, stärker als jedes andere Objekt oder Lebewesen im Diesseits weiße Energien zu bündeln und freizusetzen. Solche Energien allein wären möglicherweise imstande, das Trivocum zu vernichten. Da die Eigenart des Yhalmudt aber ausschließlich darin liegt, rein weiße Energien freizusetzen, ist das Trivocum letztlich doch nicht gefährdet. Das alles ist mir erst heute zu Bewusstsein gekommen, als mir die Gemeinsamkeiten zwischen den Farbspektren des Yhalmudt, unserer Aurikel und der Canimbra klar wurden.« Er breitete die Arme aus und wandte sich der Gruppe zu. »Ihr seht also, wie dumm und welch ein Kleingeist ich bin! Seit Jahren hätte mir das auffallen können, aber erst heute, da es zu spät ist, bin ich darauf gekommen.«

Niemand erwiderte etwas. Das Recht auf Selbstkritik konnte man ihm nicht nehmen, und es war keiner unter ihnen, der den Rang innegehabt hätte, es widerlegen zu können.

»Die Jambala ist von anderer Natur. Sie ist eine Waffe, die in der Lage ist, die komplexen Verwebungen stygischer Kräfte aufzutrennen, aus denen ein Dämon oder ein stygisch beeinflusstes Wesen besteht. Sie ist beinahe ein Sezierwerkzeug, jedoch eines, dem der Glaube an die Verschiedenartigkeit von Gut und Böse so sehr innewohnt wie einem Fisch die Sehnsucht nach Wasser.«

Einige der Zuhörer nickten beipflichtend.

»Die Canimbra schließlich«, sagte Munuel und seufzte schwer, »gehört zu diesen drei Artefakten unverzichtbar hinzu – jedenfalls dann, wenn es um große Aufgaben geht. Den Yhalmudt oder die Jambala einzusetzen ist eine Sache für sich, sie jedoch *gemeinsam* einzusetzen bedeutet einerseits, dass es einen unerhört starken Gegner geben muss, andererseits, dass sich zwei *Träger* an ein und demselben Ort aufhalten, was auf ein Ereignis von übergeordneter Wichtigkeit schließen lässt. Unsere Suche nach der Canimbra war deshalb das einzig Richtige, was wir tun konnten. Ich fürchte, die Jambala und der Yhalmudt dürfen gar nicht gemeinsam zum Einsatz gelangen, ohne dass die Canimbra dabei anwesend ist. Der dazugehörige Gegner deutet allzu sehr auf die Gefährlichkeit der Situation hin. Eine solche Auseinandersetzung darf man nur eingehen, wenn eine Gewähr dafür vorhanden ist, dass das Trivocum nicht zuammenbrechen kann.«

Tharlas war blass geworden. »Du meinst … dass die Gilde damals … im Grunde genommen selbst daran schuld war, dass das Trivocum zusammenbrach?«

Munuel nickte. »Ja, das wäre sehr gut möglich. Jeder, der einen Krieg führt, sollte sich überlegen, für *was* er ihn führt. Um nachher über eine Trümmerwüste voller Leichen und Ruinen gebieten zu können? Nein, das kann sicher nicht der Sinn sein!«

Die Gefährten nickten wieder.

»Ein Krieg ist nur dann vertretbar, wenn man den Menschen, von denen man ein unerträgliches Schicksal nehmen will, hernach auch eine *Zukunft* in Aussicht zu stellen vermag! Ich befürchte, dass die Herren Gildenmagier von damals vollkommen unverantwortlich handelten. Sie nahmen das Dunkle Zeitalter in Kauf! Dadurch trifft uns alle eine gewaltige Schuld!«

Die Stimmung in der Halle hatte sich in tiefste Depression verwandelt. Munuel hatte ohne Zweifel mit jedem seiner Worte Recht. Sie hatten gleichermaßen die Bedeutung, dass man die Bruderschaft keinesfalls angreifen *durfte,* wenn sich kein Träger für die Canimbra fand. Und das stand in der Tat weit jenseits von allem, was sich derzeit im Bereich der Wahrscheinlichkeit befand.

»Wir können und dürfen nicht wieder einen solchen Konflikt lostreten!«, rief Munuel mit Zorn in der Stimme, »wenn wir letztendlich nur ein Leichenfeld hinterlassen! Freiheit hin oder her – das Leben zählt! Ich möchte nicht entscheiden wollen, ob der Tod besser ist als die Unterdrückung, versteht ihr? Wo nur noch der Tod herrscht, da ist *gar nichts* mehr! Wo hingegen Unterdrückung herrscht, da ist wenigstens noch *Hoffnung!*« Er machte eine dramatische Pause. »Was ist nun besser, frage ich euch? Tod oder Hoffnung?«

37 ♦ Der Tempel von Yoor

Munuels Rede hatte sie alle in einem Zwiespalt der Ungewissheit und Niedergeschlagenheit zurückgelassen, schon weil sie eigentlich gar nicht nach Hegmafor aufbrechen konnten, denn dort würde es sonst gewiss zum Schlimmsten kommen. Ohne Zweifel hätte sich ein Dutzend von Besserwissern gefunden, die lauthals nach Vernichtung und Freiheit schrien; man hätte ihnen die Canimbra weggenommen und wäre damit geradewegs ins Verderben gerannt. Munuel und Leandra hätten ihre Mithilfe schon verweigern müssen, um diese Katastrophe aufzuhalten. Aber es hieß, vielleicht hunderte in den Tod rennen zu lassen. Die andere Möglichkeit hätte darin bestanden, dennoch mitzukämpfen, aber sie beinhaltete die ungeheuerliche Gefahr, das Trivocum abermals niederzureißen. Die Lage war ein einziges Dilemma. Wozu sollte man sich entscheiden? Die eigenen Freunde im Stich zu lassen – oder zusammen mit ihnen die Welt in den Abgrund zu reißen?

Tharlas hatte noch einige vorsichtige Versuche mit der Canimbra gewagt, ebenso Hennor und sogar Leandra und Munuel. Das Ergebnis blieb das Gleiche. Das Trivocum stabilisierte sich zuerst, nur um kurz darauf immer stärker werdende Verwerfungen zu erzeugen, die aufplatzten wie vertrocknete Haut, und gefährliche Energien fließen ließen. Mehrfach mussten sie die Risse wieder schließen.

Damit war der endgültige Beweis erbracht, dass die Canimbra nach einer bestimmten Person unter den Magiern verlangte. Wer das jedoch sein könnte, war im Augenblick eine vollkommen unlösbare Frage. Es konnte ebenso ein kleiner Dorfmagier irgendwo aus dem Inselreich von Chjant sein wie auch der alte Jockum persönlich. Ein Novize aus dem Kambrum möglicherweise oder vielleicht doch der Altmeister Ötzli. Wenngleich Munuel Letzteres für so gut wie ausgeschlossen hielt.

Tharlas trat zu ihm und sagte: »Munuel, wir müssen etwas tun. Ich bin dafür, wir bitten die Drachen, uns bis nach Hegmafor zu bringen. Wir könnten in drei Tagen dort sein. Ich denke, dass zu dieser Zeit dort auch die ersten Gildenmitglieder aus dem Land eintreffen werden. Hennor und ich könnten uns mit der Canimbra an einen versteckten Ort begeben und du könntest versuchen, mögliche Kandidaten ausfindig zu machen und sie zu uns schicken. Wir müssen das Ordenshaus und alle Kämpfer davon überzeugen, dass wir erst dann angreifen dürfen, wenn wir jemanden für die Canimbra gefunden haben.«

Munuel stöhnte auf. »Wie willst du verhindern, dass sich das herumspricht? Ich wette, binnen zweier Tage weiß man in Hegmafor, an welchem Problem wir festhängen. Wir wären viel zu angreifbar.«

»Wir müssen eben jeden, der einen Versuch mit der Canimbra unternimmt, zu strengstem Stillschweigen verpflichten!«

Munuel schüttelte niedergeschlagen den Kopf. Er bezweifelte sehr stark, dass sich auf diesem Weg überhaupt jemand für die Canimbra finden ließe. In seinem Fall, wie auch dem der Jambala, waren die Artefakte ganz bestimmten Personen zugefallen – aus Gründen, die ebenso geheimnisvoll wie nachvollziehbar waren. Er stellte sich eine Schlange aus Menschen vor, von denen jeder, der Reihe nach, in ein Zelt eingelassen wurde, um dort ein paar Schläge auf die Canimbra auszuführen. Die Vorstellung war einfach lächerlich.

»Also gut«, sagte er seufzend. »Ich glaube zwar nicht

an einen Erfolg, aber was können wir schon anderes tun?«

Tharlas nickte ihm aufmunternd zu. »Ich werde Leandra schicken, die Drachen um die Gefälligkeit zu bitten. Wir sollten unsere Sachen packen und uns fertig machen.«

*

Leandra und Victor hatten sich ein wenig angenähert. Es tat ihm gut, in ihrer Nähe sein zu dürfen, und sie mochte ihn viel zu sehr, um eine Barriere zwischen ihnen errichten zu wollen.

Sie hoffte nur, dass es keine Komplikationen ergab. Gemeinsam kamen sie Tharlas' Bitte nach, die Drachen darum zu bitten, sie bis nach Hegmafor zu bringen.

Meakeiok hatte sich immer klarer zu seiner Rolle bekannt, dem Häuflein unerschrockener Menschen helfen zu wollen. Er gab sich nicht mehr so reserviert wie anfangs und schien sich, mitsamt seiner ganzen Sippe, inzwischen als eine Art Kampfgenosse zu sehen. Das war ein sehr beruhigendes Gefühl.

Wir können euch zu dem Ort, den ihr Hegmafor nennt, bringen, sagte er. *Wenn du gestattest, würde ich allerdings gern erfahren, was ihr dort vorhabt, jetzt – da ihr das dritte Artefakt gefunden habt.*

Hegmafor ist eine alte Abtei, antwortete Leandra, mit der rechten Hand auf dem Griff der Jambala, *in der die Bruderschaft von Yoor eine geheime Schule betreibt, wie wir vermuten. Wir sehen uns einer großen Auseinandersetzung gegenüber. Wenn es uns gelingt, unseren Angriff gut vorzubereiten, werden wir versuchen, die böse Macht ein für alle Mal auszulöschen.*

Meakeiok schwieg eine Weile. Es schien, als wäre er sehr nachdenklich oder hätte gar einen anderen Vorschlag. Leandra betrachtete ihn neugierig.

Ich glaube, ihr könnt an diesem Ort nichts gegen die Bru-

derschaft von Yoor unternehmen, lautete Meakeioks bedächtige Antwort.

Leandra sah verwirrt zu Victor. Der hatte natürlich nicht verstehen können, was Meakeiok gesagt hatte, denn das Gespräch spielte sich auf der magischen Ebene ab, zu der Victor keinen Zugang hatte.

»Er sagt, wir könnten in Hegmafor vermutlich nichts ausrichten«, erklärte Leandra, und Victor zog erstaunt die Stirn kraus.

»Frag ihn, warum!«

Das tat Leandra, und Meakeiok gab ihr eine wirklich verblüffende Antwort. *Die Gefahr geht nicht von diesem Ort aus!*

Leandra starrte ihn noch verwirrter an. *Von wo denn sonst?*

Meakeiok machte wieder seine dramatische Pause, bevor er antwortete. *Vom Tempel von Yoor – natürlich.*

Leandra schluckte. Von einem Tempel von Yoor hatte Munuel schon einmal gesprochen.

»Nun sag schon, was ist? Was meint er?«

»Er sagt, die wirkliche Gefahr ginge vom Tempel von Yoor aus!«

Victor war ein wenig blass geworden. »Aber natürlich!«, sagte er und klatschte sich mit der flachen Hand gegen die Stirn. »*Natürlich* der Tempel von Yoor! Von wo denn sonst?«

»Der liegt doch ... in Unifar, oder?«

Victor ließ sich im Schneidersitz nieder; von seinen Augen war abzulesen, dass sich seine Gedanken nur so überschlugen. »Hör zu«, sagte er dann. »Hegmafor liegt eigentlich viel zu zentral, ist viel zu gut zu erreichen. Wenn ich der Oberbruder dieser Finsterlinge wäre, dann würde ich mich an einen Ort zurückziehen, an dem mir keiner etwas anhaben kann. Der Tempel von Yoor liegt ideal – unterhalb des Palastes von Unifar, dort, wo die *Bruderschaft* damals ihre Hochburg errichtet hatte. Unifar ist noch immer nicht wieder entdeckt worden. Der Tempel von Yoor ist allein schon wegen seiner Lage so gut wie unangreifbar. Und von diesem Wald umgeben! Wer auch immer sich dort versteckt hält – er bräuchte weder eine Gilde noch sonst jemanden zu fürchten!«

Leandra ließ sich neben ihm auf den Hintern fallen. »Das heißt – Jockum und seine Streitmacht brechen ganz umsonst nach Hegmafor auf!«

»Ja. Und wir haben überhaupt keine Möglichkeit mehr, die Bruderschaft anzugreifen. Wir haben keinen Träger für die Canimbra, keine Streitmacht und wissen nicht, wo Unifar liegt.«

»Die Drachen wissen es!«

»Das nützt uns gar nichts! Du hast doch gehört, was Munuel sagte. Kein Angriff, solange keine Sicherheit besteht, dass das Trivocum ungefährdet ist! Und er hat Recht damit! Außerdem sind wir nur … zu sechst! Wir sind viel zu schwach!«

Meakeiok meldete sich. *Ich habe leider noch eine weitere schlechte Nachricht für dich, Leandra.*

Sie starrte zu ihm hinauf.

Es hat bereits begonnen. Seit heute Morgen beginnen sich die Dinge zu verändern. Die Drachen fliehen nach Süden. Eine gewaltige Kraft hat sich erhoben. In Uunjaon – es geht vom Tempel von Yoor aus!

Leandra sprang auf. »Los, Victor. Wir müssen zu Munuel. Er soll Jockum ein Zeichen geben, dass er und seine Leute ihre Richtung ändern!«

*

Die Nachricht hätte schlimmer kaum sein können.

Munuel war in verzweifeltes Nachdenken versunken, er saß auf einer Treppenstufe, und ihm war anzumerken, dass er nicht mehr ein noch aus wusste.

»Was ich immer noch nicht weiß«, sagte Jacko, der offenbar schon seit einiger Zeit Pläne wälzte, »ist, was für Mächte uns eigentlich erwarten. Sind es Dämonen, Dunkle Reiter oder bestimmte Personen …?«

»Es gibt einen Mann namens Chast«, sagte Munuel. »Ich bin schon einmal mit ihm zusammengetroffen. Er ist ein Magier von ungeheurer Macht, und ich bin sicher, dass er eine der Schlüsselfiguren der Bruderschaft ist. Wenn nicht sogar das Oberhaupt. Ansonsten weiß ich leider auch nicht, welche Leute er noch um sich schart. Lorin von Jacklor, vielleicht. Limlora. Möglicherweise Männer, die wir aus der Gilde kennen, die mit Sicherheit unterwandert wurde. Ich fürchte, es sind hunderte.«

»Aber wo sind sie jetzt? Die meisten in Hegmafor? Oder alle von ihnen in Unifar?«

»Es war der *Plan* dieser Bruderschaft, uns mit Hegmafor ins Nichts zu locken!«, rief Munuel aus. »Stellt euch das nur vor! Die Herrscherfamilie ist ermordet worden! Alle Kräfte der Gilde konzentrieren sich auf Hegmafor – die Hauptstadt ist schutzlos zurückgelassen. Und sogar *wir* sind kaltgestellt. Womöglich wusste die Bruderschaft von dem Umstand, dass die Canimbra hier ist. Und nun sitzen wir hier fest und können nichts tun!«

»Aber … warum sendest du Jockum keine Botschaft, dass er nach Norden marschieren soll?«, fragte Leandra.

Munuel stöhnte. »Das geht nicht, Kind«, rief er mit verzweifelter Stimme. »Ein jeder, der auch nur seinen kleinen Finger ans Trivocum legt, könnte eine Botschaft, die ich mit so viel Kraft absenden muss, dass sie in Savalgor ankommt, genau mithören. Also auch unsere Feinde. Sie könnten sich in aller Seelenruhe eine Falle ausdenken. Wir würden Jockum ins Verderben schicken. Er würde scheitern, lange bevor er auch nur die Gegend von Unifar erreicht hat!«

»Das verstehe ich nicht. Dann müssten unsere Feinde schließlich längst wissen, dass er jetzt nach Hegmafor zieht! Schließlich hast du ihm ja schon eine Botschaft zum Aufbruch gesandt!«

Munuel schüttelte den Kopf. »Nein. Für den Aufbruch war nur ein einziges Signal ausgemacht, nicht mehr als ein Symbol – das wir schon damals in Hegmafor verwendet haben. Einen Widerruf – nun, den gibt es leider nicht! Keiner hat an so etwas gedacht!« Munuel schüttelte niedergeschlagen den Kopf. »Letztlich hätte es nicht viel Sinn zu glauben, dass mehrere Dutzend Leute – vielleicht sind es ja sogar hunderte, die Jockum auftreiben konnte – in weniger als vier Wochen diesen riesigen gefährlichen Wald durchqueren könnten.«

»Dann sollten wir mit den Drachen zurückfliegen«, warf Victor ein. »Richtung Savalgor. Um die ganze Sache abzublasen!«

Munuel atmete ein, als hätte er seit drei Minuten keine Luft mehr geholt.

»Ich fürchte, uns bleibt nichts anderes übrig. Aber … da ist noch das Problem mit der ermordeten Shabibs-Familie. Wir wissen nicht, wie die Verhältnisse dort sind. Ach, es ist ein furchtbares Unglück. Ich weiß einfach nicht, was wir tun sollen.«

»Und wenn wir *doch* einen Angriff wagen?«

Munuel blickte auf. »Wir? Zu sechst? Mach keine Witze, Leandra!«

»Wir haben die Drei Stygischen Artefakte!«

»Drei? Nein, *zwei* haben wir. Und du weißt, wie ich dazu stehe.«

»Aber Meakeiok sagte, dass vom Tempel von Yoor etwas sehr Gefährliches ausgeht! Dass die Drachen nach Süden fliehen und sich eine furchtbare Macht dort erhebt!«

Munuel winkte ab. »Ja, ich weiß. Ich muss nachdenken. Bitte lasst mich eine Weile allein.«

Die Gefährten wandten sich ab, ein jeder in eine andere Richtung. Jeder schien seinen eigenen Gedanken nachzuhängen.

Leandra und Victor blieben beisammen. Sie setzten sich in eine abgeschiedene Ecke, und Leandra schmiegte sich an seine Seite. Er stieß einen wohligen Seufzer aus und legte den Arm über ihre Schulter.

Für etliche Minuten saßen sie schweigend da. Hennor beschäftigte sich wieder mit der Canimbra, führte einzelne, leichte Schläge aus und studierte das Trivocum. Leandra und Victor beobachteten ihn.

Dann sagte Victor: »Ich hätte jetzt mehr Angst aufzugeben, als ein Wagnis einzugehen. Wenn das zutrifft, was Meakeiok dir sagte, dann kommen wir ohnehin nicht mehr um einen Kampf herum. Es sei denn, ganz Akrania und die Westreiche ergeben sich kampflos der Bruderschaft. Hältst du das für möglich?«

Leandra schüttelte den Kopf. »Nein, sicher nicht. Nicht ein ganzes Volk. Es würde viel Leid geben. Und viele, die sterben müssten.«

Victor kniff die Lippen zusammen und schwieg.

Hennor schlug leise und in sehr langsamem Tempo auf die Canimbra, und Leandra beobachtete das Trivocum. Nein, es ergab sich keine Veränderung. Sobald die Ränder einer abklingenden Sphäre der Stabilität auf eine neue trafen, kamen die Verwerfungen auf. Sie waren nur sehr klein, weil Hennor vorsichtig zu Werke ging, aber sie waren unübersehbar.

»Er müsste fester schlagen«, murmelte Victor.

»Was?«

»Ja, ein wenig fester und mehr in der Mitte. Eine Trommel hat einen Ton. In ihr wird die Luft in Bewegung versetzt und bringt das zweite Fell zum Schwingen. Wenn man sie nicht richtig anschlägt, dann klingt sie hohl.«

»Du verstehst etwas von Trommeln?«

»Natürlich! Ich bin Musiker. Ich kann so gut wie jedes Instrument spielen. Auf Trommeln habe ich schon als kleines Kind herumgehauen.«

Leandra runzelte die Stirn. »Erzähl mir mehr darüber!«, sagte sie.

Victor war erstaunt, ahnte dann aber, was ihr durch den Kopf ging. Er wusste genug über Trommeln, um Hennor ein paar sinnvolle Hinweise geben zu können.

»Nun ja«, begann er. »Es ist wichtig, eine Trommel zu stimmen, weißt du? Sie muss am Rand, an jeder Stimmlasche, den gleichen Ton aufweisen, damit das Fell in der Mitte gut ausschwingen kann. Und dann muss das Resonanzfell genauso hoch gestimmt sein wie das Schlagfell – jedenfalls bei dieser Trommel, sie ist quadratisch. Also, ich meine, Tiefe und Durchmesser sind gleich. Bei anderen Bauarten muss man ein ganzzahliges Vielfaches erreichen. Nur dann kann die Trommel gut klingen. Aber das sind eigentlich Begriffe aus der Musik und hier …«

Leandra rappelte sich auf. Sie nahm ihn bei der Hand und zerrte ihn hoch. Kurz darauf waren sie bei Hennor. »Erklär ihm das!«, forderte sie von Victor und deutete auf die Canimbra.

Victor war ein wenig verunsichert, weil er glaubte, dass hier zwei Themen miteinander vermischt würden, Magie und Musik. Dennoch kniete er sich hin und erklärte Hennor, was ihm aufgefallen war.

Hennor gab sich ziemlich ahnungslos, verstand wenig von dem, was Victor sagte. Andere Mitglieder der Gruppe kamen herbei. Victor überprüfte die Stimmlaschen und fand heraus, dass das Fell keine gleichmäßige Spannung besaß. Er setzte sich hin, nahm die Canimbra zwischen die Beine, dämpfte das Schlagfell mit der einen Hand ab und schlug nochmals leise an den Rand des Schlagfells oberhalb einer Stimmlasche.

»Bringt das … äh, das Trivocum durcheinander?«, fragte er mit Blick auf die umstehenden Magier.

Tharlas und Munuel schüttelten den Kopf. »Nein, so gut wie gar nicht. Man spürt nur ein paar kleine Echos …«

Victor fuhr fort. Sorgsam darauf bedacht, das Fell mit der Hand am Schwingen zu hindern, korrigierte er jede Stimmlasche mittels des kleinen Hölzchens, das man verwinden konnte, um so die Spannung zu erhöhen. Als er mit dem Schlagfell fertig war, nahm er sich das Resonanzfell vor und stimmte es mit der gleichen Vorsicht und Sorgfalt.

Dann nahm er die Trommel hoch und sah die Magier fragend an.

»*Einen* Schlag kannst du tun – ohne dass etwas passieren kann. Aber warte mit dem zweiten, bis die Trommel wieder still ist.«

Victor nickte, nahm einen der Holzstöcke, die in der Nähe lagen, und tat einen überraschend beherzten Schlag auf das Fell.

Leandra hatte das Innere Auge am Trivocum und bekam mit, wie sich das Trivocum innerhalb ihres Gesichtskreises einen Augenblick lang zu einer weißgelben Wand verhärtete, die unwillkürlich den Eindruck erweckte, als bestünde sie aus zwei Meter dickem Tharuler Stahl. Die Magier stöhnten auf.

Victor dämpfte fachmännisch das Fell mit der Hand ab und ließ dann einen zweiten Schlag erklingen. Abermals straffte sich das Trivocum mit Macht, aber Leandra merkte, dass das Echo des vorherigen Schlages noch nicht ganz verklungen war. Trotzdem traten keine Verwerfungen mehr auf.

»Ja!«, rief Munuel. »Das sieht gut aus. Lass es Hennor nun noch einmal versuchen. Er muss dabei das Trivocum im Auge behalten!«

Victor machte bereitwillig Platz, und Hennor setzte sich. Er nahm den Stock in die Hand, zögerte kurz und ließ ihn dann auf das Fell niederfahren.

Das Ergebnis war ernüchternd. Wie zuvor breitete sich das Echo wie ein unregelmäßiger Wellenschlag im Trivocum aus, und als Hennor, noch von Zuversicht beseelt, einen weiteren Schlag niedersausen ließ, entstand ein grober, violett strahlender Riss im Trivocum. Rohe stygische Energien schwappten augenblicklich herüber. Sie hatten alle Hände voll zu tun, den Riss wieder zu verschließen.

Victor stürzte herbei. »Du darfst den Stock nicht auf

das Fell pressen!«, rief er. »Schau, du musst ihn zwischen Daumen und Zeigefinger halten und ihn mit den hinteren Fingern kontrollieren.« Er nahm beide Stöcke und trommelte einen kurzen Wirbel auf die steinerne Stufe, auf der Hennor saß. »Siehst du? Und du musst hineinhören, verstehst du? In die Trommel hineinhören und auf den Klang, die Resonanz achten!«

»Wie gut kannst du das?«, fragte Leandra plötzlich. »Ich meine – trommeln?«

Victor hob die Schultern. »Es geht«, sagte er. »Ich bin ja Musiker ...«

Leandra deutete auf die Stufe. »Mach mal vor!«

Victor war plötzlich unsicher und hob die Achseln.

»Na los!«, sagte Leandra. »Nur keine Scheu!«

Victor hob abermals die Schultern und begann dann mit den Hölzern eine kleine rhythmische Figur auf der steinernen Stufe zu klopfen. Es war unüberhörbar – er besaß ein ausgeprägtes rhythmisches Gefühl und eine hohe Fingerfertigkeit.

Alle Magier hatten verdrießliche Gesichter aufgesetzt, nur Leandra lächelte.

»Eine Trommel ist nicht nur dazu gedacht, darauf zu hauen«, stellte sie lächelnd fest und stemmte die Fäuste in die Hüfte. »Eine Trommel ist doch ein Rhythmus-Instrument, oder? Ich wette, dass auch die Canimbra rhythmisch geschlagen werden muss. Laut und leise, schnell und langsam ... was meint ihr?«

Munuel hob die Arme in die Luft. »Ja, du hast zweifellos Recht! Aber wie soll das einer von uns lernen – so, wie Victor das kann? Wir würden uns die Finger brechen!«

Leandras Grinsen wurde immer breiter. »Weißt du noch, was du über denjenigen sagtest, den es bräuchte, um die Canimbra zu beherrschen?«

Munuel starrte sie irritiert an.

Leandra lachte auf. »Du sagtest, die Canimbra verlange nach einem Menschen, der Harmonie, Bescheidenheit und Friedfertigkeit in sich vereint. Und dass Victor sogar besser geeignet wäre als Ötzli!«

»Du meinst …«

»Ja, beim Felsenhimmel! Hast du nicht gemerkt, was vorhin mit dem Trivocum geschah, als *er* die Canimbra anschlug? Sie war so stark wie eine Mauer aus Granit! Und beim zweiten Schlag – keinerlei Verwerfung, keine Risse!«

Munuel stieß einen Luftschwall aus. »Ja …«, sagte er gedehnt. »Das ist wohl richtig – aber … nun, er ist kein *Magier!*«

Leandra hob beschwörend die Arme. »Wer sagt, dass nur *Magier* die Stygischen Artefakte beherrschen können? Ich bin doch selbst eigentlich keine Magierin! Nur eine kleine Adeptin mit sehr bescheidenen Fähigkeiten. Aber ich kann die Jambala beherrschen! Ich wette, dass sogar ein einfacher Mann von der Straße mit der Jambala kämpfen könnte, wenn sie ihn nur *akzeptierte!*«

Munuel war in tiefes Schweigen versunken.

»Du meinst … die Canimbra hätte *ihn* akzeptiert?« Damit deutete Tharlas auf Victor, wie man auf einen Salatkopf mit blauen Blättern gedeutet hätte.

»Wenn ich noch einigermaßen bei Sinnen bin, dann hat sie genau *das* getan!«, ereiferte Leandra sich. »Er hat auch schon mit der *Jambala* gekämpft!«

Victor schoss in die Höhe. »Also doch!«, rief er. »Ich hab die ganze Zeit gedacht, ich hätte *irgendein* Schwert in der Hand gehabt … ich hätte es irgendwie verwechselt …«

Munuel drängte sich nach vorn. »Was soll das? *Wer* hat mit der Jambala gekämpft?«

Leandra war die Zufriedenheit in Person. »Er gehört zu uns!«, sagte sie leise. Sie zog die Jambala hervor und hielt sie Munuel hin. »Hier! Fass sie an! Dir wird nichts geschehen!«

Munuel wich zurück und schüttelte den Kopf. Leandra drehte sich herum und hielt sie Victor hin. Der zögerte nicht und nahm sie.

Die Magier stöhnten auf – aber nichts geschah.

»Es bedeutet nicht, dass er damit kämpfen könnte!«, sagte Leandra. »Ich meine, gekämpft hat er schon mit ihr – aber sie würde ihm ihre Kräfte nicht geben. Dennoch darf er sie berühren. Er gehört eben zu *uns!*«

Munuel war völlig verwirrt. »Ich verstehe nicht … *wann* hat er mit ihr gekämpft?«

Leandra ließ sich neben Victor auf den Hintern fallen und schmiegte sich voller Wärme und Zuneigung an ihn. »Als er mir das Leben rettete. In der Scheune, wo die beiden Soldaten mich überfielen. Ich ahnte es nur, aber jetzt ist es mir klar geworden. Er hatte die Jambala in der Hand. Ich habe Blutspuren darauf gefunden – und *ich* … ich habe niemals gegen einen Menschen damit gekämpft!«

Munuel sah zu Victor, und der zog unschuldig lächelnd die Schultern hoch.

Der alte Magier fuhr sich mit beiden Händen übers Gesicht, so als wollte er sich eine heftige Verkrampfung aus den Zügen massieren. »Also, dann …«, meinte er, sprach aber nicht weiter.

Tharlas meldete sich zu Wort. »Aber … wenn *er* tatsächlich der Träger der Canimbra sein will«, sagte er, »dann müsste er doch wenigstens das Trivocum beobachten können! Woher soll er sonst wissen, was die Canimbra dort bewirkt?«

Leandra nickte, als hätte sie diese Frage längst erwartet. »Das ist das Allererste, was ein Novize lernt. Ich bin sicher, ihr könnt ihm das in weniger als zwei Tagen beibringen.«

38 ♦ Das Prinzip der Kräfte

Die Canimbra erwies sich zuletzt doch als ein härterer Brocken, als es Victor sich im ersten Augenblick vorgestellt hatte. Noch bis zu dem Zeitpunkt, da Leandra ihre Vermutung geäußert hatte, wäre er nicht einmal im Traum darauf gekommen, dass *er* je der Träger eines der Stygischen Artefakte sein könnte.

Die Magier stimmten so schnell zu, dass er keine Gelegenheit bekam, sich erst einmal mit diesem Gedanken anzufreunden. Da kam ziemlich viel auf ihn zu. Er würde eine wesentliche Fähigkeit der Magie erlernen müssen – das Trivocum zu erkennen und zu beobachten. Das hätte ihn eigentlich begeistern müssen, denn er hatte sich sein ganzes Leben lang gewünscht, magische Fähigkeiten zu besitzen. Unter den gegebenen Umständen allerdings war das alles nicht mehr so leicht zu verdauen. Der zweite entscheidende Punkt war der, dass nun außer Frage stand, dass sie zu sechst nach Unifar gehen würden. Jetzt, da sie die Canimbra einsetzen konnten – sofern Victor nun endlich diese Sache mit dem Trivocum begriff –, mussten sie um jeden Preis angreifen. Wenn es überhaupt noch eine Chance gab, eine Wende herbeizuführen, dann war jetzt der Zeitpunkt gekommen.

Dennoch war dies nur wenig besser als die Aussicht, direkt in die Hölle hinabzusteigen. Keiner wusste, was sie im Tempel von Yoor erwartete, sie hatten allenfalls den kleinen Überraschungseffekt auf ihrer Seite. Gut – sein Leben war schon seit Wochen in ständiger Gefahr, aber immerhin hatte er sich bisher auf der Rückzugslinie befunden. Jetzt so plötzlich zu einem Frontalangriff überzugehen war eine ganz andere Sache.

Aber seine größte Sorge galt Leandra. Immerhin besaß er nun eine mächtige Defensivwaffe, und er würde ihr damit keinen Millimeter von der Seite weichen. Solange er noch atmen konnte, würde er sie damit beschützen und dafür sorgen, dass ihr nichts geschah. Jedenfalls dann, wenn er es irgendwann in seinem Leben noch hinbekommen würde, dieses verdammte Trivocum endlich zu erblicken.

»Das Problem liegt darin«, sagte Leandra leise, »dass du noch immer an deiner eigenen Logik scheiterst. Du kannst dich noch nicht auf etwas einlassen, was dein Verstand für *nicht möglich* hält.«

Victor nickte unschlüssig. Sie hatten sich gemeinsam in den kleinen Raum zurückgezogen, in dem Leandra nach ihrer Begegnung mit Ulfa zu sich gekommen war. Sie war sehr geduldig, und schon seit Stunden versuchte sie mit aller Sanftmut, ihm die grundlegenden Prinzipien der Magie begreiflich zu machen. Er fragte sich, woher sie die Kraft nahm, sich weiterhin mit ihm zu beschäftigen, denn nach seiner augenblicklichen Ansicht war er die blanke Verkörperung magischen Versagertums.

Es waren der Abend, die Nacht und der folgende Vormittag vergangen, und Tharlas und Munuel hatten sich stundenlang mit ihm abgegeben und ihm alle Prinzipien der Kräfte erklärt. Sie sagten, es wäre schwierig, einem Sechsundzwanzigjährigen das Innere Auge zu öffnen – fast alle Magier fingen als Zehn- oder Zwölfjährige mit der Magie an, im Rang eines Novizen. In diesem Alter waren Kinder noch nicht so sehr mit der realen, logischen Vorstellungswelt verhaftet, und die meisten, die ein Talent besaßen, erhaschten oft schon nach wenigen Stunden den ersten Blick auf die magische Grenzlinie.

Munuel und Tharlas hatten sich sehr viel Mühe gegeben und mit aller Geduld seine ersten Erfolge abgewartet, dann aber, nach über zehnstündiger Sitzung, hatten sie alle eine Pause gebraucht. Sie hatten einige Stunden geschlafen und morgens weitergemacht. Irgendwann hatte Tharlas und dann auch Munuel verzweifelt aufgegeben. Danach hatte Leandra übernommen und sich mit ihm weitab hingesetzt. Im Augenblick war er von Selbstzweifeln zersetzt, kam sich vor wie ein Schwachsinniger.

»Du hast schon dein ganzes Leben«, fuhr sie mit sanfter Stimme fort, »Dinge aus einer bestimmten Blickrichtung betrachtet. Aber es gibt noch eine andere, verstehst du? Dein Gefühl weiß es inzwischen, aber dein Verstand will es noch nicht wahrhaben. Du schließt die Augen und erwartest, dass es dann dunkel ist und du dann nichts mehr sehen kannst. Und weil du es erwartest, ist es auch so. Aber das muss nicht so sein. Wie könnte *ich* das Trivocum sonst sehen – wenn es gar nicht da wäre?«

Er sah sie verzweifelt an. Die Szene erinnerte ihn an sein erstes Mädchen, mit dem er schlafen wollte – und er hatte nicht gekonnt. Es war ihm unmöglich gewesen, zu verstehen, warum. Später war er dann darauf gekommen, dass er ein Problem mit dem Verstand hatte lösen wollen, das nur mit dem Gefühl zu lösen war. Es war ihm noch einmal passiert, und obwohl er da schon wusste, dass er seinen Verstand außen vor lassen sollte, war es ihm nicht geglückt. Der Verstand war manchmal eine verdammte Falle.

»Leg dich mal hin«, sagte sie. »Ich hab eine Idee.«

»Ich soll mich hinlegen …?«

»Mach dir keine Hoffnungen, du Rüpel«, spöttelte sie gutmütig. »Aber … wenn du's schaffst, kriegst du vielleicht einen Kuss!«

»Einen Kuss?«, fragte er hoffnungsvoll.

»Ja, aber nur einen klitzekleinen, verstanden? Los, nun leg dich schon hin!«

Victor streckte sich gehorsam auf der Decke aus, die ihm als Sitzunterlage gedient hatte.

»Nun schließe die Augen!«

Victor gehorchte. Er wusste nicht, was Leandra da für ein seltsames Experiment vorhatte, vielleicht wollte sie ihm nun die Existenz des Trivocums einsuggerieren. Er wusste, dass das niemals klappen konnte. Als er die Augen geschlossen hatte, hatte er das Gefühl, dass Leandra sich über ihn gebeugt hatte. Als sie dann weitersprach, hörte er am Klang ihrer Stimme, dass sie ihm tatsächlich ganz nah war.

»Entspanne dich. Lieg ganz ruhig und achte darauf, dass dich nichts drückt und du vollkommen bequem liegst.«

Ihre weiche Stimme tat ihm wohl, und er bemühte sich, tatsächlich Entspannung zu finden.

»Wie fühlst du dich, Victor?«, fragte sie.

»Nicht so besonders ...«

»Ja, das verstehe ich. Du zweifelst an dir selber. Du bist verkrampft und enttäuscht. Aber – tu mir den Gefallen und vergiss das.«

Er schnaufte angestrengt, wusste nicht recht, wie er das bewerkstelligen sollte.

»Erinnerst du dich ...«, sie zögerte einen Augenblick, »... an vorletzte Nacht?«

Er atmete auf, als die Gedanken an diese Begegnung mit ihr auf ihn einstürzten. Er würde so gern noch einmal ihre Haut spüren ...

»Ich weiß, dass du dich entspannen kannst«, sagte sie. »In dieser Nacht warst du völlig entspannt. Denk nur daran zurück und versuche, dich so zu fühlen wie vorgestern.«

Er war überrascht, dass es ihm gelang. Zwar überkam ihn das Verlangen nach ihr, aber er konnte sich beherrschen. Nach einer Weile dachte er, dass er es vielleicht geschafft hätte.

»Ist es besser?«, fragte sie.

»Ja ... ich denke, es geht ...«

»Fein.« Ihre Stimme war ganz nah bei seinem Ohr.

»Ich werde dir jetzt vier oder fünf Sätze sagen. Den ersten wirst du ganz leicht glauben können, den zweiten schon nicht mehr so leicht und so weiter. Aber du musst mir versprechen, jeden Satz so selbstverständlich wie den vorigen in dir aufzunehmen, verstehst du? Ohne Widerstand, ohne darüber nachzudenken; ihn einfach hinnehmen und so bedingungslos zu glauben wie den Satz, den ich dir zuvor gesagt habe.«

»Das bedeutet ja …«

»Ich weiß, was das bedeutet. Aber du schaltest schon wieder deinen Verstand ein. Vergiss ihn. Lass nur deine Gefühle zu und vertraue mir. Das ist das Wichtigste. Du musst mir vertrauen, dass ich lauter richtige Sachen sage. Lauter Sachen, die wahr sind. Kannst du das?«

»Ich weiß nicht …«

»Schon wieder grübelst du! Dein Verstand arbeitet ständig mit. Magie spielt sich auf der Ebene der Gefühle ab, verstehst du? Lass deinen Verstand zurück und höre nur noch auf deine Gefühle. Denk wieder … an die vorletzte Nacht! Und lass deine Augen zu.«

»Ja …«, sagte er leise und etwas Wehmut überkam ihn.

»Diese Nacht haben wir nur mit unseren Gefühlen durchlebt. Ich wünschte, ich könnte die Zeit zurückdrehen. Hast du mir in dieser Nacht vertraut? Ich meine, hättest du mir geglaubt, wenn ich irgendetwas Ungewöhnliches behauptet hätte?«

Langsam verstand er, was sie meinte. »Ja.«

»Kannst du mir noch immer glauben? Zum Beispiel, dass ich dich … sehr lieb habe, aber dass es trotzdem einen Grund gibt, aus dem ich nicht mit dir zusammen sein kann?«

Er zögerte. Sein Verstand drängte ihn, Leandras Äußerung zu hinterfragen, denn er konnte es wirklich nicht verstehen. Wie konnte sie ihn nur so sehr mögen und trotzdem … Er atmete tief ein. Langsam begriff er, dass sein Gefühl bereits wusste und glaubte, was sein

Verstand sich zu akzeptieren weigerte. Ja. Auch wenn es schwer war, es gab wirklich einen Weg, ihr einfach zu glauben.

»Ja«, sagte er schließlich.

Leandra atmete ganz nah an seinem Ohr, und das Gefühl, zu einem anderen Menschen grenzenloses Vertrauen haben zu können, war beglückend.

»Ich sage dir jetzt lauter Dinge, die wahr sind«, flüsterte sie. »Vergiss dein Versprechen nicht.«

Er nickte.

Sie wartete eine Weile. »Ich mag dich«, sagte sie dann.

Das tat ihm gut, und es fiel ihm nicht besonders schwer, diesen Satz zu glauben. Wohl auch deshalb, weil er sich wünschte, dass es so war.

»Alle mögen dich.«

Er stutzte kurz, dachte an Jacko und vielleicht Tharlas … aber nun ertappte er sich selbst dabei, das, was sie sagte, mit dem Verstand abwägen zu wollen. Nein, er musste ihr einfach glauben. Sie sah die Dinge von außen, hatte vielleicht mit anderen über ihn gesprochen – und sie hatte gesagt, sie würde nur wahre Dinge aussprechen. Er entspannte sich und nickte innerlich. Ja, er wollte ihr vertrauen. Er nickte bestätigend.

»Du bist sehr klug«, sagte sie dann leise.

Heftige Zweifel stiegen in ihm hoch. Aber schon im nächsten Augenblick, bevor er im Geiste zusammentragen konnte, was alles dagegen sprach, besonders seit gestern Mittag, zwang er sich zur Ruhe. Er verstand immer mehr, was sie vorhatte. Sie wollte ihn belasten und dabei trotzdem dazu bewegen, seinen Verstand abzuschalten. Seine Gedanken verursachten wilde Wirbel in seinem Kopf, und dennoch gelang es ihm, sie niederzuhalten. Da war Leandra. Er liebte sie, und sie … liebte ihn auch. *Irgendwie.* Nein, sie würde ihn nicht anlügen. Er beruhigte sich wieder. Es war ihm plötzlich sehr wichtig, nicht das Vertrauen zwischen ihnen zu brechen, und er gestattete sich nicht, an ihren Worten zu zweifeln. Klug, dachte er. Ja, wenn sie es sagte, dann war es wohl so.

Er nickte wieder und wartete angespannt auf den nächsten Satz.

»Du bist ein sehr gut aussehender Mann.«

Irgendwas versuchte, ihn an der Brust zu packen und hochzureißen. Aber dann hatte er es schon durchschaut. Sie eröffnete ihm den Weg , unmöglich erscheinende Dinge einfach hinzunehmen. Das Mittel war das Vertrauen, das er in sie hatte. Er entschied energisch, dieses Vertrauen nie wieder loslassen zu wollen. Er zwang sich, nur dem Klang von Leandras Stimme zu gehorchen. Noch nie hatte jemand so etwas zu ihm gesagt, und nie hätte er es annehmen können. Er hatte sich immer für hässlich und unförmig gehalten, und niemals wäre ihm in den Sinn gekommen, dass er ein gut aussehender Mann war. Schon gar kein *sehr* gut aussehender.

»Glaubst du es nicht?«, fragte sie sanft.

Er atmete schwer, spürte aber, wie er ruhiger wurde. Er fand das Vertrauen wieder, das er schon so fest in den Händen gehalten hatte. *Also gut,* sagte er sich. *Du bist ab jetzt einfach ein sehr gut aussehender Mann.* Wer könnte es besser wissen als sie?

»Ich glaube dir«, antwortete er leise.

»Wirklich? Es ist wichtig, dass du mir vertraust, Victor«, sagte sie. »Wirf alles über Bord, was du bisher gedacht hast, und glaube einfach, was ich sage. Ich täusche dich nicht. Ich würde es niemals tun.«

Er nickte entschlossen. »Ja, mach weiter. Ich glaube dir wirklich.«

Eine kleine Pause folgte, und er atmete wieder tief und ruhig.

»Du kannst jetzt mein Gesicht sehen, obwohl du die Augen nicht öffnest«, sagte sie.

Zuerst wollte er die Augen öffnen, aber er spürte sanft ihre Hand auf seinen geschlossenen Lidern.

»Ich bin ganz nah über dir, und du kannst mich sehen, ist es nicht so?«

»Ich weiß nicht …«, stammelte er.

»Du hast versprochen, mir zu glauben. Ich täusche dich nicht. Streng deine Gefühle und deine Sinne an. Du siehst mein Gesicht. Es ist ganz nah über dir.«

Er lag ganz still, und die Sekunden verstrichen. Er atmete flach und ließ seinen Verstand irgendwo ganz hinten in seinem Kopf. Er hatte sich darauf eingelassen, ihr zu glauben, und sie hatte geschworen, nur die Wahrheit zu sagen.

Er blieb still, starrte von innen gegen seine Augenlider. Sie musste dort irgendwo sein. Leandra. Die Frau, die ihm mehr bedeutete als jede andere auf der Welt. Ihre Fingerspitzen lösten sich von seinen Lidern. Er spürte ihren warmen Atem und den schwachen Duft ihres Parfüms. Sie war da, nur sehen konnte er sie nicht.

Plötzlich kapierte er es.

Es drehte sich um Dinge, die real waren, die man nur nicht sehen konnte. Nicht, wenn man es sich nicht gestattete. Nicht, wenn man die Welt nur so akzeptierte, wie man sie durch das winzige Fenster seiner eigenen Wahrnehmungsfähigkeit und seiner Vorurteile erblicken konnte. In diesem Augenblick wurde ihm klar, dass es da draußen noch viel mehr geben musste. Zehntausendmal mehr, als seine Augen zu erblicken und sein Verstand zu begründen vermochten. Plötzlich schälten sich die Konturen ihres Gesichts aus der Dunkelheit. Sie waren rötlich.

»Du lächelst, nicht wahr?«, fragte er mit geschlossenen Augen.

»Stimmt!«

»Und … jetzt berührt dein rechter Zeigefinger deine Nase.«

Ihr rötliches Abbild lächelte stärker.

»Dein Zeigefinger ist ganz dunkelrot!«, stellte er fest.

»Ja, das stimmt. Ich habe an der Fingerkuppe eine kleine Wunde.«

Er atmete auf. Seine Augen ließ er geschlossen, so als würde er sonst diesen einmaligen Anblick für immer verlieren.

»Du kannst die Augen ruhig öffnen«, sagte sie. »Mit ein wenig Übung kannst du das Trivocum auch mit geöffneten Augen sehen. Es ist nur die Frage, ob du es willst. Und ob du es wirklich zu glauben bereit bist, verstehst du?«

Zögernd öffnete er die Augen einen Spalt breit, aber das rötliche Bild verlosch sofort. Er kniff sie wieder zusammen und hielt sie geschlossen. Dann spürte er ihren Mund sehr sanft auf seinem. Gleich darauf war sie wieder weg. Als er sich aufrichtete, saß sie lächelnd vor ihm.

Er starrte sie an.

»Du hast mir tatsächlich einen Kuss gegeben«, sagte er.

»Siehst du, ich täusche dich nicht!«

Er nickte. »Und du hast mir das Trivocum gezeigt.«

»Ja.«

Er seufzte. »Sag mir, wie ein Mann ohne dich weiterleben kann, wenn er einmal solche Dinge – und noch andere, noch schönere – von dir bekommen hat.«

»Mit Vertrauen«, antwortete sie.

*

»Sie sind hier? Und sie haben die *Canimbra?*«

Sardins Worte donnerten mit einer Gewalt durch den Raum, dass Chast erzitterte. Nicht vor Angst – nein, allein die physische Gewalt war es. Chasts Augenlider zitterten kurz, das war alles, was er sich an körperlicher Reaktion auf Sardins Wutausbruch gestattete.

»Ich hatte bereits früher darauf hingewiesen, dass wir diesem Magier und seiner Adeptin eine größere Macht entgegenstellen sollten als nur den Sucher«, sagte Chast kalt. »Er hat den Yhalmudt, und ich fürchte, das Mädchen verfügt ebenfalls über eine besondere Macht.«

»Was für eine Macht?«, donnerte Sardin.

Chasts Augenlider flatterten abermals; er wünschte sich, dass sein Meister nicht ständig so gewalttätig auftreten würde. Er schnaufte leise und wartete eine Sekunde, bis das Dröhnen in seinem Schädel nachließ.

»Ich kann es nicht sagen«, erklärte Chast.

Er studierte die Züge seines Gegenübers und versuchte zu erspüren, ob Sardin ebenfalls den naheliegendsten Verdacht hegte. Aber dem war offenbar nicht so. Chast hatte beschlossen, das Wort *Jambala* nicht auszusprechen, einesteils, weil er nicht sicher war, zweitens, weil er Sardins unweigerlichen Tobsuchtsanfall regelrecht fürchtete. Es gab noch einen dritten Grund, aber den würde Chast in jedem Fall für sich behalten.

Eine Art von höllischer Wut und Lust an der Zerstörung stand in Sardins grotesken Zügen – die sogar ihm, Chast, etwas Beklemmung verschafften. Der Hohe Meister und damit Oberhaupt der Bruderschaft war in seiner Wesensart beinahe unbegreiflich; Chast wusste, dass sich von seinen Brüdern fast keiner mehr in seine Nähe wagte. Mehrfach schon hatte Sardin den Überbringer einer Botschaft – sie mochte nicht einmal schlecht, sondern nur schwierig gewesen sein – mit einem kurzen Augenzwinkern zu Asche verbrannt. Die magische Energie, mit der Sardin geladen war, übertraf alles, was derzeit in dieser Welt existierte.

Trotzdem hatte Chast keine wirkliche Angst vor ihm.

Sardin war nicht mehr in der Lage, sich um einfache Dinge zu kümmern, wie etwa das Aufheben eines heruntergefallenen Gegenstandes. Dafür war er schon zu weit vom Menschsein entfernt. Seine körperliche Rückkehr in diese Welt, die vor etwas mehr als dreißig Jahren stattgefunden hatte, konnte man nur als eine überraschende, beinahe unerträgliche Naturgewalt bezeichnen. Nein, Naturgewalt war nicht der richtige Ausdruck, korrigierte sich Chast. Es war eine *übernatürliche* Gewalt gewesen.

Sardins spontaner Versuch, mit einem Schlag die Macht über die Welt an sich zu reißen, damals, mit dieser Sache in Hegmafor, war nach Chasts Geschmack viel zu übereilt und ausschließlich von Sardins unerklärlicher innerer Kraft angetrieben gewesen. Chast war zu dieser Zeit nur ein minderes Mitglied der Bruderschaft gewesen, hatte die Katastrophe von Hegmafor nur unvollkommen ermessen können. Sein eigener Aufstieg hatte erst danach begonnen.

Nun aber stand er als die treibende, intellektuelle Kraft der Bruderschaft nur noch eine winzige Stufe unterhalb seines Meisters, und das befriedigte ihn über die Maßen. Er war für Sardin absolut unverzichtbar, und deswegen hatte er auch keine Angst vor ihm.

»Gut«, knurrte Sardin, und seine abartigen Züge spiegelten Hass und unirdischen Zorn. »Ruft Dämonen herbei! Stellt ihnen Fallen! Vernichtet diese Brut! Ich dulde keine Unterbrechung mehr in der Vollendung unseres Werks! Der Pakt muss nun endlich Gültigkeit erlangen. Viel zu lange schon dauert unser Kampf, und die Drakken werden immer ungeduldiger.«

Die *Drakken,* hallte es durch Chasts Geist. Der *Pakt!* Noch immer vermochte er sich keine Vorstellung davon zu machen, welch unerklärliches Ziel Sardin verfolgte. Er hatte schon seltsame Legenden vernommen über das, was vor zweitausend Jahren stattgefunden haben sollte, aber er war sich noch immer unschlüssig über den wahren Hintergrund dieser Dinge.

»Ich sehe in deinen Augen wieder die alten Zweifel aufsteigen!«, knirschte Sardin wütend.

Chast bemühte sich, seinen Unglauben, so weit es irgend möglich war, zu verbergen. »Ihr habt bis heute kein Mitglied der Bruderschaft über diesen … Pakt … vollständig in Kenntnis gesetzt, Meister. Ich mache mir Sorgen, ob ich unsere Strategien zielgenau und umfassend durchzuführen vermag, wenn ich nicht weiß, was hinter alledem steckt.«

»Das lass meine Sorge sein!«, donnerte Sardin zu ihm herab. Chast erschauerte abermals.

Sardin wandte sein verzerrtes Gesicht nach oben und hob beschwörend die Hände. »Ihr werdet alles früh genug verstehen, ihr Kleingläubigen!«, sagte er mit überraschend sanfter, ja beschwörender Stimme. »Euch werden Wunder zuteil werden, die sich keiner von euch auch nur vorzustellen vermag. Wir werden uns zu den Herrschern des Universums aufschwingen! Wir …«

Plötzlich verwandelte sich sein Gesichtausdruck wieder zu jener grotesken, starren Maske, die aus einem lieblichen Gesicht und dem dahinter schlummernden Ausdruck von roher Gewalt und Zerstörungswut bestand. Er deutete mit drohendem Finger auf Chast. »Nein! Nur jene, die sich dieses Wunders für würdig erweisen, werde ich mit mir nehmen! Und nun geh, du Furz! Vernichte diesen Magier und treibe die Übernahme der Macht weiter voran! Dann will ich sehen, ob ich dich vielleicht doch nicht zerquetsche!«

Chast wandte sich auf der Stelle um. Wut stand in seinem Gesicht, die er Sardin nicht zeigen wollte. Er hatte die martialischen Auftritte seines Meisters hassen gelernt. Ihn verlangte es nach anspruchsvollen, intelligenten Dialogen, nach etwas, das seine Kreativität und Phantasie herausforderte. Diese unerträgliche Anbrüllerei und der gnadenlose Befehlston hingen ihm zum Hals heraus.

Er marschierte hinaus. Zum Ausgleich für diese enervierenden Auftritte Sardins nahm er sich vor, den Kampf gegen diese lächerliche kleine Armee der Gilde zu seinem persönlichen Vergnügen zu gestalten.

*

Victor hatte sich für einige Zeit ganz in den Westen der Tempelstadt zurückgezogen, an einen stillen Ort irgendwo unterhalb der hohen Mauer. Dort hatte er sich seinen Gedanken hingegeben.

Es war kaum erklärlich, wie ein so junges Mädchen wie Leandra eine solche Weisheit besitzen konnte. Denn alles, was sie gesagt hatte, war wahr. Er wusste, dass er das Trivocum wieder verlieren würde, wenn er sich jetzt nicht auf das, was sie gesagt hatte, wirklich einließ. Er musste den Weg finden, Dinge einfach glauben zu können, ohne dass ein greifbarer Beweis vorlag. Nur so konnte er den Zugang zu Welten erlangen, die seiner normalen Wahrnehmung verborgen waren. Und nur so würde es ihm gelingen, bei normalem Verstand zu bleiben, denn er liebte sie mehr als alles andere – mehr als sein eigenes Leben.

Es wurde zu einer Reise in sein Innerstes, und es mochte sein, dass er in diesen wenigen Stunden mehr über sich erfuhr, als in den sechsundzwanzig Jahren zuvor. Bilder aus seiner Kindheit, seinem Leben spielten sich vor seinen Augen ab. Sein Vater war früh gestorben, seine Mutter war eine dumme, eigensüchtige Person gewesen, die er schon früh verlassen hatte. Er hatte nie gelernt, jemandem Vertrauen zu schenken. Seine Kunst, sich durchs Leben zu schlagen, lag darin, mit Verstand an die Dinge heranzugehen und eine Lösung zu finden. Die Masse seiner unterdrückten Gefühle äußerte sich durch seine künstlerischen Neigungen, durch die er auch Anerkennung fand. Leandra war die erste Person in seinem Leben gewesen, von der er sich gestattet hatte, wirklich etwas zu lernen. Und plötzlich sah er auch, dass es selbst für *ihn* eine Sackgasse wäre, eine feste Bindung mit ihr einzugehen. Nun, da er unvermittelt einen Eindruck davon bekommen hatte, welche Seiten des Lebens er bis heute kennen zu lernen versäumt hatte, wäre es grundfalsch, sich sofort wieder festzulegen. Ihm fehlten noch viel zu viele Erfahrungen, um einer Frau wie Leandra wirklich etwas bieten zu können, etwas, das sich nicht nach wenigen Wochen in den nüchternen Alltag eines beliebigen Paares verwandelte. Nein, dies war nicht Leandras Weg. Und es wäre ganz gewiss auch nicht gut für ihn.

Er verstand sie nun besser. Es mochte sein, dass er ihre wahre Wesensart noch längst nicht ermessen konnte – sie war gewiss neugierig, wissensdurstig und bereit, die verrücktesten Dinge auszuprobieren. Er dachte wieder an Jackos Worte und sah sie wie einen bunten Schmetterling durch die Welt flattern und sich von den Winden des Frühlings hierhin und dorthin treiben lassen. Sie war stets freundlich und ließ sich gern auf Dinge ein, an die andere nicht einmal zu denken wagten. Und sie war auch so schön wie ein Schmetterling. Er lachte leise auf. Ein Schmetterling, der auch Krallen zeigen konnte. Er hatte ein großes Verlangen, mit ihr wieder zärtlich werden zu können, aber das lag jetzt einfach nicht in seiner Reichweite. Trotzdem hatte er das Gefühl, dass sie sich, vielleicht in einem Jahr, wieder treffen würden und eine solch unbeschreibliche Nacht wie vorgestern miteinander teilen könnten. Schmetterlinge muss man frei lassen, erinnerte er sich an Jackos Worte. Und manchmal kamen sie dann wieder.

Diese Zeit des Nachdenkens verlief sehr aufmunternd für ihn und er überlegte, wie er einen Weg für sich selbst finden konnte, seine Liebe zu ihr in etwas umzumünzen, das ihn nicht dazu zwang, immer in ihrer Nähe sein zu müssen. Gab es eine Liebe, die über die Zeit und die Entfernung hinweg zu bestehen vermochte? Akrania war nicht so groß, dass man sich zwangsläufig nie mehr wieder sah, wenn man sich trennte. Allerdings – Leandra würde ohne weiteres auch eine Reise in ferne Länder wagen, und das mochte heißen, dass er sie für sehr lange Zeit aus den Augen verlor. Aber sie hatte ihm etwas gegeben, das ihm Mut machte: Vertrauen.

Dann merkte er, dass er an eine Zukunft dachte, die sehr im Dunkeln lag. Es mochte durchaus sein, dass es gar keine Zukunft mehr gab. Dass sie morgen oder übermorgen enden mochte, auf dem Schlachtfeld von Unifar. Ihm wurde klar, dass er noch eine wichtige Aufgabe zu erfüllen hatte. Er wollte ihr Leben schützen, und deswegen musste er unbedingt den Umgang mit der Canimbra erlernen.

Er lenkte seine Gedanken auf diese Aufgabe und konzentrierte sich. Der erste Schritt war, allein das Trivocum wiederzufinden. Er schloss die Augen und bemühte sich, die magische Grenzlinie zu erspüren. Es gelang ihm überraschend leicht. Er versuchte, ein wenig umherzuschweifen, und studierte die unterschiedlichen Färbungen, die das Trivocum besaß.

Es gab einige Stellen, die heller waren als andere, und als er sich die Objekte und Gegenstände ansah, die er dort in ihrer gleichermaßen vom Diesseits und vom Stygium durchdrungenen Abbildung erblickte, erkannte er Dinge von großer Stabilität und Dauerhaftigkeit, wie zum Beispiel Stein oder Wasser. Andere waren dunkler, wie Holz, Pflanzen, Metall oder kleine Lebewesen. An einem sterbenden Busch erkannte er tiefrote Verfärbungen, die ins Blaue ausliefen, er sah sogar einmal einen Vogel, der ein dunkelblaues Objekt im Schnabel hielt – vielleicht einen Frosch oder einen Fisch, den er gefangen hatte. Langsam erkannte er die Gesetze, nach denen die Farben verteilt waren, und nun wuchs sein Interesse, sich mit der Canimbra zu beschäftigen. Er verließ seinen Platz, holte das magische Artefakt und begab sich wieder zurück in die Abgeschiedenheit.

Eine Weile schnitzte er an den Stöcken herum, bis sie eine gute Dicke und Länge besaßen, und begann dann, die Canimbra leise anzuschlagen und ihren Ton zu finden. Es gelang ihm ohne große Probleme, dabei das Trivocum zu beobachten. Überrascht stellte er fest, dass es sich an einigen Stellen im Rhythmus seiner Schläge schlagartig ins Gelbe hinein verwandelte, um dann sachte wieder zurück zur alten Färbung zu treiben. Er fand auch bald heraus, dass er durch das Beobachten des Trivocums Stellen auffinden konnte, die eine bestimmte Resonanz zu besitzen schienen. Er konnte die Kräfte der Canimbra auf diese Stellen lenken – es kam darauf an, wo und wie fest und wie schnell er die Trommel anschlug. Begeisterung stieg in ihm auf.

Er sah eine Blume zwischen Felsen hervorsprießen, die am Sterben war – durch das Trivocum nahm er sie in tiefroten Farben wahr. Er setzte sich vor sie hin und begann die Trommel anzuschlagen. Obwohl der Blume in der realen Welt nichts anzumerken war, sah er im Trivocum, wie sich ihre Farbe erhellte, bis sie die hellrote Färbung ihrer Umgebung angenommen hatte. Hörte er auf zu trommeln, kehrte das Tiefrot zurück. Ihm wurde klar, dass er die Blume nicht retten konnte, er vermochte sie nur, solange er die Canimbra schlug, von den Kräften des Stygiums zu befreien. Den Tod trug sie bereits in sich. Immer mehr begriff er, was die Canimbra war und wie sie funktionierte. Er probierte rhythmische Figuren, die er von früher her kannte, und stellte fest, dass sie einen besonderen Effekt hatten. Das Trivocum straffte sich und bewegte sich währenddessen in einem bestimmten Muster. Dadurch nahm es an verschiedenen Stellen verschiedene Färbungen an; es gelang ihm, es mit einem Muster zu überziehen, das bestimmte stygische Energien stärker behinderte als andere. Er schaffte es damit, den Wind, der über die Mauern strich, gleichmäßiger zu machen. Windböen blieben aus, der Wind selbst aber versiegte nicht.

Fasziniert probierte er weiter. Er versuchte laute, rasende Wirbel und dumpfe, stampfende Rhythmen. Jede Figur veränderte das Trivocum auf seine eigene Weise. Er entdeckte auch, dass er durch unrhythmische, abwechselnd harte und weiche Schläge den Effekt erreichen konnte, der sich bei Hennors Versuchen eingestellt hatte – doch es gelang ihm problemlos, die verletzten Stellen des Trivocums wieder zu schließen.

Nach vielen Stunden kam Leandra wieder zu ihm. Sie setzte sich zu ihm und fragte, wie es ihm ginge.

»Oh, gut, wirklich gut. Ich glaube, ich habe die Canimbra einigermaßen begriffen.«

Sie nickte ihm freundlich zu.

»Und dich auch«, fügte er hinzu.

»Mich?«

»Ja!«, sagte er lachend. »Frag nicht. Vertrau mir einfach.«

Leandra grinste zurück. »Gut, ich vertraue dir. Ich habe Munuel und Tharlas gesagt, dass du es geschafft hast. Sie beobachten schon seit Stunden fasziniert, was du so alles mit dem Trivocum anstellst. Sie sind sicher, dass du uns wirklich helfen kannst, wenn wir nach Unifar gehen.«

Victors Miene verdüsterte sich. »Ich mache mir Sorgen um dich«, gestand er.

»Ich mir auch, das kannst du mir glauben. Wir sollten die paar Stunden hier noch genießen. Munuel will, dass wir morgen früh aufbrechen. Die Drachen waren am Nachmittag in der Nähe von Unifar. Sie berichten, dass sich dort ganz üble Dinge abspielen. Die Stadt sähe anders aus als sonst. Wie, konnten sie nicht sagen. Es schien ihnen ... nun, als habe sich so etwas wie ein öliger Film über die Ruinen um den Palast herum gezogen.«

»Ein öliger Film?« Victor schauderte. »Was soll das bedeuten?«

»Ich weiß es nicht. Nichts Gutes, fürchte ich.«

»Sag mal ...«

»Ja?«

»Könnte ich jetzt nicht auch ... mit den Drachen sprechen? Mithilfe der Canimbra?«

Leandra hob die Brauen. »Daran habe ich noch gar nicht gedacht. Aber ... du hast Recht! Ja, sogar ziemlich sicher! Munuel und ich haben es schließlich auch mit der Hilfe der Stygischen Artefakte geschafft!«

»Nun, ich werde es probieren, sobald es geht.«

Sie deutete in Richtung des großen Tempels. »Hennor hat irgendeine scheußlich aussehende Suppe gebraut. Aber sie riecht gut. Hast du Hunger?«

»Ja. Wie ein Mullooh.«

Leandra erhob sich. Sie trug keinen Wams, nur das Kettenhemd und ihre lederne Hose. Das Kettenhemd schmiegte sich eng an ihren Oberkörper, und sie war eine einzige Augenweide. Die kleinen Perlen schimmerten in ihrem Haar. Er bekam Lust, ihr ein Kompliment zu machen.

»Was ist?«, fragte sie.

»Du meinst, ich wäre ein gut aussehender Mann?«

Sie grinste und er sah ihr an, dass sie eine freche Antwort auf der Zunge hatte. Doch dann veränderte sich ihr Gesichtsausdruck, und sie sagte: »Ja, das meine ich. Warum?«

»Dann muss man einen neuen Begriff für dich erfinden«, meinte er und erhob sich. Er legte den Arm über ihre Schulter, zog sie ganz eng zu sich und marschierte dann mit ihr los. Sie wehrte sich nicht, sah nur freundlich zu ihm auf.

In diesem Moment wusste er, dass er sie *doch* irgendwie hatte – nur auf eine ganz andere Weise, als er es sich jemals vorgestellt hatte. Dann wusste er es plötzlich. Sie war sein Schmetterling, den er freigelassen hatte und der zurückgekehrt war. Wenigstens für eine kleine Weile.

39 ♦ Unifar

Die Stadt war von einer gewaltigen Größe und beinahe vollständig von wucherndem Urwald überwachsen. Mancherorts schimmerte noch ein warmer Ockerton von den Steinen des gepflasterten Platzes hindurch, ragten die Spitzen hoher, verfallener Gebäude und Türme aus den Bäumen hervor und schimmerten die kantigen Züge einstmals mit hellbraunen Kopfsteinen gedeckter Straßenzüge durch das wuchernde Grün.

Der Rest war vom Urwald überwachsen. Bis zum Horizont erstreckte sich die Stadt, und wären da nicht die grünen Hügel gewaltiger, vom Wald verdeckter Bauwerke im ehemaligen Zentrum der Stadt gewesen, hätte man Unifar sogar aus der Luft übersehen können. So spektakulär wie Bor Akramoria und die Mogellfälle erschien Leandra diese Stadt zwar auf den ersten Blick nicht, dennoch war sie beeindruckend – man erahnte ihre vergangene Pracht und Erhabenheit. Die Anzahl und Größe der Straßen, Plätze und Gebäude waren, so wie sie aus der Luft zu erkennen waren, der Hauptstadt eines großen Reiches würdig, und die Weitläufigkeit ihrer Anlage war geradezu verschwenderisch. Hier mochten vor zweitausend Jahren Leben, Kunst und Kultur pulsiert haben – in einer Pracht, die gewiss bei weitem das übertraf, was heute die Hauptstadt Savalgor für Akrania bedeutete.

Sie waren nur etwa drei Stunden geflogen, aber schon seit dem Beginn ihres Fluges hatte sich ein unterschwelliges, Magenweh bereitendes Gefühl in Leandra aufgebaut. Ein Gefühl, das sie nur mit den Augenblicken vergleichen konnte, als sie damals dem großen Wagen des Totenzuges näher gekommen war, die dumpfen, rhythmischen Gesänge vernommen und das irisierende, violette Farbspektrum erblickt hatte. Die Drachen waren weit vor der Ankunft in Unifar immer tiefer gegangen und zuletzt niedrig über den See dahingeflogen, in der Hoffnung, dass man ihre Ankunft nicht bemerken würde.

Dann befanden sie sich über den südlichsten Ausläufern der Stadt, die sich noch meilenweit nach Norden erstreckte, und setzten zur Landung an. Das Wetter war heute ein wenig kühl und bewölkt, obwohl kaum die Gefahr bestand, dass es noch regnen würde. Dennoch – wie schnell sich so etwas ändern mochte, hatten sie in Bor Akramoria erlebt.

Die Drachen landeten auf einem kleinen Platz, ganz im Süden der Stadt, gleich an den Ufern des Sees und wohl noch ein gutes Stück entfernt von dem Ort, an dem der einstige Herrscherpalast gestanden haben mochte.

Während die Drachen hinunterschwebten, verdichtete sich das ungute Gefühl. Eine Berührung des Griffes der Jambala sagte Leandra, dass das lebende Schwert nicht minder erregt war als sie selbst.

Wieder staunte Leandra über die sanfte Landung der Drachen, die so sehr im Gegensatz zum explosiven Kraftakt eines Starts stand. Tirao glitt leicht wie eine Feder hinab, stellte die Schwingen in den Wind, sank auf den Boden und federte sanft ab. Seine Klauen erzeugten dabei ein durchdringendes Klacken auf dem steinernen Pflaster.

Leandra glitt vom Rücken des Drachen hinab. Als sie dann unten auf dem uralten Pflaster des Platzes stand und zu den riesigen Ruinen aufblickte, ergriff eine dunkle Vorahnung von ihr Besitz.

Ihre Gefährten waren ebenfalls von den Drachen geglitten und standen auf dem Boden der legendenumwobenen Stadt. Selbst die Drachen regten sich kaum, schienen ebenfalls unter dem Bann dieser Überbleibsel einer längst vergangenen Epoche zu stehen. Der Platz mochte an die hundert Schritte Seitenlänge haben und war von flachen, meist vollständig überwucherten Ruinen umgeben. Der Stein, der hier beim Bau verwendet worden war, schien von anderer Art zu sein als in Bor Akramoria. Er war von bräunlicher Färbung und offenbar längst nicht so haltbar. Der Grad es Verfalls war in Unifar deutlich höher.

Nach Norden hin stieg der Platz zu einer flachen Stufenterrasse an, gefolgt von einer Reihe nebeneinander stehender Klötze auf kurzen Säulenstümpfen. Der Sinn dieser Objekte war ihnen verborgen. Dahinter lag eine breite Straße, die schließlich, in mehreren hundert Schritten Entfernung, von einem flachen Arkadenbau begrenzt wurde, hinter dem sich ein Quintett breiter, untersetzter Türme erhob.

Die meisten Teile der Gebäude waren von einem Geflecht von Luftwurzeln überwachsen. Nicht weit südlich von hier ragten einige steinerne Piers in den Mogellsee hinein, aber auch sie waren überwuchert; ein Seefahrer würde es schwer haben, sie überhaupt erkennen zu können. Aber bis hierher, an den nördlichsten Teil des Sees, kam wohl niemand mehr, hier oben gab es schließlich nichts, was eine Reise lohnte – zumal dieser Teil der Welt ihren Fluch trug. Und den spürte Leandra nun immer stärker auf sich eindrängen. Sie blickte sich um und erkannte, dass ihre Ankunft auch hier in Unifar nicht unbemerkt geblieben war. Die Strahlen der Sonne, die durch die großen kristallinen Fenster hoch droben am Felsenhimmel auf sie herabfielen, wirkten plötzlich, wie vor ein paar Tagen in Bor Akramoria, als hätten sie an Leuchtkraft und Wärme verloren.

Und wieder bebte der Boden, ganz schwach nur, aber wahrnehmbar. Es schienen noch die gleichen Kräfte in der Erde zu schlummern, hier und in Bor Akramoria, die damals mit dem Beginn des Dunklen Zeitalters einhergegangen waren.

An den Gesichtern aller Anwesenden war abzulesen, dass sie sich innerlich auf eine Bedrohung, einen plötzlichen Gegner gefasst machten. Sie sahen sich um, versuchten die Lage zu ermessen, ihren Standort und mögliche Deckungen einzuschätzen. Der Fluch von Unifar steckte in jeder Mauer und jedem Stein. Das Böse, das seit Urzeiten von der Stadt Besitz ergriffen hatte, schien sich gegen jeden Eindringling zur Wehr setzen zu wollen.

Nordöstlich von hier liegt der Palast von Unifar, war Meakeioks Stimme zu vernehmen. An Victors Reaktion sah sie, dass auch er nun in der Lage war, die Drachen zu verstehen.

Meine Sippe hat beschlossen, euch zu helfen, fuhr er fort. *Es gibt hier viele dunkle und böse Wesen, die in eben diesem Augenblick gegen euch ausgesandt werden. Und ihr seid zu wenige, als dass ihr sie alle besiegen könntet.*

Wie wollt ihr das tun?, fragte Victor erstaunt. *Ich weiß nicht, ob ihr mit euren Krallen gegen die Dämonen und Untoten ankommen könnt …*

… wir beherrschen Magie, unterbrach Meakeiok ihn. *Uralte, schon lange nicht mehr benutzte Drachenmagie, die unsere Vorväter einst im Kampf gegen die Dunklen einsetzten. Ja, vor dem Dunklen Zeitalter kämpften die Menschen und die Drachen Seite an Seite miteinander gegen die dunkle Bedrohung. Aus diesen Zeiten stammt die Sage, dass die Drachen einen so heißen Atem besäßen, dass sie Feuer spucken könnten, wie ihr es nanntet. Aber es ist eine Magie, eine sehr mächtige Magie. Sie ist uns zu Eigen. Seit Urzeiten wurde sie nicht mehr eingesetzt, aber jeder Drache, der geboren wird, kennt sie aus sich heraus. Es ist eine reine, weiße Magie, und sie wird gegen die Dunklen Wesen wirksam sein.*

»Habt ihr das gehört?«, rief Victor in die Runde, und Munuel und die anderen nickten. Allein Jacko besaß als Einziger keinen Zugang zum Trivocum, und so erklärten sie es ihm.

Er trat in die Mitte der Gruppe. »Gut. Wir haben unser

Ziel bereits gestern besprochen. Der oder die Anführer der *Bruderschaft von Yoor* müssen sich hier aufhalten. Und das tun sie wahrscheinlich im Tempel von Yoor, der unterhalb des Palastes liegen muss. Wenn wir sie angreifen wollen, müssen wir vorher so viele wie möglich von diesen Dunklen Wesen herauslocken – am Besten zuletzt die Anführer selbst. Hier oben, in der Stadt, haben wir viel bessere Chancen. Wir sind zu wenige, um in irgendwelchen dunklen Tunneln gegen eine Horde schwarzer Wesen zu kämpfen. Besonders, weil uns die Drachen dort unten nicht helfen können. Wir müssen also versuchen, alle uns zu Gebote stehenden Vorteile zu nutzen. Dazu sollten wir das Gelände möglichst gut kennen. Ich schlage vor, einer von uns wagt einen Flug auf einem der Drachen nach Nordosten. Zuerst in großer Höhe. Wir müssen herausfinden, wie es dort aussieht, ob bereits Gegner auszumachen sind und wie viele es sind.«

»Ich mache das«, sagte Victor und trat vor.

Jacko nickte. Er blickte in die Runde und sah nur entschlossene, ja teils grimmige Gesichter. Augenscheinlich hatte sich ein jeder der Gruppe innerlich bereits auf den Kampf eingestellt. Das war gut so. Zaghafte und angstvolle Leute wären jetzt hinderlich – auch wenn sie Magie beherrschten oder ein Stygisches Artefakt trugen. »Du bist ein mutiger Mann, Victor, ich weiß«, sagte Jacko. »Aber wenn dir etwas passieren sollte, dann kann keiner mehr die Canimbra schlagen, und wir sind verloren. Ich fürchte, ich muss all diese gefährlichen Aufgaben selbst übernehmen. Auf mich könnt ihr am ehesten verzichten.«

Jacko wurde von allen Seiten mit *»Nein«* und *»Aber Jacko ...«* bestürmt, doch er hob die Hand. »Spart euch eure Höflichkeiten«, sagte er kalt lächelnd. »Der Krieg fängt an, und da weht ein anderer Wind als in den Schaukelstühlen vor den Kaminen eurer Ordenshäuser.«

Die Magier gaben sich weniger verblüfft, als Jacko

erwartet hatte, und das war ein weiterer Hinweis auf ihre Entschlossenheit. Leandra kam in den Sinn, dass Hellami vielleicht genau die gleichen Worte gebraucht hätte. Vielleicht sogar noch ein bisschen drastischere.

Jacko marschierte zu dem Drachen, der ihn bisher immer getragen hatte, und schwang sich auf seinen Rücken. Der Drache zögerte nicht lange und warf sich in die Lüfte.

Munuel winkte Leandra zu sich und führte sie ein paar Schritte von den anderen weg.

»Ich habe mich mit der kleinen Rolle beschäftigt, erinnerst du dich?«, meinte er. »Die zu deiner Rüstung gehört?«

An das Pergament hatte Leandra schon lange nicht mehr gedacht. »Ja, natürlich!«, sagte sie.

»Es handelt sich tatsächlich um einen uralten Zauber der Tharuler Waffenschmiede, eine Eismagie – so alt, dass die Schrift kaum noch zu verstehen ist. Das heißt, dass du da«, und damit tippte er keck auf eine Stelle zwischen ihren Brüsten, »ein wahrhaft uraltes Gerümpel trägst. Es ist wahrscheinlich älter als der erste Liebestraum, den die Urgroßmutter deiner Urgroßmutter hatte.«

Leandra lachte auf. »Nett gesagt, alter Mann.« Sie strich sich aufreizend mit beiden Händen die Taille hinab. »Es fühlt sich aber taufrisch an!«

Munuel nickte. »Das ist der Stahl. So einen wie den Tharuler gibt es kein zweites Mal auf der Welt. Wie ich herausgefunden habe, lässt er sich noch stärker machen und bietet sogar einen ziemlich guten Schutz gegen Magie – allerdings nur gegen sehr einfache Formen.«

»Du meinst … solche wie zum Beispiel diese Dunklen Wesen?«

Munuel nickte abermals. »Zum Beispiel. Vor der Magie eines Angehörigen der *Bruderschaft von Yoor* wird dich dein hübsches Hemdchen nicht besonders schützen können.«

Leandra, der der Kampfeswille schon aus den Augen sprühte, bog angriffslustig die Hüfte vor und sagte: »Ich werde ihn erst ein bisschen aus der Fassung bringen und dann mit der Jambala in kleine Streifen schneiden – was meinst du?«

Munuel lachte spöttisch auf und schüttelte den Kopf. »Du warst einmal *so* ein braves Mädchen …!«

»Was ist nun mit dieser Magie? Kann ich sie anwenden?«

»Nur, wenn du absolute Ruhe dazu findest. Es ist gefährlich, weil sie in der sechsten Stufe liegt!«

Leandra stieß einen Pfiff aus. »Ja, das hattest du bereits erwähnt! Du traust mir ganz schön viel zu, Munuel!«

»Der Zauber selbst ist einfach. Kein Zirkel der Urgewalten, eine glatte Eismagie ohne kombinierten Schlüssel. Wenn du dich für einige Zeit in echte Konzentration begeben kannst und du nichts anderes im Kopf hast als diese Intonation, dann wird er dir gelingen.«

»Was ist, wenn nicht?«

Munuel sah sie ernst an. »Das ist die Gefahr dabei. Ich kann es nicht voraussagen. Es könnte sein, dass dein schöner Kettenpanzer an dir herabrieselt wie trockenes Laub oder dass er dich ….«

»… ja?«

»Dass er dich zerquetscht.«

Leandra verzog das Gesicht zu einer Grimasse.

»Das Problem liegt darin, dass die Wirkung des Zaubers verfliegt, wenn du das Aurikel nicht kontrollierst. Und das wirst du nicht können, wenn du kämpfst. Dazu bist du noch nicht gut genug. Versuche es also erst gar nicht, du würdest dich dadurch nur gefährlich schwächen.«

»Aber … wie soll ich dann den Schutz überhaupt einsetzen?«

»Am besten gar nicht. Ich will dir die Intonation nur für den Fall erklären, dass du keine andere Möglichkeit mehr hast, dass du in einer Zwangslage steckst oder sonstwelchen Nutzen daraus ziehen könntest, den wir jetzt gar nicht überblicken können. Verstehst du? Sozusagen als letzten Ausweg. Es wäre dumm, dich in den Kampf ziehen zu lassen, ohne dass du eine Ahnung hast, wie er funktioniert. Wir können es zusammen hier einmal probieren, damit du Bescheid weißt. Aber danach wirst du auf dich allein gestellt sein.«

Diese Nachricht war enttäuschend. Ein größerer Nutzen der Geheimnisse der Rüstung wäre ein echter Vorteil gewesen.

Munuel erklärte ihr die Intonation in allen Einzelheiten. Dann begaben sie sich in Konzentration und Munuel achtete genau darauf, wie einst in der Dorfschule, dass sie alles richtig machte. Er überprüfte ihren Kontakt zum Trivocum und den Zustand ihrer Anspannung. Dann gab er ihr das Zeichen, dass sie das Aurikel setzen könnte.

Als die Rüstung den magischen Schutz annahm, überkam Leandra ein Gefühl, als wäre sie in die heißen Quellen von Quantar gestiegen. Es prickelte auf ihrer Haut und Wärme entstand. Ein metallischer Geruch ähnlich dem der Haut eines Drachen stieg auf. Munuel zog sein kleines Messer und berührte damit ihren Bauch. Mit einem leisen Aufschrei ließ er es fallen.

Er keuchte und schüttelte die Hand wie in einem heftigen Schmerz. Leandra verfolgte verblüfft seine Reaktion.

»Puh!«, machte er und blies auf seine Hand. Seine Haut hatte sich gerötet. »Das ist ja ein schlimmes Ding!«, stieß er hervor.

Leandra fuhr mit ihrer Hand über die Stelle, die er eben mit dem Messer berührt hatte. Das Metall fühlte sich so weich wie immer an, es war nur sehr warm.

»Es weicht das Metall auf, das dich berührt«, sagte er und hob sein Messer auf. Die Klinge war hoffnungslos verformt. »Und zwar innerhalb von Augenblicken.« Er studierte das kleine Messer und warf es dann mit einer knappen Handbewegung fort. »Interessant. Ich muss mich später einmal eingehend mit diesem Stahl beschäftigen.«

»Wie lange hält das vor?«, fragte sie.

Er hob die Schultern. »Schwer zu sagen. Wenn du es nicht kontrollierst, vielleicht ein paar Minuten. Möglicherweise eine halbe Stunde. Länger nicht.«

»Und das Aurikel? Schließt sich das von selbst?«

»Beobachte das Trivocum«, sagte er.

Sie konzentrierte sich kurz und sah das Aurikel. Es war kleiner geworden, seine Ränder leuchteten aber noch immer in kräftigem Gelb.

Dann aber war plötzlich keine Zeit mehr für irgendwelche Experimente. Sie vernahmen ein Flügelrauschen. Sie blickten auf und sahen, dass Jacko zurückkehrte.

Er sprang vom Rücken des Drachen und eilte zu ihnen. »Es sieht übel aus«, verkündete er. »Im Mittelpunkt der Stadt quillt eine riesige Horde von Dunklen Wesen aus unzähligen Öffnungen. Es sind auch seltsam hell aussehende Gestalten darunter, gar nicht so wie diese Dunklen Reiter!«

Die Magier sahen sich an. »Bleiche!«, flüsterten sie sich gegenseitig zu.

»Der ganze Stadtkern wimmelt nur so von diesen Monstren. Sie bewegen sich in unsere Richtung.«

»Wie viele sind es?«, fragte Tharlas atemlos.

»Hunderte. Und es werden immer mehr. Ich weiß nicht, wie wir dagegen ankommen sollen!«

Unschlüssiges Schweigen machte sich breit.

»Gut«, rief Jacko. »Wir können nicht länger warten. Wenn die Drachen diesen Feuerzauber beherrschen, dann müssen sie nun zeigen, was sie können. Ich schlage vor, Tharlas, Munuel und Hennor fliegen ihnen mit den restlichen Drachen entgegen. Sie sollen sie aus der Luft angreifen. Am besten von Norden her, um den

Marsch der Wesen nach Süden aufzuhalten. Aus der Luft könnten sie mit ihrer Magie viele Gegner gleichzeitig angreifen. Aber am besten an drei verschiedenen Punkten.«

Die Gefährten hatten sich um ihn versammelt und nickten. Jeder schien seinem taktischen Verständnis vollständig zu vertrauen.

»Victor, Leandra und ich fliegen mit einem anderen Drachen in weitem Bogen um sie herum. Ganz flach, damit uns keiner sehen kann. Zuerst auf den See hinaus, dann nach Osten und von dort in die Mitte der Stadt. Ihr solltet versuchen, sie zuerst nach Westen zu locken, dann lasst sie wieder nach Süden vordringen. Bis dahin sind wir in der Mitte der Stadt.«

Wieder hörte man zustimmendes Gemurmel.

»Entweder es klappt, sie ganz wegzulocken, oder wir müssen versuchen, sie allesamt zu schlagen. Vielleicht können die Drachen Wunder wirken.«

»Die Dunklen Wesen sind nicht sehr stark«, sagte Munuel. »Sie sind nur Projektionen der Macht eines Dämons. Ich bin zuversichtlich, dass wir sie mit unserer Magie aufreiben können, selbst ein paar hundert von ihnen. Das Entscheidende sind … die Dämonen, die sie steuern.« Er sah zu Leandra. »Das ist eine Aufgabe für dich, mein Kind. Es ist gut, dass Victor bei dir ist. Er soll dich mit der Canimbra vor ihrer Magie schützen. Du musst sie aufspüren und vernichten. Ich denke, sie werden sich irgendwo in der Nachhut aufhalten. Die Hauptmacht werden wir von euch weglocken.«

»Wie viele werden es sein?«, fragte Leandra.

Munuel schüttelte den Kopf. »Das kann ich nicht sagen. Aber Dämonen von der Macht eines Lauerers sind nicht allzu leicht ins Diesseits zu holen. Selbst von Männern der *Bruderschaft* nicht. Ich kann mir nicht denken, dass es mehr als ein paar Dutzend sind!«

Leandra schnappte nach Luft. »Ein *paar Dutzend!*«, rief sie.

Munuel grinste sardonisch. »Das ist das Höchstmaß, mein Herz. Wahrscheinlich sind es weniger. Aber auf mindestens ein halbes Dutzend würde ich mich gefasst machen. Nun zeig, was in dir und deiner Jambala steckt!«

Leandra spürte, wie sich die Stimmung innerhalb der Gruppe hochschaukelte. Jetzt war keine Zeit mehr für Zaudern und Furcht. Jetzt ging es um alles oder nichts.

»Gut«, rief sie. »Dann lasst uns nicht länger warten. Je früher wir bei diesem Sardin sind, desto besser!«

Tharlas und Hennor blickten sie betroffen an. *»Sardin?«*, fragten sie im Chor.

Leandra kniff die Augen zusammen. Jetzt hatte sie Munuels geheime Befürchtung herausposaunt.

Munuel hob die Arme. »Leandra hat Recht. Was hilft es, uns jetzt noch einen netten Frühlingsausflug vorzugaukeln. Ich habe Hinweise entdeckt, die darauf schließen lassen, dass *Er* noch leben könnte.«

»Waaas?«, rief Tharlas. *»Sardin?* Nach zweitausend Jahren?«

Munuel nickte kalt. »Ja. Aber vergesst nicht – wir haben die Drei Stygischen Artefakte. Sie waren ihm einst überlegen und werden es wieder sein. Und diesmal ... ist die Canimbra auf *unserer* Seite!«

Victor glaubte, seinen Ohren nicht trauen zu dürfen.

Mit einem Aufstöhnen ließ er das Lederband los, an dem er die Canimbra über seiner Schulter hielt, und taumelte mehrere Schritte zurück. Munuel fing ihn auf. Die Canimbra war zu Boden gepoltert und lag da wie ein harmloses Stück Holz.

Diese leichte, vielleicht ungewollte Betonung, die Munuel da eben hatte vernehmen lassen, brachte endlich alle Klarheit der Welt in die wahren Begebenheiten von damals.

Die Canimbra hatte an einem Platz gelegen, der einst Sardins Refugium gewesen sein musste; vielleicht war Bor Akramoria damals einer der entscheidenden Stützpunkte der Bruderschaft von Yoor gewesen. Die Canimbra musste in seine Hände gefallen sein, und dann hatte er sie zuletzt, in einem furchtbaren Racheakt, dazu benutzt, das Trivocum niederzureißen. Victor hielt das Instrument in Händen, mit dem man eine ganze Welt vernichten konnte.

»Das war der Grund«, sagte Munuel leise, »warum der Geist des Ulfa diesen Ort mit einer so gewaltigen Macht vor jedem Eindringling beschützte. Er verhinderte seit zweitausend Jahren, dass sich ein anderer diese furchtbare Waffe aneignete.«

Victor stöhnte hilflos auf.

»Leandra hat uns durch ihre mutige Tat den Zugang ermöglicht. Das war mehr, als irgendein Mensch der Welt je hätte tun können.« Er blickte seine Schülerin mit einer Dankbarkeit und Demut an, die sie in dieser Form in seinen Zügen noch nie gesehen hatte. Sie trat ebenfalls einen Schritt zurück. »Und nun hast du, Victor«, fuhr Munuel fort, »die Möglichkeit, all die Schuld wieder von uns zu nehmen. Du bist ein guter Mann. Du wirst sie beherrschen und mit ihr das *Richtige* tun! Hab keine Angst vor deiner Aufgabe. Du bist der Einzige, der sie wirklich lösen kann.«

Victor atmete schwer.

Dann aber wurde ihm die Entscheidung abgenommen. »Die Dunklen Wesen kommen näher«, sagte Tharlas. »Wir müssen los!«

40 ♦ Dunkle Horden

Die Drachen waren mächtige Verbündete. Allein die Masse der Gegner war es, die den Erfolg ihres Angriffs bedrohte.

Munuel saß auf dem Rücken Meakeioks, und der Drache fegte eben in einem wagemutigen Sturzflug nach unten, materialisierte eine sengende Feuerwolke innerhalb einer Gruppe von einem Dutzend Dunkelwesen und machte im nächsten Augenblick mit seinen gewaltigen Klauen die letzten drei nieder, die brennend und dumpf grölend aus dem glühendheißen Hexenkessel hervortaumelten.

Um ihn herum fegten andere Drachen nieder und taten Ähnliches; diejenigen, die niemanden auf dem Rücken trugen, wagten noch viel halsbrecherischere Flugmanöver, landeten sogar für Sekunden, um mit den eisenharten Vorderkanten ihrer Schwingen die Dunkelwesen niederzumähen oder sie mit ihren Krallen zu zerreißen. Es war ein wahres Inferno, und niemals hätten sie auch nur den Hauch einer Chance gehabt ohne die Drachen. Es waren einfach zu viele Gegner.

Munuel schätzte ihre Zahl, die stetig anstieg, auf inzwischen beinahe tausend. Zumeist waren es Gestalten von der Art der Dunklen Reiter oder der Wesen der Totenzüge, die Leandra ihm beschrieben hatte. Aber auch äußerst groteske Missgeburten waren darunter – Monstren, halb Bär und halb Vogel, oder widerliche Würmer, riesige Egel oder mehrköpfige plumpe Riesen ohne Hirn und Verstand. Es waren einfach nur die Ausgeburten stygischer Kräfte, die von Dämonen zum Leben erweckt worden waren; jede davon so dumm und ziellos einherstampfend wie ein schwachsinniges Mullooh, aber gefährlich in dem einzigen Ziel, das sie kannte: Alles, was Leben, Sinn oder Ordnung bedeutete, gnadenlos zu vernichten.

Allein die Botschaft, die diese Wesen mit sich trugen, erregte den heiligen Zorn von Munuel. Denn ihr Urheber bezeugte durch sie nichts als die vollkommene Verachtung aller Dinge, die schön, gut, nützlich oder auch nur neutral waren. Was mussten es für Wesen sein, die ihr Werk in der Dumpfheit der Vernichtung sahen, die keinerlei Respekt vor dem Leben und kein Gefühl für etwas Schönes aufbringen konnten ... Munuel, ein Mann von großem Gerechtigkeitssinn, spürte, wie ihn immer stärkere Wut überkam – und auch die Lust, diese Bastarde der Hölle aus seiner Welt zu vertreiben, sie an einen Ort zu jagen, an dem sie sich an ihrer unheiligen Lust an dem Verfall, der Vernichtung, der Fäulnis und dem Tod erfreuen könnten. Dieser Ort war nicht hier, nicht in dieser Welt.

Er hatte, von seinem Zorn getrieben, eine Riesenfaust von rein weißer Energie im Yhalmudt angesammelt, und es war fast eine Erleichterung, diese Faust zu entfesseln und auf ein halbes Hundert der widerlichen Kreaturen herabschmettern zu lassen. Der Energiestrahl, obwohl noch immer nicht die volle Kraft des Yhalmudt enthaltend, schlug mit furchtbarer Gewalt in die Gruppe der Monstren ein und wirbelte sie auf wie ein plötzlicher Windstoß einen Haufen vertrockneter Blätter. Ein paar davon segelten im nächsten Moment hilflos an ihm und Meakeiok vorbei, und am liebsten hätte er ihnen noch etwas hinterhergeworfen, eine Axt, einen Dolch oder auch nur einen Stein.

Dann waren sie schon wieder fort und Meakeiok stellte die Schwingen in den Wind und schoss wieder in den Himmel hinauf. Um sie herum flatterten die anderen Drachen, und Munuel verfolgte mit tiefer Befriedigung, wie sie die Massen der Dunkelwesen aufrieben und vor sich her trieben.

Das, was seine Wut beinahe am meisten erregte, war die dumpfe Wehrlosigkeit der Kreaturen – sie hatten dem Angriff der Drachen fast nichts entgegenzusetzen. Ein gelegentlicher Ausstoß irgendeiner magischen Energie war alles, und die Drachen konnten diesen Objekten oder dünnen Feuerstrahlen mit Leichtigkeit ausweichen. Nicht einmal Kämpfer waren es, was man da gegen sie ausgesandt hatte, sondern nur eine gestalt- und hirnlose Masse von umhertrampelnden Wesen, die nicht mehr zu tun vermochten, als Dinge zu zerreißen, die zufällig in die unmittelbare Reichweite ihrer Klauen gerieten. Eine solch unwürdige Armee von Dummköpfen – dafür aber in tausendfacher Zahl – war beinahe schon eine Beleidigung an die Adresse der Gildenmagier.

Trotzdem, und das musste Munuel eingestehen, taten sie ihre Wirkung. Ihre ständig wachsende Anzahl verwehrte ihnen den Zugang zum Zentrum der Stadt, und sie mussten sich mit ihnen herumschlagen, ob sie es nun wollten oder nicht. Sie ließen sich jedoch verhältnismäßig leicht in eine Richtung lenken, wenn man die Angriffe einigermaßen koordinierte.

Inzwischen waren aber auch Bleiche aufgetaucht, und die waren von anderem Zuschnitt. Es handelte sich um riesenhafte, menschenähnliche Wesen von weißlicher Hautfarbe, mit fahlen Fetzen bekleidet und offenbar geschlechtslos, die mit ihren glühenden, violettblauen Augen scharfe, knisternde Blitze schleudern konnten und ebenso mit violettblauen glühenden Kugeln um sich warfen. Einer der Drachen hatte schon eine solche Kugel zu schmecken bekommen und sich für Minuten aus dem Kampfgetümmel retten müssen, um sich wieder zu sammeln. Die Bleichen waren beweglicher und intelligenter; Munuel hatte sich darauf verlegt, mit dem Yhalmudt speziell sie anzugreifen – sofern er einen zu Gesicht bekam. Glücklicherweise waren es nicht allzu viele.

»Munuel!«, rief es von links.

Er blickte auf und sah Hennor mit versengten Haaren, der auf dem Rücken eines Drachen neben ihm schwebte. Der Drache war verletzt, hatte ein rauchendes, kürbisgroßes Loch in der rechten Schwinge.

»Ich glaube, ich habe das Nest eines Dämons entdeckt!«, rief Hennor und deutete in eine Richtung. »Es liegt nordöstlich von hier. Ich komme nicht gegen ihn an, er scheint sehr stark zu sein!«

»Ich kümmere mich darum!«, rief Munuel. »Bleib hier bei den Drachen und mach so viele von diesen Kreaturen nieder, wie du nur kannst!« Er sah sich um und erblickte Tharlas in einiger Entfernung. »Und bitte – keine Rücksicht auf den Kodex heute! Gib auf die Bleichen Acht!«

»Keine Sorge«, rief Hennor siegesgewiss zurück. »Ich habe bereits einen guten Trick gegen sie gefunden! Bis dann!« Damit sackte sein Drache nach unten weg und zischte kurz darauf nach Westen, wo sich Tharlas mithilfe eines halbes Dutzends anderer Drachen mit einer größeren Rotte von Dunkelwesen herumschlug.

Ich habe es gehört, sagte Meakeiok. *Ich kann spüren, welchen Punkt er meint.*

Kannst du auch Tirao, den Drachen von Leandra, benachrichtigen?, fragte Munuel. *Sie muss erfahren, wo wir einen von ihnen aufgestöbert haben. Sie selbst soll weiter ins Zentrum der Stadt vorstoßen.*

Ist schon geschehen, sandte Meakeiok ihm zu. Er stieg schnell höher und legte sich dann in eine weite Kurve Richtung Nordwesten.

Munuel nahm die Gelegenheit war, die Stadt zu überblicken. Es war furchtbar. Die Zahl der Dunkelwesen, die überall aus irgendwelchen Löchern zu quellen schienen, musste jetzt schon um einiges über tausend liegen. Und das, obwohl sie bestimmt schon ein paar hundert niedergemacht hatten. Soweit er gesehen hatte, hatten sie noch keine Verluste außer dem einen verletzten Drachen, der fortgeflogen war. Irgendwann musste sich die Kraft der Dämonen erschöpfen. Er hatte zwar keinen genauen Anhaltspunkt, aber nach seiner Erinnerung hatte der Lauerer im Wald damals etwa zweihundert Dunkelwesen erschaffen können, bevor seine Kraft versiegte. Demnach musste es mindestes neun bis zehn Dämonen in Unifar geben – bis jetzt. Es sei denn, es waren welche höherer Ordnung dabei. Er und Leandra würden viel zu tun bekommen. Er hoffte, dass sie es überhaupt schaffen konnten.

*

Tirao wandte den Kopf ein Stück, und sein rechtes Auge blitzte zu Leandra herüber. *Meakeiok hat mir eine Nachricht gesandt*, informierte er sie. *Er sagt, sie hätten einen Dämon entdeckt. Wir sollen weiter zur Mitte der Stadt fliegen.*

Leandra blickte zu Victor, der hinter ihr saß, und sah, dass auch er die Botschaft verstanden hatte. Er gab sie weiter an Jacko, der ganz hinten saß.

Sie waren in weitem Bogen über den See ausgewichen und dann von Osten her über die Stadt eingeflogen. Wenn alles geklappt hatte, dann müssten sie sich jetzt dem Zentrum von Unifar und dem Punkt, an dem sich der ehemalige Palast befand, relativ unbehelligt nähern können.

Dann tauchte vor ihnen ein riesiger Gebäudekomplex auf, größer sogar noch als der Palast von Savalgor. Es waren Tempelbauten von solcher Riesenhaftigkeit, dass es Leandra für einen Augenblick den Atem verschlug. Wo sollten sie hier nach der *Bruderschaft* suchen?

Tirao schien die Antwort zu kennen. Er steuerte zielbewusst auf den höchsten der Tempel zu, dessen Mauern vor zweitausend Jahren vielleicht noch höher gewesen sein mochten.

Unter ihnen sahen sie Horden von finsteren Wesen aus den Randgebäuden des Tempelbezirks herausquellen und nach Süden strömen. Es schien jedoch, als hätte man sie und Tirao bislang noch nicht bemerkt. Leandra blickte nach Westen und glaubte dort Drachen in der Luft erkennen zu können; dann sah sie einen gleißenden Energiestrahl, der vom Boden herauffuhr und einen der Drachen traf. Das Tier stürzte wie ein Stein aus dem Himmel. Sie stöhnte auf.

Im nächsten Augenblick zischte ein ebensolcher Strahl direkt an ihnen vorbei und Tirao brachte sich mit einem heftigen Schlenker aus der Gefahrenzone. Leandra blickte nach unten und sah dort ein riesenhaftes bleiches Wesen, das in diesem Augenblick ausholte und eine weitere, bläulich wabernde Kugel zu ihnen heraufschleuderte.

Es war Victor, der schnell genug reagierte. Sie erschrak regelrecht, als er in einem plötzlichen Stakkato auf die Canimbra einschlug. Kurz bevor sie die Energiekugel erreicht hatte, löste sie sich auf, zerfiel zu einer Wolke harmlosen Staubes, so als hätte der Bleiche eine Hand voll Mehl in die Luft geworfen.

»Ha! Es funktioniert!«, rief Victor begeistert. Dann drohte er mit der Faust hinab. »Du Scheißkerl! Dich krieg ich noch!«

Schon zischte Tirao über eine hohe Mauer oberhalb der vorderen Tempelgebäude hinweg und hatte einen gewaltigen, sechseckigen Innenhof erreicht, aus dessen Mitte sich ein schlanker Turm erhob. Sein oberes Drittel schien er eingebüßt zu haben; auf dem Pflaster des Hofes um den Turm herum lagen Massen von Gesteinstrümmern.

Aber es gab auch noch etwas anderes dort unten: ungefähr hundert Dunkelwesen, die nach Süden strebten, vier oder fünf Bleiche und einen großen, dunklen Planwagen, aus dem stetig weitere Dunkelwesen, eines nach dem anderen, herauskrochen.

Tirao ließ plötzlich eine weiß lodernde Feuerwolke im Strom der Dunkelwesen entstehen, gleich darauf noch eine, segelte dann todesmutig mitten in die Gruppe der in südlicher Richtung tappenden Monstren hinein und mähte sie mit seinen Flügeln und Krallen nieder.

Keine Sekunde später breitete er die Schwingen zur Landung aus und setzte unmittelbar vor dem riesigen Planwagen auf. *Schnell!*, lautete seine Botschaft. *Ich hole Hilfe!*

Seine Tat duldete kein Zögern. Wenngleich Leandra, Victor und Jacko mehr als überrascht von dem entschlossenen und urplötzlichen Angriff des Drachen waren, rutschten sie schon mit dem Schwung der Landung von seinem Rücken herab. Er stieg sofort wieder auf.

Leandra nahm sich ein paar Sekunden Zeit zur Orientierung.

Hinter ihr herrschte in einer Gruppe von gut an die hundert Dunkelwesen das totale Chaos. Die Hälfte von ihnen lag reglos am Boden und war bereits in ihrem charakteristischen Zerfallsprozess begriffen. Weitere zwanzig oder dreißig taumelten weiß brennend umher, und der Rest tappte auf dem Pflaster entlang, ohne Richtung und Ziel.

Jacko stürmte schon mit einem Aufschrei los, zog seinen gewaltigen Zweihänder vom Rücken und drang tobend in die Gruppe der Dunkelwesen ein. Die Bleichen, die in der Nähe standen, hatten sich aber von der Überraschung erholt und sich in ihre Richtung gewandt. Da erklang plötzlich ein wuchtiger, dröhnender Rhythmus, und Leandra zuckte unter der kolossalen Lautstärke, die aus der Canimbra drang, zusammen. Mehrere Blitze und violettblaue Feuerkugeln, die in ihre Richtung unterwegs waren, zerbarsten mitten in der Luft, und nun wusste sie, dass sie keine weitere Sekunde mehr Zeit hatte, um über ihre Aufgabe nachzudenken.

Mit einem hell singenden Geräusch zog sie die Jambala, und das Schwert flammte in ihrer Hand auf, als könnte es selber Blitze verschleudern. Sie schrie mit plötzlicher Wut auf und stürmte vorwärts. Mit einem riesigen

Satz sprang sie auf den Kutschbock des Wagens und zerschnitt mit einem Streich die faulige, dunkelgraue Plane, die darüberhing.

Dann traf sie eine Faust aus violetter stygischer Energie, die sie zurücktaumeln ließ; beinahe wäre sie wieder heruntergefallen. Sie fing sich gerade noch und sah, wie aus dem Inneren des Wagens ein gewaltiger Strudel spiralig sich verwindender Energie auf sie zuschoss. Die Farben seines Spektrums waren von blutroter, blauer und tiefvioletter Farbe, die sich schon ins Schwarze verwandelte, und plötzlich tauchten beißende giftgrüne Funken in dem Wirbel auf, die sich auf ihren Kopf konzentrierten und ihn packten, als wollten sie ihn ihr vom Leib reißen.

Sie schrie auf und ließ sich fallen. Einen Augenblick später zischte ein metallischer Blitz durch die Stelle, an der sie eben noch gestanden hatte, und ein wabbeliger Ball einer energetischen Substanz entstand und fiel gleich wieder in sich zusammen. Das alles war begleitet von einem Brüllen, das nicht von dieser Welt stammen konnte, und sie wusste im selben Augenblick, dass dieser Dämon von anderem Zuschnitt war als der Lauerer, den sie dereinst getötet hatte.

Irgendein Instinkt in ihr übernahm die Führung. Mit einem Hechtsprung schoss sie unter den Wagen und riss im Herumwirbeln die Jambala in die Höhe. Sie schnitt glatt den Wagen über sich entzwei.

Es war ihr Glück, dass sie schnell genug auf der anderen Seite wieder heraus war, trotzdem aber traf sie irgendetwas schmerzhaft am Arm. Sie hörte die wutentbrannten Schreie von Jacko und das tobende Stakkato der Canimbra. Dann brach eine formlose, glühende Masse aus dem zerstörten Wagen hervor und schwappte in ihre Richtung.

Sie hechtete abermals in Sicherheit, und wieder zischte jener metallische Blitz durch die Stelle, an der sie sich eben noch befunden hatte. Spätestens jetzt war sie vorgewarnt. Sie musste in Bewegung bleiben, sonst würde das Monstrum sie erwischen. Einer Eingebung folgend, rannte sie direkt auf das glühende Gebilde zu, erkannte im letzten Moment, dass es sich zu der Form eines riesigen schimmernden Mantas mit einer Reihe von bösen Augen in der Körpermitte zusammenballte, und bahnte sich dann ihren Weg mit einer Serie von harten, kurzen Hieben mitten durch den Dämon hindurch.

Hinter sich hörte sie ein unirdisches Aufbrüllen, warf sich sicherheitshalber erst einmal zur Seite, sprang dann wieder auf und ging gleich zum nächsten Angriff über. Sie hatte die Kreatur verletzt, und wenn sie jetzt schnell und entschlossen handelte, würde sie es vielleicht rasch zu Ende bringen können.

Aber so leicht war es nicht. Als sie den Dämon ein zweites Mal attackierte, verwandelte er sich mit rasender Geschwindigkeit in eine Kugel, die vor metallisch schimmernden Klingen nur so starrte. Mit einem Aufstöhnen gelang es ihr, im letzten Augenblick die Richtung zu ändern und an ihm vorbeizuspringen.

Kurz darauf stand sie wieder – ein Dutzend Schritte von dem Dämon entfernt. Sie atmete schwer. Dieses Monstrum war verflucht gewandt und äußerst gefährlich. Im Augenblick war sie ratlos, wusste nicht, wie sie es kriegen sollte. Ein weiterer metallischer Blitz schoss hervor, aber die Jambala machte sich selbständig, fuhr in die Höhe und zerstörte in einem rasenden Wirbel den tödlichen Energiefinger.

Dann hörte Leandra, wie der dröhnende Trommelwirbel von Victor verstummte. Ein Blick zeigte ihr, dass Jacko soeben sein Schwert aus dem letzten der dahingemähten Bleichen zog. Victor hatte die Wesen mit der Canimbra offenbar so weit gelähmt, dass Jacko sie hatte niedermachen können.

»Ihr müsst mir helfen!«, schrie sie hinüber. »Ich schaffe es nicht allein!«

*

Ein Drache hatten sein Leben gelassen, ein zweiter hatte sich verletzt in Sicherheit bringen müssen, und Meakeiok trug eine grässliche Wunde an der Seite. Wie es Tharlas und Hennor ergangen war, konnte er nicht sagen.

Dieser Dämon, der dort unten in dem kleinen Steinhaus hockte, war ein verdammt harter Brocken. Ohne Zweifel war er von höherer Ordnung, ein sehr komplexes Gebilde stygischer Energien, die wahrhaft kunstvoll im Diesseits verwoben worden waren. Also war die Magie der *Bruderschaft* doch nicht so primitiv, wie er zuerst gedacht hatte. Aber von dieser Sorte Dämon konnten sie unmöglich allzu viele herbeigerufen haben.

Munuel, Meakeiok und zwei weitere Drachen hatten ihn angegriffen, hatten das Steinhaus, aus dem die Dunkelwesen gekrochen waren, in einen wahrhaft infernalischen Hexenkessel von rein weißen Energien gehüllt. Sie mussten ihn verletzt und geschwächt haben, denn er sandte keinen einzigen seiner dunklen Schergen mehr aus. Sogar ein rundes Dutzend von Bleichen hatten sie dabei noch vernichtet, die ihm zu Hilfe geeilt waren. Aber der Dämon hatte den Angriff überstanden.

Meakeiok schwebte in einem steten Höhenwind eine Viertelmeile über dem Ort des Geschehens und war ziemlich erschöpft.

»Ich muss hinunter!«, sagte Munuel laut. »Ich muss ihm direkt gegenübertreten und ihn mit einer geballten Ladung Energie aus dem Yhalmudt vernichten!«

Hast du noch so viel Kraft?, fragte Meakeiok, und Munuel merkte, dass die Stimme des Drachen, sogar durch das Trivocum wahrnehmbar, zitterte.

Ich muss, antwortete Munuel.

Meakeiok, der die Lage offenbar durchaus zu ermessen wusste, ließ sich bestürzend schnell darauf ein. Er begann einen Sinkflug. Munuel hatte wohl eher auf einen guten Ratschlag gehofft oder vielleicht sogar auf etwas Trost – aber woher sollte der jetzt kommen? Meakeiok war mit Sicherheit noch erschöpfter als er und der Yhalmudt musste die Sache nun zu Ende bringen. Da gab es kein Wenn und kein Aber. Kurz bevor sie zur Landung ansetzten, hatte sich Munuel mit Mühe gefangen und auf die Unausweichlichkeit ihrer Lage eingestellt.

Er glitt vom Rücken Meakeioks herunter und stand unschlüssig auf dem Pflaster einer Straße, nur durch ein kleines Mäuerchen von dem Haus getrennt, das in knapp einem Steinwurf Entfernung dastand. Er spürte im Trivocum die violetten Risse wabern, ein betäubender, metallisch stehender Ton drang in die geplagten Nervenbahnen seines Gehirns und suggerierte ihm, dass er hier eigentlich nichts verloren hatte – und lieber schnellstens wieder verschwinden sollte.

Aber er wäre nicht Munuel gewesen, hätte er sich davon wirklich vertreiben lassen. Diese Dinge erlebte er nicht zum ersten Mal, und auch einem Dämon von solcher Macht stand er nicht zum ersten Mal gegenüber. Er wusste, dass diese stygischen Missgeburten zu besiegen waren, man konnte sie ausbluten lassen, ihnen solange die Energien entziehen, bis sie vertrockneten.

Meakeiok!, sagte er leise durchs Trivocum.

Der Drache meldete sich mit ebenso leiser Stimme.

Ich habe eine Idee. Sende den anderen beiden Drachen eine Botschaft. Sie sollen auf der anderen Seite landen, und zwar so, dass ihr drei an den Eckpunkten eines Dreiecks um das Steinhaus herum steht. Dann projiziert stetig eure rein weißen Energien auf das Haus, doch nicht zu stark, und achtet darauf, dass ihr euch nicht gegenübersteht. Sie sollen ihn in seinem Versteck von drei Seiten treffen und ihn erschöpfen.

Meakeiok bestätigte und Munuel spürte, wie eine Botschaft durchs Trivocum flog – leise wie ein dahinhuschender Schatten. Die Drachen hatten eine sehr wirkungsvolle und unauffällige Methode entwickelt, auf der magischen Ebene miteinander zu kommunizieren.

Munuel wartete eine Minute, dann sah er einen der

Drachen heranfliegen; der andere mochte bereits da sein – das Steinhaus versperrte ihm den Blickwinkel. Und schon begann der Energiestrom aufzuleben, und Munuel sah, dass die Drachen verstanden hatten: Er kam leise daher, wie der erste Windhauch vor einem nahenden Gewitter, und es bestand die Möglichkeit, dass der Dämon eine Zeit lang gar nicht bemerkte, was da geschah.

Nun ging es um einen günstigen Angriffspunkt. Aber das war schwierig. Wie sollte er in dieses kleine Haus gelangen, das zweifellos nur einen einzigen Raum besaß, ohne dass ihn der Dämon sogleich bemerkte?

Doch dann sah Munuel seine Chance. Sie ließ ihn zurückschrecken, denn sie war allzu verwegen – und sie konnte sich als Falle für ihn selbst herausstellen.

Das kleine Steinhaus war zweifellos ein Brunnenhaus, und ganz in Munuels Nähe gab es einen alten Brunnen. Also musste eine unterirdische Verbindung zwischen beiden existieren. Munuel versuchte, den Schrecken über seine eigene Idee herunterzuschlucken, und schlich zu dem hüfthoch ummauerten Schacht, der in die Erde führte. Als er hineinsah, traf ihn eine zweite erschreckende Erkenntnis – der Brunnen führte noch Wasser. Seit zweitausend Jahren offenbar. Erstaunlich genug, aber so war es nun einmal.

Dann wurde Munuel klar, dass ihm das helfen konnte – wenngleich es das Wagnis auch vergrößern mochte. Wasser war, von der magischen Ebene her gesehen, ein anderes Medium, und er konnte sich darin verstecken. Er war für den Dämon darin verborgen, denn er war über seine eigenen magischen Fähigkeiten hinaus ein Lebewesen dieser Welt, und er konnte sich mit seinen ureigensten Fähigkeiten als Lebewesen unter Wasser orientieren. Er würde also ganz nah an ihn herankommen können, wahrscheinlich ohne dass er bemerkt wurde.

Dafür aber musste der erste Angriff sitzen. Ein Rückzug durch das Wasser war mit Sicherheit vergebliche Mühe. Er wäre darin viel zu langsam, und der Dämon konnte es innerhalb einer Sekunde verdampfen – was Munuel wahrscheinlich allein schon das Leben kosten würde. Aber dennoch – das Wasser ermöglichte ihm zudem einen Überraschungseffekt, der ihm eine gewisse Aussicht auf Erfolg bot.

Er sah sich um und entdeckte keinen Weg, der aussichtsreicher gewesen wäre. Ungefährlicher ja, aber bei weitem nicht so Erfolg versprechend. Er untersuchte das Trivocum und sah, dass die Drachen den Dämon beschäftigt hielten. Der Strom rein weißer Energien war angewachsen, und das Brunnenhaus lag in ihrem Kreuzungspunkt wie ein Zelt in der Wüste, an dem sich die Ströme dreier heißer Winde trafen. Munuel sah, dass die violetten Farben im Trivocum längst nicht mehr so stark leuchteten – zudem musste der Dämon bereits ernstlich verletzt sein. Nun hieß es, Geduld zu wahren.

Er beobachtete das Trivocum weiter, und nach etlichen Minuten sah er, dass es Zeit wurde zu handeln, bevor der Dämon aus seinem Versteck ausbrach, in dem es ihm buchstäblich ›zu heiß‹ wurde.

Munuel kletterte über den Brunnenrand und stieg, die verwitterten Mauersteine als Stufen nutzend, in den Brunnenschacht hinab. Die Wasserfläche lag schwarz und still unter ihm und war ihm unheimlich. Doch er gestatte sich kein Zaudern und kletterte weiter hinab, bis seine Füße das Wasser berührten. Dann ließ er sich ins Wasser gleiten.

Es war kalt, aber ihm würde schon warm werden – da hatte er keine Bedenken. Er konzentrierte sich kurz, wirkte eine Himmelsmagie und pumpte seine Lungen mit einem Luftvorrat auf, der weit über dem lag, was sie normalerweise zu fassen vermochten. Dieses Aurikel musste er zwar kontrollieren, solange er unter Wasser war, aber das würde ihm schon gelingen.

Dann tauchte er unter.

Kaum hatte er die Wasseroberfläche durchbrochen, wurde es auch schon ein wenig heller. Nun galt es den Gang zu finden, der weiter unten zweifellos existieren musste. Er ließ sich tiefer sinken, und nach acht oder neun Ellen hatte er ihn. Die Ohren schmerzten wegen des Wasserdrucks, aber er gestattete sich keine weitere Magie, zumal er jetzt noch ein Licht erzeugen musste, und das war genug des Guten; wenn er es übertrieb, würde ihn der Dämon trotz des Wassers vielleicht doch noch entdecken.

Das Licht entstand vor ihm; nur eine schwache, erste Iteration, gerade genug, um sich in dem dunklen Tauchgang orientieren zu können. Die Luft in seinen Lungen würde noch eine Weile reichen. Dann schwamm er los, mit gleichmäßigen, ruhigen Zügen.

Unterwegs kam er an mehreren Abzweigungen vorbei – hier wurden noch andere Brunnen mit Wasser versorgt. Er schwamm jedoch weiter in die Richtung, die er eingeschlagen hatte, und sah nach zwei Minuten ein schwaches Licht vor sich. Er setzte das Norikel des Lichtzaubers und ließ nun auch die Himmelsmagie los. Seine Lungen waren noch voll, aber nun hatte er nur noch etwa eine Minute. Entschlossen schwamm er weiter. Als er dann, weit unterhalb des Wasserspiegels des Brunnenhauses, aus dem Tauchgang herauskam und nach oben blickte, sah er direkt vor seinem Gesicht eine hässliche, grinsende, vermoderte Fratze im Wasser.

*

Sie hatte den Dämon erwischt. Eine ekelhafte, schwärzlich-violette Brühe tropfte aus ihm heraus, sammelte sich unter seinem metallisch schimmernden Leib und versickerte in den Ritzen zwischen den Steinen.

Nein, sie löste sich dort sogar auf – nicht ohne aber zuvor den Stein, den blanken Stein des Bodens anzufressen, als bestünde er aus trocknem Brot, das in heißem

Wasser zerfiel. Leandra keuchte. Die Abartigkeit dieser Kreatur war beinahe zu viel für einen Menschen.

Der Dämon lag da, fünf oder sechs Ellen hoch und wie ein Dornenbusch aus Metall. Er streckte in einer langsamen Bewegung tausend scharfe und spitze Glieder in alle Richtungen zugleich aus; leise schlürfende und schmatzende Geräusche drangen aus seinem Innern.

Das Monstrum war verletzt, sodass sie sich dort, wo sie jetzt stand, in relativer Sicherheit befand – fünfundzwanzig Schritte von ihm entfernt. Er konnte nicht schnell genug agieren, ohne dass die Jambala in der Lage gewesen wäre, sie zu beschützen.

Victor stand in ihrer Nähe, und ihr war nicht ganz wohl dabei; sie wusste nicht, ob die Jambala ihn ebenso verteidigen würde. Er trug die Canimbra von Lederbändern gehalten, die er sich um den Hals und Oberkörper geschlungen hatte, und sah nicht wie ein Krieger, sondern eher wie ein Jahrmarktsgaukler aus, der gerade dazu ansetzte, mit Trommelschlag und Gesang den Leuten eine witzige Moritat vorzutragen. Sie grinste schwach – diese Rolle stand ihm gar nicht so schlecht.

»Einen Dämon habe ich mir irgendwie anders vorgestellt«, sagte er. »Der in der Schmiede war schon besser!«

Leandra lachte bitter auf. »Besser … das ist gut!« Sie schnaufte. »Ja, *der* war in der Tat besser! Ich hab ihn mit einem Streich dorthin geschickt, wo er herkam. Ein Würstchen im Vergleich zu diesem.«

»Was hast du mit ihm vor?«, fragte Jacko aus dem Hintergrund. »Ist er nicht verletzt genug, dass wir ihn einfach zurücklassen können?«

Leandra schüttelte energisch den Kopf. »Nein, sicher nicht. Es ist die Jambala, die er spürt, gegen die er nicht ankommen kann. Wenn wir gehen, wird er wieder anfangen, diese Dunkelwesen auszuspucken. Ich spüre deutlich, dass er noch große Macht hat. Er ist nur … ein bisschen außer Puste.« Sie machte eine kleine Pause und atmete ein paarmal durch. »Wie ich auch.«

»Ich hab vielleicht eine Idee«, sagte Victor leise. »Ist es nicht so, dass er sich seine Energie aus dem Stygium holt? Ich könnte mit der Canimbra das Stygium versiegeln, sodass er sozusagen keine Luft mehr kriegt.«

Leandra nickte. »Ja, versuch es!«

Victor zog sich ein Stück zurück, weitere zwanzig Schritte, sodass er noch mehr aus der Reichweite der Kreatur kam. Dann begann er einen dröhnenden, stampfenden Rhythmus zu schlagen, und Leandra beobachtete, wie das Trivocum augenblicklich zu hellem Gelb erstarrte, sich wie eine Mauer verhärtete und kein Quäntchen stygischer Kräfte mehr durchließ.

»Das hilft nichts!«, rief Victor aus dem Hintergrund. »Siehst du es? Seine verfluchte Schlechtigkeit stammt aus ihm selbst! Er braucht gar nichts aus dem Jenseits!«

Leandra nickte. Der Dämon bewegte sich wieder mehr, die widerlichen Geräusche schwollen an, und sie zuckte zurück, als eine peitschende Dornenranke, die aussah, als bestünde sie aus beweglichem Metall, über den Boden schnappte.

Dann griff er wieder an.

Innerhalb einer Sekunde schwoll er zu gelb und rot glühendem Metall an, blies sich auf und raste auf Leandra zu. Sie schrie auf, und eine Dornenranke schlug nach ihr. Die Jambala peitschte herum, traf die Ranke aber nicht, und innerhalb einer Sekunde war Leandra von ihr eingehüllt. Brennende Dornen bohrten sich in ihr Fleisch, beißender Qualm stieg auf – allein das Kettenhemd verhinderte, dass die Ranke sie in zwei Teile riss.

Jacko sprang herbei.

Sein riesiges Schwert, mit dem er ein Mullooh hätte töten können, fuhr auf die Ranke herab, die immer dicker anschwoll, aber das Schwert prallte ab, als hätte er auf einen Granitblock geschlagen. Leandra erkannte, dass sie verloren hatte. Eine Sekunde der Unachtsamkeit, und nun war es aus mit ihr. Ein letzter Gedanke blitzte in ihr auf. Mit dem winzigen Bewegungsspielraum, den sie noch hatte, stieß sie die Jambala davon, in Jackos Richtung, und wollte ihm noch etwas zurufen. Da hatte sie die Ranke aber schon so fest umschlungen, dass ihr die Luft wegblieb; sie konnte nur noch hilflos keuchen, die Dornen schnitten ihr ins Fleisch, und sie fühlte warmes Blut an ihren Schenkeln herabrinnen.

»Jacko!«, schrie Victor. »Die Jambala! Berühr sie mit deinem Schwert!«

Als Leandra Victors Worte hörte, durchflutete sie ein letzter Hoffnungsschimmer.

Jacko starrte verwirrt zur Jambala herab, die vor seine Füße geschliddert war. Er wusste, dass er sie nicht aufheben konnte – eine Berührung mit dem magischen Schwert würde er nicht überleben. Aber irgendetwas musste Victor mit seinem Ruf gemeint haben. Er blickte unschlüssig zu dem jungen Mann hinüber, der zwei Dutzend Schritte entfernt von ihm stand und in dessen Gesicht reine Panik geschrieben stand.

Jacko hatte längst mitbekommen, was zwischen den beiden geschehen war, er hatte sie sogar vor drei Nächten kurz beobachtet, als sie miteinander verschwunden waren. Er war kein Mann, der jemals fest schlief oder der der Wachsamkeit eines anderen vollständig vertraute. In den Sekundenbruchteilen, in denen diese Gedanken durch seinen Kopf schossen, war er noch immer zu keinem sinnvollen Schluss gekommen, was er denn nun tun sollte – oder was geschehen würde, wenn er genau das tat, was Victor ihm zugeschrien hatte. Ein Blick auf Leandra sagte ihm, dass Victor nicht mehr viel von ihrem schönen Körper haben würde, wenn er jetzt nicht blitzschnell handelte.

Er entschloss sich, genau nach Victors Worten zu verfahren, und streckte seinen mächtigen Zweihänder nach der Jambala aus – bis Metall Metall berührte.

Ein gewaltiger, energetischer Blitz zuckte durch sein Schwert in seine Hände, und für die Zeit eines Wimpernschlages erschrak er so sehr, dass er es loslassen wollte. Dann aber spürte er plötzlich, was das bedeutete – er hob sein Schwert und sah, dass es in wütende Flammen geraten war, dass das Metall brannte und weiß glühende Funken verschleuderte.

Mit einem Aufschrei warf er sich nach vorn. Eine Sekunde später war er bei der mörderischen Ranke, die jetzt schon zu Armesdicke angeschwollen war, und durchtrennte sie mit einem einzigen Streich. Ein singendes Geräusch knallte wie ein Peitschenhieb über den Platz und die Ranke um Leandra herum zerbarst. Das Mädchen fiel aufstöhnend zu Boden.

Aber dann war Jacko schon mitten im Kampf. Der Dämon war herangeschnellt und schoss ein Dutzend weiterer Ranken auf ihn ab. Victor schrie im Hintergrund auf. Mit der Gewandtheit eines erfahrenen Kämpfers fuhr Jacko herum und schwang sein Schwert in einem engen Bogen und danach gleich noch mal. Die Ranken fielen abgetrennt zu Boden, zerbarsten, wie die erste, mit hässlichen Geräuschen. Eine hatte indes seinen rechten Unterschenkel erwischt und schnitt brennend heiß in sein Fleisch. Aber eine Sekunde später hatte er auch sie erwischt.

Für Momente stand er keuchend da, fragte sich, ob es allein sein Geschick gewesen war, das ihn soeben hatte widerstehen lassen – oder ob die Kraft der Jambala mitgeholfen hatte. Er hob sein Schwert und sah es noch immer in heißen Flammen brennen und knisternde Funken versprühen.

Einen Dämon töten?, fragte er sich wütend in Gedanken. *Warum nicht? So was fehlt mir noch in meiner Sammlung.*

Mit wilder Entschlossenheit stürzte er vor. Hinter ihm setzte der Trommelschlag wieder ein. Er wusste nicht, ob er etwas nützen würde, aber ihm kam in den Sinn, jetzt ein hübsches Tänzchen dazu aufzuführen. Gleich darauf war er nah an das widerliche, metallische Stachelmonstrum herangekommen und mähte seine verderbten Auswüchse nieder wie ein Barbier einen stacheligen Bart. Streich um Streich ließ er auf die Bestie niederfahren – sein Schwert glühte auf und er vermeinte fast, seine Lust durch den Griff zu verspüren. Es schnitt tiefe Wunden in den Leib des Dämons, und er glaubte fühlen zu können, wie er mit jedem Streich eine wichtige Lebensader des Monstrums durchtrennte.

Wie ein Derwisch umkreiste er es im Rhythmus der wuchtigen Trommelschläge; längst gab es keine Gegenwehr mehr und ein unirdisches Brüllen begleitete den Tanz seiner tödlichen Schläge. Nein, es gab kein Herz in dieser Kreatur, sie war nur ein Bündel der Schlechtigkeit und des Bösen, und der Weg zum Sieg lag darin, ihre Struktur zu zerstören. Das war es, was die Jambala zu tun vermochte, schließlich hatte Jacko einige der Betrachtungen Munuels und der Magier mitanhören können.

Dann ging es langsam zu Ende; das grausige Wesen sackte in sich zusammen, seine metallenen Finger zuckten harmlos hierhin und dorthin – keiner davon vermochte jedoch Jacko in seiner Wut aufzuhalten.

Es wurde noch ein hartes Stück Arbeit, das furchtbare Wesen vollständig zu zerstören, denn die bösen Energien in seinem Inneren wollten nicht versiegen. Jacko sah sich genötigt, selbst auf den formlosen Klumpen metallischen Schleims noch minutenlang einzudreschen, denn die Energie in seinem Schwert wollte nicht verlöschen und ließ auch nicht zu, dass er nachließ. Zuletzt sackte er erschöpft zu Boden, das Schwert fiel klirrend aus seiner Hand, und er wusste, dass er es geschafft hatte.

Er gestattete sich eine Minute der Rast und des Luftholens, bevor er sich ächzend erhob und zu Leandra taumelte. Victor war bei ihr und verband ihre Wunden notdürftig mit Fetzen ihres zerrissenen Hemdes. Darunter blinkte das Kettenhemd hervor. Jacko wurde bewusst, dass es ihr wohl das Leben gerettet hatte. Dann war auch er bei ihr und ließ sich auf den Boden sinken.

»Wie geht es ihr?«, ächzte er und wischte die Schweißperlen von seiner Stirn.

Victors Augen waren voller Tränen. »Es ... es wird schon wieder!«, sagte er, richtete Leandras Oberkörper auf und nahm sie fest in die Arme. Sie hatte eine Menge Wunden, die noch leicht bluteten; ihre Augenlider flatterten, und sie befand sich irgendwo zwischen Ohnmacht und mühevollem Erwachen.

Aber sie würde es schaffen. Ihre Verletzungen waren nicht lebensgefährlich, wenn wahrscheinlich auch sehr schmerzhaft und schwächend. Ein wirklich tapferes Mädchen. Dafür, dass sie kaum Kampferfahrung haben konnte, war sie verdammt gut gewesen.

*

Munuel hätte beinahe alle Luft in einer riesigen Blase aus den Lungen gestoßen, als er die Fratze erblickte. Im letzten, rettenden Augenblick erkannte er, dass er den sich auflösenden Kadaver eines Bleichen vor sich hatte.

Angeekelt stieß er ihn davon und schwamm mit erschöpften Stößen nach oben. Er hatte nur Zeit für einen winzigen Blick durch die Wasseroberfläche. Mit sehr viel mehr verzweifelter Hoffnung als Gewissheit wandte er sich zur rechten Mauer hin, schob dort den Kopf, so langsam er nur konnte, aus dem Wasser in die rettende Luft hinaus, und zwang sich verzweifelt, langsam und geräuschlos einzuatmen, obwohl seine Lungen nach einem gewaltigen Atemzug schrien. Er hatte Glück.

Er war außerhalb der Sichtlinie des Dämons aufgetaucht, in einem sechs oder sieben Ellen tiefen quadratischen Schacht, aus dem eine kleine, schmale Steintreppe nach oben ins Brunnenhaus führte. Durch die Wasseroberfläche hatte er einige helle Reflexionen erblicken können, und obwohl er nicht wusste, was sie zu bedeuten hatten, war er davon ausgegangen, dass dort die Bestie hockte.

Es war nicht sehr hell in dem Brunnenhaus, nur durch einen ummauerten Türdurchgang fiel Licht herein. Munuel zwang sich, langsam weiter zu atmen. Ihm wurde schwindlig, und es kostete ihn fast das Bewusstsein, nicht heftig zu schnaufen. Dann schließlich hatte er es geschafft – nach zwei, drei Minuten atmete er wieder einigermaßen ruhig. Immerhin hatte er das Trivocum beobachten können und verfolgt, wie die weißen Energien der Drachen das Brunnenhaus und damit die Kraft des Dämons ständig ausdörrten. Es wurde jetzt höchste Zeit zum Angriff, denn der Dämon würde nicht mehr lange stillhalten.

Munuel versuchte sich zu orientieren.

Sieben Ellen über ihm lag die Ebene, auf der sich der Dämon befinden musste. Die Treppe lag ungünstig, er würde sie zwar benutzen können, sie bot jedoch keinerlei Deckung. Dann plötzlich sah er über sich zwei oder drei hell schimmernde Fäden erscheinen, die sich durch die Luft reckten, prüfend, wie schnuppernde Tentakel, und sich dann wieder zurückzogen. Für einen Moment setzte Munuels Herz aus.

Ein Schnitter!

Munuel bemühte sich, ein heftiges Schnaufen zu unterdrücken. Ein *Schnitter* – das war ein Dämon, wie er ihn damals schon in Hegmafor erblickt hatte, gewissermaßen ein kleiner Bruder der großen Bestie, die dort in den Kellern saß. Nichtsdestotrotz war ein Schnitter ein furchtbar mächtiges Konstrukt stygischer Energien, kaum zerstörbar, aufgeladen mit Kräften, die über das Vorstellungsvermögen eines Magiers hinausgingen. Sie hatten ihn so genannt, weil er aus beweglichem Metall zu bestehen schien, das blitzschnell seine Gestalt zu ändern vermochte und in der Lage war, eine Unzahl von Dunkelwesen aus seiner Energie zu produzieren, ohne dass seine Kraft merklich nachließ.

Munuel verspürte den Impuls, sofort wieder unterzutauchen und davonzuschwimmen. Diese Bestie war ein Albtraum, nein, schlimmer als das, sie war die Fleischwerdung aller bösen Träume, die man sich nur vorstellen konnte. Nur einen einzigen Dämon hatte er je gesehen, der noch mächtiger war als ein Schnitter – das war die Bestie von Hegmafor gewesen, für die ihnen kein passender Name eingefallen war. ›Weltenverschlinger‹ oder so ähnlich wäre vielleicht angemessen gewesen. Aber dieses Monstrum hatten sie mit über dreißig Magiern und dreizehntausend Soldaten angegriffen.

Wieder verging eine kostbare Minute, aber Munuel konnte sich nicht überwinden, seinen Angriff vorzubereiten.

Dann aber wurde ihm die Entscheidung abgenommen.

Was folgte, ging sehr schnell. Später dachte er, dass dies letztlich seine Rettung gewesen war, obwohl sie ein furchtbares Leid nach sich zog, das er hätte verhindern wollen, wenn es ihm nur irgend möglich gewesen wäre.

Der Dämon war auf ihn aufmerksam geworden.

Plötzlich schossen metallene Tentakel zu ihm herab, klatschten ins Wasser und zuckten in irrwitziger Geschwindigkeit in die Tiefe. Es war sein Glück, dass er schon oben war, sonst wäre er noch schneller entdeckt worden. Er schrie auf, gelangte in Panik auf die unterste Treppenstufe und hastete hinauf.

Dann stand er dem Monstrum direkt gegenüber, einer flaschenförmigen, schimmernden Ausgeburt der Hölle, deren Oberfläche nach heißem Teer stank und sich für Sekunden nicht rührte, so als wollte sie Maß nehmen und sich selbst Appetit machen. Unvermittelt zuckte eine riesige, metallische Lanze aus dem Wesen hervor.

Munuel wirkte intuitiv eine höchstmögliche Iteration, die er kaum bewusst steuern konnte. Es war ein Glücksspiel – aber es funktionierte. Es war in der zehnten Stufe, eine magische Gewalt, die er seit Jahrzehnten nicht mehr gewirkt hatte. Vor ihm ploppte eine Wand aus vulkanischer Hitze auf, gegen die die Lanze stieß und augenblicklich daran zerfloss. Munuel taumelte zurück. Obwohl diese Magie ihre Hitze nur nach der ihm abgewandten Seite produzierte, hatte seine Robe Feuer gefangen und seine Haare rochen versengt.

Er keuchte auf, behielt aber die Geistesgegenwart, die Mauer stabil zu halten und sie weiter gegen das Monstrum zu drängen. Innerhalb von Sekunden wurde es unerträglich heiß im Raum, und Munuel wusste, dass er sehr bald das Norikel setzen musste, sonst würde er verbrennen wie ein trockenes Stück Holz.

Die Hitze setzte dem Dämon jedoch noch mehr zu. Nicht, dass dies eine probate Waffe gegen ihn gewesen wäre, nein – vernichtende Hitze war allzu sehr mit den zerstörerischen Kräften des Stygiums verwandt. Trotzdem vernichtete sie die augenblickliche Erscheinungsform des Dämons, und er rettete sich, indem er blitzschnell zu einer formlosen Masse zerfloss und nach unten, in das Wasser des Brunnens, strömte. Eine gewaltige, heiße Dampfwolke stieg auf; Munuel konnte sich nur noch mit einem verzweifelten Sprung durch die nahe Tür nach draußen retten, bevor die unbändige Kraft des kochenden Wassers das Brunnenhaus erbeben ließ und gleich darauf ihr steinernes Dach aufsprengte – sodass die Brocken nur so über den Platz flogen.

Munuel kullerte nach draußen und wurde von einem kantigen, doch nicht allzu großen Stein am Oberschenkel getroffen. Einen weiteren, größeren Stein konnte er regelrecht verdampfen, indem er die Hitzewand, die er immer noch kontrollierte, über sich riss wie einen Schirm.

Er rappelte sich hoch und stand mitten auf dem Platz, auf dem sich eine haarsträubende Szene entwickelt hatte. Eine gewaltige Dampfwolke stand über dem zerstörten Brunnenhaus, kleine Trümmer prasselten noch immer herab, und die zersprengten Steine hatten eine

Staubwolke in den Dampf hineingeschossen, aus der nun ein dreckiger Regen niederging.

Die Iteration, die Munuel gewirkt hatte, stand immer noch, und sie war gut. Es war sehr fraglich, ob es ihm noch einmal gelingen würde, ein so mächtiges Aurikel zu kontrollieren. Er musste es jetzt nutzen, obwohl ihm klar war, dass es den Dämon nicht vernichten konnte. Ein kluger Einfall war jetzt gefragt. Dass ihm das Aurikel so gut und sicher gelungen war, machte ihm Mut. Die Wand seiner Hitze war hier draußen im Freien für ihn selbst nicht mehr so gefährlich, soweit er sie nur zwanzig, dreißig Schritte von sich entfernt halten konnte. Entschlossen setzte er sie ein, um das Brunnenhaus vollständig einzureißen. Er lenkte die Hitzesphäre, die nun so groß war wie er selbst, auf die Mauern und entfesselte ein Chaos, das ihm ein wenig Angst machte. Es war nicht gut, wenn ein einzelner Mensch so viel Macht besaß.

Die Steine zerfielen wie ein trockener Kuchen, und innerhalb von Sekunden hatte er das Brunnenhaus dem Erdboden gleichgemacht. Jetzt war nur die Frage, was der Dämon tun würde. Kam er wieder daraus hervor oder flüchtete er durch die unterirdischen Kanäle? Munuel wusste, dass er Zeit brauchte, um den Yhalmudt aufzuladen – die einzige Waffe, die er gegen den Dämon Erfolg versprechend einsetzen konnte.

Er setzte das Norikel, und das Trivocum schnappte mit einem Donnerschlag zu, der ihn zurücktaumeln ließ.

Meakeiok, rief er. *Ich brauche eure Hilfe. Haltet den Dämon beschäftigt, bis ich den Yhalmudt aufgeladen habe!*

Augenblicklich schwollen die weißen Energien über dem Platz an, gewannen eine Macht, die selbst Munuel überraschte. Die Drachen besaßen ein unerhört großes magisches Potenzial.

Munuel ließ sich zu Boden fallen und zog den Yhalmudt hervor. Er nahm ihn in die gefalteten Hände, entschied sich für ein Aurikel der fünften Stufe und sprach die Intonationen aus. Im Trivocum erblühte eine hell strahlende Öffnung. Sie war äußerst exakt gesetzt, die Ränder vollkommen sauber. Die Energien, die zum Fließen kamen, waren fast so rein wie die der Drachen. Munuel lenkte sie auf den Yhalmudt und spürte, dass er sie aufsog wie ein gigantischer trockener Schwamm.

Dann blickte er auf und erkannte, dass er nicht rechtzeitig fertig werden würde. Der Dampf verzog sich langsam und metallische Tentakel tasteten aus dem Brunnenloch herauf. Munuel überlegte verzweifelt, ob er das Aurikel wieder schließen und eines der sechsten Stufe setzen sollte. Das würde den Yhalmudt um einiges schneller aufladen, aber es bestand die Gefahr, dass er es nicht so sauber zu setzen vermochte wie dieses, dass die Energien unrein waren – und das würde ihn vollständig zurückwerfen.

Die Tentakel fingerten weiter herauf und dann kam schon der Körper des Dämons in Sicht, kalt schimmernd und eine Aura des Bösen verstrahlend, die das Trivocum aufbranden ließ; die unmittelbare Nachbarschaft der rein weißen und schwarz-violetten Kräfte versetzten es in ein Aufbrausen, wie es die Wellen des Mogellsees bei einem furchtbaren Orkan tun mochten.

Munuel fieberte dem Augenblick entgegen, da der Yhalmudt genügend Energien aufgesaugt hatte, aber das würde noch eine Weile dauern – lang genug, dass die Bestie ihn zuvor umbringen konnte. Und plötzlich war der Dämon zum Angriff bereit und begann sich auf Munuel zuzuwälzen wie eine tödliche, heiße Wand aus Stahl.

Munuel wagte nicht, das Aurikel lozulassen. Er flehte die Kräfte um eine glückliche Fügung an und um die wenigen Sekunden Zeit, die noch notwendig waren, um den Yhalmudt genügend zu laden, auf dass er den Dämon vernichten konnte.

Und die Kräfte gewährten ihm die Zeit.

Mit einem gewaltigen Aufschrei kam ein Drache herangestürzt. Munuel erkannte, dass es Meakeiok war. Es war eigentlich kein Flug, den Meakeiok da vollführte, es war ein gewaltiger Sprung, und er landete direkt auf dem Dämon.

Entsetzt sah Munuel, dass der Drache das unmöglich überleben konnte, kein atmendes Wesen dieser Welt würde mit einem Dämon in ein Handgemenge verfallen können und lebend daraus hervorgehen.

Der große Felsdrache verbiss sich augenblicklich in die metallische Masse, und knallende und beißende Entladungen stygischer Energien schossen auf, wurden sogar im Diesseits sichtbar. Dann begriff Munuel. Der Drache pumpte den Dämon regelrecht mit seiner rein weißen Energie auf und verschaffte ihm damit die Zeit, den Yhalmudt vollständig aufzuladen.

Dann war es soweit.

Der Yhalmudt war so heiß geworden, dass Munuel ihn nur noch an dem Lederband halten konnte. Er sprang auf. Zwanzig Schritte vor dem wild wabernden Knäuel des Dämons und Meakeioks blieb er stehen. Was sollte er nun tun? Entlud er den Yhalmudt, dann würde er Meakeiok vielleicht mit umbringen!

Verzweifelt überlegte er. Die rein weiße Energie würde Meakeiok nichts antun, aber die physischen Kräfte, die dabei entstanden, mochten den Drachen furchtbar verletzen oder ihn töten. Es war ein Dilemma, aber er hatte keine Wahl. Er musste hoffen, dass Meakeiok das überstand. Er hob den Yhalmudt und gab ihm den Befehl, seine Kraft zu entfesseln.

Es war ein Gefühl wie damals in Hegmafor. Munuel versank für eine halbe Minute in eine Sphäre milchiger Helle, in der kein Geräusch, kein Geruch, ja nicht einmal das Gefühl, irgendwo auf einem festen Boden zu stehen, an ihn herankam. Der Yhalmudt sandte seine Kräfte aus und schützte seinen Träger gleichzeitig gegen die Gewalt, die die Welt um ihn herum buchstäblich in Fetzen riss.

Langsam driftete er wieder zurück ins Diesseits und stand auf einem Trümmerfeld, das einmal der Platz mit dem Brunnenhaus gewesen war. Der Steinboden war aufgerissen, kein Grashalm lebte mehr und eine dunkle Wolke aus verdampftem Gestein und allen möglichen Dingen, die Munuel nicht beschreiben konnte, hing in der Luft. Der Dämon war fort.

Vor ihm lag Meakeiok auf dem Boden, der sich in Schotter und Sand verwandelt hatte, und Munuel sah, dass sein Drachenfreund nur noch wenige Atemzüge zu leben hatte. Er eilte mit Tränen in den Augen zu ihm.

Ist der Dämon fort?, hörte er Meakeioks schwache Stimme.

»Ja«, sagte Munuel. »Du hast mir das Leben gerettet.«

Es war so etwas wie schwache Belustigung in Meakeioks Stimme zu vernehmen. *Der Tag, an dem ein Drache wieder für einen Menschen sein Leben gibt, ist noch fern*, sagte er. *Trotzdem bin ich froh, dass du überlebt hast. Ich tat es, um die bösen Mächte vernichten zu helfen. Ich hoffe, auch du wirst nicht zögern … wenn es an dir ist.*

Meakeioks Stimme war schwächer geworden. Munuel hatte einmal geglaubt, vor Jahren, dass einem mit dem Alter die Fähigkeit verloren ging zu weinen. Er war beinahe froh darüber, dass es die Unwahrheit war. Tränen liefen seine Wangen herab.

»Leb wohl, Meakeiok«, sagte er. »Wir alle werden dich nie vergessen.«

Der große Felsdrache sagte nichts mehr und starb. Es war, wie Munuel geahnt hatte, die weiße Energie hatte ihm nichts angetan. Gutartige Wesen konnten von solchen Kräften nicht berührt werden. Es war das Böse, das ihn verletzt und getötet hatte, und die Aufgabe, diese bösen Kräfte aus der Welt zu jagen und damit Meakeiok zu rächen, stand ihm noch bevor.

41 ♦ Die Pforten der Hölle

Sie hatten unwahrscheinliches Glück gehabt. Angesichts dieser mächtigen Gegner waren sie mehr als nur mit einem blauen Auge davongekommen. Die überwältigende Nachricht aber bestand darin, dass die beiden *Schnitter* offenbar die einzigen Dämonen gewesen waren, die es hier – zumindest an der Oberfläche von Unifar – gegeben hatte. Nachdem sie vernichtet waren, war der Strom der Dunkelwesen vollständig versiegt. Tharlas, Hennor und die Drachen hatten die Dunklen Horden aufgerieben, und nachdem die Dämonen besiegt waren, zerfielen auch ihre finsteren Schergen wieder zu dem höllischen Staub, aus dem sie entstanden waren.

Es war ein furchtbarer Kampf gewesen, aber sie hatten ihn überstanden. Allein die Nachricht, dass Meakeiok und zwei Drachen getötet worden waren, versetzte sie alle in dumpfe Trauer. Die Drachen und besonders ihr Sippenältester hatten sich in dieser kurzen Zeit als die eigentlichen Helden erwiesen, ohne die sie niemals eine Chance gehabt hätten. Im Gesicht eines jeden von ihnen stand die Entschlossenheit, den Tod der Drachen nicht ungesühnt zu lassen.

Aber das Schicksal hatte ihnen kaum eine Verschnaufpause eingeräumt. Sie waren bereits wieder unterwegs, suchten in den Ruinen des Palastes nach Zugängen in die Tiefe und hatten schon ein halbes Dutzend entdeckt. Keiner konnte sagen, welchen sie hätten nehmen sollen.

»Hier!«, rief Victor und winkte mit der Fackel. »Schon wieder so ein Loch!«

Leandra kam herbei und drängte sich – nach ihrem

furchtbaren Kampf stärker als je zuvor – Schutz suchend an ihn. Sie nahm jede Gelegenheit wahr, auch wenn sie nur ein paar Sekunden dauerte, sich an ihn zu klammern. Es wurde ihm immer klarer, dass sie den Kampf mit der Jambala eigentlich verabscheute; er riss tiefe, dunkle Löcher in ihre Seele, die sie allein nicht mehr auffüllen vermochte.

»Wo denn?«, fragte sie, und Victor hielt die Fackel höher, damit sie das von unten her aufgeplatzte Pflaster besser sehen konnte. Sie befanden sich im westlichen Teil des riesigen Palastes, jenseits des Platzes mit dem Turm, wo Leandra und Jacko gegen den Dämon gekämpft hatten.

»Da, siehst du? Wieder so ein Ding, wie dort hinten. Es sieht aus ... als wäre hier einmal irgendwas ... heraufgekommen.«

Leandra nickte. Diese Löcher mussten aus der Zeit des Kampfes der Gilde gegen die Bruderschaft von Yoor stammen – vor zweitausend Jahren. Vom heutigen Tag konnten sie nicht herrühren – die Ränder waren verwittert, Flechten und Moose wuchsen in den Ritzen. Sie hatten bereits einen Vorgeschmack auf das erhascht, was sich damals zugetragen hatte. Es war kaum vorstellbar, welche Panik und welches Chaos in der Stadt geherrscht haben mussten, als die Dunklen Horden damals aus dem Untergrund hervorgebrochen waren. Wenn man nicht den Vorteil genoss, sie aus der Luft angreifen zu können, waren sie tödliche Gegner – besonders für einfache Leute ohne magische Waffen.

»Ich bin dafür, wir nehmen die Treppe unter dem Turm«, sagte Leandra matt.

Victor blickte sie zweifelnd an. Sie sah unendlich erschöpft aus.

Munuel und Tharlas hatten sie mit einem drastischen Heilzauber der achten Iterationsstufe wieder auf die Beine gestellt. Das lag normalerweise jenseits dessen, was Magier gemäß ihres Kodexes zu tun pflegten – aber für den Augenblick gab es nichts Heiliges mehr. Sie mussten ihre Kampfbereitschaft wieder herstellen.

Victor strich ihr tröstend übers Haar. Der Dämon hatte ihr schlimm zugesetzt, er vermutete, dass ihre Kraft erst wieder in einer bedrohlichen Situation zurückkehren würde – wenn ihr Körper sie zwangsläufig mobilisieren *musste*.

»Ich weiß nicht«, sagte er milde, obwohl ihre Idee ziemlich dumm war. »Das kann kaum etwas anderes als eine Falle sein. Sie werden uns genau dort erwarten.«

Sie nickte kraftlos und klammerte sich an seinen Arm und seine Seite, dass es ihm beinahe zur Last wurde. Er drehte sich herum und nahm sie bei den Schultern.

»Leandra!«, sagte er flehend. »Ich verstehe, dass du völlig erledigt bist, aber du musst dich zusammenreißen! Der nächste Untote, der dahergetappt kommt, wird dich sonst in der Luft zerreißen!«

Sie atmete auf, ihre Augenlider flatterten. Dann nickte sie, und er sah, dass sie sich wenigstens Mühe gab – obwohl nicht viel geschah. Es war ohnehin ein Wunder, dass sie den Kampf gegen all die Dunkelwesen, Bleichen und Dämonen überstanden hatten. Für die Drachen gab es nun keine echte Aufgabe mehr. Man musste den Tempel von Yoor finden, die Bruderschaft von Yoor aufspüren und sich zum Kampf stellen. Tharlas hatte seine linke Hand verloren, Hennor und Munuel hatten Brandwunden davongetragen und so gut wieder jeder wies Blessuren und Verletzungen auf. Aber Leandra hatte den Kampf mit dem Dämon überstanden, und das war das Einzige, was im Moment für Victor zählte. Irgendwie war ihm so ziemlich alles egal, selbst ein neues Dunkles Zeitalter, wenn nur Leandra lebend davonkam.

Er hörte einen leisen Pfiff aus der Nähe und wandte sich um.

Jacko stand dort drüben, zwischen ein paar umgestürzten Säulenstümpfen, und winkte ihm. Irgendwo im Hintergrund war Tharlas zu erkennen. Victor packte

Leandra um die Hüfte und zog sie mit sich. Er wünschte sich verzweifelt, irgendeine Kreatur würde um die Ecke kommen und sie so erschrecken, dass sie wieder wachsam wurde.

Er hatte die sperrige Canimbra auf den Rücken geschoben und sein Tharuler Schwert griffbereit. Irgendwie kam ihm diese Trommelei grotesk vor, und er konnte sich nicht recht mit dem Gedanken anfreunden, damit weiterzumachen. Aber der rechte Moment würde zweifellos kommen – dann, wenn sie den Bruderschaftlern gegenüberstanden. Obwohl er kein Krieger war, wäre ihm ein Artefakt wie die Jambala lieber gewesen.

Er erreichte Jacko, und dieser deutete zu Tharlas, der sich über eine dunkle Öffnung gebeugt hatte. Jacko schnappte sich plötzlich Leandra und schüttelte sie. Sie ließ es mit sich geschehen. Dann gab er ihr eine schallende Ohrfeige und zischte sie giftig an. Victor war mit zwei Schritten bei Jacko und packte ihn am Kragen. Doch der große Mann hielt seinem Angriff leicht stand und zeigte ihm eine Grimasse, die signalisierte, dass er es nicht gern getan hatte, aber dass es nötig gewesen war.

Leandras Blick war ein wenig klarer geworden. Wut stand in ihren Zügen. Sie holte aus und klebte Jacko eine, der er leicht hätte ausweichen können. Aber er ließ es sich gefallen, wischte sich über die Wange und grinste Leandra böse an. »Schon besser, Mädchen! Reiß dich zusammen! Du wirst bald wieder gebraucht, verstanden?«

Er ließ die verdatterte Leandra los, und bevor sie sich wieder an Victor klammern konnte, begriff dieser und wandte sich schnell ab.

Leandra fluchte, stampfte wütend auf und marschierte dann an ihm vorbei zu Tharlas. »Was ist das für ein Loch?«, fragte sie ärgerlich.

»Weiß nicht. Irgendein Zugang. Aber er gefällt mir besser als dieses allzu einladende Portal da unter dem Turm. Was meinst du?«

Leandra kniff die Augen zusammen. Jetzt war auch noch ihr Verstand gefragt! Victor beobachtete sie und beruhigte sich, als er sah, dass sie antworten wollte – dass sie langsam wieder zu sich kam.

»Den nehmen wir!«, sagte Jacko aus dem Hintergrund. »Wir können nicht ewig suchen. Ich geh und hole Munuel und Hennor!« Damit lief er davon.

Leandra hatte sich wütend umgewandt und starrte Jacko hinterher. Victor war klar, dass er sie ärgern wollte – aber zum Vergnügen tat er das nicht.

Er näherte sich dem Loch und leuchtete mit der Fackel hinab.

Eine enge Treppe führte ziemlich steil hinab, möglicherweise war das hier einmal ein Zugang für Arbeiter in die Kanalisation gewesen. Ob er zum Tempel von Yoor führte, war ungewiss.

Tharlas las die Frage von Victors Augen ab. »Ich weiß, es ist völlig offen, ob wir da was finden werden«, sagte er. »Aber wir sollten es versuchen – vielleicht können wir irgendwo in die Katakomben des Tempels durchbrechen. Durch den Zugang unter dem Turm kriegen mich keine zehn Mulloohs!«

Victor nickte. »Gut, dann versuche ich es mal!«

Er schob die Canimbra so weit nach hinten, wie es nur ging. Zum Glück war sie nicht *so* groß, dass sie zu einem echten Hindernis wurde. Er hielt sich am Rand des Lochs fest und stieg vorsichtig nach unten. Bald darauf erreichte er wieder festen Boden.

»Wie ist es da unten?«, zischte es von oben herab.

»Feucht!«, sagte Victor und hob die Fackel. Er stand in einem flachen, aber sehr weiten Raum, der sich, soweit er das beurteilen konnte, nach Norden und Osten erstreckte.

»Offenbar ein Kanalsystem. Hier gibt es kleine Rinnsale und Wasserbecken, und es scheint alles noch zu funktionieren.«

Er vernahm Gemurmel von oben, offenbar war Jacko

mit den anderen zurückgekehrt. Er erschrak heftig, als er plötzlich merkte, dass Jacko bereits neben ihm stand.

»Spricht dafür, dass hier unten jemand haust«, flüsterte Jacko. Von seiner Auseinandersetzung mit ihm oder Leandra war dem großen Mann nichts mehr anzumerken. Jacko ging herum und studierte die Wasserrinnen. »Wenn Wasser zu denen reinkommt, dann kommen wir auch rein! Los – das saubere Wasser fließt nach Osten. Also dort entlang!«

Jacko grinste ihn an, und Victor erkannte den Vorteil, einen geübten Strategen bei sich zu haben. Auf diese Gedanken wäre er nicht so spontan gekommen. Er hörte hinter sich die anderen leise herabsteigen. Dann hob er die Fackel wieder und folgte Jacko.

»He! Ich muss dir noch was sagen!«

Jacko blieb stehen.

»Du solltest dich lieber nicht darauf verlassen, dass die Jambala so etwas ein zweites Mal tut. Ich meine, dass sie ihre Kraft auf dein Schwert überträgt, verstehst du?«

Jacko grunzte irgendwas.

»Sie ist sehr eigensinnig. Ich wollte nur, dass du das weißt.«

Jacko nickte und wandte sich wieder um. Er eilte, mit erstaunlich leichten Schritten für einen so großen Mann, weiter nach Osten. Ein leises Rauschen wurde hörbar, das anschwoll, je weiter sie vorankamen. Dann langten sie an einigen verschachtelten Stufen an, über die das Wasser in tiefere Bereiche hinabplätscherte.

»Warte hier«, sagte Jacko und entledigte sich seines Schwertes. Er zog die Stiefel und seine Jacke aus und kletterte über die Stufen hinab. Bald stand er in hüfthohem Wasser und verschwand dann unterhalb der Wand, die den Raum oben begrenzte. Die anderen kamen näher.

»Was macht er da?«

»Weiß nicht. Ich nehme an, er erforscht diese Kanäle. Vielleicht gibt's da einen Zugang.«

Sie warteten.

Minuten verstrichen, aber Jacko tauchte nicht wieder auf. Sie wurden immer unruhiger. Kein Laut ertönte, nur das Rauschen des Wassers. Hier unten war es bis auf die Fackeln stockfinster, und Jacko hatte kein Licht bei sich gehabt.

»Verdammt! Ihm muss was passiert sein!«, zischte Leandra.

Sie sprach die Gedanken aller aus, und damit wurde es nur noch schlimmer. Wenn es Jacko erwischt hatte, dann würde das neben dem furchtbaren Verlust auch noch einen harten Schlag für ihre Kampfmoral bedeuten.

Leandra drängte sich vor. »Ich werde nachsehen!«

»Nein!« Victors Ausruf war fast ein verzweifelter Schrei. Tharlas packte ihn am Arm und zwang ihn zur Ruhe.

»Zu gefährlich!«, zischte Munuel. »Wir werden alle zusammen gehen. Wir müssen nach ihm sehen!«

Victor schluckte. »Wenn die Canimbra nass wird, funktioniert sie vielleicht nicht mehr«, sagte er.

Munuel starrte ihn an. »Also gut. Ich und Hennor werden gehen. Tharlas, Leandra und du bleiben hier! Wenn wir in ein paar Minuten nicht zurück sind, dann müsst ihr euch einen anderen Weg suchen!«

Victor packte den alten Magier an seiner verbrannten Robe. »Bist du von Sinnen?«, rief er. »Was soll aus uns werden, wenn ihr nicht wiederkommt? Wenn Jacko etwas passiert ist?«

Munuel blickte ihn kalt an. »Sollen wir Jacko etwa im Stich lassen?«

Victor suchte verzweifelt in Munuels Gesicht nach etwas, das ihm Hoffnung geben konnte. Aber da war nur kalte Entschlossenheit zu lesen. Langsam dämmerte ihm, dass der Kampf gegen die Dämonen erst der Anfang gewesen war. Er ließ Munuel los.

»Besser so«, quittierte der Magier. »So leicht sterben

wir schon nicht. Wir haben magische Kräfte – und wir haben die stygischen Artefakte! Jeder von uns muss jetzt das Äußerste geben!«

Victor schnaufte schwer. Wenn Jacko jetzt dagewesen wäre, hätte er selbst vielleicht als Nächster eine Ohrfeige kassiert.

»Gut«, sagte er schwach. »Dann geht. Wir warten hier.«

Munuel nickte. Er zog seine Robe aus und stand jetzt in einer Kleidung da, die zwar weniger Schutz gegen Kälte bot, dafür aber im Kampf besser geeignet war. Er nahm Jackos Schwert und Stiefel auf, winkte Hennor herbei und machte sich daran, die Stufen hinabzusteigen.

*

Chast stand vor dem uralten Kamin, in dem seit Jahrhunderten kein Feuer mehr gebrannt hatte – bis heute – und starrte in die Flammen. Er versuchte, sich in die Gedanken seines Gegners Munuel hineinzuversetzen, aber das war kaum möglich. Er kannte den Gildenmagier viel zu wenig. Dass er es mit seinen Leuten bis hierher geschafft und die beiden *Yaacheeren* besiegt hatte, verschaffte Chast einen Eindruck davon, dass mit seinem Gegner doch nicht so leicht zu spaßen war.

Sie hatten die Canimbra gefunden, dazu erstaunlicherweise noch Drachen mitgebracht, und nun befanden sie sich auf dem Weg hinab in die Katakomben. Chast wusste, dass er ihn nicht wirklich zu fürchten hatte, nein, dazu war er viel zu schwach. Trotzdem wollte er sich auf mögliche Überraschungen gefasst machen. Und da war noch eine andere Sache, die ihm einen gewaltigen Vorteil verschaffen konnte.

Er starrte nachdenklich auf das Mädchen, das rechts von ihm auf einem Stuhl saß und zu ihm aufblickte. Ihre Augen spiegelten Furcht. Sie hatte, ohne dass er es wollte, Sardin erblickt – und das hatte sie beinahe um ihren

Verstand gebracht. Sie war zitternd zusammengebrochen und Chast hatte sie aus dem Zimmer bringen lassen.

Er lächelte. Die Furcht und der Wahnsinn, den ein Auftritt Sardins zu verbreiten vermochte, waren wirklich bemerkenswert. Er fragte sich, ob es ihm gefallen würde, selbst eine solche Aura zu verstrahlen. Nein, wahrscheinlich nicht. Er besaß genug Macht, und er genoss andererseits den Vorteil, sich auch verstellen zu können, so als wäre er ein gnadenvoller, freundlicher Mann. So etwas vermochte Sardin gewiss nicht mehr zu tun.

Er lief im Zimmer auf und ab und überlegte, was er noch vorbereiten könnte, um seinen Sieg über Munuels Gruppe zu einem echten Triumph zu machen. Einem Triumph, den auch Sardin nicht mehr übersehen konnte.

Einer war ihm schon in die Falle gegangen. Er würde sie einen nach dem anderen festsetzen und sie zum Schluss, wehrlos und gefangen, sich vorführen lassen, um sie an seinem endgültigen Sieg teilhaben zu lassen. Und dabei würde es noch eine kolossale Überraschung geben! Die Vorfreude verzerrte sein Gesicht. Er wandte sich um, verließ das Zimmer und eilte nordwärts durch die Gänge, um die letzten Vorbereitungen zu treffen.

Bruder Usbalor kam ihm entgegen, ein finsterer, hochgewachsener Mann mit bleichen Zügen und buschigen Brauen; ein Mann, den er selbst einst in Hegmafor rekrutiert hatte. »Was ist?«, rief er ihm entgegen. »Sind die Käfige alle vorbereitet?«

Usbalor blieb stehen. »Ja, Bruder Chast«, antwortete er mit seiner dunklen, hohlen Stimme. »Die Magie ist schwierig, aber wir haben sie so gut wie fertig. Sie stehen in der Siegelhalle. Acht Stück.«

»Ausgezeichnet!«, rief Chast. »Ich brauche noch die Pläne von den Sickerkanälen! Und hol mir noch ein paar von diesen *Lhuus* herbei. Die Bleichen, wie ihr sie nennt.

Ha! Ich sage dir dann, wo sie hin müssen. Wir treffen uns in Kürze in der Siegelhalle!«

Chast wollte sich schon umdrehen, um weiterzugehen, da hielt ihn Usbalor auf.

»Entschuldigt, Bruder Chast«, sagte er.

»Was ist denn noch?«

Usbalor zögerte. »Wie ... wie geht es dem Hohen Meister?«

Chast studierte verblüfft das Gesicht seines Untergebenen. »Wie es Sardin ... *geht?*«

Usbalor nickte angstvoll.

Jetzt verstand Chast plötzlich. Usbalor sorgte sich beileibe nicht um das Wohlergehen des Meisters. Nein, er fragte nach seiner Laune. Sardins unberechenbare Wut hatte sich herumgesprochen, und inzwischen zitterte jeder um sein Leben, der sich ihm auch nur auf hundert Schritte näherte.

»Überlass den Meister mir und mach deine Arbeit!«, sagte Chast. Er konnte sich ein böses Lächeln nicht verkneifen.

Usbalor nickte knapp und eilte davon.

Chast wandte sich um und marschierte weiter. Langsam überkam ihm eine gewisse Aufregung. Es konnte auch alles schief gehen – aber das war der eigentliche Kitzel an der Sache. Er rechnete nicht damit, aber es war immerhin möglich. Allein, dass es den Gildenmagiern gelungen war, die Canimbra zu finden und sie von dort, aus Bor Akramoria, zu holen, war wirklich erstaunlich. Es musste ihnen mithilfe der Drachen geglückt sein. Chast hasste Drachen.

Er hatte selbst mehrfach versucht, an die Canimbra zu kommen, vor Jahren schon, hatte aber kein Mittel gegen die Aura dieses *Ulfa* finden können, der Bor Akramoria bewachte. Sein Meister Sardin hingegen hatte sich in seiner Ignoranz als uninteressiert an dem magischen Artefakt gezeigt. Ihm hätte es vielleicht gelingen können, aber er hatte sich schon damals für so mächtig gehalten, dass es für ihn einfach nicht die Mühe wert gewesen war. Er behauptete, diesmal würde er die Canimbra nicht brauchen. Chast lächelte.

Chast war davon ausgegangen, dass es niemandem sonst gelingen konnte, sie zu holen – abgesehen davon, dass keine lebende Seele auch nur ahnen konnte, dass Bor Akramoria der Ort war, an dem sie sich befand. Aber das alles war ein Fehler gewesen. Munuel hatte es gewusst, und er hatte sie geholt. Nun würde sich Sardin mit seinem Versäumnis selbst auseinander setzen müssen. Chast schüttelte den Kopf. Nein, so weit würde es gar nicht kommen.

Der ganze Ärger beflügelte ihn gleichermaßen – und wenn er dieses letzte Häuflein der Gilde schließlich bezwungen hatte, würde die Genialität seines Planes nur umso mehr zutage treten.

Er hastete weiter und rauschte unter dem Ehrfurcht gebietenden Flattern seiner schwarzen Robe in einen Seitenraum, in dem Fjoon, Calbrese und Klustar inzwischen die Pläne zusammengetragen haben mussten.

»Bruder Chast!«, rief Fjoon, der kleine fette Nichtsnutz, erfreut. Ihn würde Chast noch heute zu einem speziellen Zweck opfern. »Wir haben alle Pläne gefunden! Es gibt ein paar sehr aussichtsreiche Stellen!«

Chast baute sich vor dem uralten hölzernen Tisch auf und fragte: »Wo sitzt der eine, den ihr schon habt?«

Fjoons Finger schoss wie ein Pfeil auf eine Stelle unterhalb der obersten Ebene der Kanäle. »Hier, Meister. Wir haben ihn wie einen Fisch gefangen. Er sitzt in einem Stauraum fest, zwei Eisengitter und Magie halten ihn dort, er kann nicht mehr entweichen.«

»Wer ist es? Dieser Munuel?« Chast war klar, dass sich diese Frage im Grunde erübrigte. Munuel würde sich nicht von zwei Eisengittern und ein bisschen Magie aufhalten lassen. Für ihn hatte Chast etwas ganz Besonderes vorbereitet.

Bevor Fjoon antworten konnte, kam ein weiterer Bruder in den Raum geeilt. »Wir haben noch zwei weitere!«, rief er und blieb mit einer abrupten Verbeugung vor Chast stehen. »Einer davon ist ein mächtiger Magier, aber drei unserer Brüder haben den Raum versiegelt, in dem er festsitzt. Sie können ihn halten, Meister!«

Chast jauchzte innerlich auf. Es waren nun schlimmstenfalls noch vier oder fünf. Bei diesem Tempo würde er sie bald alle haben. Und dann kam es zum Paukenschlag! Es würde keinen mehr hier geben, dem nicht vor Schreck und Staunen der Mund offen stehen bliebe!

*

Es war eine Sache von Sekunden, während derer Victor sich vielleicht hätte retten können. Aber er besaß nicht die Erfahrung und das Reaktionsvermögen eines Jacko, dem dies möglicherweise gelungen wäre.

Er lief als Letzter, vor ihm Leandra und Tharlas, und sie befanden sich in einem dunklen Kanal, in dem von überall her Wasser zusammenlief. Es war gekommen, wie er befürchtet hatte – Munuel und Hennor waren nicht wieder aufgetaucht, nur ein entferntes Rumpeln hatte von einem möglichen Kampf gekündet.

Er hatte sich schwer zusammennehmen müssen, um nicht in kopflose Panik auszubrechen. Diese verfluchten, leeren Katakomben machten ihm mehr Angst als die furchtbare Nacht im Wald, als er mit Leandra gegen die Dunkelwesen gekämpft hatte. Leandra war wieder die Wachsamkeit in Person, sie hatte schon zwei Bleiche niedergestreckt, die aus der Dunkelheit aufgetaucht waren, schneller, als Tharlas eine Magie hätte wirken können.

Sein Mut und seine Zuversicht hatten sich ein wenig verbessert, nachdem aus einem Seitengang drei stinkende Kreaturen auf sie zugestürzt waren und er eine davon mit seinem Schwert niedergemacht hatte. Tharlas hatte die beiden anderen mit irgendeinem seltsamen

Zauber in rötlichen Dampf aufgelöst. Tharlas war, das hatte Victor erst jetzt so richtig mitbekommen, ein unerhört mächtiger Magier. Er mochte den Fähigkeiten eines Munuel nahe oder gar gleichkommen.

Nun schlichen sie schon seit Minuten durch schweigende Gänge, zu denen Tharlas einen Zugang eröffnet hatte, indem er auf magischem Wege einige schwere Mauersteine so lange verschob, bis eine Mauer eingebrochen war. In den Gängen stank es nach Fäulnis und Verwesung. Victor trug die Canimbra auf dem Rücken – über ihre Einsatzmöglichkeiten war er sich augenblicklich sehr im Unklaren.

Sie hatten gerade eine Gangbiegung umrundet, als das Unglück geschah.

Unter ihm gab etwas nach und er sackte zwei Hand breit tief ab, so als hätte eine Schwelle unter seinem Gewicht nachgegeben. Er stieß einen überraschten Fluch aus und versuchte davonzuspringen, aber er konnte keine richtige Sprungkraft entwickeln und kam nur ein paar Finger breit hoch.

Tharlas und Leandra fuhren herum, aber dann war es schon zu spät. Von oben krachte ein mächtiges Eisengitter herab – genau zwischen ihm und seinen Gefährten. Er sprang auf und griff nach den Stäben, schrie aber im nächsten Augenblick auf und riss die Hände von ihnen weg. Sie besaßen irgendeine magische Ladung.

»Bleib zurück!«, rief Tharlas, und Victor sah, wie sich der Magier konzentrierte und sich das schwere Eisengitter zu bewegen begann.

Dann aber wurde es noch schlimmer. Anstatt sich in irgendeine Richtung zu flüchten, war er auf seinem Fleck geblieben, und das rächte sich nun. Links und rechts schoben sich knirschend riesige Steinblöcke heran. Es hätte wohl noch die Möglichkeit gegeben, über den einen oder anderen von ihnen hinwegzuspringen – Victor aber wagte es nicht, er fürchtete, den falschen Weg einzuschlagen und in einer Sackgasse zu landen, in der er zerquetscht wurde. Nach wenigen Sekunden war er eingeschlossen.

»Es geht nicht!«, rief Tharlas wütend, und Victor sah entsetzt, dass die Eisenstäbe sich zwar unter der Gewalt von Tharlas' Magie bogen, jedoch nicht nachgaben.

Dann sprang Leandra heran. Sie hob die Jambala und drosch mit dem blanken Schwert auf die Gitter ein. Das zeigte Wirkung. Tiefe Scharten entstanden, nach fünf oder sechs beherzten Schlägen hatte sich schon eine Verbindung aufgespalten – sie glühte in der Farbe von erhitztem Metall. Dann hörte er Leandras Schrei durch das singende Geräusch ihrer Schläge.

»Victor! Gib Acht!« Sie deutete auf den Boden zu seinen Füßen.

Dort hatte sich ein Spalt aufgetan und innerhalb von Sekunden rutschten zwei riesige Bodenplatten nach rechts und links weg. Darunter gähnte ein dunkler Abgrund. Er schrie auf, wollte auf das Gitter zu rennen, um sich daran festzuhalten, aber er wusste, dass das nicht möglich war. Keuchend drängte er sich in eine Ecke des kleinen Raumes, der durch das Zusammenrücken der Steinblöcke entstanden war, und starrte mit aufgerissenen Augen hinab. Es war nichts zu erkennen außer völliger Dunkelheit.

Leandras Schläge gingen nun in noch schnellerer Folge auf das Gitter nieder, aber Victor sah, dass sie es nicht mehr rechtzeitig schaffen würde. Er begann zu wimmern, suchte verzweifelt nach einem Punkt, an dem er sich festhalten konnte, und krallte seine Fingerspitzen in einen lächerlich kleinen Riss über seinem Kopf.

»Halt dich fest!«, schrie Leandra. Sie hackte wie eine Furie auf das Gitter ein, das Tharlas noch immer einzudrücken versuchte. Er hatte kein Licht hier, die Fackel lag drüben bei Tharlas, und er konnte nicht einmal sehen, ob er den Sturz in die Tiefe wenigstens überleben konnte, egal, was ihn danach erwartete. Er ruckelte sich die Canimbra von den Schultern – mit Gepolter verschwand sie in dem dunklen Schlund. Als Nächstes folgte sein Schwert. Dann war der Boden gänzlich fort und für Sekunden hing er noch an der blanken Wand. Als dann seine Finger nachgaben und er hilflos in die Tiefe stürzte, hörte er noch Leandras entsetzen Schrei. Er wünschte sich nur, dass *sie* überlebte. Alles andere war ihm egal.

*

Hennor war fort, Jacko war nicht mehr auffindbar gewesen, und langsam sank Munuel der Mut. Die Taktik des Feindes war nun klar. Er wollte sie aufreiben, voneinander isolieren und auf diesem Weg erreichen, dass er jeden von ihnen einzeln erwischen konnte – um sich nicht mit der geballten Macht der Drei Stygischen Artefakte zugleich auseinander setzen zu müssen. Er fluchte über seine Dummheit, das nicht früher erkannt zu haben.

Es war stockdunkel um ihn herum und Munuel überlegte, ob er es wagen sollte, ein Licht zu erzeugen. Um so leichter würde er aufzufinden sein. Die andere Möglichkeit bestand darin, nur mit der Sicht auf das Trivocum weiterzumarschieren. Das hatte den Vorteil, magische Fallen früh erkennen zu können, aber es gab viele Dinge, besonders Fels und Stein, die nur schlecht zu lokalisieren waren – und davon gab es hier unten genug. Er würde sich andauernd stoßen und weh tun, und es war die Frage, ob ihm das wesentlich weiterhalf.

Er entschied sich für das Licht, benutzte aber nur eine erste Iteration. Eine kleine Flamme entstand über ihm in der Luft – etwa wie die Flamme einer Kerze. Er orientierte sich und sah, dass er in einer Art Felsendom stehen musste. Über ihm verjüngten sich schräge Wände weit nach oben, und in der Mitte des Raumes stand ein Sockel, auf dem sich nichts Besonderes befand. Gänge führten in alle vier Himmelsrichtungen davon.

Munuel seufzte. Er war müde vom Kampf und der vielen Lauferei. Er hatte keine Vorstellung, wann und wie sie Hennor erwischt hatten, er war plötzlich einfach nicht mehr dagewesen, wie vom Erdboden verschluckt. Hoffentlich war er nur vom Weg abgekommen. Irgendwie war es eine verrückte Idee gewesen, in diese Katakomben einzudringen. Alles war von Anfang an schief gelaufen – sie hatten sich nach dem Sieg über die beiden Dämonen zu sehr vom Optimismus tragen lassen. Er besaß keine Vorstellung mehr, wie er hier unten, in diesen endlosen Gängen, Tunneln und Verliesen, auch nur einen *Blick* auf seine Gegner erhaschen sollte.

Chast und seine Leute kannten diesen Ort fraglos Stein für Stein; er jedoch hatte keine Ahnung, ob er sich bereits mitten im Herzen des Tempels von Yoor befand oder noch meilenweit davon entfernt war. Musste er hinunter oder hinauf? Nach Westen oder nach Süden? Es war einfach hoffnungslos.

»Na, Magier?«, sagte eine sonore Stimme. »Verirrt?«

Munuel fuhr herum und erblickte oberhalb des Sockels eine flimmernde Licht-Erscheinung. Ein Blick auf das Trivocum sagte ihm, dass er seinen Yhalmudt nicht aufzuladen brauchte; sein Gegner war gar nicht im Raum anwesend, es war nur ein Trugbild.

»Glaub nicht, dass du mich kampflos kriegst!«, knirschte er seinem Gegenüber zu. Er erkannte Chasts Züge in dem flimmernden Licht und er hatte auch nicht mit irgendjemand anderem gerechnet.

»Bei Sardin!«, rief Chasts Gesicht lachend. »O nein, einen Kampf mit dir, hoher Meister – das würde ich mir doch niemals entgehen lassen!«

Munuel trat zu dem Sockel. »Sardin! Was ist mit ihm? Ist *er* auch hier?«

Das Gesicht grinste. »Du wirst ihn heute kennen lernen, alter Magier. Am Tage deines Todes zwar erst, aber immerhin. Diese Ehre wurde nur den Allerwenigsten zuteil!«

Munuel ging ebenso viele Schritte wieder zurück. Er fragte sich, in welcher Erscheinungsform Sardin existieren mochte. Als ein Geistwesen wie Ulfa? Als Mensch aus Fleisch und Blut? Oder war es etwa Chast selbst? Nach zweitausend Jahren noch zu existieren, das lag jenseits seiner Vorstellungskraft. Kein Zauber der Elementarmagie vermochte auch nur annähernd so etwas zu leisten.

»Warum kommst du nicht her und lässt es uns wie Männer von Ehre austragen?«, rief Munuel wütend. »Oder hast du keine Ehre? Muss ich annehmen, du hättest Angst, Schwarzer Mönch?«

Chasts Abbild verzog das Gesicht. »Angst? Vor dir?«

»Du warst mir schon einmal unterlegen!«, spottete Munuel. »Du hättest Grund genug! Aber bleib nur bei deiner Überheblichkeit. Das wird mir meine Sache erleichtern!«

Chast lachte auf. »Nein, kleiner Gildenmeister. Angst habe ich nicht. Ein bisschen Respekt, zugegeben.« Die Stimme von Chast war herablassend und spöttisch geworden. »Aber nicht allzu viel.«

Für Sekunden herrschte Schweigen.

»Ich möchte dir einen Handel anbieten«, sagte Chast dann. »Ich möchte dich zu einer kleinen Feier einladen, auf der es eine Überraschung gibt. Ich würde sie dir zu gern präsentieren. Wenn wir uns jetzt schlügen, dann würde dir das nicht mehr zuteil werden, und das wäre in der Tat bedauerlich.«

Munuels Stimme war schneidend. »Eine Feier? Was soll dieser Blödsinn?«

»Lass dich überreden, Altmeister. Du bekommst dadurch auch noch eine kleine Chance, als Sieger hervorzugehen. Eine klitzekleine nur, aber immerhin. Sagen wir, diese Chance erhältst du aus Respekt – obwohl sie dir nicht viel nützen wird. Aber immerhin, das wäre doch besser, als jetzt hier zu sterben, oder?«

Munuel zog es vor zu schweigen. Er war in Sachen Spott und Gehässigkeit nie der Stärkste gewesen, und in diesem Wortduell würde er klar der Verlierer sein.

»Bist du einverstanden?«, fragte Chast.

»Was verlangst du von mir?«

»Nichts weiter. Ich möchte nur, dass du Sardin kennen lernst. Geh dort drüben den Gang nach Osten entlang, bis zur Abzweigung. Dann nach Norden, durch die Halle, und dann in die nächste Halle. Dort warte ich auf dich. Keine Sorge, unseren Kampf werden wir stilvoll und erst nach vorheriger Ankündigung beginnen.«

Damit verblasste Chasts Gesicht und Munuel stand wieder allein mit seinem kleinen Licht in der Dunkelheit.

Er wandte sich nach Osten. Die höhnischen Worte Chasts hatten ihre Wirkung nicht verfehlt. Munuel fühlte sich lausig.

*

Victor schlug gegen eine dunkle Wand, wurde zurückgeworfen und erwartete einen harten Aufprall, der ihm das Bewusstsein, wenn nicht gar das Leben nehmen würde. Aber das Nächste, was er mitbekam, war ein lautes Geräusch, ein seltsam weiches Nachgeben unter ihm, und dann kam die schlagartige Erkenntnis, dass er ins Wasser gestürzt war. Als er nicht mehr tiefer sank, begann er zu strampeln und mit den Armen zu rudern. Er hatte viel zu wenig Atemluft, aber dann war er plötzlich wieder oberhalb der Wasseroberfläche und sog japsend Luft in die Lungen.

Er tauchte wieder unter, kam abermals hoch und schaffte es, sich mit Schwimmbewegungen oben zu halten. Ihm schwindelte, doch die plötzliche Erkenntnis, dass er für den Moment noch einigermaßen ungeschoren davongekommen war, gab ihm einen innerlichen Ruck. Er hatte in den Sekunden, die er dort oben an den Ritzen gehangen hatte, irgendwie bereits mit dem Leben abgeschlossen. Er fragte sich, ob das seit der Todeszelle von Tulanbaar zu einem seiner Wesenszüge geworden war.

Keuchend blickte er nach oben, sah dort aber nur Schwärze, wie überall um ihn herum. Dann stieß er gegen etwas – es war die Canimbra, die auf dem Wasser schwamm. Er hielt sich daran fest und begann mit den Beinen zu strampeln. Kurz darauf stieß er schon gegen Stein; er hatte den Rand des Wasserbeckens, oder worin auch immer er schwamm, erreicht. Mühsam kämpfte er sich hoch, rollte die Canimbra an Land und kletterte dann selbst aus dem Wasser.

Ausgepumpt ließ er sich fallen, schaltete alle Sinne ab und versuchte, sich wieder zu beruhigen. Nur am Rande nahm er war, dass es außer dem leisen Wasserplätschern kein Geräusch gab; Licht war ebenso keines vorhanden und er konnte auch nicht die Gegenwart irgendeines Wesens erspüren. Es schien gar, als drohe ihm im Augenblick keine unmittelbare Gefahr.

Nach einigen Minuten rappelte er sich auf. Seine Augen hatten sich inzwischen an die Dunkelheit gewöhnt, und er konnte hoch über sich ein kleines, vergittertes Quadrat sehen, durch das ein schwacher Lichtschein fiel. Ansonsten war nichts zu erkennen. Er stand auf und begann in gebückter Haltung und mit ausgestreckten Armen umherzutappen. Dann knirschte es unter ihm, und er tastete den Boden ab – dort lag trocknes Stroh. Also ein Gefängnis.

Er erreichte die Wände und tastete weiter, aber sie waren tot und kalt und nur aus Stein. Dann endlich fand er eine Tür – sie lag oberhalb zweier Steinstufen. Er pochte dagegen, aber das verursachte nicht einmal ein besonders lautes Geräusch. Die Tür war aus Holz – mindestens eine Hand breit dick. Es schien nur diesen einen Eingang zu geben. Das einzige weitere Merkmal war das vergitterte Fenster, das aber so weit oben lag, dass er, wenn er sprang, mit den Fingerspitzen nicht einmal in seine Nähe gelangen würde.

Er ließ sich auf dem Stroh nieder und dachte nach. In Panik durfte er jetzt nicht verfallen. Irgendeinen Weg musste es doch hier heraus geben! Vielleicht unter Wasser?

Er wollte eben schon in das Wasserbecken springen, dann dachte er, dass er besser gleich damit begann, seine Kleidung zu trocknen – für den Fall, dass er dort unten keinen Ausgang fand. Zweifellos würde man ihn irgendwann holen, und dann wäre trockene Kleidung eher von Vorteil. Er zog sie aus, breitete sie auf dem Boden aus und ließ sich dann in das Becken hinab. Besonders wohl war ihm nicht, in dem schwarzen, kalten Wasser umherzuschwimmen, aber er musste irgendetwas tun. Zuerst schwamm er an der Wand entlang und fand heraus, dass das Becken annähernd quadratisch war, mit etwa zehn Schritt Seitenlänge. Es gab nur eine Öffnung, und die führte in den Raum hinein. Die anderen Wände strebten senkrecht hinauf in die Dunkelheit.

Er holte Luft und tauchte unter.

Er tauchte so lange, bis ihm die Ohren schmerzten, aber er erreichte nicht den Grund. Er probierte es noch ein paarmal, aber ihm war kein Erfolg beschieden. Wenn es einen Ausgang gab, der noch weiter unten lag, dann würde er nicht genug Luft haben, ihn auch nur zwei Schritt entlang tauchen zu können. Nach einer Weile gab er auf. Irgendwo da unten musste noch sein Schwert liegen, aber es war für ihn verloren.

Er kletterte wieder aus dem Becken, streifte sich das Wasser von der Haut und wollte wieder in seine nassen Kleider schlüpfen. Aber er entschied sich, sie ein wenig trockener werden zu lassen. Die Temperatur im Raum war einigermaßen erträglich, und im Moment überkam ihn das Bedürfnis zu schlafen. Er war müde und erschöpft, und wenn ihn jemals irgendwer hier heraus holen würde, dann tat er sich keinen Gefallen, wenn er jetzt stundenlang in nassen Kleidern und frierend hier herumsaß.

Er schob das Stroh in den schwachen Lichtkegel des Fensterchens, legte sich hinein und breitete noch ein wenig Stroh über sich. Es piekste und kratzte, aber im Augenblick konnte er es sich nicht aussuchen.

Sehr bald schon war er mit seinen Gedanken bei Leandra angelangt.

Er wagte nicht daran zu denken, dass ihr etwas passiert war. Zusammen mit Tharlas hatte sie vielleicht eine Chance. Die beiden waren sehr stark. Vielleicht würde sie ihn ja befreien, ihm wieder einmal das Leben retten. Er dachte nach – nein, eigentlich war er jetzt wieder an der Reihe. Schließlich schlief er ein.

Er träumte unruhig, und viele verworrene Bilder trieben durch seinen Kopf. Er sah wieder das Feuer am Gasthaus an der Morneschlucht, und diesmal war er es, der unter den Hieben der Dunkelwesen starb. Gleich darauf sah er sich in der Todeszelle der Zwingfeste, und die Henker holten ihn zum Richtblock. Als ihn das Beil des Scharfrichters traf, war er plötzlich ein Mann, dem eine Heugabel in den Rücken gerammt wurde, und kurz darauf metzelten ihn furchtbare Dunkelwesen in einem Wald nieder. Er taumelte von einer Schreckensszene in die andere. Doch zunehmend wurde ein Gesicht im Hintergrund wahrnehmbar, ein Gesicht, das ihm Trost und Wärme spendete, und Worte, die ihn immer wieder aufrichteten. Es war das Gesicht von Leandra, sie lächelte, und er wusste, dass es auf der Welt kein schöneres Lächeln geben konnte als ihres. Dann sah er Blätter über sich und Mondlicht, das durch ein Sonnenfenster drang und zu ihm herabfiel. Er konnte ihre weichen Brüste spüren und ihre warmen Schenkel, und noch einmal durchlebte er die unbändige Lust der Nacht unter dem Baum in Bor Akramoria. Er wühlte sein Gesicht in ihre Haare und schwor ihr tausendmal, dass er sie liebte, mehr liebte, als er jemals irgendetwas auf dieser Welt geliebt hatte. Dann hob sie den Kopf, und Victor sah plötzlich, dass sich ihr Gesicht verändert hatte. Er wollte aufschreien, weil ihm sein Verstand sagte, dass er wieder dem Lug und der Täuschung der *Bruderschaft* aufgesessen war. Es war ein ganz anderes Gesicht – aber dann sah er, dass es engelhaft schön war, ein trauriges Gesicht mit großen Augen, doch da verblasste es bereits wieder. Der Traum zerfiel in der Dunkelheit seiner Umgebung, und er sank immer tiefer in das Vergessen des Schlafes, sodass er nichts mehr wahrnahm als gelegentlich noch das Stechen des Strohs.

42 ♦ Sardin

Sie dachte, dass sie im nächsten Leben ein Gänseblümchen werden wollte oder einfach nur ein Stein, nichts als ein dummer Stein. Das, was hier geschah, war einfach zu viel für einen Menschen – es war mehr, als sie ertragen konnte.

Nacheinander waren ihre Gefährten verschwunden, zuerst Jacko, dann Munuel und Hennor, danach Victor und jetzt Tharlas. Irgendeine Kraft hatte den alten Magier, der nur noch eine Hand besaß, nach oben weggehoben wie eine mörderische Fußangel, die ein Tier durch die Federspannung eines Astes in die Höhe reißt. Tharlas hatte einen überraschten Schrei ausgestoßen, danach hatte sie nichts mehr von ihm vernommen. Sie hatte verzweifelt seinen Namen geschrien, aber keine Antwort mehr erhalten. Voller Entsetzen war sie davongerannt – immer tiefer in die unbekannten Gänge hinein – nur fort von hier, irgendwohin, wo Licht war. Aber sie hatte natürlich keinen Ausgang erreicht und war stundenlang weitergeirrt, während ihre Verzweiflung immer größer geworden war. Sie hatte eine Halle erreicht, in der still ein unterirdischer See lag – auf der anderen Seite sah sie einen Durchgang, hinter dem eine Treppe in die Höhe führte. Licht drang von oben herab. Sie war nicht sicher, ob es vielleicht Tageslicht war, und nach einer Weile und nachdem sie das dunkle Wasser mit ihren magischen Sinnen erforscht hatte, entschloss sie sich, auf die andere Seite zu gelangen. Aber kaum war sie im Wasser, sog sich ihre Lederrüstung so voll und wurde so schwer, dass sie beinahe ertrunken wäre. Mit Mühe rettete sie sich ans Ufer. Sie konnte sich nicht entschließen, wieder umzukehren – und das Licht dort drüben in dem Treppenaufgang schien wie eine kleine Verheißung. Schweren Herzens trennte sie sich von ihrem Lederzeug und schwamm, nur noch ihr Kettenhemd tragend, hinüber.

An dem Durchgang angelangt, stieg sie vorsichtig die Stufen empor und erreichte einen Gang, der geradewegs in die Ferne führte. Das Licht stammte leider nur von Fackeln, die an der Wand befestigt waren. Nach rechts und links führten Durchgänge in irgendwelche Räume, und sie glaubte Stimmen zu hören. Dann plötzlich trat ein schwarz bekleideter Mönch in den Gang, erblickte sie und schlug Alarm. Leandra rannte, ohne weiter nachzudenken, nach rechts in einen kurzen Gang, folgte einigen Biegungen und erreichte wieder die labyrinthartigen Verzweigungen und Tunnel der Katakomben. Sie hörte ihre Verfolger rufen und voranstürmen und rannte, so schnell und so weit sie nur konnte. Irgendwann hörte sie niemanden mehr hinter sich und ließ sich mit pochendem Herzen in irgendeine Nische sinken, um sich auszuruhen und neue Kräfte zu sammeln. Lange Zeit kauerte sie angsterfüllt in der Dunkelheit und wartete darauf, dass man sie fand, sie angriff und dann tötete oder irgendwohin brachte. Sie hatte keine Kraft mehr.

Aber da kam nichts.

Sie wusste, dass es jetzt nur noch zwei Wege für sie gab. Sie konnte Mensch bleiben und zitternd in der Enge hocken und darauf warten, bis sie erwischt wurde. Oder sie konnte ihre Seele der Jambala ausliefern und wie ein wütender Derwisch durch diese Katakomben fegen und alles niedermachen, was sich ihr in den Weg stellte. Es war nur die Frage, ob sie Letzteres bei gesundem Verstand überlebte. Victor, ja Victor – wenn sie ihn am Schluss wiederfand und abermals seine geheimnisvolle Kraftquelle anzapfen konnte, dann würde sie vielleicht noch Mensch bleiben können. Oder Hellami. Das waren zwei, die ihr das wiedergeben konnten, was die verfluchte Jambala ihr nahm, aus welchen Gründen auch immer. Aber Victor und Hellami – sie waren beide unerreichbar. Victor mochte längst tot sein, und allein diese Befürchtung nahm ihr fast die Kraft zum Weiteratmen. Sie wusste jetzt schon nicht mehr, was sie tun sollte, woher sie die Kraft nehmen sollte, aufzustehen und irgendwie weiterzumachen.

Sie schloss die Augen, ließ sich zurücksinken und nahm sich vor, für zehn Minuten hier bewegungslos zu verharren und nichts zu tun, als zu atmen, damit sie wieder die Kontrolle über sich gewann.

So saß sie da und die Zeit verrann.

Für erfreulich lange Zeit blieb sie tatsächlich unbehelligt. Dann aber hörte sie tappende Geräusche – und sie kamen näher. Beklommen richtete sie sich auf, umfasste den Griff der Jambala fester. Es war vollkommen finster um sie herum, sie wagte kein Licht zu machen. Doch dann sah sie, dass die anderen eines hatten.

Es waren viele, sehr viele sogar, und sie waren so dunkel, dass man die meisten von ihnen trotz des violettblauen Lichtes, das sie mit sich trugen, kaum erkennen konnte. Sie tappten wie Geister vorüber, und keiner schien sie in ihrer Nische zu sehen. Leandra hielt vollkommen still und versuchte, nicht einmal zu atmen. Doch das funktionierte natürlich nicht, und als sie wieder Luft holen musste, fuhren die Köpfe mehrerer Wesen herum und erblickten sie. Da kam plötzlich Leben in die Jambala, und sie fuhr hoch und hatte schon eines der Dunkelwesen durchbohrt. Danach ging alles sehr schnell.

Die Jambala reflektierte wieder helles Licht, das es sonst nirgends zu geben schien als in ihr selbst. Die schimmernde Klinge fuhr in rasendem Rhythmus durch die verrotteten, staubigen Leiber der Untoten, die unter ihr zerbarsten wie trockenes Laub. Mehr gezwungen als von eigenem Willen getrieben, gab sich Leandra der Energie des Schwertes hin. Sie wusste, dass sie nur diese eine Chance hatte.

Dann tauchten die ersten Bleichen auf – und sie waren bewaffnet. Sie trugen Netze, Stöcke und Knüppel, und Leandra wurde sofort klar, dass es ihnen nicht darum ging, sie zu töten; nein, sie wollten sie einfangen, und das deutete auf ein schlimmeres Schicksal hin, als jetzt und hier einfach zu sterben.

Plötzliche, ohnmächtige Wut kam in ihr auf. Nein! Sie würde sich diesen Monstrositäten nicht ergeben – niemals! Von neuer Kraft beseelt, hieb sie mit der Jambala auf die dunklen Kreaturen und die Bleichen ein, und das Schwert führte einen so tödlichen Tanz auf, dass innerhalb von Minuten die Gänge leergefegt waren und die Überreste ihrer einstigen Gegner zu Staub zerrieselten.

Sie keuchte und stand mit herabhängendem Schwert da, konnte selbst kaum glauben, dass sie all diese Bestien innerhalb von Minuten allein niedergemacht hatte. Aber sie spürte wieder Energie in sich. Es war nicht viel, aber genug, jetzt nicht aufgeben zu wollen. Dann begann sie zu laufen. Sie erzeugte sich ein kleines Licht, das ihr vorauseilte. Sie rannte die Gänge entlang und schrie die Namen ihrer Gefährten. Tausendfache Echos hallten ihr entgegen; manchmal kam ihr eine der dunklen Kreaturen in den Weg, und sie hieb sie einfach beiseite. Sie schrie und schrie verzweifelt und wollte nicht hinnehmen, dass alle anderen tot sein sollten.

Dann plötzlich erhielt sie Antwort.

Sie blieb abrupt stehen und lauschte angestrengt in die Dunkelheit.

Von fern hörte sie jemanden ihren Namen rufen. Ihr Herz machte einen Satz, als sie glaubte, Victors Stimme zu erkennen – aber dann war sie sich nicht mehr sicher.

»Victor!«, schrie sie in die Richtung, aus der sie die Stimme vermutete. »Victor! Bist du es?«

Sie vernahm ein schwaches, verhalltes *Ja* und sauste los. Unterwegs rief sie verzweifelt seinen Namen. Sie erreichte kurz darauf Teile der Katakomben, in denen vereinzelt brennende Fackeln an den Wänden hingen. Als sie feststellte, dass Victors Stimme immer lauter wurde, liefen ihr Tränen die Wangen herab, und sie wusste, dass sie gleich in seinen Armen liegen und neue Kraft schöpfen konnte.

Dann war sie ganz nah, entdeckte ein kleines, vergittertes Fenster und stemmte sich hinauf.

Ja! Dort war tatsächlich Victor!

Sie stieß einen Freudenschrei aus, blickte sich um und sah links ein paar Treppenstufen, die ein Stück hinabführten – dort unten lag eine dicke hölzerne Türe mit einem schweren Eisenschloss. Sie rannte die Stufen hinab und hackte sogleich mit der Jambala auf das Schloss und die Tür ein.

Aber es nützte nichts. Die Jambala blieb kalt und kraftlos – es war, als hätte sie mit einem gewöhnlichen Schwert auf die Tür eingeschlagen. Auf diesem Weg würde sie eine Ewigkeit brauchen, um die Tür zu durchbrechen.

»Du verdammtes Miststück!«, schrie sie. »Du wirst mich doch jetzt nicht *im Stich* lassen!«

Ein schmerzender Energieschub fuhr durch ihren Arm. Sie heulte auf und bekam nur noch mehr Wut. Dieses eitle, arrogante Miststück erdreistete sich ausgerechnet *jetzt*, ihr ihre wundersamen Kräfte vorzuenthalten ... Dann spürte Leandra plötzlich, wie das Schwert aufflammte.

Ohne zu zögern hieb sie auf die Tür ein und durchschnitt das Holz wie Butter. Nach drei, vier weiteren Schlägen krachte die Tür auf und sie murmelte einen wütenden Fluch an die Adresse der Jambala. Sie ließ sie fallen und stürmte hinein.

Da stand Victor, völlig verdattert, aber sie zögerte keine Sekunde, hastete zu ihm und klammerte sich an ihn, als wäre er der letzte rettende Felsen inmitten einer vernichtenden Sturmflut.

»Leandra!«, ächzte er, als sie ihn fast niederriss. »Warte ... uuh, du tust mir weh!«

Er ließ sich fallen, aber sie ließ ihn nicht los, und sie landeten auf einem Strohlager. Er drückte sie an sich, schien zu spüren, dass sie völlig erledigt war, und hielt sie fest.

»Ich hasse dieses verdammte Schwert«, keuchte sie.

Victor erwiderte nichts, blieb einfach nur sitzen und hielt sie. Es dauerte Minuten, bis sie sich wieder einigermaßen gefangen hatte.

»Du … du hast ja gar nichts an!«, sagte sie.

»Ja …«, erwiderte er, »meine Kleider sind nass. Wenn du mich mal kurz loslassen würdest …?«

Sie war noch nicht bereit dazu, es war ihr egal, ob er nackt war oder in einem Ofenrohr gesteckt hätte.

»Leandra … bitte!«, sagte er nach einer Weile.

Sie stöhnte auf und ließ ihn los.

Er erhob sich und ging ein paar Schritte. Irgendwo mussten seine Sachen liegen.

»Hier riecht es so komisch!«, meinte sie.

»Was?«

»Ja. Riechst du es nicht? So ein süßlicher Duft!«

Victor richtete sich auf und schnüffelte. »Nein. Tut mir Leid.«

Dann verdunkelte sich plötzlich das Licht, das durch die Tür hereinfiel, und Leandra japste auf. Victor fuhr hoch und sah eine dunkle Gestalt, die sich dort erhoben hatte. Sie trug eine schwarze Robe. Auf magische Weise erhellte sich die Gestalt plötzlich und Leandra erkannte den schrecklichen Mönch, der damals Alina geholt hatte. Sie schrie ein zweites Mal auf.

»Oho!«, machte der Mann. »Habe ich Euch gestört? Das ist mir peinlich!« Sein Gesicht zeigte amüsierte Züge. »Wiewohl ich es mir auch nur schwer erklären kann, dass ihr ausgerechnet *jetzt …!*«

Victor kauerte sich nieder, zwängte sich hastig in seine Kleider.

»Wie riecht es denn hier …?«, sagte der Mönch und blickte sich um.

»Was willst du?«, keuchte Leandra, die noch auf dem Stroh saß. Sie wich vor dem Mönch zurück, ihr Gesicht war der Ausdruck namenlosen Entsetzens.

Der Mönch verbeugte sich. »Wenn ich mich recht entsinne, bist du die junge Dame, die mir einst so gewandt auf den Rücken sprang, nicht wahr? Diese ... Adeptin Leandra!«

Er blickte nach unten, wo die Jambala auf der untersten Stufe der Treppe lag. »Ah!«, sagte er. »Da ist ja auch das magische Schwert!« Er bückte sich und streckte die Hand nach der Jambala aus.

»Nicht!«, rief Leandra. »Du kannst sie nicht ...!«

Im nächsten Moment ging ihr auf, dass sie soeben eine unwiederbringliche Chance zunichte gemacht hatte. Mit einem verzweifelten Aufstöhnen schlug sie die Hände vors Gesicht.

Der Mönch richtete sich mit einem Lächeln auf. »Es ist wirklich nett, junge Dame, dass du dich so rührend um mein Wohlergehen sorgst. Aber sieh nur ...«, er bückte sich und hob die Jambala auf, »sie tut mir gar nichts!« Sein Lächeln wurde noch breiter. »Mir scheint gar, sie mag mich!«

Leandra starrte ihn an und verstand die Welt nicht mehr.

»Übrigens«, sagte der Mönch, »ich vergaß, mich vorzustellen. Wie unhöflich von mir. Aber du hast sicher schon von mir gehört. Mein Name ist Chast!«

*

Es war aus, alles war aus. Leandra und Victor hatten sich wie geschlagene Krieger aus der Zelle führen lassen, man hatte ihnen die Canimbra und die Jambala abgenommen und sie durch lange dunkle Gänge geführt. Irgendwo hatten sie einen kleinen Raum erreicht, in dem ein halbes Dutzend finsterer Mönche warteten, und man hatte sie gepackt und, ungeachtet aller Gegenwehr, in sargähnliche Käfige gesteckt. Dann waren sie in eine riesige unterirdische Halle geschleppt worden, in der unzählige rußige Fackeln brannten und in der sich mindestens sechs Dutzend schwarz gekleideter Mönche zu zwei schweigenden Gruppen aufgereiht hatten – rechts und links von einem erhöhten, podestartigen Teil des Raumes, auf dem, weit hinten an einer Wand, ein grotesker steinerner Thron stand.

Oberhalb des Thrones war eine riesige Fratze in den Stein gemeißelt, und die Wände der Halle waren mit abartigen Steinmetzarbeiten bedeckt, die furchtbare Gesichter, kriegerische Szenen und fremdartige Symbole zeigten. Der stinkende Ruß der Fackeln stand in der Höhe der Halle, und die Mönche rezitierten einen kaum wahrnehmbaren dunklen Singsang.

Man schleppte die Käfige, in denen Leandra und Victor eingesperrt waren, auf den Vorderteil des Podestes hinauf, und dann sah sie es: Dort standen vier weitere Käfige, und in jedem von ihnen steckte einer ihrer Gefährten: Munuel, Tharlas, Jacko und Hennor. Die beiden Letzteren hatte man förmlich in die Käfige zwängen müssen, sie waren zu klein für den hochgewachsenen Kämpfer und den Magier.

Dass es so enden würde, hatte Leandra sich nicht vorgestellt. Sie besaßen keinen Hauch einer Chance mehr zur Gegenwehr, und zweifellos würde man sie in Kürze – vielleicht in einer Art ritueller Handlung – töten. Spätestens dann jedenfalls, wenn Chast seinem Anspruch auf Demütigung seiner Feinde Genüge getan hatte.

In den Käfigen selbst steckte irgendeine Magie, deren Art sie nicht verstehen konnte. Sie schien verhindern zu können, dass eine Magie, die einer ihrer Insassen wirkte, nach außen drang – oder etwas in dieser Art. Die Käfige selbst waren durch einfache Riegel versperrt, an die man jedoch von innen nicht herankam.

Nicht weit vor ihnen, aber dennoch absolut unerreichbar, lagen auf einem Tisch der Yhalmudt und die Canimbra. Die Jambala jedoch war nicht da.

Tränen liefen ihre Wangen hinab, und sie fragte sich, ob dies der Lohn der Kräfte dafür war, dass sie sich in selbstloser Hingabe aufgeopfert hatten, um diese furchtbare Gefahr von der Welt abzuwenden.

Minuten verstrichen, dann schwoll der Singsang der Mönche an und brach schließlich gänzlich ab. Chast und zwei Mönche erschienen auf der Bildfläche. Die beiden Letzteren blieben zurück, während Chast vortrat. An seiner linken Seite baumelte die Jambala in ihrer Scheide herab. Mit einem Grinsen schlenderte er auf die Käfige zu und baute sich in der Mitte vor ihnen auf.

»Da wären wir also«, stellte er fest. Eine Pause folgte. Stille herrschte in der Halle, nur das gelegentliche Knistern einer Fackel war zu vernehmen.

»Ich bin untröstlich«, fuhr Chast fort, »dass eurem tapferen Ansinnen so wenig Erfolg beschieden war – aber schließlich wäre *euer* Erfolg ja *unsere* Niederlage gewesen, und das wiederum wäre nicht sehr schön für *uns* gewesen, nicht wahr?«

»Kannst du nicht mit diesem blöden Gequatsche aufhören?«, rief Jacko wütend.

Im nächsten Moment stöhnte er auf, und an Chasts Gesichtsausdruck erkannte Leandra, dass er ihn mit Magie am Sprechen hinderte. Ein gedanklicher Blitz schoss durch ihren Kopf, nämlich dass die Käfige offenbar doch nicht jede Magie blockierten, aber dann fragte sie sich, was ihr das schon nützen könnte? Vermutlich wusste nur Chast, welche Zauber das waren.

Chast wandte sich wieder an seine sechs Gefangenen. »Ich habe euch hier zusammengerufen, meine Freunde, damit ihr unseren Meister kennen lernt. Man sagte mir, es wäre eine Zumutung, einen tapferen Kämpfer sterben zu lassen, ohne ihm zuvor wenigstens einmal gezeigt zu haben, woran er scheiterte!«

»Zu gütig!«, murmelte Victor neben ihr.

Sie blickte hinüber und sah Victors grimmigen Gesichtsausdruck. Was immer ihm auch blühen mochte, er würde nicht weinend in den Tod gehen. Auch der Blick nach rechts zeigte ihr ein wütendes Gesicht von Hennor.

Chast marschierte zu Munuel hinüber und nickte ihm zu. »Ich habe dir einen fairen Kampf versprochen, Altmeister!«, sagte er. »Den wirst du auch bekommen. Aber mit fair meine ich wirklich: fair! Keiner von uns wird ein Hilfsmittel haben. Du nicht und auch ich nicht! Was sagst du dazu?«

»Du glaubst, ich wäre ohne den Yhalmudt machtlos?«, sagte Munuel kalt. »Dann lass uns kämpfen! Gleich jetzt!«

Leandra atmete ein wenig auf. Munuels Worte machten ihr Mut. Keiner ihrer Gefährten machte den Eindruck, dass er sich kampflos ergeben wollte. Also würde auch sie sich dem Schicksal stellen. Vielleicht würde Chast ja doch noch einen Fehler machen. In seiner Überheblichkeit, die er in diesem Augenblick zur Schau stellte, würde ihm vielleicht doch noch eine winzige Unbedachtsamkeit unterlaufen. Sie nahm sich verbissen vor, auch nur die leiseste Chance zu nutzen.

Chast hob die Hand. »Geduld, mein Lieber. Du wirst noch früh genug sterben. Im Moment jedoch steht noch etwas anderes auf unserer Tagesordnung.« Er wandte sich um. »Du wolltest unseren Meister Sardin sehen, Altmeister? Also – hier ist er!«

Er hob die Hand in Richtung des Thrones, und hinter ihm öffnete sich eine große zweiflügelige Steintüre, die bisher nicht zu sehen gewesen war. Augenblicklich verfielen die Mönche wieder in ihren dumpfen Singsang, und in dem dunklen Durchgang wurde eine Gestalt sichtbar.

Es dauerte eine kleine Weile, bis sie nahe genug heran war, um sie erkennen zu können, dann aber fuhr ein Aufstöhnen durch die sechs Gefangenen. Es war eine Frau!

Und Momente später erkannte Leandra sie. Es war Limlora – und sie zeigte einen absolut satanischen Gesichtsausdruck. Sie war in ein blauviolettes Kleid gewandet und schwebte förmlich in ihre Richtung, bis sie in der Höhe von Chast stehen blieb. Der Singsang war lauter geworden, und nun war eine abgrundtief böse Note hinzugekommen; etwas, das aus den Schlünden der Hölle heraufdröhnte. Aber es war nicht der Gesang, nein, es war die Persönlichkeit der Limlora selbst, die dies ausgelöst hatte.

Leandra konnte sich noch gut an das Gesicht von Limlora erinnern, wie sie es kannte, ein Gesicht von großer Schönheit, mit sanften Augen. Dies hier aber war eine Fratze, in der nur noch einzelne, unverwechselbare Züge an Limlora erinnerten – der Rest war verzerrt von einer Bösartigkeit, die einem fast den Atem nahm. Als die Gestalt zu sprechen begann, war jedem klar, was mit Limlora geschehen war.

Es war die Stimme einer Frau und doch die eines Mannes, und der männliche Beiklang hatte etwas Verzerrtes, Dröhnendes und Furchteinflößendes, das unmöglich von dieser Welt stammen konnte.

»Wo ist dieses Mädchen, diese erstaunliche … Dämonentöterin?«

Leandra war so abgestoßen von dieser Person wie noch nie zuvor von etwas anderem in ihrem Leben. Es war schlicht unbegreiflich, wie sich so viel Verderbtheit, Fäulnis und Verwesung auf einem Fleck dieser Welt konzentrieren konnte. Im Vergleich zu diesem Wesen hätte man den Dämon, den sie und Jacko bekämpft hatten, wie einen lieben Freund umarmen mögen. Chast winkte, und sie stöhnte auf, als sie sah, dass mehrere Mönche auf ihren Käfig zukamen. Sie wusste, dass man sie nun packen und vor das Limlora-Monstrum schleppen würde.

»Kratz ihr die Augen aus!«, zischte Victor von der Seite.

Später überlegte sie, ob es seine Worte gewesen waren, die ihr die Kraft gegeben hatten, in diesem Augenblick nicht zusammenzusinken. All ihre Gefühle, ihre Energie und die Kraft ihres Herzens sträubten sich dagegen, dieser Bestie auch nur einen Schritt näher zu kommen. Und doch riss man ihren Käfig auf, zerrte sie hinaus und schleppte sie die zwanzig Schritte, die sie noch von Limlora trennten.

Als sie schließlich vor ihr war, brauchte sie nicht ihr Inneres Auge zu bemühen, um die schwarzviolette Aura zu erkennen, die Limlora wie ein heiß glühendes Feuer umgab. Selbst Chast hatte den Blick gesenkt und stand fünf Schritte entfernt von Limlora – unmittelbar rechts neben Leandra. Er hatte die Hände auf dem Rücken verschränkt.

Man ließ sie neben ihm stehen, und seine Gegenwart war beinahe tröstlich; sie glaubte fast, es wäre seine Nähe, die sie eben noch auf den Beinen hielt. Chast scheuchte die Mönche hinfort, sodass sie allein auf sich gestellt war.

Sie blickte Limlora an und sah ein irisierendes Spiel von Farben und Schichten auf ihrem Gesicht. Sie war … besessen!

»Du … bist nicht Limlora!«, keuchte sie. »Nein … da steckt etwas in ihr …«

»Ganz recht«, sagte die Frau, und ihre unerträgliche Stimme füllte die ganze Halle aus, wie das ferne Grollen eines Gewitters.

»Du … bist Sardin … und du hast Besitz von ihr ergriffen!« Leandra taumelte einen Schritt zurück und wusste nicht, woher sie die Kraft genommen hatte, diese Worte überhaupt auszusprechen. Die Frau ragte vor ihr auf wie ein Riese, und Leandra fühlte sich unsagbar schwach und elend.

»Du hast Recht«, dröhnte es höhnisch aus Sardin-Limlora heraus.

Dann verschwand plötzlich auf einen unbegreiflichen

Schlag alle Boshaftigkeit aus dem Wesen, und warme Augen aus einem wunderhübschen Gesicht leuchteten Leandra an. »Und ich bin die Thronfolgerin!«, sagte eine weiche Stimme erfreut. »Die einzige noch lebende Thronfolgerin! Stell dir nur vor!«

Leandra blickte auf.

Innerhalb einer einzigen Sekunde tobte ein Sturm von Gedanken durch ihr Hirn. Irgendetwas sagte ihr, dass jetzt ihre Chance gekommen war. Sardin hatte für einen winzigen Augenblick seine bestialische Aura zurückgedrängt, und das gab ihr einen freien Atemzug – einen einzigen freien Atemzug. Sie hätte später nicht mehr sagen können, wie in ihr in dieser einzigen, alles entscheidenden Sekunde der einzig richtige Gedanke aufgeblitzt war – vielleicht war es jemand gewesen, der ihr es zugesandt hatte, Chast, Munuel oder gar einer der Drachen, sie wusste es nicht. Oder sie hatte tatsächlich selbst in diesem Moment ein so unerhörtes Reaktionsvermögen aufgebracht.

Vielleicht aber war es auch die Jambala gewesen.

Sie sah ihren Griff in den Augenwinkeln aufblitzen – wie sie dort an Chasts Gürtel baumelte, keinen Schritt von ihr entfernt, ohne Frage innerhalb der Reichweite einer schnellen Bewegung. Einen winzigen Augenblick brauchte sie noch, um die Entscheidung zu fällen, und dieser Augenblick wäre beinahe zu lang gewesen.

Sie spürte plötzlich, wie Sardin ihre Regung bemerkte, und mit Macht drang wieder seine atemnehmende Verderbtheit durch das weiche Limlora-Gesicht nach außen – eine Verderbtheit, die eine lähmende Wirkung hatte, der ein lebendes Wesen unmöglich widerstehen konnte. Aber in dieser einen Sekunde zehrte sie von dem Zorn und der Furchtlosigkeit, die ihr ihre Gefährten mit auf den Weg gegeben hatten – und sie reichte aus.

Sie holte Luft, und ihre linke Hand fuhr hinab zur Jambala. Das helle Singen, das die Jambala aussandte, als sie aus der Scheide gezogen wurde, war diesmal noch viel durchdringender als sonst und zerschnitt das überraschte, krankhaft verzerrte Aufstöhnen von Sardin, der erkannt hatte, was Leandra zu tun im Begriff war.

Er stöhnte mit vor Entsetzen geweiteten Augen auf.

Leandra hatte keine Zeit mehr, irgendetwas zu überlegen. Noch während sie das Schwert aus seiner Scheide riss, stürmte sie vorwärts, zog das Schwert aufwärts und nach vorn, stemmte sich mit der rechten Schulter und dem Oberarm gegen die ungeschliffene Rückseite des Blattes und riss die Klinge mit vernichtender Kraft mitten durch Sardins Körper.

Die Jambala sprühte Funken und Blitze, wie sie es noch nie getan hatte.

Ein metallisches Kreischen fuhr durch die Halle, und die Mönche duckten sich, von plötzlichem Entsetzen gepackt, angstvoll nieder. Der Körper der Limlora, in dem Sardin steckte, war in unbeschreibliche Bewegung geraten. Die Jambala steckte mitten darin, mit der ganzen Länge ihrer Klinge vom Bauch bis in den Kopf eingedrungen, und Leandra brachte sich mit einem Sprung in Sicherheit – denn das Inferno stygischer Kräfte, das nun losbrach, hätte sie das Leben kosten können, wäre sie ihm zu nahe gewesen.

Sie kauerte am Boden, den Arm schützend vor das Gesicht gehalten, während Limloras Körper wie von einem Riesen geschüttelt über das Podest taumelte. Die Jambala schien alles an Kräften, das sie besaß, unablässig in Sardin hineinzupumpen, und dort, wo sie in Limloras Körper steckte, stob ein Feuerwerk sich schneidender Kräfte hervor – tiefviolette und schwarze Auren, die von beißenden Strömen und Funken weißer Energie aufgefressen wurden. Das Chaos war unbeschreiblich. Alle Mönche waren etliche Schritte zurückgewichen; allein Chast blieb unerschütterlich auf seinem Platz stehen und beobachtete mit kalten Blicken den Auflösungsprozess seines obersten Herrn und Meisters.

Dann sank Limloras Körper nieder, und ein letztes Stakkato aus Funken und Energien stob aus ihr hervor. Schließlich lag sie reglos da, und die Jambala klirrte neben ihr zu Boden. Ihr Körper schien völlig unverletzt zu sein. Kein Blut, keine Wunde. Sardin jedoch – dessen war sich Leandra sicher – war aus ihr gewichen und vom Antlitz dieser Welt getilgt.

»So weit, so gut«, sagte Chast.

43 ♦ Konklusion

Sie wusste nicht, ob sie lachen oder weinen sollte. Alles war nur ein Trick gewesen. Chast hatte sie benutzt, hatte sie zum Vollstreckungsgehilfen seiner finsteren Absichten gemacht – aber immerhin war er nur ein Mensch aus Fleisch und Blut, um Welten besser als diese furchtbare Erscheinung aus der Zeit des Dunklen Zeitalters, die sich Sardin genannt hatte.

Mit welcher unerklärlichen Fähigkeit Chast es zuwege gebracht hatte, die Jambala unbehelligt berühren zu können, lag jenseits ihrer Vorstellungskraft. Es war ein ausreichender Hinweis darauf, welche Kräfte in ihm schlummerten. Nun lag das magische Schwert auf dem großen Tisch bei den anderen beiden Stygischen Artefakten, und sie, Leandra, war wieder in ihren Käfig eingesperrt worden.

In Chasts Händen hätte die Jambala keine Macht entfaltet, hatte er ihr erklärt – und so brauchte er sie, um die Tat zu vollbringen, um Sardins dämonische Inkarnation endgültig aus der Welt zu vertreiben. Seit zweitausend Jahren hatte er den Geist der *Bruderschaft* bewahrt, ein Geist, der offenbar unsterblich war. Dass dies dennoch nicht bis in alle Ewigkeit zutraf, erklärte sich aus der Logik des Prinzips der Kräfte, das Chast studiert hatte, wie er Munuel respektvoll zuwarf.

Die Ironie lag darin, dass die Magieform, derer sich die Bruderschaft von Yoor bediente, nicht dem Prinzip der Kräfte zuwiderlief; nein, sie war nur eine Spielart, wenn auch eine ungleich machtvollere – und dabei gefährlichere – als die Elementarmagie. Chast gab in seiner weitschweifigen Rede, die er vor den sechs Käfigen hielt, durchaus zu, dass die *Rohe Magie*, wie er sie nannte, diese Gefahren barg – es hing allein von der Meisterschaft des Magiers ab, sie zu beherrschen.

»Willst du uns nicht endlich sagen, was das alles soll?«, rief Munuel wütend aus seinem Käfig heraus. »Warum hast du gewollt, dass Sardin stirbt? Ohne ihn – ohne Limlora – wirst du nie die Macht über das Land erlangen! Ich verstehe kein Wort von deinem Gewäsch!«

Chast ging zu seinem Käfig und hob beschwichtigend die Hand. »Gemach, mein Lieber, du sollst alles erfahren. Es ist schade, diese Träume nicht mit einem intelligenten Mann wie dir teilen zu können, aber so ist nun einmal der Lauf der Welt. Die einen stehen auf dieser Seite – die anderen auf jener!« Er zuckte bedauernd die Achseln.

»Also, was ist?«, rief Munuel.

Chast hob wieder die Hand. »Lass mir Zeit, Altmeister! Ich will es dir erklären, sodass du es verstehen kannst!« Er strich sich mit der Hand über das Kinn und dachte eine Weile nach. »Ist es nicht so, dass Macht nicht immer nur ein Fluch ist, auch wenn es vordergründig so wirken mag – vielleicht, wenn es viele Opfer gibt, die erbracht werden müssen, bevor man in die Nähe höherer Ziele kommt?«

Munuel blickte ihn verständnislos an.

»Hat sich schon einmal jemand die Mühe gemacht«, fuhr Chast fort, »all die gescheiterten Weltverbesserer, die es im Laufe unserer Geschichte gab, nach gut und böse zu trennen?«

»Ha!«, rief Munuel. »Du bist also ein *guter* und *anständiger* Machtbesessener, was? Du gehst über Leichen – um der höheren Ziele wegen!«

Chast lächelte ihn an. »Vollkommen richtig!«, sagte er leise. »Mit der Verachtung, die in deinen Worten mitschwingt, bezeugst du nur deine Kleingeistigkeit! Ich hingegen gehöre zu jener Loge innerhalb der Bruderschaft, die über Horizonte hinausdenkt und die in der Lage ist, wirklich Großes zu erschaffen! Deswegen musste Sardin, dieser Idiot, sterben!«

Schweigen breitete sich aus.

»O nein, meine Freunde, mein Ziel ist nicht die Zerstörung der Welt, so wie es Sardin vorgehabt hatte! Nein, ich werde nur herrschen! Herrschen mit einer Macht in den Händen, wie es sie vor mir noch nie gegeben hat! Erst Akrania – und dann die gesamte Welt!«

»Sardin ... *wollte die Welt zerstören?*«

Chast lächelte milde und hob erklärend die Handflächen. »Ich weiß es nicht einmal genau«, gab er mit sanfter Stimme zu. »Keiner von uns wusste, was er wirklich vorhatte. Er erzählte dauernd wahnsinnige Geschichten von einem *Pakt* und von fremden Wesen, denen er vor zweitausend Jahren die Welt verkauft hätte!« Er lachte spöttisch auf. »Ich denke, dass ihn damals, mit seinem menschlichen Körper, auch sein Verstand verlassen hat!«

»... die Welt *verkauft?*«, echote Munuel ungläubig. »An ... fremde Wesen?«

Chast nickte. »Ja. Aber mit diesem Irrsinn ist es jetzt vorbei. Ich nehme an, alter Magier, du hast den Wahnsinn in seinen Augen leuchten sehen! War es nicht so?«

Munuel schüttelte nur leicht den Kopf, starrte Chast forschend an.

Chast winkte ab. »Das ist jetzt vorbei. Den ... *Kräften* sei Dank ... haha!«

Das Schweigen, das für einige Momente in der Halle herrschte, war bedrückend. Leandra tauschte Blicke mit Victor und Munuel.

Chast erhob die Stimme. »Aber bevor ich dieses letzte, leidige Kapitel eures erbärmlichen Widerstands zu Ende bringen werde, sollt ihr noch wissen, dass ich tatsächlich triumphiert habe!« Er machte eine kleine Pause, um die Dramatik der Situation noch weiter zu steigern.

»Ihr glaubt, mit Limlora wäre die letzte legitime Thronfolgerin gestorben?« Er schüttelte den Kopf. »Nein. Weit gefehlt!«

Er wandte sich um und hob die Hand.

Aus dem offenen Durchgang hinter dem Steinthron traten zwei Mönche hervor, und zwischen ihnen war eine dritte Person, eine junge Frau. Als Leandra sie erkannte, entfuhr ihr ein Schrei.

»Alina!«

Für einen Augenblick stockte der Gang der Mönche und auch des Mädchens, das mit ihnen gekommen war, dann aber bewegten sie sich weiter, kamen ganz in die Halle herein und blieben bei Chast stehen.

»Du kennst sie?«, hörte Leandra von links.

Ihr Kopf fuhr herum, sah Munuels verblüfftes Gesicht.

»Ja, das ist … Alina. Sie wurde mit uns entführt … und Chast holte sie dann!«

Chast fuhr herum, und sein Gesicht zeigte einen wohlgelaunten Ausdruck. »Diese junge Dame, die ich bald heiraten werde – vor dem Hierokratischen Rat, wohlgemerkt –, ist die Tochter von Falber!« Er wandte sich an Munuel. »Das sagte ich dir bereits einmal, erinnerst du dich?«

Munuel nickte verwirrt.

»Und? Hast du deine Hausaufgaben gemacht?«, fragte Chast herausfordernd.

Munuel erwiderte nichts, starrte den Schwarzen Mönch nur an.

»Haha!«, rief Chast triumphierend. »Das dachte ich mir schon! Aber zugegeben – es wäre auch sehr schwierig gewesen.«

»Was meinst du nun?«, fuhr Munuel ihn an. »Was soll das – mit Falber?«

Chast winkte ab. »Falber ist nicht wichtig. Alinas *Mutter* ist der entscheidende Punkt! Es war Hegmira, eine der früheren Gattinen des Shabibs! Nachdem der Shabib sich von Hegmira getrennt hatte, heiratete sie Falber! Das war vor nicht ganz zwanzig Jahren.«

Munuel schüttelte den Kopf. »Na und? Sie kann keine Thronfolgerin sein, wenn sie aus der Ehe einer geschiedenen Shabib-Gattin stammt!«

Chast grinste breit. »Stimmt, Munuel. Das Geheimnis ist nur – Falber kann nicht ihr Vater sein! Meine Schreiber haben jahrelang nach einer … nun, sagen wir – Gelegenheit wie dieser geforscht. Sie suchten für mich sozusagen eine kleine Ungereimtheit in der Chronik der Shabib-Dynastie. Und sie hatten Erfolg!«

»Du meinst, dieses Mädchen … Alina … ist eine *echte Tochter* von Shabib Geramon?«

Munuel starrte zu der jungen Frau. Sie stand mit glasigem Blick da, und es war allzu offensichtlich, dass sie unter dem Einfluss von Chasts Magie stand.

Chast nickte mit einem breiten Grinsen. »Ich sagte dir doch, sie würde bald deine Shaba sein! Und dass sie tatsächlich die Tochter von Geramon ist – das ist beweisbar!« Chasts Stimme hatte sich bei diesen Worten vor Verzückung beinahe überschlagen. »Falber war damals Botschafter von Akrania in Veldoor«, erklärte er weiter. »Als er zurückkehrte, lernte er am Hof des Geramon die frisch geschiedene Hegmira kennen. Anhand des Geburtsdatums von Alina lässt sich jedoch nachweisen, dass sie zu einem Zeitpunkt gezeugt wurde, da Falber noch in Veldoor war – zweitausend Meilen von Akrania entfernt! Was sagst du nun?«

Munuel verzog das Gesicht. »Ich fürchte, das wird nicht ganz genügen. Es ist nicht gesagt, dass allein deswegen tatsächlich Geramon der Vater ist!«

»Doch!«, behauptete Chast. »Wie schön, dass mir die Hierokratie in diesem Punkt einen persönlichen Gefallen erwiesen hat!«

Er nahm Alina bei der Hand und führte sie vor Munuels Käfig.

Dort angekommen, hob er die rechte Hand des Mädchens hoch, drehte sie und hielt Munuel ihr Handgelenk vor Augen. »Weißt du, was das ist?«

Munuel schnappte nach Luft.

Chast nickte. »Das alte Zeichen des Hierokratischen Rates. Ha! Sie wussten damals sogar selbst, dass Alina Shabibs Tochter war! Damit ist der Beweis leicht zu erbringen.«

Munuel starrte das Mädchen an. Sie war in ein seidenes Kleid gewandet, und ihr Haar floss weich über ihre Schultern. Jetzt sah er sogar, dass sie eine gewisse Ähnlichkeit mit Limlora besaß – der Limlora natürlich, die nicht von einem Sardin besessen war.

Munuels Gesichtsausdruck verhärtete sich. »Trotzdem!«, rief er aus. »Sie muss erst einmal *ja* zu einer Ehe sagen! So benebelt, wie sie momentan ist, kannst du sie niemals vor den Rat bringen. Jeder Novize im Umkreis von hundert Meilen würde merken, dass sie unter dem Einfluss deiner Magie steht! Und einen Widerling wie dich zu heiraten – das würde keine Frau der Welt tun!«

Chast schoss einen Blick voller Hass auf Munuel ab. »Das, mein Bester, kannst du getrost ganz mir überlassen!«

Dann wandte er sich ab, zog Alina unwirsch mit sich. »Ich denke, es ist nun an der Zeit, dieses Spiel zu beenden.« Er wandte sich an einen großen, hageren Mönch, der in der Nähe stand. »Usbalor!«, sagte er. »Kümmere dich um unsere Gäste! Du weißt, was zu tun ist.« Er schickte sich an, mit Alina das Podest zu verlassen.

»Was ist mit unserem Kampf?«, rief Munuel herausfordernd.

Chast wandte sich kurz um. »Kein Interesse mehr«, sagte er knapp. Dann ging er weiter.

»Feigling!«, schrie Leandra.

Es war ein Wort, das zuweilen mehr Magie beinhaltete als eine zehnte Iteration. Das traf besonders auf Männer wie Chast zu, wie sie nun sah. Der Schwarze Mönch wandte sich langsam um.

»Du willst dein Meisterlein eines jämmerlichen Todes

sterben sehen, Kleine?«, fragte er mit eisigem Gesichtsausdruck.

»Dich!«, rief sie. »*Dich* will ich eines jämmerlichen Todes sterben sehen, du Wahnsinniger!«

Chast schenkte ihr ein mitleidiges Lächeln. Im nächsten Augenblick flog die Tür von Munuels Käfig davon, als hätte eine riesige Faust sie aufgerissen.

Munuel blieb ruhig. Dann trat er langsam heraus und blieb unmittelbar vor dem Käfig stehen.

»Dort liegt dein Yhalmudt!«, rief Chast und deutete auf den Tisch, der ein gutes Stück von ihm entfernt stand. Munuel war bedeutend näher. »Hol ihn dir, wenn du kannst!«

Munuel verschränkte die Arme vor der Brust. »Den brauche ich nicht!«, sagte er kalt.

Im nächsten Moment entstand eine Sphäre knisternder Energie in der Luft – mitten zwischen den beiden Magiern. Leandra erkannte einen Ausdruck von höchstem Erstaunen auf dem Gesicht von Chast. Sie blickte überrascht zu Munuel, der einmal gesagt hatte, ohne die Macht des Yhalmudt käme er niemals gegen diesen Chast an.

Munuel schritt voran und Chast wich zurück. Sie sah, dass Chast plötzlich Schweißbäche das Gesicht herabliefen. Was tat Munuel da? Woher hatte er plötzlich diese Kraft?

Im nächsten Augenblick aber schon war die Überraschung vorbei.

Eine weiß glühende Wolke explodierte vor Munuel, und die Energiewand verlosch so unvermittelt, wie sie entstanden war. Sie sah, dass diese Magie nicht von Chast gestammt hatte – nein, es waren die beiden Mönche gewesen, die Alina herein geleitet hatten.

»Ihr feigen Dreckskerle!«, schrie Leandra ihnen entgegen.

Chast wandte sich indes um und rannte davon – die stolpernde Alina hinter sich herziehend. Als sich die

Schwaden weißlichen Nebels gelichtet hatten, sah Leandra, dass Munuel am Boden kniete und das Gesicht mit beiden Händen bedeckt hielt. Von allen Seiten kamen plötzlich die Schwarzen Mönche herangestürmt und stürzten sich auf ihn.

Tharlas schrie ihm eine Warnung zu, und im nächsten Moment flogen die Angreifer in hohem Bogen davon. Die Käfige, in denen Jacko, Hennor und Leandra eingesperrt waren, wurden von der Druckwelle umgerissen. Leandra krachte in ihrem hart zu Boden. Sie blickte auf und sah, dass auch der Tisch mit den Artefakten umgestoßen war. Die Jambala lag nicht weit von ihr, aber trotzdem in unerreichbarer Ferne. Sie blickte zu Munuel und erkannte, dass er offenbar nichts mehr sehen konnte. Wieder stürmten zwei Dutzend der Mönche auf ihn zu, und es war nur noch eine Frage von Sekunden, bis sie ihn erreicht hatten. Wieder schrie Tharlas seine Warnung, und Munuel verteidigte sich ein zweites Mal auf die gleiche Weise. Aber seine Kraft hatte nachgelassen; verzweifelt rieb er sich die Augen und stöhnte.

Die nachrückenden Mönche hatten nun einen Ring um ihn gebildet, und es war offensichtlich, dass sie ihn mit einer gemeinsamen Kraftanstrengung zu beherrschen versuchten. Es schien ihnen zu gelingen. Munuel stöhnte auf und begann sich zu winden.

Dann plötzlich war Chast wieder da, und er hielt ein silbrig schimmerndes Objekt in den Händen. Alina war nicht mehr bei ihm. Die Mönche hatten sich um Munuel herum geschart, und Chast schritt auf ihn zu. »Wer hätte gedacht, dass du dich solch übler Tricks bedienst, Altmeister!«, dröhnte Chast mit Spott in der Stimme, als er über ihm stand. »Das ist nicht gemäß eures Kodexes! Soll ich dich etwa deinem Primas melden?«

Leandra erkannte, dass es nun bald aus war.

Aber während sie verzweifelt nachdachte, kam ihr plötzlich eine Idee. Sie lag eingezwängt in ihrem umgefallen Käfig, und ihr fiel wieder ein, dass dieser Käfig offenbar nicht alle Magie blockierte. Vielleicht auch solche nicht, die den Käfig gar nicht verließ?

Es war ein Wagnis, das wusste sie. Aber die Zeit würde sie vielleicht noch haben, denn Chast würde seinen Sieg über Munuel auskosten wollen. Er litt an der gleichen Krankheit wie Sardin: Überheblichkeit.

Leandra lag auf dem Bauch, und ihr Kettenhemd drückte gegen das Metall des Käfigs. Sie schob sich ein wenig zurecht. Sie hörte, wie Chast höhnisch über Munuel sprach, und niemand achtete mehr auf die Käfige. Sie zwang sich zur äußersten Ruhe, derer sie fähig war, und rief sich die Intonationen des alten Tharuler Zaubers ins Gedächtnis. Dann dachte sie noch, dass es jetzt drei Möglichkeiten gab. Entweder würde ihr kostbares Kettenhemd zu Staub zerfallen, es würde sie zerdrücken oder – es würde das Metall des Käfigs aufweichen.

Schließlich setzte sie das Aurikel der sechsten Iteration – etwas, das sie noch nie allein getan hatte.

Innerlich wartete sie darauf, dass nun ihr letzter Atemzug gekommen war. Und dann wurde es heiß, verdammt heiß um ihren Bauch herum, und sie öffnete angstvoll die Augen. Das Gitter des Käfigs lag unter ihr wie eine Pfütze aus geschmolzener Butter. Sie jauchzte innerlich auf.

Ein Blick nach links sagte ihr, dass Chast noch immer über Munuel gebeugt stand, der sich in Schmerzen am Boden wand. Die Mönche hielten ihn mittels Magie im Griff, und das Trivocum befand sich in hellem Aufruhr. Niemand schien ihre Iteration bemerkt zu haben. Chast hielt dieses seltsame silberne Ding in Händen, von dem sie nicht wusste, was es war. Dann stemmte sie den Hintern hoch und schob den Käfig über sich in die Höhe. Der Durchschlupf, der entstand, war groß genug für sie. Victor, dessen Käfig noch aufrecht stand, verfolgte ihr Tun mit aufgerissenen Augen.

Sie schlüpfte hinaus und verbarg sich für Sekunden hinter dem Käfig. Dann schob sie sich vorsichtig daran vorbei, erhob sich und ging sehr langsam auf die Jambala zu. Alle Aufmerksamkeit in der Halle lastete dort, wo die Bruderschaftler standen und sich mit Munuel beschäftigten. Leandra hob mit wild pochendem Herzen die Jambala auf und näherte sich ebenso langsam Chast, der mit dem Rücken zu ihr stand. Sie betete zu den Kräften, dass sie mit ihrer langsamen Bewegungsart die Schwarzen Mönche für Momente täuschen konnte.

Sie schaffte es tatsächlich. Im letzten Augenblick rief jemand eine Warnung, und Chast fuhr herum. Da war sie aber schon nah heran und er konnte ihrem Hieb nicht mehr ausweichen. Die eitle Jambala verhielt sich wieder einmal wie ein normales Schwert, und sie traf auch nicht gut. Aber es reichte trotzdem. Chast schrie auf – sie hatte seinen linken Oberschenkel getroffen, und eine tiefe Wunde klaffte auf.

Der Schwarze Mönch stieß ein ungläubiges Gurgeln aus und brach dann ächzend zusammen.

Sofort stürzten mehrere Mönche auf sie zu. Sie sprang beiseite, schaffte es, sich für Sekunden freizukämpfen. Dann half ihr Munuel, der mitbekam, was passiert war. Es gelang ihm noch einmal, einen Zauber zu wirken, der die Angreifer zurückwirbelte. Das gab ihr Zeit, zu den Käfigen zurückzurennen.

»Lass mich jetzt nicht im Stich!«, rief sie der Jambala warnend zu. Dann war sie an den Käfigen und hieb auf die Schlösser ein. Zuerst Tharlas, dann Hennor, zuletzt Victor und Jacko. Die Jambala hatte begriffen, worum es ging.

Ihre Gefährten auch. Jeder von ihnen stürzte los. Tharlas warf zunächst Munuels Gegner zurück, Jacko kämpfte sich mit Fäusten so weit durch, bis er von irgendwoher ein Schwert ergattert hatte. Victor holte sich die Canimbra und begann mit den Händen einen dröhnenden Rhythmus zu schlagen; seine Stöcke waren längst nicht mehr da. Leandra spürte sofort, dass die

Magie der Schwarzen Mönche merklich abebbte, denn das Trivocum versteifte sich mit Macht.

Chast kniete noch immer stöhnend am Boden und hielt sich den stark blutenden Oberschenkel. Hennor ging auf ihn zu. Direkt vor ihm blieb er stehen, und Leandra merkte, wie er irgendwas in der siebten Iteration wirkte.

Chast stöhnte auf – aber seltsamerweise widerstand er. Eine siebte Iteration war eine starke magische Gewalt, und sie hätte einen so schwer verletzten Mann wie Chast auf der Stelle umbringen müssen.

Dann aber geschah etwas Furchtbares. Ein fauchender rötlicher Blitz knatterte plötzlich aus Chasts Magengegend hervor – dem Bereich, wo er in diesem Moment das silberne Ding hielt. Hennor wurde von dem Blitz gepackt und weit in die Halle hinauf geschleudert, bis fast an die Decke. Er brüllte auf und stürzte dann aus dieser furchtbaren Höhe auf den steinernen Boden der Halle herab. Leandra schrie auf und rannte von Podest herunter. Nach Sekunden war sie bei Hennor, aber schon während ihrer letzten Schritte sah sie, dass alle Hilfe zu spät kam. Hennor lag mit gebrochenem Blick in einer sich schnell ausbreitenden Blutlache auf dem Boden. Sein gesamter Brustkorb war verbrannt und zerfetzt. Leandra würgte und musste sich abwenden.

Mit Macht zwang sie sich dazu, jetzt auf nichts anderes mehr zu achten.

Sie musste hier heraus, aber sie würde nicht ohne Alina gehen. Und auch nicht, bevor Chast endgültig besiegt war. Dann fragte sie sich, wie sie zu der Gewissheit kam, dass sie überhaupt eine Chance hatten.

Ihre Blicke streiften durch die Halle, das Chaos war gewaltig. Allein Victors Trommelschlägen war es zu danken, dass sie im Augenblick die Oberhand hatten. Er blockierte das Trivocum fast vollständig für die *Rohe Magie,* und die Schwarzen Mönche hatten keine andere Möglichkeit mehr, als mit ihren Schwertern und Dolchen gegen die Magier vorzugehen. Aber jetzt, da Hennor tot war, waren sie nur noch zu fünft. Leandra sah nach der Jambala in ihrer Hand, aber das Schwert blieb tot und erloschen. Viereinhalb, korrigierte sie sich.

Dann sah sie, dass Victor angegriffen wurde, und solange er die Canimbra schlug, konnte er sich nicht verteidigen. Jacko war schon in seiner Nähe, aber er konnte, obwohl er den Mönchen im Kampf ohne Magie haushoch überlegen war, nicht alle von ihm fern halten.

Leandra wusste, dass es jetzt um alles ging.

Da streifte ihr Inneres Auge, als sie aus purem Instinkt nach dem Trivocum sah, ein offenes Aurikel. Blitzartig fuhr ihr durch den Kopf, dass es das ihres Rüstungszaubers war; dass es schwach, aber noch immer offen war.

Das war die Rettung!

Mit einer heftigen Anstrengung der Konzentration möbelte sie es wieder auf und spürte, wie sich ihr Kettenhemd schlagartig erhitzte. Damit würde sie tatsächlich in den Kampf eingreifen können!

Sogleich setzte sie sich in Bewegung und rannte zu Victor. Schon unterwegs traf sie von irgendwoher ein Schwert in die Seite, aber es tat ihr nichts – sie nahm sich nicht die Zeit nachzusehen, was mit ihm geschehen war. Nur auf ihren Kopf achtend, stürzte sie sich ins Kampfgetümmel und warf gleich mehrere Gegner zurück. Victor trommelte weiter – die *Rohe Magie* war inzwischen vollständig versiegt.

Ihr Glück war, dass die Schwarzen Mönche im Schwertkampf so unerfahren waren wie sie selbst – sie hatte sogar leichte Vorteile, denn die Kämpfe mit der Jambala hatten sie das eine oder andere gelehrt. Es gelang ihr, einige Angreifer zurückzudrängen – ja sogar einige von ihnen so zu verletzen, dass sie flohen. Die anderen, die übrig blieben, fielen Jacko zum Opfer, und der kannte sehr viel weniger Skrupel als sie. Es gelang ihnen innerhalb von einer Minute, Victor vollständig freizukämpfen.

Dann lief Leandra weiter und versuchte herauszufinden, wo Munuel war.

Tharlas hatte sich mit einer anderen Gruppe Schwarzer Mönche angelegt, und die Wirkung seiner Magie war verheerend. Es waren über zwei Dutzend, die ihn zu besiegen versuchten. Anscheinend versuchten sich einige von ihnen immer noch an ihrer Magie und verstanden nicht, dass sie nicht wirkte. Tharlas kannte kein Pardon mehr und vernichtete sie einen nach dem anderen.

Als sie erkannte, dass Tharlas allein zurechtkommen würde, suchte sie weiter nach Munuel. Dann sah sie, wie sich Chast durch die steinerne Flügeltür hinter dem Thron schleppte und erkannte Munuel, der ihm wankend und mit vorgestreckten Händen auf den Fersen war. Offenbar konnte er wieder ein wenig sehen, aber nicht allzu viel. Leandra packte die Jambala fester und rannte weiter. Sie musste Munuel helfen. Möglicherweise funktionierte die Waffe, die Chast da besaß, trotz Victors Trommelschlag. Die seltsame Kraft des blutroten Blitzes, mit dem Chast Hennor getötet hatte, mochte durchaus etwas *anderes* sein – etwas, das sie alle nicht kannten.

Sie sprang auf das Podest, schlug sich durch einen Rest von kopflos umher rennenden Mönchen hindurch. Sie konnte den Yhalmudt nirgends entdecken. Dann blickte sie nach vorn zu Munuel, der fast die Tür erreicht hatte, und sah, dass der Yhalmudt an seinem Lederband an seiner rechten Hand baumelte. Sie rannte los und erreichte ihn in dem Moment, da er die Steintüre durchschritt.

Ein roter Blitz fuhr auf sie beide zu und Leandra riss Munuel zur Seite. Knapp entkamen sie dem tödlichen Energiefinger.

»Ich bin's, Leandra!«, sagte sie. »Kannst du sehen?«

Er stöhnte. »Hier in der Dunkelheit geht's ein bisschen besser. Wo ist Chast? Er darf uns nicht entkommen!«

Leandra orientierte sich und sah auf der anderen Seite des Raumes einen Durchgang. Dahinter lag offenbar ein dunkler Gang.

»Hier entlang«, sagte sie und zerrte Munuel hoch.

Zusammen eilten sie voran, gingen erst neben dem Durchgang in Deckung. Vorsichtig peilte sie um die Ecke. Als sie plötzlich ein leises Schluchzen hörte, glaubte sie zuerst, ihre Sinne täuschten sie. Dann erklang es wieder.

Sie sprang um die Ecke. »Alina!«, rief sie.

*

Chast stand am anderen Ende des Raumes, sein linkes Bein war vom Oberschenkel abwärts blutrot. Er hielt Alina am Arm fest, die aus ihrer geistigen Abwesenheit offenbar wieder zu sich gekommen war.

Leandra machte einen Schritt auf sie zu, aber Chast hob seine Waffe. »Bleib, wo du bist, kleine Dämonentöterin! Bis du mit deinem Schwert bei mir bist, hab ich dich schon dreimal getötet!«

»Lass sie gehen!«, schrie Leandra verzweifelt. »Was willst du von ihr?«

»Wo ist dein Meister? Los, her mit ihm!«

Munuel schleppte sich aus dem Hintergrund herbei, und Chast kicherte meckernd.

»Was gibt es da zu lachen?«, knirschte Munuel und baute sich fünfzehn Schritte von Chast entfernt auf.

»Haha! Sie gehört mir! Mir, verstehst du, alter Greis? Du kannst mir nichts antun. Du würdest Sie töten! Haha.«

Ein roter Blitz schoss in Munuels Richtung, aber er erreichte ihn nicht, zerfloss vier oder fünf Schritte von Munuel entfernt in ein Gespinst hellroter Fäden. Der alte Meister aus Angadoor hatte sich bereits geschützt.

»Lass sie gehen und du kriegst *mich!*«, sagte Munuel.

Leandra erschrak. Sie überlegte fieberhaft, was sie tun könnte, aber die Jambala war eine Waffe für den Nahkampf. Mit ihr konnte sie Munuel nicht helfen.

»Kein schlechter Tausch!«, rief Chast mit irrer Stimme. »Wahrhaftig nicht! Aber ich werde euch beide kriegen! Und deine kleine Adeptin noch dazu!«

Munuel winkte nach hinten. »Leandra!«, bellte er. »Geh!«

»Nein, Munuel, er wird dich ...«

Wieder raste ein roter, tosender Blitz auf Munuel zu, und abermals verpuffte er vor ihm in der Luft. Aber das Gespinst der hellroten Fäden schoss wie die Arme einer Qualle in alle Richtungen. Einige trafen Leandra, und sie schrie auf.

Alina, die Chast noch immer festhielt, weinte.

Munuel verstärkte seine Schutzwand und marschierte auf Chast zu. Er hatte den Yhalmudt erhoben. »Lass sie los, Chast! Sie gehört nicht dir! Sie gehört Akrania! Sie ist eine Shaba! Lass sie los!«

Eine ganze Serie von roten Blitzen zuckte auf Munuel zu.

Sie zerfielen teils, wurden teils abgelenkt und zerfasert, und Leandra, die sich immer noch nicht zurückgezogen hatte, bekam wiederum einiges ab. Sie schrie auf und taumelte zurück. Die zerspellte Energie war nicht vollkommen wirkungslos, auch wenn sie von Munuels Schutzschild abgefangen worden war.

»Munuel! Was hast du vor?«, schrie sie.

»Bist du immer noch da?«, rief er. »Geh endlich, Leandra! Geh!«

»Aber ich kann doch nicht ...«

»Geh! Ich hole das Mädchen da raus!«, rief Munuel. Er rückte immer weiter vor, war jetzt nur noch zehn Schritte von Chast entfernt. Er griff nicht an, verteidigte sich nur mit irgendeiner Magie. Leandra hörte noch immer die Trommeln – und trotzdem funktionierte Chasts Magie. Was hatte er da nur für ein silbernes Ding?

Chast begann einen neuen Angriff. Munuel geriet immer stärker unter Feuer und die Hitze im Raum stieg dramatisch an. Leandra hörte Alina schreien und wimmern. Sie hätte irgendetwas tun wollen, aber sie musste unter der furchtbaren Hitze zurückweichen. Sie sah nur noch wabernde Luft, rote Blitze und schemenhaft die drei Gestalten.

»Bleib mir von Leib, du …«, hörte sie plötzlich Chast brüllen.

Dann geschah das Unfassbare.

Es war, als würde sich die Luft in dem Raum für einen Moment zusammenfalten, um im nächsten Augenblick in einer grellgelben und roten Feuerwolke zu explodieren. Die Gewalt hob sie von den Füßen und schleuderte sie über dreißig Schritte weit. Sie krachte hilflos gegen eine steinerne Wand. Knochen brachen in ihrem Leib, und sie rutschte hilflos an der Wand herab.

Dann brach die gesamte Decke des Raumes vollständig ein – aber sie war zum Glück nicht mehr darin. Eine Sekunde später prasselte ihr ein Inferno von Gesteinsbrocken und Staub entgegen. Dann sah sie, dass auch die Decke über ihr nachgab, und irgendetwas traf sie am Kopf. Die Welt um sie herum versank in gnädigem Vergessen.

*

Als Leandra wieder zu sich kam, wusste sie sofort, dass es nicht so sein würde wie das Erwachen in Bor Akramoria, nachdem sie dem Geist des Ulfa begegnet war. Sie spürte schwache Helligkeit durch ihre Augenlider dringen. Ihre Wangen und ihr Kopf brannten – den Rest ihres Körpers spürte sie nicht.

Ihre Augenlider flatterten kurz auf, dann kamen Schmerzwellen heran, und sie wünschte sich, gleich wieder in Bewusstlosigkeit versinken zu dürfen.

Immerhin hatte sie noch genügend geistige Kraft, um festzustellen, dass im nächsten Moment irgendeine

Magie auf sie einwirkte. Die Schmerzen wurden davongeschoben, und sie trieb in einem dämmrigen Zustand in die Wirklichkeit hinein.

»Ja, sie ist wach«, hörte sie eine Stimme.

Immerhin, es lebte noch jemand außer ihr.

»Leandra?«

Es war Victors Stimme, und ein dankbares Lächeln breitete sich auf ihren Zügen aus. Aber selbst das tat weh.

Sie öffnete die Augen ein wenig und sah über sich ein Gesicht. Sie erinnerte sich, dass sie das gleiche Gesicht in einer ähnlichen Situation schon einmal gesehen hatte. Diesmal allerdings schien es ihr schlechter zu gehen. Wesentlich schlechter. Dass sie unterhalb ihres Halses ihren Körper nicht spüren konnte, machte ihr Angst.

»Victor?«, flüsterte sie.

»Ja, Leandra?«, seine Stimme klang, als wäre sie voller Tränen.

»Muss ich … sterben?«

Victor antwortete nicht. Sie hörte nur sein Weinen.

Sie schloss wieder die Augen. Das war's dann wohl, dachte sie. Kein schlechtes Leben. Eine Menge Abenteuer, wenn auch nur in den letzten Wochen, ein paar gute Leute getroffen und in den Armen eines guten Freundes sterben. Es konnte einem schlimmer ergehen. Sie bedauerte, Catryn und Hellami nicht mehr sehen zu können. Und die Quellen von Quantar …

44 ♦ Epilog

Victor trottete neben dem Wagen her wie ein alter, müder Krieger, der sich nach einer Schlacht nach Hause schleppt und kaum noch wahrnimmt, was sich links und rechts des Weges befindet. So war es ja auch.

Er konnte nicht mehr laufen, seine Beine taten weh, und das bisschen, was von seinen Schuhen noch übrig war, würde morgen, spätestens übermorgen sein Dasein aufgeben.

Er blickte zum Felsenhimmel auf und wünschte sich, das Wetter würde endlich ein bisschen besser. Seit Tagen nieselte es immer wieder, und insgesamt war alles schon einmal besser gewesen. Jacko hatte sich vorgestern von ihm getrennt – er hatte den Weg nach Savalgor eingeschlagen, und Tharlas war schon lange zurück in Tharul.

Tja, dachte er, das ist nun das Ende der Geschichte. Ein verdammt tragisches Ende. So etwas hatte er nicht verdient. Aber es ging gar nicht um ihn. Er war im Grunde genommen nur eine Randfigur in diesem Spiel gewesen, und die wahre Tragik traf ganz andere Leute. Er kannte keinen von ihnen, er war nun nur noch ein Überbringer von traurigen Botschaften. Leandras Eltern und ihre kleine Schwester würden in bittere Tränen ausbrechen, wenn sie von allem erfuhren, und da war noch ein ganzes Dorf, das auf die Rückkehr seines Dorfmeisters wartete und ihn nie mehr zu Gesicht bekommen würde.

Er hatte keine Ahnung, welche Leute Hennor gekannt hatte, ob er verheiratet gewesen oder ob er Kinder gehabt hatte und wer alles jetzt um ihn weinen würde. Er war ein verdammt tapferer Mann gewesen, er hatte sich ihnen einfach angeschlossen, aus dem Gefühl heraus, einer gerechten Sache dienen zu wollen. Und jetzt war er tot, einfach ausgelöscht vom Antlitz dieser Welt. Und dann waren da noch die Drachen gewesen und Meakeiok, der sein Leben für sie gegeben hatte.

Beinahe hätte es sie alle erwischt.

Wäre da nicht immer wieder Leandra gewesen. Er wusste gar nicht mehr, wie oft sie ihnen allen das Leben gerettet hatte. Für ihn hatte es in Tulanbaar begonnen – hätte sie damals nicht alles darangesetzt, ihn aus dieser Zelle herauszuholen, dann hätte er sein Leben schon längst ausgehaucht. Und er hätte niemals diese wundervolle Frau kennen gelernt. Er würde sie immer lieben, für alle Zeiten, das wusste er.

Er sah zu ihr, wie sie dort reglos auf dem Wagen lag; die Erschütterungen des Weges schüttelten sie ständig ein wenig durch. Sie war so schön wie eh und je, ihre rötlich braunen Locken glänzten sogar noch ein bisschen, selbst nach dieser langen Reise.

Dann schlug sie die Augen auf.

»Hallo!«, sagte er sanft.

Sie lächelte ihn an. »Wie geht es dir?«, fragte sie. Ihre Stimme war nur ein Hauch.

Er winkte ab. »Es geht schon. Viel wichtiger ist, wie es dir geht.«

Sie nickte schwach. »Es wird schon. Wie weit ist es noch?«

»Zwei Tage. Wir müssen sehr langsam fahren, du weißt schon.«

»Ja.« Ihre Stimme klang weich und zaghaft.

Sie sah eine Weile zum Himmel auf.

»Was willst du dann eigentlich tun?«, fragte sie.

»Ich?« Er hob die Schultern. »Na ja, ich könnte ja noch ein bisschen bei dir bleiben. Natürlich nur, wenn es dir recht ist.«

Sie nickte und lächelte. »Ja.«

»Am besten, du schläfst wieder«, sagte Victor. »Jacko hat versprochen, dass dieser Wunderdoktor in spätestens einer Woche in Angadoor ist. Bis dahin möchte ich mit dir schon ein paar Spaziergänge gemacht haben.«

Sie blickte ihn dankbar an, aber sie wussten beide, dass sie wahrscheinlich für immer gelähmt bleiben würde. Der Wagen rumpelte ein wenig.

»He, du Ochse!«, rief Victor wütend zum Kutschbock hinauf und drohte dem Mann mit der Faust. »Kannst du nicht aufpassen?«

Leandra seufzte. Sie hoffte, dass es dem Burschen, dem sie einen Haufen Geld versprochen hatten, wenn er sie nach Angadoor brachte, nicht plötzlich zu viel mit Victor wurde. Seit einer Woche schnauzte er ihn bei jedem kleinen Holperer an.

Leandra legte den Kopf zur Seite und sah Victor an. Er wusste, dass sie nun wieder die gleiche Frage stellen würde. »Bist du wirklich sicher, dass Munuel nicht mehr dort herauskommen konnte? Und Alina?«

Victor schüttelte geduldig den Kopf. »Nein, Leandra. Keiner. Nicht Chast und auch nicht das Mädchen. Der Raum ist explodiert und dann vollständig eingebrochen. Und danach die gesamten Katakomben. Wir haben es nur mit unerhörtem Glück geschafft.«

Leandra seufzte und blickte wieder zum Himmel auf. »Ich will wieder ein wenig schlafen«, sagte sie und schloss die Augen.

Victor betrachtete ihr hübsches Gesicht und streckte eine Hand aus, um ihr über die Wangen zu streichen. Sie öffnete kurz die Augen, schenkte ihm noch ein Lächeln und schloss sie dann wieder.

Er blickte nach Osten und sah einen Lichtschimmer am Horizont. Dort schienen sich die Wolken verzogen zu haben und ließen einen warmen Schein auf das Land herab dringen. Leandra hatte ihm einmal erzählt, alles habe mit einem Gewitter im Osten angefangen. Vielleicht war dies hier ja ein gutes Omen.

ROBERT JORDAN & TERESA PATTERSON
DIE WELT VON
ROBERT JORDAN'S
DAS RAD DER ZEIT
HEYNE